Burkhard Spinnen
Hauptgewinn
Die Erzählungen

Schöffling & Co.

Erste Auflage 2016
© Schöffling & Co. Verlagsbuchhandlung GmbH,
Frankfurt am Main 2016
Alle Rechte vorbehalten
Weitere Nachweise am Schluss des Bandes
Satz: Fotosatz Amann, Memmingen
Druck & Bindung: Pustet, Regensburg
ISBN 978-3-89561-047-9

www.schoeffling.de

Dicker Mann im Meer

Dicker Mann im Meer

Kläsner trug eine schwarz-weiße Badehose mit geometrischem Muster. Ihr breites Gummiband umspannte seinen Bauch an der Stelle, da er am umfangreichsten war und unterhalb derer er sich beinahe über die Scham wölbte.

Kläsner stand bis zu den Knien im Meer. Das Wasser war angenehm, er spürte, wie es die Wärme zurückstrahlte. Er schwitzte, aber von unten kühlte ihn das Wasser. Er tastete mit dem Fuß, dann machte er ein paar Schritte weg vom Ufer; schön war es, wenn die Füße in den weichen Meeresboden sanken. Bald reichte das Wasser bis zu den Säumen der Badehose. Kam eine Welle, so schwappte sie über den Nabel. Kläsner sah sich um. Wie weit der Strand schon entfernt war, sicher eine optische Täuschung. Seine Frau rieb gerade ihre Arme mit Sonnenöl ein und sprach mit den Zimmernachbarn aus dem Hotel, einem Paar aus Bielefeld. Oder aus Braunschweig, Kläsner hatte es vergessen. Man traf sich morgens auf dem Flur; beim Mittagstisch spätestens sah man sich wieder, aber meistens lag man schon den Vormittag zusammen am Strand. Die Bielefelder spielten leidenschaftlich Canasta, und immer bestanden sie darauf, eine Mannschaft zu sein.

Kläsner sah wieder zum Horizont, dort ging das dunkle Blau des Meeres in ein silbriges Flimmern über, darüber war der weißliche Himmel. Manchmal fuhren große Schiffe von links nach rechts. Es ist eine Schifffahrtsstraße, hatte Kläsner gedacht. Schifffahrtsstraßen sind geschwungene Linien auf den Seekarten. Auf ihnen herrscht viel Betrieb, ein paar tausend Meter abseits könnte einer tagelang im Wasser treiben. Niemand würde ihn sichten.

Kläsner ging ein paar Schritte weiter. Hier konnte er noch bequem stehen. Er kreuzte die Arme über der Brust, damit seine Hände trocken blieben. Das war wichtig, denn wenn er sich mit Meerwasser den Schweiß von der Stirn wischte, würde er Ausschlag bekommen.

Die Wellen waren jetzt eher zu spüren. Die größeren hoben Kläsner ein wenig an und setzten ihn dann sachte auf den Meeresboden. Als er sich noch einmal umdrehte, winkte seine Frau. Die Bielefelder riefen etwas herüber. Als ob er das noch verstehen könnte! Er winkte zurück. Dann kehrte er dem Strand wieder den Rücken zu. Das ist der letzte Tag, dachte er. Ein schöner Urlaub ist das gewesen. Gegens Hotel nichts einzuwenden. Freundliches Personal, gutes Essen, die Zimmer klein, aber ruhig. Und natürlich der schöne Strand. Es war kein Fehler gewesen, hierhin zu fahren.

Für Kläsner war es der erste Urlaub ohne die Kinder. Im letzten Jahr war der Jüngste noch mitgefahren, das Nesthäkchen, eigentlich ein Stubenhocker, aber ein aufgeweckter Junge, das sagten alle. Ihm zuliebe war Kläsner in Museen gegangen, obwohl das viele Stehen ihm nicht behagte und die Luft dort schlecht war. Er hatte sich Bilder und Steine erklären lassen. Schön war es, wenn der Kleine erzählte, was er sich zusammengelesen hatte. Jetzt war er in England, mit einer Gruppe. Man musste sich keine Sorgen machen.

Aus einer Welle tauchte ein Schwimmer auf. »Spitze, das Wasser heute«, sagte der Schwimmer. Obwohl er hätte stehen können, machte er weiter Schwimmbewegungen. Er trug eine Badekappe und eine kleine Schwimmbrille.

»Ohne Zweifel«, sagte Kläsner. »Es ist über Nacht noch wärmer geworden. Vielleicht sind es auch Strömungen.«

»Bestimmt«, sagte der Schwimmer. »Ich tippe auf Strömungen. Wenn man weiter hinausschwimmt, merkt man sie ganz deutlich. Da muss man ganz schön gegen anschwimmen.«

»Geben Sie auf sich acht«, sagte Kläsner.

Der Schwimmer hob grüßend die Hand an die Badekappe, und mit einer Tauchbewegung verschwand er im Meer.

Etwa zweihundert Meter voraus lag die hölzerne Plattform mit dem Sprungturm darauf im Meeresboden verankert. Kläsner überlegte, ob er hinschwimmen sollte. Er war den ganzen Urlaub über noch nicht dagewesen, dabei schwamm er nicht schlecht. Auf der Plattform trafen sich abends die jungen Leute aus den Hotels. Einmal hatten sie sogar eine Party dort veranstaltet. Sie hatten ihre Kleider, die Getränke, Lampions und ein Radio in wasserdichten Taschen verstaut, und damit waren sie hinausgeschwommen. Dann hatten sie sich wieder angezogen, hatten die Lampions an den Sprungturm gehängt und das Radio eingeschaltet. Kläsner hatte es zuerst vom Strand, später vom Balkon des Hotelzimmers beobachtet. Bis in die Nacht hatten sie getanzt, dann waren sie zurückgeschwommen.

Jetzt spürte Kläsner etwas an seiner Wade. Er schaute hinunter. Es war ein ziemlich großer Fisch, der ihn zu beriechen schien. Sonst sah man eigentlich keine Fische hier. Kläsner versuchte, sehr still zu halten. Sollte er den Fisch fangen? Nein, das war unmöglich. Ob es giftige Fische gibt, fragte er sich. Dass man immer gleich an das Schlimmste denkt. Plötzlich war der Fisch verschwunden.

Ich schwimme doch zu der Plattform, dachte Kläsner. Den Kopf halte ich einfach über Wasser. Er ließ den Oberkörper nach vorne gleiten, drückte sich mit den Füßen ab und machte langsame, gleichmäßige Schwimmzüge. Rasch kam die Plattform näher. Fast hatte er sie erreicht, da sah er, wie ein junger Mann und ein junges Mädchen lachend aus dem Wasser auftauchten und sich mit einem Schwung auf die Holzbretter zogen. Kläsner schwamm an der Plattform vorbei, er fühlte die sanfte Strömung, die ihn vom Land wegzog.

Bald war er so weit hinausgeschwommen, dass er um die Landzunge herum in die nächste Bucht sehen konnte. Sie waren mehrmals dort gewesen, in einem Restaurant, das die Bielefelder empfohlen hatten. Der Strand in der Nachbarbucht war immer voller junger Leute, die Ballspiele machten und unablässig riefen und lachten. In ihrer eigenen Bucht war es ruhiger, wesentlich ruhiger. Aber nicht zu ruhig, gerade richtig.

Ohne Ankündigung kam der Schmerz. Kläsner fühlte plötzlich ein Ziehen im linken Arm. Erst dachte er, das Rheuma in der Schulter melde sich wieder, dann war seine ganze Brust voller dumpfer, zehrender Angst. Seine Kiefer pressten sich aufeinander, alle Kraft brauchte er für den nächsten Atemzug. An Schwimmen war nicht mehr zu denken. Kläsner ließ es sein, obwohl er wusste, dass er dann untergehen würde. Da war nichts mehr zu entscheiden. Er sackte ab. Und stand, Kopf und Schultern über Wasser. Kläsner stand auf einem Fels, einer Untiefe.

Nach und nach erholte er sich. Die Arme hatte er auf das Wasser gelegt, den Kopf in den Nacken, so bekam er besser Luft. Nach fünf Minuten war kaum noch etwas zu spüren. Kläsner hatte festen Stand. Die Dünung wiegte ihn sanft, nur schwere Wellen hätten ihn herunterstoßen können, und es war ein ruhiger Tag mit gleichmäßigem, leichtem Wind.

Kläsner wandte sich vorsichtig um, den Strand konnte er nicht sehen, die hölzerne Plattform mit dem Sprungturm nahm ihm die Sicht. Und die jungen Leute waren wieder verschwunden. Es ist nicht gesagt, dass ich einen zweiten Anfall bekomme, wenn ich jetzt langsam zurückschwimme, dachte er. Er ruderte einmal mit den Armen, dann ließ er es wieder. Die Angst war zu groß. Bis zu der Plattform waren es vielleicht hundert Meter. Aber dort hätte er sich einen halben Meter hinaufziehen müssen, eine Leiter ins Wasser gab es nicht. Dafür bin ich zu schwer, dachte Kläsner. Er drehte sich um. Da war nur das offene Meer, was sonst.

Kläsner dachte an den Tod. Für seine Frau müsste es schrecklich sein. Wahrscheinlich würde man ihr verbieten, seine Leiche mit nach Hause zu nehmen, oder es wäre einfach zu teuer. Dann würde er also hier begraben werden. Vorausgesetzt, sie fänden seinen Körper. Vielleicht würde er ja hinausgetrieben. Dann müsste seine Frau wochenlang warten, bis man ihn für tot erklärte. Wo sollte sie in der Zeit wohnen? Doch nicht in einem Ferienhotel, das war unmöglich.

Dabei war er selbst schuld. Kläsner fuhr unter Wasser vorsichtig über seinen Bauch. Er war natürlich zu dick. Und er trieb keinen Sport, er trank Bier, er rauchte. Und ließ die Dinge treiben.

Kläsner erschrak. Er hatte nicht vorgehabt, sein Leben an sich vorbeiziehen zu lassen. So sagte man doch? Das war ihm immer fremd gewesen. Es geht schon irgendwie weiter, das war seine Devise. Gerade jetzt zog draußen wieder ein Schiff vorbei. Kläsner sah ihm nach; abseits der Schifffahrtslinien. Sollte er laut rufen? Vielleicht würde dann ein Bademeister herausrudern und ihn in ein Boot ziehen. Welch eine Peinlichkeit. Und solange er sich nicht bewegte, war die Angst nicht da.

Nicht weit von der Stelle, an der Kläsner auf einem Felsen im Meer stand, war ein Streit ausgebrochen. »Es ist immer dasselbe mit dir«, hatte er gesagt, und darauf hatte sie die Hotelzimmertür hinter sich ins Schloss geworfen. Er saß dann auf der Bettkante und dachte nach. Man kann kaputte Beziehungen nicht im Urlaub reparieren. Das hätte er vorher wissen können. Aber was weiß man schon vorher? Bei der Vorstellung, dass sie übermorgen wieder gemeinsam im Büro sitzen mussten, schüttelte es ihn. Und die Kollegen würden fragen, wie es war. Er schwor sich, nie wieder etwas mit einer Kollegin anzufangen.

Wolfgang stand auf und ging hinunter zum Strand. Karin war nirgends zu sehen. Er beobachtete den Bademeister, einen braungebrannten Italiener. Karin schwärmte nicht für solche Typen. Nein, Karin war eigentlich ein patenter Kerl. Daran hatte es nicht gelegen.

Der Bademeister schlenderte heran. »Letzter Tag?«, sagte er. Wolfgang nickte. Wo denn die Signorina Karina sei? Wolfgang zuckte mit den Schultern. »Ist noch ein Brett da?«, fragte er.

»Si, claro!«, sagte der Bademeister und lief davon. Auch über das Windsurfen hatte es nie Streit gegeben, obwohl er oft stundenlang auf dem Wasser gewesen war und Karin allein am Strand gesessen hatte. Er solle nur vorsichtig sein, hatte sie gesagt.

Wolfgang stieg jetzt auf das Surfbrett, zog das Segel hoch und hielt es gegen den schwachen Wind. Nach ein paar Pendelbewegungen nahm das Brett Fahrt auf. Es ging langsam voran, zuerst am Ufer entlang. Als er schnell genug war, drehte Wolfgang durch den Wind, im rechten Winkel weg vom Ufer, hinaus aufs Meer. Wenn er eine Welle schnitt, glitt es kühl über seine Füße. Schön war es, so auf dem Wasser zu schweben, es war anders als Schwimmen und anders als das Fahren in einem Boot. Wolfgang war ein guter Windsurfer, aber er wollte keinen Sport daraus machen.

Nach kurzer Fahrt konnte er um die Landzunge herum in die Nachbarbucht sehen. Auf der hölzernen Plattform, die vor dem Ufer im Wasser schwamm, hatten sie zu Beginn des Urlaubs mit anderen Hotelgästen ein Fest gefeiert. Hin und zurück waren sie geschwommen, es war wie ein Abenteuer. Spät in der Nacht hatte er zu Karin gesagt, dass sie noch einmal ganz von vorne anfangen sollten. Karin war ein bisschen betrunken gewesen. Wolfgang beschloss, zu der Plattform zu fahren.

Kläsner wurde es kühl um die Schultern, nicht kalt, unangenehm kalt, nur eben kühl. Es war fast eine Erfrischung. Etwa in der Mitte des Urlaubs hatten sie ein Aquarium besucht, in dem es unerträglich heiß gewesen war. Eigentlich lächerlich, am Meer zu sein und in ein Aquarium zu gehen. Aber die Bielefelder hatten hingewollt, man musste sogar ein Taxi nehmen. In den halbdunklen Räumen des Aquariums hatte Kläsner vor den grün und blau schimmernden Fenstern der Bassins gestanden und furchtbar schwitzen müssen. Der Bielefelder hatte ihm die Fische erklärt; war er nicht Biologielehrer? In eines der Becken hinein hing ein Metallstab. Wenn der Zitterrochen ihn berührte, leuchtete das Schild mit dem Namen des Tieres auf. Es gab auch ein Jux-Bassin. Vor der Scheibe hingen geschliffene Linsen. Schwamm ein Fisch vorbei, wurde er lächerlich vergrößert.

In der Tiefsee-Abteilung war es fast völlig dunkel, einige der Fische leuchteten phosphoreszierend. Der Bielefelder erkundigte sich bei einem der Wärter nach dem Kofferfisch, aber der Wärter verstand kein Deutsch. Der Bielefelder tat, als trüge er einen Koffer, dann machte er Schwimmbewegungen. Es half nichts. Danach waren sie in ein Fisch-Restaurant in der Nähe gegangen. Kläsner hatte Witze gemacht: Ob man die Fische esse, die das Aquarium übrig habe.

Jetzt sah er sich wieder um. War vielleicht die Plattform weiter abgetrieben? Nein, unmöglich, man sah die schweren Ketten, mit denen sie im Meeresboden verankert war. Kläsner überlegte, ob er nicht doch hinschwimmen sollte. Er bewegte wieder die Arme und zog die Beine an; es ging nicht, die Angst kam gleich zurück. Er blieb, wo er war.

Als Wolfgang die Landzunge umrundet hatte, steckte er den Kurs zu der Plattform ab. Der Wind schien leicht aufgefrischt zu haben, und da er genau aus Richtung der Plattform kam, konnte Wolfgang nicht direkt auf sie zufahren. Also hielt er auf einen Punkt etwa zweihundert Meter seewärts. Er würde an der Plattform vorbeiziehen und sie nach der nächsten Wende direkt ansteuern. Solch navigatorische Überlegungen gefielen ihm. In einem Segelboot waren sie viel wichtiger, doch da sprachen alle darüber. Wolfgang mochte das nicht, er nannte es fachsimpeln.

Nach der Wende, unterwegs zu der Plattform, fiel ihm ein, dass sie noch packen mussten. Das hatte Karin übernommen. Er konnte nicht packen, er hasste Koffer. Es wäre schrecklich, wenn Karin sich weigern würde, seinen Koffer zu packen, doch damit war zu rechnen. Plötzlich sah Wolfgang einen dicken Mann, der bis zur Brust im Meer zu stehen schien und ihn heranwinkte. Er änderte leicht seinen Kurs und ließ einige Meter vor dem Mann das Segel aufs Wasser klatschen. Dann setzte er sich rittlings auf das Brett und ruderte mit den Händen heran.

»Was ist los?«, sagte er.

»Ich bin in einer misslichen Situation«, sagte Kläsner. »Ich hatte eben so etwas wie einen Herzanfall, und jetzt kann ich nicht zurückschwimmen.«

»Ach so! Worauf stehen Sie eigentlich?«

»Ich weiß nicht. Es spielt keine Rolle. Eine Sandbank vielleicht, ein Felsen. Meine Rettung jedenfalls, wenn Sie so wollen.«

Wolfgang überlegte kurz. »Soll ich nicht die Wasserwache oder so was Ähnliches holen? Die könnten Sie an Land bringen.«

Eine größere Welle war vorbeigekommen. Kläsner ruderte ein wenig mit den Armen. Dann stand er wieder sicher. »Im Prinzip keine schlechte Idee«, sagte er. »Aber ich habe ein wenig Angst vor dem Aufwand. Es wäre sehr schön, wenn niemand etwas davon erfahren würde. Verstehen Sie?«

»Nein«, sagte Wolfgang. »Was kann man denn sonst tun?«

»Sehen Sie«, sagte Kläsner, »ich dachte, ich hänge mich einfach an Ihr Surfbrett, und Sie ziehen oder paddeln mich an Land. Ganz unauffällig quasi. Wir könnten so tun, als würden wir uns unterhalten.«

»Uns unterhalten? Worüber?«

»Über den Urlaub. Es gibt genug Themen. Wohnen Sie auch in dieser Bucht?«

»Nein«, sagte Wolfgang. »Aber ich war schon einmal hier, auf der Plattform, nachts, zu einer Party.«

»Sehen Sie«, sagte Kläsner, »dann kennen wir uns ja beinahe. Ich habe Sie beobachtet in dieser Nacht, vom Hotel aus.« Er zeigte über die Plattform hinweg. »Da. Man kann es jetzt nicht sehen.«

»Also gut«, sagte Wolfgang. »Ich werde den Mast abmontieren. Dann geht es leichter.« Er kniete auf dem Brett und löste die Befestigungen.

»Wird das Segel nicht abtreiben?«, fragte Kläsner.

»Nicht weit, ich hole es später.« Wolfgang paddelte noch näher heran, bis das Heck des Brettes vor Kläsners Brust war. »Jetzt«, sagte er. »Greifen Sie mit beiden Händen zu, und versuchen Sie, sich hochzuziehen.«

Kläsner wollte schon zugreifen. »Moment noch«, rief Wolfgang. »Ich setze mich ganz nach vorn, zum Ausgleich.«

Kläsner fühlte die glatte Oberfläche des Brettes unter seiner Brust. Kein unangenehmes Gefühl, aber sofort war die Angst wieder da.

»Alles klar?«, rief Wolfgang. »Dann los!« Sie setzten sich in Bewegung. Spritzer trafen Kläsner am Kopf. Ich werde es nicht aushalten, dachte er.

»Alles klar?«, hörte er von vorne. Er versuchte, den Kopf zu heben. »Nein«, sagte er, »bitte zur Plattform.«

Bis dahin war es noch weit. Wolfgang paddelte kräftiger. Wenn ich mit den Beinen Schwimmbewegungen mache, geht es vielleicht schneller, dachte Kläsner, doch er wagte es nicht.

Sie legten an der Meerseite der Plattform an. Kläsner bekam mit der rechten Hand einen der Balken zu fassen und ließ sich ins Wasser gleiten. Er atmete schwer. Wolfgang rutschte vom Brett und schwamm zu ihm. »Was ist los?«, sagte er.

Den Rücken zur Plattform, legte Kläsner den zweiten Arm um einen anderen Balken, nahm den Kopf in den Nacken und streckte die Beine nach vorn. Er trieb leicht auf dem Wasser. »So ist es besser«, sagte er. »Es drückte so auf der Brust, wissen Sie.«

»Ich hole lieber einen Arzt«, sagte Wolfgang.

»Nein, bitte!«, sagte Kläsner. »Bleiben Sie noch hier. Es muss ja bald vorbei sein. Lassen Sie uns von etwas anderem reden. Wie war Ihr Urlaub?«

Wolfgang setzte sich wieder auf das Brett. Das Segel konnte er noch sehen. Es glitzerte im Wasser, wenn die Sonne darauf schien. »Nicht so besonders«, sagte er.

»Ach«, sagte Kläsner. »Darf man fragen, warum?«

»Wir hatten Krach, meine Freundin und ich.«

»Das geht vorbei«, sagte Kläsner.

»Ich glaube, es ist endgültig«, sagte Wolfgang. »Es geht nicht mit uns. Vielleicht passen wir einfach nicht zusammen. Ich kann nicht sagen, woran es liegt.«

»Das tut mir leid«, sagte Kläsner.

»Vielleicht besser so.« Wolfgang musste wieder paddeln, da das Brett abtrieb. Der Wind wurde noch frischer. »Sehen Sie«, sagte er, »wir haben uns im Büro kennen gelernt. Wir waren irgendwie schon aneinander gewöhnt. Es war nie so richtig spannend.«

»Das Spannende verliert sich immer«, sagte Kläsner, »glauben Sie einem alten Ehemann.«

»Aber am Anfang muss es da sein. Man muss etwas haben, an das man sich erinnern kann.«

»Wie Sie reden«, sagte Kläsner tadelnd. »Sie sind doch noch ein junger Mann. Was soll ich da erst sagen?«

»Ich habe es vielleicht falsch formuliert«, sagte Wolfgang. »Jedenfalls fehlt so das Eigentliche. Ich kann es nicht besser ausdrücken.«

»Ja, wenn das so ist.« Kläsner schaute zum Horizont. »Sehen Sie«, sagte er, »wieder so ein Dampfer. Wo die wohl herkommen? Und wo die hinfahren?«

»Geht es Ihnen besser?«

»Schon, ja. Wissen Sie, wir machen es anders. Ich versuche, mich rücklings auf das Brett zu legen, wegen des Drucks auf der Brust.«

»Wird denn das gehen?«

»Sicher, Sie werden sehen. Das klappt bestimmt.«

Kläsner stieß sich langsam von der Plattform ab und griff nach dem Brett. Vorsichtig drehte er sich herum, bis das Heck in seinem Nacken lag, und griff mit den Armen soweit wie möglich hinter sich. »Jetzt«, rief er und versuchte, sich hochzuziehen. Er rutschte ab und sank in die Tiefe. Wolfgang tauchte ihm nach und zog ihn am Arm wieder herauf.

»Sie sind wahnsinnig«, sagte er, als er Kläsner zu der Plattform bugsiert hatte. »So geht das einfach nicht. Ich hole jetzt Hilfe.«

»Bitte bleiben Sie«, sagte Kläsner.

»Aber so kommen wir hier nie mehr weg. Es wird dunkel werden. Wir frieren uns tot. Oder es gibt Sturm. Am Ende wird man nach uns suchen. Ich rufe um Hilfe.« Er schwang sich mit einer kräftigen Bewegung auf die Plattform.

»Nein«, rief Kläsner ihm aus dem Wasser zu. »Wir können das alles in Grenzen halten. Ein wenig Geduld noch, bitte, und wir kriegen es so hin, dass kein Wort zu viel davon gemacht werden muss.«

Wolfgang beugte sich zu Kläsner hinunter. »Was wollen Sie eigentlich? Was sind Sie eigentlich für einer, he? Stehen hier im Wasser wie ein dicker Leuchtturm und markieren den Empfindlichen. Was reden Sie überhaupt?«

»Bitte, regen Sie sich nicht auf«, sagte Kläsner. Da plötzlich erfasste ihn ein wohliges Gefühl, die Spannung wich aus seinem Körper. Er machte ein paar Schwimmzüge. Keine Frage, es ging wieder. Die Angst war verschwunden.

»Sehen Sie«, sagte er, »ich habe recht gehabt. Jetzt ist es vorbei. Ich schwimme gleich zurück. Sehen Sie, wie gut es war, kein Aufhebens zu machen. Haben Sie vielen Dank für Ihre Hilfe.« Damit hielt er schon auf den Strand zu.

Wolfgang schüttelte den Kopf und sah ihm nach. Da

schwamm dieser dicke Mann, der im Meer gestanden hatte. Menschen gab es! Wolfgang blieb noch lange auf der Plattform sitzen und dachte nach. Er würde Karin erzählen wollen, was ihm da geschehen war. Vielleicht kam man so wieder ins Gespräch, wenigstens für den Abend.

Plötzlich fiel ihm das Segel ein. Er machte einen Kopfsprung ins Wasser und schwamm in die Richtung, in der er es vermutete. Aber er fand es nicht. Er schwamm zurück zur Plattform und hielt Ausschau. Überall glitzerte das Meer, die Sonnenstrahlen brachen sich in jeder Welle. Man müsste ein Idiot sein, um nicht einzusehen, dass das Segel verloren war. Wolfgang glitt wieder ins Wasser, setzte sich auf das Brett und paddelte zum Ufer. Als er dort ankam, saß Kläsner mit zwei Frauen und einem Mann um einen Klapptisch. Sie spielten Karten.

»Sie müssen mir das Segel bezahlen«, sagte Wolfgang.

»Ach«, sagte Kläsner. »Sagen Sie bloß, Sie haben es nicht wiederfinden können?«

»Was will der Mann von dir?«, sagte eine der Frauen.

»Waren Sie etwa die ganze Zeit beim Surfen?«, sagte der andere Mann und lachte. »Ein heimliches Hobby vielleicht?«

Kläsner winkte ab. »Wir haben uns da draußen getroffen. Wir haben lange geplaudert. Der junge Mann machte das Segel von seinem Brett los. Ich habe ihn noch gewarnt, aber er wollte nicht auf mich hören.«

»Sie gemeiner Lügner!« Wolfgang trat drohend vor Kläsner. Der versuchte, aus dem Klappstuhl aufzustehen, verlor dabei das Gleichgewicht und fiel hintenüber. Seine Arme ruderten nach vorne, und als Wolfgang sie griff, um ihn zu halten, zog der dicke Mann ihn mit sich. Kläsner schlug hart mit dem Rücken auf die Lehne des umgestürzten Stuhls. Für ein paar Sekunden lag Wolfgang auf seiner Brust, doch er rollte rasch zur Seite, und kniend half er Kläsner, sich von dem Stuhl freizumachen und sich flach auf den Sand zu legen. Kläsner atmete schwer und hielt sich die linke Seite.

»Schnell, holen Sie einen Arzt!«, rief Wolfgang.

»Wieso?«, sagte die Frau. Eine Gruppe von Strandgästen stand schon rings um den Liegenden.

»Schnell!«, rief Wolfgang noch einmal, und als niemand Anstalten machte, sich zu bewegen, sprang er auf und lief so schnell er konnte in Richtung der Hotels.

Die Zeitmaschine

Der alte Mann am Kiosk schlug mit der flachen Hand auf das Zeitungsblatt.

»Unglaublich«, rief er, »der reine Nonsens!«

Dann las er, ohne aufzublicken, eine Passage aus der Zeitung: »Mit großer Sorge hat sich der Außenminister des Weststaatenbundes über die Entwicklung der Beziehungen zu den östlichen Nachbarn geäußert. Die, wie er sagte, zunehmende Frostigkeit in den Gesprächen und Verlautbarungen dürfe keinesfalls die Leitlinien kommender Politik bestimmen, sondern müsse als pure Stimmungsmache einflussreicher Minderheiten in beiden Lagern bewertet werden.« Der Mann faltete die Zeitung unsauber und geräuschvoll zusammen und drückte sie in einen Papierkorb.

Hellwich wollte Zigaretten kaufen. Er hatte warten müssen, weil der Kioskbesitzer seine Marke suchte. Jetzt sprach der alte Mann ihn an: »Aufgeregtheiten, nicht wahr? Und im Grunde wegen nichts und wieder nichts, oder?«

Hellwich nickte und wandte sich zum Gehen.

»Sie sind also meiner Meinung?« Der Mann folgte ihm.

»Jaja«, sagte Hellwich und sah den Mann genauer an. Er war alt, doch nichts an seiner Erscheinung wies darauf hin, dass er verrückt oder gefährlich sein könnte. Wahrscheinlich war ihm sterbenslangweilig, und er suchte jemanden zum Reden. Hellwich ließ es darauf ankommen. »Und um was, glauben Sie«, sagte er, seine Schritte verlangsamend, »sollte man sich stattdessen kümmern?«

Der Mann lachte ihn an. »Ich sehe, Sie verstehen, wovon Sie reden«, sagte er. »Sie lassen sich nicht durch dieses Geschwätz irremachen. Schön, wirklich schön, Ihnen begegnet zu sein. Darf ich Sie vielleicht auf einen Kaffee einladen? Hier, gleich um die Ecke.« Er ging voran in eine Seitenstraße, Hellwich folgte ihm und betrat hinter ihm ein kleines, helles Café mit Chromstühlen und Glastischen.

»Hübsch, nicht wahr?«, sagte der Mann. »Und alles ganz sauber, darauf können Sie sich verlassen. Ich bin häufiger hier. Der Inhaber ist ein netter Mensch, sehr jung noch, aber sehr nett.«

Hellwich nannte sich leise einen Idioten. Mit Neugier war das nicht zu erklären. Nur mit Dummheit. Mit einer gewissen Reaktionsschwäche, die er nur zu gut kannte. Freilich gab es kein Zurück. Um Zeit zu sparen, nahm Hellwich sich vor, auf keinen Fall zu argumentieren.

Der Mann bestellte gleich Kaffee. »Nun«, sagte er und machte mit der rechten Hand eine ausladende Bewegung, »Ihre Frage ist natürlich nicht in einem Satz zu beantworten, aber glauben Sie mir, wenn man sich wie ich seit etlichen Jahren, was sage ich, Jahrzehnten, dieses ewig gleiche larmoyante Gewäsch der Leute anhören muss und dabei doch weiß, was sage ich weiß, wenn man als Einziger beurteilen kann, wovon wirklich die Rede sein sollte – ich sage Ihnen, das ist bitter.«

Hellwich trank seinen Kaffee. Ein Weltbeglücker, dachte er. Einer, der die Lösung aller Probleme kennt und dem keiner zuhört. Der Erfinder des Perpetuum mobile. »Ach ja?«, sagte er und zog die Stirn in Falten.

Der Mann sah ihn scharf an. »Sie halten mich für einen alten Spinner«, sagte er ruhig. Er lachte. Hellwich sah, dass er ein makelloses falsches Gebiss hatte. »Natürlich«, sagte der Mann, »ich bin ein Greis, der seit Jahr und Tag dasselbe unsagbar dumme und verdrehte Märchen erzählt und der schon nicht mehr weiß, was von seinem Gerede eigentlich stimmt und was er sich selbst hinzugelogen hat. Das denken Sie doch?«

Hellwich wollte etwas sagen, aber der Mann achtete nicht darauf. Er lehnte sich zurück. »Vielleicht haben Sie recht«, sagte er. »Vielleicht ist mein Erinnerungsvermögen nur eine besonders feine Geisteskrankheit – und die Wahrheit meiner Geschichte, gemessen an der Wahrheit der Weltgeschichte, eine freche Lüge.«

Hellwich wurde ein wenig unruhig. Er suchte nach einer passenden Frage. »Das müssen Sie mir genauer erklären«, sagte er vorsichtig.

»Gut«, antwortete der Mann, »aber seien Sie gewarnt. Sie werden nichts von alldem glauben. Sie werden denken, ich sei verrückt. Und was noch schlimmer ist, Sie werden kein Mittel finden, mir zu beweisen, dass ich unrecht habe. Alle Fakten sprechen für mich. Sie werden immer wieder denken müssen: Vielleicht hat er doch die Wahrheit gesagt. Ich verspreche Ihnen, das kann unangenehm werden.«

Hellwich nickte nur zur Antwort.

Der Alte begann. »Ich wurde neunzehnhundertvierundfünfzig hier in der Gegend geboren. – Nein! Sagen Sie nichts! Ich weiß, dass ich demnach heute noch ein halbes Kind sein müsste. Hören Sie nur zu! Also, es war eine ganz nette Zeit damals, ziemlich ruhig und friedlich, jedenfalls hier in Europa, und wir haben nicht schlecht gelebt. Natürlich kein Vergleich mit heute, aber passabel, sage ich Ihnen, passabel. Außerdem war es eben meine Jugend, und wer erinnert sich nicht gern an seine Jugend. Sehen Sie, der Krieg lag schon so lange zurück ...«

Hellwich hob die Hand, aber der Mann unterbrach ihn.

»Nein nein, nicht der Krieg, den Sie meinen, vierzehnachtzehn, ich meine den, der danach kam, das heißt natürlich, der dann nicht kam. Sie unterbrechen mich besser gar nicht! Sie verstehen alles nur, wenn Sie keine Fragen stellen und mich erzählen lassen. Es klärt sich dann am Ende alles von selbst.«

Hellwich machte eine Handbewegung, dass er verstanden habe. Noch einmal verfluchte er seine Schwäche.

»Also der Krieg war überstanden, und bis auf die üblichen Drohgebärden war alles ruhig. Jeder redete von nuklearen Katastrophen, dabei waren alle felsenfest davon überzeugt, dass nichts passieren würde.« Der Mann lächelte. »Es war eigentlich eine komische Zeit.«

Hellwich konnte nun doch nicht an sich halten. »Aber Sie reden von unserer Zeit!«, rief er.

»Eben nicht«, sagte der Mann und trank seinen Kaffee aus. »Und Sie müssen mich, wie gesagt, ausreden lassen, um alles zu verstehen.«

Hellwich hob entschuldigend beide Hände.

»Sehen Sie«, fuhr der Mann fort, »ich hatte es mir damals ganz gemütlich eingerichtet. Meine Eltern waren nicht unvermögend, nach dem Abitur studierte ich Geschichte, nicht um einen bestimmten Beruf zu ergreifen, sondern um meine privaten Interessen zu begleiten. Und als sich dann meine Übernahme in ein Beamtenverhältnis als schwierig erwies und ich arbeitslos wurde, kam mir das gar nicht so ungelegen. Ich verbrachte einige Monate mit Reisen und Studien. Schließlich, mehr um meine Eltern zu beruhigen, bewarb ich mich auf eine Zeitungsanzeige, in der ein Historiker gesucht wurde. Ich erinnere mich an jede Einzelheit. Es war ein duftiger Morgen im Mai, wenn Sie so wollen, als ich mich in einer Privatwohnung am Rande der Stadt vorzustellen hatte. Außer mir schien niemand erwartet zu werden, eine Frau ließ mich ein, und ich verbrachte eine Viertelstunde in einem mit hässlichen neuen Möbeln vollgestellten Raum. Endlich bat mich ein Herr mittleren Alters in sein Arbeitszimmer. Ich hatte bereits vermutet, der Famulus eines Privatgelehrten zu werden, was mir, ich kann nicht sagen, warum, gar nicht unangenehm gewesen wäre, doch schon die ersten Fragen, die der Mann an mich richtete, zerstörten alle meine Vorstellungen und machten mich immer unwissender und neugieriger.«

Der Mann bestellte noch einen Kaffee und sah Hellwich fragend an. Der schüttelte nur den Kopf.

»Ob ich verheiratet sei, ob ich gerne große Reisen mache, wollte er wissen. Und ohne die Wahrheit zu achten, versuchte ich, gerade die Antworten zu geben, die er zu erhoffen schien. Doch als er dann fragte, ob ich glaube, die Weltgeschichte wiederhole sich in regelmäßigen Zyklen, und ob ich einmal gewünscht habe, meine Zeit zu verlassen, da konnte ich natürlich nur sagen, was mir gerade in den Sinn kam. Allein, ich schien es zu treffen. Jedenfalls wurde der Mann im Verlaufe des Gespräches immer zufriedener, manchmal lobte er mich sogar für meine Antworten. Schließlich, nach einem kurzen Schweigen, in dem er eine Entscheidung zu fällen schien, erkundigte er sich in indiskretester Weise nach meinem Gesundheitszustand. Und als ihn meine Antworten befriedigten, erhob er sich, streckte mir über den Schreibtisch hinweg seine Hand entgegen und redete dann mit einem Mal so drängend auf mich ein, dass ich kaum ein Wort verstand. Er begriff bald meine Verwirrung, schwieg plötzlich und zog mich am Arm aus dem Zimmer, durch einen Korridor und in einen Arbeitsraum, in dessen Mitte ein merkwürdiger, schlittenähnlicher Apparat stand. Und es fiel mir wie Schuppen von den Augen.«

Der Mann zwinkerte. »Na, wissen Sie schon, worauf es hinausläuft?« Hellwich schüttelte den Kopf.

»Kennen Sie denn nicht *Die Reise mit der Zeitmaschine* von H. G. Wells?«

»Ich glaube, ich habe eine Verfilmung gesehen«, sagte Hellwich und fing nun an zu begreifen.

»Jaja, diese Verfilmung«, sagte der Mann, »habe ich natürlich auch gesehen. Und mehr als einmal. Miserabel. Ganz miserabel. Kein Vergleich mit der, die ich früher gesehen hatte und die dann nicht zustande gekommen ist. Wie so vieles, mein Lieber, wie so vieles! Aber immerhin wissen Sie jetzt Bescheid. Ich kann mir lange Erklärungen sparen. Es war tatsächlich so: Der Mann, der da vor mir stand, behauptete allen Ernstes, eine Zeitmaschine erfunden zu haben. Und ich glaubte ihm damals so wenig wie Sie mir jetzt. Eine Zeitmaschine! Himmelherrgott! Was für ein Unsinn! Dergleichen habe ich wohl auch gesagt. Und sicher noch einiges mehr. Doch der Mann war nicht einmal beleidigt. Er schien es erwartet zu haben. Er lächelte nur; wie heißt das in alten Romanen? Ja richtig, fein. Jawohl, er lächelte fein. Heute sollte ich sagen: besserwisserisch.«

Er machte eine Pause und bestellte für sich einen Cognac. Hellwich lehnte wieder ab. »Und was dann?«, fragte er.

»Um es kurz zu machen«, sagte der Alte, »dieser Mann hatte wirklich eine Zeitmaschine erfunden. Wirklich und wahrhaftig. Ich bin der lebende Beweis. Und wohlgemerkt, der einzige Beweis. Die Sache lief ab wie ein Film. Ich wollte natürlich gleich fort, er hielt mich zurück. Ob ich nicht einmal einen Versuch machen wolle, wenigstens eine kleine Reise, zehn oder zwanzig Jahre vielleicht? Ich antwortete, das solle er doch selbst tun, wenn er so darauf brenne, sein Gerät in Gang zu setzen. Darauf hielt er mir einen umständlichen Vortrag darüber, warum er nicht selbst mit seiner Maschine reisen könne. Fragen Sie mich jetzt nicht danach, ich habe es sofort wieder vergessen. Und endlich saß ich also wirklich in diesem Kasten. Wissen Sie, ich war einfach wütend auf den Mann, ich wollte, dass er sich blamiert. Er war natürlich begeistert, er hantierte an einem Schaltbrett, kleine Lampen leuchteten auf, Zeiger schlugen aus, mir wurde schwindlig, etwas wie eine Alarmglocke schlug an, schließlich verlor ich das Bewusstsein. – Und jetzt bin ich hier. Das heißt, ich war hier. Genauer gesagt, nicht hier, nur an derselben Stelle. Exakt, ich wachte auf am dreizehnten August neunzehnhundertneunzehn, etwas außerhalb der Stadt, auf einem Feld, wo das Haus, in dem ich das Bewusstsein verloren hatte, später einmal stehen sollte.«

Hellwich bemühte sich, keine Miene zu verziehen.

»Natürlich glauben Sie mir kein Wort«, sagte der Mann. »Ich verstehe das, ich habe es selbst zuerst nicht geglaubt. Ich war sehr benommen, der Apparat war wohl einen Meter oder zwei hinuntergefallen, Sie verstehen, wegen des Unterschiedes der Ebenen. Es war wie in einem Albtraum. Das Erste, was ich glaubte, als ich wieder leidlich klar denken konnte, war, dass der Mann mich hypnotisiert oder in einen Drogenrausch versetzt hatte. Aber Zeit verging, ich erholte mich, und der Albtraum wich nicht. Ich sah mich also um. Und es gab keinen Zweifel, ich befand mich in der Vergangenheit. Ich versteckte den Apparat notdürftig unter Ästen und Blättern und machte mich auf den Weg in die Stadt. Sie können es sich nicht vorstellen, die alte Stadt, völlig fremd, kaum Häuser, die ich wiedererkannte, nur die Kirchen und Plätze vertraut und manchmal der Verlauf der Straßen. Auch verstand ich anfangs kaum, was die Leute sprachen, dabei kannte ich jedes einzelne Wort. Und immer dieses Gefühl, so völlig, so absolut ausgeschlossen zu sein. Glauben Sie es oder glauben Sie es nicht, anfangs hielt ich mich sogar für unsichtbar. Mit Absicht rempelte ich Leute an, um zu sehen, ob sie mich bemerkten. Sie taten es, aber sie kümmerten sich nicht um mich, trotz meiner fremden Kleidung und meines Aussehens.« Er hielt inne und sann nach.

Wenn er lügt, dachte Hellwich, und daran besteht kein Zweifel, dann lügt er gut.

»Erst nach Stunden«, fuhr der alte Mann fort, »setzte ich mich hin und dachte nach, was zu tun sei. Aber je länger ich meine Lage erwog, desto ohnmächtiger und verzweifelter fühlte ich mich und, schlimmer noch, desto ernsthafter fürchtete ich, verrückt zu werden. Schließlich suchte ich, nur um etwas zu tun, meine Wohnung. Es gab sie natürlich nicht, ich hätte es mir ausrechnen können. Wo das Haus gestanden hatte, das heißt natürlich, wo es einmal stehen sollte, war ein freier Platz, eine Wiese, auf der Kinder spielten. Dann suchte ich nach meinen Verwandten, nach meinen Vorfahren vielmehr, und ich fand das Haus meiner Urgroßeltern, die einen Kolonialwarenladen betrieben, genau so, wie ich es von alten Fotos kannte. Aber was nutzte das? Ich konnte sie nicht ansprechen. Was hätte ich ihnen sagen sollen? Woher ich kam? Wer ich war? Bestenfalls hätten sie mich ausgelacht. Also ergab ich mich in mein Schicksal. – Sie kennen sich in Geschichte aus?«

Hellwich zuckte die Schultern. »Leidlich«, sagte er.

»Nun, dann stellen Sie sich die Zeit kurz nach dem Ersten Weltkrieg vor. Die Männer kamen aus der Armee zurück, krank, verkrüppelt, verbittert. Und zu Hause gab es keine Arbeit, kaum zu essen. Ich stand mit den Arbeitslosen vor Suppenküchen an, beim Roten Kreuz oder bei der Heilsarmee. Auf Lastwagen fuhr ich hinaus zu Erntearbeiten auf den Feldern. Nachts schlief ich in Männerheimen und oft im Freien, in Parks oder draußen vor der Stadt in Ställen und Scheunen. Haben Sie schon einmal in einer Scheune geschlafen?«

Hellwich schüttelte den Kopf.

»Nein? Tun Sie es einmal. Eines Nachts sah ich durch das aufgebrochene Scheunendach den gestirnten Himmel, so sagt man doch, nicht wahr? Und plötzlich fragte ich mich: Was tust du eigentlich hier? Man muss sich das vorstellen. Da lag ich im Stroh, ein armer, verdreckter Tagelöhner, einer von Tausenden, und wusste als einziger Mensch, wie die Weltgeschichte weitergehen wird. Ich war ja immerhin Historiker. Doch dabei sorgte ich mich nicht weiter als bis zur nächsten Mahlzeit und um nicht mehr als den täglichen Platz zum Schlafen. Es war grotesk! Also überlegte ich angestrengt, was zu tun sei. Und die Überlegung war kurz. Eigentlich war es gar keine Überlegung. Es war vielmehr ein Zwang. Ich traf keine Entscheidung, es war meine Bestimmung, der ich folgte. Nie gab es daran für mich einen Zweifel. Noch in derselben Nacht ging ich zurück in die Stadt, zum Bahnhof, und am nächsten Morgen fuhr ich, versteckt in einem Viehwaggon, mit einem Zug Richtung Süden. Ich hatte nur dieses eine Ziel. Nie habe ich daran gedacht, etwas anderes zu tun, das kann ich beschwören!«

»Und was haben Sie getan?«

»Ich habe Hitler ermordet.«

»Wen bitte?«

»Hitler.« Der Mann zuckte die Achseln. »Den kennen Sie natürlich nicht, woher auch, den kennen heute nur noch ein paar Fachleute. Ich habe dafür gesorgt, dass ihn keiner kennt, hier, mit diesen Händen.«

Er streckte seine Hände über den Tisch. Hellwich lehnte sich zurück. »Und wer war dieser Hitler?«, sagte er.

»Ein Lump«, sagte der Mann. »Eigentlich nur ein kleiner Lump. Haben Sie einmal von der NSDAP gehört?«

»Ja, ich glaube. Eine radikale Splitterpartei in den Zwanzigerjahren.«

»Splitterpartei?« Der Mann wiegte den Kopf. »Bei den Wahlen von achtundzwanzig hatten sie immerhin acht Prozent. Ich weiß noch, wie ich damals dachte, ich hätte alles umsonst gemacht. Aber es ging rasch mit ihnen zu Ende. Als der Wirtschaftsaufschwung kam, Anfang der Dreißigerjahre, da sind sie einfach verschwunden.«

»Und wer war dieser Hitler?«

»Ihr Parteivorsitzender. Das heißt, neunzehn war er es noch nicht, aber er wäre es geworden. Und er wäre dann Reichskanzler geworden, dreiunddreißig, und er hätte einen Krieg angefangen, neununddreißig, einen Krieg, wie ihn die Welt noch nicht gesehen hatte, vielmehr hätte, Millionen von Toten, Städte bis auf die Mauern zerstört, zerrissene Staaten, Heimatlose, Vertriebene und ein Elend für Jahre und Jahrzehnte. Das alles hätte er angerichtet, aber er ist nicht dazu gekommen.«

Der Mann ballte die Fäuste. »Oh, es war alles ganz leicht. Damals, neunzehn, war er Agitator bei einem Reichswehrclub. Er sprach vor Soldaten, die aus dem Osten kamen. Ein schmächtiger Kerl war er mit dunklen Ringen unter den Augen. Von Charisma keine Rede, es war lächerlich. Er wiederholte nur ein paar Phrasen, und er bewegte sich wie ein Kapellmeister. Ich sah ihn einmal, bevor ich es tat. Es war widerlich.«

»Wie taten Sie es?«

»Ich sagte Ihnen ja schon, es war ganz einfach. Bald darauf sprach er zum ersten Mal für die Partei. Er redete sich in Rage. Ich wartete auf ihn in der Toilette und erschlug ihn mit einer Eisenstange. Es war ganz leicht, verstehen Sie, er war ja kein Mensch für mich, vielleicht ein Schatten oder eine furchtbare Möglichkeit. Weiter war er nichts. Ich musste mich kaum überwinden. Und er tat mir nicht leid, denken Sie das nicht!«

Der Mann bestellte noch einen Cognac.

»Nein«, sagte er mit Bestimmtheit. »Er tat mir nicht leid. Verwandte von mir sind im Krieg gestorben, zwei Onkel, andere haben ihre Häuser verloren, ihr Geld. Und erst die Juden.«

»Was ist mit den Juden?«

»Er hätte alle Juden verbrennen lassen.«

»Das gibt es doch nicht.«

»Das sagen Sie! Nur weil es zufällig nicht geschehen ist. Weil ich es verhindert habe.«

»Und was passierte dann?«

»Nichts«, sagte der Mann ärgerlich. »Nichts. Eine dumme Frage. Die Weltgeschichte ging ihren Gang. Lesen Sie die einschlägigen Bücher, falls Ihr Schulwissen Sie im Stich lassen sollte.« Er schlug mit der Hand auf den Tisch.

»Und was wurde aus Ihnen?«, sagte Hellwich.

»Aus mir? Das sehen Sie ja!«

»Ich meine, haben Sie nie wieder in die Weltgeschichte eingegriffen, wenn man so sagen darf?«

»Ach nein«, sagte der Mann. »Sehen Sie, ich war beschäftigt, ich brauchte Papiere, eine Arbeit, eine neue Lebensgeschichte. Das alles hat Jahre gedauert. Und einfach war es nicht.«

»Und was wurde aus dem Erfinder der Zeitmaschine? Hat er nie versucht, Sie zurückzuholen?«

»Woher soll ich das wissen?« Der Mann winkte ab. »Ich glaube, der Apparat ist bei dem Sturz beschädigt worden. Später war er übrigens verschwunden. Wahrscheinlich haben

Kinder ihn zum Schrotthändler gebracht, wegen des Edelmetalls.«

Hellwich dachte ein wenig nach. »Der Konstrukteur müsste doch heute, also ich meine hier, wieder leben.«

»Müsste!«, rief der Mann höhnisch. »Müsste! Natürlich müsste er das! Aber er tut es nicht. Wie so viele andere. Sehen Sie, Millionen sind nicht gestorben, und Millionen sind nicht erst geboren worden. Warum das so ist, ich weiß es nicht. Jeder Fall liegt anders. Ich habe das in den Jahren verfolgt. Mein Vater zum Beispiel hat meine Mutter gar nicht geheiratet, woraus wiederum folgt ...«

»... dass Sie nicht geboren worden sind?«

»Ja. Und das war auch besser so. Es hätte mich nur zu Dummheiten verleitet. Oder möchten Sie sich selbst als Kind begegnen? Nein, vielen Dank dafür, das hatte schon seine Richtigkeit.«

»Und was taten Sie also? Ihre neue Lebensgeschichte?«

»Sie werden es nicht glauben. Ein gewisses Anfangskapital habe ich mit Wetten erworben.«

»Mit Wetten?«

»Ja, in den ersten Jahren verlief alles noch ungefähr so, wie ich es gelernt hatte. Und ich wettete auf alles, an das ich mich erinnerte, auf die Verleihung von Nobelpreisen, auf die erste Ozeanüberquerung, auf den Ausgang von großen Sportveranstaltungen, auf Wahlergebnisse, ja sogar auf Erdbebenausbrüche. Man findet Menschen, die bei so etwas mittun, glauben Sie mir. Nicht viele natürlich, aber ich setzte immer, wenn ich absolut sicher war, mein ganzes Vermögen, das war ein Anreiz. Als ich merkte, dass alles anders wurde, hörte ich natürlich damit auf. Ich eröffnete ein Geschäft für Rundfunkgeräte, das hatte ja Zukunft, da konnte man nichts falsch machen. Mein unternehmerisches Prinzip war: Immer das

Neueste als Erster haben und so schnell wie möglich. Da war einfach nichts falsch zu machen.« Der Mann lachte. »Ich bin heute sehr vermögend, müssen Sie wissen.«

»Und niemand glaubt Ihnen Ihre Geschichte«, sagte Hellwich.

»Sie haben recht«, sagte der alte Mann. »Aber es macht mir nichts aus. Wirklich nicht. Ich habe nie mit jemandem darüber geredet, den ich persönlich kannte oder der mir etwas bedeutete. Meine Familie weiß nichts davon.«

»Und warum dann ich? Warum erzählen Sie alles mir?«

»Schauen Sie auf den Kalender«, sagte der Mann lächelnd. »Heute ist der Jahrestag meiner Ankunft hier. Und jedes Jahr an diesem Tag erzähle ich die ganze Geschichte einem Wildfremden. Dieses Jahr sind Sie es. Das ist alles.«

»Und wenn nun doch einmal jemand Ihre Geschichte glaubt? Ich zum Beispiel?«

»Steht ganz in Ihrem Belieben. Und ist mir vollkommen gleichgültig. Man kann mir damit nicht schaden. Außerdem würde ich alles abstreiten! Ich bin ein sehr alter Mann.«

»Wollen Sie mir nicht noch ein wenig von der Zeit erzählen, aus der Sie gekommen sind?«, bat Hellwich.

Der Mann runzelte die Stirn und sah ihn prüfend an. »Soll das heißen, dass Sie mir wirklich glauben? Machen Sie sich bitte nicht über mich lustig. Und wenn Sie sich von der Beschreibung ferner Welten bezaubern lassen wollen, dann lesen Sie die einschlägigen Werke. Lesen Sie Jules Verne oder dergleichen. Das ist nicht meine Aufgabe. Ich habe getan, was zu tun war, nicht mehr und nicht weniger.«

»Aber Ihre Reise verändert alles Denken über die Welt, unsere Vorstellungen von Raum und Zeit«, versuchte Hellwich den Mann zurückzuhalten. »Man kann gar nicht aufhören, alle Konsequenzen zu bedenken.«

Der alte Mann winkte der Bedienung. Dann sah er auf die Uhr. »Man kann sehr wohl«, sagte er, »das können Sie mir glauben.« Er legte einen Geldschein auf den Tisch und erhob sich. Hellwich wollte aufstehen, doch nicht ohne Kraft drückte der Mann ihn an der Schulter zurück.

»Bitte, tun Sie mir den Gefallen und bleiben Sie noch. Ich möchte nicht das Gefühl haben, dass Sie mir folgen. Danke. Und leben Sie wohl.« Damit verschwand er.

Hellwich blieb also. Dummheiten, dachte er, und immer lasse ich mich hineinziehen. Er bestellte einen Kaffee. Er hatte eine Verabredung versäumt und bis zur nächsten noch eine Menge Zeit.

Der Tiger

Schräder hakte einen Termin ab. Wenn er jetzt noch den Schadensfall an dem Zirkuszelt abschließen könnte, wäre sein Pensum für heute erledigt. Es war halb drei, ginge alles glatt, könnte er am Nachmittag noch etwas mit den Kindern unternehmen. Er fuhr aus der Stadt und hielt vor dem Gelände, auf dem der Zirkus sein Winterquartier aufgeschlagen hatte. Einen Mann, der welke Blätter zusammenkehrte, fragte er nach dem Wagen des Direktors Legrand.

»Da hinten, der rote«, sagte der Mann.

Schräder klopfte an die Wohnwagentür. Niemand öffnete.

»Dann ist er wahrscheinlich im Raubtierzelt«, sagte der Kehrer, »das größere blaue.«

Schräder ging zu dem Zelt, zog ein loses Stück Leinwand zur Seite und trat ein. Ein scharfer Geruch schlug ihm entgegen. Es war sehr warm und ziemlich dunkel. »Herr Direktor Legrand«, rief Schräder, noch bevor seine Augen sich an die Dunkelheit gewöhnt hatten.

»Ich bin hier«, antwortete es von der anderen Seite des Zeltes. »Sie sind von der Versicherung? Kommen Sie doch herüber.«

Da lag das Problem. Schräder, der jetzt alles deutlich erkennen konnte, stand starr, die Schulter an einen Pfosten gelehnt. Das Zelt war etwa dreißig Meter lang, an beiden Seiten standen Gitterkäfige auf hohen Rädern. Sie waren leer. Vom Zeltdach herab hingen an ihren Kabeln zwei Glühbirnen, und in der Mitte des Gangs zwischen den Käfigen lag, zur vollen Größe ausgestreckt, wunderbar gleichmäßig gestreift und herrlich braun, schwarz und weiß, ein riesiger Tiger.

»Was haben Sie denn? Warum kommen Sie nicht?«, rief es wieder, und zwischen den Käfigen erschien ein großes Gesicht mit schwarzen Haaren und einem schmalen schwarzen Schnurrbart.

»Da«, sagte Schräder und zeigte mit der Rechten andeutungsweise nach vorne, während er mit der Linken seine Aktentasche vor die Brust drückte.

Direktor Legrand trat in den Boxengang. Er war groß und trug einen weißen, fleckigen Overall. Blutflecken, dachte Schräder. Der Direktor wischte sich die Hände an den Hosenbeinen ab und wies auf den Tiger. »Ach so, deswegen. Das ist Madonna.«

»Um Gottes willen«, flüsterte Schräder.

»Ach, Sie haben Angst vor ihr?«, sagte Legrand, als müsste er das aussprechen, um es glauben zu können. »Keine Ursache«, fuhr er fort, während er sich auf den Tiger zu bewegte. »Die ist vollkommen harmlos. Das ist unsere Spielkatze. Nicht wahr, mein Mädchen?« Damit kniete er neben dem Tiger und griff ihm mit beiden Händen ins Fell, grob, wie Schräder bemerkte, worauf das Tier sich auf den Rücken wälzte und den Direktor sanft mit der Pranke schlug. Dazu legte es den Kopf weit in den Nacken und schloss die Augen. Seine Lefzen klappten ein wenig hoch und entblößten wundervoll weiße, daumenlange Fangzähne.

»Ja, das gefällt dir, was«, sagte der Direktor, griff dem Tier an die Kehle und zauste das Fell. Dann schaute er den Versicherungsvertreter an. »Nun kommen Sie schon her!«

»Aber wo sie mich doch nicht kennt«, sagte Schräder ohne Stimme. »Ich meine, ich bin ja fremd hier.«

»Papperlapapp.« Der Direktor erhob sich. »Kommen Sie

her! Madonna ist völlig harmlos. Seien Sie kein Feigling, Mann!«

Schräder machte einen Schritt nach vorne. Siebenunddreißig Jahre lang bin ich keine unnötigen Risiken eingegangen, sagte er sich, und jetzt lasse ich mich von einem Tiger zerfetzen, weil ein Zirkusdirektor mit gefärbten Haaren mich einen Feigling nennt. Dann machte er noch einen Schritt.

»Also, was ist?«, sagte der Direktor.

Schräder war nun ganz nah.

»Los, streicheln Sie sie!«

Schräder bückte sich. Er überlegte noch kurz, ob die Versicherung es als Unfall bei der Erfüllung dienstlicher Obliegenheiten einstufen würde. Dann nannte er sich einen Idioten und schob seine rechte Hand sehr langsam vor, während er mit der linken die Aktentasche umklammert hielt.

Das Fell fühlte sich rauer an, als Schräder es sich vorgestellt hatte. An der Oberfläche schien es ein wenig fettig zu sein, aber wenn er es gegen den Strich rieb, war es trocken, und von der Haut des Tieres stieg Wärme in die Hand.

»Fester«, sagte der Direktor und haute dem Tiger kräftig auf die Flanken, »sonst denkt sie noch, Sie hätten Angst.«

»Keineswegs«, sagte Schräder und griff in das Fell. Am Hals des Tieres war es scheinbar lose über Fleisch und Knochen gezogen. Er konnte es doppelt fassen wie eine Tuchfalte und es hin- und herbewegen. Schräder stellte die Aktentasche ab und nahm seine zweite Hand zu Hilfe. Der Tiger schnurrte wie eine Katze, und Schräder spürte die Vibration der Kehle unter seinen Händen. Dann plötzlich öffnete der Tiger die Augen, drehte den Kopf ein wenig schräg und sah Schräder durch eine geschlitzte, grüne Pupille eine Sekunde lang an. Dabei fauchte er leise durch die Zähne. Schräder fühlte sich zerfließen.

»Kommen wir zum Geschäftlichen«, sagte der Direktor.

Als Schräder nach Hause kam, roch seine Frau an seinem Anzug. »Igittigitt, du stinkst nach Stall«, sagte sie, »warst du etwa im Zirkus?«

»Ja«, antwortete Schräder, der sich auf dem Heimweg andere Sätze überlegt hatte. »Geschäftlich«, fügte er noch hinzu.

»Häng bloß den Anzug sofort zum Lüften auf den Balkon«, sagte seine Frau. »Der Gestank ist unerträglich.« Schräder hatte vorschlagen wollen, am Abend zu zweit in ein Restaurant zu gehen, ohne die Kinder. Stattdessen setzte er sich in die Badewanne und konzentrierte sich auf die Zeitung. Er las die Wirtschaftsseite von links oben bis rechts unten. Schließlich rasierte er sich in der Wanne. Seine Frau konnte das nicht ausstehen, weil dann die Bartstoppeln am Wannenrand klebten. Nach dem Bad zog Schräder den hellen Anzug an, den er im Urlaub in Italien gekauft hatte. »Gehst du etwa noch aus?«, fragte seine Frau, als sie ihn darin sah. Schräder gab keine Antwort. Er nahm den Mantel von der Garderobe, verließ die Wohnung und fuhr mit dem Bus in die Innenstadt.

Auf dem Marktplatz setzte er sich an einen kleinen Tisch vor einem Lokal und bestellte ein Bier, das er hastig trank. Es war noch früh am Abend, Menschen kamen aus den Geschäften. Ich kann es keinem erzählen, dachte Schräder, es bedeutet gar nichts. Am Nebentisch nahmen zwei junge Frauen Platz. Schräder malte sich die Szene aus. Er würde aufstehen und sich vorstellen: ›Gestatten, Schräder, heute gerade einen Tiger berührt, bitte sehr, mit diesen Händen, höchstpersönlich, jawoll, da staunen Sie aber!‹ Nein, das war der Gipfel der Lächerlichkeit. Schräder bestellte noch ein Bier.

Auf der Straße vor dem Lokal hielt ein offener weißer Sportwagen. Der Fahrer und sein Beifahrer begrüßten die jungen Frauen am Nebentisch. Schräder biss sich auf die Zunge. Im Prinzip ist es eine Kleinigkeit, einen Tiger zu berühren. Entweder das Tier ist wild, dann gute Nacht, oder es ist zahm, und dann passiert nichts, basta. Jeder kann einen Tiger berühren, es ist nichts weiter dabei. Hastig trank Schräder ein drittes und ein viertes Bier. Plötzlich wurde ihm sehr übel. Knapp schaffte er es zur Toilette, wo er sich übergeben musste. Dann ging er zu Fuß nach Hause. Es war längst dunkel, als er dort ankam.

»Wo warst du?«, sagte seine Frau. »Und warum riechst du jetzt nach Alkohol?«

»Ich habe einen Tiger berührt«, sagte Schräder und legte sich zu Bett.

Am nächsten Morgen hatte er Kopfschmerzen. Im Waschraum des Büros nahm er eine Tablette. Als er zurück an seinen Schreibtisch ging, stand dort der Abteilungsleiter und blätterte in einer Akte. »Die Sache mit dem Zirkus?«, sagte der Abteilungsleiter und hielt die Akte hoch. »Wie ist es? Hat der Herr Direktor sein Zelt zerfetzt?«

»Es ist nicht meine Aufgabe, das festzustellen«, sagte Schräder. »Ich war nur dort, um über einige Punkte seines Antrages Rücksprache zu halten. Wenn Zweifel an seinen Einlassungen bestehen, werden wir einen Detektiv beauftragen müssen.«

»Schon gut«, sagte der Abteilungsleiter und legte die Akte zurück, »mir war's ja nur um Ihre Meinung zu tun.« Schräder wollte etwas von Meinungen sagen, für die er nicht bezahlt werde, ließ es aber bleiben. »Wenn Sie es für sinnvoll halten«, sagte er, »kann ich ja noch einmal hinfahren. Ich sage einfach, es gebe noch ein paar Unklarheiten, und dabei fühle ich dem Mann auf den Zahn.«

»Ja, tun Sie das nur«, sagte der Abteilungsleiter. Als er

gegangen war, lachte Schräders Bürokollege vor sich hin. »Willst du Karriere machen, oder hast du dich in eine Zirkusreiterin verknallt?«, sagte er und machte im Sitzen balancierende Bewegungen.

»Weder noch«, antwortete Schräder. »Ich gehe einen Tiger füttern.«

»Auch gut«, sagte der Kollege. »Pass aber auf, dass er dich nicht frisst.«

»Mach ich«, sagte Schräder und griff nach seiner Aktentasche.

Er fand den Direktor in der Manege. Dort trainierten ein junger Jongleur und eine Frau, die auf einem kleinen Podest schlangenhafte Verrenkungen machte.

»Noch nicht alles in Ordnung?«, fragte Legrand, als er Schräder kommen sah.

»Doch schon, aber«, Schräder machte eine Pause und sah in die Zirkuskuppel, in der ein großes Loch klaffte, »es gibt noch ein paar Formalitäten, wissen Sie, unbedeutende Einzelheiten. Es ist immerhin eine große Summe, da kommt es auf Kleinigkeiten an.«

Legrand fluchte. Man habe nichts als Ärger. Da zerreiße einem der Sturm das Zelt, und natürlich mache die Versicherung gleich Schwierigkeiten.

Schräder zog die Schultern hoch. »Umfangreiche Objekte«, sagte er, »erfordern besondere Genauigkeit.«

»Glaubt man mir etwa nicht?«, fuhr der Direktor auf. »Ich habe es ja kommen sehen. Es ist immer dasselbe. Zahlen darf man, bis man schwarz wird, aber wehe, wenn dann wirklich etwas passiert. Dann ist man der Dumme!«

»Keineswegs«, sagte Schräder. »Sie missverstehen mich. Es geht, wie gesagt, nur um Formalitäten.« Dabei kramte er in seiner Aktentasche.

»Muss ich etwa noch einen Wisch unterschreiben?«, sagte der Direktor.

»Nicht jetzt.« Schräder holte etwas in Fettpapier Eingeschlagenes aus seiner Aktentasche. »Ich wollte nur fragen, ob ich Madonna das geben dürfte.« Er wickelte ein ziemlich großes Stück blutigen Fleisches aus und hielt es dem Direktor hin. »Ob sie so was wohl frisst?«, sagte er.

Der Direktor trat auf Schräder zu und sah ihn eindringlich an. Schräder blickte zurück. Er sah, dass auch der Schnurrbart des Direktors gefärbt war. »Ob sie das frisst?«, sagte er noch einmal.

Der Direktor nickte langsam. »Und ob die das frisst«, sagte er, »kommen Sie mit.«

Im Raubtierzelt waren jetzt die meisten Käfige besetzt; in einem lag mit dem Rücken zum Gitter der Tiger. Schräder blieb in einiger Entfernung stehen. »Besuch für dich, Madonna!«, rief Legrand und klappte die Käfigtür herunter. Der Tiger rollte sich elegant herum, bis seine Vorderpranken über den Käfigrand hingen, den Kopf legte er dazwischen und beobachtete die beiden Männer. »Na los, zeigen Sie ihr, was Sie mitgebracht haben!«, sagte der Direktor.

Schräder hielt, ein wenig zögernd, dem Tiger das Fleischstück entgegen und machte einen Schritt auf den Käfig zu.

»Nicht so«, sagte der Direktor ruhig, »den schönen Brocken soll sie sich selbst holen.«

Der Tiger hatte schon Witterung aufgenommen. Er hob den Kopf, und seine Backenhaare sträubten sich. Langsam richtete er sich auf, dann zog er den Körper zusammen, machte einen Buckel und sprang lautlos aus dem Käfig auf den Boden. Dort verharrte er einen Moment, dann stieß er dem Direktor den Kopf in die Hüften.

»Na, hol dir das Stück Fleisch«, sagte der Direktor und

schob den Tiger von sich. Schräder war inzwischen in die Knie gegangen. Langsam kam der Tiger auf ihn zu. Dann stand er still und streckte den Kopf vor, bis er das Fleischstück fast berührte. Geräuschvoll roch er daran, legte die Ohren zurück, schloss die Augen und nahm Schräders Geschenk mit schräg gestelltem Kopf und weit hochgezogenen Lefzen. Zwei lange Sprünge, und er war wieder in seinem Käfig. »Könntest wenigstens danke sagen, du Biest«, rief der Direktor und klappte die Käfigtür wieder hoch.

Schräder trat näher heran. Der Tiger hatte das Fleischstück zwischen die Pranken und seitlich ins Maul genommen. Mit geschlossenen Augen und lautem Schmatzen kaute er daran. »Scheint ihr zu schmecken«, sagte Schräder.

»Und was haben wir zwei jetzt noch zu regeln?«, fragte der Direktor.

»Für den Augenblick nichts«, sagte Schräder, »aber ich muss wahrscheinlich noch einmal wiederkommen.«

»Tun Sie das«, sagte der Direktor. »Kommen Sie überhaupt, wann immer Sie wollen. Und bringen Sie Ihre Familie mit. Sie haben doch Familie?«

»Danke«, sagte Schräder. Dann ließ er den Direktor stehen. Vor dem Zelt sah er sich um; der Mann, der gestern Blätter gekehrt hatte, spülte gerade einen Eimer aus. Langsam ging Schräder auf ihn zu. »Sind tausend Mark viel Geld?«, fragte er ihn.

Der Mann sah ihn verdutzt an. »Das will ich meinen«, sagte er.

»Finde ich auch«, erwiderte Schräder und trat nach einem Stein, »und wenn man bedenkt, wie leicht es ist, sie sich zu verdienen.«

Der Mann spuckte aus, dann fuhr er sich mit der Hand über den Mund. »Was wollen Sie wissen?«

Als Schräder mittags nach Hause kam, stand seine Frau im Flur. »Sag nicht, du warst schon wieder im Zirkus«, sagte sie. »Da gefällt es dir wohl, was? Oder hast du dich in eine Seiltänzerin verliebt?«

Beim Essen untersuchte Schräder seine Suppe. Auf dem Tellerboden lagen kleine Buchstaben-Nudeln. Schräders Frau gab sie in die Suppe, um die Kinder zum Essen anzuhalten. Der Trick war, dass man zuerst die Suppe auslöffeln musste, um dann mit den Buchstaben ein Wort oder einen Namen zu legen. Schräder fielen erstaunlich viele Worte ein, die er mit seinen Buchstaben hätte bilden können. Aber er aß seine Suppe nicht.

»Schmeckts nicht?«, fragte seine Frau.

»Doch, doch«, sagte Schräder, »aber eigentlich hätte ich lieber ein Stück Fleisch.«

Schräders Frau vertrug keine Kritik an ihrer Haushaltsführung. Es gab ein paar böse Worte, Schräder verließ den Küchentisch und die Wohnung. »Wohin gehst du?«, rief seine Frau hinter ihm her.

Im Büro ließ sich Schräder beim Abteilungsleiter melden. »Waren Sie schon im Zirkus?«, fragte der Abteilungsleiter. Schräder nickte nur.

»Na und?«

»Also wenn Sie mich fragen«, Schräder machte eine Pause und sah zur Decke, »da ist wahrscheinlich alles in Ordnung.«

»Schön«, sagte der Abteilungsleiter, »beziehungsweise nicht schön, wenn man an die Interessen unseres Hauses denkt.«

»Ich werde noch einmal hinausfahren«, sagte Schräder. »Besser ist besser.« Der Abteilungsleiter nickte.

Auf dem Weg zum Zirkus hielt Schräder an einer Tankstelle. Er ließ auftanken und die Scheiben putzen. Unterdessen stand er etwas abseits und beobachtete den Verkehr. Es sind lauter Versicherungsvertreter, dachte er. Sie fahren zu ihren Kunden, schließen Verträge ab und regeln die Formalitäten. Und dann gibt es Zirkusdirektoren mit falschen Namen und gefärbtem Bart und zahmen Tigern, die man berühren kann. Schräder gab dem Tankwart ein hohes Trinkgeld.

»Holla«, sagte der Tankwart und legte grüßend eine Hand an die Mütze.

»Sie schon wieder!«, rief der Direktor Legrand, als Schräder kurz darauf in die Manege trat. »Machen Sie Überstunden oder haben Sie gleich Ihre Familie mitgebracht?«

»Weder noch«, sagte Schräder und stellte seine Aktentasche ab. »Kann ich Sie einen Moment alleine sprechen?«

»Sehen Sie hier jemanden?«, sagte der Direktor und wies mit dem Kinn in das leere Rund. »Immer raus mit der Sprache.«

»Sie haben«, begann Schräder und schaute hinauf zu den kleinen Plattformen der Hochseilartisten, »Ihre Versicherung betrogen. Sie haben an einigen Stellen Löcher in das Zelt geschnitten und die Taue zu fest gespannt. Beim ersten Sturm musste es zerreißen. Mit dem Geld wollen Sie Ihre Artisten bezahlen, um danach einen sauberen Bankrott anmelden zu können. Sie sind nämlich pleite.«

Der Direktor Legrand setzte sich auf den Manegenrand. »Okay«, sagte er. »Verraten Sie mir, woher Sie es wissen?«

»Unwichtig«, sagte Schräder. »Es ist eigentlich sehr anständig von Ihnen. Sie bekommen keine Kredite mehr, oder?«

Der Direktor nickte. »Ich habe einfach nicht das Zeug für so etwas.«

»Ich weiß, was Sie meinen«, sagte Schräder. »Und wenn Sie die Tiere verkaufen würden? An einen Zoo vielleicht? Oder an Privatleute?«

Der Direktor schob die Unterlippe vor und schüttelte den Kopf. »Ich hab's versucht«, sagte er. »Die Zoos sind voll von ehemaligen Zirkustieren, und einen Tiger darf man nicht zu Hause halten.«

»Wie viel würden Sie denn brauchen, um über den Winter zu kommen?«

Der Direktor sah ihn erstaunt an. »Was interessiert Sie das? Ich denke, Sie sind hier, um mich zu verpfeifen.«

»Muss ja nicht sein«, sagte Schräder und prüfte die Strickleiter, die zur Plattform hochführte. Der Direktor stand auf und trat näher an ihn heran.

»Was wollen Sie, Mann?«, sagte er leise. »Wollen Sie mich nur langsam fertigmachen, oder wollen Sie vielleicht Geld? Sie wissen doch, dass ich keins habe!«

Schräder sah ihn mit hochgezogenen Augenbrauen an. »Unsinn«, sagte er, »also los, stellen Sie sich vor, die Versicherung zahlt. Ein neues Zelt. Wie lange können Sie sich über Wasser halten, maximal?«

»Vielleicht ein halbes Jahr.«

»Und wie viel brauchen sie, um wieder auf die Beine zu kommen, Minimum?«

»Zweihunderttausend«, sagte der Direktor nach kurzer Überlegung.

Schräder dachte nach. »Das wird sich machen lassen, vorausgesetzt ...«

»Vorausgesetzt was?«

»Vorausgesetzt, Sie tun ab jetzt genau das, was ich Ihnen sage.«

»Sagen Sie es, und ich tue es«, flüsterte der Direktor.

Eine halbe Stunde später drang ein furchtbarer Schrei aus dem Raubtierzelt. Die Zirkusleute liefen zusammen, doch bevor jemand das Zelt betreten konnte, trat Legrand heraus.

Auf seinen Armen trug er Schräder. Dessen Anzug war zerrissen, Blut lief aus seinen Wunden über den Overall des Direktors. »Schnell«, rief Legrand. »Schnell. Einen Krankenwagen.«

Die ersten Tage blieb Schräders Frau Tag und Nacht an seinem Krankenbett. Es bestand zwar keine Gefahr für sein Leben, er war nur am ganzen Körper zerkratzt und zerschunden, aber schon nach der ersten Untersuchung hatten die Ärzte Besorgnis über seinen psychischen Zustand geäußert. Schräder phantasierte ununterbrochen, manchmal schrie er minutenlang. Er musste die grauenhaften Sekunden, in denen sich im Raubtierkäfig eine Tigerin auf ihn gestürzt und er mit ihr um sein Leben gerungen hatte, wohl immer wieder durchleben. Nach etwa einer Woche fiel er dann in völlige Apathie. Er erkannte niemanden und sprach kein Wort. Nach zwei Wochen entließ man ihn nach Hause, da im Krankenhaus weiter nichts für ihn zu tun war. Er verbrachte die Tage auf der Couch im Wohnzimmer, die Nächte im Bett, manchmal sprach er ein wenig, häufig weinte er nur vor sich hin. Die Kinder wurden zur Großmutter gegeben, Schräders Frau litt unter Schlaflosigkeit.

Nach etwa zwei Monaten begann Schräder, sich sehr langsam zu erholen. An eine Aufnahme seiner Arbeit aber war nicht zu denken, denn er weigerte sich standhaft, das Haus zu verlassen. Schräders Frau ging zu einem befreundeten Anwalt und fragte, ob es Sinn habe, den Zirkus zu verklagen.

»Sicher«, sagte der Anwalt, »außerdem müssen diese Leute ja gegen so etwas versichert sein.«

»Sie dürfen nicht glauben, dass ich Vorteile aus seinem Zustand ziehen will«, sagte Schräders Frau.

»Nicht doch«, sagte der Anwalt, »es soll ja alles seiner Gesundung zugutekommen.«

Schließlich forderte der Anwalt die Versicherung des Zirkusses auf, seinem Mandanten ein Schmerzensgeld von mindestens dreihunderttausend Mark zu zahlen. In Anbetracht der Schwere des psychischen Schadens, den sein Mandant neben den Verletzungen davongetragen habe, scheine ihm dies eine angemessene Summe.

Ein paar Tage später ließ Schräders Abteilungsleiter sich beim Versicherungsdirektor melden. »Sollen wir versuchen zu prozessieren?«, sagte er. »Immerhin gehören Tiger in den Käfig. Unterlassene Aufsichtspflicht.« Der Versicherungsdirektor wog das Schreiben des Anwaltes in der Hand. »Unklug«, sagte er, »es war schließlich unser Mann. Und er war im Dienst, nicht wahr?«

Der Abteilungsleiter nickte.

»Sehr unklug«, sagte der Versicherungsdirektor noch einmal. »Stellen Sie sich die Schlagzeilen vor, wenn eine Zeitung davon Wind bekommt!«

»Und die bekommen immer Wind«, sagte der Abteilungsleiter.

»Immer«, sagte der Versicherungsdirektor, »einfach immer.«

Schräders Allgemeinzustand besserte sich unterdessen. Um Weihnachten konnte er schon kleinere Hausarbeiten erledigen, die Kinder kamen von der Großmutter zurück, manchmal half er ihnen sogar bei den Schularbeiten. Nur nach draußen traute er sich nicht, und niemand bekam aus ihm heraus, wovor er sich fürchtete. Darüber sprach er weder mit seiner Frau noch mit dem Psychiater, der ihn regelmäßig aufsuchte.

Am Neujahrsnachmittag, Schräders saßen in der Küche, balancierte eine Katze draußen über das Balkongeländer.

Schräder bekam einen entsetzlichen Anfall, der ihn um Wochen zurückwarf.

»Mir ist jetzt alles völlig klar«, sagte der Psychiater tags darauf zu Schräders Frau. »Ihr Mann hat eine schwere Tierphobie, kein Wunder bei seinem Erlebnis.«

»Und was kann man da machen?«, fragte Schräders Frau. »Ich bin am Ende meiner Kräfte.«

»Wir müssen ihn langsam wieder an Tiere gewöhnen. Das wird von uns allen viel Geduld und Nachsicht verlangen.«

Schräders Frau putzte sich die Nase. »Am besten lassen wir ihn gleich Tierpfleger werden«, sagte sie, »da kann er sich den ganzen Tag selbst therapieren. Ich jedenfalls halte es nicht mehr aus.«

Der Psychiater dachte nach. »Ich weiß, Sie haben in den letzten Wochen einiges mitgemacht«, sagte er, »und ich verstehe, wenn Sie manchmal etwas verzweifelt sind. Aber an dem, was Sie da eben sagten, ist etwas dran.«

Vier Monate später verließ der Zirkus Legrand sein Winterquartier. Die Wohnwagen waren angespannt, und was nicht auf eigenen Rädern fahren konnte, war fertig, um auf die Bahn verladen zu werden.

Am Tag vor der Abreise wurde das Zelt über den Raubtierkäfigen abgebaut. Der Tierpfleger Schräder überwachte die Arbeiten. Am Abend, als die Monteure gegangen waren, trat der Direktor Legrand zwischen die Käfige. »Alles klar?«, sagte er.

»Alles klar«, antwortete Schräder und prüfte noch einmal die Schlösser an den Käfigtüren.

»Das mit Ihrer Frau tut mir leid«, sagte der Direktor.

Schräder sah ihn an. »Ich will nicht darüber reden«, sagte er.

»Schon gut, schon gut.« Der Direktor ging an den Käfigen vorbei und ließ seine Hand an den Stäben entlanggleiten. »Sie sind wahrscheinlich verrückt«, sagte er. »Ich habe nie geglaubt, dass es funktioniert. Ich habe nur mitgemacht, weil Sie mich in der Hand hatten.«

»Haben«, sagte Schräder, »haben.«

»Wieso haben?«, rief der Direktor.

»Sie vergessen das Zelt. Ich werde von Tag zu Tag gesünder, und ich bin noch immer Versicherungsvertreter.«

»Wenn Sie die Sache mit dem Zelt verraten, dann sage ich ...«

»Ja?«, sagte Schräder scharf. »Was genau sagen Sie? Und wer glaubt es einem Versicherungsbetrüger?« Dann lachte er. »Außerdem müssen Sie an die Zeitschriften denken. Die schönen Berichte. ›Vom Tiger verwundet – vom Tiger geheilt!‹ Wir würden das Geld für die Exklusivrechte verlieren.«

Der Direktor wippte auf seinen Zehenspitzen. »Entschuldigen Sie bitte«, sagte er. »Das war sehr dumm von mir.«

»Schon vergessen.« Schräder wischte sich die Hände an seiner Schürze ab. »Übrigens gefallen mir die Entwürfe für die Werbezettel nicht.«

»Wir werden sie ändern«, sagte der Direktor.

Spät in der Nacht brach der Zirkus auf. In den Käfig des Tigers drang nur das leise Tackern der Zugmaschine. Der Wagen schwankte leicht, ein wenig Licht kam durch die Ritzen in der Decke. Schräder hatte auf dem Boden eine Decke ausgebreitet, und auf der lag er nun, Seite an Seite neben der Tigerin. Sie schlief, und stoßweise ging ihr Atem wie ein leichtes Fauchen. Schräder drückte seinen Kopf an ihre Flanke und zählte die Herzschläge. Er wusste, wenn er sie jetzt an einer bestimmten Stelle auf dem Rücken berühren würde, dann würde ein wellenförmiger Schauer durch ihren Körper laufen und ihr Schwanz im Traum wie eine Peitsche schlagen.

Hinter der Front

Gruber war zwischen die Fronten geraten. Als es Abend wurde, versteckte er sein Krad unter Ästen, hob am Waldrand ein Loch aus und kauerte sich hinein. In der Nacht rollten auf dem Weg durch die baumlose Talmulde, an die der Wald grenzte, amerikanische Panzer. Gruber sah sie nicht, er hatte das Gesicht in den Boden gedrückt, um sich nicht zu verraten. Natürlich könnte er sich ergeben, aber wusste man, ob die Amerikaner Gefangene machten? Die Russen, sagten die, die von der Ostfront gekommen waren, die Russen machten jedenfalls keine. Als es Morgen wurde, kroch Gruber aus seinem Loch und flach über den nassen Waldboden, bis er die Mulde einsehen konnte. Bis zum gegenüberliegenden Waldrand waren es zweihundertfünfzig, vielleicht dreihundert Meter. Gegen Ende stieg das Gelände steil an, ein Abhang von drei oder vier Metern Höhe, aus dem Baumwurzeln ragten. In diese Richtung musste er sich halten. Nach rechts war der Weg auf etwa dreihundert Metern zu übersehen. Dort war nichts. Linker Hand kreuzte er nach fünfzig Metern einen anderen Weg, um gleich danach wieder im Wald zu verschwinden. Auf der Kreuzung stand ein amerikanischer Panzer. »Scheiße«, sagte Gruber, »verdammte, verdammte Scheiße.«

Er kroch zurück in den Wald zu seinem Krad. Es gab zwei Möglichkeiten. Erstens laufen, so schnell wie möglich, denn es gab keine Deckung. Aber wenn sie ihn gleich sahen, war er geliefert. Es dauerte einfach zu lange. Zweitens fahren, das

Krad vorsichtig zum Waldrand bugsieren, Anlauf nehmen, aufsteigen, im Herunterrollen zünden, Vollgas bis zum Abhang, dann abspringen und die letzten Meter zu Fuß. So würden sie ihn auf jeden Fall hören. Aber es ging schneller, viel schneller. Gruber dachte nach. Vielleicht gab es eine dritte Möglichkeit, warten, bis der Panzer wegfuhr. Doch mit jeder Stunde, die er wartete, würde sich die Front weiter entfernen, und selbst wenn er hier entwischte, wäre seine Einheit nicht zu erreichen.

Obergefreiter Ernst Gruber, dachte Gruber, geboren fünfundzwanzigster sechster dreiundzwanzig, gestorben achter fünfter fünfundvierzig. Träger des Verwundetenabzeichens Zweiter Klasse, drei Jahre Westfront, gefallen während der großen Verteidigungsschlacht um die heilige deutsche Erde. Das klang gut. Man könnte es seinen Kindern sagen. Aber Gruber hatte keine Kinder, nicht einmal eine Frau. Wer von seinen Eltern, Verwandten und Freunden noch lebte, wusste er nicht. Sicher stand nur fest, wer schon tot war. Es fiel Gruber auf, dass er wenig an die Toten dachte. »Scheiße«, sagte er. Also das Krad.

Vom Waldrand aus überprüfte er noch einmal das Gelände, keine Senke, kein verborgener Bach, kein Schützenloch. Dann sah er das Krad durch, Tank, Benzinleitung, Kette. Er nahm die Zündkerze heraus und trocknete sie am Uniformärmel. Er zog seine Handschuhe an und versuchte ruhiger zu atmen. Dann nahm er Anlauf.

Es war steiler, als er geglaubt hatte. Rasch wurde das Krad schneller. Zündung ein, Gang rein, Kupplung kommen lassen. Es gab eine Serie von Fehlzündungen, das Krad wurde langsamer. Noch einmal, jetzt im zweiten Gang. Wieder Fehlzündungen. Gleich war der Weg erreicht. »Scheiße«, schrie Gruber, sprang vom Motorrad und lief auf den Abhang zu. Aus den Augenwinkeln sah er, wie der Turm des Panzers herumschwenkte. Noch fünfzig Meter. »Schießt doch!«, rief Gruber. Dann erreichte er den Abhang, aber er sank tief in das braune, feuchte Erdreich, und die Wurzeln gaben kaum Halt. Als er beinahe oben war, rutschte er ab und glitt auf dem Rücken ein Stück hinunter. Er breitete die Arme aus, um seinen Fall zu bremsen. Das Rohr des Panzers zeigte auf seine Stirn. Auf den Turm waren ein Name und eine Nummer geschrieben.

»Schießt, ihr Schweine!«, brüllte Gruber und kletterte weiter. Plötzlich griff er in festen Boden. Er zog sich hinauf, kam auf die Beine und rannte in den Wald.

Am Abend erreichte er einen deutschen Verwundetentransport. »Wisst ihr, wo die vierte vierhundertzwo ist?«, fragte er.

»Nie gehört«, sagte ein Fahrer, »steig auf!«

»Wohin fahrt ihr?«, wollte Gruber wissen.

Der Fahrer zeigte über den Kühler. »Diese Richtung«, sagte er. Sie fuhren die Nacht durch, im Morgengrauen erreichten sie eine Sammelstelle.

Gruber meldete sich bei einem Major. »Obergefreiter Gruber«, sagte er, »Kradmelder bei der vierten vierhundertzwo. Wie komme ich bitte zu meiner Einheit?«

Der Major schien ihn anbrüllen zu wollen, doch dann machte er eine wegwerfende Handbewegung. »Bataillonskommandeur?«, fragte er.

»Oberstleutnant von Zehden, Herr Major.«

»Von Zehden?« Der Major nickte. »Feiner Kerl, wir waren zusammen am Atlantik.« Er zündete sich eine Zigarette an.

»Wissen Sie, wo meine Kompanie ist?«, fragte Gruber nach einer Pause.

»Nein«, sagte der Major, »das weiß ich nicht.«

»Und was soll ich jetzt tun?«

»Das weiß ich auch nicht.«

»Ich hatte ein merkwürdiges Erlebnis, Herr Major«, sagte Gruber.

»Das glaube ich nicht«, sagte der Major. Es kamen jetzt noch weitere Fahrzeuge, und jemand rief nach dem Major. Gruber wollte sich abwenden.

»Hat Ihnen jemand erlaubt, sich abzumelden?«, schrie ihn der Major an.

»Verzeihung, nein«, sagte Gruber und nahm wieder Haltung an.

»Wie hießen Sie gleich?«

»Gruber, Herr Major, Obergefreiter Gruber, Kradmelder vierte vierhundertzwo.«

»Gut«, sagte der Major. »Rauchen Sie?« Gruber nahm eine Zigarette. »Was war das denn für ein merkwürdiges Erlebnis?«

»Also, ich war hinter die Front geraten«, begann Gruber, aber wieder rief jemand nach dem Major, lauter und dringender. Der Major fluchte, trat seine Zigarette aus und lief zu den Fahrzeugen hinüber. Auf halbem Weg wandte er sich um. »Gruber«, rief er, »das ist Unsinn. Der Krieg ist aus.«

Als Gruber pensioniert wurde, gaben die Direktoren ihm zu Ehren einen kleinen Empfang für die Führungskräfte des Unternehmens. Gruber erhielt einen Scheck in einem Firmenumschlag, ein sehr geschmackvolles Geschenk und eine Ehrenmedaille in Gold mit dem Bild des Firmengründers. Der Betriebsdirektor hielt eine Laudatio. Er sprach von den Männern der ersten Stunde und wie schwer es für die Jüngeren sei, langjährige Erfahrung durch wissenschaftliche Kalkulation zu ersetzen. Der Firmenchor sang. Gruber war sehr gerührt.

In der folgenden Nacht hatte Gruber einen Traum. Er rutschte auf dem Rücken einen feuchten, lehmigen Abhang hinunter. Es war ein herrlicher Frühlingsmorgen, die Vögel sangen, der Boden duftete, das Licht brach sich in betauten Spinnennetzen. Unten stand ein dunkelgrüner Sherman-Panzer, das Rohr zeigte wie ein Finger auf Grubers Brust. Auf dem Turm stand ›Enola 7341‹. Gruber hatte furchtbare Angst, aber er erwachte erst am Morgen, pünktlich zur gleichen Zeit, zu der er vierzig Jahre lang morgens aufgewacht war. Seine Frau schlief, der Wecker war nicht gestellt. Scheiße, dachte Gruber, dann fiel ihm ein, dass er nicht aufstehen musste. »O mein Gott«, sagte er leise.

Als einige Wochen später sein Sohn mit seiner Familie zu Besuch kam, nahm ihn Gruber nach dem Kaffeetrinken beiseite.

»Du hast studiert«, sagte er, »du kennst dich also aus. Stell dir vor, man will etwas über den Krieg wissen, ich meine, eine ganz kleine Einzelheit, nichts Weltbewegendes, eine Episode, verstehst du. Was macht man dann?«

»Was willst du denn wissen?«

»Darum geht es nicht. Sag mir nur, was man da macht.«

»Geh zur Universität«, sagte der Sohn, »zu einem Militärhistoriker. Es hat wahrscheinlich keinen Zweck, selbst nachzuschlagen. Es gibt viel zu viele Bücher über den Krieg.«

»Danke«, sagte Gruber, »wie geht es mit dir und Kirstin?«

»Wir haben Probleme«, sagte der Sohn, »aber nichts Ernstes. Macht euch um uns keine Sorgen.«

»In Ordnung. Komm«, sagte Gruber, »gehen wir zu den Frauen.«

Am nächsten Morgen fuhr er zur Universität. Es dauerte eine halbe Stunde, bis er sich durchgefragt hatte, dann klopfte er an eine Tür. Jemand rief »Herein«, und Gruber öffnete.

Vor einer Bücherwand saß ein junger Mann in Pullover und Jeans auf dem Boden. Er studierte eine Landkarte, die er vor sich ausgebreitet hatte.

»Sind Sie Militärhistoriker?«, fragte Gruber.

Der Mann stand auf. »Ja«, sagte er. »Kommen Sie etwa in meine Sprechstunde? Die ist erst morgen.«

»Nein«, sagte Gruber. »Ich habe nur eine kurze Frage, ich studiere nicht. Es ist ganz privat.«

Der Mann wies auf einen Stuhl. Gruber setzte sich, der Mann blieb stehen.

»Sehen Sie«, sagte Gruber. »Es ist eigentlich sehr einfach. Ich möchte wissen, wer an einem bestimmten Tag in einem bestimmten Panzer gesessen hat, im Mai fünfundvierzig, an der Westfront.«

»Kriegsverbrecher?«, fragte der Mann.

»Nein, nein«, Gruber wehrte ab. »Es hat damit nichts zu tun. Es ist gar nichts Offizielles. Ich will es für mich privat wissen.«

»Gut«, sagte der Mann. »Das ist vielleicht spannend. Also«, er nahm Papier und Bleistift, »was wissen wir denn? Tag?«

Gruber antwortete, Datum und Uhrzeit.

»Ach, sieh an«, sagte der Mann, »und Ort?«

Gruber sagte, wohin der Weg geführt hatte, von wo er gekommen war. Dann nannte er die Orte und Städte in der Umgebung.

»Sehr gut«, sagte der Mann. »Und jetzt der Panzer?«

Gruber beschrieb den Typ. »Enola«, sagte er, »7341.«

Der Mann studierte die Angaben. »Die Division kann ich Ihnen aus dem Kopf sagen. Für den Rest müsste ich nachschlagen. Warten Sie einen Moment.« Er verließ das Zimmer. Nach einer Viertelstunde kam er wieder. »Hier«, sagte er und reichte Gruber ein Papier. »Mehr kann ich nicht für Sie tun.« Auf dem Papier standen Namen und Zahlen. Der Mann erklärte sie. »Das ist die Division, das Regiment, der Regimentskommandeur. Beim Bataillon wird es schwieriger. Wahrscheinlich dieses, das ist der Name des Kommandeurs. Was den Panzer angeht, da kann ich Ihnen natürlich nicht weiterhelfen. Damit müssen Sie zu den Amerikanern.«

»Und was mache ich da?«

»Fragen Sie nach alten Mannschaftsrollen, nach Kompanielisten. Die Nummer war bestimmt offiziell. Und dann müssen Sie sich die Adressen von Kameradschaftsverbänden geben lassen. Die haben vielleicht Fotos.«

»Und wohin genau soll ich gehen?«, fragte Gruber. Der Mann schrieb ihm eine Adresse auf.

»Danke«, sagte Gruber und gab dem Mann die Hand.

»Keine Ursache. Sagen Sie mir doch mal Bescheid, wenn es geklappt hat. Das würde mich interessieren.«

»Mache ich«, sagte Gruber und wandte sich zur Tür.

»Waren Sie Kriegsteilnehmer?«, fragte ihn der Mann.

»Ja«, sagte Gruber. Dann ging er.

Die Dienststelle, die man ihm genannt hatte, lag in einer anderen Stadt. Gruber meldete sich telefonisch an und fuhr ein paar Tage später mit dem Zug dorthin. Ein freundlicher junger Offizier, der fließend Deutsch sprach, holte ihn an der Wache ab und führte ihn in ein Büro. Was genau er wissen wolle, und warum?

»Es ist für mich privat«, sagte Gruber, »sehen Sie, nach all den Jahren. Es ist keine Feindschaft dabei. Und wir sind doch Waffenbrüder geworden.«

Der junge Offizier zog die Augenbrauen hoch. Gruber musste einige Erklärungen ausfüllen und unterschreiben.

Dann gingen sie zusammen in einen Aktenkeller. »Warten Sie einen Moment«, sagte der Offizier. Gruber sah sich um. Hunderte, Tausende von Aktenordnern, einer wie der andere, auf den Rücken standen nur Nummern. Schließlich kam der Offizier zurück.

»Kommen Sie bitte«, sagte er. Sie traten in einen Raum, an dessen Wänden andere Soldaten vor grünen Monitoren saßen. Der Offizier ging zu einem von ihnen und diktierte etwas, das der Soldat in das Gerät schrieb. Aus einem Drucker stieg eine Liste mit grünen Querstreifen. Der Offizier riss sie ab und reichte sie Gruber. »Das sind die Adressen der Armeevereine und Veteranenclubs, die für Sie in Frage kommen. Schreiben Sie dorthin. Und nehmen Sie sich einen Dolmetscher für Ihre Briefe. Da versteht Sie niemand.«

»Ich danke Ihnen vielmals«, sagte Gruber, nahm die Liste und faltete sie so oft, bis sie in seine Brieftasche passte.

»Sie waren im Krieg?«, fragte der junge Offizier.

»Ja«, sagte Gruber. »Von Mitte zweiundvierzig bis zum Ende. Zuletzt Kradmelder bei der Infanterie. Dreimal verwundet. Aber denken Sie nicht, ich war ein Nazi. Ich bin Jahrgang dreiundzwanzig, wir kannten nichts anderes.« Er reichte dem Offizier die Hand.

»Ich war noch nie im Krieg«, sagte der. Dann führte er ihn zur Wache. Gruber nahm den nächsten Zug nach Hause.

Am nächsten Morgen rief Gruber seinen Sohn an und fragte, wie man an einen Dolmetscher fürs Englische komme. »Ich kann das für dich machen«, sagte der Sohn.

»Nein«, sagte Gruber. »Ich will keine Umstände.« Der Sohn riet ihm, eine Anzeige in eine Stadtteilzeitung zu setzen. Ein professionelles Büro sei zu teuer. »Danke, mach ich«, sagte Gruber.

Eine Woche später kam die junge Frau, die sich auf Grubers Anzeige gemeldet hatte. »Es handelt sich um einige Briefe nach Amerika«, sagte Gruber. »Sie haben alle denselben Text, also muss nur einmal übersetzt werden. Ich habe den Brief bereits geschrieben. Wenn Sie wollen, können Sie ihn mitnehmen. Von der Übersetzung machen Sie aber bitte keine Kopien. Schreiben Sie sie ein paarmal neu ab. Es soll privat aussehen, verstehen Sie?«

Schon am nächsten Tag brachte die junge Frau die Übersetzungen. »Ich werde Sie wieder brauchen, wenn ich Antwort erhalte«, sagte Gruber und gab der Frau den vereinbarten Betrag. »Darf ich dann einfach anrufen?«

»Tun Sie das«, sagte die Frau.

Gruber schrieb die Umschläge und brachte die Briefe zur Post. Drei Wochen später fuhr er mit seiner Frau in Urlaub. Zum ersten Mal konnten sie in der Vorsaison fahren. Sie hatten für vier Wochen gebucht und hängten noch eine Woche an, weil das Wetter zu Beginn nicht gut gewesen war. An einem der letzten Tage wachte Gruber mitten in der Nacht auf. Die Brandung rauschte. Er hatte geträumt, auf dem Rücken langsam einen Abhang hinunterzurutschen. Die Landschaft war ihm fremd, es gab dort Pflanzen, die er nicht kannte. Am Fuße des Abhanges stand ein amerikanischer Panzer. Er sah verlassen aus und sehr bedrohlich. Auf dem Kettenkasten saß eine Frau in einem unmodernen Kostüm. Gruber hatte schreckliche Angst, und bewegungslos glitt er weiter nach unten.

Als er aus dem Urlaub zurück nach Hause kam, stellte Gruber die Koffer in den Flur und leerte seinen Briefkasten. Hastig sortierte er Reklamesendungen und amtliche Schreiben aus. Ein Brief aus Amerika war nicht darunter. Gruber fluchte.

»Was ist mit dir?«, fragte seine Frau.

»Nichts von Bedeutung«, sagte Gruber.

Zwei Wochen später kam ein Brief. Gruber öffnete ihn im Treppenhaus, natürlich verstand er kein Wort. Er sah nur, dass es ein kurzer Brief war und dass er keine Adressen zu enthalten schien. Statt die junge Frau anzurufen, wartete Gruber auf weitere Briefe. In der folgenden Woche kamen noch zwei. Gruber öffnete sie nicht. Er wartete weiter. Schließlich rief er an. »Könnten Sie sofort kommen?«, fragte er. »Okay«, sagte die junge Frau. Als sie eintrat, hatte Gruber den Wohnzimmertisch hergerichtet. Neben den Briefen standen eine Flasche Rotwein, Gläser und Gebäck. Grubers Frau hatte dabei sein wollen, aber Gruber hatte sie gebeten, ihn allein zu lassen.

»Dann wollen wir mal sehen«, sagte die junge Frau.

»Zuerst den offenen«, sagte Gruber.

Die junge Frau überflog den Text. »Also erst mal in groben Zügen«, sagte sie. »Man freut sich über Ihren Brief. Der Sowieso-Club beantwortet jährlich soundso viele Anfragen. Es seien auch die Schicksale von Vermissten aufgeklärt worden, und so weiter ...« Die Frau hielt inne und wendete das Papier. »Tut mir leid«, sagte sie, »ich glaube, das ist ein Vordruck.« Sie wendete das Papier wieder. »Am Ende ist etwas für Sie. Man bedauert, in Ihrem Falle nicht zuständig zu sein.«

»Den nächsten Brief bitte«, sagte Gruber.

Die Frau riss ihn auf. Ein Foto fiel heraus. Gruber wollte es aufheben, die Frau kam ihm zuvor. Sie reichte es herüber. »Eine Farbaufnahme«, sagte Gruber erstaunt, »wir hatten damals noch gar keine Farbfilme.« Auf dem Foto standen drei Männer vor einem grünen Panzer. Einer lag auf dem Kettenkasten, ein anderer schaute aus der Turmluke hervor. Auf dem Turm stand ›Enola‹ und ›7341‹. »Lesen Sie bitte«, sagte Gruber.

»Wörtlich oder als Zusammenfassung?«

»Wörtlich«, sagte Gruber.

»Lieber Kamerad. Wir haben uns sehr über Deine Anfrage gefreut, und wir sind froh, Dir weiterhelfen zu können. Uns kam dabei ein Zufall zur Hilfe. Major Wilson, der uns beim Geschäftlichen manchmal aushilft, erinnerte sich nämlich an genau diesen Namen, der ja noch eine bestimmte Berühmtheit bekommen sollte. Jedenfalls fanden wir nach ein paar Telefonanrufen heraus, wer damals die Besatzung gebildet hat. Doch jetzt ...« Die Übersetzerin verstummte.

»Was ist?«, sagte Gruber.

»Das ist eine merkwürdige Formulierung. Ich übersetze es einmal so: Doch jetzt kommt ein großes ›Leider‹. Denn unsere Nachforschungen haben weiter ergeben, dass von der Besatzung nur noch der Richtschütze Sergeant Hammond am Leben ist. Zwei der Kameraden, die Du auf dem Bild siehst, das wir in unserem Archiv gefunden haben, Corporal James und Corporal Ginelli, sind gefallen, als der Panzer Ende Mai in der Nähe des Rheins auf eine Mine fuhr. Corporal Brixen wurde dabei verwundet. Die Maschine, die ihn zurück in die Staaten bringen sollte, ist über dem Atlantik verschollen. Der Kommandant Lieutenant Weathers ist vor einigen Jahren eines natürlichen Todes gestorben. Das alles wissen wir von Sergeant Hammond, an den wir Deine Anfrage weitergeleitet haben. Du findest seine Adresse am Ende des Briefes. Wir hoffen ...«

»Der andere Brief«, sagte Gruber plötzlich.

»Es steht kein Absender auf dem Kuvert«, sagte die junge Frau.

»Ich weiß«, sagte Gruber. »Öffnen Sie ihn bitte.«

Die junge Frau öffnete den Brief. »Er ist von Mr Hammond«, sagte sie. »Soll ich vorlesen?«

»Ja«, sagte Gruber.

In der Nacht, bevor Gruber nach Amerika fliegen sollte, träumte er. Er lag auf dem Rücken, flach, und über ihn gebeugt stand eine Frau in einem feenhaften Kleid, dessen lange Schleier ihn umwehten. ›7341‹, sagte Gruber, aber die Frau schüttelte stumm den Kopf. Gruber versuchte andere Zahlen, ohne Erfolg. Schließlich legte die Frau einen Finger auf seine Lippen und drückte ihm dann sanft die Augen zu.

Am Flughafen verabschiedete sich Gruber von seiner Frau und seinem Sohn.

»Weißt du eigentlich, was du tust?«, fragte seine Frau.

»Lass ihn, Mutter«, sagte der Sohn. »Ich finde es ganz richtig.«

»Dann passen Sie wenigstens gut auf ihn auf«, sagte Grubers Frau zu der Dolmetscherin. »Er ist ja nicht mehr der Jüngste.«

Die junge Frau lachte. »Wir werden heil zurückkommen«, sagte sie, »es ist ja nicht einmal für eine Woche.«

Im Flugzeug fühlte Gruber sich wohl. Er war schon häufiger geflogen, doch nur kürzere Strecken. »Es ist natürlich eine etwas peinliche Situation für meine Frau«, sagte er zu der Dolmetscherin, als sie gestartet waren. »Aber wir haben uns immer vertraut in solchen Dingen. Wir waren nicht so, wie die jungen Leute heute sind. Und das hier ist ja nichts Schlimmes.«

»Nein«, sagte die junge Frau.

»Außerdem kommen Sie so einmal nach Amerika. Das ist doch gut für Ihre Ausbildung? Sie können in Des Moines den ganzen Tag tun, was Sie wollen.« Er hatte die Aussprache des Ortes geübt. »Kümmern Sie sich dann nicht mehr um mich. Ich brauche Sie nur ein einziges Mal.«

»Ach was«, sagte die Frau. »Wir bleiben natürlich zusammen.«

»Sie sind zu nichts verpflichtet«, sagte Gruber. »Ich weiß, wovon ich rede. Ich hatte die letzten fünfzehn Jahre eine eigene Sekretärin.«

Die Stewardess fragte nach den Essenswünschen. Gruber wusste, dass es auf dem Flug mehrere Mahlzeiten geben würde, er fand es sehr aufregend. Er aß, danach schlief er gleich ein. Als er wieder erwachte, war schon mehr als die Hälfte der Strecke zurückgelegt. Er rechnete noch einmal die Zeitverschiebung aus. Sie waren am Mittag gestartet und würden fast zur gleichen Zeit ankommen. Dann hatten sie sofort Anschluss an eine andere Maschine. Die ganze Reise würde nach der Uhr nur ein paar Stunden dauern. »Das ist fantastisch«, sagte Gruber. Die junge Frau war eingeschlafen.

Beim Umsteigen war Gruber in Sorge über das Gepäck. »Wir können sowieso nichts tun als hoffen«, sagte die junge Frau lachend. »Also warum sich Sorgen machen?«

»Sie haben recht«, sagte Gruber. Die zweite Maschine startete ohne Verspätung. Es war gerade noch Zeit für einen Kaffee gewesen. Pünktlich waren sie in Des Moines.

»Warum sollte Mr Hammond Sie eigentlich nicht abholen?«, fragte die Dolmetscherin. Sie hatte schon einmal gefragt, da hatte Gruber ausweichend geantwortet. Jetzt schien er sehr gelöst und guter Laune.

»Ach, ich weiß nicht«, sagte Gruber. »Das ist so wie Bahnhof und Verwandtschaft. Ich meine, das gehört sich nicht für uns. Wir kennen uns ja gar nicht, in dem Sinne.«

»Eben darum!«

Gruber sah die junge Frau an. »Es ist vielleicht schwer zu verstehen«, sagte er. »Vielleicht ist das alles ganz schwer zu verstehen. Vielleicht ist es auch Unsinn. Ich könnte darüber nachdenken und mir sagen: ›Das ist Unsinn, lass das doch.‹

Aber ich will nicht. Ich habe beschlossen, es zu tun, und jetzt tue ich es so, wie ich es geplant habe. Wenn es gelingt – gut, wenn nicht, dann nicht.«

»Was soll denn gelingen?«

»Ach, das ist das falsche Wort.« Gruber schwieg. Dann wurde das Gepäck ausgegeben, alle Stücke waren da. Sie nahmen ein Taxi ins Hotel, die Vorbestellung hatte funktioniert, ein Boy trug die Koffer auf die Zimmer. Sie beschlossen, etwas zu essen und dann zu Bett zu gehen, man müsse vorsichtig sein mit der Zeitumstellung. Nachdem die Koffer ausgepackt waren, gingen sie in ein Restaurant, das ihnen der Portier empfohlen hatte.

»Das sind meine ersten richtigen Schritte in Amerika«, sagte Gruber. »Und Ihre doch auch, oder?«

»Ja«, sagte die junge Frau. »Und wie ist Ihr Gefühl?«

»Gut, sehr gut. Es ist ja keine so große Stadt. Früher wären die Unterschiede wohl stärker gewesen, aber heute, die Autos, die Häuser, die Reklamen, das ist alles nicht so fremd. Sehen Sie die Werbeschilder. Ich kann sie fast alle lesen. Das da ist eine Reifenwerbung, hier eine für Limonade, die gleichen Zigarettenmarken. Nur die Sprache natürlich.« Er lachte. »Und dafür habe ich ja Sie.«

Sie wollten etwas Amerikanisches essen, doch beide wussten sie nicht, was das eigentlich sei. »Bestimmt nicht Hamburger und Pizza«, sagte Gruber. Also fragte die junge Frau den Kellner. Der empfahl Lammkoteletts, auf eine bestimmte Art zubereitet. Sie schmeckten ausgezeichnet. Auf dem Rückweg zum Hotel kauften sie eine Zeitung. Die junge Frau las die Schlagzeilen vor. Es wurde langsam dunkel.

»Ringsumher ist nur weites flaches Land«, sagte Gruber. »Ich habe einen Führer gelesen. Ich denke, ein bisschen kann man es fühlen, sogar hier in der Stadt.«

Die junge Frau sah ihn an. »Ich weiß nicht«, sagte sie. Vor ihrem Zimmer wünschte Gruber eine gute Nacht. Er bedankte sich, und als sie etwas sagen wollte, winkte er ab. »Sie tun sehr viel für mich«, sagte er. »Das ist mit Geld nicht zu bezahlen.«

»Dann bis morgen«, sagte die junge Frau. »Morgen ist Ihr großer Tag.«

»Ja«, sagte Gruber. »Morgen ist mein großer Tag.«

Später lag Gruber in seinem Bett und wartete darauf einzuschlafen. Er war müde, eigentlich war es schon weit nach Mitternacht in seiner Zeit, aber er schlief nicht ein. Er dachte ans Träumen. Was er heute träumen würde, ginge sicherlich in Erfüllung. So sagt man doch, wenn man die erste Nacht an einem neuen Ort verbringt? »Enola«, sagte Gruber laut. War das eigentlich ein Name? Es klang freilich so. Sicher war es ein Frauenname. Wenn ein Panzer auf eine Mine fährt, reißt es seinen Boden auf. Die Insassen werden durch umherfliegende Stahlteile getötet. Oder die Munition explodiert und reißt das ganze Fahrzeug in Stücke. Von Grubers Kameraden hatten einige überlebt, er wusste nicht, wo sie waren und was sie machten. Die meisten waren tot. Er kannte kaum noch ihre Namen, nur Gesichter und Stimmen und wo sie gelegen hatten, in Erdlöchern oder Unterständen, in zerschossenen Häusern, in Mannschaftsbaracken. Wie sie zusammen marschiert waren über Landstraßen, wie sie beim Essenfassen hintereinander in der Schlange gestanden hatten, wie sie aufgerufen wurden, wenn Post von zu Hause kam. Grubers Eltern waren bei einem Bombenangriff umgekommen, auch seine Schwester. Sein Bruder hatte als vermisst gegolten, nach zwei Jahren kehrte er aus russischer Gefangenschaft zurück. Gruber hatte sich immer sehr schlecht mit ihm verstanden, das änderte sich nicht. Der Bruder zog bald in eine andere

Stadt. Er starb früh, die Gefangenschaft hatte ihm zugesetzt. Gruber hatte siebenundvierzig geheiratet, gleich nachdem er wieder Arbeit hatte. Sie waren immer sehr für sich geblieben, auch als der Junge geboren wurde. Mit ihm verstand sich Gruber gut, ein aufgeweckter Junge, gleich nach dem Studium war er ins Ausland gegangen. Erst vor ein paar Jahren hatte ihn seine Firma wieder nach Deutschland versetzt.

Gruber ging ans Fenster und sah auf die Straße. Ja, es sah eigentlich doch sehr amerikanisch aus. Das Haus gegenüber hatte eine Feuertreppe, die vom Dach bis hinunter in den ersten Stock reichte. So etwas gibt es nur in Amerika. Gruber schaltete den kleinen Fernseher ein. Es lief ein Spielfilm, den er gut kannte. Nun hörte er zum ersten Mal die richtigen Stimmen der Schauspieler. Es war sehr fremd. Gruber schaltete den Apparat aus und legte sich wieder ins Bett. Bald schlief er ein.

Am nächsten Morgen, nach dem gemeinsamen Frühstück, fuhren sie mit einem Taxi hinaus in den Vorort, in dem Mr Hammond wohnte. Breite Straßen mit rechtwinkligen Kreuzungen, flache weiße Häuser hinter tiefen, sanft ansteigenden Vorgärten, Garagen mit weiß gestrichenen Holztoren. Gruber sah sich um. Die Straßen trugen nur Zahlen, er suchte nach der Hausnummer, aber es ging zu schnell. Außerdem wusste der Fahrer ja Bescheid. Sie hielten an.

»Fourteen Dollar«, sagte der Taxifahrer.

»Das heißt vierzehn«, sagte Gruber rasch und bezahlte. »Das verstehe ich auch.«

Als sie ausstiegen, standen ein großer schlanker Mann in Grubers Alter und eine Frau im rosafarbenen Kleid auf dem breiten Gehweg. Sie gingen aufeinander zu.

»There you are«, sagte Mr Hammond und reichte Gruber

die Hand. »But why didn't you tell me that you bring your daughter?« Gruber nahm die Hand.

»Man hält mich für Ihre Tochter«, sagte die junge Frau zu Gruber, dann begann sie zu erklären, aber Mrs Hammond lachte auf und sagte rasch etwas zu ihrem Mann. Der lachte noch lauter.

»Ich bin nämlich Deutsche«, sagte Mrs Hammond.

»From Cologne«, rief Hammond dazwischen. »A real Fraulein, my personal Widdergutmackung, du verstehn?« Er lachte freundlich. »Wir nix sagen in die letter, for Uberraschung.«

»Und Sie verstehen Deutsch?«, fragte Gruber ungläubig.

»Surprise!«, sagte Hammond. »Ick war bis fourtynine in Germany, than we came here.«

»Er konnte es einmal ganz gut«, sagte Mrs Hammond, »ich sprach ja kein Wort Englisch, als wir uns kennenlernten.«

»Only ›cigarettes‹, ›coffee‹ and ›stockings‹«, rief Hammond. »But now come in.«

Sie traten ein und gingen durch ein großes, kühles Wohnzimmer hinaus auf eine Veranda, über die ein großer roter Schirm gespannt war.

»Wie war denn die Reise?«, fragte Mrs Hammond.

Gruber beschrieb den Flug, das Hotel und das Abendessen in Des Moines. Abwechselnd übersetzten Mrs Hammond und die junge Frau, doch meist winkte Hammond vorher ab, er habe schon verstanden. Dann musste Gruber von seiner Familie erzählen, von seinem Sohn, von seiner Arbeit. Er sei jetzt pensioniert, sagte er.

Hammond nickte.

Nach einiger Zeit kam ein südländisch aussehendes Mädchen und bat sie zu Tisch. »Uberraschung number zwei«, sagte Hammond, »especially for you, Sauerkraut mit potato-Puree, I didn't believe such stuff really existed. I thought it was just a nickname for the Germans.«

Die junge Frau übersetzte. »Ja«, sagte Gruber. Er erzählte, wie man die Amerikaner genannt hatte. Dann setzten sie sich zu Tisch.

Nach dem Essen schlug Hammond vor, Gruber den Garten zu zeigen. Die junge Frau wollte mitkommen, aber Gruber bat sie, im Haus zu bleiben.

»Mein flowers«, sagte Hammond. Er züchtete schlanke vielblättrige Rosen, schwarze und weiße waren darunter. Gruber kannte einige mit Namen. Hammond wunderte sich darüber. Schließlich sagte er: »Your letter, die Brief, sehr komisch, you come over the big Teich to see me, wegen die Enola?«

»Ja«, sagte Gruber.

Hammond zog ein Foto aus der Brusttasche. Es glich dem, das man Gruber geschickt hatte. »Weathers, Ginelli, James, Brixen«, sagte er und zeigte auf die Männer. »And me.«

»Ja«, sagte Gruber. Er zog sein Foto aus der Brusttasche und hielt es neben Hammonds. »Alle tot, außer uns.«

Hammond nickte. »And now, und jetzt?«

Gruber sah Hammond an. »Es ist wegen meiner Träume«, sagte er und steckte das Foto wieder ein. »Ich träume nachts von der Enola, und wenn ich aufwache, habe ich so eine Angst. Wissen Sie, wir waren noch jung damals, ich habe das meiste vergessen. Es ist so viel passiert. Aber man darf so nicht träumen.«

»Bad dreams?«, sagte Hammond.

Gruber fuhr mit der Hand über eine der Rosen. »Deshalb bin ich gekommen«, sagte er. »Sie waren in der Enola. Sie hätten mich fast einmal getötet, ich weiß nicht, warum Sie es nicht taten. Sie wissen es sicher auch nicht. Und es spielt keine Rolle, wirklich nicht. Ich wollte Sie nur sehen.«

Hammond schwieg eine Zeit. »Enola war die name von Ginelli's girlfriend«, sagte er dann, »a foxy redhead, rote Haar. Er war die Jüngste, so er durfte die name anmachen. When he was killed in die tank, Weathers, die commander, er sagt: ›Die girl hat ihm umgebracht.‹«

»Ja«, sagte Gruber.

Hammond wies auf die Rose. »My own, wie man sagt? Creation? Ick wollte ihr Enola sagen, but ...«

»Ich verstehe«, sagte Gruber.

Da riefen die Frauen nach ihnen. Man müsse sich beeilen, sie hätten noch so viel vor. Mr und Mrs Hammond wollten Gruber die Gegend zeigen. Oder ob er zu müde sei?

»Aber nein«, sagte Gruber.

Sie fuhren zusammen in Hammonds riesigem Kombi über die Landstraßen. Das Land war noch weiter, als Gruber es sich vorgestellt hatte. Er sah eine Ranch mit Pferden auf der Koppel, Maisfelder, die kein Ende nehmen wollten, einen Fluss, der breiter war als alle Flüsse, die er je gesehen hatte. Auf dem Rückweg hielten sie an einem Auto-Schnellimbiss, an dem das Essen auf Tabletts an die Wagentüren gehängt wurde. Die Hammonds hatten protestiert, sie wollten ihn in ein indianisches Restaurant führen. Aber Gruber hatte lachend darauf bestanden. Als sie wieder vor Hammonds Haus ankamen, wurde es gerade dunkel. Mr Hammond rief ein Taxi.

»Sie kommen wieder?«, sagte Mrs Hammond.

»Nein«, sagte Gruber, »als Nächstes müssen Sie kommen, alle beide.« Dann verabschiedeten sie sich sehr herzlich. Mrs Hammond weinte ein wenig. Sie sollten Deutschland von ihr grüßen.

Das Taxi brachte Gruber und die junge Frau zurück in die Stadt. Gruber saß vorne. Der Fahrer, ein Schwarzer, sang leise ein Lied, das Gruber kannte. Er summte es mit. Der Fahrer grinste ihn an.

»Nun«, fragte die junge Frau nach einer Weile, »war denn alles so, wie Sie es sich vorgestellt hatten?«

»O ja«, sagte Gruber. Die Lichter der Stadt kamen näher. Dreispurig rollten die Autos nebeneinanderher. Gruber versuchte ein anderes Lied. Der Fahrer zog die Stirn kraus. Gruber wechselte die Melodie, und die kannte der Fahrer. Sie sangen bis zum Hotel.

Der Zwillingsbruder

An Haralds fünfunddreißigstem Geburtstag eröffneten ihm seine Eltern, dass er einen Zwillingsbruder besitze, den man bei der Geburt in fremde Hände habe geben müssen.

Harald fiel aus allen Wolken. Er sagte eine Menge aufgeregter Dinge, und auf dem Gipfel der Erregung warf er eine kleine Porzellanschale zu Boden. Die Mutter saß regungslos und schweigend, während der Vater ein Weinen zu unterdrücken suchte und beständig in seinen Taschen kramte.

Schließlich trat Harald auf die Veranda und schimpfte dort weiter. Die Mutter folgte ihm rasch und zog ihn zurück ins Haus. »Du bist ein verheirateter Mann«, sagte sie. »Du hast selbst Kinder.«

»Stimmt«, sagte Harald, »und die verscherble ich nicht, sondern ziehe sie groß.«

Die Mutter begann, von den schlechten Zeiten zu sprechen und davon, dass sie noch so jung und unerfahren gewesen seien.

Harald suchte nach einem Vorwurf, der alles übertreffen sollte, was er bis jetzt gesagt hatte. Da klingelte es.

»Das ist sicher Elke«, sagte die Mutter und eilte zur Tür. Sie ließ Haralds Frau ein und erkundigte sich nach den Kindern. Elke redete zehn Minuten, während Harald sich Mühe gab, ruhig zu bleiben. Nach weiteren zehn Minuten brachen die beiden auf, der Babysitter habe heute nur Zeit bis neun.

»Fahr du«, sagte Harald.

»Hast du getrunken?«
»Ja ja«, sagte Harald. Um vom Haus der Eltern in den Vorort zu gelangen, in dem ihr Haus stand, mussten sie quer durch die Innenstadt fahren. Dort sagte Harald: »Komm, wir steigen aus und trinken noch eins.« Elke war einverstanden. »Aber nur kurz«, sagte sie, wegen des Babysitters. Sie stellten den Wagen ab und gingen in ein Lokal.
»Stell dir vor«, sagte Harald, »ich habe einen Zwillingsbruder. Sie haben es einfach zugegeben. Er ist in guten Händen und weiß nichts von mir. Und die schlechten Zeiten sind an allem schuld.«
»Wie bitte?«, sagte Elke.
Harald wiederholte alles.
»Ist das wirklich wahr?«, sagte Elke. »Das ist ja furchtbar.«
»Wieso?«, sagte Harald. »Ist mir etwas abgegangen? Eher im Gegenteil. Brüder können störend sein und Zwillingsbrüder erst recht. Außerdem lebt dieser Mensch nicht hier. Es besteht keine Gefahr, dass ich eines Morgens in die Firma komme und er sitzt an meinem Schreibtisch und diktiert meiner Sekretärin. Er wohnt weit weg; wenn die Leute ihn sehen, dann sagen sie ›Ach, das ist der Jochen‹. Es gibt überhaupt keine Probleme.«
»Heißt er Jochen?«, sagte Elke.
»Ja, stell dir vor«, sagte Harald. »Er ist verheiratet und hat zwei Kinder, wie ich. Er ist Angestellter in einer Bank, und er ist genauso alt wie ich.« Er lachte. »Heute ist sein Geburtstag.«
»Was willst du jetzt machen?«
»Nichts«, sagte Harald. »Lass uns nach Hause fahren.«
Zu Hause sah Elke gleich nach den Kindern, während Harald den Babysitter bezahlte, einen jungen Mann aus der Nachbarschaft, der sich gerne mit Kindern beschäftigte.

»Wollen Sie eigentlich Lehrer werden?«, fragte ihn Harald.

»Vielleicht«, sagte der junge Mann und nahm das Geld.

Harald holte eine Flasche Bier aus der Küche und setzte sich vor den Fernseher. »Ausgerechnet ein Zwillingsbruder«, sagte er, als Elke herunterkam und sich zu ihm setzte. »Ein verschollener Bruder hätte ja schon gereicht, aber es muss ja unbedingt mein Ebenbild sein.« Er trank die Flasche in wenigen Zügen leer. »Eigentlich ein Wunder, dass man uns noch nie verwechselt hat.«

»Du hast eben gesagt, dass er so weit weg wohnt«, sagte Elke. Harald nickte. Er holte noch eine Flasche Bier aus der Küche und schenkte sich an der Hausbar einen Cognac ein.

»Nicht«, sagte Elke. »Das bekommt dir nicht. Heute Nacht wirst du wieder wach und musst schwitzen.«

»Ja«, sagte Harald. Im Fernsehen begann ein Kriminalfilm, sie schauten eine Zeitlang schweigend zu. »Stell dir vor«, sagte Harald plötzlich, »ich fahre dahin und gebe mich für ihn aus. Vielleicht ist er reich, oder er ist in irgendwelche Affären verstrickt.«

»Ich denke, er ist Angestellter, so wie du«, sagte Elke. »Arbeitet er nicht in einer Bank?«

»Ich meine ja nur.« Harald stand auf. Der Film sei eigentlich blöd. Er wolle zu Bett gehen. »Ist gut«, sagte Elke.

Am nächsten Morgen, als er sich rasierte, sah Harald lange in sein Spiegelbild. Eigentlich eine unfassbare Vorstellung. Sollte er sich vielleicht eine schwere Verletzung beibringen, damit ihn die Narbe von seinem Zwillingsbruder unterscheide? Aber warum ausgerechnet er? Wer trug denn den rechtmäßigen Namen? »Soll er sich doch schneiden«, sagte Harald. Natürlich war das Unsinn, der andere wusste ja nichts von ihm. Das hatte jedenfalls die Mutter gesagt. Überhaupt die Eltern! Harald überlegte, ob er seine Eltern verstoßen sollte, wie sie seinen Bruder verstoßen hatten. Ist verstoßen überhaupt der richtige Ausdruck?, dachte er. Wahrscheinlich nicht. Außerdem gäbe es dafür nur diesen einen Grund, sonst verstand man sich ja gut.

Harald wusch die Rasierseife aus seinem Gesicht. Vielleicht hatte ja alles unter einem Unstern gestanden. Solche Schuld musste tief sitzen. Man denkt jeden Tag daran, und man weiß nicht, was man dagegen tun soll. Es ist unwiderruflich und zum Besten aller. Aber hätten ihn dann seine Eltern nicht verwöhnen und verhätscheln müssen, auf ihn all die Liebe laden, die dem anderen entgangen war? Er war streng erzogen worden. »Ich bringe da keine Ordnung hinein«, sagte Harald. Dann ging er ins Büro.

Gegen Mittag stand er am Fenster und sah nach draußen. Seitdem er zum Abteilungsleiter befördert worden war, besaß er in dem Großraumbüro einen eigenen Bereich an der Fensterfront, der durch Stellwände abgeteilt war, sodass niemand hineinsehen konnte. Draußen regnete es leicht. Die LKW-Fahrer fluchten, wenn sie sich aus der Fahrerkabine lehnten, um rückwärts an die Laderampen zu fahren. Es war bis in Haralds Büro zu hören. Heute wurden polnische Mastgänse geliefert, tiefgefroren, die gingen gleich weiter nach Holland. Die holländischen Fahrer waren gestern gekommen und hatten die Nacht in ihren Wagen verbracht.

Als es auf seinem Schreibtisch raschelte, drehte sich Harald um. »Ich suche die Frachtbriefe«, sagte Fräulein Uphues, seine Sekretärin, mit zitternder Stimme. Harald verwünschte ihr ewig erschrecktes Getue. ›Ich wollte nicht stören‹, sagte sie dauernd. In seinem Büro ging sie auf Zehenspitzen, und wenn er bei ihrem Eintreten nicht aufsah, stand sie eine Zeitlang wartend zwischen den Stellwänden und ging dann zurück in den Nebengang, wo in einer Ausbuchtung ihr Schreibtisch stand. Sie nannte es das Vorzimmer. Zu den Fahrern, die Harald sprechen wollten, sagte sie ›Warten Sie bitte im Vorzimmer‹.

»Sind schon weg«, sagte Harald endlich. »Sie waren nicht da, da habe ich die Frachtbriefe dem Büroboten gegeben.«

»Ja«, sagte Fräulein Uphues. Sie sagte ›Ja‹, indem sie ruckartig einatmete und dabei einen Laut ausstieß, der wie ›Ja‹ klang. Harald war sich sicher, dass sie das aus einem Film hatte, aber nie fiel ihm ein, aus welchem. Er setzte sich an seinen Schreibtisch und sah ihr nach, wie sie hinausging. Sie setzte einen Fuß vor den anderen, ihre Hüften schwangen gleichmäßig. Zu alldem sah sie gut aus.

Bei Dienstschluss blieb Harald noch am Schreibtisch sitzen. Wenn er nicht ging, ging auch Fräulein Uphues nicht. Und wenn sie nicht pünktlich gehen konnte, verpasste sie ihren Zug. Ich bin ein Schwein, dachte Harald. Als er sicher sein konnte, dass der Zug verpasst war, stand er auf und nahm seinen Mantel. »Sie sind noch da?«, sagte er, als er an Fräulein Uphues' Schreibtisch vorbeikam.

»Ja«, machte sie.

Sie hat es verdient, dachte Harald.

Auf dem Firmenparkplatz standen noch ein paar LKW, in denen in dieser Nacht die Fahrer schlafen würden. Harald mochte die Kabinen der großen Wagen. Wenn er fragte, ließen ihn die Fahrer hineinsehen. Sie waren mit Sorgfalt eingerichtet, besonders die der Holländer. Dort hingen Bilder von Windmühlen und Delfter Kacheln über den schmalen Betten. Einer, der Henk hieß, hatte ein gesticktes Panorama von Alt-Amsterdam über die Rückwand der Kabine gespannt. »Dit hat mein muder chemakt«, sagte er.

Harald stieg in seinen Wagen. Er hatte überlegt, ob er die

Eltern besuchen sollte, aber die waren ja verstoßen, und dabei sollte es bleiben. Er fuhr nach Hause, gleich begann ein Gespräch über Kindererziehung. Seit Wochen führte Elke eine Auseinandersetzung mit einer unverheirateten Freundin, deren Kind so alt wie Haralds Jüngster war.

»Stell dir vor«, sagte Elke, »Angelika behauptet jetzt, Kindern bis zu zwei Jahren dürfte man auf keinen Fall etwas verbieten, weil sie das hundertprozentig als Liebesentzug auffassen würden. Was sagst du dazu?«

»Na ja«, sagte Harald. Er musste Elke in dem Streit unterstützen, andererseits war Angelika Elkes beste Freundin. Außerdem gab es Schwierigkeiten mit dem Kindergarten. »Wenn ich morgens diese Frau sehe«, sagte Elke, »möchte ich Amelie gleich wieder mit nach Hause nehmen.« Die Kindergärtnerin war streng. Sie hatte einmal ein Kind, das mutwillig Kakao verschüttet hatte, zur Strafe eine halbe Stunde draußen vor der Tür stehen lassen. Harald hatte damals einen Protestbrief der Eltern aufgesetzt und alle unterschreiben lassen.

»Zum nächsten Kindergarten sind es fünf Kilometer«, sagte er jetzt. »Jaja«, sagte Elke. Dann gab es Abendbrot.

Als die Kinder im Bett waren, schlug Harald vor, heute noch den Speicher aufzuräumen. Elke war nicht eben begeistert, aber da sie oft darauf gedrängt und er die Arbeit mehrmals verschoben hatte, konnte sie nicht widersprechen. Also zogen sie sich um und stiegen über die Klapptreppe hinauf. Dort stand ein Dutzend Kisten und Kartons, die meisten enthielten Haralds alte Sachen, Sammlungen von Zeitschriften, technische Geräte und Sportutensilien. »Wo fangen wir an?«, sagte Harald. »Bei meinem Kram?«

»Von mir aus«, sagte Elke. Sie öffnete den ersten Karton. Beide beugten sich darüber.

»Ach«, sagte Harald, »der Chemiebaukasten und alles Zubehör. Das habe ich eigens gut verpackt. Das kann später der Kleine haben.«

Elke sah ihn an und sagte etwas von Rollenprägung in der Erziehung. »Nein, nein«, sagte Harald, so habe er das nicht gemeint, außerdem wolle er vielleicht selbst einmal damit spielen. Jedenfalls könne man das nicht auseinanderreißen. Es müsse nur außen auf die Kiste geschrieben werden, was sie enthalte, damit man sie nicht immer wieder aufmache. Er ging, um einen Stift zu holen.

Als Harald nach zehn Minuten nicht zurück auf dem Speicher war, stieg Elke ihm nach. Sie fand ihn in der Küche sitzen. Er hatte den Kopf auf die Hände gestützt.

»Was ist denn?«, sagte Elke.

»Ich bin doppelt«, sagte Harald. »Es gibt mich zweimal.« Elke setzte sich zu ihm und legte ihm einen Arm um die Schultern. »Ach komm«, sagte sie. »Nimm es nicht so schwer. Du kannst ja doch nichts daran machen.«

»Nein«, sagte er.

»Kommst du wieder rauf?«

»Nein.« Er stand auf und schob ihren Arm beiseite. »Lass uns ein andermal mit dem Aufräumen weitermachen.« Dann ging er ins Wohnzimmer und rief seine Eltern an. Seine Mutter meldete sich. »Ach, du bist es«, sagte sie.

»Ja«, sagte Harald, und er habe noch ein paar Fragen.

Am nächsten Tag saß Harald in seinem Büro hinter dem Schreibtisch und beobachtete Fräulein Uphues, die sich an einem Aktenschrank zu schaffen machte. Er wusste, dass sie nervös wurde, wenn sie sich bei der Arbeit beobachtet fühlte. Richtig fielen ihr zwei schwere Ordner zu Boden. Sie bückte sich rasch, und dabei zog sich ihr kurzer Rock noch höher.

Mit ein paar schnellen Schritten war Harald hinter ihr. Er ging in die Knie und umfasste sie mit beiden Armen.

»Ja?«, machte Fräulein Uphues.

Harald griff nach ihrem Busen und brachte seinen Mund an ihr Ohr. »Oh, Fräulein Uphues«, sagte er. »Lassen Sie uns gemeinsam weggehen. Nur weg. Einfach weg. Nur Sie und ich.«

Sie wollte sich zu ihm wenden, da presste er sie noch fester und drückte mit seinem Kopf den ihren nach vorne. »Sagen Sie jetzt gar nichts«, flüsterte er. »Ich weiß, dass Sie es auch wollen.« Dann stand er auf und zog sie mit sich hoch, sie blieben in der gleichen Stellung. Er steckte ihr seine Zunge ins Ohr und blies kräftig hinein. Dann schlug er ihr mit der flachen Hand auf den Po. »Alles wird anders«, sagte er, ließ sie los, wandte sich rasch ab und lief aus dem Büro.

Auf dem Parkplatz stieß er nach kurzer Suche auf Henk, den holländischen Lastwagenfahrer, der gerade in das Führerhaus seines Wagens stieg.

»Tag, Henk!«, rief er ihm zu. »Du fährst jetzt? Alt-Amsterdam?«

»Jau«, sagte der Holländer.

Harald nannte den Namen der Stadt, in der sein Zwillingsbruder wohnte. Die kenne er doch, oder? Und ob er nicht in diese Richtung fahre und ihn mitnehmen könne?

»Mussen Sie abhaun, Chef?«, sagte der Fahrer und lachte.

»Ja«, sagte Harald. »Sie sind hinter mir her.« Der Holländer wies auf die Beifahrertür, und Harald stieg die hohen Tritte hinauf. In der Fahrerkabine roch es nach Öl und Tabak, über das Armaturenbrett war an der Beifahrerseite ein gehäkeltes Deckchen gebreitet und mit Klebestreifen befestigt. Vom Rückspiegel hingen zwei kleine Holzschuhe mit Masten und Segeln. Harald zog einen Fünfzigmarkschein aus der

Tasche und reichte ihn dem Holländer. »Muss nicht jeder wissen«, sagte er. Kopfschüttelnd nahm der Fahrer das Geld und startete den Motor.

Nach etwa einer Stunde, Mittag war gerade vorüber, fuhr der Holländer von der Autobahn ab und bog in eine Schnellstraße ein, bis zu der Stadt waren es nur noch ein paar Kilometer. »Na, nu mal ehrlich«, sagte der Holländer, »wat is er an de hand?«

»Russischer Geheimdienst«, sagte Harald. »Mehr kann ich nicht sagen. Es geht um eine falsche Identität. Wenn ich die Sache nicht auffliegen lasse, bin ich dran.«

»Aaah«, sagte der Holländer und nickte schwer mit dem Kopf. Er nahm eine Hand vom Steuer und formte sie zur Waffe mit dem Zeigefinger als Lauf und dem Mittelfinger als Abzug. »Piff, piff, piff«, machte er. »Is dat so?«

»Genau«, sagte Harald.

Kurz darauf hielten sie vor dem Bahnhof der Stadt. »Daach«, sagte der Holländer, als Harald die Tür öffnete, um auszusteigen. »Auf Wiedersehen«, sagte Harald und winkte dem LKW nach. Dann sah er sich um. In einer Telefonzelle notierte er die Adresse der Bank, in der sein Zwillingsbruder arbeitete, dann suchte er vor einem Stadtplan nach der Straße, in der sein Haus lag. Es war etwas außerhalb der Stadt. Harald sah auf die Uhr. Es war kurz nach eins. Er schaute noch einmal auf den Stadtplan und prägte sich die Lage der Bank ein. Dann machte er sich auf den Weg.

Eine Stadt ohne Gesicht, dachte er, während er ging. Er war noch nie hier gewesen, von Sehenswürdigkeiten wusste er nichts, einen Fußballverein gab es, der früher einmal Meister gewesen war und der nun vor dem Abstieg stand. Vom Bahnhof aus führte die Hauptstraße langsam, dann immer steiler bergan. Zwischen den gleichmäßig hohen Geschäftshäusern gab es einzelne Bauten, die nur bis zum ersten oder zweiten Stock reichten und dort mit einem flachen Dach endeten. »Nicht wieder aufgebaut«, sagte Harald. Er war froh, dass sein Bruder in einer solchen Stadt hatte aufwachsen müssen. In der Stadt, aus der Harald kam, waren alle Häuser längst wieder aufgebaut.

Am höchsten Punkt mündete die Straße in einen Platz, an dem zwei alte Kirchen standen. Zwischen den Neubauten gab es einige alte Häuser mit Lokalen im Parterre. Harald hatte seit dem Frühstück nichts mehr gegessen, aber er wollte keine Zeit verlieren. Er schlug seinen Mantelkragen hoch und setzte eine dunkle Sonnenbrille auf. Dann betrat er das Gebäude einer großen Bank. An einem Stehpult schrieb er den Namen seines Zwillingsbruders auf ein Blatt Papier, als sei es seine Unterschrift. Er hatte es gestern Abend zu Hause geübt. Mit diesem Blatt trat er vor eine Tafel mit den Unterschriften der zeichnungsberechtigten Angestellten. Dort verglich er die Schriftzüge, es war keine Ähnlichkeit zu bemerken. Also weiter, sagte er zu sich.

Auf dem Weg zur Kreditabteilung musste er den ganzen Schalterraum durchqueren, bis er in einen separaten Trakt kam, in dem einzelne Schreibtische standen, durch Stellwände voneinander getrennt. Hinter den Schreibtischen war eine holzverkleidete Wand mit mehreren Türen. Harald hielt den Kopf gesenkt und eine Hand vor den Mund, als müsse er dauernd leicht husten. Er fand das Namensschild an einem Schreibtisch, der nicht besetzt war, trat hinter eine große Pflanze und wartete. Wenn er glaubte, jemand sehe nach ihm, ging er in die Knie, löste sein Schuhband und knüpfte es neu.

Zuerst kam eine junge Frau zu dem Schreibtisch und legte einige Papiere ab, gleich darauf verschwand sie durch eine der Holztüren. Ein Kunde erschien, wartete kurz, blickte auf die

Uhr und ging wieder. Endlich trat aus einer der Türen ein Mann und nahm hinter dem Schreibtisch Platz.

Kein Zweifel, dachte Harald. Der da sieht mir ähnlich, wie aus dem Gesicht geschnitten. Zwar trug der Mann etwas kürzere Haare und nicht den blonden Schnurrbart, doch das tat wenig. Nein, dachte Harald, der da sieht mir zum Verwechseln ähnlich. Er wandte sich ab, fand einen Seitenausgang und stand kurz darauf in einer Nebenstraße. Rasch ging er zurück zu dem Platz und betrat, nachdem er ihn im Laufschritt überquert hatte, ein kleines Friseurgeschäft. Ob er ohne Termin bedient werden könne, er habe es furchtbar eilig? Der Friseur wies auf einen freien Stuhl, und Harald bat, seine Haare zu kürzen und den Schnurrbart abzunehmen.

»Sind Sie auf der Flucht?«, sagte der Friseur spaßhaft.

»Nein, nein«, sagte Harald. »Es ist Schizophrenie. Und mein zweites Ich geht so ungern zum Friseur. Also beeilen Sie sich.«

»Gut«, sagte der Friseur. Dann bediente er Harald schweigend.

Etwas später überquerte Harald wieder den Platz und betrat ein Bekleidungsgeschäft. »Rasch«, sagte er zu der Verkäuferin. »Holen Sie mir irgendeinen Anzug in meiner Größe, grau oder braun, und Hemd und Krawatte dazu.« Die Verkäuferin wollte etwas erwidern. »Jaja«, sagte Harald, »ich bin in Eile. Es ist ganz egal, was Sie bringen, wenn es nur passt.« Die Verkäuferin ging und kam mit einigen Stücken zurück. Harald ließ sie sich in die Umkleidekabine reichen, in der er sich bereits auszog. Zu einem grauen Hemd probierte er einen grauen Anzug. Er trat aus der Kabine und reichte der Verkäuferin seine alten Sachen. »Packen Sie die ein«, sagte er, »ich behalte ihn gleich an.«

»Und die Krawatte?«, sagte die Verkäuferin.

»Ach, lassen Sie«, sagte Harald. »Eigentlich mag ich Krawatten nicht leiden. Ich war schon als Kind so empfindlich am Hals. Ich habe Taschentücher hinter den Kragen geschoben, damit die Hemden nicht kratzten.«

»Ach ja?«, sagte die Verkäuferin. Harald zahlte und verließ das Geschäft, kam aber gleich wieder zurück. »Ein Spielwarengeschäft?«, sagte er. Die Verkäuferin beschrieb ihm den Weg. Dazu musste er die Hauptstraße wieder ein Stück hinuntergehen. Eine jämmerliche Stadt, dachte Harald, während er in Laufschritt fiel, man hätte sie wenigstens vollständig aufbauen sollen. Diese abbrechenden Häuser waren zu ärgerlich.

In dem Spielwarengeschäft kaufte Harald einige teure Sachen, die ihm gleich ins Auge fielen, eine Puppe und ein fernlenkbares Auto. Mit den Paketen beladen, lief er zu einem Taxistand, drängte sich auf die Rückbank des Wagens und gab dem Fahrer die Adresse seines Zwillingsbruders. Während sie fuhren, sah er aus dem Fenster. Sie verließen bald die Innenstadt, Felder begannen, sie überquerten eine Autobahn, es war nicht die, auf der er angekommen war.

»Dauert es noch lange?«, fragte Harald.

»Wir sind gleich da«, sagte der Fahrer. Es kamen wieder Häuser in Sicht, der Fahrer bog in eine Seitenstraße und hielt in einer Neubausiedlung an. Harald zahlte, stieg aus und sah sich um. Er stand vor sechs einförmigen Reihenhäusern, darunter war die Nummer siebzehn. Harald verglich die Vorgärten, sie unterschieden sich kaum voneinander. Er ging ein paar Schritte zurück in Richtung der Hauptstraße. Vor einer Baustelle stand ein Abfallcontainer. Harald stellte die Tüte mit seinen alten Sachen dahinter. Dann ging er zu dem Haus Nummer siebzehn und drückte den Knopf unter dem Namensschild.

Drinnen gab es ein Geräusch, dann öffnete eine Frau im roten Jogginganzug die Tür. Sie sah Harald verwundert an.

»Was machst du denn hier?«, sagte sie, »Und wie siehst du aus?«

Harald drängte die Frau zurück, trat ein, stellte seine Pakete ab und schloss die Haustüre. Dann nahm er die Frau in die Arme, drückte sie an sich und schob seine Hände hinten in die Hose ihres Jogginganzuges. »Stell dir vor«, sagte er nahe an ihrem Ohr, »im Büro ist ein Rohr geplatzt, auf der Toilette, und alles über meinen Anzug.«

»Iiiih!«, sagte die Frau und versuchte, ihn von sich zu drängen, »stinkt das denn nicht?«

»Nein, nein«, sagte Harald und drückte ihren Unterleib noch fester an sich. »Das war ein Frischwasserrohr. Pitschnass war ich, das ist alles. Ich konnte gleich gehen und mir einen neuen Anzug kaufen. Alles auf Kosten der Bank.« Er ließ die Frau los, trat einen Schritt zurück und drehte sich wie ein Mannequin. »Schick, nicht wahr?«, sagte er.

»Ich weiß nicht«, sagte die Frau. »Du siehst komisch aus darin und ...«

»Unsinn«, unterbrach Harald sie. »Wo sind eigentlich die Kinder?«

»Na, oben.«

Harald nahm seine Pakete und lief die Treppe hinauf. Er öffnete eine Tür. Es war das Badezimmer. Dann kam das Schlafzimmer. Die Betten lagen auf einem kleinen Balkon über das Gitter gehängt. Dann ein Zimmer, in dem die Kinder auf dem Boden spielten. Harald ging vor ihnen in die Hocke. »Papi hat schulfrei«, sagte er. »Und das hier hat er euch mitgebracht.« Er verteilte die Pakete. Mit einem Aufschrei machten die Kinder sich ans Auspacken. Als Harald sich umwandte, stand die Frau in der Tür und sah ihn an.

»Du gehst natürlich auch nicht leer aus«, sagte er. »Das ist ein Glückstag für uns alle, wir ziehen nur Vorteile aus meinem Missgeschick.« Er drängte die Frau aus dem Kinderzimmer und zog sie ins Schlafzimmer. »Die Bank hat natürlich pauschal bezahlt, eine großzügige Entschädigung, es war allen furchtbar peinlich. Ich brauche keine Rechnungen vorzulegen. Hier«, er zog ein paar Hundertmarkscheine aus der Tasche, »das ist für dich.«

Die Frau wollte nach dem Geld greifen, aber er zog es wieder zurück. »Na«, sagte er, »und was werden wir uns dafür kaufen, was es bis jetzt nicht geben durfte?«

»Die Spülmaschine?«, sagte die Frau und versuchte wieder, nach dem Geld zu greifen.

»Ach, Spülmaschine, Spülmaschine«, sagte Harald ärgerlich. »So was Blödes. Spülmaschine meine ich nicht. Was anderes, los, was anderes!«

»Du meinst doch nicht ...?«

»Ja, was meine ich?«

»Ich weiß nicht«, sagte die Frau und lachte. »Du bist so komisch heute. Ich weiß überhaupt nicht, was du willst.«

»Gib dir Mühe«, sagte Harald und zog die Frau auf das Bett. Er streifte ihr das Oberteil des Jogginganzuges über den Kopf. »Ach, nicht«, sagte sie. »Die Kinder können vom Balkon ...«

»Jaja«, sagte Harald, stand auf, schloss die Balkontür und ließ die Rollläden herunter. Als er sich umdrehte, hatte die Frau die Jogginghose ausgezogen und ein kleines Licht eingeschaltet. Harald entkleidete sich rasch. »Du wirst richtig dick«, sagte die Frau. Sie saß mit angezogenen Beinen auf dem Bett. »Unsinn«, sagte Harald und wollte das Licht löschen, aber sie hinderte ihn daran.

»Du kommst mir vor wie ein anderer«, sagte sie.

»Gerede«, sagte Harald. »Manchmal sprichst du schon wie Angelika.« Er versuchte weiter, das Licht zu löschen, sie begannen ein Gerangel.

»Wer ist Angelika?«

»So eine Fernsehtante, die immer über Erziehung und Emanzipation redet.«

»Unsinn«, sagte die Frau. »Es gibt keine Angelika im Fernsehen. Sofort sagst du, wer Angelika ist.«

Endlich bekam Harald das Lampenkabel zu fassen und zog es aus der Steckdose. »Was soll das?«, rief die Frau aus dem Dunkeln. Dann war Harald über ihr und begann, sie heftig zu küssen. Sie wehrte sich weiter. Als er seinen Mund von ihr löste, schnappte sie nach Luft und machte »Huuu«. Endlich ließ sie ihn gewähren.

»Du«, sagte die Frau nach einer Weile, »was ich sagen wollte.«

»Nein, nein«, sagte Harald, »bleib noch ein bisschen so. Ich komme gleich wieder.« Er stand auf. Ohne Licht zu machen, suchte er seine Kleider zusammen und drückte sich aus dem Raum. Rasch zog er sich an. Dann schaute er in das Kinderzimmer.

»Guck mal«, sagte der kleine Junge und hielt das fernlenkbare Auto hoch. »Guck mal, wie es funktioniert.«

»Ja, gleich«, sagte Harald und schloss die Türe wieder. Dann ging er auf Zehenspitzen die Treppe hinunter und verließ das Haus. Auf der Straße fiel er in Trab, seine Sachen standen noch hinter dem Container. Kaum hatte er die Hauptstraße erreicht, hielt dort ein Bus an. »Sie fahren in die Innenstadt?«, sagte Harald zu dem Fahrer.

»Sicher«, sagte der. Eine Stunde später saß Harald in einem Zug, der ihn nach Hause brachte. Als er wieder auf dem Parkplatz seiner Firma stand, war es längst dunkel. Die LKW waren alle fort, morgen kämen wieder die Polen, und übermorgen müssten die Holländer wieder da sein. Harald stieg in seinen Wagen.

»Du bist aber spät«, sagte Elke, als er ins Haus trat. »Hast du im Büro angerufen?«

»Nein. Amelie ist krank, sie hat Fieber, achtunddreißig sechs.« Elke war verärgert. »Bestimmt hat sie sich im Kindergarten angesteckt. Diese Frau achtet einfach nicht darauf, welche Kinder krank sind. Und Kinder, die krank sind, gehören nicht in den Kindergarten.«

»Fällt dir eigentlich nichts an mir auf?«, sagte Harald. Elke sah ihn an. »Hast du was mit deinem Schnurrbart gemacht?«, sagte sie. »Mal ist er dran, mal ist er ab. Du weißt doch, dass ich das nicht auseinanderhalten kann.«

Harald seufzte übertrieben, dann besuchte er Amelie in ihrem Zimmer. »Na«, sagte er und legte ihr eine Hand auf die Stirne. »Wenn ich gewusst hätte, dass du krank bist, hätte ich dir etwas mitgebracht.«

»Och«, sagte Amelie. »Kannst du mir morgen was mitbringen?«

»Sicher.« Harald gab ihr einen Kuss und löschte das kleine Licht neben ihrem Bett. »Schlaf nur schön«, sagte er, »dann wirst du bald wieder gesund.«

Am nächsten Morgen, noch bevor er sein Büro betrat, entschuldigte sich Harald beim Betriebsleiter für sein Fernbleiben am Vortage. »Meine Tochter war krank, und meine Frau befürchtete etwas Ernstes«, sagte er mit gesenkter Stimme. »Ich bin dann Hals über Kopf nach Hause und habe leider vergessen, mich abzumelden.«

»Ich bitte Sie«, sagte der Betriebsleiter, »das macht doch nichts. Ich sage auch immer, die Familie geht vor. Was haben wir denn hier?« Er wies um sich. »Die Arbeit, die Wirtschaft, die Kollegen, Pläne und Termine. Heute so und morgen so. Auf nichts kann man sich wirklich verlassen. Nur die Familie, das ist ein Rückhalt.« Er stand auf, trat auf Harald zu und gab ihm die Hand. »Geht es der Kleinen denn besser?«

»Jaja«, sagte Harald. »Und danke vielmals.« Dann ging er zu seinem Büro. Fräulein Uphues saß hinter ihrem Schreibtisch. Als sie Harald sah, stand sie auf. »Sie haben eine neue Frisur«, sagte Harald und blieb vor ihr stehen.

»Ja«, machte sie.

»Kürzer«, sagte Harald. »Sie sehen unternehmungslustig aus, richtig keck, gefällt mir gut.«

»Herr Mendler«, sagte Fräulein Uphues.

»Nein, nein.« Harald schaute sich um und legte einen Finger auf den Mund. »Sagen Sie nichts. Ich muss Sie in ein Geheimnis einweihen, das auch Sie angeht. Vorausgesetzt, Sie können schweigen. Können Sie schweigen?«

Sie nickte.

»Hören Sie zu.« Er flüsterte, sodass sie sich zu ihm vorbeugen und ihm ein Ohr zuwenden musste. »Ich habe einen Zwillingsbruder«, sagte er, »ich habe es erst vor ein paar Tagen erfahren, an meinem fünfunddreißigsten Geburtstag. Stellen Sie sich vor, einen Zwillingsbruder! Meine Eltern haben ihn bei unserer Geburt weggegeben. Ich wusste all die Jahre nichts von ihm. So etwas ist ein Schock, das kann ich Ihnen sagen.«

»Oje«, sagte Fräulein Uphues.

»Es kommt noch schlimmer«, sagte Harald, »ich habe nämlich Grund zu der Vermutung, dass dieser Mensch, der mir vollkommen ähnlich sehen soll, sich aus purem Mutwillen in mein Leben mischt. Nicht auszudenken, was da passieren kann.« Er trat einen Schritt zurück. Fräulein Uphues hatte sich hingesetzt und sah ihn entgeistert an. »Also«, sagte

Harald wieder in normaler Lautstärke, »wenn Ihnen einmal etwas Ungewöhnliches auffallen sollte, reden Sie mit niemandem darüber, mit niemandem außer mir. Versprechen Sie mir das?«

»Ja«, machte sie.

Ballon über der Landschaft

Ein Schrebergarten würde nicht zu mir passen, dachte Kortschläger und lehnte sich etwas weiter über den Zaun. Ordentlich sah das aus, sicher, doch lächerlich zugleich, nebenan lag wieder so ein Garten; und daneben wieder einer. Kortschläger setzte die Fußspitzen in den Zaun und stieg daran hoch. Er sah nichts als Schrebergärten. Dann sprang er herab und rieb seine Hände an der Jacke.

Auf der anderen Seite des Kanals, an dem breiten Hafenarm, standen die alten Fabriken, die Lagerhäuser und die gedrungenen Kräne. Schiffe legten dort nicht mehr an, jetzt übten Ruderer den Start, Kortschläger hörte die Kommandos des Steuermanns. Links ging der Weg weiter, zwischen dem Zaun zu den Schrebergärten und dem betonierten Ufer des Kanals, in dem rostige Poller steckten und das von Unkraut überwuchert war. In diese Richtung verließ der Kanal die Stadt, Kilometer wären es bis zum nächsten Ort. Rechts ging es zurück in die Stadt.

Kortschläger setzte sich auf einen Poller und schaute zu der Brücke, die kurz vor der Hafeneinfahrt den Kanal überspannte. Darunter schwammen ein paar Kinder im Wasser und warfen einander einen großen gelben Ball zu. Wenn Fußgänger über die Brücke gingen, riefen die Kinder etwas hinauf, und die Fußgänger warnten sie vor den Frachtkähnen. Vor einer halben Stunde war wirklich ein Frachtkahn stadtwärts in der Biegung des Kanals erschienen, einen halben Kilometer entfernt, und die Kinder waren kreischend aus dem Wasser geklettert. Gleich als der Kahn vorbei war, stürzten sie wieder hinein und schwammen in den hohen Wellen. Es war ein heißer Tag im September, und Kortschläger, ein Mann um die Dreißig, vertrieb sich die Zeit.

Am Morgen hatte Anke, Kortschlägers Freundin, damit begonnen, ihre Sachen aus der gemeinsamen Wohnung zu holen. Seit Tagen lebte und schlief sie nicht mehr dort, und der Termin des Auszugs stand schon fest, als sie die Wohnung zum letzten Mal verlassen hatte. Dennoch konnte sich Kortschläger nicht an den Gedanken gewöhnen, und dabei zu sein hätte er nicht ertragen. Ganz früh am Morgen war er, ohne zu frühstücken, aufgebrochen, und seitdem war er durch die Stadt gezogen, bis es ihn gegen Mittag zum Kanal verschlagen hatte. Hier saß er nun, langsam begann er Hunger zu spüren.

Kurz hintereinander fuhren einige kleine Motorboote vorbei, und da die Kinder das Wasser nicht verließen, wurden die warnenden Rufe der Passanten drängender; eine Frau schien sogar etwas hinunterzuwerfen. Kortschläger missfiel die Szene, er wusste nicht, warum. Entschlossen stand er auf, wandte sich vom Kanal ab und schlug den Weg ein, der neben dem Gelände der Schrebergärten einbog und rechtwinklig vom Wasser wegführte. Hier wurde es bald angenehm kühl und schattig, rechts standen die Hecken und hohen Büsche der Gärten, und von links beugten sich die Kronen großer alter Bäume über den Weg.

Weinen, dachte Kortschläger, während er so ging, könnte ich nie. Sicher war furchtbar, was da mit ihm geschah, aber ein Risiko hatte es immer gegeben. Das Leben war so. Ein Unglück, sagte er sich, ist es eigentlich nicht. Nenne ich es ein Unglück, so wird mir irgendwann das Wort fehlen, wenn ich es viel dringender brauche. Freilich wusste er nicht, wie es nun weitergehen sollte. Sogar das Banalste war noch ungeklärt. Die Wohnung würde er alleine nicht halten können, und so rasch würde er eine kleinere nicht finden. Vielleicht sollte er einen Untermieter aufnehmen, wenigstens für den Übergang. Himmel, was für Überlegungen!, dachte er.

Inzwischen hatte Kortschläger das Ende des Weges erreicht. Er stand vor einem schönen alten Bauernhaus; ein Gutshaus könnte man es nennen, dachte er. Um seine Mauern waren weiße Kieselsteine gestreut, aus denen Efeu wuchs und die Steine verdeckte. Eine niedrige geschwungene Mauer säumte das Grundstück, und zu beiden Seiten des Eingangstores saßen verwitterte Steinlöwen mit erhobener Pranke. Auf den Fensterbänken des Gutshauses blühten rote Blumen und überwucherten ihre Töpfe. Zwischen dem Gutshaus und einer Scheune hindurch sah Kortschläger in einen Garten, der an einen Wald grenzte. Dort standen, weit entfernt und kaum zu erkennen, ein weißer Tisch und weiße Stühle, drei oder vier hell gekleidete Personen schienen dort zu sitzen. Das Haus lag ganz still.

Kortschläger überkam eine Lust, das Grundstück zu betreten, den Garten zu durchqueren und sich den Herrschaften vorzustellen. ›Gestatten, meine Damen, meine Herren‹, würde er sagen, ›Kortschläger, Doktor Reiner Kortschläger. Ich habe gerade Ihr herrliches Anwesen bewundert, bin selbst fremd in der Gegend und nur auf der Durchreise. Ich fürchte zu stören, aber ich wollte nicht vorbeigehen, ohne meine Genugtuung auszudrücken über so viel Sinn für das Schöne, so viel Stil, so viel Eleganz.‹

›Ach‹, würde einer der Herren sagen und sich erheben. ›Wollen Sie nicht Platz nehmen? Sie kommen sicher von weit her und können uns von noch viel größeren Sehenswürdigkeiten berichten. Ihr Lob ehrt uns umso mehr, als wir in

Ihnen einen Kenner vermuten dürfen. Machen Sie uns das Vergnügen.‹

Kortschläger sah den Leuten noch ein wenig zu, sie saßen unbeweglich in der Sonne, vielleicht tranken sie Kaffee, aus der Entfernung war es nicht zu erkennen. Dann schlug er den Weg ein, der rechts an dem Gutshaus vorbeiführte, Bäume und Hecken verstellten nun den Blick in den Garten.

Oder ein Reiter könnte mir begegnen, dachte Kortschläger, ein Reiter, der sein Pferd verloren hat. Seine Reithosen sind weiß und die Flecken darauf ganz deutlich. Er humpelt ein wenig und sieht zu Boden, wenn er an mir vorbeigeht. ›Das Pferd läuft schon alleine nach Hause‹, würde er murmeln, als ich ihn ansprechen will. ›Ich bin ganz in Ordnung.‹ Kortschläger schüttelte den Kopf.

Vor einer Wiese blieb er stehen. Ein elektrischer Draht war in Kniehöhe an den Zaunpfählen befestigt, und der Apparat, der ihn speiste, machte tackende Geräusche. Die Wiese war leer. Kortschläger berührte den Draht ganz kurz mit einem Finger und bekam einen leichten Stromstoß. Dann ging er weiter, bog hinter der Wiese in einen schmaleren Feldweg und ging, bis er müde wurde. Er legte sich auf den Rücken ins Gras und schloss die Augen.

Wenn ich hingegen, dachte er, was mir jetzt zustößt, ein Unrecht nenne, wäre nichts gewonnen. Dabei verließ Anke ihn wirklich zu Unrecht, denn dass er nicht so lebte, wie sie es gerne wollte, war nicht seine Schuld. Gewiss, sagte sich Kortschläger, ich bin arbeitslos, ich bin nicht mehr ganz jung, ich habe mein Herz an die falschen Dinge gehängt und den Zug der Zeit verpasst. Aber trage ich die Schuld an allen Umständen, die gegen mich waren? Ist es meine Schuld, wenn ich kein Glück habe, im falschen Moment am falschen Ort bin und das Rechte nur um eine Minute verfehle? Nein, das war keineswegs seine Schuld zu nennen. Doch mit dem Wort Unrecht war nichts gewonnen. Kortschläger wollte weitergehen.

Als er die Augen öffnete, sah er einen rotgelben Ballon, der nicht hoch und nicht weit von ihm regungslos über der Landschaft zu stehen schien. Kortschläger prüfte, ob denn kein Wind wehe; es war nicht genau zu sagen. Natürlich wird sich der Ballon bewegen, dachte er, nur eben sehr langsam. Ich hatte ihn die ganze Zeit im Rücken und sah ihn nicht. Nun hat er mich überholt. Kortschläger beschloss, dem Ballon zu folgen. Rasch erhob er sich, klopfte trockenes Gras von seinen Sachen und machte sich auf. Querfeldein ging er, nicht schnell, aber mit großen Schritten, in Richtung des Ballons. Er sah, dass er ihm näher kam, doch es ging langsamer, als er gedacht hatte. Vielleicht gibt es mehr Wind in den höheren Luftschichten, sagte er sich. Und konnte nicht, wenn man nur weiter aufstieg, der Wind sogar drehen?

Nach einer halben Stunde war Kortschläger noch immer weit entfernt von dem Punkt, über dem der Ballon stand. Einige Weidezäune und ein kleiner Bach hatten ihm den Weg versperrt und Zeit gekostet. Auch schien es Kortschläger, als hätte er mehrmals die Richtung ändern müssen; das konnte freilich eine Täuschung sein. Doch sein Vorhaben aufzugeben kam ihm nicht in den Sinn. Er beschloss, in einen langsamen Trab zu fallen.

Nach weiteren zwanzig Minuten hatte er endlich die Stelle erreicht, auf die der Ballon seinen ovalen Schatten warf. In diesem Schatten schritt Kortschläger nun, und jetzt konnte er die Geschwindigkeit des Ballons ermessen. Er hatte große Freude daran, schon von weitem die Hindernisse auszumachen, auf die der Schatten zusteuerte und die er, ihm folgend, würde überwinden müssen. Noch immer gab es nur Wiesen und Zäune, niedrige Gräben, kreuzende Wege, Getreidefelder, die abgeerntet waren, und Kartoffelfelder mit kniehohen Blättern. Hin und wieder zog der Schatten über eine Scheune, dann lief Kortschläger voran und nahm ihn an der anderen Seite wieder in Empfang.

Nach einer Stunde erreichten sie eine kleine Ortschaft. Zunächst war eine Landstraße zu kreuzen, das bereitete keine Schwierigkeiten, aber dann, zwischen den ersten Häusern, verlor Kortschläger den Ballon einige Male kurz aus den Augen. Endlich war der Weg von einer langen Häuserzeile verstellt, und er wusste nicht, ob er sie rechts oder links umlaufen sollte.

Ich gebe nicht auf, dachte Kortschläger. Ich habe vor zwei Stunden Hunger gehabt und nichts gegessen. Jetzt klebt mir die Zunge am Gaumen, und ich trinke nicht. Er sah eine Frau eines der Häuser verlassen, winkend lief er auf sie zu, und sie blieb, die Klinke noch in der Hand, regungslos stehen. Mit ein paar Worten drückte Kortschläger sich an ihr vorbei in den Flur, in dem es kalt und dunkel war und an dessen Ende er durch eine offene Tür in den Garten fand. Den durchquerte er, und der Ballon stand über ihm. Am Ende des Gartens stieg er über einen Zaun und durchlief wieder einen Garten und ein Haus und war auch schon in der Parallelstraße. Er atmete auf. Gegenüber lag nur ein großes Gebäude, sicher eine Schule, umgeben von Schulhöfen und Sportplätzen, und durch die hindurch gewann Kortschläger, der seinem Ballon nacheilte, rasch das freie Feld.

Als er das Zentrum des Schattens wieder erreicht hatte, konnte sich Kortschläger dort in leichtem Spazierschritt halten. Der Wind in den höheren Luftschichten muss nachgelassen haben, dachte er. Vielleicht rührt ja alles Unheil daher, dass ich zu großen Leidenschaften nicht in der Lage bin. Vielleicht hätte ich alle Unstimmigkeiten und alle Meinungsverschiedenheiten gering achten können, wenn ich in einer großen Leidenschaft gelebt hätte. Und alles wäre aus Leidenschaft geschehen. Kortschläger dachte an Liebende in Spielfilmen, von deren Beruf man nichts erfuhr, nichts von ihrer Familie oder ihrer Vergangenheit. Ob sie später ein ruhiges Leben führten? Er schüttelte den Kopf. Ein unsinniger Gedanke!

Dann plötzlich war es geschehen, beinahe hätte Kortschläger es nicht bemerkt. Der Ballon stand in der Luft, eindeutig war es am Schatten zu erkennen, der ruhig auf dem Boden lag. Kortschläger sah nach oben. Die Sonne blendete, doch er glaubte das Gesicht eines Mannes zu erkennen, der sich über den Korbrand beugte.

»Sie! Hallo! Fangen Sie!«, rief es, und dann fiel ein Seil herab und entrollte sich, bis das Ende vor Kortschläger in der Luft tanzte. Er fing es und zog daran. Die Kraft des Ballons war darin zu spüren, aber auch, dass er langsam und stetig zur Erde niedersank. Bald sah Kortschläger ganz deutlich den Mann in dem Korb. Er trug eine Mütze mit Schirm hinten und vorne, ein großkariertes Jackett und eine Brille mit dunklen Gläsern. Schon war er so nahe, dass Kortschläger seine Gesichtszüge erkennen konnte. Es war ein älterer Mann mit kurzem grauem Bart und hagerem, faltigem Gesicht. »Schnell!«, rief der Mann. »Binden Sie das Seil an den Baum dort drüben.«

Kortschläger ging mit dem Seil in die Richtung, aus der sie gekommen waren, und in einigen Dutzend Metern Entfernung band er es um einen kurzen, verkrüppelten Baum. Es straffte sich, als der Ballon weiter zu Boden sank. Kortschläger blieb stehen und beobachtete das Schauspiel. Eine Leidenschaft könnte man für das Ballonfahren entwickeln, dachte er, es ist unabhängig vom Alter, vom Beruf, von Glück und Unglück. Er wunderte sich, dass der Mann diese Ballonfahrt alleine unternahm, vielleicht war es die Regel. Langsam ging er auf die Stelle zu, wo der Ballon aufsetzen würde.

»Kommen Sie schneller!«, rief der Mann aus dem Korb. »Sie müssen helfen! Kommen Sie!« Kortschläger lief nun. Der Korb des Ballons berührte fast den Boden, als der Mann an einer Leine zog und ein ohrenbetäubender Lärm entstand. Der Ballon hielt inne, stieg ein wenig und verharrte dann wenige Meter über der Erde.

»Sie schickt mir der Himmel«, sagte der Mann. »Ich habe ein Problem. Sie verstehen mich doch?«

»Jaja!«, sagte Kortschläger nach oben.

»Also passen Sie auf! Ich nehme an einem Wettflug teil, verstehen Sie? Über Land, über sehr große Entfernungen. Leider habe ich etwas sehr Wichtiges vergessen. Ich muss unbedingt telefonieren. Eine furchtbare Situation, aber ein Anruf könnte alles klären.«

»Und was soll ich tun?«, sagte Kortschläger.

»Sie müssen den Ballon in der Schwebe halten«, rief der Mann hinunter. »Wenn er zusammenfällt, bekomme ich ihn alleine nicht in die Luft. Sie kennen sich aus mit Heißluftballons?«

»Nein«, sagte Kortschläger.

»Das macht nichts. Es ist sehr leicht. Kommen Sie!« Mittlerweile war der Ballon wieder gesunken. Der Mann wies auf eine Strickleiter, die über den Korbrand hing. »Wenn Sie das Ende fassen können, klettern Sie herauf.« Kortschläger gehorchte, und oben angelangt, packte ihn der Mann nicht ohne Kraft bei den Schultern. »So«, sagte der Mann, als Kortschläger neben ihm stand. Er wies nach oben auf eine metallene Apparatur. »Das ist der Brenner für die Heißluft. Sie ziehen

BALLON ÜBER DER LANDSCHAFT

nur an dieser Leine, und der Ballon steigt. Das ist schon alles. Sie machen das, wenn der Ballon sinkt. Aber immer nur für einige Sekunden. Zählen Sie dabei bis fünf, höchstens bis zehn. So bleiben Sie in der Schwebe. Bei dieser Hitze ist es leicht, in der Schwebe zu bleiben. Nur nicht zu lange ziehen, haben Sie verstanden, sonst wirft Ihnen das Seil den Korb um.«

»Ich weiß nicht«, sagte Kortschläger.

»Ach was!«, sagte der Mann. »Sie können das. Es ist kein Problem. Ich bin nur einige Minuten weg. Achthundert Meter von hier ist ein Bauernhof, da wird es Telefon geben. Ich brauche fünf Minuten für den Weg, dann das Telefonat, fünf Minuten zurück, vielleicht auch zehn, im Ganzen keine halbe Stunde. Da kann überhaupt nichts passieren. Glauben Sie mir!«

Kortschläger schwieg. Der Mann sah ihm in die Augen. »Was ist nun?«, sagte er.

»Wenn Sie wiederkommen, nehmen Sie mich mit?«

Der Mann zog die Stirne kraus. »Das wollen wir sehen«, sagte er unwillig. Dann lachte er. »Halten Sie nur aus. Sie schaffen das schon.« Er kletterte über den Korbrand und sprang auf den Boden.

»Los!«, rief er. »Ziehen Sie jetzt einmal kurz!« Kortschläger umfasste die Leine und zog sie, es donnerte und dröhnte in seinen Ohren, dabei zählte er bis fünf. Der Ballon begann, sachte zu steigen.

»Ausgezeichnet«, rief der Mann von unten. »In höchstens einer halben Stunde bin ich wieder da.« Mit kurzen, schnellen Schritten ging er querfeldein davon.

Kortschläger sah sich in dem Korb um. Auf dem Boden stand ein kleiner, abgewetzter Koffer, daneben lagen schwarze Kästen mit goldenen Scharnieren und Schlössern. Die enthalten bestimmt die nautischen Instrumente, dachte Kortschläger. Eine gefütterte Jacke mit Kapuze war an einen Haken gehängt, und eine aufgerissene Tüte mit belegten Broten lag neben einer großen Plastikflasche Mineralwasser. Kortschläger spürte wieder Hunger. Ein Brot, dachte er, ist doch die angemessene Belohnung für meine Dienste. Er nahm eines, biss hinein und öffnete die Wasserflasche. Er wischte den Hals mit seiner Manschette ab und trank. Das Wasser war zu warm.

Nachdem er gegessen und getrunken hatte, beugte er sich über den Korbrand und sah nach unten. Seit er die Leine gezogen hatte, schien der Ballon nicht mehr gesunken zu sein. Vielleicht war er leichter als der Mann. Oder es hatte Aufwind eingesetzt. Was weiß ich von solchen Dingen?, dachte Kortschläger. Ich bin Historiker, Doktorarbeit über mittelalterliches Lehnsrecht. Man könnte es sich leicht machen. Das Ballonfahren beruht auf einfachen Naturgesetzen. Heiße Luft steigt nach oben. Und das ist vielleicht schon alles. Kortschläger zog die herabhängende Leine und zählte langsam bis fünf. Als das Dröhnen und Donnern verstummte, bemerkte er deutlich, wie der Ballon anstieg. Er zog noch einmal. Das Seil straffte sich, und der Ballon beschrieb einen Viertelkreis, bis er senkrecht über dem Baum stand, an den er gebunden war.

Kortschläger genoss den Ausblick. Beinahe ließ sich der Weg überschauen, den er genommen hatte. Vor den Kirchtürmen der Stadt glänzte der Kanal in der Sonne. Bis dort reihten sich Felder und kleine Gehölze, Wege kreuzten, vereinzelt standen Häuser, etwas rechtsab lag die kleine Ortschaft. Gelb waren die Felder und grün die Wiesen und blau der Himmel. Noch immer war es heiß, aber der Ballon warf seinen Schatten über den Korb. Kortschläger betrachtete die

Konstruktion, an der das Halteseil verknotet war. Weiter würde er nicht aufsteigen können, ohne den Ballon vom Boden zu lösen.

Kortschläger dachte an Anke. Sicher war sie jetzt dabei, die Schränke und Schubladen nach Kleinigkeiten zu durchsuchen, die sie noch mitnehmen wollte. Nimm nur, was du willst, hatte Kortschläger gesagt. Er wiederholte es. »Wir wollen uns über kein Stück streiten«, rief er über die Landschaft. »Die Dinge können nichts für unser Unglück. An mir allein hat es gelegen. Ich habe den Erwartungen nicht entsprochen, aber ich trage keine Schuld.« Er senkte die Stimme. »Nein«, sagte er, »von Schuld kann keine Rede sein.« O ja, er würde Anke vermissen, wenn er nach Hause käme und die Wohnung leer fände. Einen Moment stellte er sich die Szene so vor, als wären die Zimmer von Einbrechern durchwühlt, die Möbel umgestoßen und die Schubladen herausgerissen. Natürlich würde es so nicht sein.

Kortschläger setzte sich in eine Ecke des Korbes, legte den Kopf in den Nacken und sah in die Hülle hinein. Da war nun die heiße Luft und drückte das Tuch nach oben, mit so viel Kraft, dass sie Menschen hinaufziehen konnte. An der Hülle hing mit Seilen der Korb, und der war an einen Baum gebunden. Kortschläger fühlte Tränen in seine Augen steigen. Nichts würde sein wie vorher, die Zukunft war dunkel. Er stand auf und zog an der Leine des Brenners. Der Ballon bewegte sich, und das Halteseil brachte den Korb in Schräglage. Kortschläger versuchte, den Knoten zu lösen, aber es ging nicht, er hatte sich zu fest gezogen.

»Was in Teufels Namen machen Sie da?«, schrie es in diesem Moment. »Lassen Sie die Hände von dem Seil! Hören Sie? Nicht das Seil berühren!« Kortschläger beugte sich über den Korbrand. Unten stand der Ballonfahrer und winkte hinauf. »Kommen Sie herunter!«, rief er und machte Handbewegungen. »Kommen Sie wieder herunter!«

»Das wird dauern«, rief Kortschläger zurück. Er nahm die Brennerleine in die Hand. »Ich habe eben noch gezogen und dabei bis fünf gezählt.«

»Nein!«, rief der Mann. »Nicht ziehen! Sie sind zu hoch. Der Korb liegt schon schräg.«

»Ich weiß«, sagte Kortschläger. »Eine unmittelbare Folge der Naturgesetze.«

»Was sagen Sie?«, schrie der Mann. »Ich verstehe Sie nicht. Sie werden den Korb umkippen!«

Kortschläger zog kurz an der Leine, ein Feuerstrahl schoss in die Hülle und erlosch gleich wieder.

»Warum machen Sie das?«, rief der Mann. »Warum zum Teufel machen Sie das?« Er trat heftig mit dem Fuß auf den Boden.

»Ich weiß nicht«, rief Kortschläger. »Ich habe keine Schuld an den Umständen. Sie haben mich in diese Situation gebracht. Sie tragen die Verantwortung.«

»Gut, gut!«, rief der Mann und hob beschwichtigend beide Hände. »Reden wir darüber in aller Ruhe. Sie haben vielleicht Schwierigkeiten, nicht wahr? Die haben wir alle. Sehen Sie, das Ballonfahren ist ein schöner Ausgleich. Vielleicht wollen Sie, dass ich Sie mitnehme. Aber ich muss Sie warnen, wir haben eine lange Reise vor uns. Hier ist sogar neuer Proviant.« Er hielt eine braune Tüte hoch.

»Nein«, rief Kortschläger. »Meine Freundin hat mich verlassen. Ich kann nicht mehr nach Hause. Nicht einmal mit einem Ballon.« Er lachte. Der Mann lachte zurück. »Das sagen Sie!«, rief er hinauf. »Vielleicht doch! Es würde Eindruck machen.«

»Nein«, rief Kortschläger. »Nicht auf Anke. Wir trennen

uns, weil ich ihren Ansprüchen nicht genüge. Eine Ballonfahrt würde nichts wettmachen. Anke ist nicht so. Ihr imponiert nur das große Ganze.« Er machte eine Handbewegung.

Inzwischen war der Ballon so weit gesunken, dass die beiden ihre Stimmen nicht mehr erheben mussten. Der Mann ging nervös auf und ab. »Ach was«, sagte er, »lassen Sie es einmal darauf ankommen. Kennen Sie Santos-Dumont, den verrückten Ballonfahrer aus Brasilien?«

»Nein«, sagte Kortschläger.

»Also«, sagte der Mann, »hören Sie zu, der startete morgens mit einem kleinen Ballon von seinem Balkon, in Paris, im sechsten Stock. Und dann fuhr er zum Frühstück in ein Café auf den Boulevards. Nach dem Frühstück machte er Damenbesuche, mit dem Ballon. Was sagen Sie dazu?«

»Hier ist nicht Paris«, sagte Kortschläger.

»Sie haben keinen Humor«, sagte der Mann und klatschte in die Hände. Der Ballon war noch weiter gesunken, das Seil hing durch und lag schon einige Meter auf dem Boden. »Mit Humor geht alles leichter«, sagte der Mann. »Eine Liebe, die in die Brüche geht, das ist natürlich ein Unglück. Aber Sie sind noch jung. Sie haben noch viel Zeit. Wie alt sind Sie eigentlich?«

Kortschläger antwortete nicht. Da stürzte sich der Mann auf das Seil, zog es zu einem schräg aus dem Boden ragenden Pfahl und wickelte es hastig darum. Dann lief er auf den Ballonkorb zu, und mit einem Sprung erreichte er die Strickleiter. Kortschläger zog an der Brennerleine, der Ballon stieg, aber das verkürzte Seil spannte sich gleich, und schon legte der Mann seine Hände über den Korbrand. Kortschläger wich zurück, als er sich zu ihm hineinschwang. Der Mann hob beruhigend die Hände.

»Haben Sie keine Angst«, sagte er. »So ein Ballon ist eine

heikle Sache, man muss sich auskennen, sonst ist schnell ein Unglück passiert.«

»Es tut mir leid«, sagte Kortschläger.

»Keine Ursache.« Der Mann prüfte den Sitz einiger Leinen, dann hantierte er kurz an dem Brenner. »Wenn wir nahe genug am Boden sind, werden Sie aussteigen, nicht wahr?«

Kortschläger nickte.

»Gut. Und dann lösen Sie bitte das Seil. Zuerst von dem Pfahl, dann vom Baum. Haben Sie verstanden?« Er zeigte in die Richtung der Stadt. »Dort«, sagte er, »hinter dem ersten kleinen Wald liegt der Bauernhof. Sie können da telefonieren. Rufen Sie sich ein Taxi.«

»Ich bin den ganzen Weg bis hier gelaufen«, sagte Kortschläger, »bis ich in seinem Schatten war.« Er wies auf den Ballon.

»Ich weiß«, sagte der Mann. »Ich habe Sie von oben gesehen. Viele tun das, wenn der Ballon langsam fährt.« Er lächelte. »Aber Sie waren ganz besonders ausdauernd. Das muss ich sagen.« Dann schaute er über den Korbrand. »Sie können jetzt aussteigen«, sagte er.

Kortschläger schwang sich über den Rand und sprang. Er landete weich, in den Knien federnd. Rasch löste er das Seil zuerst vom Pfahl, dann vom Baum.

»So ist es gut«, sagte der Mann und zog das Seil zu sich hoch. Dann betätigte er den Brenner. Kortschläger zählte bis fünf, bis zehn, der Ballon stieg sehr schnell, und der Mann darin wurde kleiner, er winkte hinunter, und Kortschläger winkte zurück. Schon nahm der Ballon Fahrt auf, und Kortschläger sah seinen Schatten über die Felder ziehen. Er sah ihm lange nach, dann wandte er sich zur Stadt zurück und ging los.

Ein Jäger könnte mir begegnen, dachte Kortschläger, als er

den Weg gefunden hatte, ein Jäger, der die Spur eines lange gejagten Tieres verloren hat. Das Gewehr hält er noch im Anschlag, so, als glaube er nicht, dass die Gelegenheit ihm entgangen ist. Seine Jägermontur ist zerrissen, durch Gebüsch und Unterholz muss er dem Tier gefolgt sein. An seiner Schläfe klebt etwas Blut. Und als ich ihn fragen will, was für ein Tier das sei und was ihn treibe, es zu jagen, da winkt er nur ab und bedeutet mir, ganz still zu sein.

Die Modellbahn

Von seinem Onkel, der als Witwer und kinderlos gestorben war, erbte Günter ein hübsches Siedlungshaus mit einem großen, etwas verwilderten Garten und einer riesigen Modellbahnanlage im ersten Stock. Ein paar Tage nach dem Begräbnis besichtigten er, seine Frau Rita und der Rechtsanwalt das Haus. Beim Gang durch Parterre, Keller und Garten sprach Günter von der Zeit, da er noch klein gewesen war und den Onkel öfter besucht hatte, um die Züge fahren zu sehen. Später sei die Verbindung lose geworden, und er schäme sich, der alleinige Erbe zu sein.

»Machen Sie sich keine Gedanken«, sagte der Rechtsanwalt. »Ihr Onkel hat sicher gewollt, dass es in der Familie bleibt. Sonst hätte es ja ein Testament gegeben.«

Sie gingen jetzt hinauf und in den kleinen Flur des ersten Stocks, von dem vier Türen abgingen. Eine führte in ein enges, etwas unsauberes Bad. Die anderen waren so umgebaut, dass sie sich zum Flur hin öffnen ließen. Als sie das erste Zimmer betraten, sahen sie den Grund dafür. Der Raum war bis auf einen kleinen Bereich hinter der Tür mit einer hüfthohen Platte ausgefüllt, auf der die Anlage gebaut war. Am Rand der Platte, auf niedrigerem Niveau, waren Schalttafeln mit Dutzenden von Lampen, Hebeln und Knöpfen angebracht, davor stand ein abgewetzter alter Drehstuhl. Das zweite und dritte Zimmer sahen ebenso aus.

»Meine Güte«, sagte Rita. »Warum denn drei Anlagen?«
Günter schüttelte den Kopf, sagte aber nichts.

»Sie irren sich«, sagte der Rechtsanwalt. »Es ist eine einzige Anlage. Schauen Sie!« Er wies auf die Zwischenwand. Sie war bis fast unter die Decke durch ein Gebirge verkleidet, an zwei Stellen verschwanden die Schienen in Tunneln. »Dort fahren sie hinein. Kommen Sie!« Er verließ das Zimmer und ging voraus in den Nebenraum. An der anderen Seite der Wand war ein ähnliches Gebirge, in das wieder zwei Tunnel führten. »Und hier kommen sie wieder heraus«, sagte der Rechtsanwalt. »An der andern Seite ist es genauso.«

»Hat er wirklich die Wände durchgeschlagen?«, sagte Rita.

»Nur an einigen Stellen. Die Löcher sind nicht größer als eine Faust. Das können Sie mit etwas Gips wieder füllen. Dazu brauchen Sie nicht einmal einen Maurer.«

»Das muss hier möglichst schnell raus«, sagte Rita und sah Günter an.

»Natürlich«, sagte er. Dann wandte er sich zu dem Rechtsanwalt. »Wissen Sie, wie man es in Gang setzt?«

Der Rechtsanwalt lachte. »Die Eisenbahn?«, sagte er. »Nein, nein. Ich war höchstens drei- oder viermal hier. Ich spiele nicht mit so was.« Günter probierte einen der Knöpfe, nichts rührte sich. »Wahrscheinlich ist der Strom abgedreht«, sagte er. »Es muss einen Hauptschalter geben.«

»Ich möchte jetzt gehen«, sagte Rita.

Zusammen stiegen sie hinunter. Der Rechtsanwalt verabschiedete sich. »Schön, dass Sie hier einziehen werden«, sagte er. »Können Sie es schnell einrichten?«

Günter nickte. »Nein«, sagte er dann. »Ich meine, wir sind gerade erst umgezogen, wir haben vor drei Monaten geheiratet, und wir müssen uns an die Kündigungsfrist halten.«

»Gut«, sagte der Rechtsanwalt. »Von juristischer Seite ist ja alles geregelt. Wenden Sie sich an mich, wenn Sie Schwierigkeiten haben.« Er reichte beiden die Hand und ging. Günter setzte sich auf die unterste Treppenstufe.

»Du hast nie viel von deinem Onkel erzählt«, sagte Rita.

»Also wenn ich gewusst hätte, dass du Verrückte in der Verwandtschaft hast!« Sie öffnete eine kleine Abstellkammer und holte ein Einmachglas hervor, das halb mit einer rötlichen, von Schimmelpilzen überwucherten Masse gefüllt war. »Iiiih«, sagte sie.

»Stell es zurück«, sagte Günter. »Wir haben genug zu tun.« Er zeigte nach oben. »Wollen wir es uns noch einmal ansehen?«

»Bitte«, sagte Rita. »Ich möchte wirklich gehen.« Sie brachen auf.

Ein paar Tage später kam Rita nach Hause und berichtete aufgeregt von einem Arbeitskollegen, der gerne in ihre Wohnung ziehen würde, es müsse aber gleich sein, am besten schon nächste Woche.

»Du weißt, dass das nicht geht«, sagte Günter.

»Warum eigentlich nicht? Du haust dieses Zeug aus den Zimmern, und wir stellen erst mal die Möbel hin. Renovieren kann man dann immer noch.«

»Du bist nicht gescheit«, sagte Günter wütend. »Hast du eigentlich noch gar nicht begriffen, was er uns da hinterlassen hat?«

»Du willst doch nicht mit diesem Schwachsinn weitermachen?«, sagte Rita. »Das ist ja der reinste Scheidungsgrund.«

»Unsinn.« Günter öffnete einen kleinen Sekretär und holte einige bunte Kataloge hervor. »Schau dir das an«, sagte er und blätterte vor Rita eine Seite auf. »So eine kleine Lokomotive kostet fast zweihundert Mark. Und auf der Anlage stehen Dutzende Lokomotiven, dazu die Anhänger und das ganze

Zubehör. Da steckt ein Vermögen drin. Der Mann hat für nichts anderes Geld ausgegeben, mindestens dreißig Jahre lang.«

»Das ist doch alles alt«, sagte Rita. »Und gebraucht.«

»Ich weiß nicht«, sagte Günter, »man wird es sicher verkaufen können.«

»Dann nimm halt die Eisenbahnen herunter. Wäre ja nicht schlecht, ein paar Mark dafür zu bekommen.«

»Das ist nicht so einfach«, sagte Günter und schloss die Kataloge wieder in den Sekretär. »Schau, wer weiß, ob ich da etwas Wertvolles kaputtmache. Ich muss erst einen Fachmann fragen.«

»Wenn wir nächste Woche ausziehen können, sparen wir zwei Monatsmieten«, sagte Rita. »Ob dein Spielzeug so viel bringt, weiß keiner.«

Sie redeten noch einige Zeit. Schließlich willigte Rita ein, zuerst ins Parterre zu ziehen und die Möbel, die nicht hineinpassen würden, vorläufig in den Keller zu stellen. Günter versprach dafür, gleich nach dem Abbau der Anlage den ganzen ersten Stock zu renovieren.

Schon eine knappe Woche später standen sie im Haus des Onkels zwischen Umzugskisten und zerlegten Möbeln. Wohnzimmer und Küche ließen sich gleich einrichten. Das Schlafzimmer schlugen sie im dritten Parterre-Zimmer auf. Es war etwas beengt.

»Eigentlich geht es ganz gut«, sagte Günter und legte sich auf eine Matratze.

»Das Schlafzimmer kommt nach oben«, sagte Rita. »Wann wirst du dich erkundigen?«

»Ich bin völlig kaputt«, sagte Günter.

Rita trat zu ihm ans Bett und ließ sich auf ihn fallen. »Wenn ich dich beim Spielen mit der Eisenbahn erwische, reiche ich die Scheidung ein«, sagte sie und blies ihm ins Ohr. Er schüttelte sich und versuchte, sie abzuwehren, aber sie hielt ihn fest und setzte sich auf seine Brust. »Und dann bekomme ich die Hälfte des Hauses. Das Haus ist nämlich Zugewinn.«

»Gut«, sagte Günter und lachte. »Dann bekommst du die untere Hälfte und ich die obere.« Mit einem Ruck machte er sich frei und warf sich auf Rita. Sie rauften, bis sie vor Anstrengung keuchten. Dann schliefen sie miteinander.

Spätabends, als alles vorläufig untergebracht war, bemerkte Rita, dass sie etwas in der alten Wohnung vergessen hatte. Sie müsse unbedingt noch einmal zurückfahren. »Beeil dich«, sagte Günter, dann nahm er eine Dusche, fand in einer der Kisten im Schlafzimmer einen frischen Schlafanzug und stieg hinauf zu der Eisenbahnanlage. Er schaltete im ersten Zimmer das Licht ein und setzte sich auf den Drehstuhl, um alles in Ruhe zu betrachten.

Unmittelbar hinter dem Rand der Platte und oberhalb des Schaltpultes lag ein großer moderner Bahnhof mit einer Reihe parallel laufender Gleise, die an beiden Enden in zwei Schienensträngen zusammenliefen. Die führten an den Wänden entlang und trafen sich erst wieder bei den Tunneln, die durch das Gebirge und die Wand zum Nebenzimmer führten. Zu den anderen Wänden hin stieg die Anlage sanft an, und die Gleise lagen gut sichtbar an den Hängen. Am Rand der Platte war ein bedruckter Pappstreifen an die Wände genagelt, auf dem die Landschaft sich wie in einer Kulisse fortsetzte. Der Pappstreifen verdeckte die Fensterbank des einzigen Fensters. Es hatte eine graue Spanngardine und sah blind und schmutzig aus.

Inmitten des Schienenrunds lag eine Stadt mit einem Kern aus hohen, schmalen Fachwerkhäusern, die um eine Kirche und einen Platz mit einem Brunnen standen. Vom Stadtkern zum Bahnhof führte eine breite Straße mit modernen Gebäuden. Die Fassaden waren mit Reklameschildern bedeckt, und hinter die großen Glasfenster waren bedruckte Papierstreifen geklebt. Hunderte kleiner Figuren bevölkerten die Bürgersteige. Sie standen an Ampeln, vor Schaufenstern und Litfaßsäulen und an den Marktständen auf dem Platz vor der Kirche. Günter sah ein Brautpaar und Festgäste und eine Kutsche mit weißen Pferden. Auf den Bahnsteigen drängten sich die Reisenden, aus den Bahnhofstüren strömten sie ins Freie. Die Straßen waren voller Autos, in der Nähe des Bahnhofes standen sie Stoßstange an Stoßstange. Eine Reihe gelber Taxis wartete dort, und an der Güterabfertigung wurden Lastwagen beladen.

Günter suchte nach einer freien Stelle auf der Platte, auf die er sich aufstützen konnte. Dann beugte er sich weit vor, um besser sehen zu können. Hinter dem Stadtkern begannen Reihen gleichförmiger Siedlungshäuser. Vor einem kleinen Geschäft standen Frauen mit Einkaufstüten. Eine Feuerwache lag am Rande der Siedlung, mit roten Feuerwehrautos davor in Reih und Glied. Dann kam noch ein Bauhof mit aufgestapelten Ziegeln und gelben Lastautos, dahinter begann Ackerland, das bis zu den Schienen reichte. Traktoren mit Heuwagen fuhren zwischen den Feldern. Auf einem stand Korn und wurde gerade gemäht.

Günter schwang sich aus den Armgelenken zurück und setzte sich wieder hin. Eine Menge Arbeit steckt darin, dachte er. Dann suchte er wieder nach dem Stromschalter. Er versuchte mehrere Knöpfe, und endlich gingen die kleinen Lichter auf dem Schaltpult an. Er drehte einen der elektrischen Regler, deren Zeiger auf der Null in der Mitte einer Skala standen. Tatsächlich setzte sich ein Personenzug vor dem Bahnhof in Bewegung. Zu schnell, dachte Günter und drehte den Regler zurück, um den Zug besser beobachten zu können. Der schwenkte auf das Hauptgleis ein, aber die letzten Wagen hatten den Bahnhofsbereich noch nicht verlassen, da bog die Lok in ein abzweigendes Gleis, das nach kurzer Strecke vor einem Prellbock endete. Günter stellte den Regler zurück auf Null und bewegte ihn vorsichtig in die entgegengesetzte Richtung. Wirklich fuhr der Zug rückwärts aus dem toten Gleis heraus, doch als er wieder in das Parallelgleis einschwenken wollte, fiel der letzte Wagen um und riss alles mit sich.

Günter stellte den Regler auf Null. Er nahm die Lok und die Wagen und baute sie wieder an der Stelle auf, an der sie zuerst gestanden hatten. Dann suchte er nach dem richtigen Schalter für die Weiche. Alle Schalter trugen Zahlen, und die Zahlen waren in einen Gleisplan eingetragen, der an der Türe hing. Aber Günter fand sich nicht zurecht, und daher probierte er alle Schalter, bis sich die Weiche an dem toten Gleis mit einem leisen Klicken umstellte und der kleine Arm an der Signaleinrichtung sich aufrichtete. Ganz langsam ließ er den Zug wieder vorwärts fahren. Der verließ jetzt den Bahnhof, passierte noch einige Bahngebäude und schwenkte dann in die große Kurve ein, die ihn an der Zimmerwand entlangführte. Eine Bahnschranke, vor der einige Autos und Figuren standen, schloss sich, als er herankam, und öffnete sich wieder hinter ihm. Bald war der Zug an der gegenüberliegenden Wand. Noch eine Kurve, dann verschwand er in dem Tunnel unter dem Gebirge.

Günter stellte den Regler auf die kleinste Geschwindigkeit und ging ins Nebenzimmer. Als er das Licht einschaltete, sah er, wie der Zug auf einer Brücke über einen breiten Fluss fuhr und schon auf den Tunnel in der nächsten Wand zuhielt. Günter sah Schlepper in einem Hafen liegen und Fabriken mit schmutzigen Ziegelmauern und hohen Schornsteinen am Ufer des Flusses. Rasch löschte er das Licht und lief in den dritten Raum. Aber er kam zu spät. Gleich hinter dem Tunnel war der Personenzug auf einen Schienenbus aufgefahren, der vor einem kleinen Bahnhof gestanden hatte. Alle Wagen und die Lok waren umgestürzt, und es schien Günter, als seien ein paar der Figuren auf dem Bahnsteig oberhalb ihrer Füße abgeknickt.

»Verdammt«, sagte Günter laut. Der kleine Bahnhof war zu weit vom Plattenrand entfernt, um die Wagen wieder aufzustellen. Wie hatte der Onkel solche Unglücke vermeiden können?

Günter sah nun diesen Teil der Anlage genauer an. Fast alles war noch im Bau. Bis auf den kleinen Bahnhof und einige verstreute Bauernhäuser war die Platte leer, und an einigen Stellen sahen Pappmaché und Gips hervor. Anderswo waren Grundrisse aus Papier mit Stecknadeln befestigt. Ganz vorne liefen die Schienen sogar über die rohe Holzplatte, und mit Bleistift waren neue Abzweigungen und eine Reihe sternförmig ausgerichteter Gleise eingezeichnet.

Günter ging zurück in das erste Zimmer und schloss die Tür hinter sich. Neben dem großen Schaltpult für die Züge und Weichen gab es noch ein kleines, unter dessen Knöpfen nur Buchstaben standen. Hierfür schien es keinen Plan zu geben. Günter drückte den ersten Knopf. Nichts geschah. In diesem Moment hörte er die Haustüre schlagen. Er stand auf, schaltete das Licht im Zimmer aus und wollte den Raum verlassen, als er bemerkte, dass ein Schimmer durch die Fenster einer Kapelle fiel, die hinter Bäumen am Fuße des Gebirges stand. Ein paar Sekunden dauerte es, dann schlug eine kleine Glocke in der Kapelle einige Male hell an.

Im Dunkeln tastete Günter nach den übrigen Knöpfen

und drückte einen nach dem anderen. Zuerst wurden das Bahnhofsgebäude und die Gleisanlagen davor erhellt, dann gingen die Straßenlampen in der Stadt und in der Siedlung an, und schließlich flammte Licht auf hinter den Fenstern der Häuser. Rund um den Bahnhof leuchteten Reklameschilder und Normaluhren, und aus einem Schuppen kam ein rötlicher Schein. Günter schaute lange über die Anlage, dann ging die Tür auf, und Rita stand hinter ihm.

»Meine Güte«, rief sie. »Was ist das denn?«

»Das ist Nacht«, sagte Günter. »Alle Lichter brennen. Ich würde dir gerne zeigen, wie die Züge fahren, aber alles ist sehr kompliziert. Sich her«, er wies auf die Schalter für die Weichen, »da muss alles stimmen, sonst gibt es gleich ein Unglück.«

Rita war schon wieder aus der Tür. »Um so schneller sollte das alles verschwinden«, sagte sie von der Treppe her. »Und wenn du mich suchen solltest, ich bin im Bett.« Günter schaute noch einmal über die erleuchtete Stadt. Dann schaltete er langsam alle Lichter aus, schloss die Tür und ging hinunter.

Am nächsten Morgen fuhr Günter in die Stadt. In einem Spielwarenladen fragte er, ob man gebrauchte Eisenbahnteile zurückkaufe. Nein, hieß es, da müsse er sich an ein Spezialgeschäft wenden. Man nannte ihm eine Adresse, Günter bedankte sich. Eine halbe Stunde später stand er in einem kleinen Geschäft mit altmodischer Theke. Rings an den Wänden lagen farbige Kartons in Regalen, die bis zur Decke reichten. Einige Lokomotiven und Waggons standen in einer staubigen Vitrine neben der Theke. Von der Decke herab hing an einer dünnen Schnur eine Styropor-Kugel, die von einem kleinen Gleis umspannt war, auf dem eine winzige Lok mit winzigen Wagen fuhr, so dass sich die Kugel sanft im Kreise neigte. Der Inhaber des Ladens sprach mit einem älteren Mann, der sich nicht für eine bestimmte Kupplung entscheiden konnte.

»Sie ist besser«, sagte der Kunde. »Das ist keine Frage. Aber wenn ich einen Satz habe, will ich alles umstellen, und dann sitze ich Wochen daran.«

Der Händler zuckte die Schultern. »Die meisten rüsten jetzt um«, sagte er.

»Gut«, sagte der Kunde. »Ich probiere es. Aber wenn es zu viel Arbeit ist, lasse ich es.«

»Sehen Sie.« Der Händler steckte ein paar kleine Kartons in eine Plastiktüte. »Wir verrechnen es mit der Lok«, sagte er und wandte sich Günter zu. »Was kann ich für Sie tun?« Günter fragte wieder, ob er gebrauchte Eisenbahnteile verkaufen könne.

»Das kommt sehr darauf an«, sagte der Händler und zog die Stirne kraus. »Sehen Sie, früher oder später wollen alle ihre Einsteiger-Modelle wieder loswerden. Das sind dann nur Ladenhüter, uninteressant für die Profis. Und wer einsteigt, der kauft meistens ein Set.« Er zog einen größeren Karton aus dem Regal und legte ihn auf die Theke. Loks, Waggons und Schienen lagen hinter durchsichtigem Kunststoff in den Ausbuchtungen eines Schaumstoffeinsatzes. »Alles da«, sagte der Händler. »Aufbauen und ab geht die Post. Wenn Sie ernsthaft weitermachen, können Sie in spätestens einem Jahr nichts mehr damit anfangen.«

»Ich weiß nicht«, sagte Günter. »Es ist nicht meine Anlage. Sie gehörte meinem Onkel, der gestorben ist. Es ist eine sehr große Anlage, er hat viele Jahre daran gebaut.«

»Wie heißt Ihr Onkel?«

»Schilling«, sagte Günter.

Der Händler schlug sich mit der Hand an die Stirn. »Er ist tot«, sagte er laut. »Mein Gott!« Dann reichte er Günter die Hand. »Mein herzlichstes Beileid«, sagte er. »Ich habe ihn gekannt, Ihren Onkel, gut gekannt. Man kann fast sagen, wir waren befreundet. Mindestens einmal die Woche ist er gekommen. Ich hatte mich schon gewundert. ›Wo nur Schilling bleibt?‹, habe ich gesagt. So ein Unglück! Wie ist es denn passiert?«

»Ein Herzschlag«, sagte Günter. »Es kam ganz plötzlich.«

»Und er ist am Ende schon begraben?«

Günter bejahte. »Es tut mir leid, dass wir Ihnen keine Einladung schicken konnten. Wir wussten ja nicht, dass Sie befreundet waren.«

»Ach ja, vielleicht ist befreundet auch zu viel gesagt. Ich werde sein Grab besuchen. Der arme Schilling, wann war er zuletzt hier? Sehen Sie, ich weiß es schon nicht mehr. Ist das nicht furchtbar?«

»Ja«, sagte Günter. Jedenfalls sei er froh, jemanden gefunden zu haben, der die Anlage kenne und wisse, was die Sachen noch wert seien.

»Nicht ganz«, sagte der Händler. »Ich habe die Anlage lange nicht mehr gesehen. Ich weiß ungefähr, was er bei mir gekauft hat, aber Ihr Onkel war oft unterwegs. Und er erzählte nie viel.«

»Und wenn ich alles herunternehme und zu Ihnen bringe?«, sagte Günter. »Wir ziehen in das Haus, und die Anlage muss schnell weg.«

Der Händler kam hinter der Ladentheke hervor und nahm Günter beim Arm. »Tun Sie das nicht«, sagte er. »Sie könnten die Dinge beschädigen. Ich weiß nichts Genaues, aber Ihr Onkel hat ein Vermögen in die Anlage gesteckt. Es gibt wert-

DIE MODELLBAHN

volle Teile darunter, Sammlerstücke, Sie als Laie erkennen das nicht.« Er zog Günter vor die Vitrine und wies auf eine grüne Elektrolok. »Das berühmte Krokodil«, sagte er. »Von der gibt es hundertmal mehr Modelle als Originale, und längst nicht alle sind wertvoll. Dieses ist wertvoll. Sie erkennen es nicht, ein Fachmann sieht es sofort.« Er zog Günter wieder zur Theke zurück. »Wissen Sie was, ich mache Ihnen einen Vorschlag. Ich komme zu Ihnen und sehe mir alles genau an. Ich mache Ihnen einen fairen Preis. Lassen Sie mich ruhig mit der Anlage allein. So etwas braucht seine Zeit. Sie haben dann die wenigste Arbeit und können ganz sicher sein.«

»Macht das nicht zu viel Umstände?«, sagte Günter.

»Keine Umstände«, sagte der Händler und begleitete Günter zur Tür. Er gab ihm eine Karte mit seiner Anschrift und Telefonnummer. »Rufen Sie mich an, wenn Sie Zeit haben. Ich kann jederzeit den Laden schließen und zu Ihnen herüberkommen. Ich kenne die Adresse.«

»Sehen Sie«, sagte Günter, als er dem Mann die Hand reichte, »gestern Abend war ich einen Moment versucht, die Anlage zu behalten. Es war so schön, als alle Lichter angingen. Aber es wäre ja grotesk.«

»Sehr richtig«, sagte der Händler. »Sie brauchen den Platz zum Leben. Das halbe Haus. Wo käme man da hin?«

»Muss er wirklich kommen?«, sagte Rita am Abend, nachdem Günter ihr von seinem Besuch erzählt hatte. »Ich finde das komisch.«

Das sei Unsinn, sagte Günter ärgerlich. Es beschleunige die Angelegenheit, und sie wolle doch auch eine saubere Lösung.

»Ist schon gut«, sagte Rita.

Günter trat hinaus in den Garten. Er ging über den Rasen

zu dem kleinen Verschlag am Ende des Gartens, in dem ein paar alte Geräte und ein Handmäher standen. Von dort schaute er über den Zaun in die anderen Gärten, dann wieder zurück zum Haus. Hier ist noch viel zu tun, wenn es schön werden soll, dachte er. Man könnte an die Stelle des Verschlages ein offenes Gartenhäuschen bauen, um darin im Sommer Kaffee zu trinken. Platz war genug dafür. Es könnte weiß sein mit Kletterrosen an den Pfeilern. Günter beschloss, Kataloge zu besorgen, dann ging er zurück ins Haus. Rita war in der Küche. Er stieg in den ersten Stock und betrat den dritten Raum, wo am Vorabend der Zug entgleist war. Dort versuchte er noch einmal, die umgestürzten Wagen und Loks zu erreichen; es ging nicht.

Günter überlegte. Sollte er vorsichtig auf die Platte steigen? Der Unterbau schien stabil, aber es musste die Oberfläche beschädigen. Schwer vorstellbar, dass der Onkel so hatte arbeiten müssen. Da fiel Günter ein rechteckiges Kornfeld hinter dem kleinen Bahnhof auf, um das herum er einen schmalen Spalt in der Platte bemerkte. Sofort glaubte er, die Konstruktion zu verstehen. Er ließ sich rasch auf die Knie herab, kroch zwischen den Stützbalken hindurch unter die Platte und fand den Schalter für ein kleines Licht, das den niedrigen Raum erhellte. Staub lag auf dem Boden. Über die Unterseite der Platte liefen Kabelstränge, die mit kleinen, bunten Steckern und Buchsen verbunden waren. Die Stellen, an denen sie durch die Platte stießen, trugen Markierungen in verschiedenen Farben. Vorsichtig kroch Günter bis zur gegenüberliegenden Wand. Er fand vier Riegel und schob sie zurück, mit der linken Hand hielt er das lose Plattenstück, und als es freikam, legte er es auf den Boden. Die Aussparung war gerade groß genug, um sich darin aufrichten zu können. Günter stand langsam auf, er befand sich hinter dem kleinen

Bahnhof, fast drei Meter von dem Schaltpult und der Türe entfernt.

Günter schüttelte den Kopf. Zuerst wollte er die entgleisten Loks und Wagen wieder auf die Schienen stellen, aber als ihm einfiel, dass er sie vielleicht nicht würde zurückfahren können, steckte er sie vorsichtig in seine Hosentaschen. Dann ging er langsam in die Knie, bis nur sein Kopf über der Platte hervorsah und er flach über die Anlage schauen konnte.

Das Gelände fiel in Richtung des Schaltpultes und der Türe sanft ab. Um den kleinen Bahnhof herum lagen fast nur Felder, es wurde geerntet, Tiere wurden auf eine Weide getrieben. Weiter links, an einer Nebenstrecke, machten Gleisarbeiter eine Arbeitspause, und vor einem Schuppen am Ende der Strecke stand eine sehr gedrungene, rußige Lok. Rechts begannen schon die schroffen Felsen des Gebirges, und in der Mitte versperrte der kleine Bahnhof den Blick auf die Stellen, an denen noch das Holz der Platte hervorgesehen hatte. Günter tauchte noch weiter hinunter und setzte das Kornfeld wieder ein. Dann kroch er hervor und löschte das Licht unter der Platte. Er wollte in das erste Zimmer gehen, um dort nach den unterirdischen Zugängen zu suchen, als es an der Haustüre schellte.

»Lass nur, ich gehe schon«, rief Rita aus der Küche. Günter lehnte sich über das Treppengeländer und sah hinunter. Als die Haustür geöffnet wurde, stand ein Mann auf den Stufen, die hinab in den Vorgarten führten. Von seiner Position aus sah Günter nur den unteren Teil eines grauen Mantels, schwarze Hosen und alte, graue Schuhe.

»Feldheim«, sagte der Mann. »Spreche ich mit der Frau des Neffen von Herrn Schilling?«

Rita bejahte.

»Ich möchte nicht stören«, sagte der Mann. »Ihr Onkel, das heißt der Onkel Ihres Mannes, Schilling und ich, wir waren bekannt, ein wenig, wissen Sie.« Der Mann stieg eine Stufe höher. »Nicht direkt befreundet. Um es genau zu sagen, wir hatten gemeinsame Interessen. Die Modellbahn, verstehen Sie.«

»Kommst du mal bitte«, rief Rita nach oben. Günter wartete ein paar Sekunden, dann stieg er die Treppe hinab. Der Mann mochte im Alter seines Onkels sein. Er sah nicht schäbig aus, nur sehr unauffällig. Sicher ist er Witwer, dachte Günter. Der Mann reichte ihm die Hand. »Feldheim«, sagte er. »Ich darf Ihnen und Ihrer Frau zunächst mein herzliches Beileid zu dem Todesfall aussprechen.«

»Danke«, sagte Günter. Dann ging ihm ein Gedanke durch den Kopf. »Sie wissen es von dem Besitzer des Modellbahn-Geschäftes«, sagte er. »Sie haben es eben erst erfahren, und Sie sind gleich gekommen?«

Der Mann nickte nur und steckte die Hände in die Manteltaschen. »Ich bin Rentner«, sagte er. »Man hat dann nicht mehr viele Interessen. Ich mache fast jeden Tag dieselbe Runde. Eine Gewohnheit aus der Zeit mit dem Hund.«

»Kommen Sie doch herein«, sagte Rita. »Sie trinken sicher einen Kaffee?«

»Vielen Dank«, sagte der Mann und trat ein. Günter half ihm aus dem Mantel. »Wir haben es noch etwas beengt hier«, sagte er, »wir können Sie nur in die Küche bitten.« Rita wollte etwas erwidern, aber Günter warf ihr einen Blick zu.

»Jaja«, sagte der Mann, »ich weiß, die Anlage, eine ungeheure Konstruktion. Ein wahres Monstrum, nicht wahr?«

»Sie haben sie also schon einmal gesehen?«

»Nein, nein«, sagte der Mann, »gesehen in dem Sinne nicht, jedenfalls lange nicht mehr. Schilling sprach davon, wissen

Sie, wir tauschten Erfahrungen, Technisches, neue Typen und so weiter.«

Rita stellte Tassen auf den Tisch, Milch, Zucker und löslichen Kaffee. »Es ist leider noch nicht alles ausgepackt«, sagte sie.

»Das macht nichts.« Der Mann zog eine kleine Schachtel aus der Tasche und legte eine bläuliche Tablette neben seine Tasse. »Das Herz«, sagte er. »War es bei Ihrem Onkel auch das Herz?«

»Ja«, sagte Günter. Rita goss heißes Wasser in die Tassen. »Sie sind gekommen, um sich die Anlage anzusehen, nicht wahr?«

»So dürfen Sie das nicht sagen!« Der Mann trank von seinem Kaffee und nahm dabei die Tablette. »Ich wollte zuallererst mein Beileid aussprechen.«

»Aber Sie hätten nichts dagegen«, sagte Günter und stand auf. Rita sah ihn fassungslos an, er war schon auf dem Weg zur Tür. »Kommen Sie«, sagte er. Der Mann folgte ihm. Sie stiegen die Treppe empor, und Günter öffnete die Tür zum ersten Zimmer. Der Mann drängte sich an ihm vorbei hinein, blieb einen Moment stehen, ging dann vor ans Schaltpult, stützte die Arme auf die Kante der Platte und beugte sich über die Anlage. Er sagte nichts. Günter trat von hinten an ihn heran. »Hier«, sagte er, holte die Lok und die Waggons aus seinen Hosentaschen und reichte sie dem Mann. »Stellen Sie sie auf!«

Der Mann nahm vorsichtig die Modelle in Empfang und besah sie. »Sie wissen nicht, welche Schätze Sie da mit sich herumtragen«, sagte er und hielt die Lok empor. »Das ist die preußische P 8 von der Firma Tebra, ein seltenes Stück. Die können Sie für dreihundert Mark bei einer Auktion ansetzen, und wenn Sie Glück haben, bekommen Sie das Doppelte.« Er setzte die Lok vorsichtig auf die Schienen vor dem großen Bahnhof und hängte die Waggons an.

»Und jetzt lassen Sie sie fahren«, sagte Günter.

Der Mann schaltete den Strom ein und studierte kurz das Schaltpult. »Nein, nein«, sagte er dann, »das geht nicht so einfach. Wissen Sie, jeder hat sein eigenes System. Das ist nicht so leicht zu durchschauen.«

»Lassen Sie sie fahren«, sagte Günter. »Einmal durch alle Zimmer und wieder zurück. Ich schenke Ihnen die Lok, wenn Sie es schaffen.«

»So sollten Sie nicht reden«, sagte der Mann. Dann sah er wieder über die Anlage. Er breitete die Arme aus. »So etwas finden Sie heute kaum noch. Man baut jetzt kleine Stücke, nicht größer als Apfelsinen-Kisten.« Er zeigte das Format mit den Händen. »Die haben eine Schiene in der Mitte und können endlos zusammengesetzt werden. Letzte Woche waren sie in der Stadthalle, Leute aus der ganzen Welt, eine Art Verein, wissen Sie. Die treffen sich und stecken ihre Teile zusammen. Dutzende Meter geradeaus, riesige Kurven, und Bahnhöfe, Bahnhöfe, sage ich Ihnen! Dann machen sie Fahrpläne mit Computern. Ich war da. Es war nicht zu glauben.« Er schüttelte den Kopf. »Ihr Onkel wollte davon nichts wissen.«

»Hat der Händler Ihnen gesagt, dass er mir helfen will, hier alles abzubauen?«, fragte Günter.

»Jaja.« Der Mann schaute noch immer über die Anlage.

»Hören Sie mir zu?«

»Ja. Tun Sie das nur. Hören Sie auf ihn. Kamphausen versteht etwas davon.«

»Wenn es dunkel wäre«, sagte Günter, »könnten wir die Lichter einschalten.«

Der Mann wandte sich um. »Ich muss jetzt gehen«, sagte er, »es war sehr freundlich von Ihnen, mir alles zu zeigen.«

»Und die anderen Räume«, sagte Günter, »wollen Sie die nicht sehen? Der letzte ist noch im Bau.«

»Danke«, sagte der Mann. Dann nahm er Günter beim Arm. »Schauen Sie da«, sagte er und wies auf einen kleinen Traktor, der jenseits des Schienenstrangs und weitab von der Stadt auf einem Feld stand. Günter beugte sich vor. Hinter dem Traktor lag die kleine Figur eines Mannes. Sie streckte die Arme in die Luft. Ihr linkes Bein war in der Mitte durchtrennt, Unterschenkel und Fuß lagen in einem roten Farbfleck unter dem Traktor. Eine zweite Figur lief in die Richtung der Gleise. Sie schwang ein Tuch oder eine Fahne.

Günter richtete sich auf. »Das ist makaber«, sagte er.

Der Mann zuckte die Schultern. »Ich finde den Weg«, sagte er. Günter begleitete ihn hinunter bis zur Tür. Dann ging er in die Küche, wo Rita die Tassen abspülte. »Du hast recht«, sagte er. »Alles, was mit dieser Anlage zu tun hat, ist irgendwie komisch.«

»Der Mann war doch nett«, sagte Rita. »Oder wollte er dir billig etwas abschwatzen.«

»Nein«, sagte Günter. Er überlegte, ob er Rita von dem Traktorunfall erzählen sollte. Dann sagte er: »Ich war heute im Garten. Wir sollten ihn schön herrichten, noch in diesem Sommer. Ich dachte an ein Gartenhaus, wo jetzt der alte Verschlag steht. Was hältst du davon?«

»Erst muss das Haus fertig sein«, sagte Rita. »Wann kommt dieser Händler?«

Günter machte eine Handbewegung. »Ich sage ja, ich muss ihn nur anrufen, wenn ich Zeit habe. Er kommt dann sofort.« Darauf ging er eine Weile im Haus umher, setzte sich für eine Minute in einen Sessel auf der Veranda und stieg schließlich wieder hinauf in das erste Zimmer. Kurz tastete er unter der Platte, dann fand er das Licht. Er kroch unter die Anlage und suchte nach einem Schacht, um aufzutauchen. Es gab mehrere, mindestens drei. Ohne genau zu wissen, wo er sich befand, löste Günter wieder die Riegel und hielt eine kleine Gärtnerei mit Beeten und Treibhäusern in der Hand. Es waren noch Kabel zu lösen, dann konnte er sie beiseite stellen und den Kopf hinausstrecken.

Er fand sich wieder, wo die Stadt an die Siedlung grenzte. Über eine Häuserreihe hinweg konnte er in die Mitte der Stadt sehen, auf den Marktplatz vor der Kirche. Die Zahl der Einzelheiten war erschlagend, aber Günter wollte sich nicht irremachen lassen. Planvoll suchte er die Straßen ab. Endlich sah er auf dem Marktplatz eine kleine Figur, die einen gelben Eimer in den Brunnen leerte. Der Strahl war ein durchsichtiger Streifen Kunststoff. Der winzige Eimer trug das Zeichen für Radioaktivität.

»So«, sagte Günter und suchte weiter. Ein Auto hatte ein Fahrrad angefahren. Der Radfahrer saß auf dem Boden, Passanten standen um ihn. Im Hof einer Werkstatt war eine schwere Maschine umgefallen und hatte einen Arbeiter unter sich begraben, niemand sonst war auf dem Hof. Drei Kinder hockten über Straßenbahnschienen und legten Steine hinein. Ein Schornsteinfeger war vom First eines hohen Hauses gerutscht und hatte sich mit dem Fuß in einer Antenne verfangen. Ein Maler stürzte von einem Baugerüst.

Günter wandte sich zu der Siedlung. Einbrecher stiegen gerade durch ein Kellerfenster. Kinder auf Fahrrädern fuhren durch ein Blumenbeet. Ein am Straßenrand geparktes Auto wurde aufgebrochen. Über einen Gartenzaun hinweg schlugen sich zwei Männer mit Stangen. Jemand machte sich an den Reifen der Feuerwehrautos zu schaffen.

Günter tauchte wieder unter und kroch aus der Anlage hervor, ohne das fehlende Stück einzusetzen. Er stieg die

Treppe hinunter und setzte sich ins Wohnzimmer. Aus der Küche kamen Geräusche, sicher änderte Rita die Ordnung in den Schränken. Günter stellte sich vor, dass sie lange hier wohnen würden. Das Haus lag günstig, es war nicht allzu weit zur Arbeit, Platz genug für Kinder war auch. Für Kinder war so ein Haus ideal. Und statt des Gartenhäuschens könnte man einen Spielplatz anlegen, vielleicht sogar beides. Er würde dann in dem Häuschen sitzen und den Kindern beim Spielen zusehen. Sicher kämen ihre Freunde, deren Eltern keinen Garten hätten. Und gab es nicht schöne große Eisenbahnen für den Garten? Bei dem Händler hatte er eine gesehen. Die würde man für die Kinder aufbauen.

Günter saß lange und schaute vor sich hin. Rita kam ein paarmal herein und sagte, was sie als Nächstes tun werde und ob er damit einverstanden sei. »Sicher«, sagte Günter. Als es endlich dunkel war, stieg er wieder in das erste Zimmer, schloss die Tür, schaltete die Lichter der Anlage ein und kroch zu seinem Beobachtungsstand.

Es war überwältigend schön. Die Fenstervierecke leuchteten, und die Straßenlaternen warfen die Schatten der Figuren auf das Pflaster. Günter senkte den Kopf so weit, dass er in eines der Fenster blicken konnte. Es war eine kleine Küche. Ein Mann stand da und schlug eine Frau mit einem Gegenstand. In einem Büro im Haus nebenan lag ein Mann quer über einem Schreibtisch in einer Blutlache. In einer Praxis untersuchte ein Arzt in weißem Kittel eine Frau mit entblößtem Oberkörper. Hinter einem Paravent stand jemand und beobachtete die Szene. Durch ein großes Dachfenster sah Günter in ein Atelier. Ein Fotograf hatte das schwarze Tuch der Kamera über sich geworfen. Auf einem roten Bett lagen zwei nackte Mädchen mit Zöpfen und gespreizten Beinen.

Günter schloss für einen Moment die Augen. Dann wandte er sich von der Stadt und sah über die Felder. In einer kleinen Hütte brannte Licht, aber Günter konnte nicht durch das einzige Fenster sehen. Also griff er nach dem Dach der Hütte und hob es ab. Ein Mann lag dort aufgebahrt unter einem weißen Laken, Kerzen standen um ihn, ein Priester in schwarzem Talar breitete segnend die Hände über seinen Kopf.

So schnell er konnte verließ Günter seinen Posten. Er lief in den Keller und suchte unter zusammengefalteten Umzugskartons. »Der Koffer«, rief er nach oben. »Wo ist der verdammte Koffer?« Rita antwortete nicht. Er lief hinauf und fand sie im dunklen Schlafzimmer am Fenster zum Garten. Sie hatte die Gardine einen Spalt zur Seite geschoben und sah hinaus.

»Ich suche den Koffer«, sagte Günter. »Ich will anfangen, alles zu verpacken.«

»Sei bitte ruhig«, sagte Rita. »Ich glaube, es ist jemand im Garten.« Günter trat neben sie ans Fenster. »Hinten an dem Verschlag«, sagte sie.

»Vielleicht sind es Nachbarn«, sagte Günter und sah hinaus. »Da ist wirklich etwas. Ich gehe nachsehen.«

»Bist du verrückt«, sagte Rita, »bleib hier, du weißt doch nicht, wer das ist!«

Günter war schon durch die Küche auf die Veranda getreten. Rita folgte ihm. »Hallo!«, rief er und ging auf den Verschlag zu. Er war noch einige Meter davon entfernt, als zwei Männer hervortraten. Rita schaltete das Licht auf der Veranda ein.

»Bitte erschrecken Sie nicht«, sagte Feldheim und wies auf den anderen Mann, der sich leicht verbeugte. »Sie kennen Herrn Kamphausen. Wir müssen Sie um Entschuldigung bitten. Wir sind hier eingedrungen, das ist natürlich nicht in

Ordnung. Aber wir sind zu der Ansicht gekommen, dass jetzt die Zeit drängt.«

Günter trat noch näher an die beiden heran. »Was wollen Sie?«, sagte er barsch. »Spielzeuglokomotiven und kleine erleuchtete Häuser?«

»Sie wissen, dass es um etwas anderes geht«, sagte Feldheim. »Wir sind ältere Männer, es ist egal, was wir tun und was wir denken. Wir halten uns an Regeln, an Maßstäbe, wenn Sie so wollen. Doch was da ganz innen drin geschieht, das bleibt unsere Sache.« Er legte eine Hand auf seine Brust.

»Und mein Onkel gehörte zu Ihnen?«, sagte Günter. »Hatte er ein Geheimnis?« Er deutete über die Schulter zurück auf das Haus.

»Sie wissen selbst, dass er keins hatte«, sagte der Händler. »Sie dürfen nicht schlecht über Ihren Onkel denken.«

»Er war anders«, sagte Günter.

»Das mag sein.« Feldheim atmete tief.

Der Händler machte einen Schritt auf Günter zu und fasste ihn sacht am Arm. »Sie haben jetzt alles gesehen«, sagte er, »es ist Zeit, wir sollten es hinter uns bringen.«

»Ich hatte schon nach einem Koffer gesucht«, sagte Günter.

»Das ist nicht nötig.« Der Händler ging zu dem Verschlag und kam mit zwei großen schwarzen Taschen zurück. Zu dritt traten sie auf die Veranda. Rita stand in der Küchentür. »Es war eine Verabredung«, sagte Günter. »Ich hatte vergessen, es dir zu sagen.« Die beiden Männer nickten Rita zu. Dann stiegen sie hinauf, Günter voran. Er schaltete in allen drei Zimmern das Licht an. Der Händler öffnete die Taschen. Sie waren mit Schaumstoff gefüllt und hatten längliche Mulden.

»Legen Sie Loks und Wagen hinein«, sagte der Händler. »Feldheim und ich werden abschrauben, was vom Schienenmaterial noch wertvoll ist.« Er zog ein Futteral aus der Tasche, öffnete es und breitete es auf den Schienen vor dem Bahnhof aus. Es enthielt einen Satz kleiner Werkzeuge. »Und machen Sie sich keine Sorgen über den Preis«, sagte er.

Günter ging in das Nachbarzimmer. Hier standen Loks und Waggons auf den Gleisanschlüssen der Fabriken und am Kai des kleinen Hafens. Er nahm sie von den Schienen und legte sie in die Taschen. Er musste mehrmals gehen, bis er alle zusammen hatte. Im dritten Raum stand nur die kleine gedrungene Lok vor dem Schuppen. Günter stieg mit den Knien auf die Platte und legte sich lang, bis er sie erreichte. Als er wieder herabgestiegen war, hingen grüne und rote Flocken an seiner Kleidung.

Im ersten Raum standen Feldheim und der Händler in zwei Schächten und schraubten die Schienen von der Platte. Ob er helfen wolle?, fragte der Händler. Es dauere noch. Günter ließ sich zeigen, was zu tun war, und begann im dritten Raum mit dem Abschrauben. Im zweiten arbeiteten sie dann zusammen. Bald lagen Berge von Schienen und Weichen auf der Platte. Der Händler zog einen Tuchsack aus der Hosentasche und packte alles hinein. Schließlich schraubten sie die großen Schaltpulte auseinander.

»Und was ist mit dem ganzen Rest?«, sagte Günter, als sie fertig waren. Er wies auf die Stadt und die Siedlung. »Die Lichter in den Häusern?«

»Das ist alles festgeklebt«, sagte Feldheim. »Billige kleine Elektroteile. Außerdem will niemand fertige Häuser. Die sind praktisch wertlos.«

Der Händler verschloss die Taschen und reichte Günter die Schlüssel. »Damit Sie die Garantie haben, dass alles ehrlich zugeht. Kommen Sie morgen oder wann Sie wollen, und wir gehen die Preise in den Katalogen durch.«

Günter führte die Männer zur Tür. »Ich danke Ihnen«, sagte er.

»Nichts zu danken«, sagte Feldheim. »Kommen Sie einmal zu mir. Ich bekomme wenig Besuch. Ich könnte Ihnen meine Anlage zeigen.« Dann gingen die beiden durch den Vorgarten zur Straße und stiegen in einen Kombi.

Später in der Nacht saß Günter im ersten Raum vor der Platte. Er hatte noch einmal die Lichter einschalten wollen, aber sie mussten die Kabel durchtrennt haben. Straßen und Fenster waren dunkel geblieben. Nur ganz hinten, am Fuß des Gebirges, war es hell in der kleinen Kapelle geworden, und die Glocke hatte angeschlagen. Jetzt griff Günter nach einer Figur und zog sie vom Bahnsteig. Sie brach über den Füßen ab.

Die Schändung

Karl suchte das Vergessen. Über die Art der Herabsetzung, die er erfahren hatte, stritt er noch mit sich. Einen Schicksalsschlag wollte er sie nicht nennen, aber sie war ohne Zweifel mehr als eine beiläufige Kränkung. Natürlich hatte er selbst im Vorfeld Fehler begangen, das gab er zu, doch die standen in keinem Verhältnis zu den Ereignissen, die dann eingetreten waren. Und obwohl ein Verlust zahlenmäßig nicht zu bestimmen ist, dachte Karl, stehe ich zumindest in einem Bezirk meines Lebens vor einem Scherbenhaufen.

Er saß seit einer Stunde in seinem Zimmer und sann über Maßnahmen, die ihm fürs Erste das Weiterleben erleichtern sollten. Ohne ein Programm, einen festen Vorsatz, ist das vielleicht gar nicht mehr möglich, sagte er sich, und es schüttelte ihn vor Verzweiflung. »Nicht die Verletzung«, sagte er schließlich laut, »ist das Schlimme. Es ist die Sorge, sie könnte von selbst nicht mehr heilen.«

Dann erschrak er. Er hatte sich einmal vorgenommen, nie laut mit sich zu sprechen. Er ging ins Wohnzimmer und schaltete den Fernseher ein, es lief eine Tennis-Übertragung. Nach einer halben Stunde überkam Karl ein Gefühl vollständiger Hilflosigkeit; er nahm seine Jacke und verließ das Haus.

Kaum war er ein paar Schritte gegangen, da bemerkte er die vielen Kinder unter den Passanten. Einige hielten Luftballons in den Händen oder Ballen rosafarbener Zuckerwatte. Es fiel ihm ein, dass der große Jahrmarkt begonnen hatte. Dorthin machte Karl sich auf.

DIE SCHÄNDUNG

Der große Jahrmarkt trug einen Namen, über dessen Bedeutung es mehrere Versionen gab, die Karl gleichermaßen unglaubwürdig fand. Unter den Fahrgeschäften war in jedem Jahr eine andere, besondere Attraktion, deren technische Daten vorab in der Lokalzeitung veröffentlicht wurden. Sie wurde mehrere Tage lang aufgebaut, und es hieß, die vereinigte Schaustellerschaft garantiere ihrem Besitzer eine Mindesteinnahme, um selbst von der Attraktion profitieren zu können.

Am Rande des Jahrmarktes standen aus Tradition einfache Zelte, in denen Haushaltswaren, Töpfe und Pfannen, Patentmesser und Chromreiniger auslagen. Und vor zwei riesigen, seitlich geöffneten Wagen verkaufte ein Blumenhändler mit umgehängtem Mikrofon drei oder vier Topfpflanzen zum Preis von einer. An ihm musste Karl vorbei, um den Jahrmarkt zu betreten. Der Blumenverkäufer kündigte gerade an, ein besonders lukratives Angebot zusammenstellen zu wollen. Mit einem schwungvollen Griff zog er eine halbmannshohe Pflanze aus dem Regal in seinem Rücken, drückte sie mit der linken Hand an die Brust und schlug sie mit der rechten in ein großes Stück Papier, das er sich von einer Assistentin reichen ließ. Dabei beschrieb er die technischen Vorzüge eines neuen Systems, mit dem das Bäumchen eingepflanzt worden war und das seine Pflege zum Kinderspiel mache. Dann griff er, ohne die erste abzusetzen, zwei kleinere Pflanzen, die man nicht mit der ganz ähnlichen, aber weniger dankbaren Birkenfeige verwechseln dürfe. Während er noch sprach, schlug er auch die beiden in Papier. Schon jetzt sei der Gesamtpreis, sagte er, eine Sensation, erklärbar nur als das Umlegen des Werbeetats auf den Ladenpreis, er jedoch bleibe dabei nicht stehen und tue ein Weiteres und lege noch zwei, nein drei Topfblumen dazu, und damit griff er in ein anderes

Regal und holte zwei lila und eine gelb blühende Pflanze hervor. »Nun, wer will der Glückliche sein?«, fragte er ins Publikum und ging auf dem Laufsteg des Wagens hin und her.

Karl, der stehen geblieben war und alles verfolgt hatte, fühlte sich beinahe angesprochen und ging rasch weiter. Die nächsten Stände ließ er unbeachtet, erst an einer Losbude blieb er wieder stehen. Von ihrem Dach herab hingen in Trauben riesige Stoffpuppen des Wesens, das der Star einer neuen Fernsehserie war. Karl kannte die Serie und hatte darüber in der Zeitung gelesen. Das Wesen wurde jetzt unbefugt produziert, in so schlechten Exemplaren, dass ein Gericht befunden hatte, sie schadeten dem Ansehen der Serie. Vereinzelt hatte es schon öffentliche Beschlagnahmen gegeben.

Karl kaufte, was er sonst nie tat, eine größere Anzahl von Losen und lachte innerlich über sich. Ich will das Glück zwingen, dachte er. Zu seinem Erstaunen war keines der Lose eine richtige Niete. Jedes trug eine Zahl und ein Symbol. Der Losverkäufer wies Karl eine große Tafel, auf der die Spielregeln erklärt waren. Erst bestimmte Kombinationen machten die Lose zu Treffern. Karl prüfte daraufhin seine Lose, aber wie er sie auch zusammenstellte, immer fehlten ein Symbol oder eine Zahl. Er warf die Lose zu Boden, und sofort sprangen Kinder herbei, hoben sie auf und schauten sie durch. »Hier ist ein Fisch«, rief eines von ihnen, und johlend zogen sie zu dem Inhaber der Losbude. Der schlug eine Glocke an und verkündete durchs Mikrofon, es sei wieder eine Auswahl gefallen.

Karl ging weiter. Er freute sich, dass er an der Losbude in ein System geraten war und dass die Kenner von seinem Unwissen profitiert hatten. Wenn alle so zusammenhielten, könnte man die Systeme in den Griff bekommen. Des einen Unglück würde sich in das Glück des anderen verwandeln, der es dann mit ihm teilte. Karl war froh über seine Idee, den Jahrmarkt zu besuchen. Es ist ein großes Durcheinander, dachte er, aber die Verhältnisse liegen offen zutage. Es war das Richtige in seiner Situation.

Zwischen zwei größeren Buden fiel ihm ein kleiner Stand auf, der von Menschen umringt war. Karl blieb stehen und sah zu. Es galt hier, aus kurzer Entfernung hintereinander drei kleine hölzerne Kugeln so in einen nach vorne geneigt aufgestellten Blecheimer zu werfen, dass sie darin liegen blieben. Auf einer einfachen schematischen Zeichnung war die ideale Flugbahn beschrieben. Der einzige Preis für das Gelingen waren dieselben Stofftiere, die an der Losbude gehangen hatten. Niemandem gelang auch nur ein Treffer, und nach jedem Fehlversuch versenkte der Budenbesitzer zum Beweis gleich drei Kugeln in dem Eimer. Die nachrückenden Zuschauer schoben Karl langsam nach vorne, sodass er schließlich neben dem Budenbesitzer zu stehen kam. Der drückte ihm wortlos die Kugeln in die Hand und wies auf den Eimer.

Setzt er so viel Vertrauen in mich?, dachte Karl. Oder sehe ich aus wie einer, der es mit Sicherheit nicht schaffen wird? Eigentlich brauchte der Budenbesitzer einen Gewinner, um die anderen anzustacheln, aber riskierte er dafür einen seiner Preise? Karl schaute noch einmal auf die schematische Zeichnung. Im Prinzip war es leicht. Nach dem Gesetz von Einfallwinkel und Ausfallwinkel musste die Kugel von möglichst weit oben auf die innere Eimerwand treffen. Karl warf, und richtig landete die Kugel an der vorgesehenen Stelle, einmal noch schlug sie gegen die obere Eimerwand, dann lag sie still auf dem Eimerboden.

Ein Raunen kam von den Umstehenden, einige riefen Bravo oder klatschten. Ein Glückstreffer, dachte Karl bei sich, doch erzielt nach dem richtigen System. Er nahm die zweite Kugel, wieder blieb sie im Eimer liegen. Jetzt wurden die Rufe der Umstehenden lauter. Karl vermied es, in das Gesicht des Budenbesitzers zu sehen. Was musste der ihm die Kugeln in die Hand drücken? Einer der Zuschauer forderte die anderen zur Ruhe auf. Ich bin eigentlich nicht hierhergekommen, um ein Volksheld zu werden, dachte Karl und warf die Kugel so gut er konnte. Sie setzte zu spät auf, traf gleich den Eimerboden und rollte wieder heraus. Ausrufe der Enttäuschung kamen aus der Menge, Karl wandte sich um und machte eine entschuldigende Geste. Er bekam wieder Applaus. Rechtzeitig fiel ihm ein, dass er dem Budenbesitzer zwei Mark schuldete. Er zahlte und ging rasch weiter, während er noch sah, wie der Nächste schon beim ersten Versuch scheiterte.

Auch für dieses Erlebnis nannte Karl sich glücklich. Die Stofffigur in seinem Arm wäre lächerlich gewesen. Er hätte sie gleich verschenken müssen, und was wäre geschehen, wenn vielleicht ein kleines Mädchen sie ängstlich zurückgewiesen hätte? Eine peinliche Situation, nicht auszudenken. Karl überlegte, ob er etwas essen sollte. Grundsätzlich aß er nichts in Imbisshallen oder Schnellrestaurants, er hatte hygienische Bedenken. Hier gehörte es dazu. Er entschied sich nach kurzer Überlegung für einen gebackenen Fisch, das war das Naheliegendste. Der Fisch war so heiß, dass kaum ein Geschmack wahrzunehmen war, Karl freute sich über seinen Entschluss.

Als er den Jahrmarkt zur Hälfte durchquert hatte, blieb Karl an einem Wagen stehen, der ›Großes Derby‹ hieß. Es war ein Rennen mit mechanischen Pferden, die sich bewegten, wenn man eine Kugel in eines der Löcher am Ende einer schiefen Bahn rollte. Es gab Einer-, Zweier- und Dreierlöcher, und bei höheren Treffern liefen die Pferde ein größeres Stück. Oft kamen die Kugeln zurück, ohne in ein Loch gefallen zu sein. Dann blieb das Pferd auf seinem Fleck. Das Budenbesitzerpaar kommentierte den Rennverlauf durch ein Mikrofon.

Karl beobachtete die Spieler. Sie schienen sehr angespannt. Keiner fluchte, die Sieger nahmen wortlos eine Spielmarke in Empfang. Als ein Platz frei wurde, nahm Karl ihn ein. Bis das Rennen wieder startete, hatte er Zeit, mit den Kugeln zu üben. Es war nicht leicht, die Dreierlöcher zu treffen, denn von den davorliegenden Einer- und Zweierlöchern wurde die Kugel abgelenkt. Also nahm Karl sich vor, möglichst präzise auf die niedrigeren Löcher zu zielen. Dann würde sein Pferd in Bewegung bleiben, und er verlöre keine Zeit.

Eine Klingel kündigte den Start an. Karl traf beinahe jedes Mal ein Einerloch, aber am Ende des Rennens war sein Pferd nicht einmal ins Mittelfeld gelangt. Offensichtlich reichten die niedrigeren Treffer nicht aus, vielleicht brachte schon ein Zweier die vielfache Strecke. Karl versuchte, sich auf die höheren Würfe zu trainieren, doch gleich wurde das Rennen wieder gestartet. Nun traf er nicht einmal die Einerlöcher. Am Ende des Rennens stand sein Pferd noch am Start.

Im nächsten Rennen machte er wieder kaum Treffer. »Die Sieben muss jetzt auch mal punkten«, sagte die Budenbesitzerin ins Mikrofon, kam dann zu Karls Bahn herüber, nahm die Kugel und steckte sie in das Dreierloch. Karls Pferd machte einen gewaltigen Satz nach vorne. Sehe ich aus, als bedürfte ich solch kindischer Aufmunterung?, dachte er. Wenn man glaubt, mich mit solchen Geschenken reizen zu können, hat man sich geirrt. Nur zum Schein rollte er noch die Kugel. Als das Rennen beendet war, gab er seinen Platz auf und ging rasch weiter.

Unterwegs zum Ausgang des Jahrmarktes versuchte Karl,

den Gedanken niederzuhalten, dass hier überall ein Geschäft auf seine Kosten gemacht werden sollte. Die Besserwisserei nutzt mir nichts, dachte er, und er ahnte, dass sein Versuch gescheitert war, Vergessen zu finden. Es war ein Fehler gewesen, sich in die erstbeste Banalität zu stürzen. Er hätte es vorher wissen müssen.

Karl war in eine weggeworfene Portion Pommes frites getreten. Er trat beiseite und kratzte mit einem Pappdeckel die Mayonnaise von seinem Schuh. Als er wieder aufsah, bemerkte er ein Schild, auf dem ›Karikaturen-Weltmeister‹ stand, ein Name und ›Garantiert über 25000 Personen karikiert‹. Vor einem Paravent, an den Zeichnungen und Zeitungsausschnitte geheftet waren, saß ein Mann, der dem Namen nach ein Grieche war. Der Mann war zwischen vierzig und fünfzig, klein, dunkel und dick. Er trug eine Baskenmütze, unter der lange und dünne Haarlocken hervorhingen, und einen Schnurrbart, dessen Enden steil in die Höhe gezwirbelt waren. Sein Hemd stand offen, über seiner dicht behaarten Brust hingen goldene Ketten. Dieser Mann war der Karikaturen-Weltmeister, er saß auf einem von zwei kleinen Stühlen. Fünfundzwanzig Mark sollte eine Karikatur kosten.

Karl besah die Zeichnungen, sie stellten bekannte Personen dar. Routiniert, dachte Karl, und ohne sonderlichen Ausdruck. An die Köpfe malte der Karikaturist stets winzige Körper in Bikinis, Clownskostümen oder grotesken Stellungen. Einen Politiker hatte er in ein kleines Grab steigen lassen. Pressefotos zeigten den Karikaturisten mit den Karikierten. Plötzlich legte sich Karl von hinten eine warme Hand auf den Kopf.

»Komm«, sagte der Karikaturist mit tiefer, gutturaler Stimme, »du schöner Kopf, für dich ich mache zwanzig Mark.« Er zog Karl am Arm zu den kleinen Stühlen. Karl widersetzte sich nicht. Kaum hatte er Platz genommen, blieben die Jahrmarktbesucher stehen und bildeten einen rasch dichter werdenden Halbkreis um ihn und den Karikaturisten. Der nahm mit ausladenden Bewegungen einen Block und seine Zeichenutensilien zusammen, schlug die Beine übereinander und grinste ins Publikum.

»Du verstehst eine Spaß?«, sagte er dann zu Karl, und der nickte. Ja, natürlich verstehe er Spaß.

Der Karikaturist begann mit großen Schwüngen die Zeichnung anzulegen. Er benutzte ein Stück Kohle, das er mit hochgewinkeltem Arm aus dem Ellenbogen heraus führte. Karl musste lächeln, als er die Striche und Schatten auf dem Papier seinem Gesicht ähnlich werden sah. Zwischendurch machte der Karikaturist halblaute Bemerkungen, die Karl nicht verstand. Einmal zählte er seine Striche, und Karl begriff, dass er sich über seine Augenbrauen lustig machte, die aus sehr wenigen dunklen Haaren bestanden.

Inzwischen standen so viele Menschen um Karl und den Karikaturisten, dass die hinteren die vorderen zu schieben begannen. Karl wusste nicht recht, wohin er schauen sollte, weder den Karikaturisten noch die Leute mochte er ansehen. Und keinesfalls wollte er wie einer scheinen, dem sein Vorsatz peinlich geworden ist. Natürlich ist es peinlich, sagte er sich, aber was ist es verglichen mit der Niederlage, die ich erlitten habe. Er glaubte, sicher zu wissen, warum er dem Angebot des Karikaturisten so rasch gefolgt war. Ich setze mich nicht ab, dachte er, und aus diesem Satz zog er Kraft. Ich setze mich aus, dachte er, und ich setze mich durch.

Inzwischen war der Karikaturist mit Karls Gesicht fertig, hier und da brachte er noch Schatten an. Dann fügte er an das Gesicht den kleinen Körper, der aus Ovalen und Kreisen zusammengesetzt schien. Es war, von woher, wusste Karl nicht zu sagen, ein kleines Mädchen neben den Mann getreten, und das fragte er etwas in einer Sprache, die Karl nicht verstand. Das Mädchen sah Karl an und antwortete auf deutsch, wieder verstand Karl nicht. Aber mit Schrecken sah er nun, wie der Karikaturist seinem kleinen Körper riesige Hoden und ein riesiges, mehrfach gebogenes und gewelltes Glied anzeichnete, das wie ein Wegweiser auf einen kopf-, arm- und beinlosen, nackten Frauenkörper wies, den der Karikaturist mit einigen Strichen neben Karls Gesicht setzte.

Karl schoss das Blut in den Kopf, vielleicht war das ein Trick, und der Karikaturist würde mit einigen zusätzlichen Strichen die anstößigen Partien in etwas anderes, völlig Harmloses verwandeln. Doch nichts dergleichen geschah, stattdessen fügte der Karikaturist leise summend weitere Details hinzu.

»Das ist eine Schweinerei«, sagte plötzlich einer der Umstehenden, ein junger Mann mit einer Tätowierung auf dem Arm. Einige andere sah Karl den Kopf schütteln oder hämisch grinsen. »Das würde ich mir nicht gefallen lassen«, sagte der junge Mann.

Karl freilich wusste, dass er mit dieser Verunstaltung einverstanden sein musste. Hatte ihn der Karikaturist nicht gefragt, ob er Spaß verstehe? Und er hatte bejaht, auf diese Zustimmung könnte sich der Mann jederzeit berufen. Nein, dachte Karl, auch wenn ich wie ein Idiot dastehe, es gilt nur, schnell und mit der unerhörten Zeichnung von hier zu verschwinden. Rasch holte er die zwanzig Mark hervor, und während die Proteste der Zuschauer lauter wurden, gab er dem Mann das Geld in die Hand, nahm das Blatt und drückte sich, niemandem ins Gesicht sehend, durch die Menge. Als er glaubte, außer Sichtweite zu sein, rollte er das Blatt eng zusammen und schob es in seine Jacke.

So einfach war das, lobte er sich. Hier weiß niemand mehr, was dort drüben vorgefallen ist, und die dort stehen und mit dem Zeichner streiten, die wissen nicht mehr, wie ich aussehe. Es gibt keine Beweise, den einzigen habe ich mitgenommen. Bei dem Gedanken, er wäre dort geblieben und hätte sich aufs Reden und Argumentieren eingelassen, schüttelte es Karl. Nein, dachte er, wenn schon, dann habe ich ihn hereingelegt. Er wollte auf meine Kosten Aufsehen erregen, und er hat sich bitter getäuscht! Langsam ging Karl nach Hause.

Dort entrollte er das Blatt und versuchte, den entstellten Körper von der Karikatur zu radieren. Es gelang nicht, Karl nahm einen anderen Radiergummi, ohne Erfolg. Da zerriss er die Zeichnung in kleine Fetzen und warf sie in den Papierkorb. Er setzte sich vor den Fernseher. Auslandskorrespondenten berichteten vom Bürgerkrieg aus einem asiatischen Land. Danach wurde die Tennis-Übertragung fortgesetzt. Sie sollte bis tief in die Nacht dauern.

In einer Pause zwischen den Spielen erfasste Karl eine große Wut auf den Zeichner. Der hat mich hereingelegt, dachte er, der hat mir weismachen wollen, es bedürfe meiner Mitarbeit, um das Geschäft anzukurbeln, und dann hat er sich an mir für all die gerächt, die sich nicht zeichnen lassen. Es ist eine einzige Infamie, alle Verkäufer hassen die Käufer, weil sie von ihnen leben. Und besonders die Schausteller hassen ihr Publikum. Sie ziehen jedes Mal weiter, nichts kann ihnen geschehen.

Karl schaltete den Fernseher aus, nahm seine Jacke und machte sich wieder auf den Weg zum Jahrmarkt. Nun kamen ihm keine Kinder mehr entgegen, nur Paare und Gruppen von jungen Männern. Auf dem Jahrmarkt wurden schon die Lichter gelöscht, das Riesenrad drehte sich nicht mehr, und vor der Geisterbahn zog ein Mann Planen über die Figuren.

Nur aus den Bierzelten kam noch Musik. Karl ging eilig weiter, bis er den Platz gefunden hatte, an dem der Karikaturist ihn gezeichnet hatte. Doch da stand nichts mehr, die Paravents und die Stühle waren weggeräumt. Was wollte ich eigentlich hier?, dachte Karl und schüttelte den Kopf. Ärger machen? Er nannte sich einen Idioten. Was er auch anfing, es missglückte. Beinahe wollten ihm Tränen kommen.

Als Karl sich abwandte, sah er das Mädchen, mit dem der Karikaturist gesprochen hatte. Sie stand da und sah ihn an. »Weißt du, wo der Mann mit dem Schnurrbart ist?«, sagte Karl. »Der Karikaturen-Zeichner?«

Das Mädchen nickte.

»Und wo ist er? Na, sag schon!«

»Im Wohnwagen«, sagte das Mädchen und wies mit dem Kinn hinter sich. »Willst du dahin?«

»Bringst du mich?«

Das Mädchen nickte wieder, machte einen Schritt, nahm Karls Hand und zog ihn davon. Sie verließen den Jahrmarkt und gingen zwischen einförmigen, schmucklosen Wohnwagen. Vor einem hielt das Mädchen an, klopfte an die Tür und rief etwas in der fremden Sprache. »Ja, herein«, rief es von drinnen. Das Mädchen öffnete die Tür, sagte etwas und lief wieder weg. »Kommen Sie«, sagte der Karikaturen-Zeichner.

Karl betrat den Wohnwagen. Der Mann mit dem Schnurrbart saß hinter einem Klapptisch auf einer kleinen Bank und machte eine einladende Bewegung. Vor ihm lagen Geldscheine und Münzen. Karl setzte sich ihm gegenüber, anderswo war kein Platz. In dem Wohnwagen roch es nach Alkohol und scharfen Gewürzen.

»Sie sind der junge Mann, der einen Spaß versteht«, sagte der Karikaturist. Sein Akzent war jetzt nicht mehr so übertrieben wie auf dem Jahrmarkt. Einer von diesen Geschäftstricks, dachte Karl.

»Natürlich verstehe ich Spaß«, sagte er dann ruhig, »aber das war kein Spaß, das war eine Gemeinheit, eine Schweinerei.«

Ob er sein Geld zurückhaben wolle, sagte der Mann und wies vor sich auf den Tisch.

»Unsinn«, sagte Karl, darauf komme es ihm nicht an.

Was er dann wolle? Der Mann zog unter dem Tisch eine Bierbüchse hervor, riss sie auf und setzte sie an die Lippen. Danach troff sein Schnurrbart, und er wischte ihn mit einem karierten Küchentuch. Dann bot er Karl ein Bier an, Karl lehnte ab. Also was er denn nun wolle, sagte der Mann, sich vielleicht beschweren? Bitte sehr, Beschwerdebuch sei gerade nicht zur Hand.

»Nein«, sagte Karl fest, »ich möchte mich noch einmal zeichnen lassen.«

Der Mann starrte ihn an und grinste. »Diesmal ohne dem Ding-Dong?« Dazu machte er eine obszöne Geste.

»Das auch«, sagte Karl, »aber ich will keine Karikatur. Ich will ein richtiges Porträt, eine Zeichnung nach der Natur. Das können Sie doch, oder?«

Der Mann blickte ihn erstaunt an.

»Haben Sie mich nicht verstanden?« Karl beugte sich vor. »Eine richtige Zeichnung möchte ich, so wie ich wirklich aussehe. Das heißt, so wie mich ein Künstler sieht, ein ernsthafter Künstler.«

»Jungchen«, sagte der Mann, »Jungchen.« Er trank und fuhr sich mit der Hand durch den Bart. »Jungchen«, sagte er noch einmal. Dann begann er, in der fremden Sprache zu murmeln. Dabei stand er auf und verschwand im hinteren Teil des Wohnwagens, bald kehrte er mit seinen Zeichenutensilien zurück.

»Profil oder en face?«, schrie er.

»Halbprofil«, sagte Karl.

Mit kurzen, abgehackten Bewegungen machte sich der Zeichner ans Werk. Immer wieder hielt er inne, schaute auf, fixierte Karl mit einem Auge, setzte an, schaute noch einmal auf und zog dann eine kurze, dünne Linie. Dabei trank er ständig. War die Büchse leer, warf er sie auf den Boden und zog eine neue hervor.

»Ich möchte jetzt auch ein Bier«, sagte Karl einmal.

»Du bist stille, Jungchen«, sagte der Zeichner. Dann sprach keiner mehr.

Nach einer halben Stunde warf der Zeichner den Stift auf den Boden und den Block so auf den Tisch, dass Karl sein Porträt sehen konnte. »Da, bittä!«, schrie er.

Karl nahm den Block und betrachtete die Zeichnung. So ähnlich hatte er es sich vorgestellt, der Mann besaß eben nur etwas Technik und Routine. Es war kein Ausdruck in dem Gesicht, ein gemaltes Passfoto, untadelig und völlig nichtssagend. »Sehr schön«, sagte Karl und zog seine Geldbörse hervor.

»Dreihundert Mark«, sagte der Zeichner schwer.

»Wie bitte?«, sagte Karl.

»Dreihundert.« Der Zeichner grinste. »Karikatur geht fix. Paar Minuten, fünfundzwanzig Mark. Porträt dauert Stunde, also dreihundert.«

Dreihundert Mark wolle er dafür nicht zahlen, sagte Karl, das sei nicht ausgemacht gewesen.

»Nix war ausgemacht«, sagte der Zeichner. »Jungchen, du wolltest gemalt werden, da hast du dich. Ich nenne Preis, dreihundert. Zahle oder zahle nicht.« Damit griff er nach dem Block.

Er hat mich wieder hereingelegt, dachte Karl. Zum zweiten

Mal hat er mich hereingelegt. Ich hätte es wissen müssen. Er zog seine Geldbörse. »Ich habe nur etwas mehr als hundert Mark bei mir«, sagte er und schob als Beweis die Geldbörse zu dem Zeichner hinüber. Der nahm sie, holte die Scheine heraus und ließ das Münzgeld auf den Tisch rollen, die Silbermünzen behielt er, die Kupfermünzen steckte er zurück. »Da«, sagte er und schob den Block und die Börse wieder herüber. »Und nun verschwinde.«

Karl nahm sein Eigentum und verließ den Wohnwagen. Auf einem Umweg ging er nach Hause. Seine Probleme waren nicht kleiner geworden. Aber ich will nicht klagen, dachte er.

Wahlnacht

Branningsen hatte die Wahl verloren. Da gab es kein Deuteln. Man sprach bereits von einem Erdrutsch, obwohl erst Hochrechnungen vorlagen. Und an Koalitionen war nicht zu denken. Branningsen hatte während des Wahlkampfes Versicherungen gemacht, die waren in Erinnerung geblieben, kein Zweifel. Also würde es eine Schlappe werden.

»Wir müssen jetzt zunächst einmal die endgültigen Ergebnisse abwarten und dann sorgfältig analysieren«, sagte Branningsen in die Mikrofone, die man ihm entgegenhielt. »Morgen tritt der Parteivorstand zusammen, um über die Ursachen dieses zweifellos arg enttäuschenden Wahlausganges nachzudenken.« Dann versuchte er lächelnd, sich einen Weg durch die Menge zu bahnen. Es ging nicht. »Außerdem«, sagte er, »liegen schließlich erst Hochrechnungen vor.« Er schaffte sich energischer Platz. Dabei wurde er weiter gefilmt.

Nebenan warteten die Reporter vom anderen Sender. Branningsen dankte noch einmal seinen Wählern für ihr Vertrauen und machte ein ernstes Gesicht. Natürlich könne man nicht zufrieden sein. Mit aller Ernsthaftigkeit und in Ruhe müsse nun überprüft werden, wo und inwieweit die Wahlaussagen der letzten Wochen nicht angenommen worden seien.

Ob es nicht an der Person des Spitzenkandidaten gelegen habe, dass die Wahl so ausgefallen sei?, wurde gefragt. Branningsen sagte etwas von politischen Inhalten und dass er glaube, ein personenbezogener Wahlkampf widerspreche dem Geist der Demokratie, denn nicht Menschen, sondern Programme ständen zur Wahl. In diesem Moment kam unter großem Lärm der Vorsitzende der größten Oppositionspartei in das Sendestudio, und die Reporter eilten zu ihm. Branningsen verließ das Studio, aber die Gänge wurden von Zeitungsjournalisten belagert, die ihn um erste Stellungnahmen baten. Weil die hinteren nachdrückten, rempelten ihn die vorderen beständig an. Er bekam einen Kugelschreiberstrich auf sein Hemd. Es war furchtbar laut. »Die endgültigen Daten abwarten!«, schrie Branningsen. »Sorgfältige Analysen!«

Mit Mühe erreichte er sein Arbeitszimmer. Er schloss die Tür und setzte sich in seinen Schreibtischsessel, löste die Arretierung der Rückenlehne und ließ sich zurücksinken. Vom Gang waren Stimmen zu hören. Mehrere Male klopfte es an seine Tür. Er antwortete nicht. Er sah sich um. Hier hatte er viel erlebt. Wie lange würde es noch sein Arbeitszimmer sein? Und was sollte er jetzt tun? Eine halbe Stunde saß er so da. Dann klingelte das Telefon. Branningsen hob ab.

Der Bundesvorsitzende seiner Partei war am anderen Ende. »Branningsen, was ist mit Ihnen?«, rief er. »Sehen Sie zu, dass Sie vor die Kameras kommen! Sollen die Wähler glauben, wir sind schon ganz von der Bildfläche? Los, Mann, machen Sie bloß nicht schlapp. Die nächsten Wochen werden die härtesten! Noch ist nichts entschieden.« Er hängte ein.

Im nächsten Moment wurde die Tür aufgerissen. »Wir haben Sie überall gesucht«, rief Branningsens Referent. »Sie ziehen die Gesprächsrunde im Ersten vor, wegen der Fußball-Übertragung. Die anderen sind schon alle da. Wenn Sie sich nicht beeilen, fängt man ohne Sie an.«

»Wäre nicht das Schlimmste«, sagte Branningsen. Der Referent hörte nicht. »Beeilen Sie sich bitte«, sagte er. Branningsen erhob sich seufzend und ging langsam hinter dem

Mann her, der vor Erregung kleine, schnelle Schritte machte. Der hat Angst um seinen Job, dachte Branningsen. Er wollte seinen Referenten verachten, doch es gelang ihm nicht. Im Studio ließ er sich seinen Platz zeigen.

Die Kandidaten der anderen Parteien waren bester Stimmung, auch wenn sie nur ein paar Stimmen dazugewonnen hatten. Branningsens Niederlage umstrahlte sie, sie sprachen gesetzt und abwägend. Branningsen schien es, als hielten sie sich mühsam zurück, um nicht laut herauszulachen. Heute Nacht betrügen sie ihre Frauen, dachte er, und morgen haben sie einen Kater.

Die beiden Moderatoren wandten sich gleich an ihn und wollten wissen, warum alles so gekommen sei und welche Fehler er gemacht habe. Ich bin nicht religiös, dachte Branningsen, und die öffentliche Beichte lehne ich aus Überzeugung ab. Dann sagte er etwas von der schwierigen wirtschaftlichen Lage und dass die Wähler ihm leider nicht genug Zeit gelassen hätten, seine langfristigen Konzepte in konkrete Politik umzusetzen.

Ob er denn so etwas wie eine Diktatur auf Lebenszeit für das politisch Angemessene halte, fragte ihn der Vorsitzende der kleinsten Partei. Gelächter bei den anderen.

Branningsen wartete, bis Ruhe war, dann beschwerte er sich über diesen Ton, der schon während des Wahlkampfes zur Vergiftung der Atmosphäre beigetragen habe. Böse Proteste der anderen. Die Moderatoren mussten eingreifen.

Schließlich entwickelte der Oppositionschef sein neues Regierungsprogramm, für das er sicher sei, eine feste parlamentarische Mehrheit gewinnen zu können. Obwohl, natürlich, über mögliche Koalitionen zu reden, jetzt nicht der Zeitpunkt sei. Zunächst müsse das Wahlergebnis sorgfältig analysiert werden.

Branningsen fühlte sich nicht wohl. Als beim Schlusswort die Reihe an ihn kam, dankte er noch einmal seinen Wählern. Ihr Vertrauen in seine Arbeit bestärke ihn in seinen Anstrengungen. Auf dem Rückweg in sein Büro versperrte ihm eine Menschenmenge den Weg, die in den Fraktionssaal der Opposition drängte. Er machte kehrt und lief dabei seinem Referenten in die Arme. »Das Treffen mit den freiwilligen Wahlkampfhelfern«, sagte der.

»Die können mich mal!«, schrie Branningsen. »Wenn sie einen schlachten wollen, warum dann ausgerechnet mich?« Ein paar Leute sahen sich nach ihm um und lachten. »Hier entlang«, sagte der Referent und nahm ihn am Arm.

Den freiwilligen Wahlkampfhelfern stand tapfere Fassung ins Gesicht geschrieben. Branningsen schüttelte den Regionalvorsitzenden der Reihe nach die Hand. »Danke«, sagte er dabei. »Danke vielmals.«

Sein Referent flüsterte ihm etwas ins Ohr. »Meine Damen und Herren«, sagte Branningsen. »Ich hoffe, Sie haben Verständnis dafür, dass ich mich jetzt ein wenig um meine Familie kümmern muss. Wer schon einmal an einer Stelle wie der meinigen gestanden hat, der weiß, welche Belastungen in solchen Zeiten die Familie zu tragen hat. Sie entschuldigen mich also.« Man entließ ihn mit warmem Beifall.

Im Arbeitszimmer wartete seine Frau. Das war so abgesprochen. Bei einem Wahlsieg wäre sie mit ihm vor die Kameras getreten.

»Guten Abend, Margot«, sagte Branningsen. Der Referent schloss von außen die Tür.

Die Frau im Clubsessel drehte sich um und schwenkte ein Glas. »Auch einen Drink?«, sagte sie.

Ich bin ein Mann mit Problemen, dachte Branningsen. Ich lebe damit, ich habe mich daran gewöhnt. Er goss ein wenig Whisky in ein Glas und füllte es mit Orangensaft auf.

»Igittigitt«, sagte die Frau. »Wie kann man so etwas nur trinken?«

»Man kann«, sagte Branningsen, »wie du siehst. Man kann vieles, von dem du glaubst, dass man es nicht kann. Ich zum Beispiel kann es, ganz im Gegensatz zu dir, in deiner Umgebung aushalten.«

»O, là, là«, sagte die Frau, »ein Bonmot. Schade, dass keiner von der Opposition da ist, ich wette, die würden dich gleich mit anderen Augen sehen. Vorausgesetzt, die sehen dich überhaupt noch an.«

»Das hast du schön gesagt.« Branningsen ging zu seinem Schreibtisch, aber die Frau rief ihn zurück. »Ja, mein Liebes?«, sagte er.

Die Frau legte den Kopf in den Nacken, ließ die Arme seitlich über die Sessellehnen hängen und streckte die Beine aus. »Ich lasse mich scheiden«, sagte sie.

»Fein«, sagte Branningsen, »der Zeitpunkt ist gut gewählt. Ich wollte mich sowieso in absehbarer Zeit ein wenig verändern.«

»Du und dich verändern«, lachte die Frau. »Du irrst dich, wenn du denkst, du könntest mir den tragischen Helden spielen, nur weil ein paar Tausend Leute, die weder ich noch du kennen, ihr Kreuzchen anderswo gemacht haben.«

Branningsen schwieg.

»Mein Rechtsanwalt wird deinen in den nächsten Tagen benachrichtigen«, sagte die Frau. »Bis alles geregelt ist, könntest du vielleicht in der Stadtwohnung bleiben. Nicht, dass ich in dieser Beziehung altmodisch wäre, aber je schneller du dich daran gewöhnst, desto besser.«

»Ja«, sagte Branningsen.

»Sonst noch Fragen?«
»Wer bekommt die Kinder?«
»Du natürlich«, sagte die Frau. »Als ehemaliger Landesvater bist du bestens geeignet. Vormittags nimmst du sie mit ins Parlament, und nachmittags können sie in deinem Arbeitszimmer bleiben. Wenn deine Sekretärin ab und an nach ihnen sieht, versteht sich.«
»Hast du es ihnen schon gesagt?«
»Aber woher denn, ich werde doch nicht den Dienstweg umgehen. Öffentliche Verlautbarungen sind schließlich deine Sache.« Sie stand auf und suchte ihre Handtasche. »Und jetzt entschuldige mich bitte. Ich brenne darauf, etwas frische Luft zu schnappen.« Sie verließ das Zimmer und warf die Tür geräuschvoll hinter sich ins Schloss.

»Wie immer«, dachte Branningsen und schaltete einen kleinen Fernsehempfänger ein, der auf einem Podest neben seinem Schreibtisch stand. Die Wahlsendung lief noch. Alles war in Aufruhr. Die einlaufenden Auszählungsergebnisse, hieß es, wichen seit Kurzem signifikant von den Vorhersagen ab. Man vermutete einen Fehler im Computersystem; die Hochrechnungen seien wahrscheinlich hinfällig. Der tatsächliche Wahlausgang liege völlig im Dunkeln, die gesicherten Daten ließen noch keine Schlüsse zu. Man gebe daher zunächst an die Sportredaktion ab. Kurz darauf klopfte es an die Tür.

Branningsen schaltete rasch den Apparat aus, nahm seinen Mantel, schlich zu der Fenstertür, die in den Garten führte, öffnete sie so leise wie möglich und schlüpfte hinaus. Es war kalt und dunkel. Über den Rasen ging er zu einer Tür in der Gartenmauer. Er besaß einen Schlüssel. Die Straße war von Taxis und Dienstfahrzeugen verstopft. Eine Doppelstreife patrouillierte vorbei. Der ältere Polizist grüßte.

Branningsen machte sich auf. Am Ausgang einer U-Bahn-Station stieß er auf eine Gruppe junger Leute. Sie lachten und stießen sich an. Branningsen folgte ihnen. Vor einer Diskothek blieben sie stehen. Sie beratschlagten. Branningsen wandte sich ab und lief eine Zeitlang ziellos durch die Straßen. Den plötzlichen Einfall, eine Striptease-Bar zu betreten, ließ er wieder fallen. Vor einem Kino-Center studierte er die Plakate, aber es lief kein Film, den er hätte ansehen wollen. Ihm wurde langweilig. Er fror. Ich bin abgesetzt, dachte er.

In einer Imbisshalle trank er ein Bier. Unter der Decke hing ein Fernseher, in dem mit abgedrehtem Ton die Wahlsendung lief. Die Grafiken neuer Hochrechnungen wurden präsentiert, farbige Säulen stiegen und sanken. Ich schaue nicht hin, dachte Branningsen und drehte dem Gerät den Rücken zu. Dabei sah er einen Mann, der mit dunkelgrünen Wollhandschuhen einen Plastikbecher voll Kaffee vorsichtig zum Mund führte.

»Statistische Kreuzzüge wider den Ungeist der Wahrheit«, sagte der Mann und wies mit dem Kinn zum Fernseher.

»Wie bitte?«, sagte Branningsen.

»Man bannt den Dämon der Individualität«, fuhr der Mann fort. Der Kaffee in dem Plastikbecher war zu heiß, der Mann stellte ihn wieder ab.

»Ich verstehe kein Wort«, sagte Branningsen.

Der Mann sah ihn an. »Nur Zahlen«, sagte er, »unwesenhaft und addierbar, genauso, wie man uns haben will.«

»Interessant«, sagte Branningsen.

»Nein«, sagte der Mann kopfschüttelnd. »Im Gegenteil, langweilig, von geradezu satanischer Langeweile. Die Zeit steht still zwischen den Wahlen. Dann vielleicht ein Erdrutsch, ein Erdbeben, gewaltige Erschütterungen, in jedem

Falle Sensationen. Und gleich wieder Stille, Grabesstille, Sie verstehen?«

Branningsen nickte. »Darf ich Sie zu etwas einladen?«, fragte er.

Der Mann zog die Augenbrauen hoch. »Ganz wie Sie wünschen«, sagte er. Branningsen musterte ihn. Er war knappe eins siebzig, trug eine Lederkappe, einen schmalen, dünnen Schnurrbart und einen grauen Mantel, aus dessen linker Seitentasche ein langer Schal heraushing. »Einen Magenbitter für mich«, sagte er.

»Ich vermute also, dass Sie sich nicht an der Wahl beteiligt haben?«, sagte Branningsen.

»Richtig. Allerdings bin ich hierorts auch nicht ansässig.«

»Sie kommen viel herum?«, sagte Branningsen.

»Jawohl. Und das schärft die Sinne. Ewiges Verharren lässt den Geist altern.«

»Aber dann müssten Sie doch ein überzeugter Demokrat sein«, sagte Branningsen und lachte.

»Mein Herr, Sie scherzen«, sagte der Mann streng und richtete sich auf. »Ihre Zugehörigkeit zu den oberen Klassen berechtigt Sie nicht dazu, Spott mit Ihren Mitmenschen zu treiben.« Dann grinste er breit. »Lüders, mein Name«, sagte er. »Bestellen Sie noch einen Magenbitter?« Branningsen bestellte, Lüders trank. Als Branningsen zahlte, fixierte ihn der Imbissbesitzer.

»Kommen Sie, Herr Lüders«, sagte er, »lassen Sie uns das Etablissement wechseln. Sie begleiten mich doch, oder?«

»Sie deuten damit an, die weiteren Kosten des Abends zu übernehmen?«

Branningsen nickte. »Eine kleine Gegenleistung für Ihre freundliche Gesellschaft.«

»Gut«, sagte Lüders. »Ein faires Angebot unter Gentlemen. Und wohin gehen wir?«

»Zu mir nach Hause«, sagte Branningsen. »Etwas essen. Oder sind Sie nicht hungrig?« Lüders zuckte die Achseln.

In seiner Stadtwohnung war Branningsen in letzter Zeit trotz des Wahlkampfes und der vielen Sitzungen kaum gewesen; Margot übernachtete hier, wenn sie Bekannte besuchte. Im Eisschrank lagen tiefgekühlte Fertiggerichte, die holte er nun hervor und breitete sie auf dem Küchentisch aus. Lüders sah sich um. »Sie gehören in der Tat zu den oberen Klassen«, sagte er, »obwohl ich hinzufügen möchte, dass der Verzehr von Fertiggerichten Sie mit den gemeineren Schichten verbindet.«

»Unsinn«, sagte Branningsen. »Hühnchen mit Beilagen oder Indischer Nudeltopf?«

»Nudeltopf«, sagte Lüders und seufzte.

Branningsen steckte die Fertiggerichte in den Mikrowellenherd und bot Lüders Cognac an. »Gehen Sie voraus ins Wohnzimmer«, sagte er. »Es dauert nur ein paar Minuten.«

Nach dem Essen knickte Branningsen die Kunststoffteller zusammen und drückte sie in den Mülleimer. Dann holte er eine Flasche Sekt aus dem Kühlschrank und öffnete sie. »Nun kommen Sie, Lüders«, sagte er, »erzählen Sie ein bisschen aus Ihrem Leben. Sie haben doch sicher schon allerhand gesehen, oder?«

Lüders hatte sich auf die schwarze Ledercouch gesetzt. Er lehnte sich zurück und schlug die Beine übereinander. Den Mantel hatte er abgelegt, darunter trug er einen graubraunen Anzug, einen grünen Rollkragenpullover mit offenem Reißverschluss über einem karierten Hemd. »Da ist nicht viel zu erzählen«, sagte er. »Das Wesentliche schrumpft auf die flächenlose Ausdehnung jenes Punktes, an dem man, aus dem

Kreis des Gewohnten herausgeschleudert, eine beliebige Tangente erwischt und auf dieser geradeaus in ein Ungewisses zieht.«

»Hoppla!«, sagte Branningsen. »Und worin bestand dieser Punkt?«

»Unwichtig«, sagte Lüders. »Tempi passati. Glücklich ist, wer vergisst, was doch nicht zu ändern ist.« Das letzte sang er mit schmelzender Stimme. »Wie wäre es überhaupt mit Musik? Die Einrichtung lässt, wenn Sie gestatten, hinter dem Echtholzfurnier Unterhaltungselektronik vermuten.«

»Der zweite Schrank«, sagte Branningsen.

Lüders öffnete ihn. »Ah«, sagte er, »und Klassisches prävaliert. Erlauben Sie uns ein wenig Chopin? Ein vielleicht allzu wohlfeiler Geschmack, ich weiß, aber bedenken Sie, dass derartige Musik in öffentlichen Häusern eine Seltenheit ist.«

Branningsen gab mit einer Handbewegung seine Erlaubnis.

»Chopin wird natürlich überschätzt«, sagte Lüders zu den ersten Klängen einer Etüde. »Es ist Musik für Musiker, überall haben die Fachleute das Sagen. Handwerker bauen die Häuser, und Menschen sollen darin wohnen.«

»Ist das nicht dasselbe?«, sagte Branningsen.

»Aber, aber!« Lüders drohte mit dem Zeigefinger. »Diese Naivität steht einem Herrn in Ihrer gesellschaftlichen Stellung schlecht zu Gesicht. Man könnte beinahe denken, Sie hätten sich Vermögen und Rang nur durch Zufälle verschafft. Und das soll man doch nicht, oder?«

Branningsen schüttelte den Kopf.

»Na also.« Lüders lauschte mit gekrauster Stirn einer Passage des Musikstückes. »Im Grunde ein banales Instrument, das Klavier«, sagte er. »Die Schreibmaschine unter den

Musikinstrumenten, eine Taste macht ping, die andere pong.«
Er machte eine wegwerfende Bewegung.

»Ich denke, es gibt Nuancen«, sagte Branningsen.

»Sicher, sicher.« Lüders lachte. »Das sagen die Fachleute immer.«

»Sie waren wohl niemals Fachmann für etwas?«, sagte Branningsen ein wenig unwillig.

»Nein, niemals.« Lüders schüttelte den Kopf.

»Und wie sollte Ihrer Meinung nach alles geregelt werden?« Branningsen schenkte nach.

Die Musik verstummte. Lüders trank vom Sekt. »Sie erwarten jetzt die Antwort eines Clochards«, sagte er ernst. »Etwas biografisches Lokalkolorit, Lebensweisheiten im Narrenkleide, Kindermund und Kauzigkeit, Versponnenes mit grauem Bart und Zwinkeräuglein. Tut mir sehr leid, aber damit kann ich nicht dienen, verehrter Herr Ministerpräsident.«

»Wie kommen Sie darauf?«, sagte Branningsen erschrocken.

»Spielen Sie nicht den Harmlosen.« Lüders trat an den Schrank, nahm die Platte vorsichtig vom Teller und schaltete die Anlage aus. »Wenn Sie glauben, Sie könnten sich unters Volk mischen wie weiland der Sultan aus dem Morgenland, dann sind Sie dümmer, als Ihr Amt erlaubt.« Er wartete keine Antwort ab, ging stattdessen zum Fernseher und schaltete ihn ein.

»Was soll das?«, rief Branningsen.

»Man muss informiert sein«, sagte Lüders.

Die Moderatoren waren noch nervöser geworden. Der Fehler in den Systemen sei nun annähernd beseitigt, die Hochrechnung wieder verlässlich, aber zur Überraschung aller zeichne sich jetzt ein deutlicher Sieg der Regierungspartei ab.

So etwas sei noch nie vorgekommen. Und dazu das rätselhafte Verschwinden von Doktor Johann Branningsen, da gerade jetzt die Stunde des Ministerpräsidenten schlage und alles in Spannung auf seine nächsten Entscheidungen warte. Nach offizieller Verlautbarung habe bislang niemand Kontakt zu ihm.

»Herzlichen Glückwunsch«, sagte Lüders.

»Ich gehe nicht mehr dahin zurück«, sagte Branningsen. »Ich bin damit fertig, endgültig.«

»Interessant.« Lüders zog die Mundwinkel herunter. »Ich sehe Sie also an einem bedeutenden Wendepunkt Ihres Lebens? Sie verlassen den Kreis Ihres Wirkens, eine ungeahnte Kraft reißt Sie plötzlich aus dem Mittelpunkt? Sie ziehen sich zurück, kultivieren Ihr Privatleben, widmen sich wieder dem alten Beruf, den Hobbys, nicht zu vergessen der Familie, die Sie so lange entbehren musste? Spannend! Und wie schön, es miterleben zu dürfen.«

»Sie haben ja keine Ahnung«, sagte Branningsen.

»Das macht mich stark.« Lüders griff nach seinem Mantel.

»Mag sein. Ich gehe jedenfalls nicht zurück.«

»Tun Sie das! Steigen Sie aus! Weisen Sie Alternativen! Vielleicht schreiben Sie ein Buch darüber. Werden Sie richtungweisend. Das wäre schlau. Wirklich sehr schlau.«

»Wie meinen Sie das?«, forschte Branningsen.

»Darauf müssen Sie selbst kommen.« Lüders knöpfte seinen Mantel zu. »Ich verabschiede mich. Ich will Sie weder bei der Ausübung Ihres hohen Amtes noch bei dem schwierigen Akt der Selbstfindung stören. Leben Sie wohl.« Er wandte sich zur Tür.

Branningsen war aufgesprungen, an ihm vorbeigeeilt, und nun baute er sich vor der Wohnungstür auf. »Sie bleiben hier!«, schrie er.

»Ich denke nicht daran«, sagte Lüders ruhig. »Ich hatte zu essen und zu trinken. Ich hörte Chopin. Mehr kann und will ich nicht verlangen. Lassen Sie mich gehen, bevor wir uns streiten.«

»Nein!« Branningsen erhob drohend die Hand.

»Lassen Sie mich durch.« Lüders versuchte, den Ministerpräsidenten zur Seite zu drücken. Da packte ihn Brannigsen voller Wut und schleuderte ihn von sich. Lüders stolperte und fiel hintenüber. Es gab ein Geräusch, als sein Kopf gegen die Wand schlug. Er sackte zu Boden, aus seinem linken Ohr floss Blut. Er wollte etwas sagen, doch nur Blut kam aus seinem Mund. Dann schloss er die Augen.

Branningsen ging, sich einen Cognac einzuschenken, kam zurück, setzte sich auf den Boden und starrte den Toten an. Ein klarer Fall, dachte er. Ich habe, ermüdet und überanstrengt, wie ich war, einen Spaziergang gemacht. Dabei sprach mich der Mann an, er hatte Hunger, ich lud ihn ein zu mir, gab ihm zu essen und zu trinken. Daraufhin versuchte er, mich auszurauben. Es kam zu einem Kampf, und er fiel unglücklich hin. Wenn man das richtig erzählt, stehe ich besser da als vorher.

Er ging zum Telefon. Nach wenigen Sekunden hatte er seinen Referenten am Apparat. »Ja, hier Branningsen«, sagte er, »ich kann jetzt erklären, warum ich in den letzten Stunden nicht zu erreichen war. Schicken Sie bitte die Polizei in meine Stadtwohnung.« Dann setzte er sich wieder zu Lüders auf den Boden. Der lag da wie ein Bündel. Fürs Erste war Kontakt zu den kleineren Parteien aufzunehmen. Sie hatten geschrien, jetzt waren sie verschreckt, und wenn man sie nachsichtig behandelte, hatte man sie gewonnen. Überhaupt, nur keine Konfrontationen, nur nicht nachkarten. Ruhe und Disziplin. Das Staatsmännische immer vor dem Parteigeist.

Branningsen dachte an Margot. Von einem amtierenden Ministerpräsidenten würde sie sich so schnell nicht scheiden lassen. Aber er war gewarnt. Und er war im Vorteil. Er hatte vier Jahre Zeit, die Dinge in seinem Sinne zu regeln.

Es klingelte. Das musste die Polizei sein. Branningsen ging zur Wohnungstür und öffnete. »Kommen Sie herein, meine Herren«, sagte er, während draußen im Flur die Blitzlichter aufglühten. »Ich habe nichts angerührt.«

Bluthund

An einem Samstagvormittag fuhr Breitholtz den Wagen aus der Garage auf die Einfahrt neben dem Vorgarten, um die Stoßstange zu reparieren. Er öffnete den Kofferraum und breitete die Werkzeuge darin aus. Dann besah er genauer den Schaden. Gestern Mittag, als er beim Ausrangieren aus dem Parkplatz vor der Schule einen Betonsockel gerammt hatte, war er nicht einmal ausgestiegen. Aus dem Alter bin ich heraus, hatte er gedacht. Was passiert ist, ist passiert.

Breitholtz sah jetzt, dass die Stoßstange nur wenig beschädigt, aber eine ihrer Halterungen ins Blech gedrückt war. Wenn er vom Kofferraum aus ein paar kräftige Schläge auf die Stelle richtete, würde von außen kaum etwas zu sehen sein. Er nahm einen Hammer und schlug probeweise gegen die Halterung. Es gab einen furchtbaren Lärm. Breitholtz sah in die Straße. Hier standen nur Bungalows mit Vorgärten und Garageneinfahrten. Die meisten der Nachbarn kannte er, und am Samstagvormittag würden einige sicher noch schlafen. Breitholtz ging in die Garage und holte einen Lappen, den er um den Hammer wickeln wollte.

Als er wieder zu seinem Wagen trat, stand ein junger Mann in der Einfahrt, den Breitholtz noch nie gesehen hatte. Er trug zerrissene Jeans und ein weißes ärmelloses Unterhemd. Auf seinen dünnen Oberarm war ein Kreuz in einem Strahlenkranz tätowiert. Neben dem Mann saß ein großer brauner Schäferhund. Breitholtz tat, als sähe er den Mann nicht. Er hatte den Lappen um den Hammer gewickelt und schlug wieder gegen die Stoßstangenhalterung. Es war immer noch sehr laut. Der junge Mann lachte kreischend. Breitholtz wandte sich um.

»So'n Quatsch«, sagte der junge Mann und schlug sich mit der Hand an die Stirn. »So'n Quatsch hab ich noch nie gesehn!«

Breitholtz beugte sich wieder in den Kofferraum und schlug noch einmal.

Der junge Mann war jetzt näher gekommen. »Total bescheuert«, sagte er. »Das gibt bloß noch mehr Beulen. Ich lach mich fett. So'n Scheiß aber auch. Es gibt vielleicht dämliche Leute, wa, Hund.« Dabei griff er dem Schäferhund nach der Schnauze, der wich geschickt aus und sprang gleich an dem Mann hoch.

»Sitz, Hund!«, rief der junge Mann, und der Hund gehorchte.

»Wenn Sie mir einen Rat geben wollen, tun Sie das«, sagte Breitholtz. »Ansonsten verlassen Sie bitte sofort mein Grundstück.«

»Wat, Alter?«, rief der junge Mann. »Wat willste?«

Breitholtz machte einen Schritt auf ihn zu. »Sie sollen mein Grundstück verlassen, und zwar auf der Stelle!«

»Fass, Hund!«, rief der junge Mann, und mit einem Sprung war das Tier bei Breitholtz, sprang ihn an und verbiss sich in seinen linken Unterarm.

»Weg!«, schrie Breitholtz »Weg! Hilfe!« Er war gegen die Rückfront des Wagens geprallt, den Hammer hielt er noch in der rechten Hand. Der Hund hing mit ganzem Gewicht an seinem Arm und zog ihn herunter auf den Boden. Schon war er über ihm.

»Fass, Hund!«, rief der junge Mann.

Da holte Breitholtz aus und schlug den Hammer mit aller

Kraft auf den Kopf des Tieres. Es gab ein Geräusch. Der Hund ließ los und machte einen Satz nach rückwärts. Dann heulte er auf, stand einen Moment zitternd und brach zusammen. Seine Hinterbeine schlugen in die Luft, und Blut lief aus seiner Schnauze.

Breitholtz hatte sich aufgerichtet. Sein linker Arm war gelähmt vor Schmerz. Sein Hemd war zerrissen, aus der Manschette lief Blut über die Hand. In der Rechten hielt er noch den Hammer. Der junge Mann stand mit ausgebreiteten Armen über dem Hund. »Nein!«, schrie er gellend. »Nein, nein, nein!«

»Kommen Sie mir nicht zu nahe«, sagte Breitholtz und hob die Hand mit dem Hammer, doch der junge Mann beachtete ihn nicht, sackte in die Knie und warf sich schreiend über den Hund. Er zog ihn an sich und drückte den blutenden Kopf des Tieres an seine Brust. »Nein«, sagte er, »nein, nein.« Er wiegte das tote Tier und begann laut zu schluchzen. Ein Nachbar erschien vor der Einfahrt.

»Die Polizei«, sagte Breitholtz. »Und einen Arzt.« Er legte den Hammer in den Kofferraum und winkelte mit der rechten Hand seinen verletzten Arm an. Das Blut lief jetzt stärker. Als Polizei und Krankenwagen kamen, lag der junge Mann noch immer schreiend und schluchzend über dem Kadaver des Hundes. Breitholtz saß vor der Eingangstür des Hauses. Sein Blut lief in ein nasses Handtuch, das ihm seine Frau um den Arm gewickelt hatte.

Bei den amtlichen Untersuchungen herrschte eine Zeitlang Unklarheit, welches Verfahren einzuleiten sei. Der junge Mann behauptete, Breitholtz habe ohne Grund und ohne Warnung auf den Hund eingeschlagen, worauf das Tier ihn gebissen habe. Zeugen gab es nicht, es stand Aussage gegen

Aussage. Aber der junge Mann war Polizei und Gerichten bekannt, er hatte mehrere Jugendstrafen nach Einbrüchen und Diebstählen verbüßt. In einem Fall von schwerer Körperverletzung war er zu einer Bewährungsstrafe verurteilt worden. Den Ausschlag gab endlich die Einvernahme des Vorsitzenden eines Schäferhund-Vereins, auf dessen Anlage der junge Mann mit seinem Hund trainiert hatte.

»Der passte nicht zu uns«, sagte der Vereinsvorsitzende. »Der war so jähzornig und so aggressiv. Wissen Sie, wenn man mit dem Hund arbeitet, muss man die Ruhe selbst sein. Sonst überträgt sich das auf das Tier.«

»Jaja«, sagte die Staatsanwältin, ob er ihm denn etwas wie das Geschehene zutraue?

»Ich kann keinen Menschen belasten«, sagte der Vorsitzende. »Er war ganz verrückt nach dem Tier. Stellen Sie sich vor: Der Hund hatte keinen Namen. Er rief ihn einfach ›Hund‹. Haben Sie dafür Verständnis?«

»Beantworten Sie bitte meine Frage«, sagte die Staatsanwältin.

»Ich weiß nicht«, sagte der Vorsitzende. »Wir haben natürlich alle gesagt, da passiert noch mal was.«

»Danke«, sagte die Staatsanwältin. Sie entließ den Vorsitzenden und bereitete die Anklage vor. Über den Ausgang des Prozesses konnte kein Zweifel bestehen, die Unterlagen sprachen eine deutliche Sprache. Für alle Fälle wurde ein psychiatrisches Gutachten in Auftrag gegeben. Einige Monate später begann der Prozess. Nach der ersten Einvernahme des jungen Mannes sagte Breitholtz aus, dann kamen die Leumundszeugen. Für Breitholtz sprach der Direktor seiner Schule. »Der Kollege Breitholtz ist ein erfahrener Pädagoge«, sagte der Direktor, und es sei undenkbar, dass ein Mann wie er sich ohne Not zu einer solchen Tat hinreißen lasse.

Nach einer Verhandlungspause wurde der psychologische Gutachter gehört. Der Angeklagte sei eine problematische Persönlichkeit, sagte der Gutachter. Seine Beschäftigung mit dem Hund sei als Ausgleich für das gestörte Verhältnis anzusehen, das er zu seinen Mitmenschen habe. Leider sei das Aggressive durchgebrochen. Man dürfe aber beim Strafmaß nicht vergessen, dass der Verlust des Hundes einen schweren Schlag für den Angeklagten bedeute. Seine Fixierung auf das Tier lasse den jetzigen Zustand als bedrohlich erscheinen.

Der junge Mann wurde wieder aufgerufen. Er beteuerte, Breitholtz habe den Hund grundlos getreten, das Tier habe sich daraufhin zur Wehr gesetzt, und Breitholtz habe es ohne Vorwarnung erschlagen. Der Richter stellte Nachfragen, und der junge Mann verwickelte sich in Widersprüche zu seiner ersten Aussage. Als die Staatsanwältin ihm die Widersprüche vorhielt, wurde er laut und ungehalten. Alles sei gewesen, wie er es sage. Schließlich bat sein Verteidiger, mit ihm reden zu dürfen. Der Verteidiger sprach leise auf den jungen Mann ein. Der schüttelte nur den Kopf und zog die Schultern hoch. Der Verteidiger nahm ihn am Arm.

»Nein«, rief der junge Mann plötzlich und stieß den Verteidiger zurück. »Ich soll mich entschuldigen? So eine Scheiße! Das Schwein schlägt meinen Hund tot, und ich soll mich entschuldigen?« Er wies auf Breitholtz. »Mit einem Hammer«, schrie er. »Gezuckt hat er noch einmal, der arme Hund, und dann ist er hingefallen, und alles war voll Blut!«

»Seien Sie ruhig«, sagte der Richter. Ein Gerichtsdiener verließ seinen Platz an der Türe und stellte sich zwischen den jungen Mann und die Zeugenbank, aber der junge Mann war auf seinen Stuhl gesunken, und er begann laut aufzuschluchzen. »Der Hund«, rief er, »der arme, arme Hund! Was kann denn der arme Hund dafür?«

»Bringen Sie Ihren Mandanten zur Ruhe«, sagte der Richter zum Verteidiger. Dann folgte der Strafantrag der Staatsanwältin, der Verteidiger bat um Milde für den Angeklagten. Das Gericht zog sich zur Beratung zurück.

Breitholtz saß auf der Zeugenbank. Er hatte sich keine Vorwürfe zu machen. Obwohl der Vorfall schon einige Monate zurücklag, war die Verletzung an seinem Arm noch nicht völlig verheilt. Er trug zum Schutz einen Verband, und ab und zu traten ein wenig Eiter oder Blut aus der Wunde. Der Arzt hatte von einer Infektion gesprochen, und die Antibiotika hatten bei Breitholtz eine Allergie ausgelöst, sein Hals war mitunter voller roter, juckender Stellen. Wenn er den Hund nicht erschlagen hätte, hätte der Hund ihn getötet.

Nach zehn Minuten wurde das Urteil verkündet. Der junge Mann erhielt zwölf Monate Haft ohne Bewährung. »Ihr Schweine!«, schrie er in die Urteilsbegründung, und der Richter schloss ihn vom Verfahren aus.

In den folgenden Wochen dachte Breitholtz oft an den Vorfall, wenn sein Arm ihn schmerzte und die Wunde Sorgen bereitete. Endlich verheilte der Biss, und es bildete sich eine breite, gezackte Narbe. Im Sommer, als Breitholtz mit bloßem Oberkörper im Garten arbeitete und dabei braun wurde, blieb die Narbe weiß oder rötlich. Im Herbst begann sie wieder zu schmerzen; der Arzt beruhigte ihn, wahrscheinlich würde er jetzt Schnee vorhersagen können.

Kurz vor Weihnachten erhielt Breitholtz Post von einer amtlichen Stelle. Man teilte ihm mit, dass der junge Mann vorzeitig entlassen werde und seine Strafe zur Bewährung ausgesetzt sei. Der Bewährungshelfer bat sehr nachdrücklich um ein Gespräch. Breitholtz zeigte den Brief seiner

Frau. »Eine Unverschämtheit«, sagte sie. »Du hast schon die ganzen Schereien gehabt. Was können die denn noch wollen?«

Breitholtz zuckte die Schultern. Er telefonierte und bestellte den Bewährungshelfer in eine seiner Freistunden in die Schule. Dort saßen sie dann in einer ruhigen Ecke des Lehrerzimmers.

»Ich bin mir darüber im Klaren, dass es eine Zumutung für Sie ist«, sagte der Bewährungshelfer. »Aber Sie sind Pädagoge. Ich dachte mir, wenn einer dafür Verständnis haben kann, dann sind Sie es als Pädagoge.«

Breitholtz nickte. »Verständnis«, sagte er. »Ich unterrichte Kinder in Englisch und Geografie. Mit Leuten, die Hunde auf ihre Mitmenschen hetzen, habe ich keine Erfahrung.«

»Es ist ja nur eine kleine Geste«, sagte der Bewährungshelfer. »Es kostet Sie auch nichts. Und Sie hätten seine Zelle sehen müssen. Überall Fotos von Hunden, Bücher über Hunde. Er kann es einfach nicht verwinden. Wenn Sie ihm einen Hund schenkten, dann müsste er das als Verpflichtung verstehen.«

»Er wird es als Entschuldigung verstehen«, sagte Breitholtz. »Ihre Psychologie ist nichts wert. Er wird denken, ich fühlte mich schuldig.« Sie argumentierten noch eine Zeitlang. »Außerdem will ich mit der Sache nichts mehr zu tun haben«, sagte Breitholtz. Der Bewährungshelfer seufzte und griff nach seiner Aktentasche. Breitholtz hielt ihn zurück. »So war das nicht gemeint«, sagte er. »Ich tue es, aber es geht auf Ihre Verantwortung.« Der Bewährungshelfer drückte ihm die Hand. »Sie werden sehen, wir haben Erfolg«, sagte er.

Ein paar Tage später stand Breitholtz im Schnee vor der Einfahrt zu seiner Garage. Er wartete auf den Bewährungshelfer, zusammen wollten sie im Tierheim einen Hund abholen. Als Breitholtz in den Wagen stieg, reichte er dem Bewährungshelfer einen Zettel mit einer Adresse. »Wir fahren dahin«, sagte er. Der Bewährungshelfer sah ihn fragend an.

»Sie haben einen Fehler gemacht«, sagte Breitholtz. »Wenn wir ihm eine Promenadenmischung aus dem Tierheim bringen, fühlt er sich abgespeist. Ein Schäferhund ist eben ein Schäferhund. Der hat Rasse und einen Stammbaum, da liegt es noch ganz an der Erziehung, was aus dem Tier wird.«

»Das geht nicht«, sagte der Bewährungshelfer. »Ein junger Schäferhund mit Stammbaum kostet ein Vermögen. Das Geld dafür kriege ich niemals durch.«

»Ich zahle«, sagte Breitholtz. »Ich habe es mir überlegt. Wenn ich es mache, kann mir niemand die Verantwortung abnehmen. Also mache ich es richtig.«

Sie fuhren zu einem Züchter außerhalb der Stadt. Breitholtz hatte telefoniert, und alles stand bereit. Nach Abwicklung der Formalitäten luden sie den tapsigen jungen Hund mitsamt einem kleinen Strohkorb ins Auto und fuhren zurück in die Stadt. Vor einem kleinen Siedlungshaus hielten sie an.

»Er weiß von nichts?«, fragte Breitholtz noch einmal. Der Bewährungshelfer schüttelte den Kopf, dann stiegen sie aus und klingelten an der Haustüre. Eine ältere Frau öffnete. Als sie Breitholtz und den Hund sah, den er auf dem Arm trug, schlug sie eine Hand vor den Mund und schrie. »Dietmar!«, rief sie, »Dietmar, komm mal schnell!« Der junge Mann erschien hinter ihr auf der Treppe. Er beugte sich über das Geländer. Er trug nur eine Trainingshose und ein Unterhemd, sein Haar war zerzaust. »Gibt's doch nicht«, sagte er leise und trat neben die Frau.

»Dürfen wir hereinkommen?«, sagte der Bewährungshelfer. Die Frau schlug noch einmal die Hand vor den Mund.

»Um Gottes willen«, sagte sie, »kommen Sie nur. Es ist aber nicht aufgeräumt. Sie dürfen nichts ansehen. Mein Mann hat Nachtschicht.« Sie ging voran in ein kleines Wohnzimmer. Breitholtz und der Bewährungshelfer folgten ihr. Der junge Mann schloss die Tür und blieb mit dem Rücken zur Wand stehen. »Setz dich doch, Dietmar«, sagte die Frau. Der junge Mann schüttelte den Kopf.

»Nun komm, Dietmar«, sagte der Bewährungshelfer, und der junge Mann setzte sich rittlings auf einen Stuhl. Er schaute den Hund an, der sich in Breitholtz' Armen zu winden begann.

»Du kannst dir vielleicht schon denken, warum wir gekommen sind«, sagte der Bewährungshelfer. »Aber ich möchte, dass du das ganz genau verstehst. Ich hatte vorgeschlagen, dir einen Hund aus dem Tierheim zu schenken. Nicht wahr, du wolltest doch wieder einen Hund haben? Und da hat Herr Breitholtz gesagt, es soll nicht irgendein Hund sein. Er hat dir diesen Hund gekauft. Hast du verstanden, Dietmar?«

Der junge Mann nickte. Breitholtz trat zu ihm, den Hund noch auf dem Arm. »Er heißt Astor«, sagte er. »Es ist ein Rüde von elf Wochen. Seine Eltern sind Bundessieger. Er ist kerngesund, alle Impfungen sind im Pass eingetragen. Hier, nehmen Sie ihn. Er gehört jetzt Ihnen.« Breitholtz hielt den Hund von sich. Der junge Mann wollte ihn nehmen, aber die Lehne des Stuhls war ihm im Wege, und er musste das Tier hoch an seine Brust drücken, um es halten zu können. Der Hund drehte sich auf den Rücken und leckte sein Gesicht.

»Sag doch was, Dietmar!«, rief die Frau. »Mein Gott, so ein Hund kostet doch ein Vermögen.«

»Sie wissen, dass das keine Entschuldigung ist«, sagte

Breitholtz zu dem jungen Mann. »Ich war anfangs dagegen. Ihr Bewährungshelfer hat mich überzeugt.« Er sah auf die Uhr. »Sie haben sicher noch viel zu tun vor den Feiertagen«, sagte er zu der Frau. »Wir wollen dann jetzt gehen.« Der Bewährungshelfer erhob sich, und sie gingen zur Tür. Die Frau öffnete ihnen, der junge Mann blieb sitzen und drückte das Gesicht in das Fell des Hundes. »Er ist nun einmal so«, sagte der Bewährungshelfer auf der Rückfahrt. »Dank konnten Sie keinen erwarten.«

»Ich weiß«, sagte Breitholtz. Als er ausstieg, wünschte er dem Bewährungshelfer ein frohes Weihnachten. »Ich bin Pädagoge«, sagte er. »Ich erwarte keinen Dank.«

An einem sonnigen und warmen Morgen im April ging Breitholtz alleine durch die Stadt; er hatte zwei Freistunden zu überbrücken. In einer Fußgängerstraße sah er zwischen ein paar Stadtstreichern auf einer Bank den jungen Mann sitzen. Zu seinen Füßen lag der Hund. Er war viel größer geworden, sein Fell war glatt und glänzend schwarz. Breitholtz trat hinzu. Als der junge Mann ihn erkannte, rief er den Hund, und der sprang auf seinen Schoß.

»Sie haben noch keine Arbeit?«, sagte Breitholtz.

Der junge Mann schüttelte den Kopf und nahm dem neben ihm Sitzenden eine Rotweinflasche aus der Hand.

»Ich weiß nicht, ob das Ihre Schuld ist«, sagte Breitholtz. »Aber wenn Sie schon keine Anstellung haben, sollten Sie wenigstens mit dem Hund arbeiten. Das ist doch keine Beschäftigung für so ein Tier, hier auf den Steinen herumzusitzen. Der muss hinaus und laufen.«

»Wat will der Kerl von dir?«, sagte einer der Stadtstreicher. »Will der wat von dir?«

»Schnauze«, sagte der junge Mann. Er raufte mit dem Hund

auf seinem Schoß. »Die lassen mich nicht«, sagte er, »ich hätte dem Verein Schande gemacht.«

»Der Verein ist nichts für Sie«, sagte Breitholtz. »Wozu brauchen Sie einen Verein?«

»Die Bahnen«, sagte der junge Mann, »und das Gatter, wo der Hund drüberspringt.«

»Unsinn«, sagte Breitholtz. »Freies Gelände ist überall. Wenn der Hund springen muss, soll er springen. Das findet sich doch.«

»Und der Täter, wer macht den?«

»Wie bitte?«

»Na, der Täter. Der hat einen Overall an und einen Wattearm.«

»Ach so«, sagte Breitholtz. Er machte noch einen Schritt auf den jungen Mann zu und streckte die Hand nach dem Hund aus. »Ich bin ein bisschen enttäuscht«, sagte er. »Ich dachte, damit sollte Schluss sein. Ein Hund ist keine Waffe. Er muss ausgebildet werden, damit er nicht verkommt. Das eine hat nichts mit dem anderen zu tun.«

Der junge Mann zuckte die Schultern.

»Es ist Ihr Hund«, sagte Breitholtz, »aber ich habe die Verantwortung übernommen. Ich tue das nicht gerne, das sage ich Ihnen, doch was man tut, muss man richtig tun. Ich mache Ihnen einen Vorschlag. Wir treffen uns am Freitag und fangen mit den einfachen Übungen an. Sie kennen sich da aus, oder?«

»Klar«, sagte der junge Mann. Sie vereinbarten einen Treffpunkt hinter den Schrebergärten am Kanal. Abends berichtete Breitholtz seiner Frau von dem Treffen. Sie schüttelte den Kopf. »Du weißt nicht, worauf du dich einlässt«, sagte sie.

»Natürlich weiß ich es nicht«, sagte Breitholtz. »Aber

kann ich vorbeigehen und tun, als sei nichts geschehen? Ich habe einen Hund erschlagen. Es war furchtbar. Ich habe mit aller Kraft zugeschlagen. Der linke Arm war wie gelähmt, und der rechte gehörte mir nicht mehr. Es war schrecklich, wie er sich über den Hund warf. Hast du gesehen, auf der Einfahrt ist noch immer ein Blutfleck?«

»Ach was«, sagte die Frau und lachte, »das sind rote Bete. Mir ist vorige Woche ein Glas hingefallen, als ich die Einkäufe aus dem Auto holte.« Sie legte Breitholz einen Arm um die Schultern. »Du solltest dir keine Gedanken machen«, sagte sie.

»Ich habe den Hund gekauft«, sagte Breitholz. »Ich habe infolgedessen die Verantwortung.« Er ging ins Wohnzimmer und schaltete den Fernseher ein.

Am Freitagnachmittag wartete Breitholz auf dem Parkplatz hinter den Schrebergärten auf den jungen Mann und den Hund. Eine Viertelstunde zu spät erschienen die beiden auf dem Weg vom Kanal. Breitholz versuchte, seinen Ärger zu bezwingen. Der junge Mann ging langsam, der Hund lief zwischen seinen Beinen, lief voraus und wieder zurück, sprang an ihm hoch und schnappte nach seiner Hand.

»Da sind Sie endlich«, sagte Breitholz. Er wies in die Richtung des Kanals. »Hier ist freies Feld«, sagte er. »Hier stören wir niemanden, und niemand stört uns.« Er ging in die Hocke und rief den Hund, der sich ein paar Meter abseits auf dem Rücken im Gras wälzte. »Astor!«, rief er.

»Der heißt nicht so«, sagte der junge Mann. »Astor ist Schwachsinn. So heißen Hotels oder so.«

»Und wie nennen Sie ihn?«

»Hund«, sagte der junge Mann grinsend und zündete sich eine Zigarette an.

»Das ist kein Name«, sagte Breitholtz. »Und man kann es nicht rufen. Ein Hundename muss zwei Silben haben, damit man ihn rufen kann. Wie Hector oder Harras.«

»Dann Hundi«, sagte der junge Mann.

»Das ist lächerlich.« Breitholtz erhob sich. »So kommen wir nicht weiter. Wir bleiben bei Astor. Rufen Sie ihn so. Wenn Sie mit ihm herumalbern, können Sie ihn nennen, wie Sie wollen. Es ist außerdem Zeit anzufangen. Geht er überhaupt schon an der Leine?«

Der junge Mann zog Leine und Halsband aus der Tasche und legte sie dem Hund an. Dann ging er mit ihm ins Feld hinein. Der Hund schnappte nach der Leine und verhedderte sich darin. Der junge Mann gab ihm einen Klaps auf die Nase. »Geht doch gut«, sagte er.

»Es sieht furchtbar aus«, sagte Breitholtz. »Er muss ruhig neben Ihnen gehen.«

Der junge Mann löste das Halsband wieder. »Das gibt sich«, sagte er. »Der ist ja noch jung, der Hund, der Astor.« Er blies dem Hund auf die Nase. Der machte einen Satz nach hinten und sprang mit einem hellen Kläffen gleich wieder auf den jungen Mann. »Pass auf, die Zigarette!«, rief der. Sie balgten miteinander.

»Dann sollten wir jetzt Gehorsam üben«, sagte Breitholtz. »Ich nehme den Hund mit, hundert Meter, und Sie rufen ihn dann.« Seufzend befestigte der junge Mann wieder das Halsband und drückte Breitholtz die Leine in die Hand. Der ging in das Feld hinein. Der Hund folgte ihm zuerst widerwillig, dann zog er an der Leine. »Kommst du«, sagte Breitholtz. Schließlich legte sich der Hund auf den Rücken. Breitholtz blieb stehen. »Ich mache ihn jetzt los, und Sie rufen ihn«, sagte er, aber kaum hatte er die Leine gelöst, rannte der Hund mit langen Sätzen zurück zu dem jungen Mann. Langsam ging Breitholtz ihm nach. »Hier, die Leine«, sagte er. Dann setzte er sich auf den Boden ins Gras.

»So geht das nicht«, sagte der junge Mann. »Entweder man macht das richtig, im Verein, oder man lässt es. Mögen Sie eine Zigarette?«

Breitholtz nahm eine. Plötzlich fiel ein Schuss. Er kam von einem Waldstück, etwa fünfhundert Meter entfernt. Die beiden Männer sahen sich um. Der Hund spitzte die Ohren, stand einen Moment still, dann rannte er los in die Richtung, aus der der Schuss gekommen war.

»Hund!«, schrie der junge Mann. »Hund! Komm zurück!« Er packte Breitholtz an der Schulter. »Los, kommen Sie! Hinterher!«, schrie er.

Breitholtz blieb sitzen. »Wieso?«, sagte er. »Der kommt schon zurück.«

»Idiot!«, schrie der junge Mann. »Da sind Jäger!« Er lief los. »Hund!«, schrie er. »Hund!«

Breitholtz stand auf. Jäger könnten den Hund für ein Wild halten. Oder für einen wildernden Hund. Trug er überhaupt eine Marke? Langsam ging Breitholtz hinter dem jungen Mann her. Der hatte schon das Waldstück erreicht und war darin verschwunden. Breitholtz hörte ihn noch rufen, er blieb stehen und sah sich um. Wenn Jäger da waren, mussten sie in dem Waldstück oder dahinter sein. »Kommen Sie zurück!«, rief er, dann lief er auf das Waldstück zu. Er rannte hinein, trockene Äste brachen unter seinen Füßen, der Boden unter dem Laub war tief und feucht. Breitholtz blieb wieder stehen. Er hörte nichts, keine Schritte, kein Atmen. »Hallo!«, rief er.

»Hier«, antwortete es.

»Wo sind Sie?«, rief Breitholtz.

»Hier! Ich kann mich nicht bewegen.«

»Ich sehe Sie nicht«, rief Breitholtz. »Sagen Sie was, damit ich Sie finde.«

»Hund«, rief der junge Mann. »Hund, wo bist du?« Bald darauf fand Breitholtz ihn in einem tiefen Graben liegen. »Scheiße«, sagte der junge Mann, als Breitholtz über ihm stand. »Das ist ein Schützengraben. Ich kenne die. Ich wollt drüberweg springen, da bin ich abgerutscht. Mein Fuß.«

Breitholtz stieg herab. Vorsichtig zog er den Turnschuh des jungen Mannes aus. Der Knöchel war blau angelaufen und geschwollen. »Verstaucht«, sagte Breitholtz, »vielleicht sogar gebrochen. Sie müssen ins Krankenhaus. Ich werde Sie hier herausholen und zum Auto bringen.«

»Das geht nicht«, sagte der junge Mann. »Ich bin zu schwer, und der Graben ist zu tief.«

Breitholtz schüttelte den Kopf. Er ging den Graben entlang, bis er eine Stelle fand, an der das Erdreich abgerutscht war. Dann ging er zurück zu dem jungen Mann und zeigte ihm, wie er ihn tragen wollte. »Legen Sie die Arme um meinen Hals«, sagte er. Dann hob er den jungen Mann hoch, legte ihn über die Schulter und trug ihn aus dem Graben und aus dem Waldstück.

Der junge Mann stöhnte. »Und der Hund?«, sagte er. Sein Kopf hing auf Breitholtz' Rücken. »Was wird aus dem Hund?«

»Ich weiß es nicht«, sagte Breitholtz. »Sie müssen schnell ins Krankenhaus. Der Hund muss auf sich selbst achtgeben.«

»Aber die Jäger«, sagte der junge Mann. Er stöhnte wieder vor Schmerz. »Die knallen ihn ab.«

»Ich habe keine Jäger gesehen«, sagte Breitholtz. »Wir können uns getäuscht haben.«

»Scheiße«, sagte der junge Mann. »Hund! Hund!« Er begann zu weinen.

»Reißen Sie sich zusammen«, sagte Breitholtz. »Und bewegen Sie sich nicht. Sie sind schwer genug.«

Als sie zu dem Parkplatz vor den Schrebergärten kamen, saß der Hund neben Breitholtz' Wagen. Ein paar Kinder spielten mit ihm. Als er die beiden bemerkte, lief er auf sie zu und sprang an Breitholtz' Rücken hoch. Der junge Mann versuchte, den Kopf zu heben. »Hund«, rief er, »da bist du ja, Hund!«

Vorsichtig stellte Breitholtz den jungen Mann neben dem Wagen ab. Der schrie jetzt vor Schmerz. Breitholtz öffnete die hintere Wagentüre und half ihm, sich auf die Sitzbank zu legen. Dabei sprang der Hund in den Wagen. Der junge Mann nahm ihn in die Arme. Er drückte den Kopf des Hundes an seine Brust und weinte laut.

Breitholtz fuhr zu einem Krankenhaus. Der junge Mann wurde auf eine Bahre gelegt. »Der Hund muss draußen bleiben«, sagte ein Krankenwärter. »Nein!«, rief der junge Mann.

Breitholtz trat neben die Bahre. »Es geht nicht«, sagte er. »Sie haben dafür Verständnis. Ich sorge für den Hund. Sie kriegen einen Gips. In ein paar Tagen dürfen Sie nach Hause, dann komme ich, und wir fahren mit dem Hund hinaus. Machen wir es so?«

»Ja«, sagte der junge Mann. Die Krankenwärter trugen die Bahre hinein. Breitholtz nahm den Hund an die Leine und zog das widerstrebende Tier ins Auto. Zu Hause musste er ihn aus dem Wagen und ins Haus ziehen. Er ging gleich in den Garten, schloss die Türen zum Haus und ließ das Tier von der Leine. Dann setzte er sich auf einen Gartenstuhl. Der Hund lief am Gartenzaun entlang, bellte einmal, roch an den Türen zum Haus, lief dann wieder zum Gartenzaun. Schließlich setzte er sich in die Mitte des Rasens.

»Komm her!«, rief Breitholtz. »Astor! Hund!«

Der Hund spitzte die Ohren, dann kam er langsam herüber. Einen Meter vor Breitholtz blieb er stehen.

»Komm«, sagte Breitholtz und streckte die Hand aus. Der Hund kam näher und setzte sich neben den Gartenstuhl. Breitholtz kraulte ihm Kopf und Nacken. Der Hund zitterte, und bei jedem Atemzug stieß er einen hellen, klagenden Ton aus.

Die Schiffstaufe

Heinrich Groethusen starb nicht. Er wurde alt, sehr alt, und er starb nicht. Aber das Nichtsterben ist ein unauffälliger Vorgang, lange bleibt es unbemerkt, während jedes Sterben große Aufmerksamkeit erregt. Das gilt freilich nur für Friedenszeiten, im Krieg herrschen andere Regeln.

Und also gab es keinen Grund, ausgerechnet Groethusens fortdauerndes Leben als befremdlich zu empfinden. Nicht einmal Groethusen selbst nahm sich für einen Ausnahmefall. Seine Kindheit war glücklich und unbeschwert gewesen, als junger Mann zog er in den Krieg, schon alternd erlebte er ihn noch einmal. Zwischen den Kriegen war er Handwerker, dann Prokurist in der gleichen Firma. Es folgte ein allgemeiner Neubeginn, in dessen Verlauf Groethusen zum Unternehmer wurde. Er zeugte Kinder, deren Geburt Anlass zur Freude gab. Seine Eltern starben, Freunde blieben im Krieg, ein Bruder schied früh und todkrank aus dem Leben, Groethusen unterstützte die Hinterbliebenen. Er galt als vitaler Mann.

Unmerklich vollzog sich die Wandlung, und nur sehr langsam wurde Groethusen zu einem, der noch nicht tot war. Mit siebzig überschrieb er die Firma seinen Kindern, zog sich bald darauf aus den Geschäften zurück, spielte gerne mit den Enkeln und saß oft nachmittags im Garten hinter dem Haus. Bald war er ein alter Mann, das beunruhigte niemanden, das forderte nur Hochachtung und Respekt.

Nur einmal, in einem Satz, der kaum gehört und schnell

vergessen wurde, erschien die Tatsache Groethusens fortdauernden Lebens. Es war nämlich ein Enkelkind, kaum drei Jahre alt, an einer Krankheit gestorben, und als Groethusen an dem offenen Gräblein stand, sagte einer, der es nicht persönlich meinte: »Und der alte Mann lebt noch.«

Weiterhin blieb Groethusens Überleben kein Grund für Aufmerksamkeit oder gar Besorgnis. Daran änderte sich nichts, als sich um ihn herum bald die Todesfälle häuften. Seine Frau starb, nach und nach starben seine Altersgenossen, Freunde und Geschwister. Und als sein ältester Sohn, der Nachfolger in der Firma und selbst schon in den Sechzigern, einer langwierigen Krankheit erlag, sagte Groethusen, der, auf seine jüngste Tochter gestützt, vom Friedhof ging, das habe nun keine Richtigkeit mehr, und die Reihe sei längst an ihm gewesen.

Man bat ihn, nicht so zu sprechen, bald jedoch schlug die Tochter vor, Groethusen solle in ein Seniorenheim ziehen, er habe dort bessere Pflege. Es geschah mit Groethusens Einverständnis, und der alte Mann lebte von nun an zwischen anderen Greisen und Greisinnen, die nur kurz seine Nachbarn waren und eilig starben. Umschichtig besuchten ihn die Kinder und Enkel, Großenkel waren schon dabei, alt genug, sich zu langweilen. Man erzählte dem freundlich nickenden Alten vom Geschäft, von den Sorgen und von den Verwandten, deren Namen er immer häufiger verwechselte. Man stellte Fragen nach seiner Gesundheit und seinem Befinden. Doch viel war nicht mehr zu reden, und in Groethusens Gesundheitszustand trat keine Änderung mehr ein. Mit seinem Einzug ins Seniorenheim hatte er die Fähigkeiten verloren, die er dort nicht mehr brauchte. Er war vergesslich geworden, aber er vergaß nur das Unwichtige. Seine Sehkraft und sein Gehör hatten nachgelassen, aber in seinem Zimmer fand er sich zurecht, und lesen konnte er beinahe ohne Brille. Das Gehen fiel ihm schwer, aber die kurzen Wege im Heim bewältigte er ohne Hilfe.

So wird Groethusen hundert Jahre alt, gebührend gefeiert und im Kreise seiner stattlichen Familie. Ein Telegramm des Ministerpräsidenten trifft ein, der Vertreter des Bürgermeisters überreicht persönlich einen Scheck, den Groethusen in Gegenwart der Presse für einen wohltätigen Zweck spendet. Rüstig nennen ihn die Verwandten, bis auf die jüngste Tochter sind es nur noch Enkel, Urenkel und Ururenkel. Mit ihrer Erlaubnis legt ein Fotograf Groethusen seinen jüngsten Nachkommen in den Schoß, und alle stellen um den Greis ein Familienfoto. Gegen sechs sind die Feierlichkeiten vorbei, Groethusen bedarf der Schonung.

Als kurz darauf die Tochter stirbt, verlieren die Verwandten zunehmend den Kontakt. Groethusen ist jetzt endgültig einer, der noch nicht tot ist. Man besucht ihn wie eine Institution, aus Gewohnheit und mit Widerwillen. Dabei bindet der Alte kein Geld, längst ist das Unternehmen verkauft und alles vielfach geteilt. In das Heim hat man ihn auf Lebzeit eingekauft, und aus den Zinsen eines kleinen Vermögens nimmt er das wenige, das er verbraucht. Allmählich schlafen die Besuche ganz ein. Groethusen beschwert sich nicht darüber, er schreibt Briefe zu Geburtstagen und Trauerfällen und erhält dafür Urlaubskarten, die er in einem Kasten sammelt.

Kein Zustand dauert in Groethusens Leben so lange wie dieser. Seine Tage gleichen einander aufs Haar, nur unterbrochen von den Geburtstagen, zu denen jetzt immer offizielle Vertreter gratulieren, deren Rang mit seinem Alter steigt. Zum hundertzwanzigsten Geburtstag erscheint der Ministerpräsident selbst. Groethusen, ein Schatten, ein Gerippe, so wenig Mensch, wie es zum bloßen Leben braucht, trägt einen schwarzen Anzug, denn Tage zuvor hat er Nachricht erhalten, dass ein Enkel in hohem Alter gestorben ist. Er bekommt Blumen und eine Urkunde, die verbrieft, dass er der älteste Mensch im Lande ist, seit Menschengedenken zudem. Die Pflegeschwestern werden zu einem Gruppenfoto gestellt.

In den folgenden Jahren wird Groethusen eine lokale Größe. Er hat häufig Besuch von der Presse, seine Geburtstage fallen günstig in den Sommer und werden immer ausführlicher reportiert. Bei Jubiläen und historischen Anlässen holt man Groethusens Erinnerungen ein, für die Rubrik ›Vor hundert Jahren‹ ist er ständiger Augenzeuge. Groethusen verlässt sogar wieder das Heim. Die Anfragen häufen sich, ob man ihn als Ehrengast gewinnen könne, und die Ärzte haben nichts einzuwenden. Vorsichtig setzt man Groethusen in einen Rollstuhl und schiebt ihn in ein Spezialauto, durch dessen hohe Scheiben er die Straßen und Häuser und Menschen betrachten kann. Später rollt man ihn dann in eine Ehrenloge, an den Kopf einer Tafel oder auf ein Podium und neben einen Lorbeerbaum. Im Freien ist stets ein Schirm als Schutz gegen Regen und Sonne über ihn gespannt. Die Festredner erwähnen gern seinen Namen und rufen ihn zum Zeugen der Geschichte. Groethusen nickt dazu. Manchmal erhält er selber ein Mikrofon, und dann grüßt er mit fester Stimme die Zuhörer und bedankt sich dafür, all das noch erleben zu dürfen.

Auf einer dieser Veranstaltungen wurde ein auswärtiger Verleger auf Groethusen aufmerksam. »Erstaunlich rüstig«, sagte er anderntags zu seinen engsten Mitarbeitern. »Natürlich wird da an eigentlicher Biografie wenig zu holen sein.« Er habe sich erkundigt, der Mann sei zwar zuletzt Unternehmer gewesen, aber alles nur im lokalen Rahmen. »Jedoch«, und der Verleger machte eine wissende Miene, »die Zahl, meine Herren, die Zahl. Der Mann geht auf die Hundertfünfundzwanzig.« Er wundere sich überhaupt, warum ihm noch kein anderer Verlag zuvorgekommen sei. Eile jedenfalls sei geboten.

Man ließ Hoffmann kommen, einen jüngeren Lektor, und erläuterte ihm die Angelegenheit. Die Vertragsgespräche würde der Verleger selbst führen, dann solle er quasi als Ghostwriter oder als eine Art Protokollführer die Sache übernehmen. Er wisse sicher, wie das anzufangen sei, und man lasse ihm weitgehend freie Hand. »Die Sache geht natürlich auf Honorar«, sagte der Verleger. Hoffmann machte ein erfreutes Gesicht.

»Ghostwriter ist übrigens gut«, sagte der Verleger. Die anderen lachten.

Wenige Tage später führte eine Krankenschwester den Verleger zu Groethusens Zimmer. Sie mache sich ein wenig Sorgen wegen des alten Mannes. »Geht es ihm etwa schlechter?«, rief der Verleger. Nein, aber die vielen Termine und die vielen Leute, sie wisse nicht, ob das gut sei. »Da machen Sie sich nur keine Sorgen«, sagte der Verleger.

Groethusen saß am Fenster in einem Ohrensessel, der ihn hoch überragte, und las die Zeitung. Freundlich begrüßte er den Besucher und bat ihn, Platz zu nehmen. Der Verleger erschrak. Er hatte Groethusen bisher nur aus der Entfernung gesehen, und nun saß dieser nicht weiter reduzierbare Rest von Mensch unmittelbar vor ihm. Jemand hatte ordentlich den Kragen seines weißen Hemdes abgetrennt und die obersten Knöpfe versetzt, so dass es einigermaßen eng an seinem dünnen und faltigen Hals anlag. Die Ärmel des Jacketts hingen wie die einer Kutte über seine knöchrigen Hände. Groethusens haarloser Schädel war übersät mit bräunlichen Flecken, seine blassen Wangen waren von der Rasur an einigen Stellen verletzt.

Groethusen setzte eine Brille mit Goldrand auf und sah sein Gegenüber forschend an. »Na?«, sagte er freundlich.

Der Verleger suchte nach dem richtigen Wort. Er fürchtete plötzlich, sich die Sache zu leicht vorgestellt zu haben.

»Wir wollen ...«, begann er.

»Ja?«, sagte Groethusen.

»Wir wollen gerne ein Buch mit Ihnen machen. Mit Ihren Erfahrungen, Ihren Erinnerungen und solchen Sachen. Und mit vielen Bildern.«

»Donnerwetter«, sagte Groethusen. »Ein ganzes Buch?«

»Ich sehe, wir verstehen uns«, sagte der Verleger.

»Sprechen Sie lauter«, sagte Groethusen und deutete auf ein kleines Gerät in seinem Ohr, »ich höre nicht mehr so gut.«

»Ich sehe, wir verstehen uns«, schrie der Verleger.

Groethusen nickte. Aber ob er das denn könne, die Augen seien nicht so gut und die Hände zitterten so sehr.

»Das ist kein Problem«, sagte der Verleger laut. »Wir schicken Ihnen einen jungen Mann ...«

»Wie alt ist der?«, fragte Groethusen schnell dazwischen.

Der Verleger stutzte. »So um die Dreißig«, sagte er.

»Das ist jung«, sagte Groethusen. Er schien sehr befriedigt.

»Also darf er kommen?« Der Verleger wollte noch nicht glauben, dass alles so glatt ging.

»Immer«, sagte Groethusen. Er sank tief zurück in den Sessel und schloss die Augen. Dem Verleger schien es, als schlafe er, nein, als sei er tot. Er wollte leise das Zimmer verlassen.

Der Greis öffnete die Augen. »Machen wir einen Vertrag«, sagte er, »einen richtigen Vertrag?«

»Natürlich. Der kommt schon vorher«, sagte der Verleger.
»Dann ist es gut.« Groethusen schlief jetzt wirklich, und der Verleger machte sich auf den Heimweg.

Ein paar Tage später stand Hoffmann, der Lektor, frühmorgens vor Groethusens Tür. Die Schwester hatte schon zweimal geklopft und zu ihrem Erstaunen keine Antwort erhalten. Sie sah Hoffmann an und zuckte die Schultern. Das wäre jetzt ein Ding, dachte der Lektor. Die Schwester öffnete die Tür, das Zimmer war leer. Sie ging eilig in das kleine Badezimmer, Hoffmann hinterher, es war leer. »Das gibts doch nicht«, sagte die Schwester. Sie probierten die Balkontür, sie war verriegelt.

In diesem Moment trat Groethusen durch die Zimmertür. Er hob eine Hand zur Begrüßung und ließ sich mit einem leisen Pfiff in den Ohrensessel sinken. »Ich wollte Ihnen entgegengehen«, sagte er, »und dann bin ich bei der alten Frau Holz hängen geblieben.« Er machte eine Atempause. »Gar nicht gut dabei«, sagte er traurig.

»Sie machen vielleicht Sachen«, rügte ihn die Schwester. Sie war sichtlich erleichtert. »Ich lasse Sie beide allein.«

Hoffmann stand unschlüssig mitten im Zimmer. »Setzen Sie sich«, sagte Groethusen und wies auf einen Platz vor dem Couchtisch. »Da haben Sie Platz zum Schreiben.« Er hob einen Finger und blinzelte. »Obwohl, Sie müssen nämlich gar nicht schreiben.«

Erstaunt nahm Hoffmann Platz. Übrigens habe er sich noch gar nicht vorgestellt, er heiße Hoffmann und sei ...

Groethusen winkte lächelnd ab. »Jaja«, sagte er, »so um die Dreißig, nicht wahr? Hat man mir alles schon gesagt.«

»Gut«, sagte Hoffmann, dann wolle er einmal so ungefähr sagen, wie er sich die Arbeit vorgestellt habe.

Groethusen winkte wieder ab. »Nein, nein!«, rief er. »Ich habe es ausgerechnet, junger Mann. Schauen Sie her.« Er langte hinter sich in den Ohrensessel und zog ein dickes Album heraus, das er Hoffmann reichte. »Früher haben die Schwestern alle Zeitungsartikel über mich gesammelt. Jetzt mache ich es selbst.« Triumphierend hielt er eine Schere und eine Tube Alleskleber hoch.

Hoffmann blätterte in dem Album. »Das ist ja großartig«, sagte er.

»Nicht wahr?«, sagte Groethusen. »Unsere Arbeit ist so gut wie fertig. Sie nehmen das Ding da«, er wies auf das Album, »setzen sich in Ruhe hin und machen ein Buch draus.«

»Das könnte man vielleicht so machen«, sagte Hoffmann. »Aber ich weiß nicht ...«

Groethusen fiel ihm ins Wort. »Und wir zwei«, sagte er rasch und eindringlich, »wir machen uns dann eine schöne Zeit.«

Hoffmann schaute verwirrt auf.

Groethusen griff nach seinem Arm. Seine dürre, fleckige Hand fuhr weit aus dem Jackettärmel heraus. »Die viele Zeit, die wir so sparen«, sagte er, »damit machen wir was Besseres. Sie haben doch ein Auto?«

Hoffmann nickte. »Na also«, Groethusen erhob sich mühsam aus dem Ohrensessel, winkte aber ab, als Hoffmann ihm zu Hilfe kommen wollte. »Als Erstes machen wir eine Spazierfahrt. Ich brauche nur meinen Hut. Da liegt er.« Hoffmann reichte das Gewünschte, und sie verließen das Zimmer. Auf dem Flur begegneten sie der Schwester. »Wohin geht's denn?«, fragte sie besorgt.

»Ein bisschen an die frische Luft, so auf und ab gehen«, sagte Groethusen. Hoffmann wurde rot. Unbemerkt kamen sie aus dem Altersheim. Um in Hoffmanns Auto zu steigen, duckte sich Groethusen, dann ließ er sich starr in den Beifahrersitz fallen, schließlich zog er die Beine nach. Hoffmann half ihm, sich anzuschnallen. »Und wohin also?«, fragte er.

»Einfach so durch die Gegend«, sagte Groethusen fröhlich. »So durch die Stadt. Ab und zu müssen Sie mir sagen, wo wir sind, ich sehe ein bisschen schlecht. Wenn wir anhalten sollen, sage ich Bescheid.«

»Aber ich kenne mich hier gar nicht aus«, sagte Hoffmann.

»Das macht nichts.«

Hoffmann startete und folgte den Hinweisschildern in Richtung Innenstadt. Am Bahnhof sagte er »Bahnhof«.

»Uninteressant«, sagte Groethusen, »fahren wir weiter.« Vor der Oper stoppte Hoffmann auf Groethusens Anweisung und rollte in eine Parkbucht, von der aus man das alte Gebäude sehen konnte. Groethusen beugte sich vor und kniff die Augen zusammen. »Die hat vierundvierzig gebrannt«, sagte er. »Die Holzdecken zuerst. Dann kam die Feuerwehr und löschte, und das nasse Holz brannte weiter. Das hörte sich an, als ob Menschen schrieen. Ich stand ungefähr hier. Als die Fenster explodierten, flogen uns die Splitter um die Ohren.«

»Waren Sie vorher oft in der Oper?«, sagte Hoffmann.

Groethusen schüttelte den Kopf. »Nein«, sagte er. »Ging man nicht hin als einfacher Mann. Weiterfahren!«

Am Domplatz hielten sie wieder an. »Zweiundzwanzig ist der Turm abgetragen worden, weil die Ziegel runterfielen«, sagte Groethusen. »Und dann haben sie den neuen Turm gebaut. Viel höher und spitzer. Wir haben Zulieferung gemacht. Und im letzten Kriegswinter ist er dann abgeschossen worden. Peng! Dreiundfünfzig haben sie ihn wiederaufgebaut, und wir haben wieder Zulieferung gemacht. Die alte Spitze steht hier irgendwo, oder?«

»Dort drüben«, sagte Hoffmann. Die schwarze, steinerne Turmkrone stand kaum dreißig Meter entfernt auf einem Sockel. »Kann ich nicht erkennen«, sagte Groethusen. »Weiter!«

Sie fuhren jetzt durch die Innenstadt und dann ein Stück am Flussufer entlang. Groethusens dünne Hand griff nach Hoffmanns Schulter. »Zu den Anlegestellen«, sagte er. Hoffmann wendete und hielt in der Nähe der Landungsbrücken. Gerade stiegen Passagiere auf eines der weißen Schiffe. »Wollen Sie aussteigen?«, sagte Hoffmann, als er sah, wie Groethusen nach dem Schloss der Beifahrertür suchte. Der nickte nur. Hoffmann stieg aus und öffnete von außen die Tür. Auf seinen Arm gestützt, ging Groethusen mit eiligen Schritten zu dem Landungssteg. »Hier«, sagte er und wies mit der Hand zu Boden, »hier habe ich gestanden.« Weinte er? Hoffmann wusste nicht recht, was er sagen sollte. »Wann war das?«, fragte er vorsichtig.

»Bei der Evakuierung. Hinten brannte schon alles.« Groethusen sah sich um. »Die Stadt, wo ist das jetzt, ich kann nichts erkennen?« Hoffmann wies ihm die Richtung. »Ja«, sagte Groethusen, »da brannte also alles. Und da ist der Fluss mit den Schiffen, nicht wahr?« Er wies in die andere Richtung. »Stimmt«, sagte Hoffmann. »Jaja«, Groethusen schien sich zu entspannen. »Da sind sie dann abgefahren, nur Frauen und Kinder, den Fluss hinauf, jeder nur einen kleinen Koffer. Erika, habe ich gesagt, das war meine Zweite, pass auf die Mutter auf, die ist nicht mehr die Jüngste.« Groethusen verstummte. Er schien nachzudenken. »Zum Friedhof«, sagte er.

Eine halbe Stunde später standen sie auf dem Parkplatz vor dem Zentralfriedhof. Zu den Gräbern wolle er nicht, hatte Groethusen gesagt, das sei viel zu weit, alle lägen verstreut, seit kein Platz mehr im Familiengrab sei. »Nur ich«, sagte

Groethusen sehr laut und schlug sich mit der Hand auf die Brust, »für mich haben sie Platz gelassen.« Er wandte sich Hoffmann zu und grinste. Dabei zeigte er ein künstliches Gebiss. »Aber ich sterbe ja nicht.«

Hoffmann glaubte einen Moment, es liefe ihm kalt über den Rücken. »Wollen wir wieder zum Altersheim?«, sagte er. Groethusen nickte. Sie fuhren zurück und schlichen sich in Groethusens Zimmer. »Morgen selbe Zeit«, sagte der Greis matt.

Hoffmann hatte ein kleines Hotelzimmer in der Stadt genommen. Darin saß er lange und spielte mit dem Gedanken, seinen Verleger anzurufen. Was hatte der sich nur dabei gedacht? Eigentlich müsste man alles noch einmal durchsprechen. Hoffmann ging hinunter in die kleine, altmodische Hotelbar, aber zum Trinken war es zu früh. Er gab seinen Schlüssel ab und ging zu Fuß durch die Stadt. Vor einem Kino blieb er stehen. Männer montierten gerade die Leuchttafeln ab, aus dem Inneren wurden Sessel getragen und in einen großen Container geworfen. In dem lagen schon ein paar große, rote Buchstaben. Hoffmann ging weiter.

In einem Schnellrestaurant aß er zu Abend. Einige Tische weiter wurde ein Kindergeburtstag gefeiert. Einer der Angestellten des Restaurants trug zu seiner Uniform eine Pappnase und eine rote Perücke. Unaufhörlich brüllten die Kinder ihm neue Bestellungen zu, die er mit übertriebenen Gesten entgegennahm. Endlich spielten die Kinder auf sein Drängen ein Spiel: wer am schnellsten einen Luftballon aufbläst, bis er platzt.

Hoffmann fragte sich, ob er so alt werden wollte wie Groethusen. Zum Glück spielte das keine Rolle. Dann ging er in eine Buchhandlung und sah nach, ob die Bücher seines

Verlages in den Regalen standen. Wenn bald das Buch über Groethusen erschien, würde er um einiges reicher sein. Und vielleicht würde man ihn in Zukunft mit ähnlichen Projekten betrauen. Dann war Ladenschluss, und Hoffmann musste wieder auf die Straße. Plötzlich fiel ihm ein, dass er das Album des alten Mannes im Wagen liegengelassen hatte. Er rannte zurück zum Hotel, fand das Auto nicht gleich, lief in ein paar Seitenstraßen und sah es dann plötzlich vor sich am Straßenrand stehen. Das Album lag auf dem Rücksitz. »Ich bin nervös«, dachte Hoffmann. Er nahm das Album aus dem Wagen und trug es auf sein Zimmer.

Gegen Mitternacht lag Hoffmann angezogen auf seinem Bett, er hatte das Album durchgelesen. Es lässt sich nichts daraus machen, hatte er entschieden. Er setzte sich an einen kleinen Schreibtisch und wollte beginnen, eine Expertise des Albums für den Verleger zu schreiben, doch er zerriss das Blatt mit dem angefangenen Satz und legte sich wieder aufs Bett. Bald einhundertfünfundzwanzig Jahre, dachte er. Was für ein Alter. Dann zog er sich aus. Obwohl ihm hier alles fremd war, fiel er rasch in Schlaf.

Am anderen Morgen fuhr Hoffmann gleich nach dem Frühstück zum Altersheim. Auf dem Gang begegnete er wieder der Schwester. »Herr Groethusen wartet schon sehnlichst auf Sie«, rief sie ihm entgegen, und wirklich stand der Greis fertig angezogen in seinem Zimmer, mit einer Hand auf den Tisch gestützt.

»Morgen!«, sagte er laut. »Auf zum Spaziergang!« Er legte einen Finger auf den Mund und wies mit der anderen Hand in die Richtung des Ganges. »Sie hat nichts gemerkt«, flüsterte er. »Ich habe ihr lauter Lügen erzählt. Und heute machen wir es noch geschickter. Ich habe gesagt, wir gehen im

Stadtpark spazieren. Da kann sie uns sogar ins Auto steigen sehen.« Tatsächlich begleitete die Schwester sie zum Wagen. Als sie abfuhren, blieb sie noch stehen und winkte. »Hehe«, machte Groethusen und winkte zurück.

»Und wohin fahren wir heute?«, fragte Hoffmann.

»Ans Meer«, sagte Groethusen.

»Wie bitte?«

»Ans Meer«, wiederholte Groethusen. Er sah starr geradeaus.

»Bis zur nächsten Küste sind es mindestens dreihundert Kilometer«, sagte Hoffmann.

»Also höchstens drei Stunden Fahrt. Drei Stunden zurück sind sechs. Sind wir frühnachmittags wieder hier.« Groethusen sah aus dem Seitenfenster.

»Übrigens kann ich mit dem Album gar nicht so viel anfangen«, sagte Hoffmann. »Verstehen Sie, ich kann kein Buch daraus machen. Es ist, wie soll ich sagen, es ist einfach immer dasselbe. Wir müssen uns noch sehr intensiv miteinander unterhalten.«

»Sechs Stunden Fahrt«, sagte Groethusen. »Da können wir uns viel unterhalten.«

»Aber ich weiß wirklich nicht, ob ich das verantworten kann. Stellen Sie sich vor, Ihnen wird übel von der langen Fahrerei.«

»Ich habe keine Angst vor dem Tod«, sagte Groethusen und wies mit der Hand irgendwohin. »Da lang geht es aus der Stadt.«

Hoffmann startete und suchte eine Autobahn Richtung Norden. »Vielleicht könnten wir an einen See fahren«, sagte er. »In der Nähe sind doch die Talsperren.«

»Ans Meer«, sagte Groethusen.

Hoffmann wusste nicht, was er tun sollte. »Waren Sie früher viel am Meer?«, sagte er nach einer Weile. Groethusen gab keine Antwort.

Sie waren keine halbe Stunde auf der Autobahn gefahren, da bemerkte Hoffmann, dass der Alte eingeschlafen war. An der nächsten Abfahrt verließ er die Autobahn und fuhr in Gegenrichtung gleich wieder auf. Als ein Wagen sie mit lautem Hupen überholte, wachte Groethusen auf. »Wie weit noch zum Meer?«, fragte er.

Hoffmann wies auf die Uhr am Armaturenbrett. »Wir sind schon über zwei Stunden unterwegs«, log er, »also kann es nicht mehr weit sein.«

»Ich bin ein bisschen eingenickt«, sagte Groethusen. »Wir wollten doch noch reden, wissen Sie, wegen des Albums, weil es so nicht geht. Was wollen Sie wissen? Etwas aus der Zeit vor dem ersten Krieg vielleicht? Oder vom Krieg selbst?«

»Ach nein«, sagte Hoffmann, »ich weiß nicht. Gestern habe ich gesehen, wie ein Kino abgebrochen wurde. Sie trugen die Sitze heraus und die Leuchtbuchstaben.«

»Ja, Kino«, sagte Groethusen. »Ich war früher nie im Kino. Obwohl alle dahin liefen, alle waren verrückt nach Kino.« Er sah aus dem Fenster. »Wann kommt nun endlich das Meer?«

Sie näherten sich wieder ihrem Ausgangsort. Groethusen sah angestrengt hinaus, schien aber nichts zu erkennen. »Wir sind gleich da«, sagte Hoffmann. Er verließ die Autobahn und fuhr in die Stadt. Als er ein Hinweisschild ›Zentralpark‹ sah, folgte er ihm und hielt kurz danach auf einem großen Parkplatz. »Kommen Sie«, sagte er, »hier ist es.« Er half Groethusen beim Aussteigen, und den alten Mann im Arm betrat er den Park.

»Wir sind ganz nahe dran?«, sagte Groethusen.

»Ja, man kann es schon riechen. Hören Sie die Wellen?«

»Ja«, sagte Groethusen.

Sie gingen durch eine englische Anlage und überquerten einen großen Rasen, auf dem Kinder spielten und schrieen.

»Schön«, sagte Groethusen.

Am Ende des Rasens war ein großer befestigter Teich, auf dem Dutzende von kleinen Modellschiffen schwammen, einige wurden vom Ufer aus ferngesteuert. »Wir sind da«, sagte Hoffmann und dirigierte Groethusen auf eine Bank, die unmittelbar am Teichrand stand.

»Schön«, sagte Groethusen und schaute angestrengt in das blaue Wasser. »Es ist besonders gutes Wetter, nicht wahr?«

»Kaiserwetter«, sagte Hoffmann.

»Kaiserwetter, Kirmeswetter, Führerwetter.« Groethusen lachte, zog ein Taschentuch hervor und fuhr sich damit über die Stirn. »Sehen Sie da hinten den Dreimaster?«

Tatsächlich hatte eben jemand ein stattliches Segelschiffsmodell zu Wasser gebracht. Einige der Umstehenden klatschten, als es Fahrt aufnahm.

»Ich sehe es«, sagte Hoffmann.

»Das ist die ›Kronprinzessin Luise‹, die wurde neunzehnhundertzehn in Dienst gestellt und fährt noch immer. Die Schiffstaufe nahm damals ein Mitglied der kaiserlichen Familie vor.«

»Waren Sie dabei?«, fragte Hoffmann.

»Nein«, sagte Groethusen und schüttelte den Kopf, »war ja nie am Meer. Ich glaube, es stand in der Zeitung.« Dann schwieg er. Als Hoffmann ihn noch etwas über Segelschiffe fragte, gab er keine Antwort. Schließlich machte er ein Zeichen, dass er aufbrechen wollte. Er schien sehr schwach zu sein. Hoffmann nahm ihn am Arm und führte ihn langsam zum Wagen. Auf dem Beifahrersitz schlief Groethusen sofort ein und musste vor dem Altersheim geweckt werden. Zusammen mit der Schwester brachte Hoffmann ihn auf sein Zimmer. »Jetzt hat er sich überanstrengt«, sagte die Schwester vorwurfsvoll.

Hoffmann fuhr ins Hotel und packte seine Sachen zusammen. Noch am selben Tag saß er dem Verleger gegenüber. »Sie sind schon wieder da?«, fragte der. Hoffmann zuckte die Schultern. Er habe das ganze Material, das müsse nur noch ein wenig verbunden werden. Dabei schob er das Album über den Tisch.
Der Verleger blätterte darin. Das komme ihm eher dürftig vor, wandte er ein.
»Das sind nur die Daten«, sagte Hoffmann und hob beide Hände. Dazu kämen all die Geschichten, die der Alte ihm erzählt habe, wie er zum Beispiel einmal einem Mitglied der kaiserlichen Familie bei einer Schiffstaufe ...
Der Verleger unterbrach ihn. »Nein, nein«, sagte er, »erzählen Sie nichts, schreiben Sie alles auf. Ich bin sehr gespannt. Sie haben verstanden, worum es geht. Ich bin froh, dass wir Sie ausgesucht haben.« Er reichte Hoffmann zum Abschied die Hand. Er bekomme zwei Wochen frei, damit er zu Hause arbeiten könne.
Hoffmann verließ das Verlagsgebäude mit dem Album unter dem Arm. Noch am Abend erhielt er die Nachricht, dass Groethusen einen Schlaganfall erlitten habe. Für ein paar Tage sah es aus, als sollte Groethusen sterben, doch als pünktlich zu seinem hundertfünfundzwanzigsten Geburtstag das Buch erschien, war er wiederhergestellt. Nur seine Sehkraft war fast erloschen. Im Altersheim wurde ein Presseempfang organisiert, bei dem der Verleger das Buch präsentierte. Vor laufenden Kameras las er die Episode, in der Groethusen bei einer Schiffstaufe einem Mitglied der kaiserlichen Familie

einen fortgewehten Handschuh reicht und dafür mit einem Händedruck belohnt wird. Groethusen saß in einem Rollstuhl und hörte aufmerksam zu, mitunter nickte er. Schließlich legte der Verleger das Buch in Groethusens Hände.

Nachdem die Journalisten gegangen waren und man Groethusen wieder in sein Zimmer geschoben hatte, verlangte der, Hoffmann solle zu ihm kommen. Als der Lektor neben ihm stand, tastete der Alte nach seiner Hand und zog ihn zu sich hinunter.

»Wir machen Ausflüge«, flüsterte er. »Wir machen uns eine schöne Zeit.«

Hoffmann richtete sich auf. Das blinde Gesicht des Alten lachte. Hoffmann sah das künstliche Gebiss.

Entlasstag

Zwei Tage vor Ablauf der Wehrdienstzeit wurde B. von seiner Einheit entlassen. Auf einem Laufzettel waren die verschiedenen Stationen notiert, der Wagen musste übergeben, Ausgeliehenes zurückgebracht werden. Zuletzt fuhr man B. mit anderen zur Auskleidung hinunter in die Stadt, da trug er schon Zivil. Die Auskleidung dauerte zwei Stunden, weil die Soldaten vom Funker-Bataillon sich verspätet hatten und B.s Gruppe nicht vorgezogen werden konnte. Es gab einen kleinen Aufstand. »Ihr seid noch nicht entlassen«, sagte der Unteroffizier, der sie begleitete. Und sie sollten sich nicht so anstellen.

Wieder in der Kaserne, wurden sie vor das Stabsgebäude gerufen, und der Bataillonschef sagte ein paar Worte. Dann ging B. in seine Stube, packte die restlichen Sachen zusammen und verließ das Kompaniegebäude. Längst hatte er sich von allen verabschiedet, von seinen Vorgesetzten und den Soldaten, die in seiner Stube und der Stube nebenan lagen. Er ging vorbei am Denkmal für den Panzeroberst, der einen Führerbefehl verweigert hatte. Es stand in einer kleinen Rasenanlage zwischen dem Kompaniegebäude und dem Kasino. Rechts vom Kasino und jenseits der Fahrstraße lag der Exerzierplatz, wo die Wagen der Soldaten standen. Sechsundvierzigmal war B. in den fünfzehn Monaten diesen Weg gegangen, freitags nachmittags mit der schmutzigen Wäsche in der Reisetasche. Siebenmal hatte er Wache gehabt, sechsmal war er im Manöver gewesen, zweimal krank. Immer war er sehr langsam gegangen, das ganze Wochenende hatte vor ihm gelegen und die Hoffnung auf alles, was es draußen nur geben konnte. Schon im Auto fingen die Enttäuschungen an. Jedes Wochenende war eine Enttäuschung. Nichts hielt, was es versprach. Sonntags abends fuhr B. in die Kaserne zurück, packte die saubere Wäsche aus und legte sich ins Bett. Nach und nach kamen die anderen Soldaten, räumten ihre Wäsche in die Spinde und sprachen vom Wochenende. Um eins lagen alle in den Betten, und das Licht wurde gelöscht. Nach fünfzehn Monaten war es vorbei.

B. hatte sich vorgenommen, dies letzte Mal besonders langsam zu gehen. Jetzt liegt das ganze Leben vor mir, dachte er. Es kann nicht beginnen, bevor ich das Auto erreicht habe. Er blieb stehen und prägte sich alles ein. Der Sommer war sehr heiß gewesen. Aus dem Kasinogebäude kam das Klappern von Tellern. Ein Soldat trat aus der Telefonzelle. Jenseits des Exerzierplatzes lagen die Hallen, sie waren vorige Woche neu gestrichen worden, grün, zur Tarnung natürlich. Da stand der VW-Bus, den B. am Morgen seinem Nachfolger übergeben hatte.

Ich lasse nichts zurück, dachte B. Mein Bett nicht, das Kasinogebäude nicht und nicht die Telefonzelle und den VW-Bus. Ich gehe einfach langsam fort. Plötzlich rief ihn eine Stimme bei Namen und Dienstgrad.

»Hauptfeld?!«, schrie B. gewohnheitsmäßig und drehte sich um.

Es war der Kompaniefeldwebel, in dessen Vorzimmer B. zwölf Monate lang Dienst getan hatte. Der große, schwere Mann stand am Fenster seines Büros im ersten Stock des Kompaniegebäudes und winkte B. zu sich. Der seufzte und ging zurück in das Gebäude. Die Treppenaufgänge hatten bis zur Schulterhöhe einen grauen Bewurf aus winzigen Steinen.

Darüber waren sie grün gestrichen. Auf dem Treppenabsatz im ersten Stock war die Tür zum Wachzimmer des UvD mit dem kleinen verschließbaren Fenster.

»Wat is?«, sagte der UvD, als B. an ihm vorbeiging, und lehnte sich aus dem Fenster. »Hasse so Sehnsucht nach deim Chef?«

B. tippte sich an die Stirn.

»Äh, bisken Respekt hier, oder wat!«

»Null nach Dienst«, sagte B. und öffnete die Flügeltür zum Gang.

»Nix Null«, rief ihm der UvD nach. »Noch bisse nich entlassen. Kann noch alles befohlen werden!«

B. trat in den Gang. Rechts lagen die Büros des Rechnungsführers und des Versorgungsfeldwebels, Plantrupp und Schirrmeisterei. Links waren die Räume des Kompaniechefs, des Kompaniefeldwebels und die Schreibstube. Eingang war immer durch die Schreibstube, die anderen Türen blieben verschlossen. Innen gab es Verbindungstüren.

B. öffnete jetzt die Tür zur Schreibstube, auf der ›Eintreten ohne anklopfen‹ stand. Ganz zu Beginn seiner Zeit hatte B. vorgeschlagen, ein ›zu‹ in das ›anklopfen‹ zu schreiben.

»Warum?«, hatte der Kompaniefeldwebel gesagt. »Muss das sein?«

»Nicht unbedingt«, hatte B. gesagt, natürlich seien beide Fassungen möglich, aber wenn es ›Eintreten ohne anklopfen‹ heißen solle, müsse ›anklopfen‹ groß geschrieben werden. Er hatte es ausführlich erklärt.

»Sehr gut«, hatte der Kompaniefeldwebel gesagt und B. den Befehl gegeben, nach Dienstschluss ein neues Schild in Schablonenschrift anzufertigen.

»Reine Schikane«, sagte später Hackländer, der Unteroffizier der Schreibstube. »Der will dich nur untermachen.« Für

B. war es ein Sieg. Er hatte das sogar begründet. Seitdem nannte ihn Hackländer den ›Sieger‹. »Kuck mal«, rief er tagelang jeden Morgen. »Da kommt unser Sieger.« Dann war das Schild verschwunden, und das alte wurde wieder aufgehängt.

Jetzt saß Hackländer an der Schreibmaschine. »Der Alte hat dich gerufen«, sagte er leise und schüttelte den Kopf. »Der spinnt, der Alte. Würd ich gar nich hingehn, wenn ich du wär. Bis doch entlassen, Mann, kann dir doch keiner mehr wat!«

»Dienstende ist erst in zwei Tagen«, sagte B. »Weißt du ja selbst.«

»Total bescheuert.« Hackländer zog ein Blatt aus der Maschine, zerriss es und spannte ein neues ein. B. sah ihm über die Schulter. Hackländer hatte oft ölverschmierte Hände gehabt, weil er abends an seinem Auto arbeitete. Dann verbot ihm der Kompaniefeldwebel, Einträge in die Personalakten zu machen.

»Lass gut sein, Hacki«, sagte B. zu dem Unteroffizier. »Und noch mal Tschüss.«

»Du hasses gut. Du wirs entlassen, und stell dir vor, ich muss auf Wache, ich und aufm Freitag.«

B. zuckte die Schultern und klopfte an die Tür zum Nebenraum.

»Ja«, rief es. B. trat ein und stellte die Tasche ab. Fast hätte er gegrüßt, aber Grüßen in Privatkleidung war untersagt. »Setzen Sie sich«, sagte der Kompaniefeldwebel. Hinter seinem Rücken an der Wand hingen handgroße polierte Holzscheiben mit metallenen Reliefs von Panzern und Geschützen. Darunter waren die Nummern von Kompanien, Bataillonen und Regimentern eingeritzt. B. schloss die Augen. Überall in der Armee hatte es so ausgesehen, wie er es sich vorgestellt hatte. Die Panzer hatten wie Panzer ausgesehen, die Offiziere wie Offiziere.

Der Kompaniefeldwebel war ein kräftiger Mann mit deutlichen Gesichtszügen und vollem blondem Haar. Er war achtunddreißig Jahre alt und der älteste Soldat der Kompanie. B. kannte die Personalakte. Er wusste, dass der Kompaniefeldwebel Dreher gewesen war, woher er stammte und wann er in die Armee eingetreten war.

»Was wird jetzt aus Ihnen?«, sagte der Kompaniefeldwebel, als B. sich gesetzt hatte.

B. wusste vor Erstaunen nicht, was er sagen sollte. Er zuckte die Schultern. »Studieren«, sagte er.

»Na ja«, sagte der Kompaniefeldwebel. »Studieren. Schön. Haben Sie den Bulli richtig übergeben?«

»Jawohl«, sagte B. »Sie waren doch selbst dabei.«

»Jaja.« Der Kompaniefeldwebel stand auf und trat ans offene Fenster. Er beugte sich hinaus und wies auf das Denkmal des Panzeroberst. »Wie finden Sie das«, sagte er, »die aus dem Stab stellen jetzt immer frische Blumen vor den Stein.«

B. blieb auf seinem Platz. »Nein, Hauptfeld«, sagte er, »nur am zwanzigsten Juli und am neunzehnten September, am Todestag. Die Blumen sind von letzter Woche.«

»Tatsächlich«, sagte der Kompaniefeldwebel. »Haben Sie noch ein bisschen Zeit? Ich wollte Ihnen etwas zeigen, bevor Sie gehen.« Er schloss das Fenster. »Kommen Sie«, sagte er, und als B. seine Tasche nehmen wollte, fiel er ihm in den Arm. »Lassen Sie! Wir kommen ja wieder zurück.« Dann verließen sie das Büro durch die Tür zum Flur.

B. folgte dem Kompaniefeldwebel durch den Gang und die Treppen hinunter. Sie bogen vor dem Kompaniegebäude in die Fahrstraße ein, überquerten den Exerzierplatz und kamen an dem Ofen vorbei, in dem B. abends immer den Inhalt der Papierkörbe verbrannt hatte. »Wohin gehen wir?«, sagte B., als sie schon im Bereich der LKW-Hallen waren.

Der Kompaniefeldwebel blieb stehen und sah ihn an. »Sie haben eigentlich nicht viel von der Armee gesehen«, sagte er. »Immer auf der Schreibstube gehockt, nicht an die frische Luft gekommen, kein Umgang mit dem technischen Gerät.«

»Und keine Kampferfahrung«, sagte B. »Die ganze Truppe hat keine Kampferfahrung. Wissen Sie«, er hob einen Zeigefinger, »demnächst lösen sie die Armee auf, und sie hat nicht einen Schuss getan.«

»So reden Sie nur, weil Sie entlassen werden«, sagte der Kompaniefeldwebel ärgerlich.

»Nein«, sagte B. »Bewaffneter Friede. Denken Sie an den Igel, der in der Kantine hängt. Irgendwann werden wir alle in Ehren entlassen. Das wird die schönste Armee der Welt. Die einzige, die nie besiegt wurde. Wir werden alle stolz darauf sein, gedient zu haben.« Er machte eine Pause. »Sie dürfen natürlich stolzer sein als ich. Sie waren länger dabei.«

Der Kompaniefeldwebel schüttelte den Kopf. »Kommen Sie«, sagte er und ging weiter. Sie kamen zu den Hallen für das schwere Gerät. Ein paar Soldaten in ölverschmierten Overalls begegneten ihnen, sie gehörten alle zu einer anderen Kompanie. Ein Unteroffizier grüßte und wollte eine Meldung machen, der Kompaniefeldwebel winkte ab. Schließlich bog er in den Weg ein, an dem die Panzerhallen standen.

»Gestern sind die neuen Marder gekommen«, sagte er. »Verbesserte Zieleinrichtung und neues Getriebe. Hätten Sie nicht Lust gehabt, sich damit zu beschäftigen?«

B. schlug sich mit der Hand an die Stirn. »Ist das ein Anwerbegespräch?«, sagte er lachend. »Am Tag meiner Entlassung?«

»Werden Sie nicht frech! Sie und Offizier? Da lachen ja die Hühner!«

»Ich bin nichtanerkannter Wehrdienstverweigerer«, sagte B. »Das wissen Sie doch.«

»Schon gut. Kommen Sie!«

Sie erreichten jetzt das Ende des Kasernenbereiches. Auf einem Schrottplatz standen alte Panzer, mit denen das Abschleppen geübt wurde. Sie gingen zwischen den Wracks hindurch und kamen über den Rundweg der Wache zum Kasernenzaun. Der Kompaniefeldwebel zog einen Schlüssel aus der Tasche und schloss eine Metalltür auf, die in den Zaun gebaut war. Hinter ihr führte ein schmaler Weg erst ein Stück durch den Wald, dann lag offenes Feld vor ihnen. »Wohin geht es hier?«, sagte B.

»Zu mir nach Hause«, sagte der Kompaniefeldwebel und wies über die Felder. »Das ist eine Abkürzung. Hinten ist die Siedlung.« In weniger als dreihundert Metern Entfernung begannen die grauen Häuserreihen, in denen die Unteroffiziere und ihre Familien wohnten. Mit dem Wagen war B. oft dortgewesen, um den Kompaniefeldwebel nach Hause zu bringen. »Was tun wir bei Ihnen?«, sagte er.

»Nichts«, sagte der Kompaniefeldwebel. »Gehn wir gar nicht hin.«

»Ich dachte schon, Sie wollten mich Ihrer Frau als Schwiegersohn empfehlen«, sagte B. und wünschte gleich, nichts gesagt zu haben. Der Kompaniefeldwebel hatte eine Tochter, die er zu den Bällen der Unteroffiziere nicht mitbrachte. Niemand in der Kompanie hatte sie je gesehen. B. kannte aus den Akten ihren Namen und ihr genaues Alter.

Der Kompaniefeldwebel blieb stehen und sah B. an. »Sie als Schwiegersohn«, sagte er, »da wüsste ich andere.« Er lachte.

B. fiel ein Stein vom Herzen. »Sagen Sie das nicht«, sagte er, »in zehn oder fünfzehn Jahren werde ich ganz schön was darstellen. Eine bürgerliche Existenz, ein studierter Mann.«

»Was wollen Sie eigentlich studieren?«

ENTLASSTAG

Das Leben, wollte B. sagen. Mit diesem Scherz war in den letzten Tagen ein Leutnant herumgelaufen, der auch entlassen wurde. »Philosophie vielleicht«, sagte er dann. »Oder Geschichte.«

»Brotlose Kunst«, sagte der Kompaniechef und ging weiter. B. lief hinter ihm her. »Mag sein«, rief er, »aber verbieten Sie Ihrer Tochter nicht den Umgang mit allen Studenten. Das wäre ein Fehler. Viele werden Zahnärzte und Rechtsanwälte.«

Der Kompaniefeldwebel gab keine Antwort. Er verließ jetzt den Feldweg und trat auf ein Stoppelfeld. »Da hinten«, sagte er und wies zu einem Baum und ein paar Büschen, die auf einem kleinen Hügel mitten im Feld standen. »Anders kommt man nicht hin. Es gibt keinen Weg. Komisch, nicht?« Und schon ging er weiter. B. folgte ihm. Es gab spröde, knackende Geräusche, wenn er auf die Stoppeln trat. Nach ein paar Schritten waren seine Schuhe mit gelbem Staub überzogen. Ich bin verrückt, dachte er. Diesen Menschen zwölf Monate als Vorgesetzten zu ertragen, das ist eine Sache, am Tag der Entlassung hinter ihm her querfeldein zu gehen, das ist eine andere. Nachlässig bin ich, dachte B. Ich konzentriere mich nicht auf meine Angelegenheiten. Er schaute auf die Uhr. Am Hildener Kreuz könnte er jetzt sein. Ach was, weiter noch, vielleicht schon hinter Neuss. Er fragte sich, ob er all das am Ende nur mitmachte, um die Abfahrt hinauszuzögern. Bin ich so einer?, fragte er sich. Er ließ den Gedanken fallen und sah wieder auf.

Sie waren an dem Baum und den Büschen angekommen. »Das ist eigentlich ein Steinhaufen«, sagte der Kompaniefeldwebel. »Den haben die Bauern beim Pflügen angelegt. Später ist dann was drauf gewachsen.« B. nickte. Das war eine plausible Erklärung. Der Kompaniefeldwebel zog unter einem der Sträucher einen Spaten hervor. Dann ging er zu einer Stelle am Fuße des kleinen Hügels, an der keine Sträucher standen, und kratzte mit dem Spaten die trockene Erde zur Seite, bis graue Steine zum Vorschein kamen. »Fassen Sie an«, sagte er und begann, die Steine wegzuräumen. B. hockte sich neben ihn und half. »Ich werd verrückt«, sagte er. »Sie haben einen Schatz versteckt und wollen ihn mit mir teilen. Oder nein! Sie haben die Regimentskasse gestohlen!«

»Es gibt gar keine Regimentskasse«, sagte der Kompaniefeldwebel.

»Ich weiß«, sagte B. »Es ist ein Wort aus Wildwestfilmen. Da stehlen sie immer die Regimentskasse und vergraben sie irgendwo in der Wüste. Später wollen sie das Geld holen, und dabei knallen sie sich gegenseitig ab.«

»Unsinn«, sagte der Kompaniefeldwebel. Sie waren auf eine Platte gestoßen und legten sie weiter frei. Der Kompaniefeldwebel stand auf, und von der Stelle, an der er den Spaten hervorgeholt hatte, brachte er einen Handfeger.

»Sie waren schon oft hier?«, sagte B. Er hatte sich auf die Platte gesetzt. »Aufstehen«, sagte der Kompaniefeldwebel und reichte ihm den Handfeger. »Nehmen Sie«, sagte er. B. fegte die Platte sauber. Sie war aus verrostetem Metall, etwa achtzig Zentimeter breit und etwas höher, an den verbogenen Ecken waren Löcher. In der Mitte, kaum noch zu erkennen, war das Relief eines Adlers, der einen Kranz in seinen Klauen hielt. In dem Kranz war das Hakenkreuz. B. richtete sich auf und sah den Kompaniefeldwebel an. »Was soll das?«, sagte er.

»Wissen Sie nicht, wo das herkommt?«

»Woher sollte ich?«, sagte B.

»Müssten Sie eigentlich wissen. Ich hatte sogar fest damit gerechnet, dass Sie es wissen. Sie schauen doch alles so genau an, oder?«

B. fühlte sich sehr unwohl. »Ich weiß nicht«, sagte er. »Das ist kein Thema für ein Quiz.«

»Kein Quiz. Denken Sie nach. Es muss Ihnen einfallen.«

B. sah noch einmal die Platte an. Und wirklich fiel es ihm ein. Er war fast erschrocken. Über dem Eingang des Kompaniegebäudes hing ein hölzernes Wappen in der Form eines Schildes, auf dem das taktische Zeichen der Einheit gemalt war, ein Eichenlaub und ein Panzer. Und hinter dem Wappen war eine viereckige helle Stelle auf der Mauer mit vier Löchern, in denen rostige Metallstücke saßen. Beim Antreten stand B. ihr genau gegenüber. »Tatsächlich«, sagte er und schüttelte verwundert den Kopf.

»Und Sie haben sich nie Gedanken darüber gemacht?«, sagte der Kompaniefeldwebel.

»Nein. Ein Fleck auf der Mauer, warum auch?« B. zuckte die Schultern. »Bei ›Augen geradeaus‹ hab ich ihn immer angesehen. Gut, da hat einmal was anderes gehangen. Aber wenn man immer gleich fragen würde, was.«

»Und das macht man eben nicht.« Der Kompaniefeldwebel fing an, die Steine wieder auf die Platte zu schichten.

»Warten Sie«, sagte B. »Ist das etwa alles?«

»Wieso?«

»Na, haben Sie denn nicht weitergegraben? Wenn dieses Ding hier liegt, dann liegen hier bestimmt noch andere Sachen. Die haben einfach entrümpelt und den ganzen Plunder auf einen Haufen geworfen.«

»Wer, die? Und wann?«

»Wer? Wann? Fünfundvierzig natürlich. Oder nicht? Vielleicht, als die Kaserne wieder belegt wurde. Wann war das, sechsundfünfzig? Oder später?«

Der Kompaniefeldwebel richtete sich wieder auf. »Sie wissen es also nicht«, sagte er.

»Das kann man nicht wissen«, sagte B. Er war plötzlich sehr wütend. »Keiner kann das wissen«, schrie er. »Und statt nach Hause zu fahren und diesen ganzen Scheiß nie mehr zu sehen, grabe ich hier mit Ihnen im Dreck. Einer von uns beiden muss verrückt sein. Und ich bin es nicht. Ich gehe jetzt. Ich gehe nach Hause, ich bin entlassen.« Er lachte laut. »Keine Feindschaft deswegen«, sagte er. »Wir hatten eine schöne Zeit miteinander, aber es ist genug. Einmal muss Schluss sein. Ich bin entlassen. Die fünfzehn Monate sind vorbei. Die Schreibstube ist vorbei, der Schirrmeister ist vorbei, die Kameraden sind vorbei, die Offiziere, die Bataillone, die technischen Bereiche, die Personalakten, die Kfz, die ZDV und die UvD.« Er wandte sich ab und machte ein paar Schritte in das Stoppelfeld hinein. Dann blieb er stehen und drehte sich um. Der Kompaniefeldwebel hatte sich wieder hingekniet und deckte trockene Zweige über die Steine.

B. ging langsam zu ihm zurück. Einen Moment stand er still. »Entschuldigung, Hauptfeld«, sagte er dann. »Es war nicht so gemeint.« Er wies auf die Steine. »Wollen Sie mir sagen, warum Sie mir das gezeigt haben?«

»Kein besonderer Grund«, sagte der Kompaniefeldwebel. »Heute war Ihr letzter Tag. Ich dachte, Sie würden sich dafür interessieren.« Er stand auf, wischte sich die Hände an der Hose ab und reichte B. die Rechte. Dabei sah er auf die Uhr. »Ich gehe von hier aus gleich nach Hause«, sagte er. »Ich mache Dienstschluss. Leben Sie wohl.«

B. nahm die Hand. »Ich werde Ihnen einmal schreiben«, sagte er. Der Kompaniefeldwebel nickte, dann ging er schräg über das Feld auf die Siedlung zu.

B. machte sich auf den Rückweg. Es tat ihm leid, dass er so laut gewesen war. Ich wollte ihn nicht kränken, dachte er. Und dabei habe ich alles verdorben. Doch war es die Zeit für solche Dinge gewesen? B. wollte an etwas anderes denken.

Er durchquerte das kleine Waldstück und kam an den Kasernenzaun. Das Gittertor war verschlossen. B. fluchte. Er überlegte, ob er über den Zaun klettern sollte. Es fielen ihm die Geschichten von den nervösen Wachgängern ein, die auf Soldaten schossen, wenn die sich nach dem Zapfenstreich in die Kaserne schleichen wollten. Am Zaun entlang zum Haupttor wäre er eine halbe Stunde unterwegs. B. fluchte noch einmal. Er beschloss, die Streife abzuwarten und zu sagen, was mit ihm geschehen war. Vielleicht hatte die Streife einen Schlüssel. Er setzte sich an einen Baumstumpf und versuchte, an zu Hause zu denken und an das, was er dort zuerst tun würde.

Nach zehn Minuten kam die Streife. Es waren zwei Soldaten, die B. noch nie gesehen hatte. Er rief sie erst an, trat dann an den Zaun und erklärte ihnen, dass er zurück in die Kaserne müsse. Ob er über den Zaun steigen dürfe?

»Okay«, sagte der erste Soldat, doch der zweite fuhr ihn sofort an. »Du spinnst wohl, Mann!«, rief er, und als der erste etwas erwidern wollte, redete er leise auf ihn ein. Dann nahm er sein Gewehr vom Rücken und trat an den Zaun. »Können Sie sich ausweisen?«, sagte er.

B. schüttelte den Kopf. Seine Papiere waren in seiner Tasche, und einen Truppenausweis besaß er nicht mehr. »Ich bin eigentlich schon entlassen«, sagte er.

Der zweite Soldat brachte das Gewehr in Anschlag. »Ich muss Sie festnehmen«, sagte er. »Ich bringe Sie zur Klärung des Sachverhaltes in die Wachstube.«

»Aber wir haben ja gar keinen Schlüssel von der Tür«, sagte der erste Soldat.

»Halt verdammt noch mal die Schnauze!«, schrie der zweite, ohne sich umzuwenden. »Hände hoch«, sagte er zu B. und machte eine Bewegung mit seinem Gewehr.

»Mach keinen Scheiß«, sagte B. und hob die Arme.

»Los«, rief der zweite Soldat zum ersten. »Du läufst in die Wachstube und holst den OvWa. Ich bewache den Gefangenen.« Der erste Soldat lief los.

»Du verdammter Rotarsch«, sagte B. zu dem zweiten Soldaten. »Bist wohl auf eine förmliche Anerkennung aus, was? Oder willst ein bisschen Krieg spielen? Wie im Fernsehen, Mamis Held an vorderster Front!«

»Seien Sie bitte ruhig«, sagte der Soldat, »sonst ...«

»Sonst was?«, unterbrach ihn B. »Sonst machst du von der Schusswaffe Gebrauch? Ich zittere.« Er trat einen halben Schritt auf den Zaun zu. »Ist die überhaupt entsichert, die Knarre?«

»Bleiben Sie bitte stehen!« Der Soldat nahm hastig das Gewehr aus dem Anschlag und fingerte an der Sicherungsvorrichtung.

»Ist schon gut«, sagte B. »Du kennst das doch aus Kriminalfilmen. Wenn Frauen oder kleine Kinder schießen wollen, dann sagt man immer, es sei gar nicht entsichert. Und dann verlieren sie prompt die Nerven.«

»Arschloch«, sagte der Soldat.

»Ein böses Wort«, sagte B. »Stell dir mal vor, ich wäre ein Leutnant aus dem Stab, der mit einem Trick die Wache kontrolliert. Na, was dann? Das wäre peinlich, was? Aber nicht gleich weinen. Bald kommen ja deine Aufpasser.«

Dann standen sie ein paar Minuten schweigend, B. hielt die Arme in die Luft. Schließlich kam der erste Wachsoldat in Begleitung des Unteroffiziers Hackländer.

»Wat machst du denn hier?«, sagte Hackländer, als er B. so

stehen sah. Der wies nur mit dem Kinn auf den Soldaten, der noch immer das Gewehr im Anschlag hielt.

»Lass dat sein«, sagte Hackländer zu dem Soldaten. »Und macht euch weiter.« Der zweite Soldat wollte etwas sagen, aber Hackländer schnitt ihm das Wort ab. »Alles klar«, sagte er, »gibt 'nen dicken Orden. Und jetzt verschwindet.« Dann zog er einen Schlüssel hervor und ließ B. hinein. »Wat machst du für Sachen?«, sagte er. »Lässt dich an deim letztem Tag abknallen. Wo warste eigentlich?«

»Nicht weit«, sagte B. »Bitte, Hacki, ich will nichts erzählen. Ich blick da nicht durch, und du auch nicht. Ich will nach Hause, verstehst du?«

»Is gut«, sagte Hackländer, »ich muss sowieso wieder auf Wache.« Sie gingen zusammen durch den technischen Bereich in Richtung der Kompaniegebäude. Auf dem Exerzierplatz trennten sie sich. »Also, dann endlich Tschö«, sagte Hackländer. B. ging an seinem Wagen vorbei zum Kompaniegebäude, um seine Tasche zu holen. Die Tür zur Schreibstube war bereits abgesperrt. Er musste den UvD bitten, ihm aufzuschließen. »Hasse noch 'nen Koffer in der Schreibstube?«, sagte der Unteroffizier. »Kommst hier gar nicht von los, wa?«

B. sagte nichts. Er nahm seine Tasche und lief die Treppe hinunter. Vorbei an dem Denkmal und dem Kasinogebäude lief er zu seinem Wagen. Er warf die Tasche in den Kofferraum, stieg ein und startete den Motor. Er kurbelte das Fenster herunter und schaltete das Radio ein. Mein ganzes Leben liegt jetzt vor mir, dachte er. Dann fuhr er mit vorgeschriebener Geschwindigkeit zum Haupttor. Der Wachsoldat winkte ihn durch. B. bog in die Hauptstraße ein und gab Gas.

Kalte Ente

Samstagnachmittag zu Hause

Meybom hatte lange geschlafen, dann war er aufgestanden, um sich Kaffee ans Bett zu holen. Die Samstagszeitung steckte fest im Briefschlitz; die ersten Seiten zerrissen, als er sie hineinzog. Gegen elf brach Meybom zu Fuß in die Stadt auf. Er ging über den Wochenmarkt, sah kurz ins Museum und blieb vor den Restaurierungsarbeiten am Dom eine Weile stehen. An einem Geldautomaten hob er zweihundert Mark ab und ließ seinen Kontostand anzeigen.

Meybom überlegte. Was sollte er am Nachmittag unternehmen? Der Wetterbericht hatte Regen angesagt. Da fiel ihm ein, dass er sich vor langer Zeit einmal vorgenommen hatte, die Kabel hinter dem Fernseher, dem Hi-Fi-Turm und den Boxen zu ordnen. Seitdem trug er einen Zettel mit der Aufstellung des Materials bei sich. Doch in der Stadt, einmal sogar schon im Elektrogeschäft, war ihn immer ein großer Widerwille angekommen. Später zu Hause nannte er sich jedes Mal unentschlossen. Nichts schien ihm dann verheißungsvoller, als einen verregneten Samstagnachmittag auf dem Teppich hockend, zwischen den Möbeln, mit Kabeln, Steckern, Messer und Schraubenzieher zu verbringen.

Meybom ging weiter und blieb vor einer Litfaßsäule stehen. Oder sollte er am Abend ins Theater gehen? Nach der Vorstellung könnte er noch ein Lokal besuchen. Nein, er schüttelte den Kopf, ihm war nicht danach, Pläne zu machen. In einem kleinen Laden nahe bei seinem Haus kaufte er eine

Flasche Wein, ein paar Flaschen Bier und zwei Fertiggerichte. Wie immer ärgerte er sich über die Preise.

Als Meybom die Haustür öffnete, begann es zu regnen. Er stieg zu seiner Wohnung hinauf, vor dem zweiten Treppenabsatz blieb er stehen. »Ach«, sagte er. Auf dem Fensterbrett saß Ute; sie hatten sich vor mehr als zehn Jahren getrennt, und seit Langem hatte Meybom nichts mehr von ihr gehört. Er wusste jetzt nicht einmal, in welcher Stadt sie lebte.

»So was«, sagte Meybom und stellte seine Einkaufstüten ab.

Ute rutschte vom Fensterbrett. Am Boden stand ein kleiner Koffer. »Hallo«, sagte sie. »Du warst nicht zu Hause, und ich wusste nicht, wo ich warten sollte.«

»Das ist ja was«, sagte Meybom. Er wollte den Koffer nehmen, aber dann hätte er die Tüten stehen lassen müssen. Er machte eine Geste zur Entschuldigung und ging voraus. »Komm«, sagte er. Ute nahm den Koffer und folgte ihm. »Du darfst nicht erschrecken«, sagte sie. »Ich bin nämlich nicht allein.«

Vor Meyboms Wohnungstür stand ein Kinderwagen. »Das ist Sarah«, sagte Ute. »Ein Nachbar von dir hat mir beim Rauftragen geholfen. Sie schlief so schön, da wollte ich sie nicht wecken.«

»Deins?«, sagte Meybom. Er öffnete die Wohnungstür und stellte die Tüten in den Flur.

»Du kannst fragen«, sagte Ute. »Hilf mir bitte!« Sie wies auf eine Sperre am Gestell des Kinderwagens, die zu lösen war. Dann hob sie die Trage mit dem Kind ab und trat damit in den Flur. Meybom holte den Koffer herein und schloss die Wohnungstür.

»Wohin?«, sagte Ute.

»Ins Schlafzimmer.« Meybom ging voran, Ute stellte die

Trage aufs Bett und nahm ein Kissen heraus. Meybom beugte sich vor. Aus einer weißen Decke ragte ein kleiner Kopf mit einer weißen Mütze.

»Ich sehe nichts«, flüsterte Meybom.

»Warts ab«, sagte Ute. »In einer Stunde ist Fütterungszeit. Dann wird sie unweigerlich wach. Du kannst die Uhr danach stellen.« Sie zog Meybom zurück und schloss hinter beiden die Schlafzimmertür. »Puh«, machte sie, legte die Hände hinter Meyboms Nacken und beugte sich weit nach hinten. »Jetzt aber«, sagte sie. »Lass dich mal ansehen.«

Meybom hielt sich am Türrahmen. »Vorsicht«, sagte er.

»Und? Was ist? Bist du platt?«

»Sicher bin ich platt.« Meybom zog Ute zu sich und machte ihre Hände von seinem Nacken los. »Komm ins Wohnzimmer«, sagte er. »Oder willst du was essen?«

»Unbedingt«, sagte sie. »Aber du hast bestimmt keine Küche.«

»Warum sollte ich keine Küche haben?« Meybom öffnete eine Tür. »Bitte«, sagte er, »alles vom Vormieter übernommen.«

Ute trat ein und drehte sich mit ausgestreckten Armen im Kreis. »Toll«, sagte sie. »Ein richtiger Junggesellenhaushalt. Fehlt nur das Gewürzregal aus dem Supermarkt.«

Meybom lachte und zeigte auf einen der Hängeschränke. »Da drin«, sagte er.

Ute ging auf ihn zu und fuhr ihm mit der Hand durchs Haar. »Du hast dich gar nicht verändert«, sagte sie. »Manchmal habe ich gedacht: Was macht er jetzt wohl? Meistens sind mir dann diese Sachen von früher eingefallen. Und jedes Mal war ich total sicher, dass ich genau weiß, was du grade tust. Das war richtig komisch.« Sie wandte sich ab, öffnete einen anderen Hängeschrank und sah hinein. »Also, was soll ich uns kochen?«

Meybom trat hinter sie. »Willst du nicht zuerst sagen, was das für ein Besuch ist?«

Ute drehte sich um. »Wie meinst du das?«

Meybom hob die Hände. »Ich will nicht unhöflich sein«, sagte er. »Aber wir haben jahrelang nichts voneinander gehört, und du kommst jetzt mit einem Kind, ohne etwas zu sagen. Ich finde das komisch.«

Ute schwieg. Meybom machte einen Schritt zurück. »Nein, komisch ist nicht das richtige Wort«, sagte er. »Ich bin nur so überrascht. Ich weiß nicht. Ich müsste jetzt doch was fragen, verstehst du? Also zum Beispiel, ob du verheiratet bist.«

Ute schnitt eine Grimasse. »Muss man verheiratet sein, um ein Kind zu kriegen?« Sie fuhr fort, Schränke zu öffnen, hier und da nahm sie etwas heraus und stellte es auf den Küchentisch.

»So war das nicht gemeint«, sagte Meybom. »Es würde mich eben nur interessieren, was du so machst.«

»Aaah«, sagte Ute. Sie hatte zwei volle Packungen Spaghetti gefunden und hielt sie hoch. »Was hältst du von Nudeln?«, sagte sie. Meybom zuckte die Schultern. »Na also, dann machen wir Nudeln. Und wenn wir so ungezogen sind, beim Essen zu reden, dann haben wir ja wohl Zeit genug für unsere Lebensgeschichten. Oder nicht?«

»Entschuldige bitte«, sagte Meybom. »Es war nicht so gemeint.« Er wies auf die Dinge, die auf dem Küchentisch lagen. »Fehlt noch etwas?«

»Kommt auf die Ansprüche an«, sagte Ute. »Tomaten und Parmesan hab ich gefunden. Aber Gehacktes wäre natürlich nicht schlecht.« Sie wies mit ausgestrecktem Arm auf den Kühlschrank und zog die Augenbrauen hoch.

Meybom schüttelte den Kopf. »Ich geh schnell«, sagte er,

nahm seine Jacke, lief die Treppen hinunter und aus dem Haus. Es regnete leicht. Die Metzgereiverkäuferin wollte gerade die Ladentür schließen. Meybom schlug bittend die Hände zusammen, zeigte auf seinen Bauch, zog die Wangen in den Mund und verdrehte die Augen. Die Verkäuferin lachte und schloss die Tür wieder auf. Meybom deutete eine Verbeugung an und trat ein. »Sie retten mir das Leben«, sagte er. »Ein Pfund Gehacktes. Oder wie viel nimmt man?«

Die Verkäuferin war hinter die Theke gegangen. »Kommt drauf an«, sagte sie. »Wofür soll es denn sein?«

»Spaghettisoße«, sagte Meybom. »Wir sind zu zweit. Das heißt zu dritt, aber nur zwei essen.«

»Ein Pfund wird genügen«, sagte die Verkäuferin. Meybom nahm das Paket und zahlte. »Und nochmals vielen Dank«, sagte er. Auf dem Heimweg hielt er kurz inne. Vielleicht sollte er versuchen, noch andere Sachen zu besorgen. Wenn Ute über Nacht bliebe, wäre längst nicht genug im Haus. Er ging in eine Seitenstraße, an dem Lebensmittelgeschäft waren bereits die Rollläden vorgezogen. Außerdem, warum sollte Ute über Nacht bleiben? Jetzt wurde der Regen stärker, Meybom lief nach Hause. Dieser Besuch sah ihr ähnlich. Einmal hatte Ute ihn mitten in der Nacht geweckt, um ihm zu sagen, er sei ein selbstgefälliger Mensch. Er hatte vorgeschlagen, das Gespräch auf den Morgen zu verschieben; oder ob es Gründe gebe, sofort zu reden? Da hatte Ute gesagt, sie sei beinahe entschlossen, ihn zu verlassen, doch sie vertraue ihren Argumenten nicht. Ein paar Monate später nahm sie eine Stelle in Stuttgart an. Zuerst hatten sie einander abwechselnd an den Wochenenden besucht, nach einiger Zeit lösten sie die Verbindung.

Als Meybom die Wohnung betrat, wollte er gleich rufen; rechtzeitig fiel ihm ein, dass er leise sein musste. Er zog Jacke und Schuhe aus und sah in die Küche. Auf dem Herd stand ein Topf Wasser, aus dem die Spaghetti ragten, auf dem Küchentisch lagen klein geschnittene Tomaten. Ute war nicht da. Meybom flüsterte ihren Namen. Er öffnete die Tür zum Schlafzimmer einen Spalt, die Trage stand noch auf dem Bett. Vorsichtig schloss er wieder die Tür. »Ute«, flüsterte er noch einmal.

»Hier bin ich!« Die Tür zu Meyboms Arbeitszimmer war angelehnt. Ute saß vor dem Tisch mit den Elektroteilen und den Werkzeugen. »Toll«, sagte sie, als sie Meybom sah. »Du musst keine Angst haben, ich habe nichts angefasst. Da darf man doch bestimmt nichts anfassen, oder?«

Meybom schloss die Tür hinter sich. »Wird die Kleine nicht wach?«, sagte er.

»Ach wo.« Ute nahm eine lange, gebogene Pinzette vom Arbeitstisch. »Was macht man damit?«

»Man hält die Kleinteile beim Löten.« Meybom nahm die Pinzette, hob mit ihr einen kleinen Widerstand aus einer Schachtel und berührte ihn mit dem Lötkolben.

»Schade«, sagte Ute. Sie seufzte. »Früher hast du so was nicht gemacht. Dabei könnte ich mir das schön vorstellen. Man sitzt abends zusammen, die Kleine kriegt ihre Nachtmahlzeit, du machst so eine schöne, ruhige Arbeit, und man bespricht, was den Tag über war.«

»Hat dein Mann kein Hobby?«

Ute stand auf. »Risikofrage«, sagte sie. »Gibt es Nudeln mit oder ohne Gehacktes?«

»Mit«, sagte Meybom. Ute ging an ihm vorbei in die Küche. »Dann wollen wir mal«, sagte sie.

Meybom blieb noch im Arbeitszimmer. Er setzte sich vor den Tisch und räumte ein paar Teile in einen Kasten mit kleinen Schubläden. Er versuchte sich zu erinnern, was er damals mit Ute unternommen hatte. Meistens waren sie nur aus gewesen, zu zweit oder mit Freunden. Meybom glaubte, Ute zu sehen, wie sie halb verdeckt von anderen Gästen in der Nische eines Lokals stand. Sie unterhielt sich mit jemandem, den er nicht kannte. Damals hatte es Streit gegeben. Meybom versuchte, sich an den Namen des anderen zu erinnern. Da klingelte das Telefon. Er lief rasch in den Flur und hob ab. Ein Bekannter war am Apparat, der ihn für den Abend zum Essen einladen wollte.

»Lieb von euch«, sagte Meybom, aber er müsse absagen, er habe Besuch bekommen. Ja, ganz überraschend. Ute war neben ihn getreten. Sie hielt eine Schüssel mit roter Soße und rührte darin. »Eine Bekannte von früher«, sagte Meybom ins Telefon. Ute steckte einen Finger in die Soße und hielt ihn Meybom hin. »Probieren?«, sagte sie. Meybom schüttelte den Kopf. »Ich melde mich wieder«, sagte er und hängte auf.

»Vielleicht ist es dir zu wenig Pfeffer«, sagte Ute. »Weißt du, ich darf ja nicht so viele Gewürze, wegen des Stillens.« Sie leckte den Finger ab und legte die Hand auf ihre Brust. »Das kriegt sonst alles die Kleine.« Sie ging wieder in die Küche, Meybom folgte ihr. Auf dem Herd kochten jetzt die Nudeln, das Hackfleisch briet in einer Pfanne. Ute schüttete die Soße und etwas Wasser dazu. Der Küchentisch war gedeckt, neben den Tellern lagen gefaltete Papierservietten.

»Kerzen hab ich nicht gefunden«, sagte Ute. »Es ist dir doch recht, wenn wir hier essen? In der Küche essen finde ich am gemütlichsten.«

Ganz wie sie wolle, sagte Meybom.

Wer denn am Telefon gewesen sei?

Meybom erzählte von seinem Bekannten, einem Kollegen aus dem Büro.

»Ist der verheiratet?«, sagte Ute.

»Ja«, sagte Meybom. »Immer schon. Das heißt, seit ich ihn kenne.«

»Und du«, sagte Ute, während sie weiter die Soße durchrührte.

»Das weißt du doch jetzt.«

»Sicher weiß ich«, sagte Ute. »Aber wie sind denn die Aussichten?«

Meybom nahm ihr den Löffel aus der Hand und probierte die Soße. Er nickte und gab den Löffel zurück. »Keine Aussichten im Moment«, sagte er. »Ah«, sagte Ute. »Dann habe ich mir das immer ganz richtig vorgestellt.« Eine Frau sei nämlich nie dabei gewesen. Wie so was nur kommen könne?

Meybom hob eine Hand. »Was ist das?«, sagte er und wandte sich zum Flur. Von der Straße her kam eine Stimme aus einem Megafon. Ute fasste Meybom am Arm und drehte ihn zu sich. »Hör mir zu«, sagte sie. »Das ist wirklich komisch. Ich hab mir immer gedacht, jetzt sitzt er irgendwo alleine und liest oder räumt eine Schublade auf oder repariert was am Auto. Wie früher, weißt du noch, du hast an meinem Käfer immer die Roststellen weggemacht.«

»Was ist da draußen?«, sagte Meybom.

»Hier, rühren, sonst brennt es an!« Ute drückte ihm den Löffel in die Hand und lief durch den Flur und das Wohnzimmer zum Fenster. Sie zog die Gardine beiseite und sah auf die Straße. »Rotes Kreuz!«, rief sie laut. »Die suchen einen Blutspender mit einer besonderen Gruppe. Kennst du deine Blutgruppe?«

Meybom machte ein Zeichen, sie solle leise sein. Er wies auf das Schlafzimmer. Ute zog die Gardine zu. »Ist sowieso ihre Zeit«, sagte sie. »Ich glaube, ich höre sie schon.« Sie ging in die Küche und stellte die Kochplatten ab. »Wir müssen eben noch warten«, sagte sie, dann schob sie Meybom zur Schlafzimmertür.

»Ich höre nichts.«

»Alles Übung, dafür bekommt man den sechsten Sinn.« Ute öffnete die Tür, ging zum Bett und beugte sich über die Trage. »Ist meine Prinzessin wach?«, sagte sie, dann nahm sie das Kind heraus. Sie zog ihm die weiße Mütze ab und legte es an die Schulter. Das Kind hob den Kopf und gähnte, dann ließ es ihn wieder zurückfallen. »So müde noch?«, sagte Ute. Sie hielt das Kind hoch über den Kopf. Es machte ein helles, quietschendes Geräusch. »Hier«, sagte sie. Meybom nahm das Kind vorsichtig aus ihren Händen, und Ute legte ihm die weiße Decke um. »Freundet euch etwas an«, sagte sie. »Ich komme gleich.«

Meybom ging mit dem Kind ins Wohnzimmer und setzte sich auf die Couch. Vorsichtig ließ er es in die Armbeuge sinken und sah es an. Es hatte feine blonde Haare und helle blaue Augen, die kleinen Hände krallten sich in die Decke, und es leckte einen Spitzenkragen, der sich unter seinem Kinn hochgeschlagen hatte.

Meybom schob seinen Zeigefinger unter die Kinderhand, und sie umklammerte ihn. Er überlegte. Hatte er damals darüber nachgedacht, wie es wäre, mit Ute ein Kind zu haben? Oder hatten sie darüber gesprochen? Er konnte sich nicht mit Sicherheit erinnern. Er stand wieder auf und trat mit dem Kind auf dem Arm ans Fenster, dann hielt er es so, dass es nach draußen sehen konnte. Der Regen hatte aufgehört. »Schau, die Autos«, sagte Meybom. »Und die Menschen. Da hinten geht ein Hund.« Er hielt inne. »Der Hund macht wau-wau.«

Meybom sah sich um, ob Ute ihn beobachtete, aber sie schien in der Küche beschäftigt. »Und die Katze macht miau«, sagte er zu dem Kind. »Allerdings ist jetzt keine Katze zu sehen. Die Leute im ersten Stock, die haben eine Katze. Dabei ist es verboten, Katzen in der Wohnung zu halten.« Er trat vom Fenster zurück und drückte das Kind wieder an die Schulter. »Weißt du«, sagte er ihm leise ins Ohr. »Es sind alte Leute, da hat der Vermieter eine Ausnahme gemacht. Und als die Katze letzthin gestorben ist, da haben sie es niemandem gesagt und sich schnell eine neue gekauft. Und der Vermieter hat nichts gemerkt. Wie findest du das?«

»Was flüstert ihr denn da?«, sagte Ute. Sie stand in der Tür und drückte eine kleine Flasche gegen die Wange. »Her mit dem Blag«, sagte sie, stellte die Flasche auf den Tisch und nahm Meybom das Kind aus den Armen. Dann setzte sie sich auf die Couch und legte ihm ein weißes Tuch über die Brust.

»Ich dachte, du stillst«, sagte Meybom.

Ute sah ihn an. »Jaja«, sagte sie. »Mach du nur auch mit! Ich höre schon nichts anderes mehr. Weißt du eigentlich, wie belastet die Muttermilch ist? Wenn alles so weitergeht, kannst du Stillen bald ganz vergessen.«

»Aber du hast gesagt, du darfst nichts Gewürztes essen.«

»Bitte«, sagte Ute. »Wir müssen uns jetzt konzentrieren.«

»Entschuldige«, sagte Meybom und ging aus dem Zimmer. »Sieh nach den Nudeln!«, rief Ute hinter ihm her. »Dass die nicht ganz Matsche werden.«

»Gut.« Meybom stellte die Kochplatte unter der Pfanne wieder auf mittlere Stärke, dann nahm er mit einer Gabel eine Nudel aus dem Wasser. Sie fühlte sich weich und klebrig an. Er schüttete das Wasser ab und warf die Nudeln in den Abfalleimer. Dann brachte er neues Wasser zum Kochen und tat die zweite Packung Spaghetti hinein. Er sah auf die Uhr, jetzt spürte er starken Hunger. Ute hörte er leise mit dem Kind sprechen. So wäre das; vor keiner Überraschung wäre man sicher. Und kein Zeitplan würde aufgehen. Meybom ging zur Wohnzimmertür und lehnte sich vor. »In zehn Minuten müssten wir essen«, sagte er leise. »Sonst hat es keinen Zweck mehr.«

»Kein Problem«, sagte Ute.

In der Küche stellte Meybom die Zeituhr auf zehn Minuten und rührte weiter in der Soße. Zu dickflüssig geworden, dachte er und wollte Ute rufen, aber jetzt hörte er sie im Schlafzimmer. Dann war es eine Zeit lang ruhig. Als die Uhr ablief, stand Ute in der Tür. »Wir können«, sagte sie.

Meybom schüttete das Nudelwasser ab und stellte den Topf und die Pfanne mit der Soße auf den Tisch. »Sehr junggesellenmäßig«, sagte Ute und nahm von beidem.

»Du siehst abgespannt aus«, sagte Meybom.

»Den Grund hast du gesehen«, sagte Ute. »Lass uns bloß essen, mir ist schon ganz schlecht vor Hunger.«

»Sicher«, sagte Meybom. »Und die Soße ist dir nicht zu bröckelig?« Er könne sie noch einmal auf den Herd stellen und etwas Wasser dazugeben.

»Bitte, lass«, sagte Ute. Sie streute Parmesankäse über ihre Portion, dann schnitt sie mit dem Messer die Nudeln in kleine Stücke und begann, sie hastig mit dem Löffel zu essen.

»Komische Technik«, sagte Meybom. Ute wollte antworten, da kamen helle Schreie aus dem Schlafzimmer. Sie warf den Löffel auf die Nudeln. »Soll ich gehen?«, sagte Meybom.

»Nein, das ist Frauensache.« Ute stand auf. »Außerdem bist du noch nicht satt.« Sie ging ins Schlafzimmer. Meybom sah auf seinen Teller. Er hatte mehrmals ein paar Nudeln um die Gabel gedreht, dabei hatten sie sich fast gelb aus der Soße gezogen, und die lag jetzt klumpig am Tellerrand. Er aß einen Löffel davon und begann dann abzuräumen, da klingelte wieder das Telefon. Meybom wischte sich die Hände an einem Küchentuch; aber bevor er im Flur war, hatte Ute schon abgehoben. Er blieb in der Tür stehen. »Nein«, sagte Ute nach einer Weile. »Das muss ein Irrtum sein.«

»Wer ist das?«, sagte Meybom. Ute hängte den Hörer auf. »Falsch verbunden«, sagte sie und ging an ihm vorbei in die Küche. Sie sah auf das Geschirr und stützte die Hände in die Seiten. »Lass uns spülen«, sagte sie, »solange die Kleine schläft.«

»Du solltest mich hier ans Telefon gehen lassen«, sagte Meybom.

Ute drehte sich um. »Also doch eine Aussicht?«, sagte sie. »Und warum redet sie Unsinn, wenn sich bei dir eine Frauenstimme meldet?« Sie ließ Wasser in das Becken laufen und gab ein Spülmittel hinein. Dabei glitt ihr die Flasche aus der Hand. Sie griff danach und stieß an einen Teller, der zu Boden fiel und zerbrach. Mit aller Kraft schleuderte sie die Flasche hinterher. Die sprang vom Boden auf und flog dann hoch gegen die Wand.

»Was tust du!«, rief Meybom.

»Du machst mich verrückt!«, schrie Ute. »Ich hasse das, wenn man Geheimnisse vor mir hat. Wenn hier jemand für dich anruft, kannst du klipp und klar sagen, wer ich bin.« Sie faltete die Hände über der Brust. »Bitte, ich stehe dir nicht im Weg. Ich kann jederzeit das Kind nehmen und gehen. Um mich brauchst du dich nicht zu sorgen.« Sie setzte sich auf einen Stuhl und stützte ihr Gesicht in die Hände. Meybom schien es, als weine sie. Er begann, die Scherben aufzuheben.

Das Telefon klingelte wieder. Meybom machte eine Bewegung, aber Ute fuhr auf und hielt ihn am Arm. »Geh nicht ran«, sagte sie. »Wenigstens heute nicht. Wir wollen uns den Tag nicht kaputtmachen lassen, oder?« Sie umarmte ihn und drückte sich an ihn.

Meybom bog seinen Kopf in den Nacken. Das Telefon klingelte noch immer. »Ich gehe nicht ran«, sagte er. »Aber du musst mir sagen, was los ist.« Mit aller Kraft schob er sie von sich. »Es geht dir nicht gut«, sagte er. »Also, was ist? Sag was!«

Ute wandte sich ab. »Mein Gott, das Wasser!«, rief sie. Sie drehte den Kran zu, aber Meybom zog sie zurück zum Stuhl und zwang sie, sich hinzusetzen. Das Telefon klingelte nicht mehr. Er sah auf die Uhr. »Es wird langsam spät«, sagte er. »Und wenn du hierbleiben willst, müssen wir einiges klären.«

»Klären?«, sagte Ute.

»Ja.« Meybom machte ein paar Schritte durch die Küche. »Die ganz einfachen Dinge. Ich muss alles wissen, verstehst du.«

»Warum?«

»Warum! Warum!«, schrie Meybom. »Mein Gott, damals haben wir uns gesagt, was los war. Das letzte Mal in Stuttgart, da habe ich gesagt, so geht es nicht weiter. Und du hast gesagt, ja, so geht es nicht weiter.«

»In Stuttgart?«

»Ja.« Meybom nahm den Löffel, fuhr damit durch die Pfanne und hielt ihn hoch. Ein paar Brocken Soße fielen herunter auf den Küchenboden. »Misslungen«, sagte Meybom. »Klumpig, trocken, fast ungenießbar. Man kann das sagen. Weil es stimmt.«

»Mir hat es geschmeckt«, sagte Ute. »Und ich kann nichts dafür, wenn die Kleine schreit. Oder soll ich sie hungern lassen?«

»Niemand spricht von Schuld«, sagte Meybom. Er legte den Löffel weg und sah zu Boden. »Aber die Tatsachen bleiben die Tatsachen. Das musst du doch zugeben.«

Jetzt klingelte es an der Wohnungstür. Ute sprang auf und stellte sich in die Küchentür, die Hände presste sie gegen den Rahmen. »Mach nicht auf«, sagte sie. »Denk dran, was du mir versprochen hast.« Meybom ging langsam auf sie zu. »Ich mache auf«, sagte er. »Wann und wem ich will.« Da schrie Ute einmal und rannte durch den Flur ins Schlafzimmer, die Tür warf sie hinter sich zu. Meybom ging ihr nach, es klingelte wieder, er hörte Stimmen im Treppenhaus. Die Schlafzimmertür öffnete sich kurz einen Spalt, Utes Hand tastete am Schloss, da war kein Schlüssel. Als Meybom die Klinke drückte, spürte er, dass sie sich von innen gegen die Tür lehnte.

»Herr Meybom!«, rief eine Frauenstimme laut aus dem Treppenhaus. »Herr Meybom, sind Sie zu Hause?«

»Ja«, sagte Meybom. »Ich bin zu Hause. Aber ich kann jetzt nicht öffnen.« Er überlegte kurz. »Wir haben hier ein Problem.«

»Herr Meybom, hier spricht die Polizei«, sagte die Frauenstimme. »Wir wissen über alles Bescheid. Wir wollen Ihnen helfen. Hören Sie, Herr Meybom?«

»Ja«, sagte Meybom. Er hatte sein Ohr an die Schlafzimmertür gelegt. Drinnen war alles ruhig.

»Herr Meybom«, sagte die Frauenstimme, »wie geht es dem Kind? Denken Sie bitte an die Eltern. Die sind sehr in Sorge.«

»Ich verstehe«, sagte Meybom. »Aber dazu besteht kein Grund.« Er fasste die Klinke, jetzt gab es keinen Widerstand. Er trat ins Schlafzimmer, Ute saß auf dem Bett, mit dem Rücken zur Tür. Meybom nahm das Kind aus der Trage, drückte es an die Schulter und legte ihm die weiße Decke um. Dann ging er zurück in den Flur. Die Wohnungstür war aus den Angeln gehoben; eine Frau stand da, neben ihr Polizisten, sie hatten Gewehre auf Meybom gerichtet. »Nicht schießen!«, rief die Frau.

Meybom sah sich um. Ute lag jetzt auf dem Bett, mit dem Gesicht nach unten. Das Kind begann leise zu weinen, Meybom strich ihm über den Kopf. Die Frau trat auf ihn zu.

»Von mir aus können wir«, sagte er.

Der Infant

Jochen Herdes lernte Eva bei einem Betriebsfest der Lebensmittelkette kennen, zu dem auch die Mitarbeiter der Filialen in die Zentrale eingeladen waren. Sie sprachen lange miteinander, und Herdes, der den ganzen Abend nur Wasser und Saft trank, brachte Eva mit dem Wagen heim. Vor dem Haus ihrer Eltern in einem Vorort küssten sie sich. Ja, sagte Eva, als sie ausstieg, er könne sie morgen anrufen. Ein paar Wochen später, da trafen sie einander schon regelmäßig, wurde Herdes zum Filialleiter befördert und nach F. versetzt. Er sagte es Eva noch am selben Abend.

»Wie weit ist das genau?«, sagte Eva.

»Knapp hundertfünfzig Kilometer.« Herdes hob eine Hand. Natürlich könne er zum Wochenende pendeln. Aber an den langen Samstagen lohne es nicht, und außerdem brauche er, wenn er fahre, eine zweite Wohnung. Das allein schlucke den Mehrverdienst. Sie schwiegen eine Zeit lang. Natürlich habe er immer damit rechnen müssen; und es sei eine einmalige Chance.

»Natürlich«, sagte Eva. Trotzdem eine Zwickmühle.

Zwei Wochen später beschlossen Herdes und Eva, zu heiraten und gemeinsam nach F. zu ziehen. Eva kündigte, und sie erhielt von der Kette die Zusage, dass man an sie denke, wenn im Umkreis etwas frei werde. Drei Monate später feierten sie Hochzeit, Evas Eltern richteten alles aus. Herdes war schon als Kind Waise geworden, von seiner Familie kam nur ein alter Onkel zu der Zeremonie. Im Winter darauf, gerade hatte sich angedeutet, dass in Herdes' Filiale eine Fachverkäuferin kündigen werde, wurde Eva schwanger. Und Ende November bekam sie einen gesunden Jungen.

Herdes war bei der Geburt dabei gewesen. In der Nacht war er mit Eva die leeren Gänge der Wöchnerinnenstation auf und ab gegangen, und wenn die Wehen kamen, hatte er sie stützen müssen. Später hatte er ihre Hand gehalten und die Frequenzen vom Wehenschreiber abgelesen. Endlich, frühmorgens, stand er zwischen Ärzten und Geburtshelfern im Kreißsaal. Jemand zeigte ihm, wo er auf Evas Bauch drücken sollte. Danach ließ man ihn das Kind in ein anderes Zimmer tragen. Die Hebamme wusch und wickelte es, sie untersuchte es und trug Zahlen in einen Prüfbogen ein. »Siebenundzwanzig von dreißig«, sagte sie schließlich, »alles in Ordnung.« Sie gab Herdes das Kind zu halten, fotografierte ihn mit einer Polaroid-Kamera und klebte das Bild in einen Pass, in dem schon ein Hand- und ein Fußabdruck des Kindes waren. Herdes durfte seinen ganzen Namen hineinschreiben.

Gegen Mittag saß Herdes neben Evas Bett im Krankenzimmer. Das Kind lag in einer fahrbaren Wiege aus Metall mit gläsernen Seitenwänden. Herdes weinte, Eva strich ihm über den Kopf. »Du warst sehr tapfer«, sagte sie.

»Unsinn«, sagte Herdes. Er wischte sich die Augen. Als wenn es darauf ankäme. Er nahm Evas Hand von seinem Kopf und drückte sie.

Eva lachte. »Ich habs nur gekriegt«, sagte sie. »Es tat etwas weh, das war alles. Aber du musstest ein Formular ausfüllen. Das hätte ich nie gekonnt.«

»Mach dich nur über mich lustig«, sagte Herdes. Dann rückten sie zusammen wieder nah an die Wiege heran. Dem Kind waren kleine, weiße Säckchen über die Hände gezogen worden, damit es sich nicht verletze. Jetzt hatte es ein Stück Stoff in den Mund genommen und sog hörbar daran.

»Unser Thronfolger hat Hunger«, sagte Eva und begann, ihr Nachthemd aufzuknöpfen.

»Ferdinand«, sagte Herdes.

»Wie bitte?«

»Er heißt Ferdinand«, sagte Herdes.

Eva hielt einen Moment inne. »Ich dachte, wir haben uns auf Philip geeinigt?«

»Sicher«, sagte Herdes, »von mir aus Philip. Aber auch Ferdinand.«

»Du stehst noch unter Schock«, sagte Eva. Sie klingelte, eine Schwester kam und half ihr, das Kind an die Brust zu legen. Beim Zusehen kamen Herdes wieder die Tränen, und er wandte sich ab.

Eine Woche vor Weihnachten ließ sich ein Mann in Herdes' Büro melden. In einer Lieferantensache, sagte die Substitutin. Der Mann trat ein, wartete, bis die Tür geschlossen war, dann zeigte er kurz einen Ausweis. »Wiedeking«, sagte er, er komme aus der Zentrale, Innenrevision, Herdes solle jetzt nicht erschrecken, aber auf gar keinen Fall dürfe hier jemand erfahren, wer er sei.

»Was ist passiert?«, sagte Herdes.

Der Mann zuckte die Schultern. »Was immer passiert«, sagte er.

»Diebstahl?«, rief Herdes. Das müsse ihm doch aufgefallen sein, er prüfe ja alle Abrechnungen!

»Kein Vorwurf an Sie«, sagte der Mann. Und es sei etwas komplizierter, mehr dürfe er nicht sagen. Da spielten viele Faktoren hinein.

Was denn jetzt geschehe?, sagte Herdes.

»Sie werden jemand einstellen«, sagte der Mann. »Für alles Mögliche, hängen Sie gleich nach Weihnachten eines der Schilder raus. Und dann kommt jemand von uns. Eine Art Untersucher. Der agiert sehr unauffällig, aber er hat uneingeschränkte Vollmachten.«

»Und was habe ich zu tun?«, sagte Herdes.

»Nichts. Verhalten Sie sich völlig unauffällig. Und denken Sie daran: Niemand darf etwas erfahren.« Sonst sei alles umsonst.

»Das ist eine unangenehme Situation für mich«, sagte Herdes.

»Ich weiß«, sagte der Mann. Übrigens habe er gehört, Herdes sei Vater geworden. Glückwunsch dazu!

»Danke«, sagte Herdes. Dann besprachen sie die Einzelheiten. Am Abend erzählte Herdes alles zu Hause. Eva lag auf der Couch im Wohnzimmer, das Kind neben ihr, in eine weiße Decke gewickelt. »Ich bin heute zehnmal alles durchgegangen«, sagte Herdes. Er habe sich sogar eine Liste gemacht. Aber keine Idee, wer für so was in Frage komme.

»Du sagst doch, du weißt gar nicht, worum es geht«, sagte Eva.

»Jaja«, sagte Herdes. »Aber jetzt kriege ich einen, der sich in alles einmischt.« Und am Ende falle es auf ihn zurück.

»Nimm es nicht tragisch«, sagte Eva. Das Kind machte ein Geräusch, sie setzte sich und nahm es auf den Arm.

»Was anderes«, sagte Herdes, er griff in seine Jacketttasche und reichte Eva ein Papier. »Die Einladung zur Taufe.«

Eva nahm das Papier. »Am siebenundzwanzigsten Dezember?«, rief sie. »So früh? Und so kurz nach Weihnachten?«

»Warum nicht«, sagte Herdes. Er habe zuerst den achtundzwanzigsten gewollt, das Fest der unschuldigen Kinder. Aber da sei die Kirche nicht frei gewesen.

Eva schüttelte den Kopf. Man mache das nicht mehr so früh. Außerdem, da bleibe ja keine Zeit mehr für die Vorbereitungen. Sie legte das Papier neben sich auf die Couch. »Im Frühjahr«, sagte sie. »Nicht vor April.« Ein bisschen warm sollte es schon sein.

Herdes nahm das Papier wieder an sich. »Es ist alles arrangiert«, sagte er. »Ich habe mit dem Pfarrer gesprochen, die Einladungen gehen morgen raus. Und nur die Verwandten.«

»Bist du verrückt?«, rief Eva.

Herdes wies auf das Kind. »Pst«, sagte er. »Es werden ein paar von meiner Familie kommen, die du noch nicht kennst. Und die müssen rechtzeitig Bescheid wissen, die wohnen im Ausland.«

»Was ist in dich gefahren?«, sagte Eva. »Du kannst das doch nicht allein entscheiden. Wir wissen nicht einmal sicher die Paten.«

»Die stehen fest«, sagte Herdes. »Und ich trage jetzt die Verantwortung. Du hast dich vorerst um nichts zu kümmern. Das mache alles ich.« Er stand auf, setzte sich neben Eva auf die Couch und schlug vorsichtig die weiße Decke ein wenig zurück. »Wie der schläft«, sagte er.

Der siebenundzwanzigste Dezember fiel auf einen Mittwoch. Frühmorgens fuhren Herdes und Eva mit dem Kind zur Kirche. Es trug ein weißes Taufkleid mit Spitzen um den Kragen und eine weiße Haube. In der Kirchentür stand neben dem Pfarrer ein sehr alter Geistlicher in einem langen Ornat.

»Monsignore, das ist Eva, meine Frau«, sagte Herdes. Der Geistliche reichte Eva die Hand, dann betrachtete er das Kind und drückte dabei den Spitzenkragen ein wenig herab. Seine Hand zitterte. »Zweihundertsieben Jahre«, sagte er.

»Fast auf den Tag«, sagte Herdes.

Der Pfarrer gab ein Zeichen, und sie gingen in Richtung Altar. In den ersten Reihen saßen die Verwandten, rechts die von Eva, sie winkten herüber. Links saßen der Onkel und ein Dutzend andere, die meisten sehr alte Leute. Eva sah hinüber, sie nickten ihr lächelnd zu. Gleich begann die Zeremonie, und bald standen sie vor dem Taufbecken im Seitenschiff. Herdes hielt das Kind über das Becken. Der alte Geistliche trat vor, zog ein Papier aus seinem weiten Ärmel und las einen lateinischen Text. Er griff in das Wasser und besprengte das Kind. »Ich taufe dich auf die Namen Ferdinand Philip Sebastian Remigius Karl«, sagte er. Dann trat an seine Stelle der Onkel, auch er zog ein Papier hervor und las: »Lieber Ferdinand. Gemäß dem Schwur, den Ferdinand Karl, Graf zu G., vor seinem König getan, seinen Titel und Namen abzulegen, gleichfalls alle seines Geschlechtes, bis nach zweihundert Jahren wieder ein Erbe geboren ist, setze ich dich in deinen Stand und Namen.« Der Onkel faltete das Papier zusammen. »Liebe Eva«, sagte er. »Lieber Jochen. Wir alle danken euch sehr, und wir wünschen euch viel Kraft für eure große Aufgabe.«

Herdes gab Eva das Kind in den Arm, und der Reihe nach kamen nun seine Verwandten zu ihr, sie berührten das Kind an der Hand oder küssten das Taufkleid. Am Ende trat der Onkel heran, er verbeugte sich tief und reichte Herdes einen kleinen silbernen Dolch, und der legte ihn auf das Kind in Evas Arm.

»Ferdinand ist jetzt das Familienoberhaupt«, sagte Herdes leise.

Eva sah ihn an. »Philip«, sagte sie.

Spät am Abend, als alle Verwandten gegangen waren, saßen Eva und Herdes mit dem Kind im Wohnzimmer. Eva stillte. Am Weihnachtsbaum brannten die Kerzen. »Ich verstehe das alles noch immer nicht«, sagte Eva.

»Ich erkläre es dir gerne noch einmal.«

»Danke«, sagte Eva. Die Familiengeschichte kenne sie jetzt. Und zur Genüge. In den letzten zwölf Stunden sei ja von nichts anderem geredet worden. »Ich frage mich nur, was das alles zu bedeuten hat.«

Herdes zog Evas Pullover über der bloßen Brust ein wenig in die Höhe. »Er hat eine Fluse am Mund«, sagte er.

Eva sah hinunter. »Wer?«, sagte sie. »Der Thronfolger?« Sie nahm das Kind kurz von der Brust und wischte ihm mit einem Tuch den Mund. »Weißt du«, sagte sie, »eben habe ich mir vorgestellt, wie ich ihn beim Kindergarten anmelde.« Sie hob die Hand und spreizte Daumen und Zeigefinger. »Für den Namen allein brauche ich mindestens zwei Zeilen.«

»Du kannst das abkürzen«, sagte Herdes.

»Kann ich nicht«, sagte Eva. »Außerdem, wie das aussieht! Ein Graf. Und das Kind heißt anders als die Eltern.«

Das komme heute öfter vor, sagte Herdes. Und wenn Philip erst groß sei, werde das keinem mehr auffallen. Eva hatte das Kind wieder an die Brust genommen. »Wenn einer fragt, kann er ja alles erzählen«, sagte Herdes. Er rückte Eva ein Fußbänkchen hin, sie solle den Fuß darauf stellen, sonst strenge sie das Bein zu sehr an.

Eva stellte den linken Fuß auf das Bänkchen. »Schaust du bitte nach der Wärmflasche«, sagte sie. Herdes ging hinüber ins Kinderzimmer, er zog die Wärmflasche aus der bestickten Hülle, fühlte daran, dann trug er sie in die Küche, leerte das Wasser ins Spülbecken und goss heißes aus einer Thermosflasche hinein.

»Kommst du bitte mal!«, rief Eva aus dem Wohnzimmer. Herdes verschloss rasch die Wärmflasche. »Guck mal«, sagte Eva. »Ist das vielleicht Ausschlag?« Herdes drehte den Kopf des Kindes vorsichtig ein wenig ins Licht. »Er kann doch keinen Ausschlag haben«, sagte er. Das komme sicher vom Speichel. Er nahm einen Ratgeber vom Wohnzimmertisch und schlug ihn auf. »Herpes steht nicht mal im Register«, sagte er. »Du musst die Sauger nur öfter auskochen.«

»Unsinn«, sagte Eva. »Und wieso ich?« Sie legte das Kind an die andere Brust. »Müsste ein Graf nicht seinen eigenen Auskocher haben. Und einen Grafenwickler und einen grafmäßigen Spucktuchträger.« Das Kind gluckste, und Eva stützte seinen Kopf.

»Bitte«, sagte Herdes. »Bei der Taufe hätte Onkel Walter beinahe geweint. Und Onkel Walter hat viel mitgemacht. Er war sechs Jahre im Krieg. Seine Frau und seine drei Kinder sind auf der Flucht ermordet worden. Und meinst du, er hätte je eine Miene verzogen? Nie!«

»Und jetzt hat er geweint?«

»Beinahe«, sagte Herdes.

»Ich glaube, Philip schläft ein«, sagte Eva. Herdes beugte sich über das Kind. »Er saugt noch«, sagte er.

»Der trinkt im Schlaf«, sagte Eva. »Aber er wird so schwer, ich spür das.«

»Willst du ihn rüberbringen?«

»Noch nicht.«

Herdes schlug sich an den Kopf. »Die Wärmflasche!« Er holte sie aus der Küche, trug sie ins Kinderzimmer und legte sie zurück in die Wiege. Dabei stieß er an das Medaillon, das vom Wiegenhimmel herab an einer silbernen Kette hing. Herdes klappte es auf. Darin war das einzige Bild des Urahns, der auf den Namen verzichtet hatte. Ein anderes hatten sie nicht. Herdes hielt es ins Licht. Ob Ferdinand ihm ähnlich sah, war natürlich noch nicht zu sagen. Er klappte das Medaillon wieder zu. Auf den Deckel war das Familienwappen graviert, auf der oberen Hälfte lag ein geflügelter Löwe, die untere war geteilt, links ein paar Kirschen an ihren Stängeln, rechts eine Burg über einem angedeuteten Fluss.

Herdes überlegte, ob er das Wappen auf eine Tafel übertragen lassen und es dann an die Tür zum Kinderzimmer hängen sollte. Aber im Flur lag schon der Dolch auf zwei Nägeln an der Wand. Herdes strich jetzt das kleine Plumeau glatt. Vor ein paar Jahren war ein älterer Vetter, dessen Familie in Südamerika lebte, bei einem Unfall ums Leben gekommen. Seitdem war ganz sicher, dass nur er noch der Vater des Namensträgers würde werden können. Damals hatte ihm Onkel Walter das Medaillon gegeben.

Als Herdes sich umwandte, stand Eva in der Tür. Er machte ein Zeichen, alles sei in Ordnung, hob das Plumeau aus dem Bett und deckte es auf das Kind, als Eva es hingelegt hatte. Dann gingen sie beide langsam aus dem Zimmer, Herdes schloss vorsichtig die Tür. »Zwei Stunden Ruhe«, sagte Eva.

Am nächsten Tag, einem Donnerstag, meldeten sich die ersten Bewerber auf die Stellenausschreibung. Herdes vertröstete sie, bis ein junger, etwas ungepflegter Mann ihm sagte, er komme von Wiedeking. In der Mittagspause, im Umkleideraum, stellte Herdes ihn den anderen vor: das sei Herr Spors; alle sollten ihm ein bisschen unter die Arme greifen. Dann ging er in sein Büro und sah noch einmal die Liste durch, die er angelegt hatte. Dass einer dabei war, der Diebstähle beging, konnte er sich nicht vorstellen. Vorausgesetzt, es handelte sich um Diebstahl. Herdes sah durch das kleine Fenster schräg hinter seinem Schreibtisch in den Verkaufsraum, später ging er hinunter und machte seine Runde, manchmal blieb er an den Regalen oder im Kassenraum stehen. Abends beobachtete er, wie die Angestellten aufbrachen.

Auf dem Heimweg begann es zu schneien. Herdes schaute eine Zeit lang in die Auslage eines Spielwarengeschäfts, dann trat er in den Laden. Im ersten Stock ließ er sich die Sachen für die ganz Kleinen zeigen. Es gab ein Gestell, ähnlich einer Schaukel, von der Querstange hingen bunte Sachen herab. Auf dem Karton war ein Bild; man legte das Baby darunter, damit es nach den Sachen greifen konnte. Es war auch eine Spieluhr dabei. *Ab sechs Wochen*, las Herdes. Ferdinand war jetzt fünf. Daneben lagen einfache kleine Stofftiere, runde oder ovale Kissen aus buntem Zeug mit kleinen Stücken eines gröberen Materials als Ohren und Schwänze. Ein paar davon waren in Folie eingeschweißt. *Brutkastengeeignet*, las Herdes. Er stieg wieder hinunter. Auf dem Treppenabsatz war ein Indianerzelt aufgebaut.

Herdes blieb stehen. Wir haben großes Glück gehabt, dachte er. Spätestens zur Erstkommunion würden die Verwandten wieder kommen, und dann würde er Philip alles erklären. Sie waren nämlich eine Ausnahme. In fast allen solchen Fällen war die Familie ausgestorben. Oder man hatte es einfach vergessen. Herdes stieg wieder nach oben; er wolle doch das kleine Gestell kaufen. Die Verkäuferin drehte ein paarmal den Karton. Die Spieluhr spiele *Guten Abend, gut' Nacht*, sie könne aber sehen, ob noch andere auf Lager seien. »Nicht nötig«, sagte Herdes.

Zu Hause empfing ihn Eva in der Wohnungstür. »Endlich«, sagte sie. »Dein Königssohn bringt mich heute um den Verstand.« Herdes hörte das Kind schreien. Er stellte den Karton zu Boden. »Was ist los?«, sagte er.

Was los sei? »Er hat nicht eine halbe Stunde geschlafen!«, sagte Eva. »Und wenn er wach ist, will er sofort an die Brust. Weißt du, der frisst mich auf, keine Minute kann ich den weglegen.«

Herdes hing seinen Mantel an die Garderobe und ging ins Wohnzimmer. Wo das Buch sei? sagte er.

»Ich hab schon nachgesehen«, sagte Eva. Das sei alles normal, aber wenn das normal sei, werde sie dabei verrückt.

Herdes ging ins Kinderzimmer und nahm das schreiende Kind aus der Wiege. Er drückte es an die Schulter und schlug die weiße Decke locker darum. Dann begann er, im Flur auf und ab zu gehen.

»Was versprichst du dir davon?«, sagte Eva.

»Nichts«, sagte Herdes. Er sang ein Kinderlied, immer nur die erste Strophe, die anderen kannte er nicht. Als nach einer Viertelstunde das Kind noch schrie, nahm Eva es und legte es an die Brust. Beim Trinken schlief es ein. »Übrigens kommen Mama und Papa zu Silvester«, sagte Eva. Aber nur am Nachmittag.

»Von mir aus gerne«, sagte Herdes.

Silvester fiel auf den nächsten Sonntag; den Samstag über war von acht Uhr an die Filiale dauernd überfüllt. Herdes war kaum in seinem Büro, meist lief er zwischen der Fleisch- oder der Käsetheke und dem Kassenbereich hin und her, um Anweisungen zu geben. Der Untersucher fuhr die ganze Zeit mit einem flachen Gabelstapler Paletten aus dem Lager und füllte die Regale nach. »Sie finden sich zurecht?«, sagte Herdes einmal im Vorübergehen.

»Natürlich«, sagte der Mann.

Gegen zwei stand Herdes an der Eingangstür zur Filiale, den Schlüssel in der Hand, und nach jedem Kunden, der ging, schloss er ab. Ein paarmal musste er Leute abweisen, die noch hinein wollten. Dann trugen die Kassiererinnen den Kasseninhalt in sein Büro, und Herdes kontrollierte die Abrechnungen. »Ein Plus von vier Mark dreißig«, sagte er, nahm ein paar Münzen und warf sie in einen Kasten. »Also dann, schönes Wochenende allerseits. Und einen guten Rutsch!« Die Angestellten verabschiedeten sich. Herdes ordnete noch ein paar Papiere, dann packte er die Tageseinnahmen in eine Geldbombe, tat sie in seine Aktentasche und ging damit durch das Lager zum Personalausgang. Dort stand der Untersucher. »Was gibts?«, sagte Herdes.

»Das Geld«, sagte der Mann. Die Tageseinnahme.

Was damit sei?

Er solle sie ihm bitte geben, sagte der Mann, er wisse ja, dass er besondere Vollmachten habe.

»Ich verstehe das nicht«, sagte Herdes. Seine Leute zu beschatten, das sei das eine. Aber die Abrechnung habe gestimmt, und was in aller Welt spreche dagegen, dass er selbst das Geld zur Bank bringe?

Der Mann schnippte zweimal mit den Fingern. Auskünfte könne er keine geben, sagte er. Herdes solle nur glauben, dass er seine Gründe habe.

Herdes hob die Aktentasche ein Stück in die Höhe. »Das sind fast hunderttausend«, sagte er.

Der Mann zuckte die Schultern. Eine Quittung habe er schon vorbereitet. Sie schwiegen eine Zeitlang, dann öffnete Herdes die Aktentasche und gab dem Mann die Bombe. Der nahm sie, zog ein Papier aus der Tasche und reichte es herüber. Den Betrag solle er selbst einsetzen, Vertrauen gegen Vertrauen. Dann grüßte er und verließ das Lager. Herdes prüfte noch einmal die Schlösser, dann ging er nach Hause. »Wie war es denn heute?«, sagte er, als er die Wohnung betrat.

»Gut«, sagte Eva, sie trug das Kind auf dem Arm. Und im Geschäft? »Hektisch«, sagte Herdes.

Am Silvesternachmittag kamen Evas Eltern. Sie könne das alles noch immer nicht fassen, sagte Evas Mutter. Diese Familiengeschichte! Jochens Onkel habe ja so schön davon erzählt, aber eigentlich müsste sie ihn bitten, ihr einmal alles aufzuschreiben. Oder vielleicht gebe es ja eine Familienchronik?
»Nein«, sagte Eva. »Das ist alles im Krieg verbrannt.«
»Schade«, sagte die Mutter.
Herdes hatte inzwischen das kleine Gestell zusammengebaut und darunter die dicke, flauschige Decke geschoben, die die Eltern mitgebracht hatten. Schön, sagte Evas Mutter. Wenn der Prinz jetzt wach werde, könne man alles zusammen ausprobieren. Wann es denn so weit sei?
»Unregelmäßig«, sagte Eva. Sie sollten ruhig anfangen, Kaffee zu trinken. Das kenne sie, sagte Evas Mutter, bei Eva sei es auch mal so und mal so gewesen. Sie setzten sich um den Tisch, die Mutter erzählte, wie sie die Geschichte überall wiederholen müsse. Eine halbe Stunde später sagte Herdes dann, er werde jetzt einmal nachsehen. Es sei doch sehr über die Zeit. Er stand auf und ging leise ins Kinderzimmer, da lag das Kind wach in der Wiege, Herdes schien es, als sehe es hoch zu dem Medaillon. Evas Eltern standen schon in der Tür. »Ihr könnt kommen«, sagte er.

Als das Kind getrunken hatte, legte Eva es im Wohnzimmer auf die Decke und unter das Gestell, dass seine Hände die Sachen erreichen konnten. Alle knieten darum herum, und Herdes zog die Spieluhr auf. Sie spielte *Guter Mond.* Man könne sich auf gar nichts mehr verlassen, sagte Herdes.
»Wieso?«, sagte Evas Vater. Herdes winkte ab; das sei nur so gesagt. Das Kind hatte eine Zeit lang ruhig auf die Spieluhr

gesehen, jetzt verzog es das Gesicht und begann zu weinen. Eva hob das Gestell zur Seite. »Das ist noch zu viel für dich«, sagte sie und nahm das Kind auf den Arm. Gegen sechs fuhren die Eltern ab. Nein, Silvester sollten sie zwei schon allein miteinander sein. Oder besser sie drei! Sie würden anrufen, wenn sie zu Hause seien.

Um Mitternacht standen Herdes und Eva am offenen Wohnzimmerfenster und sahen in die Straße hinaus. Über den Dächern auf der anderen Seite stiegen Leuchtraketen in die Luft und zerplatzten laut in grüne und gelbe Sterne.

»Wenn nur der Kleine nicht wach wird«, sagte Herdes. Eva zitterte vor Kälte und drückte sich an ihn. »Dann sagen wir ihm, das ist zu seinen Ehren«, sagte sie. »Ein Feuerwerk zu Ehren seiner gräflichen Exzellenz.«

»Exzellenz ist eine Anrede für Botschafter«, sagte Herdes. In ihrem Fall sei der Titel ein Bestandteil des Namens. Eva seufzte laut. Dann schlossen sie das Fenster und horchten in Richtung Kinderzimmer. »Nichts zu hören«, sagte Eva, trotzdem gut, dass morgen Feiertag sei.

»Stimmt«, sagte Herdes. Er zog die Vorhänge zusammen. An Dienstag dürfe er gar nicht denken. »Die haben uns komplett leer gekauft«, sagte er. Wie die Irren.

»Und was macht dein Aufpasser?«

»Der?«, sagte Herdes. Dann lachte er. Der habe jedenfalls ordentlich ran gemusst. Und am Schluss habe er sogar darauf bestanden, die Geldbombe wegzubringen.

»Komisch«, sagte Eva.

»Wieso komisch«, sagte Herdes. Die wüssten schon, was sie tun. Dann gingen sie zu Bett. Eine Stunde später schrie das Kind.

Am Neujahrsmorgen stand Herdes vom Frühstückstisch auf. »Ich muss kurz telefonieren«, sagte er. Er suchte die Nummer der Zentrale heraus und rief an; natürlich meldete sich niemand. Herdes überlegte. Wie der Leiter der Innenrevision hieß, hatte er vergessen, mit der Abteilung hatte er nie zu tun gehabt. Dann fiel ihm der Name eines Kollegen ein, der dort gearbeitet hatte, bis er in den Einkauf versetzt worden war. Herdes rief die Auskunft an, es gab vier Einträge dieses Namens. Er notierte die Nummern und wählte sie der Reihe nach. Beim zweiten Mal war der Kollege am Apparat.

»Jochen Herdes«, sagte Herdes. »Du erinnerst dich doch?« Es sei natürlich unmöglich, jetzt anzurufen. Aber er habe ein Problem.

»Immer raus damit«, sagte der Kollege, und Herdes schilderte, was vorgefallen war. Er habe jetzt Zweifel, ob er sich richtig verhalten habe.

»Wie war der Name?«, sagte der Kollege.

»Wiedeking«, sagte Herdes.

»Kenn ich nicht«, sagte der Kollege. Aber er sei schon lange weg aus der Innenrevision.

Ob denn das üblich gewesen sei?, sagte Herdes. Einen zu schicken?

»Sicher«, sagte der Kollege, in Ausnahmefällen. Andererseits, er habe mal von so einem Trick gehört. Aber das sei im Ausland gewesen. Glaube er jedenfalls.

»Danke«, sagte Herdes. Dann legte er auf. Eva stand jetzt hinter ihm, das Kind an der Schulter. Was denn mit dem Geschäft sei, jetzt am Feiertag?

»Die haben mich reingelegt«, sagte Herdes. »Die haben mich fertiggemacht.« Tränen stiegen ihm in die Augen.

»Wie bitte?«, sagte Eva.

»Das war's!«, sagte er. »Jetzt sind wir ruiniert. Jetzt können wir sehn, wo wir bleiben!« Er ging ein paar Schritte, dann nahm er seinen Mantel vom Haken. Er müsse wenigstens zur Polizei. Eva hielt ihn zurück. Er solle um Gottes willen endlich sagen, was passiert sei! Herdes machte sich los und öffnete die Wohnungstür. »Warte doch!«, rief Eva, da war er schon auf der Treppe.

Draußen schneite es. Herdes stieg in den Wagen, da fiel ihm ein, dass er nicht wusste, wo die nächste Polizeistation war. Er suchte im Handschuhfach nach dem Stadtplan. Seine Hände zitterten, eine Taschenlampe fiel zu Boden, da plötzlich hielt er inne. Ruhe!, sagte er sich. Und nicht gleich alles verloren geben. Das war keine Art! Er legte den Kopf aufs Lenkrad und schloss die Augen. Ja, natürlich. Das fing alles erst an! Die hatten ihn einmal für dumm verkauft, die würden das wieder tun. Und zwar morgen, nach zwei Feiertagen, da wäre die Kasse wieder randvoll.

Herdes sah auf. Die Schneeflocken liefen die Windschutzscheibe herunter. Sein Sohn ein Graf! Genau genommen war das Unsinn. Wenn Onkel Walter nicht gewesen wäre, er hätte vielleicht alles auf sich beruhen lassen. Und die Verwandten? Was lag ihm an denen. Die er kannte, waren steinalt. Und die anderen sollten Abenteurertypen sein. Die würden sich nie hier blicken lassen. Eine halbe Stunde blieb Herdes im Wagen sitzen, dann ging er zurück in die Wohnung. Er sagte Eva alles, was geschehen war. Jetzt habe er getan, was er könne. Jetzt müssten sie abwarten.

In der Nacht schlief Herdes kaum, und am Dienstagmorgen war er weit vor der Zeit in der Filiale. Er blieb in seinem Büro, und durch das Fenster zum Verkaufsraum sah er die Angestellten kommen; als Letzter kam der angebliche Untersucher! Herdes biss sich von innen auf die Wangen, bis ihm vor Schmerz die Augen tränten. Gewonnen! sagte er sich. Er hatte gewonnen. Jetzt war er unwiderruflich im Vorteil. »Na?«, rief er laut, als die Substitutin ins Zimmer trat. »Wie war's? Gut reingekommen?«

»Ja«, sagte die Substitutin. Und ziemlich spät sei es geworden.

»Gut«, sagte Herdes. Er sei heute wenig im Büro. Am letzten Samstag sei ihm so einiges aufgefallen, das wolle er sich noch einmal ansehen. Dann wartete er, bis der Untersucher aus dem Umkleideraum kam; im Flur trat er ihm entgegen. »Kommen Sie mit«, sagte er und ging voran zu den Regalen mit den Konserven. »Folgendes: Hier stehen sich die Leute nur auf den Füßen. Wir tauschen jetzt Gemüse, Obst und so weiter gegen die Babynahrung und den Krempel auf der anderen Seite.«

»Alles?«, sagte der Mann.

»Sicher«, sagte Herdes. »Fangen Sie gleich an.« Dann drehte er sich rasch um und ging hinüber zur Fleischtheke. Er fühlte sein Herz klopfen. Die Verkäuferin schnitt gerade eine Wurstsorte, die Scheiben zeigten ein Clownsgesicht. »Wissen Sie, wie die das machen?«, sagte er.

»Mit einer Düse«, sagte die Verkäuferin. Ob er eine Scheibe wolle? Sie rollte mit einer langen Gabel eine zusammen und reichte sie über die Theke. »Danke«, sagte Herdes. Dann schloss er den Haupteingang auf. Draußen standen schon die ersten Kunden. »Alles frisch«, sagte er und hielt die angebissene Wurstrolle hoch.

Gegen Mittag stapelte der Untersucher immer noch Konservendosen auf die Paletten. Um ihn herum standen Kunden, die ihm wegnahmen, was er gerade aus den Regalen geräumt hatte. Alle Viertelstunden ging Herdes durch den Gang. »Entschuldigung«, sagte er. »Wir räumen ein bisschen um. Der Verkauf geht weiter.« Spät am Nachmittag hatte der Untersucher die Konserven in den Nachbargang gefahren, jetzt trug er in Körben Babynahrung auf die andere Seite. Herdes beobachtete ihn aus der Entfernung; wenn der Mann herüberschaute, sah er weg oder ging hinter ein Regal. Dann war Ladenschluss. Rasch ließ sich Herdes die Einnahmen geben, und ohne eine Abrechnung zu machen, tat er das Geld in die Geldbombe. Vor dem Umkleideraum wartete er, bis alle Angestellten gegangen waren, dann trat er ein. Der Untersucher saß auf einem Stuhl, seinen rechten Fuß hatte er auf den Tisch gelegt, und er rieb sein Knie mit der Hand. Als er Herdes sah, stand er auf.

»Knochenarbeit, was?«, sagte Herdes.

»Ich muss Sie sprechen«, sagte der Mann.

»Sicher«, sagte Herdes. »Kommen Sie in mein Büro.« Er ging voran, ließ den Mann ein und blieb vor der Tür stehen.

»Wenn Sie mir solche Aufgaben geben, kann ich nicht arbeiten«, sagte der Untersucher.

Herdes schlug sich an die Stirn. Wie er das habe vergessen können! Er müsse schon vielmals entschuldigen. Aber dafür habe er auch eine Überraschung. Er zeigte auf die Geldbombe auf seinem Schreibtisch. »Da«, sagte Herdes. »Eine große Einnahme.« Dann schloss er die Tür ab, zog den Schlüssel und steckte ihn in die Tasche.

»Was machen Sie?«, sagte der Untersucher.

»Sie haben mich reingelegt«, sagte Herdes langsam. Er griff in die Innentasche seines Kittels und zog den silbernen Dolch heraus. »Ich wette, Sie haben lange darüber nachgedacht«, sagte er. »Mit dem kann man's machen, haben Sie gedacht. Der ist ganz neu. Der springt noch, wenn man pfeift.«

Der Mann wollte etwas sagen.

»Hinsetzen und Hände auf den Rücken!«, sagte Herdes.

Der Mann setzte sich hinter den Schreibtisch. Herdes trat heran und legte den Dolch neben die Geldbombe. »Aber Sie sind im Irrtum!«, sagte er. »Ich werde mit ganz anderen Sachen fertig.« Der Mann zog eine Hand hervor. »Nicht!«, rief Herdes. »Keine Bewegung. Ich könnte Ihnen Geschichten erzählen. Da wären Sie sprachlos.«

»Ich bitte Sie«, sagte der Mann.

»Bitten ist zwecklos«, sagte Herdes. »Sie wissen nicht, mit wem Sie es zu tun haben.« Er nahm wieder den Dolch und wies damit auf das Telefon. »Rufen Sie Ihren Komplizen an«, sagte er. »Und bestellen Sie ihn her. Sofort, verstanden, mit dem Geld. Das ist jetzt Ehrensache. Nur Sie beide und ich. Sonst wird keiner was erfahren.«

Der Mann schüttelte langsam den Kopf. Dann zog er das Telefon zu sich. Herdes trat hinter ihn und legte ihm den Dolch mit der Schneide an die Kehle. »Langsam wählen«, sagte er. »Und kein falsches Wort«.

Der Mann wählte: Eins, Eins, Null. Herdes ließ den Dolch sinken. Ein paar Sekunden verstrichen, dann war eine Stimme in der Leitung. »HIT-Markt am Rosenplatz«, sagte der Mann. »Überfall.«

Herdes drückte die Gabel herunter. »Entschuldigung«, sagte er.

Der Deichgraf

Auf gut Glück hatten sich Volker und Ruth an einem Freitagmittag, als der Erste Mai auf den Dienstag fiel und das Wetter sehr gut war, zu einem langen Wochenende am Meer entschlossen; am Montag würde ihr fünfter Hochzeitstag sein. Sie hatten Koffer und Reisetasche in den Wagen geladen und die Autobahn Richtung Norden genommen. Nach achtzig Kilometern gerieten sie in einen Stau.

»Macht nichts«, sagte Volker. »Heute könnten wir sowieso nichts mehr unternehmen. Und der Dienstag bleibt auch noch.«

Ruth öffnete das Schiebedach und richtete sich auf.

»Siehst du was?«, sagte Volker.

»Nein«, sagte Ruth. »Da ist erst eine Kurve.« Eine Stunde später fuhren sie langsam an drei Wagen vorbei, die ineinander verkeilt halb auf dem Mittelstreifen standen. Benzin war ausgelaufen und mit Sand abgedeckt, ein paar Gepäckstücke lagen neben der Leitplanke. Bald danach löste der Stau sich auf, gegen sechs Uhr erreichten Volker und Ruth den ersten Ort am Meer. Alle Zimmer seien belegt, sagte die Frau im Touristikbüro. Sie könnten es selbst versuchen, aber da sei wenig Aussicht.

»Na, dann weiter«, sagte Volker.

Im nächsten Ort war es dasselbe. »Sie hätten buchen müssen«, sagte ein junger Mann.

Als sie im dritten Ort ankamen, war das Touristikbüro geschlossen. Volker notierte die Telefonnummern der Hotels von einem Plakat an der Tür und führte aus einer Zelle ein paar Gespräche.

»Nichts mehr frei«, sagte er, als er zum Wagen zurückkam. »Wir machen jetzt folgendes: Wir fahren weiter die Küste entlang, und wenn wir was sehen, halten wir an und fragen.« Am Telefon werde man doch nur abgewimmelt.

»Wenn du meinst«, sagte Ruth.

Sie fuhren eine Zeitlang. Vor den Pensionen, die an der Durchgangsstraße lagen, hingen *Belegt*-Schilder, ebenso vor den beiden Hotels im nächsten Ort. Volker stieg jedes Mal aus und fragte. Nein, da sei nichts zu machen, alles langfristige Buchungen. Und dann das schöne Wetter, jetzt, für die Jahreszeit.

Auf dem Weg in den nächsten Ort begann es dunkel zu werden. Ruth sah auf die Uhr. »Wenn wir zurückfahren, können wir um Mitternacht zu Hause sein.«

»Jaja«, sagte Volker. »Wir waren auch naiv. Wenn Dienstag Feiertag ist, nehmen alle den Montag frei und hauen ab.«

»Und was tun wir jetzt?«

Volker zeigte auf ein Schild, das in eine kleine, zwischen Wiesen meerwärts führende Straße wies. *Zum Deichgraf* stand darauf. »Letzter Versuch«, sagte er und bog ein. Nach einer Kurve sahen sie ein erhöht liegendes Gebäude mit der Leuchtschrift *Hotel* zwischen zwei kleinen Türmen auf dem Dach. »Ich komme mit«, sagte Ruth, als sie auf einem Parkplatz anhielten. Sie öffnete die Beifahrertür und stieg aus. »Das ist aber kalt geworden«, sagte sie.

»Der Wind vom Meer«, sagte Volker. Er öffnete den Kofferraum, nahm Ruths Mantel und half ihr hinein. Dann gingen sie eine Treppe zum Eingang hinauf. Die Tür war unverschlossen, sie traten ein, hinter einem schmalen Tresen stand ein älterer Mann.

»Wir suchen ein Zimmer«, sagte Volker.

»Tut mir leid«, sagte der Mann. »Wir sind voll belegt.« Ruth atmete hörbar ein und aus. Volker strich ihr übers Haar. »Wir würden ja mit allem vorlieb nehmen«, sagte er. »Seit Stunden suchen wir nach einem Zimmer. Jetzt sieht es so aus, als müssten wir im Auto schlafen. – Und meine Frau ist im sechsten Monat.«

Ruth sah Volker an und fasste ihn am Arm. Er zog die Schultern hoch. »Warum soll man das nicht sagen?«

»Das tut mir leid«, sagte der Mann.

»Bitte«, sagte Volker. »Es ist natürlich meine Schuld, wir waren kurz entschlossen. Aber es wird kalt draußen, und zurück nach Hause sind es mehr als vier Stunden. Das sind die Fakten.«

Der Mann klopfte auf den Tresen und griff zu einem Schlüsselbord. »Gut«, sagte er. »Ein Zimmer ist leer diese Nacht, aber die Herrschaften kommen morgen sehr früh. Um sieben allerspätestens müssten Sie das Zimmer freimachen. Wenn Ihnen damit gedient ist?«

»Und ob«, sagte Volker. »Das rettet uns. Nicht wahr?« Er nahm Ruths Hand und drückte sie, dann wandte er sich zur Tür. »Wir holen nur rasch das Nötigste!« Die beiden traten zusammen aus dem Haus.

»Was machst Du?«, sagte Ruth, als sie zum Wagen gingen.

Volker legte einen Finger auf den Mund. »Still«, sagte er. »Was willst du, wir haben ein Zimmer für die Nacht. Und morgen sehen wir weiter.«

»Aber ich bin nicht schwanger«, sagte Ruth. »Wie soll das gut gehen?«

Volker nahm die Reisetasche aus dem Wagen. »Unter dem Mantel sieht man nichts.«

»Ich weiß nicht«, sagte Ruth. Sie steckte eine Hand in die

Manteltasche und wölbte den Stoff, mit der anderen stützte sie sich in den Hüften, dabei lehnte sie sich leicht zurück und stöhnte.

»Sehr gut«, sagte Volker. »Täuschend echt.« Sie gingen zurück, und der Hotelier stieg vor ihnen über eine schmale Treppe in den ersten Stock. Sie bogen in einen engen Flur.

»Ist das Haus ganz aus Holz?«, sagte Volker.

»Ja«, sagte der Hotelier und schloss ein Zimmer auf. »Früher hat hier der Deichgraf gewohnt, wissen Sie, mein Großvater, wir haben nur ein bisschen umgebaut.« Er wies auf das dunkle Fenster. »Hinter den Wiesen und dem Deich ist schon das Meer«, sagte er. »Und der schönste Strand in der Gegend.« Er machte eine entschuldigende Bewegung.

»Trotzdem«, sagte Volker. »Wir sind Ihnen sehr zu Dank verpflichtet.« Er stellte die Reisetasche auf einen Hocker. »Meine Frau möchte sich auch gleich hinlegen.«

»Ich müsste Sie dann ganz früh wecken. Gegen sechs vielleicht?«

»Natürlich«, sagte Volker. »Für uns kein Problem.« Als der Hotelier die Tür geschlossen hatte, ließ er sich aufs Bett fallen. »Wahnsinn«, sagte er. »Wie im Film.« Er legte eine Hand auf seine Brust. »Stell dir vor, ich habe richtiges Herzklopfen.«

Ruth hatte den Mantel ausgezogen und an einen Kleiderhaken neben der Tür gehängt. Aus der Reisetasche holte sie Nachthemd und Waschzeug und trat vor das kleine Becken.

»Sollen wir wirklich schon ins Bett?«, sagte Volker. »Es ist gerade neun.«

»Mein Zustand«, sagte Ruth. »Schon vergessen?« Sie drehte sich um und krempelte langsam ihren Pullover hoch.

Volker lachte. Auf dem Bett liegend zog er sich aus. »Gar nicht schlecht, das Zimmer«, sagte er, als Ruth zu ihm kam.

»Sogar ein Fernseher. Und das Meer gleich hinter den Wiesen.«

»Nicht für uns«, sagte Ruth. Volker drehte sich zu ihr und strich ihr über den Bauch. »Mütter haben so was Besonderes«, sagte er.

»Perverser Mensch«, sagte Ruth. Dann schliefen sie miteinander. Später schalteten sie den Fernseher ein und sahen die Wiederholung eines *Tatort*-Krimis.

Am nächsten Morgen um sechs klopfte es an die Tür. »Wir sind schon wach«, rief Volker. Er fasste Ruth an der Schulter. »Aufstehen, Mutti«, sagte er laut.

Ruth richtete sich auf und sah zur Tür. »Weißt du eigentlich, wie es jetzt weitergeht?«, sagte sie. »Ich kann doch nicht im Mantel frühstücken.«

»Musst du nicht«, sagte Volker. Er stand auf, nahm ein kleines Kissen von einem Sessel und zog den Gürtel aus seiner Hose, beides hielt er hoch. »Hier«, sagte er. »Komm!« Ruth ließ sich das Kissen mit dem Gürtel um den Bauch binden, dann zog sie ihren Pullover darüber und stellte sich vor den Spiegel über dem Waschbecken. »Ich sehe nichts«, sagte sie und stieg aufs Bett. »Es sieht schrecklich aus.«

»Egal«, sagte Volker. »Niemand kontrolliert das. Und was sollen sie auch sagen?«

Ruth sah ihn an. »Eben«, sagte Volker. »Nichts sagen die.«

Sie wuschen sich, zogen sich an und gingen hinunter. Im Frühstückszimmer war niemand sonst, ein Tisch war für zwei Personen gedeckt. Als sie sich gesetzt hatten, kam eine Frau und fragte, ob sie Kaffee oder Tee wollten. Die Frau lächelte Ruth an; wenn sie etwas Besonderes wolle, brauche sie es nur zu sagen.

»Siehst du«, sagte Volker leise, als die Frau den Kaffee gebracht hatte. »Wie ich gesagt habe.«

»Ich kriege langsam ein schlechtes Gewissen«, sagte Ruth.
»Wieso? Wir nehmen keinem was weg. Im Gegenteil. Wahrscheinlich verdienen sie diese Nacht doppelt.«
»Trotzdem«, sagte Ruth.
Volker schaute zum Fenster hinaus. »Da!«, sagte er. »Man sieht wirklich den Deich. Eigentlich ist das ein idealer Platz hier. Ein bisschen wie verwunschen.«
»Wir können es ja weiter versuchen.«
Volker schüttelte den Kopf. »Zwecklos. Vielleicht fahren wir auf einem Umweg nach Hause.«
Ruth sah auf die Uhr. »Noch eine Viertelstunde.«
Im Flur klingelte ein Telefon. Sie hörten eine Stimme, dann wurde aufgelegt, und der Hotelier trat ins Frühstückszimmer. Er breitete die Arme aus und kam an den Tisch.
»Gut geschlafen?«, sagte er.
»Danke, ausgezeichnet.«
»Ich habe Nachrichten für Sie«, sagte der Hotelier. »Gerade rufen mich die Gäste für Ihr Zimmer an. Aus der Traum! Motorschaden auf der Autobahn. Sie lassen den Wagen zurückschleppen und kommen nicht. Was sagen Sie dazu?«
»Ist nicht wahr«, sagte Volker.
»Doch doch. Sie können bleiben. So lange Sie wollen.«
»Schön«, sagte Volker.
»Und Sie haben wirklich Glück.« Der Hotelier beugte sich vor und sah aus dem Fenster. »Im Umkreis ist alles belegt. Und der Wetterbericht heute Morgen sagt: Fast heiter und warm.« Er richtete sich wieder auf. »Vergessen Sie bitte nicht das Gästebuch.« Dann ging er und schloss die Tür hinter sich.
»Was jetzt?«, sagte Ruth.
»Leise!« Volker goss sich Kaffee ein. »Erst mal können wir in Ruhe überlegen.«

»Können wir nicht«, sagte Ruth. »Du hast ja schon zugesagt.«

»Hab ich nicht. Außerdem, was sollte ich machen? Wir können ja gleich raufgehen, und in einer Stunde sagen wir, dir ist schlecht geworden und wir müssen fahren. Du könntest Wehen kriegen.«

»Bist du verrückt? Die rufen einen Arzt!«

»Unsinn«, sagte Volker. »Und überhaupt! Es hat heute Morgen geklappt. Warum soll es nicht bis Dienstag klappen? Ich seh da keinen Grund.«

»Ich kann nicht drei Tage mit einem Kissen auf dem Bauch rumlaufen.«

Volker wischte Brotkrümel von seiner Hose. »Es ist doch nur zum Frühstück«, sagte er. »Und wenn wir rein- und rausgehen. Sonst sind wir am Meer, oder wir fahren wo hin. Da kannst du es wegnehmen.«

Ruth warf ihre Serviette auf den Tisch, stand auf und ging zur Tür. Mit ein paar Schritten holte Volker sie ein. »Bitte«, sagte er leise. »Natürlich nur, wenn du willst. Aber warum nimmst du es nicht als Spaß? Stell dir vor, wir erzählen zu Hause davon. Ich könnte ein Foto machen. Du hier beim Frühstück.« Er faltete die Hände vor dem Bauch.

»Nein«, sagte Ruth und öffnete die Tür. Auf dem Tresen lag das geöffnete Gästebuch, sie trugen sich ein und gingen hinauf in ihr Zimmer. Ruth stellte sich vor dem Spiegel aufs Bett und drückte das Kissen zurecht. »Ich komme mir blöd vor«, sagte sie.

»Ja, klar«, sagte Volker. »Aber denk mal. Die Übernachtung müssen wir sowieso bezahlen und das Benzin auch. Es wäre völlig verrückt, nicht hierzubleiben.« Er ließ sich aufs Bett fallen. »Und so ein Zimmer hätten wir sonst nie gekriegt.«

»In Ordnung«, sagte Ruth. »Aber ich will nichts sagen müssen, verstehst du. Kein Gerede über Kinder und so.«

»Brauchst du nicht«, sagte Volker.

»Dann gehen wir jetzt.«

Volker küsste Ruth auf die Stirn, dann holte er den Koffer aus dem Wagen. Sie zogen sich um und fuhren in die große Hafenstadt. Als sie dort ankamen, öffneten gerade die Geschäfte. Sie gingen durch die breiten Ladenstraßen, dann erkundigten sie sich in einem Büro nach den Hafenrundfahrten. Später saßen sie in einem flachen Schiff mit gläsernem Dach und fuhren vorbei an den großen Tankern, die auf Reede lagen. Eine junge Frau erklärte in vier Sprachen, was es zu sehen gab. Zu Mittag aßen Volker und Ruth in einem Lokal für Meeres-Spezialitäten, dann bummelten sie noch ein wenig durch die Stadt und fuhren zurück zum Hotel. Als sie in die kleine Straße zwischen den Wiesen einbogen, drückte Ruth das Kissen unter den Pullover.

»Wirklich toll, das Haus«, sagte Volker. »Man kann sich richtig vorstellen, wie die früher hier gelebt haben, so weit ab von allem. Nur mit dem Meer.«

»Was ist eigentlich ein Deichgraf?«, sagte Ruth.

Volker nahm eine Hand vom Lenkrad. »So eine Art Aufsicht beim Küstenschutz, früher. Ich kenne das nur aus dem *Schimmelreiter*. Das hat auch immer so was Mythisches. Die See als Bedrohung, verstehst du.«

»Was machen wir heute noch?«, sagte Ruth, als sie auf dem Parkplatz anhielten.

»Ich dachte, wir gehen spazieren? In Richtung Meer.«

»Dann lasse ich das Kissen besser drin. Vielleicht sieht man uns vom Haus aus.«

Volker tat, als schaute er durch ein Fernglas. »Sicher«, sagte er. »Auf dem Balkon seines Hauses, gebaut wie die Kommandobrücke eines Windjammers, steht der Urenkel des Deichgrafen und späht hinaus aufs Meer, ob nicht falsche schwangere Fregatten steuerlos an seinen Strand treiben.«

»Ekel«, sagte Ruth. Sie stiegen aus, im Flur begegneten sie der Frau. Was sie denn unternommen hätten, und ob es nicht zu anstrengend gewesen sei? Nein, sagte Volker, die Seeluft tue seiner Frau sehr gut. Sie gingen hinauf und zogen sich um, dann machten sie einen langen Spaziergang zwischen den Wiesen hindurch zum Deich, eine befestigte Treppe hinauf und weiter am Ufer entlang. Es war warm, Wolken zogen mit dem Wind von See herüber. Abends tranken Volker und Ruth eine Flasche Wein auf ihrem Zimmer und gingen bald zu Bett. Am Sonntag fuhren sie nach dem Frühstück durch die Fischerorte in der Umgebung. In einem kleinen Hafen sahen sie einen alten Kutter einlaufen. Der Fang wurde in hölzernen Kisten an Land gebracht, auf gehacktem Eis lagen flache, graue Fische. »Wie das riecht«, sagte Ruth. »Wenn ich schwanger wäre, würde mir jetzt schlecht.« Sie aßen in einem Lokal am Hafen, saßen noch eine Zeit lang auf einer Bank am Marktplatz und fuhren dann zurück zum Hotel. »Noch mal ans Meer?«, sagte Volker. Ruth nickte und brachte das Kissen an seinen Platz.

Auf dem Kamm des Deiches weideten Schafe. Eine Gruppe junger Radfahrer kam vorbei, mit farbigen Packtaschen auf den Rädern und Kartenständern über den Lenkern, sie grüßten herüber. Leute lagen auf Strohmatten am Strand, einige im Badezeug, gegen den Wind hatten sie gestreifte Zeltbahnen an Stangen aufgestellt und mit Schnüren befestigt. »Die sind mutig«, sagte Volker. Sie stiegen vom Deich hinab und gingen bis dahin, wo der Sand fest und dunkel wurde. Es war Ebbe, in schmalen Rinnen stand das Wasser, es roch nach Salz und Tang.

»Wir könnten im Sommer wiederkommen«, sagte Ruth. »Genau hierhin. Ein bisschen mehr Betrieb schadet ja nicht.«

Volker tippte sich an die Stirn. »Und was sagen wir, wo das Kind ist? Im August müsste es gerade geboren sein.«

Ruth ließ den Kopf in den Nacken fallen. »Mann!«, sagte sie laut. Sie gingen noch eine Strecke, bis Volker Ruth am Arm fasste. »Schau dir das an«, sagte er. »Ein ganz Harter.« Aus einem kleinen See zwischen den Rinnen stieg gerade ein älterer, weißhäutiger Mann mit Glatze und wenigen langen, dunklen Haaren, die ihm über die Ohren hingen. Er lief armeschlenkernd zu einem karierten Handtuch, das neben einem Kleiderhaufen ausgebreitet im Sand lag. Damit frottierte er sich laut prustend und auf der Stelle hüpfend ab.

»Ist es nicht zu kalt?«, sagte Volker, als sie herangekommen waren. »Oder zu gefährlich?«

»Eine Frage des Verhaltens«, sagte der Mann. »Und natürlich der Kenntnisse.« Mit schnellen Bewegungen zog er sich das Handtuch quer über den Rücken, dann beugte er sich nach vorne und rieb seine Schenkel. »Es gefällt Ihnen hier?«, sagte er.

»Ja«, sagte Volker. Er wies über die Schulter. »Wir wohnen da hinten. In dem Holzhaus.«

»Ich weiß«, sagte der Mann. »Beim *Deichgrafen*. Wie ich selbst.«

»Ich glaube, wir haben Sie nicht gesehen.«

»Man übersieht mich leicht.« Der Mann strich sich über den Bauch. »Trotz der Fülle. – Und ich höre, die Frau Gemahlin ist in besseren Umständen, hier, meerumschlungen sozusagen. Weiß man schon, was es werden soll?«

»Nein«, sagte Volker, aber es sei ja noch so lange hin, mindestens drei Monate.

»Ach, lange«, sagte der Mann und warf das Handtuch zu Boden. »Was ist schon lange? Im Oktober sechzehnvierunddreißig war hier Sturmflut. Vier Stunden Stärke zwölf, dann war alles wieder ruhig. Die Dämme brachen nicht, ich sage Ihnen, sie zerflossen. Die Höfe wurden einfach fortgespült, alles ins Meer. Am nächsten Tag hat die Sonne geschienen. Vier Stunden! Ich frage Sie, ist das lange?«

»Nun ja«, sagte Volker, es habe eben jeder seine eigene Zeitrechnung.

»Ich verstehe«, sagte der Mann. Er zog eine helle Hose und ein rotes Hemd an. »Hier rechnete man früher von Sturmflut zu Sturmflut. Manchmal kam sie Jahr für Jahr, dann Jahrzehnte nicht. Dem einen nahm sie nach und nach alles, andere sind gestorben, ohne sie zu erleben.«

Ruth fasste Volker am Ärmel. »Mein Rücken«, sagte sie. Volker nickte ihr zu. »Ich denke, wir müssen gleich«, sagte er. »Sie scheinen sich in der Gegend auszukennen.«

»Zum achtzehnten Mal hier in diesem Jahr«, sagte der Mann. »Es wird zur Leidenschaft.«

Volker nahm Ruth in den Arm. »Dann kennen Sie vielleicht etwas Besonderes hier in der Nähe. Morgen ist nämlich unser fünfter Hochzeitstag.«

»Da muss ich nachdenken«, sagte der Mann. »Auf Anhieb nichts Passendes. Aber wir wohnen ja unter einem Dach. Wenn es mir einfällt, sage ich Bescheid.«

»Vielen Dank.« Volker hob die Hand, und sie gingen weiter.

»Was war denn das für einer?«, sagte Ruth, als sie ein Stück entfernt waren.

»Neptun«, sagte Volker. »Oder der Geist des Deichgrafen. Ich weiß nicht.«

»Gut, dass ich das Kissen anhatte. Der kommt uns doch

nicht nach?« Ruth drehte sich um. Der Mann war verschwunden. »Gott sei Dank«, sagte sie.

Den Abend verbrachten Volker und Ruth wieder auf dem Zimmer. Sie hatten überlegt, bis Mitternacht wach zu bleiben, doch gegen zehn fielen Ruth vor dem Fernseher die Augen zu. Am nächsten Morgen um acht stand Volker auf, zog die Gardine beiseite und öffnete das Fenster. Der Himmel war wolkenlos und strahlend blau, der Wind hatte abgeflaut. Ruth drehte sich zum Fenster und bedeckte die Augen mit der Hand. Dann küssten sie sich. Hand in Hand gingen sie ins Frühstückszimmer; da erwarteten sie der Hotelier und die Frau. Auf ihrem Tisch stand ein kleiner Blumenstrauß.

»Meinen Glückwunsch«, sagte der Hotelier. »Und Ihnen dreien Gesundheit und alles Gute.« Die anderen Gäste applaudierten. Volker sah sich um, der Mann vom Strand war nicht darunter. »Danke«, sagte er dann, in beider Namen. Und sie könnten sich nicht vorstellen, den Tag an einem schöneren Ort und in netterer Umgebung zu verbringen.

»Was wollen Sie unternehmen?«, sagte der Hotelier.

»Nichts Besonderes eigentlich«, sagte Volker. »Vielleicht fahren wir hoch bis zur Grenze.« Der Hotelier nannte den Namen eines Restaurants in der Grenzstadt. Dorthin sollten sie gehen. »Ein bisschen zum Feiern«, sagte er.

Nach dem Frühstück wartete Volker unten im Flur auf Ruth, sie hatte sich umziehen wollen. Als sie auf dem Treppenabsatz erschien, blies sie die Backen auf und schlug den Mantel zurück. Sie trug ein enges schwarzes Kleid, das Kissen hatte sie mit dem Gürtel darübergeschnürt. Sie schloss den Mantel wieder, und zusammen traten sie aus der Tür.

Am Fuß der Treppe zum Parkplatz stand ein metallicfarbener Opel *Rekord*. Auf die Motorhaube war ein Strauß weißer Stoffblumen montiert, auf die Beifahrertür eine Fünf im Lorbeerkranz aus goldener Pappe. Neben dem Wagen stand der Mann vom Strand. Er trug einen weiten, hellen Anzug und ein weißes Hemd. In der Hand hielt er eine große, rote Blume. »Meine Verehrung«, sagte er, als die beiden hinuntergestiegen waren, machte eine Verbeugung und reichte Ruth die Blume. »Und meinen Glückwunsch. Ich hatte Ihnen versprochen nachzudenken. Gesagt, getan. Und dann ist es mir eingefallen.« Er öffnete die Beifahrertür. »Wenn ich bitten darf einzusteigen. Es ist nur eine kleine Reise, keine Störung Ihrer Pläne, hoffe ich jedenfalls.«

»Wohin?«, sagte Volker.

Der Mann schlug leicht auf das Dach des Wagens. »Kann nicht verraten werden. Aber wie gesagt, es dauert nicht lange. Die Rückfahrt ist natürlich inklusive.«

»Na dann«, sagte Ruth. Sie raffte den Mantel über dem Bauch zusammen, beim Einsteigen rutschte ihr Kleid nach oben. Der Mann schloss die Beifahrertür, ging um den Wagen und stieg ein. Volker setzte sich auf die Rückbank. Sie fuhren los.

»Das Wetter ist ein Zeichen«, sagte der Mann, als sie in die Durchgangsstraße einbogen. »Der wärmste April seit Jahren.«

»Und was heißt das?«, sagte Volker. »Sturmflut? Oder schlechter Fang?«

Der Mann hob kurz die Hände vom Lenkrad. »Schwer zu sagen.« Er schaute zu Ruth hinüber. »Aber Sie kennen das jetzt sicher, ich meine: schlechte Zeichen, gute Zeichen.« Er holte ein weißes Seidentuch aus dem Handschuhfach und reichte es ihr. »Gleich, für den Kopf«, sagte er. »Es ist kaum Wind heute, aber man geht besser auf Nummer sicher.«

Nach etwa zwei Kilometern fuhren sie in eine Straße, die wieder zum Meer führte, dann unterhalb des Deichs über einen befestigten Weg, der bald vor einem Gatter endete. Der

Mann hielt an. »Wir sind da«, sagte er, stieg aus und öffnete die Beifahrertür. »Es war nicht anstrengend?«

Ruth schüttelte den Kopf. Der Mann bog das Gatter zur Seite, ging voraus einen von Gras überwucherten Weg, dann stieg er eine Treppe aus Holzbalken den Deich hinauf. »Sie halten Ihre Frau!«, rief er herab, als die beiden ihm folgten. Oben band Ruth sich das Tuch um den Kopf. Der Mann wies aufs Meer hinaus. Es sei jetzt Flut, und ob sie die flachen Felsen direkt am Ufer sähen?

»Sicher«, sagte Volker.

»Das sind die Weissager. Eine Art Orakel für die Leute hier.«

»Ich verstehe nicht«, sagte Volker.

»Passen Sie auf! Es ist ideal heute, kaum Wind und ruhiger Seegang.« Gerade rollte eine Welle über die Steine, das Wasser lief auf dem dunklen Sand aus und wich zurück. »Jetzt schauen Sie! Da!« Zwischen den Steinen stieg eine Fontäne empor, einen Meter hoch, vielleicht zwei, und mit einem Klatschen, das bis auf den Deich zu hören war, fiel das Wasser zurück.

»Wie ist das möglich?«, sagte Volker.

Der Mann zuckte die Schultern. »Etwas Physikalisches«, sagte er. »Die Lage der Felsen, oder so was. Der Wirt im *Deichgrafen* kann es erklären.«

»Aber warum ist das ein Orakel?«, sagte Ruth.

»Da! Schauen Sie!« Wieder war eine Welle über die Steine und zurück gerollt, aber die Fontäne blieb aus. »Man kann es nicht vorhersagen«, sagte der Mann. »Mal passiert es, mal passiert es nicht. Also! Wenn man etwas wissen will, dann zeigt man auf die nächste Welle und sagt, zum Beispiel: Wenn es hochspritzt, wird es ein Junge.« Er lachte. »Aber man muss ehrlich sein. Nur einmal. Und immer vor Zeugen.«

»Muss das sein?«, sagte Ruth.

»Warum nicht«, sagte Volker. Er zeigte aufs Meer. »Die Welle da hinten. Seht ihr sie?«

»Ganz genau«, sagte der Mann.

»Fontäne ist Junge, keine Fontäne ist Mädchen. Abgemacht?«

»Abgemacht«, sagte der Mann.

Die Welle kam und ging. Es blieb still. Bei den nächsten beiden Wellen schoss der Strahl in die Höhe.

»Das war eindeutig«, sagte der Mann. »Ich darf Ihnen gratulieren. Wenn es nach der Mutter gerät, wird es eine Schönheit.«

»Danke«, sagte Volker. Dann sah er auf die Uhr. »Wirklich interessant. Aber wir wollten noch hoch zur Grenze.«

»Selbstverständlich«, sagte der Mann. Sie stiegen den Deich hinunter und fuhren zurück zum Hotel. Volker und Ruth verabschiedeten sich und setzten sich in ihren Wagen. Ruth legte die rote Blume auf das Armaturenbrett, Volker startete den Motor. Auf der Durchgangsstraße mussten sie eine Zeitlang hinter einem langsamen LKW bleiben, bis die Gegenspur frei war zum Überholen. »Was sollte ich denn tun?«, sagte Volker, als er wieder rechts einscherte. »Er hat es ja gut gemeint.«

»Weiß ich selbst.« Ruth griff sich an den Kopf. »Mein Gott, ich habe ja noch sein Tuch an.« Sie band es ab und faltete es zusammen. Dann öffnete sie den Mantel und löste den Gürtel um das Kissen.

»Gib es ihm heute Abend«, sagte Volker. »Übrigens, lass uns das sonst niemandem sagen, die Sache mit dem Kissen. Ich finde, das geht nur uns beide an. Oder?«

»In Ordnung«, sagte Ruth.

Noch vor Mittag erreichten sie die Grenze, wegen des

Ausflugsverkehrs mussten sie eine halbe Stunde warten. In der Grenzstadt machten sie einen Bummel, ein paar Geschäfte hatten geöffnet, die Straßen waren voller Menschen, auf dem Marktplatz stand ein Mann mit einer großen alten Drehorgel, ein Affe lief umher und sammelte Geld in einer Messingdose. An einem Stand aßen Volker und Ruth einen salzigen Hering. Kurz darauf fanden sie das Restaurant, das der Hotelier genannt hatte, dort ließen sie für sechs Uhr einen Tisch reservieren. Bis dahin wollten sie noch aufs Geratewohl durch die Gegend fahren. Später hielten sie dann an einem kleinen Fluss. Ein Fischerboot lag dort auf dem Trockenen, zwei Männer kratzten Algen und Muscheln vom Rumpf. Volker und Ruth setzen sich ins Gras und sahen zu.

»Wo wir wohl in fünf Jahren sind?«, sagte Ruth.

»Und erst in zwanzig«, sagte Volker. »Stell dir vor, wir und Silberne Hochzeit. Übrigens, Rainer und Kristin haben im selben Jahr Silberne Hochzeit, wir könnten zusammen feiern.«

»Was du redest!«, sagte Ruth. Silberne Hochzeit sei doch nicht wie Geburtstag. Außerdem hätten sie nicht denselben Bekanntenkreis. Oder ob er an seiner Silbernen Hochzeit Leute sehen wolle, die er gar nicht kenne?

»Ich weiß überhaupt nicht, was ich an meiner Silbernen Hochzeit will.« Volker stand auf und zeigte hinüber zu den Männern am Boot. »Ich dachte, so kleine Fischerboote gibt es gar nicht mehr.«

»Du siehst ja, was es hier alles gibt«, sagte Ruth. »Fischerboote, spuckende Felsen, Deichgrafen und alles Mögliche.«

»Wird dein Kleid nicht schmutzig?«, sagte Volker.

Ruth fuhr mit der Hand über das Gras. »Total trocken«, sagte sie.

Später machten sie noch in einem kleinen Ort halt und besichtigten die Kirche, in der von der Decke herab ein großes altes Schiffsmodell hing, dann fuhren sie wieder in die Grenzstadt und aßen in dem Restaurant zu Abend. Es gab Fisch in einer scharfen Soße, dazu tranken sie einen herben Wein. Mit der Rechnung brachte der Wirt zwei Gläser gelblichen Rum. Ruth nippte daran und schüttelte sich. Volker trank beide Gläser. Im Dunkeln fuhren sie zurück zum Hotel.

»War das ein schöner Hochzeitstag?«, sagte Volker.

Ruth nahm die Blume vom Armaturenbrett und wickelte das Seidentuch um den Stiel. »War es«, sagte sie.

»Wir machen das jetzt jedes Jahr. Einverstanden?«

»Und wenn kein Wochenende ist?«

»Es muss ja nicht genau auf den Tag fallen«, sagte Volker. »Siehst du schon das Schild?«

»Da hinten«, sagte Ruth.

Sie bogen ab, hielten auf dem Parkplatz und stiegen aus. Volker ging voran. Ruth hatte noch die Blume in der Hand, den Mantel trug sie über dem Arm. So traten sie ein. Vor dem Tresen standen der Hotelier, die Frau und der Mann vom Strand.

»Guten Abend«, sagte der Hotelier. Volker grüßte zurück und ging weiter zur Treppe. Ruth blieb in der Tür stehen. Die drei blickten sie an.

»Guten Abend«, sagte Ruth.

Volker war schon auf der Treppe. Jetzt drehte er sich um. »Ach du je«, sagte er. Die drei sahen zu ihm hoch.

Volker hob ein wenig die Arme zur Seite und ließ sie wieder fallen. »So ist das«, sagte er. »Manchmal geht alles ganz schnell.« Er winkte Ruth, aber die blieb in der Tür und hielt den Mantel vors Kleid gedrückt. Volker stieg die Stufen wieder herab. »Es hat auch sein Gutes«, sagte er. »Kinder sind immer ein Risiko. Und die Zeiten sind unsicher.« Am Fuß der Treppe blieb er stehen; die drei am Tresen schweigen.

»Das ist so«, sagte Volker. »Man trifft eine Entscheidung, und ganz plötzlich kommt alles ins Rollen. Und dann steht man nur noch daneben und sieht zu. Das ist weiß Gott nicht jedermanns Sache. Aber Sie kennen das hier am besten.« Er fasste den Mann vom Strand beim Arm. »Die Sturmfluten zum Beispiel.«

»Können wir bitte fahren«, sagte Ruth. »Sofort!« Dann drehte sie sich um und ging durch die Tür.

»Sie hören es«, sagte Volker. »Man soll Frauen immer nachgeben. Besonders unter solchen Umständen.« Er legte den Zimmerschlüssel auf den Tresen; aus seiner Brieftasche nahm er den Personalausweis und ein paar Geldscheine. »Als Pfand«, sagte er. »Schicken Sie mir bitte alles. Es sind zwei Stücke, ein Koffer und eine Reisetasche.«

»Wie Sie wünschen«, sagte der Hotelier.

Volker trat aus dem Haus, da stand Ruth schon auf dem Parkplatz beim Wagen. »Warte!«, rief er ihr zu. »Ich komme.«

Der Pfeiler

An einem Donnerstagmorgen glaubte Dombeck zu bemerken, dass der rechtsrheinisch und flussabwärts stehende Pfeiler der Brücke, über die er zu seinem Büro in die Stadt fuhr, ein wenig schief stand. Eine optische Täuschung, dachte Dombeck und konzentrierte sich auf den dichten Verkehr. Bei der Rückfahrt am Abend war es schon dunkel und der Pfeiler nicht zu erkennen. Dombeck fuhr über die Brücke, blieb bis zur zweiten Ausfahrt auf der Schnellstraße, dann bog er ab; ein paar Kilometer Landstraße waren es bis zu der Neubausiedlung am Rande der kleinen Ortschaft. Er ließ den Wagen vor der Garage, später wollten sie noch ins Kino. Im Haus sprang ihm der Hund entgegen. Dombeck stellte seine Aktentasche an die Garderobe und ging, den Hund neben sich, ins Wohnzimmer. Dort zog er die Schuhe aus und legte sich auf die Couch.

»Wie wars?«, rief Dombecks Frau aus der Küche.

»Gut«, sagte Dombeck und hinderte den Hund daran, auf die Couch zu springen. »Essen wir vorher noch?«

»Was denkst du denn«, sagte die Frau.

Dombeck griff nach der Zeitung und entfaltete sie. Der Hund schnappte nach den Seiten. »Asta!«, rief Dombeck. »Lass das jetzt!« Der Hund setzte sich auf die Hinterbeine und legte die Ohren in den Nacken. »Böser Hund«, sagte Dombeck mit tiefer Stimme, »furchtbares, ungezogenes Tier.« Der Hund hielt den Kopf schief und ließ die Zunge seitlich zum Maul heraushängen. »Ursel, komm mal her!«, sagte Dombeck im gleichen Ton und ohne sich umzudrehen.

»Was ist?« Die Frau trat hinter die Couch.

»Wie der guckt«, sagte Dombeck. »Wie willst du mit so einem schimpfen?« Er packte den Hund beim Nackenfell und schüttelte ihn. »Ist wieder gut«, sagte er. »Tollpatsch.«

»Du kannst essen kommen.«

Dombeck stand auf und ging hinüber zum Esstisch. »Kommt Kati dieses Wochenende?«, sagte er.

»Ja, aber erst Samstag. Sie hat noch Klausuren.«

»Schön«, sagte Dombeck. Er setzte sich. »Übrigens, heute Morgen kam es mir so vor, als würde einer der Pfeiler an der Brücke schief stehen. Was sagst du dazu?«

»Welcher Pfeiler?«

»Auf der anderen Seite, von hier aus gesehen der linke.«

»Und du bist dir ganz sicher?«

»Unsinn. Ich sage doch, es kam mir so vor. Außerdem ging es zu schnell.« Dombeck nahm von den Roten Beten, die seine Frau ihm zuschob. »Aber die Vorstellung. Ich meine, man liest doch immer mal wieder, dass eine Brücke einstürzt. Und vielleicht sieht man vorher etwas. Irgendein Anzeichen, und keiner merkt was.«

Die Frau sah auf die Uhr. »Lass uns bald fahren«, sagte sie. »Jedenfalls solange die Brücke noch steht.«

Dombeck lachte. »Erzähl bloß Kati nichts davon.«

Als sie wenig später über die Brücke fuhren, beugte die Frau sich zur Windschutzscheibe vor. »Es ist zu dunkel«, sagte Dombeck. »Jetzt sieht man gar nichts.«

Der Film handelte von einem jungen Börsenmakler, der eines Abends eine Abfahrt verpasst, in das schlimmste Viertel gerät, einen Autounfall verschuldet und schließlich seine Existenz verliert. Nachher gingen Dombeck und seine Frau noch durch eine Einkaufsstraße in der Innenstadt. »Es war ziemlich übertrieben«, sagte Dombeck, als sie vor der Auslage eines Modegeschäftes standen.

»Wieso?«, sagte die Frau. »Fand ich nicht.«

»Vielleicht«, sagte Dombeck, »ist im Kino das richtige Leben unglaubwürdig.«

»Interessant. Und woran glaubt man im Leben?«

»Nur an das, was man sieht.«

»Also an den schiefen Pfeiler?«

Dombeck zog seine Frau am Arm. »Schau die Kleider nicht so an«, sagte er lachend. Die Frau machte sich los. »Da, das blaue«, sagte sie und zeigte mit der Hand. »Für den Sommer.«

»Ja«, sagte Dombeck. »Sehr elegant.«

Am nächsten Morgen fuhr Dombeck früher los als sonst. Wie erwartet, geriet er schon vor der Brücke in dichten Verkehr, und bald darauf kam die Fahrzeugschlange ins Stocken. Dombeck konzentrierte sich auf den Pfeiler. Stand er wirklich schief? Anfangs, als er auf die Brücke rollte, war der Eindruck noch stärker als am Vortag, aber je näher er dem Pfeiler kam, desto unsicherer wurde er. Zuletzt stand er fast fünf Minuten auf gleicher Höhe, jetzt war natürlich nichts zu erkennen.

Dombeck schaltete das Radio an, gerade liefen die Nachrichten. Irgendwann stürzt jede Brücke ein, dachte Dombeck. Es dauert natürlich lange, wenn es nicht Krieg gibt. Er erinnerte sich an ein Bild. Auf einer alten Brücke hatten Häuser gestanden, unter dem Gewicht war sie zusammengebrochen. Die Trümmer stauten den Fluss, und die Stadt wurde überschwemmt. Und im Fernsehen hatte er eine Brücke gesehen, die im Sturm hin- und herschwang. Schließlich brach sie in der Mitte durch, und die Stahltrossen schlugen wie Peitschen.

Langsam setzte sich der Verkehr wieder in Bewegung. Kurz hinter der Brücke mündete die Schnellstraße in einen Verteilerkreis, Dombeck fuhr wie jeden Morgen direkt auf die innere Spur. Als er mit einem Fahrzeug auf gleicher Höhe war, das in die dritte Ausfahrt bog, zog er vor ihm auf die äußere Spur und fuhr in die vierte. Wenn das nicht gelang, musste er eine weitere Runde fahren, wollte er nicht die innere Spur blockieren.

In seiner Abteilung war Dombeck den Morgen über fast alleine; Preker, der Abteilungsleiter, Ernst und Meschede waren bei Vertragsverhandlungen außer Haus. Auf dem Schreibtisch von Prekers Sekretärin stand ein kleiner weißer Hase. Dombeck sah ihn im Vorübergehen, blieb stehen und zeigte darauf. »Ist etwa schon Ostern?«, sagte er.

Die Sekretärin schwang ihren Stuhl herum. »Der ist aus Seife«, sagte sie. »Den habe ich schon seit Jahren. Heute Morgen habe ich ihn ausgepackt, und wenn er noch Haare kriegt, bekommen wir den Auftrag.« Sie beugte sich über den Seifenhasen. »Ich meine, er kriegt schon welche. Was meinen Sie?« Dombeck trat näher heran. Der Hase roch nach Creme oder nach Puder. »Eine Art Gänsehaut«, sagte er.

»Sehen Sie!« Die Sekretärin drehte sich wieder zu ihrer Tastatur. »In drei Stunden wissen wir Bescheid.«

Dombeck ging in den Ablageraum und suchte die Unterlagen zu einem früheren Auftrag zusammen. Es waren fünf Jahre vergangen, und er wollte der Firma ein Angebot zur Modernisierung machen. In seinem Büro schrieb er die Daten heraus und gab sie in ein Programm, das die Kosten einer Umrüstung berechnete. Dann holte er den Normbrief auf den Bildschirm und änderte ein paar Formulierungen.

Gegen zwölf wurde es plötzlich laut im Flur. Dombeck hörte Prekers Stimme heraus; es musste also gelungen sein. Er blieb hinter seinem Schreibtisch sitzen, bis die Tür zu seinem Büro geöffnet wurde. Preker hielt zwei gefüllte Sektgläser in der Hand, eins reichte er herüber. Hinter ihm traten Ernst und Meschede ein. Dombeck schob seinen Stuhl zurück und stand auf. »Ich will es kurz machen«, sagte Preker und hob sein Glas. Er sah kurz die beiden anderen an, dann wandte er sich an Dombeck. »Du weißt das«, sagte er. »Meschede verkauft Kühlschränke am Nordpol, und Ernst verhandelt mit dem lieben Gott über den Termin fürs Jüngste Gericht. Aber ohne dich wären wir nichts. Wenn uns die Tricks ausgehen, haben wir immer noch deine Zahlen. Das macht uns unschlagbar. Also – auf die vier Musketiere!« Sie stießen an und tranken.

»Umfang?«, sagte Dombeck.

»Bitte sprich nicht so«, sagte Preker. »Der Sieg war zu groß, als dass er in Worte zu fassen wäre.«

»Also inklusive allem Service?«

Meschede zog ein Papier hervor und reichte es Dombeck. Der setzte sich, las kurz darin und schlug dann mit der flachen Hand darauf. »Donnerwetter!«, sagte er.

Preker leerte sein Glas und stellte es auf den Schreibtisch. »Ab sofort ist hitzefrei«, sagte er. »Ich gehe jetzt und lege mich auf meine Lorbeeren. Wer will, kann hierbleiben und den Profit maximieren.« Er winkte und trat in den Flur, Ernst folgte ihm. »Dienstschluss!«, rief er. »Wochenende!« Es gab wieder Stimmengewirr.

Dombeck hatte weiter in dem Vertrag gelesen, jetzt gab er ihn Meschede zurück. »Hast du es auch eilig?«, sagte er. Meschede schüttelte den Kopf. »Warum?«

»Weil ich dich was fragen möchte.«

Meschede setzte sich auf die Kante von Dombecks Schreibtisch. »Schieß los«, sagte er.

»Stell dir vor«, sagte Dombeck, »da ist ein Bauwerk, sehr schmal und sehr hoch, mehr eine Art Pfeiler. Und du sollst rauskriegen, ob es grade steht. Mit ganz einfachen Mitteln. Wie machst du das?«

»Was sind das, einfache Mittel?«

Dombeck zog die Schultern hoch. »Ich weiß nicht«, sagte er. »Was soll ich sagen? Jedenfalls nichts Elektrisches.«

Meschede schnippte mit den Fingern gegen den Vertrag. »Kein Problem«, sagte er. »Raufsteigen und ein Lot runterlassen.«

»Geht nicht«, sagte Dombeck. »Raufsteigen ist zu gefährlich.«

»Sag mal, ist das ein Quiz?«, rief Meschede. »Wenn ja, klär zuerst die Bedingungen.«

»Kein Quiz. Denk nach!«

Meschede drückte sich vom Schreibtisch weg. »Wasserwaage«, sagte er. »Sonst fällt mir nichts ein, beim besten Willen. Aber jetzt sag schon, was steht denn schief?«

»Nichts«, sagte Dombeck. »War nur so eine Idee.« Er stand auf. »Ich denke, ich fahre auch nach Hause. Grüß Cordula und die Kinder.«

»Du auch«, sagte Meschede.

Vor dem Bürohaus überlegte Dombeck kurz, dann fuhr er zu einem Baumarkt auf der anderen Seite der Stadt. In der Werkzeugabteilung sah er sich eine Zeit lang um; als kein Verkäufer kam, ging er zur Kasse und bat um Bedienung. Ein Mann wurde über Mikrofon ausgerufen. »Ich hätte gern eine Wasserwaage«, sagte Dombeck zu dem Mann. Der wies mit dem Kinn auf eines der Regale. Wasserwaagen seien da.

»Ich weiß«, sagte Dombeck. »Aber ich möchte eine viel

größere Wasserwaage, vielleicht die größte, die es gibt.« Aber er kenne sich natürlich nicht aus.

Der Mann ging zu dem Regal und nahm eine Wasserwaage vom Haken. »Das ist die größte«, sagte er. »Einszwanzig lang, Metallkante zum Anreißen, doppelte Anzeige, Abweichung ein Grad auf fünfzig Meter.«

»Und Sie sind sicher, dass es keine größere gibt?«

Der Mann zuckte mit den Achseln. Er hängte die Wasserwaage zurück und ging zu einem kleinen Büro. Dombeck folgte ihm. Der Mann zog einen Aktenordner hervor und blätterte darin. Dabei schüttelte er den Kopf. Schließlich tippte er mit zwei Fingern auf eine Seite. »Hier«, sagte er. »Sondermodell, zweivierzig lang, Abweichung eins komma zwei Grad auf hundert Meter.« Er schlug den Aktenordner zu. »Aber das führen wir nicht. Das wird ganz wenig gefragt. Praktisch nie.«

Dombeck war in die Tür zum Büro getreten. »Könnten Sie es nicht bestellen?«

Der Mann schlug den Ordner wieder auf, hielt die Seite mit der linken Hand, blätterte mit der rechten weiter und fuhr dann mit dem Zeigefinger eine Zahlenkolonne herab. Er pfiff durch die Zähne. »Das kommt Sie teuer«, sagte er und nannte den Preis. »Plus Mehrwertsteuer.«

»Wann ist sie da?«, sagte Dombeck.

Der Mann sah auf die Uhr. »Ich geb es heute noch raus. Vielleicht schon Anfang nächster Woche. Am besten, Sie rufen an. Übrigens brauche ich eine Anzahlung.«

»Selbstverständlich«, sagte Dombeck.

Den Freitagnachmittag über arbeitete Dombeck im Garten. Er hatte seiner Frau von dem Auftrag erzählt, dann hatte er sich umgezogen. Er wolle die zwei Tannen fortschaffen, die im Winter eingegangen waren. Zuerst schnitt er die Zweige ab und steckte sie in Jutesäcke, dann sägte er den Stamm in Stücke, und schließlich grub er die Wurzeln aus.

»Was willst du jetzt hinstellen?«, sagte die Frau, als er fertig war.

»Ich weiß nicht«, sagte Dombeck. »Vielleicht Rhododendren.« Die Tannen seien ein Fehler gewesen. So was gehöre in den Wald. Im Garten müsse es den ganzen Frühling über blühen, sagte er, mal hier was, mal da was. Danach sollte man aussuchen.

»Wir können abendessen«, sagte die Frau. Dombeck wusch sich und zog einen Jogginganzug an. »Übrigens, Preker wird größenwahnsinnig«, sagte er, als er sich zu Tisch setzte.

»Aber ich denke, ihr habt den Auftrag bekommen?«

»Das ist es nicht«, sagte Dombeck. »Die Abteilung steht sehr gut da. Aber Preker will mehr, verstehst du?«

»Nein.«

Dombeck machte eine Handbewegung. »Es geht ihm nicht um Geld«, sagte er. »Auch nicht um Macht. Aber er will etwas sein.« Er hielt inne. »Ein Mann mit Stil. Er will große Auftritte.« Dombeck öffnete eine Flasche Bier. »Und das in seinem Alter. Er ist fünfundvierzig.«

»Du bist nicht viel älter«, sagte die Frau.

»Habe ich Stil?«, sagte Dombeck und zog an seinem Jogginganzug. Die Frau lachte. »Siehst du«, sagte er. »Wann genau kommt Kati?«

»Um elf. Holst du sie vom Bahnhof ab?«

»Mach ich«, sagte Dombeck.

Am nächsten Morgen stand er auf dem Bahnsteig. Als der Zug einfuhr, sah er Kati hinter einer Tür stehen, der Wagen fuhr an ihm vorbei, und Dombeck lief ihm nach. Kati war schon ausgestiegen und fiel ihm um den Hals. »Na?«, sagte er. »Wie lange kannst du bleiben?«

»Bis Montag«, sagte Kati. »Können wir kurz in die Stadt? Ich brauch noch Sachen.«

Sie gingen Arm in Arm durch den Bahnhof, packten Katis Rucksack ins Auto und bogen in eine Einkaufsstraße. In einem Kaufhaus ging Kati rasch durch die Wäscheabteilung, von den Tischen nahm sie ein paar Stücke und trug sie zur Kasse.

Dombeck war ihr gefolgt. »Musst du das nicht vorher anprobieren?«, sagte er.

»Nein. Wieso?«

»Ich dachte«, sagte Dombeck. »Ich hätte dann vor der Kabine sitzen können, und die Leute hätten geglaubt, ich bin ein alter Playboy, der seine Freundin aushält.«

»Papa!«, sagte Kati. Sie zog ihr Portemonnaie hervor und begann darin zu kramen.

»Lass«, sagte Dombeck. »Ich mache das. Vielleicht glauben sie es so.«

Im Auto erzählte Kati von ihren Klausuren. Es sei so lala gegangen. Wie es denn Mutti gehe?

»Gut«, sagte Dombeck. »Wir waren vorgestern im Kino.« Sie hatten gerade den Verteilerkreis passiert und waren auf dem Weg zur Brücke. »Sieh dir bitte mal den Pfeiler da an«, sagte Dombeck. »Steht der schief oder grade?«

»Der Pylon? Welcher?«

»Der erste rechts.« Schon fuhren sie daran vorbei.

»Grade, denke ich«, sagte Kati. »Warum?«

»Nur so«, sagte Dombeck. »Mir kam es letzthin mal so vor, als stünde er schief.«

Kati sah sich um. »Vielleicht muss er sogar schief stehen, wegen der Statik.«

KALTE ENTE

Dombeck schlug auf das Lenkrad. »Mein Gott! Das hatte ich ganz vergessen. Du bist ja Fachfrau.«

Kati boxte ihn gegen die Schulter. »Mensch!«, rief sie. »Lass das! Ich bin im ersten Semester.«

»Und Brücken habt ihr noch nicht durchgenommen?«

Kati lachte. »Nein, Brücken kriegen wir nächste Woche.«

»Hängebrücken?«, sagte Dombeck.

»Hängebrücken, Bogenbrücken, Stahlbrücken, Holzbrücken, Pontonbrücken.«

»Schon gut.« Dombeck lachte. Bald darauf bogen sie in die Landstraße ein. »Übrigens«, sagte Dombeck, »sag bitte Mutti nichts davon, ja?«

»Ich verstehe«, sagte Kati. »Du triffst dich an dem Pfeiler mit deiner Geliebten, und ihr überlegt, ob ihr zusammen ins Wasser springen sollt. Ist es so?«

»Leider ja«, sagte Dombeck. »Ich hätte es nicht erwähnen sollen.«

Kati legte ihre rechte Hand auf die Brust. »Ich schweige wie ein Grab. – Und wie geht es Asta?«

Am selben Abend saßen Dombeck und seine Frau zusammen vor dem Fernseher. Kati besuchte eine Schulfreundin.

»Ich habe ganz vergessen zu fragen, was der Pfeiler macht«, sagte Dombecks Frau. »War er schon schiefer als vorgestern?«

»Das wird sich zeigen«, sagte Dombeck.

»Wie?«, sagte die Frau. »Willst du untätig zusehen, bis er umfällt? Das ist ja verantwortungslos.«

»Still«, sagte Dombeck. »Vielleicht hören wir den Krach bis hierher.«

»Wieso Krach?«, sagte die Frau. »Wenn er ins Wasser fällt, kracht es doch nicht. Es klatscht eher.«

Dombeck stand auf. »Nein, nein«, sagte er. »Zuerst fällt natürlich der Pfeiler in den Fluss, wahrscheinlich knickt er direkt über der Straße ab. Und der klatscht aufs Wasser, das stimmt, aber das hört man nicht bis hier.«

»Was denn dann?«

»Wart ab«, sagte Dombeck. »Zugleich haben sich nämlich die Stahltaue losgerissen, das knallt vielleicht, jedenfalls hören wir es auch nicht. Schließlich kommt die ganze Brücke aus dem Gleichgewicht.« Er hielt die Handflächen übereinander. »Die Stahlbetonschichten verschieben sich, und die T-Träger werden krumm. Zuerst gibt es einen Riss auf Höhe des umgefallenen Pfeilers, und das Mittelteil kommt ins Rutschen. Dadurch wird an den Pfeilern, die noch stehen, die Spannung immer größer, bis es auch da bricht. Das wird einen gewaltigen Krach geben. – Und das hört man bis hier. Wenigstens wenn Nacht ist.«

»Du kannst einem richtig Angst machen«, sagte Dombecks Frau.

»Ist nur so gesagt.« Dombeck griff zur Fernbedienung und schaltete den Fernseher aus. »Es gibt Ämter dafür«, sagte er. »Und Ingenieure, die die Brücken prüfen. Die großen alle halbe Jahre, die kleineren vielleicht alle zwei. Sie führen Buch darüber, und am Schluss kleben sie eine Plakette auf die Pfeiler: Kein Anzeichen von Steinfraß. Nächste Untersuchung am soundsovielten. Gezeichnet Sowieso.«

»Steinfraß? Gibt es das?«

»Frag unsere Tochter«, sagte Dombeck. »Die studiert das.« Er gab dem Hund ein Zeichen. »Los! Hier sitzen ist blöd. Wir gehen noch mal mit dem Hund durchs Dorf. Spätestens Weihnachten wird Preker eine Gehaltserhöhung durchsetzen. Wir könnten schon mal überlegen, wofür wir's ausgeben. Vielleicht für blaue Kleider.«

»Ich komme«, sagte Dombecks Frau.

Sie gingen durch die Siedlung in den Ortskern. Im Gasthaus gegenüber der Kirche tranken sie ein Bier, der Hund lag dabei ruhig unter dem Tisch. Dann gingen sie langsam zurück.

»Ich stelle mir das so vor«, sagte Dombeck. »Preker wird demnächst nach Amerika fahren oder nach Japan oder sonst wohin. Dann wird er wiederkommen und uns von irgendwelchen Gesprächen erzählen. Er wird Knall auf Fall kündigen, eine eigene Firma aufmachen und uns überreden, mitzutun. Wir nehmen natürlich ein paar Kunden mit. Anfangs klappt alles, was wir anfassen, und dann kommen die Probleme. Eine Zeit lang geht es auf und ab, schließlich macht ein Großkunde Pleite und wir gleich mit.«

»Das klingt aber schrecklich.«

»Du wirst sehn«, sagte Dombeck. Sie hatten gerade die Einmündung zur Siedlung erreicht. Dombeck wies auf das freie Eckgrundstück. »Weißt du noch?«, sagte er. »Wie wir überlegt haben, das zu kaufen? Vielleicht kann Kati da ihr erstes Haus bauen.«

»Für wen?«

Dombeck machte ein paar Schritte auf das Grundstück. Bald stand er vor hohem Gestrüpp. Der Hund war ihm gefolgt und gleich im Dunkeln verschwunden. »Nur so«, sagte Dombeck. »Als Werbung. Es müsste natürlich etwas Auffälliges sein.«

»Der Hund«, sagte die Frau vom Bürgersteig her.

Dombeck sah sich um. »Hier kommt der ganze Durchgangsverkehr vorbei. Vielleicht könnten wir selbst darin wohnen. Und wenn einer sich interessierte, würden wir ihm alles zeigen.« Er ging zurück zum Bürgersteig.

»Ich finde es ganz nett, wie wir jetzt wohnen«, sagte Dombecks Frau. Sie ließ den Haken der Hundeleine klingeln. »Asta!« Der Hund bellte irgendwo. »Asta, komm!«, rief Dombeck. Mit langen Sätzen sprang das Tier auf sie zu. »Wie der aussieht«, sagte Dombecks Frau. »Ganz nass. Jetzt müssen wir noch eine Runde gehen.«

Am Montagmorgen brachte Dombeck Kati zum Bahnhof. Im Auto erzählte sie von einem Jungen aus dem Seminar und dass sie für den Sommer eine Radtour nach Burgund planten. »Wir sehen uns die romanischen Kirchen an«, sagte sie. »Wir fahren immer morgens und bleiben dann über Nacht.«

»Wir?«, sagte Dombeck. Und das erfahre er so nebenbei?

»Es ist nichts Ernstes«, sagte Kati. Und mitfahren würden auch noch andere.

»Auf deinem Kinderrad kommst du nicht mal bis zur Grenze«, sagte Dombeck.

Ja, sagte Kati, daran habe sie auch schon gedacht. Vielleicht könne sie demnächst in einer Kneipe jobben.

»Lass das«, sagte Dombeck. »Mach du nur dein Studium und warte, was dir der Osterhase bringt.«

Kati drückte seinen Arm. Vor dem Bahnhof stieg sie aus. Sie legte den Rucksack an, lief zum Hauptportal und winkte von da zurück.

Im Büro empfing Prekers Sekretärin Dombeck auf dem Flur. Preker lasse ausrichten, er komme heute nicht. Er habe Geschäftsbesuch, und den führe er durch die Stadt.

»Ach ja?«, sagte Dombeck. Dann setzte er sich wieder über das Modernisierungsangebot. Er prüfte noch einmal die Zahlen, ließ sich das Anschreiben auf den Monitor geben und las es durch. Er fand es jetzt zu aufdringlich. Und zu lang. Weniger Argumente und mehr Nachdruck, dachte er. Die Zahlen für sich sprechen lassen. Er löschte ein paar Sätze, rückte zwei Absätze auseinander und fügte eine kleine Tabelle mit einer Kostenaufstellung ein. Dann ließ er alles ausdrucken und brachte es der Sekretärin. »Bitte heute noch raus«, sagte er.

Wieder in seinem Büro, zog er die Anzahlungsquittung aus der Brieftasche und wählte die Nummer des Baumarktes. Es dauerte, bis er verbunden war. »Nein«, sagte jemand, eine Wasserwaage könne noch nicht da sein. Es sei ja erst Montag. Aber Genaues wisse er nicht.

»Sie sagten: Anfang der Woche. Ich sprach doch mit Ihnen, oder?«

Am anderen Ende wurde laut gerufen.

»Hören Sie noch?«, sagte Dombeck.

»Moment eben.« Dann war eine andere Stimme in der Leitung. »Hören Sie? Waren Sie das mit der Wasserwaage?«

»Ja«, sagte Dombeck.

»Ja, das war so. Ich hab die gar nicht bestellt, weil, wir hatten noch eine. Nicht genau dieselbe, nur von einer anderen Firma. Aber ich wollte dann keine bestellen, die gehen nämlich so schlecht, verstehen Sie?«

»Wann kann ich sie abholen?«, sagte Dombeck.

»Ja. – Jetzt.«

»Danke«, sagte Dombeck und hängte ein. Kurz darauf brachte Prekers Sekretärin ein Schreiben. »Von der HaKa-Bank«, sagte sie. »Preker meinte, das müsse zu Ihnen.«

»Das ging aber schnell«, sagte Dombeck. Er öffnete den Umschlag und überflog die Seiten. Dann sah er wieder auf. »Die brauchen noch Informationen«, sagte er. »Also bitte, bringen Sie mir die Unterlagen.«

Gegen sechs verließ Dombeck das Büro und fuhr zu dem Baumarkt. Eine junge Frau an der Kasse wusste von keiner Wasserwaage. Vielleicht stehe die noch im Lager, da hinten.

Dombeck öffnete eine Tür, auf der *Eintritt nur für Personal* stand; hier war niemand. Die junge Frau an der Kasse unterhielt sich jetzt mit einem Mann, der einen weißen Kittel über dem Anzug trug. Dombeck sprach ihn an. Es war der Geschäftsführer.

»Hören Sie bitte«, sagte Dombeck. »Ich habe am Freitag hier eine Wasserwaage bestellt. Und das unter Umständen, die beklagenswert sind. Jetzt weiß keiner, wo sie ist, und ich werde durchs Gebäude geschickt. Tun Sie bitte umgehend alles, damit ich Ihr Haus guten Gewissens weiterempfehlen kann.« Er zog seine Brieftasche, nahm die Anzahlungsquittung heraus und legte sie neben die Kasse.

»Moment«, sagte der Geschäftsführer. Er ging und kam nach einigen Minuten mit der in Packpapier gewickelten Wasserwaage zurück. »Die war irrtümlich an die Auslieferung gegeben worden«, sagte er.

»Ihre Interna gehen mich nichts an«, sagte Dombeck und zahlte den Restbetrag. Draußen öffnete er am Auto das Schiebedach und stellte die Wasserwaage von oben in den Fußraum vor dem Beifahrersitz. Sie ragte weit zum Dach hinaus. Dombeck band ein Handtuch darum und ließ sie vom Schiebedach festklemmen. Es wurde dunkel, als er in der Ortschaft ankam. Er hielt an der Einmündung zur Siedlung; als er niemanden auf der Straße sah, nahm er die Wasserwaage, trug sie auf das leere Grundstück und legte sie ins hohe Gestrüpp.

Zu Fuß ging Dombeck zum Haus. An der Tür sprang ihm der Hund entgegen. Dombeck zog die Schuhe aus und legte sich auf die Couch.

»Wie war's?«, rief die Frau aus der Küche.

»Gut«, sagte Dombeck. Der Hund wollte zu ihm hinauf. »Preker war nicht da. War weg. Mit irgendeinem ominösen Kunden.«

»Tatsächlich?«

Dombeck antwortete nicht. Bis zum Abendessen las er in der Zeitung. »Weißt du eigentlich, dass Kati im Sommer mit einem Jungen in Urlaub fährt?«, fragte er bei Tisch.

»Sie hat es dir also gesagt?«

»Ich verstehe«, sagte Dombeck. Er solle sich nicht aufregen, sagte die Frau. Es führen auch noch andere mit. Dann aßen sie schweigend.

Später stieg Dombeck hinunter in den Keller. Nach einigem Suchen fand er die Taschenlampe unter dem Werkzeug; die Batterie war leer. Er fluchte leise. Im Schlafzimmer nahm er die Batterie aus dem Wecker, sie passte. Dann holte er die Hundeleine von der Garderobe und klingelte mit dem Haken. »Ich geh noch mit Asta um die Ecke!«, rief er und zog seine Winterjacke an. Der Hund sprang schon an ihm hoch. Dombeck ging zum Auto. Er ließ den Hund hinein und holte die Wasserwaage vom Grundstück. Das Packpapier war feucht geworden, es machte braune Flecken in das Handtuch, als Dombeck die Wasserwaage wieder ins Schiebedach klemmte. Er fuhr los; etwa hundert Meter vor der Brücke parkte er den Wagen in einer Haltebucht für Busse. Er holte die Wasserwaage aus dem Schiebedach, nahm den Hund kurz an die Leine und ging auf die Brücke.

Über den Fluss hinweg, stromaufwärts, sah Dombeck die Stadt liegen. In den Bürohochhäusern war noch Licht, die roten Leuchten am Sendeturm zeigten Stunden und Minuten. Stromabwärts sah er die blinkenden Scheinwerfer der Passagiermaschinen im Landeanflug. Als Dombeck das zweite Pfeilerpaar erreicht hatte, überquerte er die Straße und band die Hundeleine an das Brückengeländer. Dann wickelte er die Wasserwaage aus dem aufgeweichten Papier. Er schaltete die Taschenlampe ein und wieder aus. Es war wenig Verkehr auf der Brücke. Dombeck trat auf den Pfeiler zu, der gleich neben dem Geländer, meterdick und eingefasst mit Rosten, durch den Gehsteig ragte. Er strich mit der Hand über das kalte Metall. Dann setzte er die Wasserwaage an, schaltete die Lampe ein und hielt den Lichtstrahl auf das Glasröhrchen mit der grünlichen Flüssigkeit. Die Luftblase lag exakt zwischen den beiden Markierungen. Er versuchte es an einer anderen Stelle. Das gleiche Resultat.

Dombeck trat ein paar Schritte zurück. In einer Höhe von etwa drei Metern über dem Gehsteig schien der Pfeiler seine Form zu wechseln. War er dort nicht eher rund? Dombeck sah über das Geländer hinunter ins Wasser. Er stellte die Wasserwaage hochkant gegen den Pfeiler, dann steckte er die Taschenlampe in seine Jackentasche, stieg auf das Geländer, lehnte sich gegen den Pfeiler und zog die Wasserwaage langsam zu sich hoch. Der Hund bellte und zog an der Leine.

»Platz, Asta«, sagte Dombeck. Die Brust gegen den Pfeiler gedrückt, holte er die Taschenlampe hervor. Schweiß lief ihm aus den Achseln und an den Seiten hinunter. Mit der linken Hand legte er die Wasserwaage an, so hoch er konnte, mit der rechten leuchtete er darauf. Die Luftblase war nicht zu erkennen. »Mist«, sagte Dombeck laut.

»Hallo!«, sagte eine Männerstimme.

Dombeck beugte sich vorsichtig zur Seite und sah um den Pfeiler herum in Richtung Fahrbahn. Halb auf dem Gehsteig stand ein Polizeiauto. Einer der Polizisten war ausgestiegen, der andere saß auf dem Beifahrersitz und sprach in ein Mikrofon.

»Kann ich mit Ihnen reden?«, sagte der Polizist auf dem Gehsteig. »Kann ich näher kommen?«

Dombeck wollte lachen. Er sah hinunter und spürte einen

leichten Schwindel. »Nehmen Sie bitte die Wasserwaage«, sagte er leise.

»Welche Wasserwaage?«, sagte der Polizist und trat einen Schritt näher.

Dombeck hatte jetzt eine Wange an den Pfeiler gedrückt. Er winkte mit der Taschenlampe. Der Polizist kam schnell heran, nahm die Wasserwaage und legte sie auf den Boden. »Ich helfe Ihnen runter«, sagte er. Dombeck ließ sich langsam in die Knie gleiten, den Oberkörper noch immer eng am Pfeiler. Der Polizist griff ihn mit beiden Händen, Dombeck löste sich und fiel ihm entgegen. Rasch war er wieder auf den Beinen. Er schaltete die Taschenlampe aus und steckte sie ein.

»Sind Sie in Ordnung?«, sagte der Polizist.

Dombeck nickte. Der Hund bellte wieder, Dombeck strich ihm über den Kopf. »Ist gut, Asta«, sagte er. »Alles gut.«

»Ich muss Sie fragen, was Sie hier getan haben«, sagte der Polizist. »Am besten, Sie kommen mit zur Wache.«

»Natürlich«, sagte Dombeck. Er löste die Leine vom Geländer und ging zu dem Polizeiauto.

»Ihre Wasserwaage!«

Dombeck schüttelte den Kopf, er könne sie später holen. »Nein«, sagte der Polizist, die müsse schon mit. Er hob sie auf, und während Dombeck auf dem Rücksitz Platz nahm, den Hund neben sich auf dem Boden, versuchten die beiden Polizisten, die Wasserwaage zu verstauen. Schließlich ließen sie sie zum Seitenfenster hinausragen.

»Ich habe den Schiefstand des Pfeilers gemessen«, sagte Dombeck, als sie anfuhren.

»Sie müssen jetzt keine Aussage machen«, sagte der erste Polizist. »Wir schreiben gleich ein Protokoll.«

Eine halbe Stunde später saß Dombeck mit dem Hund in einem kleinen Büro im Keller der Wache. Der erste Polizist hatte einen Protokollbogen in die Schreibmaschine gespannt und Dombecks Personalien aus dem Ausweis abgeschrieben. Jetzt sah er hoch.

»Also noch einmal«, sagte er. »Sie haben auf Ihren Fahrten zur Arbeit festgestellt, dass der betreffende Brückenpfeiler schief steht.«

»Ich hatte die Vermutung«, sagte Dombeck. Der Polizist schrieb mit zwei Fingern. Und heute Abend habe er eine Messung vornehmen wollen? Dombeck bejahte. Aber die habe nichts ergeben, sagte der Polizist und schrieb weiter; dann sah er auf. Die Wasserwaage werde übrigens gerade untersucht. Wenn damit etwas nicht stimme, fänden sie es heraus. Er solle sich das rechtzeitig klarmachen.

»Es ist eine Wasserwaage«, sagte Dombeck. »Sie hat Überlänge. Sie misst eine Abweichung von eins komma zwei Grad auf hundert Meter.« Er hob die Hände. »Bitte, ich habe nichts Verbotenes getan, und ich stehe gerne Rede und Antwort. Aber wir dürfen uns nicht lächerlich machen.«

Der Polizist nickte. Dann wurde die Tür geöffnet, und der zweite Polizist trat mit der Wasserwaage in den Raum. »Nichts«, sagte er und lehnte sie an den Schreibtisch. »Offensichtlich ganz neu.« Dombeck zog seine Brieftasche und reichte dem ersten Polizisten die Quittung. »Heute gekauft«, sagte er. Die Polizisten sahen auf das Papier. »Kostet ja ein Vermögen«, sagte der erste.

Der Hund begann unruhig zu werden. Dombeck streichelte seinen Kopf. »Was macht's«, sagte er. »Oder wüssten Sie eine bessere Methode? Ich meine, ohne hinaufzusteigen und ohne elektrisches Gerät.«

Die Polizisten sahen einander an. Der erste zog den Protokollbogen aus der Schreibmaschine, überflog ihn, reichte ihn Dombeck und zeigte auf die Stelle, an der er unterschreiben solle. Dombeck unterschrieb. »Danke«, sagte er und gab das Protokoll zurück. Der Polizist legte es in einen flachen, grünen Kasten. »Sollen wir Sie zur Brücke fahren?«, sagte er.

Dombeck schüttelte den Kopf, er werde ein Taxi nehmen. Er stand auf, der Hund sprang an ihm empor.

»Vergessen Sie Ihre Wasserwaage nicht«, sagte der zweite Polizist. Dombeck nahm sie, verabschiedete sich und ging zu Fuß in die Innenstadt. Vor einem Neubau blieb er stehen. Er sah sich um, dann drückte er sich durch die Absperrgitter und lehnte die Wasserwaage gegen eine frisch verputzte Wand. Die Bauarbeiter müssten sie gleich am Morgen finden. Dombeck stellte sich vor, wie sie rätseln würden, wem sie gehörte. Am Ende würde vielleicht einer sie nehmen und seinen Namen mit einem Nagel in das Metall ritzen. Ein paar Straßen weiter hielt Dombeck ein Taxi an und ließ sich zu seinem Wagen fahren. Als er nach Hause kam, lag seine Frau schon im Bett. Sie schaltete die Nachttischlampe ein und richtete sich auf.

»Wo warst du so lange?«, sagte sie.

Dombeck setzte sich auf seine Seite des Bettes und zog die Schuhe aus. Der Wecker stand noch auf halb acht. »Ich war mit Asta auf der Brücke«, sagte er. »Wir haben den Pfeiler ausgemessen.«

Die Frau lachte. »Und?«, sagte sie. »Wie steht er?«

»Gerade«, sagte Dombeck. »Absolut gerade.«

Montage

Als ihm die Zeit zu lange wurde, nahm Keßböhmer, der von einer Montage aus Italien zurückfuhr, einen Anhalter mit. Es war Nacht, und er hatte den Mann erst im letzten Moment gesehen, als er in einem Autobahnkreuz langsam die Auffahrt hinuntergerollt war. Sie fuhren dann lange schweigend. Der Anhalter hatte seinen Rucksack auf die Rückbank gelegt, und bald schien er eingeschlafen.

In der Dämmerung erreichten sie die Alpen. Es versprach ein warmer Tag zu werden; Keßböhmer ließ an einer Raststätte auftanken, er kaufte etwas Proviant und zwei Büchsen Mineralwasser. Als er zum Wagen zurückkam, war der Anhalter aufgewacht. Sie wechselten ein paar Worte, kurz darauf schlief der Mann wieder ein. Zwei Stunden später, ein paar Kilometer vor einer Abfahrt, fasste ihn Keßböhmer bei der Schulter. »Hallo!«, sagte er.

Der Anhalter drehte den Kopf herum.

»Ich fahre die Passstraße«, sagte Keßböhmer. Das dauere etwas länger, sei aber die schönere Strecke und nach seiner Erfahrung an den Samstagen ziemlich frei.

»Nichts einzuwenden«, sagte der Anhalter. Er löste den Gurt und beugte sich zwischen den Vordersitzen nach hinten zu seinem Rucksack, zog eine Schachtel Zigaretten heraus und zündete sich eine an. »Ich darf doch?«, sagte er.

»Sicher«, sagte Keßböhmer. »Aber Sie sollten was essen.«

»Zu früh«, sagte der Anhalter und bot eine Zigarette an. »Abgewöhnt.«

»Na prima«, sagte der Anhalter.

Gegen zehn, etwa auf halber Höhe die Serpentinen den Pass hinauf, glaubte Keßböhmer zu bemerken, dass der Wagen nach rechts zog. Er ließ einmal probeweise auf einer Geraden das Lenkrad los, und beinahe wäre der Wagen in die Leitplanke ausgebrochen. »Da stimmt was nicht«, sagte Keßböhmer.

»Platten?«

»Vielleicht«. Keßböhmer schaute nach einer Haltebucht, das Lenkrad hielt er jetzt fest in beiden Händen.

»Da vorne«, sagte der Anhalter, und dann hielten sie auf einem schmalen Schotterstreifen vor einer lang gezogenen Kurve, so nahe am Abhang, dass die Beifahrertür nicht zu öffnen war. »Moment nur«, sagte Keßböhmer. Er stieg aus und legte sein Jackett auf den Fahrersitz, dann ging er um den Wagen; der vordere rechte Reifen hatte deutlich an Luft verloren.

Vor der Haube stehend, machte Keßböhmer ein Zeichen; hier könne er nicht wechseln. Dann wies er auf die gegenüberliegende Straßenseite. Er wolle nur kurz austreten. Der Anhalter nickte. Keßböhmer überquerte die Straße, sprang über einen Graben und stieg einen schmalen, steinigen Pfad empor, ein ganzes Stück, bis er endlich hinter ein paar niedrigen Sträuchern Halt fand. Dort schlug er sein Wasser ab, den Rücken zur Straße. Blöde, so was, dachte er, aber kein Grund, sich zu ärgern. Den Reservereifen hatte er kürzlich noch kontrolliert, und wenn er nicht in einen Stau käme, könnte er am frühen Nachmittag zu Hause sein. Er öffnete jetzt seine Hose am Bund und steckte das Hemd neu hinein; am Rücken klebte es ein wenig an der Haut. Besonders freute er sich natürlich auf die Jungen. Kurz nach der Geburt des zweiten hatte er die Montagen begonnen, das waren jetzt knapp drei

Jahre; seitdem sah er die beiden ganz unregelmäßig und oft für ein paar Wochen gar nicht. Diesmal hatte er ihnen aus Italien die Trikots aller großen Fußballvereine mitgebracht.

Keßböhmer drehte sich um und sah hinunter. Der Anhalter war an der Fahrerseite aus dem Wagen gestiegen, den Rucksack hatte er an die hintere Tür gelehnt, gerade zog er einen Reißverschluss hoch. Keßböhmer machte einen Schritt, er musste achtgeben, dass er nicht gleich abrutschte. Da hörte er ein grelles Hupen. Von der Bergseite her fuhr mit schrill quietschenden Reifen ein großer Tanklaster heran, in der Kurve war er schon halb auf der Gegenfahrbahn; jetzt scherte er noch weiter aus, und ohne zu bremsen prallte er auf Keßböhmers Wagen. Beide brachen sie durch die Leitplanke, es gab einen furchtbaren Knall. Der Rucksack des Anhalters wurde ein paar Meter hochgeschleudert und kam mitten auf die Fahrbahn zu liegen.

Eine Sekunde glaubte Keßböhmer, es sei jetzt ganz still. Dann folgten in kurzem Abstand starke Explosionen; er zählte mit, es waren sechs, eine Pause, dann noch einmal drei. Keßböhmer ließ sich auf die Steine herab, und mit Händen und Füßen gegenhaltend, rutschte er hinunter zur Straße. Er griff den Rucksack und zog ihn zum Graben auf der Bergseite, dann ging er vorsichtig über die Straße bis dahin, wo die Leitplanke aufgerissen war und mit den Kanten über den Abhang ragte. Er sah hinunter. Da lagen die beiden Wracks, und rundum brannte auf ein paar Dutzend Metern der Boden. Keßböhmer spürte eine große Hitze aufsteigen; er musste den Kopf zurückziehen. Kein Zweifel, da war nichts mehr zu retten. Er holte den Rucksack aus dem Graben; wieder an der Leitplanke, wollte er ihn öffnen, da hielt neben ihm, vom Tal her gekommen, ein Auto an. Der Fahrer stieg aus, sah kurz hinunter und begann, auf Keßböhmer einzureden.

»Non parlo italiano«, sagte Keßböhmer. »Io tedesco.«
»Ah!«, sagte der Italiener. »Polizia! Ambulanza!«
»Si«, sagte Keßböhmer. Dann schüttelte er den Kopf. »No.«

Der Italiener lief zu seinem Auto zurück und winkte Keßböhmer einzusteigen. »Avanti!«, rief er. Keßböhmer nahm den Rucksack; und so schnell es ging fuhr der Italiener die Serpentinen hinunter ins Tal, dabei sprach er vor sich hin. Keßböhmer schwieg. Um ein Haar wäre ich jetzt tot, dachte er. Er versuchte sich vorzustellen, was er noch wahrgenommen hätte, aber das war unmöglich. Vielleicht ging es sogar zu schnell, um überhaupt noch Schmerz zu spüren.

Der Italiener hupte, ein Kleinwagen vor ihnen fuhr eng an den Hang heran, und der Italiener überholte. Finanziell, dachte Keßböhmer, würde er gut davonkommen, es war immerhin eine Dienstreise gewesen, zum mindesten bekäme er einen neuen Wagen. Dann überlegte er, wie er es zu Hause sagen sollte. Vielleicht wäre es gut, wenn er gar nicht erst anriefe. Am Telefon klingt alles ganz falsch, und man macht sich viel mehr Sorgen als nötig.

Im ersten Ort hielt der Italiener vor einer kleinen Polizeistation. Er sagte etwas, das Keßböhmer nicht verstand, und ging hinein. Es dauerte, und als es Keßböhmer zu heiß in dem Wagen wurde, stieg er aus; dabei wurde ihm ein wenig schwindlig. Er sah sich um, gleich gegenüber lag ein Straßencafé. Den Rucksack halb über dem Rücken ging er hinüber, setzte sich und bestellte ein Mineralwasser. Es wurde gerade gebracht, da trat der Italiener aus der Polizeistation. Er rief etwas über die Straße, und Keßböhmer wollte aufstehen, da stieg der Italiener wieder in den Wagen und fuhr davon. Von irgendwoher waren jetzt Polizeisirenen zu hören.

Keßböhmer lachte leise. Die würden ihn am Ende hier vergessen! Dabei hatte er nichts, Geld und Papiere waren in seinem Jackett gewesen. Fabelhaft! Er trank von seinem Mineralwasser, dann zog er den Rucksack zu sich und öffnete ihn. Es schien nur Wäsche darin, Keßböhmer wollte nicht hineingreifen. Er versuchte die Seitentaschen. In einer steckte ein großes, altes Portemonnaie, dick voller Papiere und mit einem Gummi zusammengehalten. Keßböhmer streifte das Gummi ab und verteilte die Papiere vor sich auf dem Tisch. Zettel mit Anschriften waren es, Rechnungen, ein paar Briefe, die in eng beschriebenen Umschlägen steckten, zerkratzte Fotos und endlich ein alter, zerschlissener Reisepass. Keßböhmer schlug ihn auf; der Mann war kaum jünger als er selbst, das Foto musste viele Jahre alt sein. Keßböhmer wollte schon wieder alles zusammenpacken, da sah er, dass in einem der Umschläge Geld steckte. Es waren ein paar neue große Scheine, sauber in der Mitte gefaltet, zusammen genau fünftausend Mark.

Keßböhmer griff rasch in seine Hosentasche. Richtig, da steckte noch das Wechselgeld von der Tankstelle. Er legte einen Schein neben sein Glas, stand auf, tat das Portemonnaie in den Rucksack, hängte ihn sich über beide Schultern und lief in die nächste Seitenstraße. Als er kaum noch Luft bekam, hielt er an. Er sah auf die Uhr, es war gut eine halbe Stunde seit dem Unfall vergangen. »Ich mach es«, sagte er leise. Einmal würde er es wissen wollen! Dann ging er langsam weiter und versuchte sich zu orientieren; schließlich fand er ein Hinweisschild. Am frühen Nachmittag erreichte er mit einem Bus die nächste größere Stadt, und von dort nahm er, um nicht in die Grenzkontrollen zu geraten, einen Zug in Richtung französische Küste. Einen Teil der Nacht verbrachte er am Strand, unter jungen Leuten; später ging er, da er aufzufallen fürchtete, langsam durch die Stadt. Früh am Morgen fuhr ein Zug nach Norden, einmal musste Keßböhmer umsteigen, und am frühen Nachmittag kam er in seiner Heimatstadt an. Es war ein warmer Sonntag im August.

In der Nähe des Bahnhofs nahm Keßböhmer ein Zimmer in einem kleinen Hotel. Er wolle gleich für die ersten beiden Nächte zahlen, sagte er und hielt dem Portier einen der großen Geldscheine entgegen. Als der ihm das Gästebuch zuschob, zögerte Keßböhmer einen Moment, dann trug er sich mit dem Namen des Anhalters ein. Auf dem Zimmer wusch er sich lange unter der Dusche mit dem kleinen Seifenstück, das auf dem Waschbecken gelegen hatte; seine Unterwäsche behielt er dabei an, später wrang er sie unter kaltem Wasser aus und hängte sie zum Trocknen über den gekippten Fensterrahmen. Dann legte er sich aufs Bett. Er war sehr müde und schlief bald darauf ein. Als er erwachte, war es gegen sieben. Er stand auf und fühlte an seiner Unterwäsche. Sie war trocken, er zog sie an, darüber Hose und Hemd, das Portemonnaie des Anhalters steckte er ein. An der Rezeption gab er seinen Schlüssel ab, dann ging er langsam durch die Innenstadt. Es hatte kaum abgekühlt.

So wäre das also, wenn man tot ist, sagte sich Keßböhmer. Er war eine Zeitlang nur gegangen, jetzt blieb er auf einem Platz stehen und suchte etwas, das er noch nie genau angesehen hatte, den Giebel eines alten Hauses vielleicht oder den Brunnen, auf dessen Rand immer die Trinker saßen. Nach einer Weile ging er weiter und suchte etwas Neues.

Auf dem Domplatz hatte in diesem Sommer ein Straßencafé eröffnet. Die Stühle und Tische standen unter großen weißen Schirmen, Keßböhmer ging an den Reihen vorbei. Wenn hier jetzt ein Bekannter säße, würde er so tun, als sähe er ihn nicht. Er fuhr sich durchs Gesicht, seit zwei Tagen hatte er sich nicht rasieren können, bei seinen dunklen Haaren war das fast schon ein Bart. Und er hatte sich nie einen Bart stehen lassen. Nahe beim Eingang zum Dom lehnte sich Keßböhmer kurz an einen Baum. Und überhaupt! Von dem Unfall müssten jetzt längst alle wissen. Wahrscheinlich säßen die meisten bei ihm zu Hause und versuchten, Marion und die Kinder zu trösten. Oder besser noch, jemand hätte ihr angeboten, für ein paar Tage zu ihm zu ziehen; bis das Schlimmste überstanden sei.

Keßböhmer zog die Unterlippe ein und fuhr sich über die Stoppeln am Kinn. Marion würde doch nicht nach Italien fahren müssen? Und wozu? Da gäbe es für sie nichts zu tun. Die hatten das Kennzeichen entziffert oder eine Nummer am Fahrgestell; und dann hatten sie Marion gesagt, was passiert ist. Und Marion war nicht der Typ, der so schnell etwas Sinnloses tat.

Keßböhmer war weitergegangen bis zu dem Platz, von dem die Busse in die Vororte abfuhren. Zu Fuß wäre es bis zu ihm hinaus gut eine Stunde. Er ging noch ein wenig durch die Straßen, da sah er, wie zwei junge Leute ihre Fahrräder in den Ständer vor einem Lokal stellten. »Das klemmt wieder«, sagte die junge Frau, als sie ihres abschließen wollte, und der Mann machte eine Handbewegung, sie solle das lassen. Dann gingen beide in das Lokal. Keßböhmer wartete ein paar Minuten, dann nahm er das unverschlossene Rad und fuhr damit aus der Stadt.

Zwischen der Ausfallstraße und einer Werksbahnstrecke führte der Radweg zuerst an Feldern entlang, dann weiter neben der Trasse in ein Waldstück hinein und an einer Bauernschaft vorbei. Später kamen wieder Felder, bis die neuen Wohnviertel begannen; rechts und links stießen jetzt nur Gärten an den Weg. Leute saßen da, sie redeten oder sahen fern, ein paarmal fuhr Keßböhmer durch die Rauchschwaden eines Grills. Früher, in der Mietwohnung, hatten sie sonntagabends immer auf dem Balkon gesessen und in die Hinterhöfe geschaut. Marion hatte den Älteren auf dem Schoß gehabt, und meistens schlief er dabei ein. Wenn wir bloß ein Haus hätten!, hatten sie damals gesagt.

Keßböhmer hielt jetzt an, stellte das Fahrrad gegen einen Zaun und ging den schmalen Weg zwischen zwei Gärten bis zur Straße. Nach links hinein führte eine Stichstraße, und das Haus ganz am Ende vor dem Wendeplatz war seines. Neben den grünen und weißen Containern stand Marions kleiner Fiat. Keßböhmer ging mitten auf der Straße. Wenn jetzt die Tür aufginge und alle herauskämen, würde er ihnen mit offenen Armen entgegengehen. Nein! Er würde nichts sagen. Kein Wort. Er würde Marion umarmen und die Jungen hochheben, alle beide, so schwer sie schon waren, und würde sie in ihre Betten tragen.

Vor dem Steinweg zum Hauseingang blieb Keßböhmer stehen. Es war jetzt fast dunkel geworden. Aus dem kleinen Flur kam kein Licht, auch keines aus der Küche. Er lauschte, es war nichts zu hören; dann ging er quer über den Vorgarten, stieg über das schmale Stück Gartenzaun, das an den Wendeplatz grenzte, und ließ sich auf Hände und Füße herab. So kroch er durch den Garten, bis er in das große Wohnzimmerfenster sehen konnte. Da war Licht, Marion saß auf der schwarzen Ledercouch unter der Stehlampe mit dem schwenkbaren Arm und las in einer Zeitschrift.

Sie weiß es noch nicht, dachte Keßböhmer. Mein Gott, vielleicht hatte er sich das ganz falsch vorgestellt! Von wegen Kennzeichen oder Fahrgestellnummer. Es war ja Wochenende. Und wahrscheinlich dauerte es Tage, bis sich einer richtig um alles kümmerte. Den Tanklaster, ja, den könnten sie leicht ermitteln, der würde schon irgendwo vermisst werden. Aber er, ein Durchreisender, wie kämen sie auf ihn? Nein, Marion konnte unmöglich schon etwas wissen.

Sie stand jetzt auf und rief in Richtung Küche. Keßböhmer verstand nicht was, aber das war schon in Ordnung; der Ältere durfte seit Beginn des Schuljahres bis zehn Uhr aufbleiben. Keßböhmer kroch etwas weiter zur Seite unter eine Tanne. Andererseits, müsste ihn Marion nicht seit gestern Nachmittag erwarten? Er dachte nach. Hatte er wirklich Nachmittag gesagt? Für gewöhnlich legte er sich doch gar nicht fest, damit sich keiner Sorgen machte, wenn er einmal irgendwo hängen blieb. Und wie oft war es vorgekommen, dass er unterwegs beschlossen hatte zu übernachten.

Keßböhmer drehte den Kopf zur Seite und legte ihn einen Moment auf den Boden. Da hätte er sich um ein Haar unmöglich gemacht. Er rieb etwas Erde zwischen den Fingern. Wie trocken das war; seit sie hier wohnten, hatten sie jeden Sommer sprengen müssen, von Mai bis September fast in einer Tour. Und trotzdem war immer etwas verdorrt. Jetzt klingelte im Haus das Telefon. Keßböhmer kam wieder hoch. Marion stand auf und verließ das Wohnzimmer, da rollte er sich unter der Tanne hervor und lief zur Hauswand; unter dem Oberlicht vom großen Flur drückte er sich gegen die Steine und hielt den Atem an. »Nein«, sagte Marion. »Noch nichts.«

An der anderen Seite wurde lange gesprochen.

»Hab ich schon«, sagte Marion. Wieder lange Stille. »Glaube ich nicht«, sagte sie. »Jedenfalls danke. Und Tschüss.«

Keßböhmer ließ sich wieder auf die Knie herab und kroch weiter. Die beiden nächsten Fenster waren die zum Bad und zum Schlafzimmer. Die Zimmer der Jungen lagen unter dem

Dach, von hier konnte er die schrägen Fenster nicht einmal sehen. Im Wohnzimmer wurde jetzt der Fernseher eingeschaltet. Keßböhmer ging rasch um die andere Ecke des Hauses, stieg über den Zaun in den Nachbargarten und ging von da durch ein kleines Tor auf die Straße. Er fuhr zurück zur Stadt und stellte das Fahrrad in den Ständer vor dem Lokal. Dann blieb er auf seinem Hotelzimmer, ein-, zweimal schlief er für eine Stunde oder für eine halbe ein.

Am Montagmorgen, nachdem er im Hotel gefrühstückt hatte, kaufte sich Keßböhmer in der Stadt eine Windjacke, eine Kappe und eine billige, dunkle Sonnenbrille. Dann fuhr er mit dem Bus hinaus zu seiner Firma. Als der Pförtner einen Moment nicht in der Loge saß, ging er durch das Haupttor und trat in eine der Werkshallen. Hier hatte er gearbeitet, bevor er auf Montage gegangen war. Er nahm die Sonnenbrille ab. An einem Laufkran wurde gerade ein Turbinenmantel aus dem Lager herübergefahren und langsam auf die Fertigungsstraße gesenkt. Ein Arbeiter rief die Anweisungen für den Kran in ein Funkgerät, vier andere standen mit erhobenen Armen, um den Mantel in Empfang zu nehmen. Jemand schlug Keßböhmer von hinten auf die Schulter. »Immer braungebrannt«, sagte der Mann. Keßböhmer tippte, ohne sich umzuwenden, an die Kappe. »Bella Italia!«, rief der Mann, dann gab es ein lautes Geräusch vom Kran her.

Keßböhmer ging weiter durch die Werkshallen, dann hinaus zum Versand. Hier wurden die LKW beladen. Neben dem Pförtnerhaus von Tor II sah er ein Taxi stehen. Er lief darauf zu und stieg an der Beifahrerseite auf den Rücksitz. »Sie sind doch frei?«, sagte er zu dem Fahrer. Der nickte, und Keßböhmer nannte seine Adresse. Vor der Einmündung zu seiner Straße ließ er den Fahrer anhalten. Der Fiat stand vor dem Hauseingang, daneben ein Wagen, den er nicht kannte. Keßböhmer zahlte, stieg aus und lief bis zum Wendeplatz, da drückte er sich hinter den Flaschencontainer. Kurz darauf kamen zwei Männer aus dem Haus. Marion sah er nur eben, als sie die Tür schloss.

Rasch war Keßböhmer wieder im Garten und gleich neben dem Wohnzimmerfenster. Jetzt stand die Schiebetür offen. Marion telefonierte im großen Flur. »Nein«, sagte sie. »Ja, die waren hier. Nein, sicher ist das nicht. – Nein, auch nicht.« Sie stöhnte einmal laut. »Nein, Mama, noch nicht. – Das macht nichts. Ich bring sie.« Dann legte sie auf und rief ins Haus hinein. Von oben her kam Antwort. Kurz darauf hörte Keßböhmer den Fiat starten. Er wartete eine Weile, dann ging er durch die Schiebetür ins Haus.

Im Wohnzimmer stand ein Blumenstrauß auf dem flachen Glastisch. Nebenan, in der Küche, waren die beiden Gedecke für die Kinder noch nicht von der Theke geräumt, einer der Hocker davor war zur Seite geschoben, auf dem Boden schien etwas aufgewischt, es glänzte an ein paar Stellen. Die Tür zur Mikrowelle war weit offen. Keßböhmer schloss sie, da sprang das Gerät an. Er drehte den Zeitschalter auf Null. Im großen Flur, an der Tür zum kleinen, lagen die Gummistiefel übereinander, zwischen die Stäbe des Treppengeländers war ein Stofftier geklemmt. Keßböhmer ging weiter ins Schlafzimmer. Marions Bett an der Türseite war zurückgeschlagen, das Kissen hatte sie halb zusammengefaltet. Sein eigenes Plumeau lag fast glatt, nur an der Seite zu ihr hin war es verknautscht, auf seinem Kissen lagen ein paar Zeitschriften. Keßböhmer sah kurz ins Bad, dann stieg er die Treppe hinauf.

Quer über den Flur vor den beiden Kinderzimmern war die *Lego*-Eisenbahn aufgebaut. Keßböhmer trat vorsichtig darüber hinweg und öffnete eine dritte Tür. Hier war das unausgebaute Zimmer, ein schmaler Schlauch mit sehr viel Schräge, nur einen Meter weit konnte man aufrecht stehen. Sie hatten beantragt, hier nachträglich eine Gaube zur Straße hin bauen zu dürfen, und das Verfahren lief noch. Keßböhmer setzte sich auf einen Koffer. Die Jungen zu den Schwiegereltern zu bringen, dauerte eine Dreiviertelstunde. Also hatte er noch eine gute halbe. Mit dem Fuß schob er einen Zollstock beiseite, der auf dem Boden lag.

Nein, sagte er sich. Das ist kein Zustand! Aber er brächte das wieder in Ordnung. Und alles gutzumachen, könnte noch kein Problem sein. In Italien würde er anfangen, vor der Polizeistation in dem kleinen Ort. Nur rasch müsste es gehen, er dürfte jetzt keine Zeit verlieren. Plötzlich fühlte Keßböhmer sein Herz schlagen. Er fasste sich an den Hals, ja, auf jede Sekunde käme es an. Er schloss die Tür und stieg hinunter, im Flur überlegte er einen Moment, dann nahm er wieder den Weg durch den Garten, über den Zaun zum Nachbargrundstück. Als er zu dem Gartentor kam, blieb er stehen. Es stand offen, und in der Einfahrt spielte der kleine Sohn des Nachbarn, jetzt sah er auf. »Onkel Rolf?«, sagte er. Keßböhmer schlug beide Hände vors Gesicht, lief mit großen Schritten an ihm vorbei auf den Bürgersteig und weiter.

Erst an der Ausfallstraße machte er halt. Jetzt war kein Berufsverkehr, da fuhren die Busse nur alle halbe Stunde in die Stadt. Und bestimmt war gerade einer weg; da bräuchte er gar nicht nachzusehen! Keßböhmer trat an den Straßenrand. Er müsste sich etwas einfallen lassen. Eine Zeit lang war kein Verkehr, vielleicht war hinten im Ort die Schranke geschlossen. Als wieder Autos in Sicht kamen, hielt Keßböhmer die Faust am ausgestreckten Arm, den Daumen nach oben, über die Fahrbahn. Niemand stoppte.

Keßböhmer drehte sich um und ging. Bald begannen die

Felder und Wiesen, neben der Straße her lief nur noch ein breiter Betonweg für Radfahrer und Fußgänger. Immer wenn er Wagen hörte, streckte er, ohne sich umzudrehen, den linken Arm aus und winkte. Was für ein Unsinn, dachte er zwischendurch und sah auf die Uhr. Er wusste ja nicht einmal, wann die Züge fuhren. Immerhin hätte er sich im Hotel nicht mehr abzumelden, bezahlt war ja. Und der kleine Ort im Tal hatte *San Lorenzo* geheißen. Oder *San Antonio*. Keßböhmer schlug an die Innentasche der Windjacke. Alles hatte er bei sich. Da hielt neben ihm ein Wagen. »Wohin denn?«, sagte der Fahrer.

»In die Stadt. Bahnhof.«

»Steigen Sie ein.«

»Vielen Dank«, sagte Keßböhmer. Er habe den Bus verpasst und müsse dringend einen Zug erreichen.

»Jaja«, sagte der Fahrer. Er schaute in den Rückspiegel, dann reihte er sich in den Verkehr. Sie fuhren gerade durch die Bauernschaft, da lachte Keßböhmer einmal auf.

»Was ist?«, sagte der Fahrer.

»Entschuldigen Sie«, sagte Keßböhmer. »Entschuldigen Sie. Ich dachte gerade: Wenn wir jetzt einen Platten hätten!« Er nahm seine Kappe ab und fuhr sich über den Bart.

»Ja?«, sagte der Fahrer. »Was dann?«

»Nichts«, sagte Keßböhmer und griff hinter sich. »Ich muss mich anschnallen.« Er zog den Gurt über seine Brust. Der Fahrer schwieg.

»Wissen Sie, ich habe eine Dummheit gemacht«, sagte Keßböhmer. »Ich habe mich in mein eigenes Haus geschlichen.« Er setzte die Kappe wieder auf. »Aber ich mache alles gut.« Er schlug sich leicht auf die Schenkel. »Richtig«, sagte er. »Als Erstes besuche ich die Familie von dem armen Kerl. Die müssen endlich wissen, was passiert ist.« Er klopfte sich auf die Brust. »Und das Geld! Das gebe ich natürlich zurück.«

»Tun Sie das«, sagte der Fahrer. Vor dem Bahnhof hielt er an, und am Schalter fragte Keßböhmer nach einer schnellen Verbindung Richtung Süden. In einer knappen Stunde würde ein Zug gehen.

Keßböhmer ging langsam an den Geschäften der Bahnhofspassage vorbei. Vor einem blieb er stehen. Es gab Spieluhren da, die hatten große, bunte Aufbauten, ganze Häuser oder Städte, durch die kleine Bahnen fuhren, mit Figuren darin. Die würden sich sicher bewegen, wenn man die Spieluhr aufzog. Eine andere sah aus wie eine Schreibmaschine, über die großen, runden Tasten liefen kleine Mäuse, die trugen Papiere und hatten Federkiele hinter den Ohren stecken.

Das wäre was für den Kleinen, dachte Keßböhmer. Vielleicht sollte er jetzt so eine Spieluhr kaufen? Aber nein; die Reihenfolge müsste er schon einhalten. Da bogen aus einem Seitengang zwei Bahnpolizisten in blauen Uniformen. Keßböhmer ging rasch weiter und trat in einen Fotoautomaten, hinter sich zog er den Vorhang zusammen. Dann suchte er in seinen Taschen nach Kleingeld, aber er fand keins. Eine Weile blieb er auf dem Schemel vor dem Objektiv sitzen, dann schob er vorsichtig den Vorhang beiseite. »Kommen Sie mal bitte heraus«, sagte der eine Bahnpolizist.

Keßböhmer tat es, dabei zog er das Portemonnaie aus der Windjacke, nahm einen großen Schein heraus und hielt ihn hoch. Er habe es nicht passend gehabt.

»Ihren Ausweis bitte«, sagte der andere Bahnpolizist.

»Sicher«, sagte Keßböhmer. Er blätterte die Papiere in dem Portemonnaie durch, dabei fielen ein paar zu Boden. Er wollte sich bücken, sie aufzuheben.

»Halt«, sagte der Bahnpolizist. »Erst den Ausweis, bitte!«
Keßböhmer hatte jetzt den Pass gefunden und reichte ihn hinüber, dann sammelte er die Papiere vom Boden auf.

»Erstens läuft der bald ab«, sagte der Bahnpolizist.

»Tatsächlich?«

»Und außerdem ist der in einem furchtbaren Zustand. Kommen Sie mal kurz mit?«

»Gerne«, sagte Keßböhmer. Dann zog er seine Fahrkarte aus der Tasche. Aber in einer Stunde gehe sein Zug. Das sei sehr wichtig, dass er den bekomme. »Familienangelegenheiten«, sagte er.

Die Bahnpolizisten schüttelten den Kopf. So lange dauere es nicht. Dann nahmen sie ihn in die Mitte und gingen zu einem Wachlokal. Es sei auch nicht so, dass er länger wegbleibe, sagte Keßböhmer, vielleicht komme er schon morgen zurück. Er werde dann gleich alle Formalitäten erledigen. »Setzen Sie sich bitte dahin«, sagte der erste Bahnpolizist, dann schloss er die Tür des Wachraums und trat in ein Nebenzimmer. Der andere blieb bei ihm. »Es dauert bestimmt nicht lange«, sagte er.

»Egal«, sagte Keßböhmer. Er hatte sich auf einen Stuhl neben einen Tresen gesetzt, die Füße auf eine Querstrebe gestellt und die Knie mit den Armen umfasst. Kurz legte er den Kopf darauf, dann sah er hoch. »Ich bin nämlich tot«, sagte er.

»Wie bitte?«

»Unsinn«, sagte Keßböhmer. »Ich bin Monteur.« Mit den Fingern einer Hand trommelte er auf dem Tresen. »Wissen Sie, wir installieren Turbinen. Im Ausland. Wir sagen denen, wie es geht, und bleiben noch ein paar Tage, um zu sehen, ob alles läuft. Aber dann«, er machte eine schnelle waagerechte Bewegung mit dem rechten Arm, »ab nach Hause, am besten pünktlich zum Wochenende.«

Der erste Bahnpolizist kam jetzt wieder in den Wachraum. Er hielt den Ausweis hoch. »Da liegt eine Meldung vor«, sagte er. »Ganz frisch. Irgendjemand vermisst Sie.«

Keßböhmer stand auf. »Das ist ein Irrtum«, sagte er. Dann wies er auf ein Telefon hinter dem Tresen. Ob es noch üblich sei, dass man einmal telefonieren dürfe?

Der erste Bahnpolizist lachte. »Sie sind nicht festgenommen«, sagte er. »Sie können tun und lassen, was Sie wollen. Wir machen Ihnen hier keine Vorschriften.«

»Sondern?«

»Wir geben Ihren Aufenthalt weiter. Das ist alles.«

»So«, sagte Keßböhmer. Das ändere nichts an der Sache. Er trat vor das Telefon und wählte seine Nummer. Es klingelte zweimal, dann hob Marion ab. »Ja bitte?«, sagte sie.

Die Bahnpolizisten waren schon in der Tür. »Moment.« Keßböhmer hielt die Muschel zu. »Halt!«, rief er. Die Bahnpolizisten drehten sich zu ihm um. »Bleiben Sie«, sagte Keßböhmer. »Bitte! Sprechen Sie mit meiner Frau. Sie müssen mir alles bezeugen.«

Das Ultimatum

Kaum drei Monate lang hatten Frenking und Veronika Ahlberger in einer Abteilung der Unternehmenszentrale zusammen gearbeitet, er als stellvertretender Leiter, sie als Sachbearbeiterin, da wurde Frenking zum Chef einer neuen Außenstelle befördert. Er war ganz in die Arbeit gespannt, und die Kontakte zur Zentrale beschränkten sich aufs Geschäftliche. Die Außenstelle florierte, und als Frenking nach einem Jahr eine weitere Kraft anforderte, wurde Frau Ahlberger zu ihm versetzt.

An einem Donnerstag, ihrem ersten Arbeitstag, erschien sie in Frenkings Büro mit einem Strauß hellroter Rosen. »Schön, dass wir wieder zusammen sind«, sagte sie und reichte ihm die Blumen über den Schreibtisch.

»Ach!«, sagte Frenking. Er habe ja hier gar keine Vase.

»Kommen Sie«, sagte Frau Ahlberger. Sie ließ Wasser in das kleine Waschbecken laufen und legte die Blumen hinein. Damit er wenigstens zu Hause etwas davon habe. Dann erzählte sie von den Kollegen in der Zentrale. Alle seien sehr traurig über sein Weggehen gewesen, und dann sei viel von seinem Erfolg gesprochen worden. »Jetzt muss ich aber an die Arbeit«, sagte sie schließlich. Sie gab Frenking die Hand. »Auf gute Zusammenarbeit.«

»Ja«, sagte Frenking. »Auf gute Zusammenarbeit.« Wieder für sich allein, schüttelte er den Kopf. Abends wickelte er die Blumen in die Tageszeitung, er machte noch einen Kundenbesuch, und zu Hause gab er den Strauß seiner Frau.

»Hast du ein schlechtes Gewissen?«, sagte sie.

»Natürlich«, sagte Frenking. »Immer.« Er küsste sie und fuhr ihr dabei mit beiden Händen von hinten ins Haar. Dann ging er zum Kinderzimmer, vorsichtig öffnete er die Tür einen Spalt und horchte. Der kleine Sohn atmete ruhig.

Am nächsten Morgen lag unter Frenkings Post ein blumenbedrucktes Kuvert ohne Marke, auf dem nur sein Name stand. Darin war ein Brief, in dem Frau Ahlberger ihm kurz und ohne Umschweife mitteilte, dass sie über alle Maßen in ihn verliebt sei, sich aus diesem Grunde in die Außenstelle habe versetzen lassen und dass sie ihn hiermit auffordere, seine Gefühle für sie ernsthaft zu prüfen. Sie wisse, dass er verheiratet sei und demzufolge viel aufzugeben habe. Aber es gehe nun einmal um ihrer beider Lebensschicksal, und sie gebe ihm daher genau vier Wochen. Während dieser Zeit werde sie sich ihm nicht weiter nähern und die Sache mit keinem Wort erwähnen.

Frenking saß regungslos. Ein Scherz, dachte er. Jemand in der Zentrale könnte es arrangiert haben. Er verglich die Unterschrift auf dem Brief mit Frau Ahlbergers Namenszug in der Liste der zeichnungsberechtigten Angestellten. Nein, kein Zweifel, der Brief stammte von ihr. Er steckte ihn in die Jackentasche und dachte nach. Sie hatten damals immer nur Dienstliches besprochen. Nicht einmal ein Betriebsfest hatte es gegeben.

Vielleicht ist sie verrückt, dachte Frenking. So, dass man es nicht auf Anhieb merkte. Sie müsste Mitte dreißig sein. Sicher wohnte sie alleine, abends kochte sie vielleicht für sich und stellte dann eine Kerze auf den Esstisch. Dann würde sie fernsehen. Sicher hätte sie eine Lieblingsserie. Oder sie wäre Mitglied in einem Buchclub.

Frenking stand auf und horchte durch die geschlossene

Tür in den Raum, in dem die Angestellten saßen. Er hörte eine Tastatur und das Geräusch des Telefax. Jemand telefonierte. Frenking legte ein Ohr an die Tür. Der Betrieb in der Außenstelle vertrug gerade jetzt keine Störung. Die Umsätze stiegen zwar noch, aber bald müsste die Entwicklung in eine kritische Phase treten. Er hatte Flagge gezeigt, und jetzt würde die Konkurrenz reagieren. Es galt, die Anteile zu sichern.

Frenking ging zurück zum Schreibtisch und holte sich die letzten Verkaufszahlen auf seinen PC. Überraschungscoups sind nicht meine Sache, dachte er. Der gute Einstieg war den günstigen Voraussetzungen zu verdanken. Doch erst die Zukunft würde seine Fähigkeiten erweisen: ruhige Geschäftskontrolle, Konsolidierung des Erreichten. Frenking wechselte das Programm und schrieb ein paar Sätze, die er in den Monatsbericht einbauen wollte. Dann sah er die restliche Post durch.

Am Mittag ging Frenking nicht wie üblich in das italienische Restaurant, sondern blieb im Büro. Außen an die Tür hatte er ein *Bitte-nicht-stören*-Schild gehängt, das ihm zum Dienstantritt die Angestellten geschenkt hatten. Es stammte aus einem Nobelhotel und hatte einen breiten goldenen Rand; er hatte es bisher nie benutzt. Jetzt hörte er die Angestellten Bemerkungen machen. »Vorsicht, schöpferischer Anfall!«, rief er durch die geschlossene Tür. »Umsatzsteigerung durch Preiserhöhung.« Jemand lachte zurück.

Bis zum Abend erledigte Frenking liegen gebliebene Arbeiten. Er formulierte das Schreiben an einen Großkunden, der sich über Verpackungsschäden beklagt hatte, dann legte er Präferenzlisten für den Fall von Lieferengpässen an. Schließlich schrieb er noch einige Sätze für den Monatsbericht. Um vier gingen die Angestellten. Sie riefen ihm einen Gruß zu.

KALTE ENTE

Frenking wartete noch, dann nahm er seinen Mantel und öffnete die Bürotür, im Rahmen blieb er stehen. Frau Ahlberger saß an ihrem Schreibtisch. Schweigend schauten sie einander an, dann hielt sie ein paar Blätter hoch. »Diese Formulare«, sagte sie. »Früher konnten wir die ganz normal sortieren. Jetzt kommt es nur darauf an, ob sie in den Drucker passen.«

»Soso«, sagte Frenking.

»Ja. Und außerdem. Wenn ich nur ein Formular brauche, dann sagt Willschrei, ich soll warten, bis ich mehrere habe, sonst geht er nicht aus dem Programm.«

»Ach«, sagte Frenking. Darüber müsse er nachdenken. Er nickte ihr zu. »Ein schönes Wochenende«, sagte er, »und machen Sie bald Schluss.«

Frenkings Wagen stand auf einem reservierten Parkplatz in einer Baulücke. Bis zu seinem Haus im Vorort war es in der Regel eine knappe halbe Stunde. Er fuhr los, kurz vor der Stadtgrenze geriet er in einen Stau; es begann zu regnen. Frenking fluchte. Für morgen war ein Ausflug geplant. Sein Sohn hatte zu Weihnachten eine Modelleisenbahn bekommen, und Frenking wollte ihm seitdem eine echte Dampflok zeigen. In einem kleinen Kurort, hundert Kilometer entfernt, fuhr an Wochenenden eine als Attraktion für die Gäste, einmal ins Nachbardorf und gleich wieder zurück. Dahin wollten sie.

»Muss das sein?«, hatte Frenkings Frau gefragt.

Frenking hatte ein paar Dinge aufgezählt, die der Sohn nicht mehr sehen würde: Paternoster, Pferdefuhrwerke, Dampfloks und Schornsteinfeger, die wirklich aufs Dach stiegen. Das sei doch nicht schlimm, hatte die Frau gesagt, es gebe ja Bücher.

»Bücher!«, hatte Frenking gerufen. Wo der Kleine noch nicht lesen könne. Außerdem seien Erklärungen manchmal unnütz. Was man nicht selbst gesehen habe, das sei irgendwie verloren.

Jetzt fuhr ein Krankenwagen mit rotierendem Blaulicht langsam an der Autoschlange vorbei, eine schrille Sirene ertönte, und der Gegenverkehr wich auf den Randstreifen aus. Frenking dachte an Frau Ahlberger. Sie saß wahrscheinlich gerade in einem Bus. Bei Regen roch es in Bussen nach Leder und feuchtem Stoff, und wenn einer zustieg, wusste er nicht, wohin mit seinem tropfenden Schirm.

Jemand hupte, Frenking schaute in den Rückspiegel. Frau Ahlberger sah eigentlich gut aus. Er versuchte sich vorzustellen, wie sie als junges Mädchen gewesen war. Sicher unscheinbar; vielleicht hatte sie mit den Jahren Mut bekommen. Es sollte Leute geben, denen Enttäuschungen Mut machten. Dazu gehörte er nicht. Ich sollte mich geschmeichelt fühlen, dachte Frenking. Vielleicht hatten sich früher schon Frauen in ihn verliebt, und er hatte es bloß nicht bemerkt.

Endlich setzte sich die Fahrzeugschlange in Bewegung, bald darauf sah Frenking zwei Autos, die quer auf der Fahrbahn standen. Ein Polizist winkte durchzufahren, es regnete immer stärker.

Man müsste die Angelegenheit mit einem Wort aus der Welt schaffen können, dachte Frenking, als er wieder auf freier Strecke fuhr. Es müsste nur mit Bedacht gewählt sein. Und es dürfte sie nicht vor den Kopf stoßen. Immerhin mussten sie zusammenarbeiten, vielleicht noch für Jahre. Er würde am Wochenende darüber nachdenken. Vielleicht wäre es ja ganz gut, wenn der Ausflug ins Wasser fiele.

Am nächsten Morgen schien die Sonne, und laut Wetterbericht sollte es so bleiben. Der Sohn war früh aufgewacht, und seitdem sprach er unentwegt von der Dampflok. Jetzt saßen sie beim Frühstück. Woher der Dampf komme?, wollte er wissen. Und ob es stinke? Und in welchem Wagen sie fahren würden?

»Wir müssen uns beeilen«, sagte Frenkings Frau und machte hinter dem Rücken des Sohnes ein Zeichen. Frenking nickte. Wenn der Kleine sich aufregte, musste er sich manchmal krampfartig übergeben.

»Also, pass auf«, sagte Frenking. »Wir gehen alles noch einmal durch. Zuerst fahren wir nach Vilshausen und machen einen Spaziergang. Dann essen wir zu Mittag. Und dann gehen wir zum Bahnhof. Die Karten haben wir schon.« Er zog sie aus der Hosentasche. »Dann kommt der Zug, wir steigen ein, und los gehts.«

Frenkings Frau war schon im Mantel. »Wir lassen das Frühstück stehen«, sagte sie und nahm den Sohn bei der Hand. Sie gingen zur Haustür. Frenking lief an ihnen vorbei, um den Wagen zu holen. »Schließ du ab!«, rief er.

Während der Fahrt wurde der Kleine ruhiger. Er zählte auf, was er draußen sah; Felder und Bauernhöfe, Tiere auf den Weiden, eine Fabrik mit hohen Schornsteinen und eine Brücke über einem Fluss. Vor Mittag kamen sie an, auf dem Spaziergang besichtigten sie den kleinen Bahnhof am Rande des Ortes, und nach dem Essen warteten sie wieder dort, bis die Lokomotive mit den roten und grünen Waggons schnaufend und stampfend herankam. Als sie anhielt, strömte Dampf zwischen ihren Rädern hervor, ein heller Pfeifton erklang, und eine Glocke wurde angeschlagen. Sie stiegen ein. Ein Stationsbeamter schwang eine Kelle, zischend fuhr der Zug an. Während der Hinfahrt blieb der kleine Sohn auf der offenen Plattform des Waggons stehen und sah nach der Lokomotive, wie sie in den engen Kurven rechts und links voraus erschien. Frenking saß hinter ihm in der Hocke, hatte ihn zwischen die Beine genommen und hielt ihn bei den Schultern. Die Rückfahrt über saßen sie zusammen auf den Holzbänken. Während der Heimfahrt schlief der Kleine im Wagen ein, und Frenking trug ihn ins Haus, ohne dass er aufwachte.

Am Montagmorgen kam Frenking eine halbe Stunde später als gewöhnlich in die Außenstelle. Er trat gleich an Frau Ahlbergers Schreibtisch.

»Denken Sie«, sagte er. »Ich hatte eine Idee. Kommen Sie mit.« Er sah in den Raum. »Sie bitte auch, Willschrei!«

Er ging voraus, die beiden folgten ihm. Er ließ sie die Tür schließen und bot ihnen Platz an. »Die Sache mit dem Drucker«, sagte er. »Hier!« Er legte einen aufgeschlagenen Katalog auf den Schreibtisch. »Die Lösung ist ein Switcher.« Er schob den Katalog zu Willschrei hinüber. »Frau Ahlberger hat mir alles erklärt. Das ist ein echtes Problem. Und der Switcher ist im Service-Programm.« Er lehnte sich zurück. Willschrei nahm den Katalog, schlug ihn zu und stand auf. »Ich kümmere mich sofort darum«, sagte er. Frau Ahlberger machte eine Bewegung, aber Frenking winkte ihr, sie solle bleiben.

»Wozu die Wochenenden gut sind«, sagte er, als Willschrei gegangen war. »Ich will, dass Sie das richtig verstehen. Sehen Sie, wir sind hier noch im Aufbau.« Er legte eine Hand auf die Tastatur des PC. »Da kommt es auf jeden an. In sechs Monaten vielleicht hat sich entschieden, auf welchem Niveau wir eigentlich operieren. Und wenn wir uns heute Nachlässigkeiten erlauben, dann legen wir Minen, auf die wir im falschesten Augenblick treten.« Er wies auf die Tür. »Und es geht ja auch um Arbeitsplätze.«

Frau Ahlberger nickte. Frenking klatschte in die Hände. »In diesem Sinne?«, sagte er. Sie stand auf, Frenking sah, dass sie einen schwarzen Lederrock und rote Strümpfe trug. »Natürlich«, sagte sie und verließ das Büro.

Frenking wartete einen Moment, dann holte er wieder die Verkaufszahlen auf den Monitor. Wenn das alles gewesen war, bitte! An ihm sollte es jedenfalls nicht liegen. Er hatte ihr jetzt jede Möglichkeit gegeben. Und weiter käme er niemandem entgegen. Es gab immerhin Prinzipien.

Kurz darauf verließ Frenking wieder die Außenstelle. »Ich muss zur Zentrale«, sagte er. Es könne spät werden. Er stieg in seinen Wagen, eine gute Stunde später hatte er das Gebäude der Zentrale erreicht; am Empfang ließ er sich beim Personalchef melden. Er wurde gleich vorgelassen.

»Ah!«, rief der Personalchef, als Frenking eintrat. »Unser über alle Maßen erfolgreicher verlorener Sohn! Was führt Sie zu uns?«

»Nichts Besonderes«, sagte Frenking. Es sei wegen seiner neuen Kraft, einer Frau Ahlberger.

»Und?«, sagte der Personalchef. »Was macht sie? Greift sie in die Kaffeekasse?«

»Nein«, sagte Frenking. »Es geht nicht direkt um sie.« Er hob die Hände. Er habe nur Angst, dass er ihre Einstellung überstürzt habe. »Bald wird es vielleicht nicht mehr aufwärts gehen«, sagte er. »Und mich wird man zur Verantwortung ziehen.«

»Nicht mehr aufwärts?«, sagte der Personalchef. »Da höre ich ganz andere Sachen.«

»Anfangserfolge«, sagte Frenking. »Aber ich will kein Strohfeuer.«

Der Personalchef drückte einen Knopf an seiner Gegensprechanlage. »Die Akte Ahlberger, Veronika«, sagte er. Die

Sekretärin brachte die Akte, und der Personalchef blätterte darin. »Sie einfach zurückzuholen, wird schwierig«, sagte er. »Sie hat bei ihrem Weggang ein bisschen Stunk gemacht. Nichts Besonderes, nur das Übliche, allen einmal die Wahrheit sagen. So in der Art.«

»Ach!«, sagte Frenking. »Und was mache ich im Notfall?«

»Im Notfall geht alles«, sagte der Personalchef. Er schloss die Akte und stand auf. »Sie machen sich zu viel Sorgen«, sagte er. »Und lassen Sie sich einen Rat geben. Bringen Sie keine Unruhe in Ihr Team. In Personalsachen immer scharfe Schnitte und bloß keine Andeutungen.« Er sah auf die Uhr und reichte Frenking die Hand.

Auf dem Weg zurück, kurz vor der Stadt, hielt Frenking an einer Tankstelle. Während der Zapfhahn in der Tanköffnung steckte, kontrollierte er den Ölstand. Dann zahlte er. Hinter dem Mann an der Kasse lagen in Folie eingeschweißte Sexmagazine mit aufgeklebten schwarzen Balken.

Sie ist krank, dachte Frenking. Sie stiftete überall Unfrieden. Dass es ihn traf, war reiner Zufall. Er nahm sein Wechselgeld und ging zum Wagen. Es war noch vor vier. Ich fahre nicht zurück ins Büro, dachte Frenking. Er dürfte sich ihr jetzt nicht unvorbereitet aussetzen. Er müsste zuerst aus allem, was er gehört hatte, in Ruhe seine Schlüsse ziehen. An der nächsten Kreuzung bog er in die Landstraße ein, die zu seinem Vorort führte. Aber was sollte er seiner Frau sagen, wenn er unangemeldet nach Hause käme? Ein paar Hundert Meter weiter lenkte er den Wagen in einen Feldweg, hielt an und stieg aus. Das Wetter war so schön wie am Wochenende. Beinahe brauchte man keinen Mantel. Er setzte sich ins trockene Gras am Wegesrand. Alles hat sich so gut angelassen, dachte er. An dem Tag, an dem man ihm die Außenstelle übertragen hatte, war er mit seiner Frau zum Essen in ein teures Restaurant gegangen. Sie hatten Sekt getrunken. Wir haben es beinahe geschafft, hatte er gesagt. Zwei Jahre harte Arbeit, und wir ernten die Früchte.

Frenking pflückte eine kleine Blume zwischen dem Gras. Eins nach dem anderen riss er ihre Blütenblätter ab. »Sie liebt mich nicht«, sagte er dabei laut. »Sie liebt mich, von Herzen, mit Schmerzen.« Wenn er jetzt nicht mit aller Härte zuschlüge, wäre er über kurz oder lang erledigt. Er stand auf und sah sich um. Über ein kleines Wäldchen hinweg ragte der Kirchturm seines Vorortes. Frenking stieg in den Wagen, wendete, bog in die Landstraße und fuhr in die Stadt. Bis Dienstschluss ging er durch die Straßen, dann fuhr er nach Hause.

Am folgenden Tag um halb eins stellte Frenking sich an die Tür und horchte, wer zum Mittagessen ging. Als er Frau Ahlbergers Stimme hörte, nahm er seinen Mantel und trat aus dem Büro. Auf der Straße holte er sie ein. »Sie machen Mittag?«, sagte er. Frau Ahlberger nickte. Wohin sie denn gehe? Er wartete die Antwort nicht ab. »Ich gehe immer zum Italiener«, sagte er. »Wollen Sie nicht mitkommen?« Er machte ein paar Schritte voraus. »Herrliches Wetter«, sagte er. Auf den Feldern werde es schon grün. Frau Ahlberger folgte ihm jetzt. Er erzählte von dem Ausflug am Wochenende. »Das war was für den Kleinen«, sagte Frenking. »Auf dem Rückweg ist er eingeschlafen. Er wurde nicht einmal wach, als ich ihn ins Haus trug.«

»Bitte«, sagte Frau Ahlberger und blieb stehen.

Frenking drehte sich zu ihr um. »Was haben Sie?«, sagte er. »Die Familie ist ein Faktum. Und Fakten können Sie nicht leugnen. Oder?«

Frau Ahlberger sah zu Boden. »Bitte nicht«, sagte sie. »Die vier Wochen sind doch noch lange nicht um.«

»Vier Wochen, vier Wochen!«, sagte Frenking laut. Er ging weiter, sie folgte ihm. »Warum vier Wochen? Ein Irrsinn ist das, wenn Sie mich fragen. Wichtige Entscheidungen trifft man sofort. Nehmen Sie nur das Geschäft. Da bestimmt das einzig der Markt, da gibt es keine Bedenkzeiten.«

»Ist es noch weit?«, sagte Frau Ahlberger.

»Dort!« Frenking zeigte über die Straße hinweg auf die Baulücke mit dem Parkplatz.

»Da ist kein Lokal«, sagte sie.

»Sehe ich auch«, sagte Frenking. Er setzte einen Fuß auf die Straße. »Bisschen weit zu laufen.« Er überquerte die Straße, öffnete die Beifahrertür am Wagen und setzte sich hinters Steuer. Als Frau Ahlberger einstieg, startete er den Motor und stieß rückwärts hinaus. Dann fuhren sie lange schweigend. Hinter der Stadtgrenze sah sie auf die Uhr. »Die Mittagspause ist gleich vorbei«, sagte sie.

»Unsinn«, sagte Frenking. »Sie sind bei mir, und ich bestimme, wie lang die Mittagspause dauert.« Er bog in den Feldweg, auf dem er gestern gestanden hatte, und fuhr zu dem kleinen Waldstück. Davor hielt er an.

»Was wollen Sie?«, sagte Frau Ahlberger.

Frenking stellte den Motor ab und drehte sich zu ihr. »Ich?«, sagte er. »Gar nichts. Sie wollen etwas. Aber Sie müssen vorsichtig sein. Ich habe mich nämlich erkundigt. In der Zentrale kennt man Sie und Ihre Touren. Wenn ich da berichte, wie Sie sich aufführen, dann sind Sie sofort auf der Straße.«

Frau Ahlberger löste den Sicherheitsgurt. »Ich verstehe Sie nicht«, sagte sie.

»Spielen Sie nicht die Unschuldige!«, sagte Frenking. »Sie stellen mir ein Ultimatum. Schriftlich, unter die Post geschmuggelt. Und dann kein Wort mehr dazu. Stumm wie ein Fisch.«

»Ich wollte Ihnen Zeit geben.«

Frenking stieg aus und schlug die Tür zu. Er ging um den Wagen herum und öffnete die Beifahrertür. »Kommen Sie!«, sagte er. »Steigen Sie aus! Hier.« Er zeigte über die Felder. »Sehen Sie sich die Natur an, wenn Sie dafür noch ein Gefühl haben. Aber Sie sitzen ja jeden Abend in Ihrem Zimmer und denken sich was aus.« Er schlug sich mit der Hand gegen die Stirn. »Davon muss man ja verrückt werden.«

Mit einer schnellen Bewegung zog Frau Ahlberger die Beifahrertür zu und drückte den Verriegelungsknopf. Frenking ging zurück um den Wagen, aber sie kam ihm zuvor und verriegelte auch die Fahrertür. Der Schlüssel steckte im Zündschloss.

»Was soll das?«, rief Frenking. »Machen Sie auf!«

Frau Ahlberger schüttelte den Kopf. Frenking beugte sich über die Motorhaube. Er schlug mit der flachen Hand auf das Blech. »Das sieht Ihnen ähnlich!«, rief er. »Auf nichts anderes haben Sie es abgesehen!« Er machte ein paar Schritte seitwärts in den Wald. Hier war der Boden feucht unter dünnen, trockenen Zweigen. Durch die Äste hindurch schien die Sonne, ein Vogel sprang laut tschirpend von einem Baum zum anderen. Frenking ging zurück zum Wagen, da sah er, wie Frau Ahlberger gerade begann, mit einem Lippenstift auf die Innenseite der Frontscheibe zu schreiben. Sie schrieb in Spiegelschrift, langsam, und vor jedem Buchstaben hielt sie inne. Endlich stand dort in schiefer Schrift *Entschuldigung.*

»Machen Sie auf«, sagte Frenking. »Machen Sie sofort auf!« Er ging zur Beifahrertür und rüttelte am Griff. Frau Ahlberger schüttelte den Kopf. Dann schrieb sie das Wort *Angst* auf die Seitenscheibe.

»Sie bringen mich in eine unmögliche Situation«, rief Frenking. »Ich habe Verantwortung zu tragen. Auch für Sie. Wir sind schließlich nicht allein auf der Welt.« Er ging zum Kofferraum, der war unverschlossen. Er öffnete ihn und zog die Tasche mit dem Werkzeug hervor; daraus nahm er einen großen Schraubenschlüssel. Als er den Kofferraum zuschlug, sah er, dass Frau Ahlberger auf dem Fahrersitz saß. Sie versuchte, den Wagen zu starten. Beim zweiten Mal gelang es ihr, und sie fuhr mit heulendem Motor weiter in das Waldstück hinein. Kurz darauf verschwand der Wagen in einer Kurve.

»Hierbleiben!«, schrie Frenking und lief hinterher. Als er die Kurve erreicht hatte, sah er den Wagen in einiger Entfernung mit laufendem Motor stehen. Der Weg war da zu Ende. Frenking lief weiter, kaum war er heran, da stieß der Wagen zurück und schlug nach rechts ein. Frenking sprang zur anderen Seite und hob die Hand mit dem Schraubenschlüssel. Der Wagen stand jetzt quer zum Weg, Frenking trat vor die Motorhaube. Es gab ein kreischendes Geräusch aus dem Getriebe, der Motor heulte auf, aber die Hinterräder drehten im feuchten Waldboden durch. Erde flog hoch. Frenking ließ die Hand mit dem Schraubenschlüssel sinken.

Frau Ahlberger stellte den Motor ab. Eine Zeitlang sahen sie einander an. Dann löste sie die Verriegelung, öffnete die Fahrertür und stieg aus. Sie machte einen Schritt zum Heck des Wagens. »Es ist nichts beschädigt«, sagte sie. Frenking trat neben sie. »Nein«, sagte er. »Ich habe Matten im Kofferraum. Die legen wir vor die Reifen. Und im Notfall nehmen wir Holz.« Dann zog er Frau Ahlberger an sich, legte seine Arme um ihren Nacken und drückte ihren Kopf an seine Schulter.

»Wir werden einen Ausweg finden«, sagte er. »Sie dürfen sich keine Sorgen machen. Aber jetzt ist einfach die schlechteste Zeit. In sechs Monaten, vielleicht früher schon, dann ist alles eingespielt, dann ist es besser.«

Frau Ahlberger nickte. Frenking nahm ihren Kopf in beide Hände, fuhr ihr durchs Haar und küsste sie auf die Stirn.

Der Hauptgewinn

Im Preisausschreiben einer Kaffeerösterei hatte Filbry zwei Wochen an einem See in Kärnten gewonnen. Höhepunkt sollte der Besuch bei einer bekannten Operettensängerin sein. Abends zeigte Filbry den Brief der Rösterei einer Bekannten. Sie gratulierte ihm. »Fantastisch!«, sagte sie. »Ich stelle mir das gerade vor: Du und Erika Rathenbach.«

»Blödsinn«, sagte Filbry. Er sei doch nicht verrückt, er lasse sich den Gewinn natürlich auszahlen.

»Davon steht hier nichts«, sagte die Bekannte und reichte ihm den Brief zurück.

»Das ist selbstverständlich«, sagte Filbry. Und der Besuch bei der Sängerin sei nur eine Zugnummer für die Werbung gewesen.

»Das sieht man an dir«, sagte die Bekannte.

Filbry faltete den Brief zusammen. Ob er sich jetzt dafür entschuldigen müsse, an einem Preisausschreiben teilgenommen zu haben? Doch wohl nicht.

»Natürlich nicht«, sagte die Bekannte. Und vielleicht sei es überhaupt ratsam, das Thema zu wechseln.

Anderntags suchte Filbry nach der Zeitschrift, in der die Teilnahmekarte für das Preisausschreiben geklebt hatte; da mussten doch die Regeln gestanden haben. Natürlich war die Zeitschrift längst weggeworfen. Filbry rief bei der Rösterei an. Er wurde ein paarmal verbunden; da sei man nicht zuständig, sagte dann eine Frau, da müsse er sich an die Agentur wenden, die organisiere auch die Reise. Filbry ließ sich die

Nummer geben, aber es war niemand im Hause, der Bescheid wusste. Eines sei sicher, sagte jemand, er bekomme bald wieder Nachricht.

Blödmänner, dachte Filbry. Aber er würde hart bleiben. Dreitausend Mark müssten die zwei Wochen allemal wert sein; einmal ausgegangen von Vollpension und einem guten Hotel.

Drei Tage später erhielt Filbry einen dicken Umschlag, in dem alle Reiseunterlagen steckten. Er sah die Papiere durch, von einer Auszahlung war nicht die Rede. Er überlegte, wie er argumentieren könnte. Es waren vier Reisetermine zur Auswahl angegeben; er könnte sagen, er sei zu keinem frei. Allerdings war er seit dem Examen ohne feste Anstellung, und seine Kurse bei der Volkshochschule endeten in zwei Wochen. Filbry packte die Unterlagen wieder zusammen und schrieb einen Brief an die Agentur.

Am Ende der Woche fand Filbry in seinem Fach bei der Volkshochschule ein Schreiben; seine Kurse könnten im nächsten Jahr nicht mehr angeboten werden, man habe den Etat drastisch kürzen müssen. Filbry ließ sich gleich beim Referatsleiter melden; aber der konnte nur bedauern, es schlage jetzt eben alles durch.

Auf dem Heimweg las Filbry an einem Geldautomaten seinen Kontostand ab. Um ein Haar, und er wäre vierstellig im Minus. Aber in die Sommerfrische sollte er fahren und eine Sängerin treffen! Wo er alle Hände voll zu tun hatte, seine Existenz endlich auf sicheren Boden zu stellen. »Lächerlich«, sagte Filbry. Zu Hause an der Tür klebte ein Zettel, er solle in seinen Briefkasten sehen. Es war ein Eilbrief von der Agentur, Filbry brach ihn schon auf der Treppe auf. Man sei sehr verwundert, schrieb die Agentur, dass man ihn auf die Verpflichtungen aufmerksam machen müsse, die er mit seiner

Teilnahme am Preisausschreiben eingegangen sei. Der Besuch bei der Sängerin diene natürlich, einmal offen gesagt, auch der Werbung für die Rösterei; er solle auf die Anwesenheit eines Fotografen gefasst sein.

»Scheiße«, sagte Filbry halblaut und steckte den Brief ein. Er überlegte. Andererseits könnte er in der Ferienzeit sowieso wenig erreichen. Und wenn er bloß daran dächte, wie es wäre, wieder mit den Bewerbungen zu beginnen, würde ihm regelrecht übel werden. Warum sollte er da nicht an den See fahren? In seiner Wohnung holte Filbry die Unterlagen hervor und las noch einmal genau die Konditionen. Dann rief er die Agentur an; er sei mit dem ersten Termin einverstanden.

Drei Wochen später kam Filbry in der Stadt am See an. Er war bester Laune. Bis jetzt hatte alles wunderbar funktioniert. Er hatte das Erste-Klasse-Ticket am Bahnhof eingetauscht und sich bei einer Mitfahrzentrale gemeldet. Gegen Benzinbeteiligung hatte ihn ein Vertreter bis Salzburg gefahren; den Rest der Strecke war er getrampt. Jetzt suchte er mit dem Stadtplan in der Hand sein Hotel, es lag an einem großen Platz, gegenüber von Kirche und Rathaus. Er werde schon erwartet, sagte der Portier und wollte ihm gleich sein Zimmer zeigen, aber Filbry bat, den Geschäftsführer zu holen. Er nahm den Mann beiseite. »Es ist Hochsaison«, sagte Filbry leise. »Mein Zimmer ist für zwei Wochen bezahlt. Ich wette, Sie müssen jeden Tag Leute abweisen. Also! Was zahlen Sie mir, wenn ich nicht hier wohne?«

Der Geschäftsführer zog die Stirn kraus. Soviel er wisse, gebe es da irgendwelche Termine.

Filbry schüttelte den Kopf. »Hier«, sagte er und zog die Unterlagen hervor. »Man holt mich am siebten um sechs Uhr abends hier ab. Der Besuch bei der Sängerin; das ist alles. Ich werde dann vor der Tür stehen.«

»Und wenn Anrufe kommen?«

»Ich melde mich täglich«, sagte Filbry.

»Und wo bleiben Sie?«

Filbry wies auf seinen Rucksack. »Zelten«, sagte er, dann nahm er ein Bündel grüner Karten aus den Unterlagen. »Und Essensgutscheine für mittags und abends.«

»Mir ist nicht wohl dabei«, sagte der Geschäftsführer.

»Das Zimmer kostet zweihundert«, sagte Filbry. »Mal vierzehn gibt zweitausendachthundert. Geben Sie mir die Hälfte.«

»In Ordnung«, sagte der Geschäftsführer.

Gegen Abend hatte Filbry sein Zelt auf einem Campingplatz an der anderen Seeseite unter einem Baum aufgeschlagen. Er saß davor in der Unterwäsche, sein guter Anzug hing an einem Ast, damit sich die Falten glätteten. Jetzt konnten die Ferien beginnen. Zusammen mit dem Taschengeld stand er gut über dreitausend im Plus, und praktisch hatte er keinerlei Ausgaben mehr; aufs Frühstück ließe sich zur Not sogar verzichten.

Als die Sonne hinter den Bergen unterging, kroch Filbry ins Zelt und legte sich auf seinen Schlafsack. Es war noch angenehm warm. Zu Hause würde er die gleiche Prozedur starten wie im letzten Frühjahr, nach seinem Examen. Bewerbungen, Arbeitsamt, eventuell Umschulung. Aber er würde alles viel rationeller machen! Damals hatte er jedes Mal Stunden in Copyshops verbracht, um auf den letzten Termin hin seine Unterlagen zusammenzukriegen. Oder Bekannte hatten ihn angerufen: In irgendeiner Zeitung habe eine Annonce gestanden, da hätten sie gleich an ihn gedacht; nein, in welcher Zeitung, das wüssten sie leider nicht mehr. Filbry tippte sich an die Stirn. Er würde jetzt jeden Samstag alle regionalen und überregionalen Zeitungen kaufen, die in Frage kommenden Anzeigen würde er ausschneiden und auf ein Blatt kleben, dazu die Daten der Bewerbung notieren, dann alles abheften und die weiteren Vorgänge sammeln.

Aber das Schlimmste war gewesen, dass er jedes Mal ein anderes Foto mitgeschickt hatte, meistens eins aus dem Automaten am Bahnhof. Er würde jetzt neue Aufnahmen von sich machen lassen, professionelle; und er würde eine aussuchen und gleich ein paar Dutzend Mal abziehen lassen.

Kurz vor Mitternacht schlief Filbry ein. Ich bin auf dem richtigen Weg, hatte er sich gesagt. Und etwas Besseres als das hier hätte ihm gar nicht passieren können!

Den nächsten Tag und die folgenden verbrachte Filbry auf genau die gleiche Weise. Morgens schwamm er im See und unterhielt sich bisweilen mit den anderen Zeltern; meistens aber las er, oder er lag nur so auf einem Badetuch am Ufer. Um elf zog er seine Reisesachen an und ging in die Stadt. Gegen einen der Gutscheine bekam er ein vernünftiges Mittagessen in den besseren Lokalen; er sorgte jedoch dafür, dass die Rechnung etwas höher war, bezahlte mit zweien und erhielt die Differenz in bar. Davon kaufte er Brot und Aufschnitt und immer auch eine Flasche Wein. Er blieb dann ein wenig in der Stadt, sah die Geschäfte an oder besuchte ein Museum; genau um drei meldete er sich im Hotel. Spätestens gegen vier oder halb fünf war er wieder auf dem Campingplatz.

Am Ende der Woche lag zum ersten Mal eine Nachricht für ihn bei der Rezeption; der Termin mit der Sängerin müsse um zwei Tage vorverlegt werden. Das war also morgen. Filbry rief von der Rezeption die angegebene Nummer an. »Kein Problem für mich«, sagte er. Wie es ihm sonst erginge? »Gut«, sagte Filbry. »Ausgezeichnet.« Alles sei zu seiner Zufriedenheit. Beim Verlassen des Hotels traf er auf den Geschäftsführer. Da sei ein Anruf für ihn gewesen, sagte der.

»Ich weiß schon«, sagte Filbry. Er machte die Geste des Geldzählens. Der Geschäftsführer tippte sich an die Brusttasche; er solle bloß den Mund halten. Filbry grüßte und trat auf den Platz vor dem Hotel. Es war wenig Verkehr in den Straßen. Er setzte sich auf eine Bank neben einem Brunnen und sah ein paar Kindern zu, die darin ein Schiff schwimmen ließen.

Natürlich wird es peinlich werden, dachte Filbry. Aber was machte das ihm! »Sieger nach Punkten«, sagte er leise. Er stellte sich vor, wie er zu Hause die ganze Geschichte erzählte. Seine Bekannte würde Augen machen. Und seine Eltern auch. Außerdem war es der beste Beweis, dass er gut zurechtkam. Nein, die Volkshochschulkurse konnten ihm jetzt ruhig gestohlen bleiben. Und wenn er noch einmal Interesse für etwas aufbrächte, dann gegen gute Bezahlung.

Gegenüber wurde gerade das Metallgitter vor einem kleinen Kaufhaus hochgezogen. Ich müsste noch ein Geschenk besorgen, dachte Filbry. Er ging hinüber und schlenderte an den Regalen vorbei. Was bringt man einer Operettensängerin mit? Einer, die man im Preisrätsel gewonnen hat? Er nahm die Figur einer Balletttänzerin in die Hand und stellte sie wieder zurück, gleich daneben lagen Spiegel mit Porzellanrand.

Und ihre Fotos!, dachte Filbry, die sollten sie ruhig machen. Keiner, den er kannte, las die Zeitschriften, in denen sie abgedruckt würden. Vielleicht noch seine Eltern. Er ging weiter zwischen den Ständen hindurch. Aber er hatte ja bloß seinen Vorteil gewahrt; das könnte ihm keiner ankreiden.

Vor einem Stand neben der Parfümabteilung waren Geschenkkartons aus bunter Pappe gestapelt, von verschieden großen Rollen hingen Bänder und Schnüre herab. An einer Stellwand waren Schleifen auf schwarzen Samt geheftet. Filbry trat näher heran.

»Wollen Sie etwas einpacken lassen?«, sagte die Verkäuferin hinter dem Tresen.

»Ja«, sagte Filbry. »Das heißt nein.« Er überlegte kurz. »Machen Sie mir so einen Karton. Den großen da. Mit Bändern und einer Schleife.«

Was sie denn einpacken solle?

»Nichts«, sagte Filbry. »Bitte nur den Karton.«

»Soll ich es so machen, dass Sie das Geschenk später noch hineinlegen können?«

»Nein, nein«, sagte Filbry. »Schnüren Sie es fest zu.« Man dürfe es mit den Fingern nicht aufbekommen. Die Verkäuferin sah ihn an. »Wissen Sie«, sagte Filbry, »es ist für ein Foto.«

Am nächsten Tag blieb Filbry den Nachmittag über am See. Dann rasierte er sich, wusch sich die Haare unter der Dusche und zog seinen guten Anzug an. Ob er etwas Besonderes vorhabe?, fragte ihn sein Zeltnachbar, als er gerade mit einem Handtuch über seine Schuhe wischte.

»Dir kann ich es ja verraten«, sagte Filbry. »Ich bin Heiratsschwindler. Nach mir wird international gefahndet. Ich suche mir Tanten um die fünfzig in der Sommerfrische und wickle sie um den Finger.« Er machte eine Handbewegung.

Der Zeltnachbar lachte. Warum er dann hier auf dem Platz wohne? Er habe immer gedacht, Heiratsschwindler logierten im ersten Haus am Platze.

»Tarnung«, sagte Filbry. Er warf das Handtuch ins Zelt, holte den Geschenkkarton, schloss den Reißverschluss, grüßte und machte sich auf den Weg. Gegen halb sechs meldete er sich an der Rezeption des Hotels. Wenn noch Anrufe kämen, er stehe vor der Tür.

Um fünf nach sechs fuhr ein Wagen vor. Ein Mann sprang heraus und lief zum Hoteleingang, dann blieb er stehen und drehte sich um. Er wies auf den Karton; ob er etwa Richard Filbry sei? Der Hauptgewinner?

»Richtig«, sagte Filbry

»Wunderbar«, sagte der Mann. Er sei nämlich ein bisschen spät dran, am besten, sie führen gleich los, der ganze Terminplan verändere sich im Moment quasi stündlich, das mache ihn noch völlig verrückt. Filbry setzte sich auf den Beifahrersitz, der Mann rief vom Autotelefon aus irgendwo an, bekam aber keine Verbindung. Er fluchte leise. Sie verließen die Stadt, fuhren kurz über eine Autobahn, dann durch ein paar kleine Orte. Schließlich bogen sie in Richtung Seeufer ab.

»Nervös?«, sagte der Mann, als sie vor einem freistehenden Haus anhielten.

»Keine Spur«, sagte Filbry.

»Dann passen Sie auf. Ich lasse Sie einfach hier raus. Sie gehen rüber und klingeln. Frau Rathenbach wird Ihnen persönlich aufmachen, Sie sagen, wer Sie sind, oder so was. Dann gehen Sie rein, Kaffeetrinken, und so weiter, und so weiter. Wird sich alles ergeben. Wichtig ist nur: Wenn Sie fotografiert werden, das ist in Ordnung. Nur nicht in die Kamera starren!« Er sah Filbry an. »Sie sind ein Fan von Frau Rathenbach?«

»Keineswegs«, sagte Filbry. Er grinste.

»Na prima«, sagte der Mann. »Und wie ist der Urlaub sonst gelaufen? Waren Sie schon im Spielkasino?«

»Gott bewahre«, sagte Filbry. Er stieg aus dem Wagen und ging, den Geschenkkarton unter dem linken Arm, über einen breiten, leicht ansteigenden Gartenweg zu der großen Haustür aus dunklem Holz. Neben dem Weg saß ein Mann mit einer Kamera auf dem Rasen; als Filbry herankam, stand er auf und klopfte ihm leicht auf die Schulter. »Ruhig bleiben«, sagte er. »Und bitte nie in die Kamera sehen.«

Filbry rückte seine Krawatte zurecht, dann drückte er einen Klingelknopf in einer bronzenen Fassung, es gab einen hellen Glockenton. Kurz darauf wurde die Tür geöffnet, eine Frau mittleren Alters in einem rosafarbenen und weißen Kostüm trat in die Tür und reichte ihm die Hand. »Rathenbach«, sagte sie.

»Natürlich«, sagte Filbry. Er nahm die Hand und lächelte die Frau an. »Mein Name ist Filbry. Ich bin Ihr Hauptgewinn.«

Die Sängerin lachte hell. Der Fotograf war neben die beiden getreten, der Kameramotor surrte. »Dann kommen Sie herein, Hauptgewinn«, sagte die Sängerin. Sie traten in einen großen Flur, von dem aus man hinauf in den ersten Stock sehen konnte; an den Zimmertüren vorbei lief dort ein Gang hinter einer hölzernen Balustrade, eine geschwungene Treppe führte herunter. Er habe da ein kleines Mitbringsel, sagte Filbry und reichte mit beiden Händen den Karton. Das sei aber nicht nötig gewesen, sagte die Sängerin.

Ob sie etwas dagegen habe, es erst zu öffnen, wenn er gegangen sei?, sagte Filbry.

»Aber woher denn«, sagte die Sängerin. Der Kaffee stehe auch schon auf der Veranda. Sie stellte den Karton auf eine Anrichte. »Wir haben ja ein solches Glück mit dem Wetter«, sagte sie und machte ein Zeichen, dass sie vorangehe. Das nächste Zimmer war groß und hell mit breiter Fensterfront zum Seeufer hin; durch eine weit offene Glastür gingen sie hinaus. Dort war ein Gartentisch in Weiß und Rosa für zwei Personen gedeckt.

»Nehmen Sie Platz«, sagte die Sängerin. Filbry zog den Stuhl ein wenig zurück und wartete, bis die Sängerin sich gesetzt hatte; da erschien eine junge Frau in weißer Schürze mit einer großen Kaffeekanne. Sie goss Filbry zuerst ein, der Fotograf stand jetzt im Garten und fotografierte aus einiger Entfernung mit einem langen Objektiv.

»Danke«, sagte Filbry. Er tat Milch und Zucker in seinen Kaffee und ließ sich ein Stück Obstkuchen auf den Teller legen.

»Nun erzählen Sie mal«, sagte die Sängerin. »Wie gefällt Ihnen unser See? Was haben Sie schon unternommen?«

Filbry hatte einen Schluck Kaffee getrunken, jetzt setzte er die Tasse ab. Die Sängerin reichte ihm eine Schale mit Sahne, und er tat einen Löffel davon auf sein Obststück. »Es ist ganz angenehm«, sagte er. »Leben Sie immer hier?«

»Ach nein«, sagte die Sängerin. Es gab ein Geräusch im Garten. Sie sahen beide einen Moment hinüber. Der Fotograf hatte ein Objektiv fallenlassen. »Ich bin viel zu selten hier«, sagte die Sängerin.

»Natürlich«, sagte Filbry. »Die Engagements und die Tourneen.«

»Sie haben mich schon einmal in einem Konzert gehört?«

Filbry zog die Stirn kraus. »Leider nein«, sagte er leise. Er wohne ziemlich auf dem Land. Aber im Fernsehen, da natürlich. Er beugte sich über seinen Teller und stach mit der Gabel vorsichtig ein Stück Obstkuchen ab. Der Fotograf kam heran und machte ein Zeichen; bis zur Führung bleibe er gerne im Garten, sagte er.

»Ich soll Ihnen nämlich das Haus zeigen«, sagte die Sängerin. »Natürlich nur, wenn Sie es wünschen.«

»Auch die Goldenen Schallplatten?«, sagte Filbry.

»Wenn Sie wollen.«

»Das gibt ein schönes Bild«, sagte Filbry. »Ich denke mir, Sie müssen da eine Wand haben, vielleicht in einem Flur, oder besser: in Ihrem Musikzimmer.« Er wies mit der Hand. »Und da hängen dann all die Goldenen Schallplatten und die aus Platin in Holzrahmen hinter Glas.«

»So ähnlich«, sagte die Sängerin. Sie aßen und tranken jetzt eine Zeit lang schweigend. Die junge Frau kam und schenkte Kaffee nach. Dann schob die Sängerin ihren Teller ein wenig von sich. »Nun erzählen Sie aber mal«, sagte sie. »Was machen Sie bei sich zu Hause?«

»Ich bin arbeitslos«, sagte Filbry. Er hob eine Hand. »Machen Sie sich keine Sorgen, ich beklage mich nicht.« Es sei außerdem nur eine Phase. Er habe erst letztes Frühjahr Examen gemacht, und seitdem gebe er Kurse in der Volkshochschule.

Die Sängerin lehnte sich in ihrem Stuhl zurück. »Aber vielleicht könnte ich Ihnen irgendwie helfen. Was haben Sie denn studiert?«

»Nein, nein«, sagte Filbry. »Ich habe gerade angefangen, mir selbst zu helfen.«

»Und wie? Nun erzählen Sie ruhig ein bisschen mehr über sich.«

Filbry sah hinaus zum See. Der Fotograf war bis zum Ufer gegangen. Er schien das Haus zu fotografieren. Ein weißes Motorboot mit einem Wasserskifahrer kam gerade vorbei. »Ich habe diese Kaffeefirma betrogen«, sagte Filbry.

»Wie bitte?«

Filbry wies auf den Kuchen. Die Sängerin nickte, und er nahm noch ein Stück. »Natürlich nicht richtig«, sagte er. »Zuerst habe ich die Zugkarte verkauft und bin hierher getrampt. Dann habe ich mit dem Hotel verhandelt, und jetzt wohne ich im Zelt, da hinten am See.« Er zeigte über das Wasser.

»Versteh ich Sie richtig?«, sagte die Sängerin.

»Ja«, sagte Filbry. »Der Gewinn ließ sich nicht auszahlen; aber ich bin gut über dreitausend im Plus.«

Die Sängerin atmete einmal tief ein und aus. »Dann ist das hier für Sie vermutlich eine ziemliche Quälerei.«

Filbry fühlte sich rot im Gesicht werden. »Keineswegs«, sagte er.

»Wenigstens sparen Sie eine Mahlzeit. Da liege ich doch richtig?«

Filbry schwieg. »Nehmen Sie ruhig noch ein Stück«, sagte die Sängerin. »Ich kann Ihnen auch etwas einpacken lassen.« Filbry legte die Kuchengabel neben den Teller. Die Sängerin sah auf eine kleine, goldene Armbanduhr. Andererseits sei es jetzt Zeit für die Führung; sie stand auf und winkte dem Fotografen, dann ging sie voran ins Haus. Filbry folgte ihr, im Flur holte er sie ein.

»Das Empfangszimmer«, sagte die Sängerin. »Beachten Sie besonders den Leuchter aus Hirschgeweihen, ein Geschenk des Landeshauptmanns anlässlich eines Wohltätigkeitskonzertes.« Sie stieg die geschwungene Treppe in den ersten Stock hinauf, Filbry und der Fotograf folgten ihr. »Mein Schlafzimmer«, sagte sie und öffnete eine Tür. »Natürlich alles in meinen Lieblingsfarben.« Sie öffnete eine andere Tür. »Das Musikzimmer. Der Flügel ist ein Geschenk des Pianisten Aaron Horszik. Ich war ein so kleines Mädchen, als er mich zum ersten Mal begleitete.« Sie zeigte es mit der Hand.

»Könnten Sie ein bisschen langsamer machen bitte, Frau Rathenbach«, sagte der Fotograf.

»Meinethalben gerne, aber der junge Mann hier hat es eilig.« Die Sängerin ging voraus in einen breiten Korridor und drückte einen Schalter; ein Dutzend Strahler an der Decke ging an, rechts und links hingen die Goldenen Schallplatten in hölzernen Rahmen. »Bitte sehr«, sagte sie. »Hatten Sie es sich so gedacht?«

Filbry nickte. »Vielleicht könnten Sie sich einmal dorthin stellen, Sie beide vielleicht«, sagte der Fotograf.

»Gerne.« Die Sängerin stellte sich neben eine der Schallplatten und tat, als zeige sie auf das Etikett. Der Fotograf winkte, und Filbry stellte sich hinzu. »Bitte nicht in die Kamera sehen«, sagte der Fotograf. Das Blitzlicht flammte zweimal auf, dann kam ein Piepton aus der Kamera. »Entschuldigung«, sagte der Fotograf; er lege nur schnell einen neuen Film ein. Eine Sekunde! Er lief die Treppe hinunter.

»Sie haben mich missverstanden«, sagte Filbry rasch. »Wenn Sie wüssten, wie dringend ich das Geld brauche! Im Arbeitsamt sagen sie, für eine Umschulung ist es noch zu früh. Und die meisten ABM-Stellen werden jetzt gestrichen.« Er nahm die Arme ein wenig hoch und ließ sie gegen die Schenkel fallen. »Vielleicht muss ich in die neuen Länder.«

»Solche wie Sie wird man da brauchen«, sagte die Sängerin.

»Sie haben gut reden«, sagte Filbry. Seine Stimme zitterte ein wenig. »Ich möchte wetten, Sie kriegen für den Nachmittag das Doppelte von dem, was mein ganzer Urlaub kostet.« Er machte die Geste des Fotografierens. »Oder läuft das anders. Tun Sie es etwa bloß für die Fotos?«

Die Sängerin sah ihn an; von der Treppe her waren hastige Schritte zu hören. »Er kommt«, sagte sie. »Lächeln!« Sie nahm wieder die Stellung vor der Schallplatte ein. »Das war meine erste Goldene«, sagte sie, als der Fotograf die Kamera gehoben hatte.

»Da haben Sie sich sicher sehr gefreut«, sagte Filbry.

»Ich war ganz verrückt damals«, sagte die Sängerin.

»Wunderbar«, sagte der Fotograf. »Jetzt bitte einen kleinen Moment nicht bewegen! So.« Er setzte die Kamera ab.

Das sei es schon gewesen. »Einen schönen Tag«, sagte er, und er finde alleine hinaus. Kurz darauf kam von unten das Schlagen der Haustür.

Die Sängerin schaltete die Deckenstrahler aus. »Soll ich Ihnen ein Taxi rufen?«, sagte sie, dann fasste sie sich mit einer großen Bewegung an die Stirn. »Aber nein, Sie werden ja abgeholt. Für Sie ist ja alles frei.« Sie wandte sich ab, trat aus dem Korridor auf den Gang mit der Balustrade und stieg die Treppe hinunter ins Empfangszimmer. Filbry folgte ihr langsam. Unten angekommen, nahm die Sängerin den Karton von der Anrichte und schüttelte ihn leicht. »Nein!«, rief Filbry von der Treppe her.

»Aber bitte. Wir wollen doch wenigstens noch sehen, wofür Sie sich in Unkosten gestürzt haben.« Die Sängerin versuchte, die Bänder von dem Karton abzustreifen, aber es gelang ihr nicht. »Katinka, eine Schere!«, rief sie.

»Ich hatte Sie darum gebeten«, sagte Filbry. Die Sängerin sah zu ihm hinauf. »Es enthält etwas sehr Persönliches.«

»Was Sie nicht sagen.« Die junge Frau kam und brachte eine Schere, gleich darauf ging sie wieder und schloss die Tür.

»Halt!«, sagte Filbry. »Ich verbiete Ihnen das.« Er war die Stufen weiter heruntergestiegen und hatte beide Hände gehoben. »Aber ich mache Ihnen einen Vorschlag. Hören Sie. Irgendwo hier ist ein Spielkasino. Ich bin dreitausend im Plus. Fünfzehnhundert davon habe ich bei mir. Hier!« Er zog sein Portemonnaie, holte ein paar Scheine heraus und hielt sie hoch. »Wir fahren dahin, jetzt, und ich setze alles auf Rot. Rot ist doch Ihre Lieblingsfarbe. Von mir aus auch auf Schwarz. Auf was Sie wollen. Aber machen Sie das Paket nicht auf.«

Sie sahen einander eine Zeit lang schweigend an. Dann legte die Sängerin den Karton und die Schere auf die Anrichte.

»Idiotisch«, sagte sie und zeigte kurz zur Tür. »Außerdem wird es Zeit, dass Sie wieder in Ihr Zelt kommen.«

Mit ein paar Schritten war Filbry bei ihr; er nahm den Karton an sich. »Bitte«, sagte er. »Wir können jetzt fahren. Wenn Sie wollen, kann ich auch dreitausend setzen. Dann müssen Sie mir vorstrecken. Ich zahle jede Mark zurück.«

Die Sängerin schüttelte den Kopf. Dann strich sie Filbry einmal übers Haar, fasste sein Jackett beim Revers und ließ es durch die Hand gleiten. »Ein etwas schweres Stück«, sagte sie. »Jedenfalls für die Jahreszeit. Im Casino würden Sie damit auffallen.«

»Gut«, sagte Filbry. »Und vielen Dank.« Er grüßte, drehte sich um, ging zur Tür und trat hinaus. Am Ende des Vorgartenweges stand noch immer der Wagen, beide Türen waren offen, der Mann auf dem Fahrersitz rauchte und las. Als er Filbry kommen sah, stieg er aus und sah auf die Uhr. »Donnerwetter«, sagte er. »Schon?«

Filbry stieg an der Beifahrerseite ein. »Und?«, sagte der Mann. »Wie war es?«

»Sehr schön«, sagte Filbry.

»Tatsächlich?« Sie fuhren los.

»Unbedingt«, sagte Filbry. »Eine Frau mit Geschmack und Lebensart. Sehr imponierend.«

»Was Sie nicht sagen.« Der Mann wies auf den Karton. »Aber Ihr Geschenk hat sie nicht genommen.«

»Das verstehen Sie nicht«, sagte Filbry. »Und jetzt fahren Sie mich bitte zum See.« Er nannte den Namen des Campingplatzes.

Er wisse nicht, wo das sei, sagte der Mann.

»Ich kann Sie lotsen«, sagte Filbry. »Halten Sie sich vorerst immer rechts.«

Eine knappe halbe Stunde später trat Filbry vor sein Zelt.

KALTE ENTE

Die Sonne stand noch hoch über den Bergen. »Na«, sagte der Nachbar, »wie wars? Gute Beute gemacht?«

»Ein herrlicher Tag«, sagte Filbry. Dann zog er sein Portemonnaie und reichte dem Nachbarn seine restlichen Gutscheine. »Iß dich mal satt«, sagte er, dann baute er rasch das Zelt ab und packte seine Sachen zusammen. Als es gerade dunkel wurde, stand er auf dem Bahnhof der Stadt. »Ich möchte mein Gepäck aufgeben«, sagte er zu dem Schalterbeamten. Dann nannte er seinen Heimatort. »Und für mich einmal hin«, sagte er. »Schlafwagen. Erste Klasse.«

Der Sprayer

An einem Montagmorgen im September verließ Brandies wie immer gegen halb acht das Haus und holte das Fahrrad aus dem Schuppen am Ende des Hofes. Er klemmte die Aktentasche in den Gepäckträger, schob das Rad an und stieg noch in der Einfahrt auf. Langsam überquerte er den Bürgersteig und fuhr den Bordstein hinab auf die Straße. Als er aufsah, bemerkte er die Schrift an der Hauswand gegenüber. FREIHEIT FÜR JENS WEG MIT DEM KNASTSYSTEM!! Die Worte waren mit roter Farbe und in Kopfhöhe gesprüht. Die letzten Buchstaben hatten ein Fenster erreicht, dort waren sie steil nach unten abgeknickt. Um das A war ein Kreis gezogen. Brandies hielt an; vor dem Haus stand ein alter Mann, mit einem Stock zeigte er auf die Wand. »Sauerei!«, rief er zu Brandies herüber. »Jaja«, sagte der und stieg wieder auf.

Zum TÜV fuhr Brandies durch den Park, der hinter einem Durchgang begann. Auf dem Radweg dort kamen gerade Schulkinder vorbei. Sie hatten lange, biegsame Stangen mit roten Wimpeln an ihren Rädern, und sie riefen einander englische Sätze zu. Wahrscheinlich die Hausaufgabe, dachte Brandies und sah ihnen nach. Die Wimpel schwankten durcheinander.

An der Kreuzung mit dem Fußgängerweg hielt Brandies an und ließ zwei Mütter mit Kinderwagen vorbei. Die eine sah er seit dem Frühjahr fast jeden Morgen, die andere war erst letzte Woche hinzugekommen. Brandies grüßte mit einem

Kopfnicken, und die erste Mutter winkte ihm zu. »Tolles Wetter, nicht wahr?«, sagte sie. »Für die Jahreszeit?«

Brandies deutete nach oben. Und das solle sich halten. Er wünschte einen schönen Tag und fuhr weiter. Am Ende des Parks, wo der Radweg auf die Hauptstraße traf, wartete der Mann mit den drei Pudeln vor der Fußgängerampel. Er hat leichte Verspätung, dachte Brandies. Vielleicht lag es an dem dritten Pudel, einem alten, schwarzen, der um die Schnauze ganz grau war und den beiden weißen immer langsam hinterher ging.

Brandies fuhr ein kurzes Stück über die Hauptstraße, dann bog er in die schmale Gasse, die hinter alten Fabriken und Hallen entlanglief. Die meisten standen leer, in einer unterhielten die Amerikaner ein Amt. Die Gasse stieß seitlich an das Gelände des TÜV. Brandies stieg ab, trug das Fahrrad über einen niedrigen Graben und stellte es hinter dem Verwaltungsgebäude ab. Im Umkleideraum traf er Hollstein, der sich vor einem Jahr hierhin hatte versetzen lassen. »Morgen«, sagte Hollstein. »Einsatz nicht vergessen.« Seit zwei Wochen warteten sie darauf, den ersten *Trabant* zu prüfen. Vor Dienstbeginn warfen sie einen Betrag ihrer Wahl in eine Cola-Dose, trugen ihn in eine Liste ein und machten ein Kreuz oder einen Strich dahinter. Wenn der erste *Trabant* käme, würde das ganze Geld nach einem Schlüssel verteilt werden. Das System habe Hollstein von seinem Bruder, der in Amerika lebe. »Und?«, sagte er jetzt. »Was ist?«

Brandies warf ein Fünfmarkstück ein, notierte den Betrag und machte einen Strich auf die Liste. »Das dauert noch«, sagte er und zog die Nase hoch. »Ich hab jedenfalls noch nichts gerochen.«

Hollstein lachte. »Also dann.«

Zuerst wurden die Wagen mit festem Termin geprüft;

Brandies stand an der Spur für Kleintransporter und Campingbusse. Über das Außenmikrofon rief er den ersten Wagen auf. Es war ein umgebauter Ford *Transit* mit einer Dachkuppel, die aus einem Volkswagen geschnitten war. Brandies winkte dem Fahrer, über den Bodenrollen anzuhalten und auszusteigen. Er nahm die Unterlagen aus einer Klarsichtmappe.

»Wievielte Prüfung nach dem Umbau?«, sagte er, während er die Papiere aufblätterte.

Der Fahrer war ein junger Mann mit kurz geschnittenem Haar und einer Lederweste. »Zweite«, sagte er und hob die Hände. »Seitdem keine Veränderungen.«

»Dann sehen wir es uns an.« Brandies machte den Bremstest, dann ließ er den *Transit* über die Grube fahren und schlug von unten mit einem Schraubenschlüssel gegen die Achsen. Der junge Mann hatte sich hingekniet und sah ihm dabei zu. »Die Holme waren letztes Mal neu reingekommen«, sagte er.

»Die Holme sind gut«, sagte Brandies. »Lenken Sie mal! Erst rechts, dann links.« Als die Räder sich bewegten, leuchtete er mit einer Neonröhre in das Gestänge. »Genug!«, rief er nach oben, dann stieg er unter dem Wagen hervor. »Ein bisschen viel Spiel in der Lenkung«, sagte er.

»Schlimm?«

Brandies schüttelte den Kopf. »Geht noch gerade«, sagte er. »Wird aber von selbst nicht besser.« Der junge Mann nickte. Brandies stieg in den Wagen und prüfte die Einrichtung. Mit einem Zollstock maß er die Höhe der Kuppel und verglich sie mit dem Nachtrag im KFZ-Schein. »Die Innenbeleuchtung brennt nicht, wenn die Schiebetür aufgeht«, sagte er und machte einen Strich im Prüfbogen.

»Kann nur das Birnchen sein«, sagte der junge Mann.

Brandies fuhr den Wagen von der Grube und schob das Gerät zur Beleuchtungsprüfung vor. »In Ordnung«, sagte er schließlich. Der junge Mann klopfte mit der flachen Hand auf den Kotflügel des *Transit*. Brandies stempelte den KFZ-Schein und klebte die Prüfplakette auf das Nummernschild. Die Hecktür war bedeckt mit Aufklebern. Brandies deutete darauf. »Und wohin gehts dieses Jahr?«, sagte er.

»Griechenland«, sagte der junge Mann.

Brandies gab ihm die Papiere. »An das Birnchen denken«, sagte er. Der junge Mann stieg ein und fuhr davon.

Nach Dienstschluss winkte Hollstein vom Parkplatz herüber. »In Zwei und Drei auch kein *Trabi*«, sagte er und schüttelte die Cola-Büchse. Morgen müssten sie eine neue anfangen. Brandies holte sein Fahrrad, trug es über den Graben und fuhr los. Vor einer der Hallen hielt er an. Am Freitag hatte er dort schon Handwerker gesehen, jetzt waren die Dachziegel abgedeckt und ein paar Balken entfernt. Neben einem kleinen Lastwagen stand ein Mann. »Was wird das?«, sagte Brandies.

»Das da?« Der Mann wies nach oben. »Wohnungen.«

»Hier?«, sagte Brandies.

Der Mann zuckte die Schultern. »Vielleicht für Studenten. Oder für Aussiedler.«

Brandies zeigte auf seine Armbanduhr. »Und jetzt noch? Überstunden?«

»Und wie«, sagte der Mann. »Da sitzt Zug dahinter.«

Im Park fuhr Brandies langsam am Spielplatz vorbei. Die Mütter saßen rund um den großen Sandkasten, in dem eine alte, bunt angestrichene Dampfwalze stand. Die Kinderwagen hatten sie neben die Bänke gestellt. Brandies bog in den Durchgang ein, dann in seine Straße. Vor der Einfahrt zum Hof hielt er an und sah sich um. Das Fenster, vor dem die Schrift abgeknickt war, wurde gerade geöffnet. Eine Frau beugte sich heraus und deutete auf die Wand. »Ist das nicht eine Schande!«, rief sie.

»Das wird schwer runtergehen«, sagte Brandies.

Die Frau winkte ab. »Überstreichen«, sagte sie. »Und dann treffen die natürlich nicht den Farbton. Scheußlich sieht das aus. Da hinten war er auch.« Sie wies die Straße entlang.

»Tatsächlich?«

»Ja«, sagte die Frau. »Gehen Sie mal hin! Schauen Sie sich das an!«

Brandies lehnte das Fahrrad gegen die Wand. Nach etwa fünfzig Metern begann eine Garagenzeile. Über die Tore und die Zwischenwände hinweg stand FREIHEIT FÜR JENS KNAST = FOLTER!! Unter dem letzten Ausrufezeichen war ein großer Fleck, aus dem die Farbe bis auf den Boden gelaufen war. Brandies erinnerte sich, dass die Tore im Frühjahr neu gestrichen worden waren. Er ging zurück; das Fenster am Haus gegenüber war jetzt geschlossen. Brandies stellte das Fahrrad in den Schuppen und stieg die zwei Treppen hinauf in seine Wohnung. Im Wohnzimmer öffnete er das Fenster zur Straße. Dann holte er eine Büchse Bier aus dem Kühlschrank, schaltete den Fernseher ein, setzte sich ans Fenster und sah hinunter auf die Schrift.

Wer wohl dafür aufkommt?, dachte er. Würde es überhaupt als Sachbeschädigung gelten? Und wenn ja, waren die Hauseigentümer dagegen versichert? Vielleicht müssten sie zuerst Anzeige gegen Unbekannt erstatten, und natürlich könnte sich die Polizei nicht darum kümmern. Wahrscheinlich wird die Schrift noch lange da stehen. »Schweinerei«, sagte Brandies leise. Dann legte er sich auf die Couch und sah fern.

Später am Abend tat Brandies zwei Bierbüchsen in eine

Plastiktüte und ging zu Fuß in den Park, dort setzte er sich auf die Bank an dem kleinen Teich. Es wehte ein leichter Wind, um die Laternen am Parkweg flogen Schwärme von Mücken, unter den Büschen raschelten Vögel. Brandies saß oft hier. Nach der Scheidung hatte er lange gesucht, bis er die Wohnung in Parknähe gefunden hatte. Seine Frau war mit den Kindern in dem Haus im Vorort geblieben. Später hatte sie alles verkauft und war in eine andere Stadt gezogen.

Ein älterer Mann kam jetzt, der eine Bierflasche in der Hand trug. Brandies sah rasch weg, und der Mann ging vorbei. Der Sprayer, dachte Brandies, eigentlich hätte er ihn hören müssen. Eine Spraydose zu schütteln machte doch Lärm. Aber schütteln könnte der natürlich auch woanders. Oder er wickelte eine Decke um die Dose. Brandies stellte sich vor, wie der Sprayer danach die leere Dose in einen Müllcontainer warf und in eins der Lokale ging, die lange geöffnet hatten. Immerhin musste es den ziemlich umtreiben. Der ginge sicher nicht gleich nach Hause!

Der Mann mit der Bierflasche war wiedergekommen. Ob er sich zu Brandies auf die Bank setzen dürfe? »Sicher«, sagte Brandies. Das sei ein schöner Platz, sagte der Mann. Er wohne unter dem Dach, und da sei es immer noch stickig. Brandies nahm eine Büchse aus der Plastiktüte und riss den Verschluss auf, etwas Schaum lief aus. Der Mann trank ihm zu. Später donnerte es weit entfernt, kein Blitz war zu sehen. »Vielleicht gibt es Regen«, sagte der Mann.

Am nächsten Morgen, als Brandies aus seiner Straße in den Durchgang biegen wollte, erschrak er so sehr, dass er beinahe ein Auto gestreift hätte. Quer über eine weiß getünchte Brandmauer stand JENS MUSS RAUS KEINE KNASTFOLTER!! Es war dieselbe Schrift, Brandies war sich völlig sicher. Diesmal reichten noch mehr Farbstreifen bis auf den Boden, und der Sprayer hatte ein scharfes S zwischen die Großbuchstaben geschrieben. Brandies erinnerte sich an Fernsehbilder von einer Mauer, vor der Menschen erschossen worden waren. Es ist ekelhaft, dachte er. Der Kerl gehörte selbst hinter Gitter. Brandies sah auf die Uhr, er war schon etwas spät. Schnell fuhr er weiter, durch den Park, über die Hauptstraße und in die Gasse. Von der Halle waren jetzt alle Dachbalken abgetragen.

Den Vormittag über blieb Brandies auf der PKW-Spur, am Nachmittag half er bei den LKW aus, ein paar Kollegen ohne Familie waren noch im Urlaub. Ein Transportunternehmer war gekommen und stand etwas abseits, als seine beiden Wagen geprüft wurden. Brandies musste den ersten beanstanden; als er in den zweiten stieg, lag ein Hundertmarkschein auf dem Fahrersitz. Brandies legte ihn auf die Ablage neben dem Armaturenbrett. Gegen fünf fuhr er nach Hause. Ein *Trabant* war wieder nicht gekommen.

In der Wohnung war es schwül. Brandies wartete, bis es dunkel wurde, dann ging er hinüber zum Park. Unterwegs begegnete er einem jungen Mann mit langen, wirren Haaren, der eine Stofftasche trug. Er sah ihm nach. Könnte das der Sprayer sein? Der geht sicher noch um, dachte Brandies. Der hatte jetzt einmal angefangen, und über Tag sah er die freien Wände. Ob er wohl plante, oder ob er alles dem Zufall überließ?

Brandies fand die Bank am Teich leer, er setzte sich und streckte die Beine aus. Nein, bestimmt würde er planen. Die weiße Wand an der Durchfahrt war ein idealer Platz gewesen. Das Haus in der Innenstadt, in dem Brandies' Eltern gewohnt hatten, war vor Jahren, während einer Rüstungsdebatte, ständig voller Parolen gewesen. Schließlich hatten die Eigentümer den Bürgersteig aufreißen und Efeu und Kletterrosen pflanzen lassen, die hinter Maschendraht die Fassade hinaufwuchsen. »Wie eine Laube«, hatte der Vater gesagt.

Brandies stand auf und verließ den Park auf der anderen Seite. In dem Eckhaus gegenüber war bis vor Kurzem ein Laden gewesen. Dann hatten sie die Eingangstür zugemauert und die Schaufenster verkleinert. Eine schöne Fläche, dachte Brandies, und von allen Seiten zu sehen. Er ging weiter. An der nächsten Kreuzung war eine Ampelanlage. Bei Rot sahen die Fahrer auf der Hauptstraße gegen den Bretterzaun einer Baustelle. Aber der war schon über und über mit Plakaten beklebt. Brandies ging in einem großen Bogen um den Park herum zu seiner Straße zurück und versuchte dabei, sich alle günstigen Stellen einzuprägen. Er wunderte sich, wie wenige es waren; meistens störten die Reklametafeln, oder die Fassaden waren zu schmutzig. Als er zu Hause ankam, war es Mitternacht. Brandies nahm einen Schreibblock und zeichnete einen ungefähren Plan der Gegend. Darin trug er die günstigen Stellen mit einem Kreuz ein. Dann legte er sich zu Bett.

Im Laufe des folgenden Tages kühlte es merklich ab, und am Abend begann es zu regnen. Brandies sah hinunter auf die Straße. Bei diesem Wetter würde der Sprayer nicht unterwegs sein; auf nassen Wänden musste die Farbe verlaufen. Er nahm den Plan hervor und legte eine sorgfältige Fassung an, in die er alle Straßennamen schrieb.

Am Donnerstagmorgen war der Himmel wieder wolkenlos. Brandies zählte im Vorbeifahren an der Halle die Gauben, die die Zimmerleute schon roh aus Balken angelegt hatten. In seiner Spur war er dann den ganzen Tag allein, Hollstein lag mit einer Sommergrippe im Bett. Er hatte angerufen und seine Einsätze durchgegeben.

Brandies prüfte PKW. Gegen Mittag brachten die Gesellen eines Autohauses ein paar Gebrauchtwagen. Zwei Lehrjungen waren mitgekommen, und während der Wartezeiten fuhren sie die großen Limousinen über den Parkplatz. Am Nachmittag stellte Brandies einen Fehler in der Abgasprüfanlage fest, und sie mussten die Spur schließen. Auf der Heimfahrt hielt er wieder vor der Baustelle. Maurer hatten jetzt begonnen, Zwischenwände hochzuziehen, und in die Giebel waren je zwei Fenster geschlagen.

Brandies kam die Idee, dort zu wohnen. Es müsste praktisch sein, dachte er. Er könnte in der Mittagspause nach Hause gehen, und abends sparte er vielleicht eine halbe Stunde. Er fuhr wieder an. Eine dumme Idee. Wollte er denn zwischen alten Fabriken wohnen? Ganz in der Nähe lag der Schrottplatz einer kleinen Autoverwertung; und wer konnte wissen, was passierte, wenn die Amerikaner auszögen. So ein Unsinn!, dachte Brandies.

Im Park sah er den Mann mit den Pudeln vor dem Rasen neben dem Teich stehen, die beiden weißen jagten einen Terrier, der schwarze saß abseits. Aus dem Eingang zum Spielplatz kamen die beiden Mütter. Brandies grüßte schon von Weitem, und jetzt winkte auch die zweite ihm zu. Er hielt an und stieg vom Rad. »Gestern sah es aus, als würde heute nichts mit dem Rausgehen«, sagte er.

»Und ob«, sagte die erste Mutter. »Haben Sie das schon gesehen?« Sie zeigte auf die Dampfwalze im Sandkasten. Quer über die vordere Walze stand JENS MUSS RAUS KRIEG DEN KNÄSTEN!! Die Schrift war weiß, die letzten Buchstaben rückten eng zusammen, und von jedem lief ein dünner Strich über das Metall.

»Ich kenne das«, sagte Brandies. »Das geht seit Tagen so.«

»Unten war Farbe im Sand«, sagte die zweite Mutter. »Wir haben das zusammengekratzt und weggeworfen.«

Brandies nickte. »Er kommt immer nachts«, sagte er. »Und er sucht sich die gut sichtbaren Stellen. Auf die hier wäre ich nicht gekommen.«

»Dabei ist die Dampfwalze letzte Woche neu gestrichen worden«, sagte die erste Mutter.

»Eben«, sagte Brandies. Er wünschte einen schönen Abend und fuhr weiter. Unterwegs kaufte er etwas zu essen und eine Zeitung. Mit dem Teller setzte er sich an das offene Fenster und sah hinunter zu der Schrift. Sogar die Farbe wechselte der, je nach Untergrund. Rot und weiß. Brandies stellte den Teller zur Seite und blätterte im Lokalteil. Von einem Sprayer war nicht die Rede. Das sind Kleinigkeiten, dachte er. Einer war der Geschädigte, und ein paar regten sich auf. Aber tun kann man nichts, es ist eben eine Unsitte. Er holte den Plan hervor und machte ein Kreuz an den Spielplatz, dann ging er hinunter in seinen Kellerraum. Hier standen die alten Möbel, für die kein Platz mehr gewesen war. Aus einer Kommode nahm er die Taschenlampe. Es war ein Akkugerät, Brandies trug es in die Wohnung und schloss es an eine Steckdose. Dann zog er eine alte, schwarze Hose an und legte einen schwarzen Rollkragenpullover heraus. Er wartete, bis es dunkel wurde, dann zog er auch den Pullover und eine Jacke an, nahm die Taschenlampe aus der Steckdose und verließ die Wohnung. Auf der Treppe fiel ihm ein, dass er den Plan vergessen hatte. Der Plan ist nutzlos, dachte er. Er würde sich auf sein Glück verlassen.

Brandies ging zuerst zum Spielplatz; er strich mit der Hand über die Dampfwalze. Wenn sie anführe, würde sie die Schrift auf den Boden drucken, spiegelverkehrt und in großen Abständen. Er lachte leise. Praktisch wäre auch eine Schablone, mit zwei Stück Klebeband schnell an die Wand geheftet, den Sprühstrahl in Wellenlinien darübergeführt, kurz die Farbe antrocknen lassen; eine saubere Lösung. Brandies zog sein Schlüsselbund und ritzte unterhalb der Schrift die Zahl Vier in die Walze. Dann verließ er den Park und ging langsam durch das Viertel. Die meisten Fenster im Parterre waren dunkel, die Balkone alle leer. Nur weiter oben brannte vereinzelt Licht, auf einem Dachgarten schien gefeiert zu werden. Vor einem Lokal verabschiedeten sich zwei Paare voneinander, das eine ging untergehakt an Brandies vorbei. »Dieser Schnieder«, sagte der Mann kopfschüttelnd. »Und ausgerechnet Amerika.«

Gegen sechs Uhr morgens saß Brandies wieder auf der Bank am Spielplatz. Es begann zu dämmern; auf dem hölzernen Klettergerüst balancierte eine schwarzweiß gefleckte Katze. Brandies rief sie an, die Katze machte einen Buckel und sprang hinunter in den Sand. Er dachte daran, dass er in einer Stunde zur Arbeit fahren musste. Sein Rücken unter dem Rollkragenpullover fühlte sich klamm an. Ich hatte keine Methode, dachte er. Es war doch Unsinn gewesen, sich auf sein Glück zu verlassen.

Die Farben der Dampfwalze wurden langsam deutlicher. Wenn dieser Jens im Gefängnis war, würde er vielleicht jetzt gerade geweckt. Wie im Krankenhaus; Brandies' Frau hatte nach den Geburten immer darüber geklagt, es sei viel zu früh. Er blieb noch eine Zeit lang sitzen, auf dem Heimweg kaufte er zwei Brötchen, die so heiß waren, dass er es durch die Tüte fühlen konnte. Er zog sich um und fuhr los.

In der Frühstückspause ging Brandies vom TÜV-Gelände bis zu der Baustelle. Vor der Halle stand ein Lastwagen, Männer mit nackten Oberkörpern luden Styropor-Platten ab. Bald wird es hier überall Wohnungen geben, dachte Brandies.

Sie werden die Hallen umbauen und die Fabriken, dazwischen werden sie Wege anlegen und Spielplätze mit Fahrradständern und Bänken und kleinen Bäumen. Und vielleicht würden sie irgendwann den TÜV aus der Stadt verlegen, auf ein größeres Gelände mit mehr Platz für die wartenden Autos. Dann müsste er morgens und abends den Bus nehmen. So weit kommt das!, dachte Brandies. Langsam ging er zurück.

Als er das Gelände betrat, sah er einen hellblauen *Trabant* vor dem Verwaltungsgebäude halten. Der Fahrer stieg aus.

»Hallo Sie!«, rief Brandies. Der Mann sah zu ihm herüber, Brandies lief auf ihn zu. »Wollen Sie Ihren Wagen vorführen?«

»Vorführen?«, sagte der Mann. Dann nickte er. »Ja, natürlich. Wegen der Plakette.«

»Das ist ein *Trabant*!«, sagte Brandies und wies auf den Wagen. Am Heck klebte ein DDR-Schild, das erste D und das R waren mit Klebeband durchkreuzt.

»Jaja«, sagte der Mann. »Zehn Jahre drauf gewartet.« Er schlug leicht auf das Wagendach.

»Kommen Sie am Montag wieder«, sagte Brandies. »Heute geht es nicht mehr. Ich mache Ihnen einen Termin. Montag, acht Uhr dreißig, Spur Zwei. Ohne Wartezeit.«

»Das ist ja großartig«, sagte der Mann. »Vielen Dank.« Er streckte Brandies die Hand hin. Der sah sich um. Niemand schien sie zu beobachten. »Schon gut«, sagte er. »Ist doch selbstverständlich.«

In der Nacht von Freitag auf Samstag ging Brandies zunächst zu dem Eckhaus, das er in den Plan eingetragen hatte. Er drückte sich in einen Hauseingang und wartete eine Stunde, dann kontrollierte er die anderen Stellen. Gegen zwei Uhr trank er ein Bier in einem kleinen Lokal, das lange geöffnet hielt. Dann wiederholte er seine Runde. Um halb fünf ging er nach Hause. Er setzte sich ins Wohnzimmer und trug ein paar neue Stellen in den Plan ein, die ihm unterwegs aufgefallen waren.

In der folgenden Nacht war Neumond. Der Samstag war wieder warm gewesen, und es sollte vorerst so bleiben. Brandies' geschiedene Frau hatte angerufen. Sonntag würden sie und die Kinder bei einer Bekannten in der Stadt sein. Sie hatten verabredet, dass er mit dem Sohn zum Fußballspiel gehen sollte. Sie müssten dann auch wieder über die Besuchszeiten reden. Seit halb elf ging Brandies jetzt durch das Viertel. Einmal hatte er einen Garagenhof betreten, von dem aus ein schmaler Weg zwischen hohen Hecken zu den Gartentüren führte. Vereinzelt waren Stimmen zu hören gewesen. Irgendwo war Rauch aufgestiegen und von unten angestrahlt worden. Später sah Brandies hinter einem Fenster eine Frau mit einem Kind auf dem Arm hin- und hergehen. Einmal hielt sie an und hob das Kind in die Höhe. Vor dem kleinen Lokal standen jetzt zwei Tische auf dem Gehsteig.

Gegen eins, Brandies hatte noch nicht alle Stellen aufgesucht, brach er seine Runde ab und ging nach Hause. Er war sehr müde, er zog Jacke und Rollkragenpullover aus, öffnete das Fenster einen Spalt und legte sich auf die Couch. Beinahe wäre er eingeschlafen, da hörte er ein Geräusch von der Straße, ein metallisches Klacken. Brandies trat zum Fenster. Im Licht der Straßenlaterne sah er eine Gestalt vor dem Haus gegenüber, sie bewegte die Arme, ging in die Knie und stand wieder auf. Über die Schrift war in großen Buchstaben HUNGERSTREIK gesprüht, darunter entstand gerade ein Datum.

Brandies lief ins Schlafzimmer, zog rasch die Jacke über und rannte aus der Wohnung, durch die Hintertür in den

KALTE ENTE

Hof, dann drückte er sich an der Wand der Einfahrt entlang bis zum Gehsteig. Er sah sich vorsichtig um. Die Gestalt ging die Straße hinunter. Brandies wartete ein paar Sekunden, dann folgte er ihr. Sein Herz klopfte. Er fasste an die linke Hosentasche, die Lampe und der Plan waren noch da. Die Gestalt bog in den Durchgang zum Park. Brandies hielt an, ein paarmal hörte er es wieder klacken, dann folgte ein zischendes Geräusch. Als er Schritte hörte, ging Brandies weiter.

Jetzt zur Dampfwalze! Brandies verließ den Parkweg, zwischen Büschen und Bäumen lief er geduckt auf die Rückseite des Spielplatzes. Dort legte er sich hinter das Klettergerüst und nahm die Taschenlampe in die Hand. Er wartete. Als er das Klacken hörte, stand er auf und machte ein paar schnelle Schritte. Er schaltete die Lampe ein, hielt sie in Kopfhöhe und richtete sie auf die Gestalt vor der Dampfwalze. Es war eine junge Frau mit kurzem Haar. Sie schrie erschrocken auf.

»Polizei«, sagte Brandies. »Der Spielplatz ist umstellt.«

»Scheiße«, sagte die Frau. Sie ließ die Spraydose in den Sand fallen und hielt die Arme vom Körper.

Brandies trat näher heran, ohne die Lampe herunterzunehmen. Er fasste die Frau beim Arm. Dann senkte er die Taschenlampe. Die Frau sah ihn an.

»Eine Überraschung«, sagte Brandies. »Haben Sie keine Angst. Ich bin nicht von der Polizei.«

Die Frau machte eine Bewegung.

»Wenn Sie nicht weglaufen, lasse ich Sie los«, sagte Brandies. »Versprochen?«

Die Frau sagte nichts.

»Ich kann Sie anzeigen«, sagte Brandies. »Und wenn Sie weglaufen, laufe ich Ihnen nach. Irgendwie erfahre ich Ihren Namen.« Er zeigte auf die Dampfwalze. »Das ist Sachbeschädigung. Also?«

»Okay«, sagte die Frau.

»Gehen wir ein Bier trinken«, sagte Brandies. Er ließ den Arm der Frau los und wollte sie bei der Hand nehmen. Sie zog ihre Hand zurück.

»Seien Sie nicht dumm«, sagte Brandies. Er nahm wieder die Hand. »Hier um die Ecke ist ein kleines Lokal. Das hat noch auf.«

»Was soll das?«, sagte die Frau.

»Kommen Sie jetzt«, sagte Brandies. »Ich habe zwei Nächte lang kaum geschlafen. Und ich zeige Sie nicht an.«

Die Frau wand ihre Hand frei. »Ich geh alleine«, sagte sie.

Brandies schaltete die Taschenlampe aus und verließ den Spielplatz, die Frau folgte ihm in einigem Abstand. Vor dem kleinen Lokal wartete er, bis sie ihn eingeholt hatte, dann wies er auf einen der Tische. »Was trinken Sie?« Die Frau schüttelte den Kopf. Brandies trat in den Lokaleingang und bestellte zwei Bier, dann setzte er sich und legte die Taschenlampe vor sich hin. Die Frau blieb stehen.

»Ich muss Ihnen zuerst was zeigen«, sagte Brandies. Er zog den Plan aus der Hosentasche und faltete ihn auseinander. »Das ist das Viertel, das der Park, das die Ausfallstraße. Wir sitzen jetzt hier.« Er sah zu der Frau auf. »Und die Kreuze sind günstige Stellen für die Schrift. Die hier sind schon besetzt.« Mit dem Daumennagel zog er vier der Kreuze nach.

Die Frau setzte sich neben ihn. »Wahnsinn«, sagte sie. Ein Kellner brachte die zwei Bier.

»Aber heute Nacht«, sagte Brandies, »das war komisch. Stellen Sie sich vor, ich habe Sie von meinem Wohnzimmer aus gehört. Ich wäre beinahe eingeschlafen.«

Die Frau trank von ihrem Bier. Dann sah sie Brandies an

und fuhr sich mit der Hand ein paarmal über die Stirn. »Du bist verrückt«, sagte sie. »Du hast eine Macke.«

»Bitte!«, sagte Brandies. »Nicht so!« Er zeigte auf den Plan. »Das ist eine Schweinerei, eine Unsitte. Und es gibt Leute, die das aufregt. Ich laufe auch nicht herum und schreibe Sachen an die Wände.«

»Wenn Jens nicht rauskommt, geht er da drin kaputt.«

»Kann sein«, sagte Brandies. »Kann auch nicht sein. Das tut nichts zur Sache.«

Die Frau schob ihr Glas beiseite. »Darf ich jetzt gehen?«

Brandies faltete den Plan zusammen und steckte ihn ein. »Ich will nicht, dass Sie weiter an die Häuser schreiben.«

»Kannst mich ja anzeigen.«

»Unsinn«, sagte Brandies. »Was passiert ist, ist passiert. Es darf nur nicht schlimmer werden.«

»Wird es aber!«, sagte die Frau. »Und Jens muss da raus! Und zwar sofort. Er hält das einfach nicht durch.«

Brandies trank sein Bier aus. »Lassen wir das«, sagte er. »Wir haben alle Probleme, und das nimmt kein Ende. Vielleicht vergessen wir es besser.« Er legte ein paar Geldstücke auf den Tisch, stand auf und ging. Er war schon an der nächsten Ecke, da holte die Frau ihn ein. »Hier«, sagte sie atemlos und hielt ihn beim Arm. »Deine Lampe.«

Brandies blieb stehen. »Ach«, sagte er. »Danke.« Er nahm die Taschenlampe und steckte sie ein. »Wohin müssen Sie?«

Die Frau wies mit dem Kopf in die Seitenstraße.

»Ich geradeaus«, sagte Brandies. »Aber das wissen Sie ja. Altbau, zwei Zimmer, Küche, KhTr. – Kennen Sie nicht?«

Die Frau schüttelte den Kopf.

»Klo halbe Treppe runter.« Die Frau lachte. »Dafür bin ich viel im Park«, sagte Brandies, »und ich hab es nicht weit zur Arbeit.«

»Klar«, sagte die Frau. Dann streckte sie ihm die Hand entgegen. »Ich muss jetzt.«
Brandies drückte die Hand, und die Frau lief davon.

Am Sonntag schlief Brandies bis weit in den Morgen. Am Nachmittag holte er den Sohn ab, sie fuhren mit dem Bus zum Stadion. Nach dem Spiel aßen sie in einem Schnellrestaurant. Gegen sechs brachte Brandies den Sohn zu einem Taxistand.

»Bestell Mutti, ich rufe an«, sagte Brandies, als ein Wagen anhielt. »Spätestens Mittwoch.« Der Sohn stieg ein, und Brandies gab dem Fahrer einen Geldschein. Dann ging er zu Fuß zurück in sein Viertel. Vor dem Haus angekommen, drehte er um, ging in den Park und setzte sich auf die Bank am Teich. Es dämmerte schon. Aus einer Baumkrone stieg ein Schwarm Vögel auf, sie zogen ein paar Kreise vor dem rötlichen Himmel und landeten wieder mit Geschrei in den Ästen.

Bei dem Fußballspiel hatte die Heimmannschaft hoch gewonnen. Er dürfe sich nicht richtig darüber freuen, hatte der Sohn gesagt, jetzt, wo er nicht mehr hier wohne. »Unsinn«, hatte Brandies gesagt. Natürlich dürfe er sich darüber freuen. Wer ihm das in den Kopf gesetzt hatte!

»Hallo«, flüsterte es plötzlich.

Brandies drehte sich um. Die zweite Mutter schob vorsichtig den Kinderwagen neben die Bank. »Haben Sie schon gehört?«, sagte sie leise. »Neben der Dampfwalze lag heute Morgen eine Spraydose. Wie finden Sie das?«

»Vielleicht ist er gestört worden«, sagte Brandies.

»Bestimmt. Wir wollten sie zur Polizei bringen. Wegen der Fingerabdrücke.«

»Ach«, sagte Brandies.

»Ja«, sagte die Mutter. »Aber die Kinder hatten schon damit gespielt.«

»Da kann man nichts machen«, sagte Brandies. Er sah auf die Uhr. Es sei doch schon spät. Warum denn das Kleine noch nicht im Bett sei?

»Wir sind doch umgezogen«, sagte die Mutter. »Jetzt haben wir renoviert, und im Kinderzimmer riecht die Farbe noch so.«

Brandies nickte. »Ich muss vielleicht auch umziehen«, sagte er leise. »Demnächst verlegen sie den TÜV.«

»Tatsächlich?«, sagte die Mutter.

»Es steht noch nicht fest«, sagte Brandies. »Aber ich könnte natürlich auch hier wohnen bleiben und mit dem Bus fahren, wie die Kollegen.« Er stand auf. »Ich muss jetzt heim«, sagte er. »Hoffentlich schläft das Kleine heut Nacht.« Wie es eigentlich heiße?

»Camilla«, sagte die Mutter.

Brandies wünschte einen schönen Abend und ging. Im Durchgang betrachtete er die beiden Schriften, dann sah er an der Brandmauer hoch. Es war noch nicht ganz dunkel, die Schornsteine und Antennen standen schwarz vor dem Abendrot. Das bedeutete schönes Wetter. Brandies lachte leise. Morgen würde er eine große Summe auf die Ankunft des ersten *Trabant* setzen. Und mit etwas Glück fiele der ganze Einsatz an ihn.

Sechs Richtige

An einem Mittwochmorgen Ende November klingelte es gegen elf an der Haustür. Eickmanns schaltete das Radio ab, ging in den Flur und drückte den Knopf an der Sprechanlage. »Bitte?«, sagte er.

»Einschreiben für Hans Jürgen Eickmanns«, sagte es. Eickmanns zog einen Bademantel über den Schlafanzug, verließ die Wohnung und ging langsam die Treppen hinab. Auf dem mittleren Absatz traf er den Postboten. »Hab ich falsch geparkt?«, sagte Eickmanns.

Der Postbote lachte. »Von wegen«, sagte er. »Vom Lotto.« Er reichte den Brief und zeigte, wo zu unterschreiben war. Eickmanns überlief es warm. Er hatte am letzten Freitagmorgen den Lottozettel ausgefüllt, der in der Zeitung gelegen hatte, und ihn nach dem Einkaufen am Kiosk abgegeben. Dann hatte er nicht mehr daran gedacht. Er unterschrieb jetzt, nickte dem Postboten zu und stieg die Treppe wieder hinauf. Als er unten die Haustür hörte, riss er den Umschlag auf und begann, den Brief zu lesen: Man freue sich, ihm mitteilen zu können. Eickmanns überflog das Blatt. Sechs Richtige mit Superzahl. Dann die genaue Summe; es bestehe eine Einspruchsfrist von vierzehn Tagen.

»Nein!«, sagte Eickmanns. Er war jetzt fast auf dem obersten Absatz, da schlug mit einem Knall seine Wohnungstür ins Schloss. Eickmanns fasste rasch in die Taschen des Bademantels; er hatte keinen Schlüssel dabei. »Scheiße«, sagte er leise. Dann setzte er sich vor die Tür auf den Boden und las den Brief noch einmal langsam und Wort für Wort. Bevor man ihn auszahle, wolle man ihn gern auf die wichtigsten Dinge hinweisen, hieß es. Und innerhalb der nächsten zwei Wochen könne sich die Summe eventuell noch ein wenig ändern. Es war kein Zweifel möglich. Eickmanns hielt das Blatt gegen das Licht vom Treppenfenster, das Papier trug das Signet der Lottogesellschaft als Wasserzeichen. Er faltete den Brief zusammen und steckte ihn zurück in den Umschlag. »Ich bin jetzt reich«, sagte er leise.

Eickmanns lehnte sich gegen die Tür und sah hoch zur schrägen Decke des Treppenhauses. Früher hatte er es oft berechnet: eine Million müsste genügen; bei acht Prozent Zinsen waren das achtzigtausend im Jahr, über siebentausend im Monat. Da bliebe nach allen Abzügen genug zum Leben übrig. Er schloss einen Moment die Augen. Ausgesorgt!, dachte er. Hans Jürgen Eickmanns hat ausgesorgt. Morgen früh würde er zum Arbeitsamt gehen und sich aus allen Listen streichen lassen. Und wenn sie fragten, würde er sagen, er habe eine Anstellung gefunden. Sonst nichts. Überhaupt, er würde kein Aufhebens machen. Er hätte ja jetzt alle Zeit, die er brauchte.

Eickmanns stand auf. Es war kalt auf dem Fußboden gewesen. Er rüttelte an der Wohnungstür. Andrea hatte am Morgen gesagt, sie habe außerhalb einen Termin und sie komme wahrscheinlich später zum Essen. Also war sie nicht zu erreichen; und seitdem er zu Hause war, hatten sie anderswo keinen Schlüssel mehr deponiert. Eickmanns überlegte kurz, dann zog er den Bademantel aus und wickelte ihn sich um die linke Schulter. Er ging ein paar Schritte zurück, drückte sich von der Wand ab und warf sich mit aller Kraft gegen die Tür. Sie sprang auf, Holz splitterte heraus, und etwas vom Schloss fiel zu Boden.

Eickmanns spürte einen starken Schmerz in der Schulter. Er wickelte den Bademantel ab und rieb sich die Haut. Dann ging er ins Badezimmer und duschte heiß. Auf der Schulter entstand schnell ein bläulicher Fleck, beim Abtrocknen musste Eickmanns die Stelle vorsichtig tupfen. Er rasierte sich und zog sich an, dann ging er in die Küche, suchte zwei Fertiggerichte aus dem Tiefkühlschrank und las die Anweisungen auf den Packungen. Er stellte zwei Teller auf den Esstisch, aus dem Wohnzimmerschrank holte er Kerzen und Kerzenleuchter. Dann nahm er zwei Servietten, faltete sie zu spitzen Kegeln und stellte sie auf die Teller. Er öffnete den Kühlschrank. Etwas Sahne war noch da, er könnte Eiskaffee zum Nachtisch machen. Andererseits war es kaum zwölf, Zeit genug, in Ruhe einzukaufen und alles mögliche zu besorgen! Oder er könnte etwas vom Chinesen holen, dann müsste er allerdings vorher anrufen. Eickmanns ging zur Garderobe, nahm das Portemonnaie aus der Jackentasche und sah hinein; das würde reichen. An der Wohnungstür hielt er inne und schlug sich gegen die Stirn: Er musste ja hier bleiben, bis das Türschloss repariert war! Rasch suchte er das Branchenverzeichnis heraus und setzte sich damit neben das Telefon. Er blätterte es auf; brauchte er eigentlich einen Schlosser oder einen Schreiner? Wahrscheinlich beide. Und wahrscheinlich müsste er sie dazu bewegen, zur gleichen Zeit zu kommen. Er legte das Branchenverzeichnis wieder zur Seite.

»Nein«, sagte Eickmanns leise. Damit könnte er sich jetzt nicht abgeben. Er ging in die Küche und blieb vor dem Esstisch stehen. Vielleicht ist alles falsch, dachte er, dann nahm er die Kerzenständer und die Servietten wieder vom Tisch, setzte sich ins Wohnzimmer und schaltete den Fernseher ein. Im Vormittagsprogramm lief die Wiederholung einer amerikanischen Serie.

Und wenn ich niemandem etwas sage?, dachte Eickmanns. Nicht einmal Andrea. Er schaltete den Fernseher wieder aus und trat ans Fenster. Von hier sah man über ein niedriges Dach in die Höfe auf der anderen Straßenseite. Nicht, dass er ihr das Geld nicht gönnte. Sie sollte ruhig kaufen, was sie wollte. Oder sie könnten verreisen, vielleicht einmal einen ganzen Sommer lang. Und, sie könnten Kinder haben. Es reichte ja für alle. Ein Leben lang!

Eickmanns lief, holte den Brief aus dem Bademantel, schrieb die Nummer der Lottogesellschaft auf einen Zettel, zerriss Brief und Umschlag und spülte die Fetzen in die Toilette. Dann rief er an, sofort wurde er mit einer zuständigen Stelle verbunden, und sie vereinbarten einen Termin für den nächsten Morgen.

Gegen zwei kam Andrea. Was denn mit der Tür passiert sei?, rief sie aus dem Flur.

Eickmanns war ihr entgegengegangen. »Ich habe mich ausgesperrt«, sagte er.

»Und da musstest du gleich die Tür eintreten? Wozu, glaubst du, gibt es den Schlüsseldienst?«

»Ich war im Bademantel und hatte kein Geld dabei. Außerdem wusste ich nicht, wo du warst. Schau mal!« Er streifte sein Hemd zur Seite und zeigte auf den blauen Fleck.

»Aua«, sagte Andrea. Und was das kosten werde! Sie hängte ihren Mantel an die Garderobe. Ob er sich schon um die Reparatur gekümmert habe?

»Nein«, sagte Eickmanns. Er war voraus in die Küche gegangen und hatte die beiden Fertiggerichte in die Mikrowelle geschoben. Jetzt drehte er die Zeituhr und sah durch das Glasfenster. »Ich glaube, ich habe eine Stelle«, sagte er.

»Was?«, rief Andrea. Sie trat in die Tür zur Küche.

»Eine Agentur hat angerufen. Ob ich noch nichts Schriftliches bekommen hätte. Ich bin zum Briefkasten, und da ist die Tür zugeschlagen.«

»Und?«

»Es war nichts da. Ich habe die Tür eingetreten und gleich zurückgerufen.« Er zog den Zettel mit der Telefonnummer aus der Hosentasche und hielt ihn über die Schulter. »Morgen früh um neun. Ich brauche dann den Wagen.«

»Und das sagst du so?« Andrea war hinter ihn getreten, jetzt fasste sie ihn bei den Armen. »Das ist ja fantastisch!«

Die Mikrowelle machte einen Piepton. Eickmanns öffnete die Glastür und stach mit einer Gabel in die Fertiggerichte. »Abwarten«, sagte er, dann drehte er sich um und nahm Andrea in die Arme. »Jedenfalls habe ich ein gutes Gefühl.«

»Wenn es was wird, feiern wir aber«, sagte Andrea. Dann aßen sie. Am Nachmittag telefonierte Eickmanns mit den Handwerkern; zusammen konnten sie frühestens am Samstagmorgen, aber das werde teuer. »In Ordnung«, sagte Eickmanns. Dann bat er eine Nachbarin, auf die Wohnung aufzupassen, kaufte Beschläge und montierte sie von außen so auf Tür und Rahmen, dass sie sich mit einem Vorhängeschloss verbinden ließen. Schließlich schnitt er ein Vierkantholz zu, das man von innen unter die Klinke klemmen konnte.

Am Donnerstagmorgen ging Eickmanns zum Büro der Lottogesellschaft. Ein Mann lud ihn ein, Platz zu nehmen. »Danke«, sagte Eickmanns, aber er denke, er habe keine besonderen Fragen. Der Mann zuckte die Schultern. Dann reichte er Eickmanns eine Anweisung über die ganze Summe, und der eröffnete damit ein Konto bei einer kleinen Privatbank. Er bekam Schecks und eine provisorische Scheckkarte. Später, sagte Eickmanns, solle man ihm jeden Monat einen bestimmten Betrag auf sein Girokonto überweisen, welchen, das werde er rechtzeitig sagen. Schließlich ging er zu einem Makler. Er suche eine kleine Wohnung, sagte er, möglichst ruhig. Er werde da alleine leben, und häufig sei er gar nicht da.

Der Makler winkte ab. »Appartements suchen jetzt alle.« Damit könne er überhaupt nicht dienen. Im Prinzip sitze er selbst nur da und warte auf Angebote.

»Ich verstehe«, sagte Eickmanns. Er beugte sich ein wenig vor und legte die Hände auf den Schreibtisch des Maklers. »Aber tun Sie mir den Gefallen, und vergessen Sie für einen Moment die Krise. Bitte! Was können Sie mir vermitteln? Sagen wir: ab morgen.«

Der Makler zog eine Lade auf, nahm ein Blatt heraus und legte es vor Eickmanns auf den Schreibtisch. »Einen Hühnerstall«, sagte er.

Was das bedeute?

»Einliegerwohnung, draußen bei einem Bauern«, sagte der Makler. »Steht seit Jahren leer. Eine Erbschaftsgeschichte. Zwei Zimmer, eines mit eingebauter Küche.« Er wies mit der Hand. »Und dahinter der Hühnerstall. Fünftausend Stück. Oder fünfzigtausend.«

»Kostet?«, sagte Eickmanns.

»Das ist nicht Ihr Ernst?«

»Tun Sie so, als ob.«

Der Makler stand auf. »Dreihundertzwanzig kalt. Aber ich fahre nicht mit Ihnen hinaus.«

»Einverstanden«, sagte Eickmanns. »Wo soll ich unterschreiben?«

»Es muss Ihnen sehr schlecht gehen.«

»Im Gegenteil«, sagte Eickmanns. »Mir geht es ausgezeichnet. Ich stehe am Anfang einer blendenden Karriere.« Er unterschrieb das Formular, und der Makler gab ihm einen Zettel mit der Adresse. »Es ist immer jemand da«, sagte er. »Ich rufe an, alles andere geht wie von selbst.«

»Schön«, sagte Eickmanns. So habe er es erwartet.

Den Bauernhof fand Eickmanns erst nach einigem Herumfahren auf den Wirtschaftswegen. Die Bäuerin schloss ihm die Wohnung auf und begann gleich, ihm zu erklären, wie die Geräte in der Küche zu handhaben seien. »Im Sommer gibt es keine Probleme«, sagte sie, »aber jetzt im Winter frieren gern mal die Leitungen zu.« Da müsse er vorsichtig sein.

Im größeren der beiden Zimmer klebte eine gemusterte Tapete, der Teppichboden hatte unregelmäßig grobe Schlingen. Vor dem Fenster hingen Übergardinen aus feinem Cord. In dem kleineren Zimmer mit der Küchenzeile war die Raufaser in einem hellen Ton gestrichen.

»Sehr schön«, sagte Eickmanns, mit den Geräten werde er schon klarkommen.

Wann er denn einziehen wolle? sagte die Bäuerin.

»Nach und nach«, sagte Eickmanns. Es sei für ihn mehr eine Art Büro. Die Bäuerin wollte etwas sagen. »Nein, nein«, sagte Eickmanns rasch. »Nichts Gewerbliches. Mit Geld hat es nichts zu tun.« Er überlegte einen Moment. »Ich werde hier nur so vor mich hin denken. – Oder falsch!« Er fuhr sich mit der Hand durchs Haar. Die Bäuerin schwieg. »Ich will ehrlich sein«, sagte Eickmanns. »Ich glaube, wir werden uns scheiden lassen, meine Frau und ich. Das heißt, vielleicht.« Er zuckte die Schultern. Jedenfalls habe er dann schon mal eine Bleibe. Und im Moment sei er etwas nervös.

»Hier haben Sie es ruhig«, sagte die Bäuerin. Und wegen der Hühner, da solle er sich keine Sorgen machen. Die höre er bald nicht mehr. Dann gab sie Eickmanns den Schlüssel; sie müsse wieder, den Mietvertrag lege sie ihm in den Briefkasten.

Eickmanns blieb noch eine Weile in der Wohnung. Er drehte einen Heizkörper auf, es gab ein Gurgeln in der Leitung und dann ein Pfeifen, das langsam verschwand. Er zog die Vorhänge vors Fenster. In dem größeren Zimmer hing eine Glühbirne von der Decke herab. Eickmanns schaltete sie einmal ein und wieder aus. Dann setzte er sich auf den Boden, den Rücken gegen die Wand gelehnt. Mehr als ein paar Möbel würde er nicht brauchen. Vielleicht einen Fernseher? Nein, besser: ein Radio. Telefon würde er natürlich nicht legen lassen. Aber auf jeden Fall musste er den zweiten Wohnsitz anmelden; wenn er das nicht tat, machte er sich strafbar.

Eickmanns stand wieder auf und trat ans Fenster. Von den Ställen her war nichts zu hören. Er öffnete das Fenster einen Spalt; jetzt glaubte er einen dünnen, hellen Ton zu hören. Jedenfalls nicht der Rede wert. Er griff sich einmal an die Schulter. Sie war noch immer empfindlich. Dann sah er auf die Uhr. Es war jetzt gegen drei. Eickmanns schloss das Fenster wieder, verließ die Wohnung und fuhr nach Hause.

Kurz nach sechs kam Andrea. »Es sieht aus, als wohnten wir in einem Verschlag«, rief sie aus dem Flur. Eickmanns saß im Wohnzimmer vor dem Fernseher. Gerade liefen die Nachrichten. »Wie war es?«, sagte Andrea in der Tür.

Eickmanns hob, ohne sich umzudrehen, die rechte Hand und machte ein v-Zeichen. Andrea schrie auf, lief ins Zimmer und ließ sich ihm auf den Schoß fallen. »Wahnsinn!«, sagte sie, fuhr ihm mit den Fingern durchs Haar und zog ihn an den Ohren. »Und wann fängst du an?«

»Nicht!«, rief Eickmanns. »Offiziell zum nächsten Ersten.

Aber ich soll ab sofort kommen. Die sind gerade ziemlich knapp.«

Andrea rutschte von seinem Schoß und setzte sich ihm gegenüber. »Und was verdienst du?«

Eickmanns zog eine Grimasse. »Anfangs nicht so viel.« Aber es sei eine Staffelung ausgemacht, vorausgesetzt, er bewähre sich.

Das sei normal, sagte Andrea. »Und was machen wir heute Abend?«

»Moment eben!« Eickmanns wies auf den Fernseher. »Elf Tote und fünfzig Verletzte«, sagte er. »Das schwerste Eisenbahnunglück seit zwanzig Jahren.«

Andrea sah sich um. »Wo?«, sagte sie.

»Hab ich nicht verstanden.«

»Also? Was machen wir heute Abend?«

»Ich hab einen Tisch im *Villa Romana* bestellt«, sagte Eickmanns.

»Wahnsinn«, sagte Andrea. Ob sie noch Zeit habe, sich umzuziehen?

»So viel du willst.«

Auf dem Rückweg vom Lokal begann es zu schneien. Ist das nicht schön, sagte Andrea, der erste Schnee in diesem Jahr, und ausgerechnet an einem solchen Tag? Unter einer Laterne blieben sie stehen und sahen hinauf ins Licht, die Flocken davor waren schwarz. Wie lange er jetzt eigentlich arbeitslos gewesen sei?

»Ich war immer arbeitslos«, sagte Eickmanns. »Ich bin arbeitslos auf die Welt gekommen, und daran hat sich nur zwischenzeitlich was geändert.«

»Unsinn«, sagte Andrea.

»Ein Jahr und fast fünf Monate.«

»Na also!« Andrea schlug ihren Mantelkragen hoch. Sie stelle sich das gut vor. Es müsse ein starkes Gefühl sein, nach so langer Zeit.

»Bestimmt«, sagte Eickmanns. »Und morgen Abend kommt es dann in den Nachrichten.« Er trat neben die Laterne und räusperte sich. »Durch die glückliche Inbeschäftigungnahme des stellungslosen Grafikers Ha Punkt Jott Punkt Eickmanns, mit e-i und Doppel-en, konnte die Arbeitslosenzahl gestern Nachmittag kurzfristig um –« Er griff sich an den Kopf. »Wie viel ist ein Viermillionstel in Prozent?«

»Keine Ahnung«, sagte Andrea.

»Also, konnte die Arbeitslosenzahl um null, Komma null, null, null, null, zwei, fünf Prozent gesenkt werden. Wir danken allen Beteiligten für ihren Ehrgeiz und ihr ungebrochenes Vertrauen.«

»Bravo«, sagte Andrea. »Übrigens, wie heißt die Agentur eigentlich?«

Eickmanns kratzte den nassen Schnee vom Laternenmast. »Ich glaube *Kalt und Ball*«, sagte er. »Oder *Winter and Friends*.«

»Sag nicht, du weißt das nicht!«

»Ich weiß es, aber ich sage es nicht.«

»Wie bitte?«

»Weil du sonst hinterher bist, was ich da mache. Und irgendwann gehen wir an einem Plakat vorbei, das von mir ist, und du erklärst mir, warum das bei dir nicht ankommt. Nein«, er warf den kleinen Schneeball quer über die Straße. »Das bleibt vorerst mein Geheimnis.«

»Spinner!«, sagte Andrea.

»Das heißt jetzt Kreativer«, sagte Eickmanns. Dann fasste er Andreas Hand und steckte sie in seine Jackentasche.

»Komm«, sagte er. »Wir gehen schnell nach Hause und zeugen einen Stammhalter.«

»Nicht vor Ablauf der Probezeit«, sagte Andrea.

Am nächsten Tag, dem Freitag, verließ Eickmanns morgens zusammen mit Andrea die Wohnung. Er sollte sie jetzt immer ins Büro fahren, sie käme dann mit dem Bus zurück. Auf das Mittagessen zusammen müssten sie natürlich verzichten; das koste sie einfach zu viel Zeit. Es sei schade, aber vorerst wohl nicht zu ändern.

Der Schnee vom Abend war nicht liegen geblieben. In den Rinnsteinen standen tiefe Pfützen. »Schrecklich«, sagte Andrea, als Eickmanns sie absetzte. »Und, toi toi toi!« Sie küsste ihn. »Danke«, sagte er, dann fuhr er zu dem Möbelhaus am Autobahnzubringer. Er kaufte einen Sessel, einen Stuhl, einen kleinen Tisch und ein Regal, alles in Teile zerlegt und zum Selbstaufbauen. Als er die flachen Kartons in den Wagen lud, schmerzte wieder seine Schulter. Und das Regal musste er zum Schiebedach hinausragen lassen.

Eickmanns fuhr zurück in die Stadt; in einem Hi-Fi-Geschäft ließ er sich Radios zeigen. Er wolle eines, sagte er zu dem Verkäufer, mit dem man auch ausländische Sender empfangen könne. Die BBC zum Beispiel.

Das komme sehr darauf an, sagte der Verkäufer. Ob er denn verkabelt sei?

»Ich weiß nicht«, sagte Eickmanns. Er bat, telefonieren zu dürfen. Es läutete einige Male, dann war die Bäuerin am Apparat. »Eickmanns«, sagte er. »Der neue Mieter. Eine Frage: Liegt eigentlich Kabel in der Wohnung.«

»Nein«, sagte die Bäuerin. »Wir haben eine Antenne. So eine Schüssel, wissen Sie.« Und von da gehe eine Leitung in die Wohnung; einstweilen allerdings noch außen übers Dach.

»Danke«, sagte Eickmanns. Der Verkäufer bediente jetzt einen anderen Kunden. Als er wieder frei war, zeigte Eickmanns mit den Händen: da sei so eine Schüssel. Der Verkäufer zog die Stirn kraus. Da gebe es viele, sagte er, da könne er jetzt schwer zu etwas raten.

Eickmanns atmete einmal laut ein und aus. »Wir machen es ganz einfach«, sagte er. »Verkaufen Sie mir das Teuerste, was Sie im Laden haben. Mit allen Steckern, Buchsen, Stöpseln und dem ganzen Ramsch. Hier!« Er zeigte auf eines der Radios. Ob es ein teureres gebe?

»Nein«, sagte der Verkäufer.

»Also«, sagte Eickmanns. »Tun Sie, was ich Ihnen gesagt habe.« Er ließ sich alles einpacken und zahlte mit einem der neuen Schecks, dann fuhr er hinaus zu der Wohnung. Es war jetzt beinahe Mittagszeit. Vor einem kleinen Supermarkt hielt er an und kaufte eine Dosensuppe, einen kleinen Topf und einen Satz Plastikbesteck. In der Wohnung begann er gleich, die Möbel zusammenzuschrauben. Den Tisch stellte er im größeren Zimmer unter das Fenster, den Stuhl davor, das Regal etwas weiter hinten an die Wand und daneben den Sessel. Dort hatte er den Anschluss gefunden. Er packte das Radio aus, stellte es auf das Regal und probierte die Antennenstecker; einer passte ins Radio, ein anderer in die Wand. Eickmanns riss die Packung mit den Verbindungssteckern auf. Gleich der erste war richtig.

In der Küche schüttete Eickmanns den Inhalt der Dose in den Topf und drehte den Regler am Herd halb auf. Wieder vor dem Radio, nahm er die Gebrauchsanweisung, schaltete das Gerät ein und drückte die Taste für den Sendersuchlauf. Sofort war eine Stimme zu hören, sehr deutlich und klar. Er drückte noch einmal, die Digitalanzeige veränderte sich nur um eine Dezimalstelle, und es erklang Musik. »Wunderbar«, sagte Eickmanns leise, speicherte den Sender auf einer Stationstaste und stellte die kleine Uhr. Dann holte er den Topf aus der Küche und aß die Suppe mit dem Plastiklöffel.

Später trug Eickmanns die Kartons und die Pappen zum Wagen. Als er zurückging, sah er die Mietvertragshefte im Briefkasten stecken. Er unterschrieb gleich eines und schaute sich um; niemand war auf dem Hof zu sehen, nur am Hühnerstall stand eine grüne Metalltür einen Spalt offen. Eickmanns ging hin und öffnete sie. An der Decke brannten ein paar Neonröhren. Rechts und links des langen Ganges waren die Käfige, je drei Reihen übereinander, nach vorne liefen schräge Gitter, in denen vereinzelt Eier lagen. Eickmanns schloss die Tür wieder und ging zurück in die Wohnung. Gerade wurden die Einuhrnachrichten gesendet. In einer belagerten Stadt sei eine Chemiefabrik getroffen worden, hieß es, es stehe aber nicht fest, ob Gift ausgetreten sei. Immerhin habe man die Gegend dreißig Kilometer im Umkreis gesperrt.

Nach dem Wetterbericht stellte Eickmanns einen anderen Sender ein, zog den Stuhl herüber, setzte sich in den Sessel und legte die Beine hoch. Es wurde ein Operetten-Medley gesendet. Über kurz oder lang, dachte Eickmanns, müsste er wohl doch sein Geld anlegen. Die bloßen Zinsen waren schließlich ein Witz, mit so viel Kapital müsste man leicht das Doppelte machen. Er sah hinüber zum Tisch unter dem Fenster. Er würde sich die entsprechenden Angebote besorgen und hier alles in Ruhe durchkalkulieren. Wahrscheinlich müsste er immer Geld in mehrere Projekte stecken, um das Risiko zu verteilen.

Eickmanns schloss einmal kurz die Augen. Am Ende hätte er damit so viel zu tun, dass er alle Zeit dafür brauchte. Und eines Tages könnte er es wahrscheinlich jemandem übergeben. Er drehte den Ton des Radios ab. Nein, man hörte die

Hühner wirklich nicht. Er drehte den Ton wieder auf und streckte sich im Sessel aus. Kurz darauf schlief er ein.

Als Eickmanns erwachte, war es schon dunkel. Er wollte aufstehen, da spürte er einen starken Schmerz in der linken Wade. Sofort griff er nach der Fußspitze und bog sie nach oben, mit der anderen Hand drückte er das Knie herunter. Es ging gerade noch gut; der Krampf ließ nach, Eickmanns erhob sich vorsichtig, schaltete das Radio aus, verschloss die Wohnung und ging hinüber zum Wagen. Nirgendwo auf dem Hof brannte Licht, und mit aufgeblendeten Scheinwerfern fuhr er an den Ställen vorbei zum Wirtschaftsweg.

Zu Hause vor dem Spiegel besah Eickmanns seine Schulter. Der blaue Fleck war an den Rändern ein wenig grün geworden, berühren ließ sich die Stelle noch immer nicht. Eickmanns zog einen Jogginganzug an und setzte sich vor den Fernseher.

Gegen halb sieben kam Andrea. »Wie, schon da!«, rief sie aus dem Flur. »Ich denke, ihr macht Brainstorming bis tief in die Nacht.«

»Ich bin grade erst rein«, sagte Eickmanns. Außerdem glaube er nicht, dass es oft auf Überstunden hinauslaufe. Nach dem, was er heute gesehen habe, schaffe er das ziemlich bequem.

Andrea war in die Küche gegangen und hatte den Kühlschrank geöffnet. »Mach dir keine falschen Vorstellungen«, sagte sie. »Ist übrigens was zu essen da?«

Eickmanns stand auf und ging ihr nach. Zum Einkaufen komme er jetzt natürlich nicht mehr. Das müsste anders organisiert werden.

»Wenn du das Auto hast und so früh Schluss, dann bleibt doch eher alles beim Alten«, sagte Andrea.

Davon könne man ja nicht ausgehen, sagte Eickmanns.

Andrea räumte ein paar Joghurtbecher zur Seite. »Also Großeinkauf einmal in der Woche«, sagte sie, »am besten Samstagvormittag.«

»Das ist auf die Dauer keine Lösung.«

»Wieso?« Andrea hatte eine Plastikdose aus dem Kühlschrank genommen, jetzt schloss sie die Tür.

»Im Laufe der Zeit werden wir über alles neu nachdenken müssen«, sagte Eickmanns. »Wir kommen jetzt in eine ganz andere Lage. Und um uns herum passiert alles Mögliche. Wir dürfen nicht so tun, als bliebe alles beim Alten.«

Andrea versuchte, die Plastikdose zu öffnen. »Hier«, sagte sie, »krieg ich nicht auf.« Eickmanns nahm die Dose und zog den Deckel herunter. Darin waren die Reste von einem Auflauf; in einer Ecke lag darüber eine dünne Schimmelschicht. »Das kannst du nicht mehr essen«, sagte er. Andrea sah in die Dose. »Mist«, sagte sie.

»Ich hab es mir auf der Heimfahrt durch den Kopf gehen lassen«, sagte Eickmanns. »Es stimmt ja, bis jetzt ist alles an mir gescheitert. Aber du wirst im Frühjahr dreiunddreißig. Das ist eine Tatsache. Wir sollten jetzt Entscheidungen treffen.« Er trug die Dose zum Mülleimer und kippte den Inhalt hinein. »Lass uns alles vergessen, was wir im letzten Jahr geredet haben«, sagte er.

»Was meinst du?«, sagte Andrea. »Was willst du?«

Eickmanns stellte die Dose in die Spüle und ließ heißes Wasser hineinlaufen. »Es ist ganz einfach«, sagte er. »Ich arbeite. Also musst du nicht mehr. Das heißt, wir bekommen jetzt Kinder.«

»Wann ist das, jetzt?«, sagte Andrea. Sie ging ins Schlafzimmer, Eickmanns hörte die Tür des Kleiderschranks.

»Jetzt ist jetzt!«, rief er. »Das Schicksal. Und wir nehmen

das in die Hand.« Er goss das Wasser aus der Dose und stellte sie in die Geschirrspülmaschine. Dann ging er hinüber ins Schlafzimmer. Andrea zog gerade ihr Nachthemd an. »Du gehst ins Bett?«, sagte er.

»Allerdings. Ich weiß ja nicht, was du arbeitest. Ich jedenfalls bin am Freitagabend kaputt.«

Eickmanns ging ins Wohnzimmer. Der Fernseher lief noch, gleich würden die Nachrichten kommen. Er schaltete das Gerät aus, blieb noch eine Weile und ging dann ins Schlafzimmer. Andrea las in einer Zeitschrift. Eickmanns zog sich aus und legte sich neben sie. »Morgen früh fahren wir zum Supermarkt«, sagte Andrea. »Einverstanden?«

»Morgen kommen die Handwerker.«

Andrea stöhnte. »Und wann?«

»Ganz früh.« Eickmanns wollte sich auf die Seite legen, aber die linke Schulter schmerzte dabei sehr. Es war jetzt eine Art Pochen, und es schien mehr zum Hals hin gezogen zu sein. Er legte sich auf die andere Seite, so war es besser. Er las noch; ziemlich früh schaltete er das Licht aus und schlief ein, aber kurze Zeit später wachte er wieder auf. Er hatte sich im Schlaf auf die schmerzende Seite gedreht. Leise ging er ins Badezimmer. An der Schulter war keine Veränderung zu erkennen. Eickmanns legte sich wieder hin. Nein, bis jetzt hatte er alles richtig gemacht. Und im Laufe der Zeit würden die Tatsachen für sich sprechen. Er könnte zum Beispiel sagen, ihm sei die Probezeit erlassen worden oder er habe außer der Reihe ein Projekt übernommen, das sehr gut honoriert werde. Das müsste jeden überzeugen. Und dann wäre mit einem Schlag eine Menge Geld da. Er dachte noch über ein paar Dinge nach, dann schlief er wieder ein, doch als er sich auf die falsche Seite drehte, wurde er abermals wach. So ging es bis zum Morgen.

Gegen acht, es wurde eben hell, fasste Eickmanns Andrea beim Arm und schüttelte sie leicht. Sie schlug die Augen auf. »Na«, sagte er. »Ist das nicht toll, wenn man sich ausschlafen kann? Endlich nicht zur Arbeit?« Er lachte und stieg aus dem Bett.

»Du bist verrückt geworden«, sagte Andrea.

»Alle Werbeleute werden verrückt«, sagte er. Er werde jetzt das Frühstück machen. Sonst überraschten sie die Handwerker am Ende im Bett. Gegen neun, sie saßen noch am Tisch, klingelte es. Eickmanns zog das Vierkantholz unter der Klinke weg, öffnete und sah über das Geländer hinunter. Der Schreiner erschien schwer atmend auf der Treppe. Oben angekommen, sah er nach der Tür; eigentlich könne er nicht anfangen, bevor er genau wisse, welches Schloss jetzt eingesetzt werde.

»Ich erwarte den Schlosser jede Minute«, sagte Eickmanns. »Fangen Sie nur an. Es geht auf meine Verantwortung.« Er ging zurück zum Tisch.

»Können wir jetzt fahren?«, sagte Andrea.

Eickmanns rieb sich vorsichtig die Schulter. Eigentlich schon, aber besser sei es, den Schlosser abzuwarten. Denn wenn der Schreiner gehe, bevor der Schlosser komme, stünde der unten vor der Tür.

Das sei ja eine schöne Planung, sagte Andrea.

»Ja«, sagte Eickmanns. »Wir wissen nicht, wie gut es uns geht.«

»Was?«

Er schloss die Tür zum Flur. »Anderswo ist Krieg.«

Was denn das heiße?

Eickmanns hob eine Hand, da klingelte es wieder. »Das wird der Schlosser sein«, sagte er. »Wir können jetzt.«

Im Supermarkt trennten sie sich. Andrea stellte sich an der

Fleischtheke an, Eickmanns ging mit einem Zettel durch die Regale. Neben den Fertiggerichten in der Tiefkühltruhe lagen gefrorene Hähnchen; die Kunststofffolien waren mit einer dünnen Eisschicht überzogen. Er nahm ein Hähnchen und wischte das Eis vom Etikett. Vielleicht ließe sich da investieren; er müsste einmal mit der Bäuerin reden.

Eickmanns sah auf. Andrea hatte nach ihm gerufen, jetzt machte sie ein Zeichen, er solle vorausgehen zur Kasse. Sein Zettel war fast abgehakt, und er winkte zurück. Unterwegs blieb er vor einem Feinkostregal stehen, er überlegte kurz und tat ein Glas Trüffel in den Einkaufswagen. Kurz darauf trafen sie sich in der Schlange. »Hast du alles?«, sagte Andrea, als sie ihre Einkäufe ablegte.

»Ja«, sagte Eickmanns.

»Und was ist das?« Andrea zeigte auf die Trüffel.

»Das ist das im Verhältnis zu seiner Größe Teuerste, das ich finden konnte«, sagte Eickmanns. »Trüffel, ich glaube französische.« Andrea hielt ihm das Preisschild entgegen. »Bist du wahnsinnig?«, sagte sie leise.

»Ich dachte, ich muss das üben«, sagte er. Ein gewisser Luxus gehöre doch ab jetzt dazu. Wo sie endlich Doppelverdiener und kinderlos seien.

»Ich bringe das zurück«, sagte Andrea. »Wo stand das?«

»Vermutlich bei den Trüffeln.«

Andrea tippte sich an die Stirn und ging mit dem Glas. Bevor sie zurückkam, war Eickmanns an der Reihe. Während die Sachen über das Fließband liefen, holte er einen Karton, den stellte er in den Einkaufswagen, und mit der rechten Hand stapelte er die Sachen hinein. Dann kam Andrea und half ihm. Schweigend fuhren sie nach Hause. Dort trug Eickmanns den Karton bis zur Haustür. Andrea schloss auf und ging voran die Treppen hinauf. Eickmanns folgte ihr. Auf halber Höhe setzte er den Karton auf dem Geländer ab.

»Geht es?«, sagte Andrea von oben her.

»Sicher«, sagte Eickmanns. Er wollte den Karton wieder anheben, da fuhr ihm ein Schmerz durch die linke Schulter und den linken Arm. Er schrie auf, der Karton fiel zu Boden, und die Sachen rollten über die Stufen. Eickmanns ließ sich auf die Knie herab, ihm wurde einen Moment schwarz vor Augen, mit der rechten Hand stützte er sich, um nicht zu fallen. Andrea kam rasch zu ihm hinunter und fasste ihn an der Schulter. Er schrie wieder auf.

»Was ist?«, sagte Andrea.

»Nichts«, sagte Eickmanns leise. Vorsichtig drehte er sich um, bis er gegen die Wand gelehnt auf den Stufen saß. Mit der rechten Hand hielt er die Schulter. Der Schmerz war jetzt ganz nah am Hals. »Hier«, sagte er. Das Sprechen tat weh. »Wegen der Tür.«

Von oben waren jetzt Schritte zu hören. Der Schlosser und der Schreiner kamen zusammen herunter. »Was passiert?«, sagte der Schreiner.

»Bitte«, sagte Andrea. »Bleiben Sie einen Moment bei meinem Mann. Ich rufe einen Arzt.« Sie lief hinauf. Der Schreiner setzte sich auf eine Stufe, und der Schlosser begann, die Sachen wieder in den Karton zu packen.

»Wie ist denn das passiert?«, sagte der Schreiner.

»Es war letzten Mittwoch«, sagte Eickmanns leise. »Ich bekam ein Einschreiben, vom Lotto, ich habe sechs Richtige mit Superzahl.«

»Donnerwetter«, sagte der Schreiner.

»Eine Million, vierhundertzweiundzwanzigtausend«, sagte Eickmanns. »Und ein paar Mark. Dann ist die Tür zugefallen, und ich habe sie aufgebrochen.«

»Eins komma vier Millionen!«, rief der Schlosser von unten. »Ich werd verrückt!«

Eickmanns versuchte, tief einzuatmen, es schmerzte sehr. Da kam Andrea zurück. »Es kommt gleich jemand«, sagte sie zu den Handwerkern. »Na, dann alles Gute«, sagte der Schreiner. »Und noch mal Glückwunsch zu der Million.« Er tippte sich an die Schläfe, Rechnung und Schlüssel lägen in der Küche. Dann gingen die beiden.

»Was für eine Million?«, sagte Andrea.

»Eins Komma vier«, sagte Eickmanns. »Ich habe im Lotto gewonnen.« Er hob sehr vorsichtig die linke Hand ein wenig und bewegte die Finger. Es ging, aber die Hand fühlte sich taub an. »Jetzt verwalte ich mein Vermögen.«

Andrea setzte sich neben ihn. »Wenn was gebrochen ist, kannst du am Montag nicht zur Arbeit. Das ist blöd, ausgerechnet jetzt.«

»Ich habe keine Stelle«, sagte Eickmanns. »Ich habe eine kleine Wohnung, beim Bauer, hinter dem Hühnerstall. Es ist jetzt noch leer da. Aber pass auf, bald kommt viel Arbeit auf mich zu.«

Andrea strich ihm über den Kopf. »Du hast mich gleich so weit, dass ich dir glaube«, sagte sie.

Es wurde Eickmanns sehr schlecht. Er dachte, er müsse sich übergeben, beugte sich vor und würgte ein paarmal, da schmerzte es in der ganzen Brust. Andrea versuchte ihn zu stützen, aber er winkte mit der Rechten ab. »Montag«, flüsterte er. »Montag sind die Banken auf. Dann hol ich dir das ganze Geld.«

Brautschau

An einem Samstag im Herbst, kurz vor Ladenschluss, sah Lobig in der Lebensmittelabteilung eines großen Kaufhauses einen Mann, der zu einer hellen Stoffhose nur ein weißes Hemd trug. Der Mann war groß und sehr dick; sein Bauch spannte das Hemd, wölbte sich über die Hose und drückte den Gürtel tief nach unten. Seine großen glänzenden Wangen schienen Lobig fast bartlos, im Nacken sträubten sich ihm feine, blonde Haare über dem Kragen. Der Mann schob einen hoch gefüllten Einkaufswagen und aß ein belegtes Brot.

Lobig suchte schon seit einigen Minuten die Käsetheke. Die müssen umgebaut haben, sagte er sich. Jetzt standen hier kleine Läden für Wein mit Holzverkleidung um die Theken und mit Dächern, von denen Weinlaub aus Kunststoff hing. Man sollte immer im gleichen Supermarkt einkaufen, dachte Lobig; und es müsste verboten sein, die Aufstellung der Waren zu ändern.

Die Käsetheke war neuerdings neben der Fleischtheke. Die Verkäuferinnen trugen blauweiß karierte Schürzen; auf dicken Holzbrettern lagen Käsestückchen mit kleinen holländischen Flaggen darin, daneben standen handgeschriebene Namensschildchen. Die großen Käseräder waren auf grüne Blätter gelegt.

Als Lobig sich in die Schlange einreihte, sah er nur ein paar Meter neben sich wieder den dicken Mann. Der beugte sich jetzt über einen offenen Kinderwagen, in dem ein kleines dunkelhäutiges Mädchen mit langen, fast schwarzen Haaren, schwarzen Wimpern und dunklen Augen saß. Es weinte; und der Mann tröstete es. Schließlich hob er es vorsichtig aus dem Fußsack des Kinderwagens, nahm es an die Schulter und suchte mit der freien Hand in dem Sack. Er zog eine Puppe heraus, setzte das Kind wieder in den Wagen und hielt die Puppe auf dem Rücken verborgen. Dann kniete er sich vor den Kinderwagen und holte sie langsam hervor. Mit einem quietschenden Laut griff das Kind danach. Der Mann richtete sich wieder auf.

Lobig trat ein wenig aus der Schlange, um sich besser umsehen zu können. Er schnippte einmal leise mit den Fingern. Richtig, ein paar Meter weiter, vor der Fleischtheke, stand eine kleine asiatische Frau. Sie schien gerade mit dem Verkäufer zu verhandeln. Sie zeigte auf die Ware hinter der Glastheke, dann hob sie die Hände mit abgespreizten Fingern. Der Verkäufer stellte ihr ein paar Fragen, die beantwortete sie mit Ja oder Nein. Als der Verkäufer darauf zu einer anderen Stelle der Theke ging, gab sie ihren Platz auf und folgte ihm. Sie trug lange, weite Hosen und eine schwarze Jacke mit goldenen Ornamenten. Plötzlich sagte sie etwas, schlug sich leicht an den Kopf und lief herüber zu dem dicken Mann. Sie sprach mit ihm, sehr leise und eindringlich. Er antwortete mit ein paar englischen Worten und zeigte auf den Kinderwagen, doch die Frau nahm ihn am Arm und deutete auf einen anderen Stand. Dann ging sie zurück zur Fleischtheke und winkte ihm noch einmal. Der Mann schob den Kinderwagen und zog den Einkaufswagen hinter sich her. So verschwand er zwischen den Regalen.

Nachdem er an der Käsetheke bedient worden war, trat Lobig vor die Gefrierschränke mit den gläsernen Türen und wählte ein paar Fertiggerichte aus. Sorgfältig las er die Packungsaufdrucke. Eigneten sie sich für die Mikrowelle? Und wie lange konnten sie im Kühlschrank verwahrt werden? Vielleicht brauchte man Milch oder Sahne dazu. Und es wäre furchtbar, die einzige Zutat nicht im Haus zu haben, wenn alle Läden schon geschlossen waren!

In der Schlange vor den Kassen traf Lobig den dicken Mann wieder. Er bugsierte gerade den Kinderwagen durch den engen Gang; die Asiatin war vorangegangen und packte die Waren ein, die vom Fließband kamen. Das Kind weinte wieder. Während er zahlte, versuchte der Mann es zu beruhigen.

Später saß Lobig in einem Café, endlich kam Corinna. »Mensch«, sagte sie und warf eine große Umhängetasche aus weichem Leder auf den Tisch. »Die spinnt jetzt, die Rüther. Da telefoniert die in meinem Beisein eine geschlagene halbe Stunde mit Hamburg und erzählt haarklein, wie ich aussehe.« Sie holte Zigaretten aus der Tasche und zündete sich eine an.

»Du sollst nicht rauchen«, sagte Lobig.

Corinna schüttelte den Kopf. »Ich bin ja einiges gewohnt«, sagte sie. »Aber diesmal muss ich total rot geworden sein. Und die Rüther feixt mich die ganze Zeit an. Stell dir vor, beschreibt fünf Minuten lang meine Beine!«

»Die will man ja auch fotografieren«, sagte Lobig. Er lachte. Schließlich wolle keiner die Katze im Sack kaufen.

»Unmensch«, sagte Corinna. Lobig beugte sich über den Tisch und küsste sie auf die Wange. »Bekommst du den Job?«, sagte er.

Corinna nickte, sie drückte die Zigarette aus. »Aber Pferdefuß! Ich muss heute noch weg. Koffer ist schon am Bahnhof. Morgen früh sechs Uhr location im Hafen, Aufnahmen ab Montag um sieben, von wegen Licht und so. Und erst am Mittwoch zurück.«

»Schade«, sagte Lobig.

Corinna strich ihm über den Tisch hinweg mit der Hand durchs Haar. »Du warst einkaufen?«, sagte sie.

Er wies auf seine Tragetaschen. »Ich habe vielleicht was Widerliches gesehen«, sagte er. »Stell dir vor, so einen dicken Kerl mit einer Thai-Frau und einem Kind.«

»Wie meinst du das?«

»Eine gekaufte Frau«, sagte Lobig. »Und der Kerl so ein Schrank.« Er zeigte es. »Ein Kind hatten die auch. Wenn man sich das vorstellt.«

»Klar«, sagte Corinna. »Aber wenn's die Frauen so wollen?«

Lobig lehnte sich ein wenig zurück. »Du hast das nicht gesehen«, sagte er. »Der Kerl war bestimmt drei Köpfe größer als die Frau und mindesten dreimal so schwer.«

Corinna lachte. »Und das beleidigt dein Gefühl für Symmetrie?«

»Lass uns gehen«, sagte Lobig. »Wann fährt dein Zug?«

Sie hatten noch eine knappe Stunde. Zuerst gingen sie über den Wochenmarkt; gerade wurden die Stände abgebaut, man hätte jetzt sehr billig Blumen kaufen können. Später gingen sie an den Geschäftsauslagen der Innenstadt vorbei. »Weißt du schon, wo du wohnen wirst?«, sagte Lobig.

»Wieder bei Claudia«, sagte Corinna. »Wenn sie in New York ist, deponiert sie den Schlüssel in der Filiale.«

»Schön«, sagte Lobig.

»Und du«, sagte Corinna. »Hast du Termine?«

Lobig schüttelte den Kopf. Seine Reportage über die heimlichen Aussiedler sei fast fertig, er müsse nur noch ein wenig am Text arbeiten. Sonst sei nichts zu tun.

»Heimliche Aussiedler?«, sagte Corinna. Davon habe er noch gar nicht erzählt. »Eine Routinearbeit«, sagte Lobig.

Zuerst sei es für ein Stadtblatt gewesen, aber jetzt mache er es für den *Kurier*.

Corinna sah auf die Uhr. »Ich muss«, sagte sie und winkte einem Taxi. Sie küssten sich einmal lange. »Ich rufe an«, sagte Corinna.

»Fall nicht in den Hafen«, rief Lobig dem Taxi nach. Dann ging er nach Hause. Einmal glaubte er kurz, das Paar aus der Lebensmittelabteilung zu sehen. Der Mann hob gerade den Kinderwagen in ein Auto; aber dann kam ein Bus, hielt an und versperrte Lobig die Sicht. Als er wieder anfuhr, war das Auto verschwunden. Ekelhaft, dachte Lobig.

Am späten Nachmittag rief Lobig den Redakteur einer politischen Zeitschrift an, für die er gelegentlich Reportagen schrieb. Er entschuldigte sich für die Störung, er wolle auch gleich zur Sache kommen: Er habe da die Idee für eine Geschichte über deutsche Männer und asiatische Frauen. Ob sich die Zeitschrift dafür interessiere?

»Kommt drauf an«, sagte der Redakteur.

»Man muss sich das einmal richtig vorstellen«, sagte Lobig. »Da lebt so ein Kerl jahrelang vor sich hin, ein bisschen komisch ist er vielleicht, aber eher unauffällig. Mit Frauen läuft natürlich nichts; und plötzlich ist er so weit, dass er diese Sache macht.«

Der Redakteur unterbrach ihn. »Du, ich weiß nicht«, sagte er. Das sei nicht neu, und er fände da nicht viel zu holen.

»Warte«, sagte Lobig rasch. »Das ist doch entsetzlich. Der Kerl redet mit Männern, die das organisieren. Er blättert in Katalogen. Er gibt eine Menge Geld aus. Und am Schluss steht er auf einem Flughafen mit einem undeutlichen Foto von der Frau. Die Wohnung hat er schon eingerichtet, vielleicht sogar das Kinderzimmer. Mein Gott, das ist doch was!«

»Das ist nichts«, sagte der Redakteur. »Das wissen alle. Was willst du da großartig machen?«

»Hintergrund«, sagte Lobig. »Die Macher, verstehst du, die Abläufe, das Geschäft.«

Der Redakteur schwieg.

»Ich dachte auch, ich mach es als Undercover-Story«, sagte Lobig. »Ich melde mich selbst, verstehst du. Als wollte ich eine Frau kaufen.«

»Hm«, machte der Redakteur. »Und wer soll dann fotografieren?«

»Kann ich selbst«, sagte Lobig. »Kannst du es dir jetzt vorstellen?«

»Schon eher«, sagte der Redakteur. »Aber du müsstest das dann voll durchziehen.«

»Wie meinst du das?«

»Ja, richtig mit der Frau. Ich meine, die müsste kommen. Man müsste sie sehen und mit ihr sprechen.«

»Ich weiß nicht«, sagte Lobig. Im Prinzip gehöre das natürlich dazu.

»Also, pass auf«, sagte der Redakteur. »Ich gebe dir mal ein vorläufiges Okay. Aber ich muss mit Ortlepp reden. Heute ist Samstag, ich seh ihn Dienstag. Spätestens Mittwoch hast du Bescheid. Und jetzt tschau, du, wir sind auf dem Sprung.« Der Redakteur hängte ein.

Lobig ging ein paar Minuten in seiner Wohnung auf und ab. Dann schlug er in der Samstagszeitung die Seite mit den Bekanntschaftsanzeigen auf. Hier bot niemand asiatische Frauen an. Lobig ging in den Keller und holte einen Stoß Zeitschriften hoch, der schon für die Müllabfuhr zusammengeschnürt war. In einer stand *Wir suchen deutsche Männer* über einem winzigen Bild, das zwei lächelnde Asiatinnen zeigte, darunter nur eine Telefonnummer, wahrscheinlich irgendwo im Süden, zu weit jedenfalls. Eine weitere Anzeige fand Lobig nicht.

Später klingelte das Telefon. Corinna war am Apparat; es gehe ihr gut und sie sei sehr müde und das Wetter sei beschissen, wahrscheinlich würden sie sich morgen totfrieren. Was er denn gemacht habe?

»Nichts Besonderes«, sagte Lobig. Dann erzählte Corinna von Claudias Wohnung. »Die ist durchgedreht«, sagte sie. »Weißt du, die hatte so schöne alte Sachen, von den Eltern, Elbufervilla, verstehst du. Und jetzt stell dir vor, alles raus, bloß noch Möbel aus Eisen. Richtig aus Eisen, mit Rost dran und ganz scharfen Kanten. Furchtbar!«

Das sei jetzt modern, sagte Lobig.

»Klar«, sagte Corinna. »Aber das ist doch total nicht ihr Stil. Sonst nur Chanel und dann dieser Schrott.« Es knackte ein paarmal in der Leitung, dann war kurz ein schriller, heller Ton zu hören. »Bist du noch da?«, sagte Corinna.

»Bin ich«, sagte Lobig. Sie sprachen noch eine Weile, dann wünschten sie einander eine gute Nacht.

Abends saß Lobig vor dem Fernseher, es lief eine Westernkomödie. Er dachte wieder an den dicken Mann und seine Frau. Vielleicht sahen die jetzt auch Fernsehen. Es gab ja Kassetten mit türkischen Filmen, vielleicht gab es auch asiatische. Und was wohl aus dem Kind werden würde? Es könnte immerhin zweisprachig aufwachsen, das sei in der Regel eine Art Intelligenztraining. Wer hatte das gesagt? Lobig schüttelte den Kopf. Er schaltete den Fernseher aus, nahm seinen Mantel und verließ die Wohnung.

In der Innenstadt waren kaum noch Menschen unterwegs. Lobig ging durch die Geschäftsstraßen bis zum Bahnhof und betrat die Eingangshalle. Früher haben hier die Gastarbeiter gestanden, dachte er. Wohin wohl die asiatischen Frauen gingen, wenn sie das Heimweh packte? Lobig dachte einen Moment angestrengt nach. Am Ende vielleicht in den Zoo, in das Tropenhaus mit den exotischen Tieren? »Quatsch«, sagte er halblaut.

Der Zeitungsladen hatte noch geöffnet. Lobig ging hinein; aus einem Regal voller Sex-Magazine wählte er, ohne viel zu überlegen, ein halbes Dutzend aus. An der Kasse bat er den Verkäufer, ihm eine Quittung zu schreiben.

»Bitte sehr«, sagte der Verkäufer.

Noch in der Eingangshalle begann Lobig zu blättern. Hier stand, was er suchte, und als er eine Agentur fand, die ganz in der Nähe war, riss er die Anzeige heraus und warf die Magazine in den nächsten Papierkorb. Dann ging er in eine kleine Bar nahe beim Theater. Er bestellte Sekt.

Am Montagmorgen rief Lobig in der Agentur an. Er könne kommen, wann immer er wolle, hieß es; am besten gleich. Er ging darauf noch einmal die Geschichte durch, die er sich am Vortag ausgedacht hatte, dann zog er den dunklen Anzug an, den er für Familienfeiern verwahrte, und fuhr in die dreißig Kilometer entfernte Kleinstadt.

In einem Vorzimmer musste er kurz warten, dann summte die Sprechanlage. »Herr Mehring ist jetzt frei«, sagte die Sekretärin und wies auf eine Tür. Lobig klopfte und trat ein. Ein Mann stand neben einem Schreibtisch, er mochte in Lobigs Alter sein. »Mehring«, sagte er und streckte seine Hand aus. »Nehmen Sie doch Platz.« Über dem Schreibtisch hing eine Weltkarte. Ein schwarz-rot-goldenes Fähnchen steckte mitten in Europa, mehrere weiße Fähnchen in asiatischen Ländern, sie waren mit dünnen, goldenen Schnüren verbunden.

Lobig nahm die Hand. Er räusperte sich und drehte die Revers seines Jacketts. Dann tat er, als müsse er lange und schmerzhaft husten. »Eine Erkältung«, sagte er. Bei dem Wetter werde er sie einfach nicht mehr los. Er suchte in seinen Taschen.

Der Mann wies noch einmal auf den Besucherstuhl. »Sie sind auf eine unserer Anzeigen hin zu uns gekommen«, sagte er ruhig und setzte sich. Lobig nickte.

»Das ist schön«, sagte der Mann. »Dieser Entschluss ist Ihnen nicht leicht gefallen. Aber Sie dürfen sich absolut keine Sorgen machen.« Er sprach jetzt jedes Wort langsam und deutlich. »Es wird nichts geschehen, das Sie nicht wollen, und nichts, das Ihnen irgendwie peinlich sein muss. Haben Sie das verstanden?«

»Meine Arbeitskollegen«, sagte Lobig.

Der Mann hob die Hände. »Nein«, sagte er und schüttelte den Kopf. »Daran sollen Sie nicht einmal denken. Vergessen Sie das alles.«

Lobig wollte jetzt seine Geschichte erzählen. Er rückte auf dem Stuhl nach vorne. »Ich bin ledig«, sagte er, aber der Mann schnitt ihm das Wort ab. »Natürlich sind Sie das«, sagte er. »Wären Sie sonst zu uns gekommen?« Er lächelte. »Ein Scherz«, sagte er. »Wir haben noch so viel Zeit, um über alles zu reden.« Dann schrieb er etwas auf einen kleinen Zettel und reichte ihn Lobig. »Hier«, sagte er. »Am nächsten Freitag treffen sich die, denen wir geholfen haben. Ein Abend mit Ehefrauen. Kommen Sie dahin und reden Sie mit den Männern. Stellen Sie da Ihre Fragen.« Er schlug sich leicht auf den Schenkel und ging voran zur Tür.

Lobig folgte ihm. »Und der Vertrag?« Der Mann winkte ab. »Später«, sagte er.

Den Rest des Tages und den Dienstag über schrieb Lobig seinen Bericht über die heimlichen Aussiedler zu Ende. Er hatte allen Text und alles statistische Material bereits in den Computer eingegeben, jetzt ließ er es sich zusammen anzeigen, hier und da änderte er die Reihenfolge, dann mussten die Übergänge neu formuliert werden. Er ließ den ganzen Bericht ausdrucken und überflog einmal rasch die Blätter, ohne sie an der Perforation voneinander zu trennen. Schließlich gab er ein paar Korrekturen ein und speicherte den Text auf einer Diskette. Die steckte er in einen wattierten Umschlag, auf den er zwei Aufkleber mit seiner und der Adresse des *Kuriers* klebte.

Am Mittwochmorgen rief der Redakteur an. »Ich habe Ortlepp erwischt«, sagte er. »Aber nur so zwischen Tür und Angel. Also im Prinzip okay. Ich glaube, das mit der Undercover-Story hat ihm gefallen.« Es käme natürlich ein bisschen auf die Aufmachung an.

»Was ist jetzt«, sagte Lobig. »Kann ich nun, oder kann ich nicht?«

»Du kannst«, sagte der Redakteur. »Klar kannst du. Alles Endgültige machen wir dann zusammen. Hauptsache, es klappt mit den Fotos.«

Am selben Abend kam Corinna aus Hamburg zurück. Lobig holte sie vom Bahnhof ab. »Sind die Beine noch dran?«, sagte er. Sie stöhnte. Es sei ganz grässlich gewesen. Der Fotograf habe die ganze Zeit von irgendwelchen Linien geredet, die er zur Deckung bringen müsse. Um sieben Uhr morgens im Hamburger Hafen!

Sie fuhren zu Lobigs Wohnung. Ob es eigentlich wieder um Strümpfe gegangen sei?, sagte er, als sie oben waren. Corinna ließ sich im Wohnzimmer auf die Couch fallen. Die Schuhe warf sie in die Luft, dann zog sie ihren Rock hoch und streckte die Beine aus. »Was denkst du!«, rief sie. »Röcke! Kurze Röcke für den Frühling. Bis hier.« Sie zeigte es. »Auf ein paar Fotos bin ich sogar ganz drauf.« Sie strich über die dunkle Strumpfhose. »Ich sollte meine Beine versichern lassen«, sagte sie. »Das kann man doch, oder?«

»Sicher«, sagte Lobig.

»Und bei dir?«, sagte Corinna. »Hast du mittlerweile deinen Schock überwunden?«

»Welchen Schock?«

»Den von der Thai-Frau.«

»Keineswegs«, sagte Lobig. Er erzählte von seinem Besuch in der Agentur.

Corinna richtete sich auf. »Das ist nicht dein Ernst«, sagte sie. »Du willst doch wohl nicht sagen, dass du dir eine Frau bestellt hast!«

»Noch nicht«, sagte Lobig, aber um richtig darüber schreiben zu können, müsse man das schon machen.

»Und die Frau?«, sagte Corinna. »Was machst du mit der Frau, wenn sie kommt?«

»Wir bauen das ein«, sagte Lobig. »Sie fliegt natürlich wieder zurück und hat keine Unkosten.« Er klatschte in die Hände. Außerdem könne das nur gut für sie sein. Wer weiß, an wen sie sonst geraten wäre.

»Du bist unmöglich«, sagte Corinna. Sie stand auf und ging in den Flur zu ihrem Koffer. »Das ist der größte Unfug, den ich je gehört habe!«, rief sie von dort. Sie kam mit einem T-Shirt zurück, zog ihre Bluse aus und streifte es über. Für einen Moment sah Lobig ihren schwarzen Spitzen-BH. »Der Zweck heiligt die Mittel«, sagte er.

Corinna sah ihn an. »Du kannst nicht mehr dafür«, sagte sie. Sie holte eine Zigarette aus ihrer Tasche und zündete sie an. »Sag mir nur mal, wo sie wohnen soll. Hier? Oder vielleicht bei mir, damit der Anstand gewahrt bleibt.« Sie sah sich um, Lobig lief in die Küche, einen Aschenbecher zu holen.

»Ich mache keine großen Worte«, sagte Corinna, als er zurückkam, »aber wenn du die Sache durchziehst, sind wir fertig miteinander. Hast du verstanden?«

Lobig ging ein paar Schritte durchs Zimmer. »Ich verstehe dich nicht«, sagte er. »Das ist doch mein Job. Und was soll ich sagen, wenn du deine Beine fotografieren lässt?«

»Ich will nicht diskutieren«, sagte Corinna. Sie sah auf die Uhr. »Außerdem bin ich jetzt seit sechzehn Stunden auf den Beinen. Ich muss machen, dass ich nach Hause komme.« Sie drückte ihre Zigarette in dem Aschenbecher aus, im Flur rief sie ein Taxi an. Sie verabschiedeten sich kurz. »Bis Samstag«, sagte Corinna. »Und überleg es dir gut.«

Am Freitagabend zog Lobig wieder den dunklen Anzug an und fuhr zu einem Lokal in der Vorstadt. In der Gaststube saßen nur ein paar Männer. Sie starrten Lobig an, als er eintrat. Hinter der Theke stand eine junge Frau und spülte Gläser. Jetzt sah sie herüber. »Da hinten«, sagte sie und zeigte auf eine Tür an der anderen Seite der Gaststube. Lobig ging darauf zu. »Ihr Mantel!«, rief ihm die junge Frau nach. »Den können Sie hier aufhängen.« Lobig ging zurück zu dem Garderobenständer neben der Eingangstür. Einer der Männer sagte etwas, ein anderer lachte. »Noch mal dasselbe!«, rief der erste Mann.

Lobig durchquerte wieder die Gaststube und trat durch die Tür. Hier war ein kleiner Saal mit einer Bühne an der Stirnseite. Rechts stand ein altes Klavier quer in den Raum, links ein separater Tisch und eine Reihe mit drei oder vier Tischen nebeneinander. Die dort saßen wandten sich Lobig zu. Die Männer standen auf; die Frauen senkten die Köpfe.

»Willkommen«, sagte jemand von der anderen Seite. Mehring trat hinter dem Klavier hervor und wischte sich die

Hände an einem Taschentuch. »Technische Probleme«, sagte er, dann reichte er Lobig eine Hand, mit der anderen wies er zu den Tischen und nannte, auf jeden der Männer deutend, einen Namen und eine Zahl. »Die Jahre«, sagte er danach. »Die Jahre, die sie glücklich verheiratet sind.«

Lobig stand einen Moment starr, dann ging er hinüber zu den Tischen. Der Mann, den Mehring Pagenkämper genannt hatte, war der dicke Mann, den er im Kaufhaus gesehen hatte. »Heinz«, sagte der, als er an der Reihe war, dass Lobig ihm die Hand gab. »Wir sagen uns alle du.« Lobig nannte leise einen falschen Namen.

»Dann sind wir ja komplett«, sagte Mehring. Er trat neben Lobig. »Wir haben nämlich immer ein kleines Programm, und jedes Mal ist ein anderes Paar zuständig.« Er zeigte auf das Klavier. »Heute wäre es beinahe gescheitert. Ein Pedal hat geklemmt.« Er blickte in die Runde. »Aber wofür hat man schließlich was Anständiges gelernt?« Die Männer lachten. Inzwischen war die junge Frau aus der Gaststube gekommen. Eine der Asiatinnen fragte Lobig, was er trinken wolle, dann gab sie für alle die Bestellung auf.

»Vielleicht probiert Jinja schon mal, ob es wirklich wieder geht«, sagte Mehring, und eine andere Asiatin setzte sich ans Klavier. »Geht!«, rief sie. Kurz darauf kamen die Getränke. Lobig stand noch immer da; als er sein Bier bekam, wies einer der Männer ihm einen Stuhl mitten unter den anderen. Lobig setzte sich, die Frau neben ihm lächelte ihn an.

»Silentium jetzt«, sagte Mehring. »Jinja, was spielst du?«

Die Frau sagte etwas in ihrer Sprache. Die anderen Frauen applaudierten. Dann begann sie zu ihrem Klavierspiel mit heller Stimme zu singen. Nach ein paar Takten erkannte Lobig die Melodie; die Frau sang einen amerikanischen Schlager, der populär gewesen war, als er noch zur Schule ging. Er erinnerte sich, wie albern er die deutsche Version gefunden hatte, und trank sein Bier. Die Frau, die die Bestellung aufgegeben hatte, schrieb etwas auf einen kleinen Block in einem bestickten Futteral.

Die Asiatin sang jetzt ein anderes Lied, das Lobig auch zu kennen glaubte. Er summte die Melodie mit. Die Frau neben ihm lächelte ihn an und legte einen Finger auf ihren Mund. Lobig fiel ein, dass er keinen Fotoapparat mitgebracht hatte. Und selbst wenn er einen dabei hätte, unter welchem Vorwand sollte er jetzt fotografieren? Aber die Idee ist richtig, sagte er sich. Und zum Fotografieren würde immer noch Gelegenheit sein. Das müsste sich von selbst ergeben.

Die Frau am Klavier hatte geendet. Sie stand auf und machte eine kleine Verbeugung. Alle applaudierten ihr, und Mehring geleitete sie zurück zum Tisch, wo sie ihr Mann in die Arme nahm und küsste. Mehring drückte einen Knopf hinter dem Vorhang zur Bühne; es erklang leise Instrumentalmusik, die Tür zur Gaststube öffnete sich, Schüsseln und Platten wurden hereingetragen und auf den separaten Tisch gestellt. »Das kalte Buffet ist eröffnet«, sagte Mehring. »Ich bitte zuzugreifen.«

Alle erhoben sich, nur Lobig blieb sitzen. Da kam der dicke Mann auf ihn zu und beugte sich über ihn. »Es gefällt dir bei uns?«, sagte er.

»Ja, sicher«, sagte Lobig. »Wirklich, sehr nett.«

Der dicke Mann machte eine Handbewegung in Richtung der Gaststube. »Die gucken uns an«, sagte er. »Jedes Mal. Das ist klar, was die denken. Aber uns kümmert das nicht.« Er wies auf die anderen, die jetzt um das Buffet standen. »Wir verstehen uns«, sagte er. »Und man kann nie verlangen, dass alle einen verstehen. Oder nicht?« Er schlug Lobig leicht auf die Schulter. »Komm etwas essen«, sagte er und ging voran.

Lobig folgte ihm. »Heinz«, sagte er. Der dicke Mann drehte sich um. »Ich wollte dich fragen, wie das alles geht. Ich meine, der Vertrag und wie alles abläuft.«

Der Mann sah ihn an. »Das geht ganz leicht«, sagte er. »Mach dir keine Sorgen.«

Am nächsten Morgen wachte Lobig mit Kopfschmerzen auf. Corinna und er trafen sich samstags meist gegen Mittag. Er sah auf die Uhr; es war noch Zeit, die Wohnung aufzuräumen und letzte Einkäufe zu machen. Mit etwas Mühe stand er auf, wusch sich und sah im Kühlschrank nach. Viel war nicht zu besorgen, also ging er in das Lebensmittelgeschäft an der Ecke. Er fand wieder, dass dort alles maßlos überteuert sei. Als er gerade mit dem Staubsaugen fertig war, klingelte es.

»Hallo«, sagte Corinna. Sie blieb in der Wohnungstür stehen. »Wie ist es?«

»Was meinst du? Komm doch rein.«

»Die Thai-Geschichte. Du, wenn du denkst, ich hätte das nur so gesagt, dann irrst du dich.«

»Komm doch bitte herein«, sagte Lobig.

»Nein«, sagte Corinna. »Wenn ich reinkomme, fangen wir an zu reden. Und wenn wir reden, wirst du mir irgendwas beweisen. Ich will aber nicht reden. Ich will eine klare Antwort. Machst du weiter? Ja oder nein?«

»Wir können das doch drinnen besprechen«, sagte Lobig.

»Ja oder nein?«

»Ich weiß nicht. – Ja.«

Corinna drehte sich um und ging zur Treppe. »Tschau«, sagte sie und winkte über die Schulter zurück. »Wenn du zur Besinnung kommst, kannst du mich anrufen, jederzeit. Sprich notfalls auf den Anrufbeantworter.« Sie war schon am Treppenabsatz. Lobig trat an das Geländer und beugte sich darüber. »Du machst dir kein Bild davon«, rief er hinunter. Dann schlug die Haustür.

Lobig blieb am Geländer stehen. Wenn Corinna sich etwas in den Kopf setzte, nutzte kein Reden. Vielleicht sollte er einfach warten, bis seine Reportage erschienen war, und sie ihr zuschicken. Das müsste für sich sprechen. Ja, dachte Lobig, so werde ich es machen. Da klingelte das Telefon in der Wohnung, er ging hinein und hob ab. Es war der Redakteur. »Entschuldige«, sagte er. »Ich hab dich gestern Abend nicht erreicht. Neues von wegen der Thai-Sache.«

»Ich höre«, sagte Lobig.

»Also, pass auf. Ich habe jetzt mit Ortlepp gesprochen. Eingehend, verstehst du. Grundsätzlich alles okay. Nur eine Kleinigkeit. Er besteht auf einem Fotografen. Vielleicht nimmst du Ossig, Corinna müsste ihn kennen.«

»Ausgeschlossen«, sagte Lobig.

»Wieso? Was hast du gegen den?«

»Nichts«, sagte Lobig. »Aber es muss ohne Fotograf gehen. Ich mache das allein.«

»Sense«, sagte der Redakteur. »In dem Punkt ist Ortlepp stur. Das gibt keine Bilder, sagt er. Also hör zu: Fotograf, oder es läuft nichts!«

»Ich denk drüber nach«, sagte Lobig und hängte auf. Er ging in die Küche und schob ein Fertiggericht in den Mikrowellenherd. Er blieb davor stehen und beobachtete, wie die Soße um das Fleisch herum begann, Blasen zu werfen. Dann klingelte die Zeituhr, Lobig nahm den Kunststoffteller aus dem Herd und setzte sich damit an den kleinen Küchentisch. Nach dem Essen knickte er den Teller zusammen und drückte ihn in den Mülleimer. Das Besteck hielt er unter warmes Wasser und legte es zurück in die Besteckschublade.

Den halben Nachmittag verbrachte Lobig vor seinem

Computer. Er versuchte, so genau wie möglich aufzuschreiben, woran er sich erinnerte. Ein paar Details bekam er zusammen. Auf das Futteral des Blocks, in den die Frau die Bestellungen notiert hatte, war ein goldener Drache gestickt. Und die Frau am Klavier hatte *Strangers in the Night* und *My Way* gesungen. In einem separaten Text notierte Lobig alle Namen, die er bislang kannte. Dann suchte er dazu nach den Adressen im Telefonbuch. Aber er fand nur die des dicken Mannes, der musste in einem Vorort wohnen.

Gegen sechs brach Lobig zu einem Spaziergang auf. Zuerst machte er eine große Runde durch die Innenstadt, dann setzte er sich im Park auf eine Bank in der Nähe des Spielplatzes. Kinder in bunten Anoraks und Mützen spielten auf dem Rasen, am Teich stand jemand, der die Enten fütterte, und zwei große Hunde jagten sich laut bellend. Bald kam eine Mutter und rief nach einem Kind. Die anderen hielten im Spielen inne und sahen dem Kind nach, wie es langsam auf die Mutter zuging.

Lobig steckte beide Hände in die Manteltaschen. Corinna brachte es fertig, sich wegen einer Reportage von ihm zu trennen. Und von dem Redakteur war er wirklich nicht abhängig. Schließlich war immer noch er es, der die Bedingungen nannte.

Lobig stand auf. Eine völlig verschenkte Woche, dachte er; und natürlich würde am Ende das Geld fehlen. Berufsrisiko. Langsam ging er nach Hause. Zuerst würde er Corinna anrufen. »Sprechen Sie nach dem Zeichen«, sagte er laut. Dann räusperte er sich. »Liebe Corinna. Okay. Die Reportage ist gestorben. Außerdem, wer weiß, wie lang sich das hingezogen hätte. Und rechtlich ist das auch nicht ungefährlich. Ich hätte ja vielleicht was unterschreiben müssen. Jedenfalls ist jetzt alles vorbei. Sehen wir uns am Sonntag?« Jemand drehte sich nach ihm um, da ging Lobig rascher nach Hause. Im Treppenhaus machte er kein Licht. Vor seiner Wohnungstür stand der dicke Mann.

»Herr Pagenkämper!«, sagte Lobig. »Heinz.«

»Ich muss Sie sprechen«, sagte der Mann. Lobig schloss die Wohnungstür auf und ließ dem Mann den Vortritt. Dann wies er ins Wohnzimmer. Der Mann setzte sich auf die Couch, ohne seinen Mantel auszuziehen.

»Was kann ich dir anbieten?«, sagte Lobig.

»Nichts«, sagte der Mann. »Es dauert nicht lange.« Lobig zog sich einen Stuhl heran.

»Ich will es kurz machen«, sagte der Mann. »Wenn uns alle für blöd halten, bitte, das ist denen ihre Sache. Aber Mehring ist gestern hinterhergefahren.« Er tippte sich an die Stirn. »Freier Journalist, da fällt dann der Groschen. Ist ja nicht das erste Mal.«

»Warum kommt Herr Mehring nicht selbst?«, sagte Lobig.

»Mehring ist okay«, sagte der dicke Mann. »Er ist jung. Wir nehmen ihm Arbeit ab, wo wir können.« Er nahm den Aschenbecher vom Tisch und wog ihn in der Hand. »Schönes Stück«, sagte er. »Bronze?«

Lobig machte eine schnelle Bewegung. »Was wollen Sie?«

Der Mann stellte den Aschenbecher vorsichtig zurück auf die Tischplatte. »Nichts«, sagte er. »Lassen Sie uns nur in Ruhe.«

»Es gibt ein Recht auf freie Berichterstattung«, sagte Lobig. »Gut. Ich habe natürlich meine Ansichten, aber ich versichere Ihnen, dass ich fair über alles geschrieben hätte. Nur die Fakten, keine Verzerrung.«

»Bleiben Sie weg und schreiben Sie nichts«, sagte der Mann. »Dann passiert auch nichts.«

»Was heißt das?«, sagte Lobig und sprang auf. »Wollen Sie

mir drohen? Hier, in meiner Wohnung? Warten Sie!« Er lief in den Flur zum Telefon. »Ich hole die Polizei«, rief er. Er wählte die Nummer, da kam der Mann aus dem Wohnzimmer und wand ihm den Hörer aus der Hand. »Bitte nicht«, sagte er.

»Hilfe!«, rief Lobig. Er wollte zur Wohnungstür, doch der Mann fasste ihn am linken Arm und hielt ihn zurück. »Bitte!«, sagte er. »So war das nicht gemeint!« Da holte Lobig mit der Rechten weit aus und schlug dem Mann mit aller Kraft ins Gesicht. Der ließ ihn sofort los und wich einen Schritt zurück. Lobig schlug noch einmal zu. Der Mann stolperte und fiel nach hinten. Auf dem Boden sitzend zog er ein Taschentuch hervor und presste es sich vor den Mund, es wurde blutig. Der Mann sah das Taschentuch an. »Nein«, sagte er, dann schluchzte er laut auf. Lobig ging ins Badezimmer und ließ kaltes Wasser über ein Gästehandtuch laufen. Das brachte er dem Mann. »Stehen Sie bitte auf«, sagte er.

Der Mann erhob sich mühsam. Er fuhr sich mit dem Handtuch übers Gesicht und atmete tief durch. Dann drückte er es sich vor den Mund, öffnete die Wohnungstür und ging hinaus ins Treppenhaus.

Lobig blieb im Flur stehen. Seine Beine zitterten, und die rechte Hand schmerzte sehr. Nach einer Weile nahm er das Telefon und trug es ins Wohnzimmer. Er legte sich auf die Couch und wählte Corinnas Nummer. Es meldete sich der automatische Anrufbeantworter.

»Liebe Corinna«, sagte Lobig nach dem Zeichen. »Ich bin's. Es ist jetzt kurz nach acht. Alles ist wieder gut. Komm bitte sofort!« Dann hängte er ein.

Die Nachricht

Als Reichenbach und Fuchs, der Streifenführer, vor der Brücke über die Auffahrt anhielten, waren die Feuerwehrleute schon dabei, den Unfallwagen auf die Räder zu stellen. Fuchs sprach zuerst mit dem Brandmeister, dann mit dem Notarzt; Reichenbach blieb etwas abseits stehen, mit dem Rücken zum Wrack. Die Feuerwehrleute versuchten, den Wagen aufzustemmen. »Hat keinen Sinn!«, rief einer. Es solle jemand den Brenner holen.

Reichenbach winkte den Autos, rascher vorbeizufahren. Fuchs trat hinter ihn. »Vermutlich aus Richtung Verteiler über den Zubringer gekommen«, sagte er. »Und dann frontal gegen den Pfeiler. Keine Bremsspur, kein Gegenverkehr, rein gar nichts.«

»Selbstmord?«, sagte Reichenbach.

»Keine Ahnung.« Fuchs ging hinüber zu dem Wrack, Reichenbach folgte ihm. Die Feuerwehrleute hatten den Schneidbrenner in Gang gesetzt, Funken sprühten über das eingedrückte Wagendach. »Meine Güte«, sagte Fuchs. Ein Feuerwehrmann bog mit einer Brechstange den Türholm nach außen. Die Scheibe splitterte, und ein Arm schnellte heraus. An der blutigen Hand fehlten die Finger. Reichenbach lief ein Stück und lehnte sich gegen einen Baum. Er würgte und spuckte etwas Speichel aus. Als er wieder bei dem Wrack stand, fuhr mit rotierenden Warnlichtern ein Kranwagen vor.

»Ich ruf die Zentrale«, sagte Fuchs. »Die sollen noch jemand schicken. Das sieht ganz schlimm aus hier.« Er ging zum Polizeiwagen. Mit einem Krachen fiel jetzt die Fahrertür des Wracks heraus, der Körper wurde hervorgezogen und in einen Metallsarg gelegt. Der Notarzt beugte sich darüber, stand dann auf und schüttelte den Kopf. »Sofort tot gewesen«, sagte er zu Reichenbach. Der nickte. »Ich melde es dem Streifenführer«, sagte er und ging hinüber zum Polizeiwagen.

Fuchs hängte gerade das Mikrofon ein. »Übel«, sagte er und stieg aus dem Wagen. »Die haben im Moment keine Leute frei. Alles beim Pokalspiel. Wir müssen das vorerst alleine machen.« Ein Feuerwehrmann trat hinzu und reichte Fuchs eine blutverschmierte Brieftasche. Fuchs holte einen Lappen aus dem Türfach, nahm sie damit und klappte sie auf. »Immerhin«, sagte er und zog einen Personalausweis hervor. »Identität ist damit wohl klar.« Er hielt Reichenbach den Ausweis hin. »Ich bleibe hier«, sagte er. »Und du musst zu dem nach Hause, Bescheid sagen.«

Reichenbach machte eine Handbewegung.

»Jaja«, sagte Fuchs. »Ich weiß, das ist schlimm. Hast du noch nie gemacht, oder?«

»Ich kann das nicht«, sagte Reichenbach.

Es gab einen Knall. Die Männer vom Kranwagen hatten ein Stahlseil durch das Wrack gelegt, und als sie es anzogen, sprang das eingedellte Dach zurück. »Keiner kann das«, sagte Fuchs. »Aber vielleicht sollten wir wissen, was bei dem zu Hause los ist. Nur für alle Fälle, verstehst du?«

»Sicher«, sagte Reichenbach. Er nahm den Personalausweis. »Du machst das schon«, sagte Fuchs, dann ging er hinüber zum Kranwagen und stellte sich zu einem Feuerwehrmann unter das hochgezogene Wrack.

Reichenbach drehte den Personalausweis um, auf der Rückseite war mit einem Aufkleber eine Wohnungsänderung vermerkt, und der Aufkleber war unleserlich. Reichenbach rief die Zentrale. »Personenüberprüfung«, sagte er. »Karmanns, Bernd, geboren 23.11.53, wohnhaft hier, vermutlich Kleiststraße.«

Es gab ein Rauschen im Gerät. »Stimmt«, sagte die Zentrale. »Nummer 18.«

»Verheiratet?«

»Moment. Ja. Monika, 6.9.57, geborene Wessing. Keine Kinder.«

»Okay. Danke«, sagte Reichenbach. Er schaute im Stadtplan nach, dann startete er. Es war jetzt gegen neun; er musste ein Stück Autobahn fahren, bis es über die nächste Ausfahrt zurück in die Stadt ging. Der Berufsverkehr hatte schon nachgelassen. Als Reichenbach in der Schlange vor einer Ampel warten musste, stand neben ihm auf der Überholspur ein kleiner Wagen mit offenem Verdeck. Eine junge Frau saß darin, sie trug ein rotes Kopftuch über langen, blonden Haaren, und aus den Augenwinkeln sah Reichenbach, dass sie zu ihm herüberschaute. Er kurbelte sein Seitenfenster herunter und drehte den Kopf, da sah die junge Frau rasch nach vorne. Als die Ampel auf Grün sprang, fuhr sie sehr langsam an, Reichenbach blieb auf gleicher Höhe und sah weiter hinüber, den Ellenbogen hatte er aus dem Fenster gehängt. Der Abstand zu den vorderen Wagen wurde bald größer. Die junge Frau sah noch immer nach vorne, niemand hinter ihnen hupte.

»Ziege«, sagte Reichenbach leise, dann schaltete er Blaulicht und Sirene ein, beschleunigte und scherte vor dem kleinen Wagen auf die Überholspur. Die nächste Ampel zeigte Rot, er fuhr langsam in die Kreuzung, und der Querverkehr stoppte. Ein paar Straßen weiter schaltete Reichenbach Blaulicht und Sirene wieder aus, hielt an und sah noch einmal auf den Stadtplan; dann fuhr er bis zu einem weißen Bungalow mit Garage. Dort stieg er aus und drückte die Klingel am kleinen Tor neben der Einfahrt.

»Ja?«, sagte eine Frauenstimme aus der Sprechanlage.

»Polizei«, sagte Reichenbach. »Sind Sie Frau Karmanns?«

»Warum? Ja.«

»Ich möchte Sie sprechen.«

Der Türöffner summte, Reichenbach trat auf den Steinweg, der zur Haustür führte. Ich sage es gerade heraus, dachte er. Kein Drumherumreden. Wie es passiert ist und dass es schnell ging und dass es ihm sehr leid tue. Und dann gleich wieder weg. Aber so würde er natürlich nichts erfahren! Ohne stehen zu bleiben, zog er seine Brieftasche hervor und nahm daraus eine seiner Karten. Henning Reichenbach stand darauf, Polizeimeister, Anschrift und Nummer seiner Dienststelle. Vielleicht schmeißt sie mich ja gleich raus, dachte Reichenbach. Und weint oder schreit. Dann würde er sagen, er könne sie so nicht alleine lassen. Vielleicht holte er ihr ein Glas Wasser. Oder er würde ihr versichern, dass ihr Mann nicht leiden musste. Jetzt wurde die Haustür geöffnet. Eine junge Frau in einem hellen Kleid sah Reichenbach an.

»Bitte«, sagte er, nahm die Mütze ab und streckte der Frau die Karte entgegen. »Darf ich hereinkommen?«

Die Frau trat zur Seite. Hinter dem breiten Flur stand eine Doppeltür offen. Reichenbach wies darauf, die Frau nickte, er ging hindurch in ein Wohnzimmer, sie folgte ihm, er setzte sich in einen weißen Ledersessel und legte seine Mütze auf die Armlehne. Eine Fenstertür führte zum Garten. Reichenbach sah kurz hinaus, dann wandte er sich zu der Frau. »Sie sollten sich hinsetzen«, sagte er.

Die Frau schüttelte den Kopf.

»Wissen Sie«, sagte Reichenbach, »es ist das erste Mal für

mich, aber das ist nicht wichtig. Ich sage es also gerade heraus. Ihr Mann hatte einen Unfall, er ist gegen einen Pfeiler gefahren, an der Auffahrt zur Autobahn. Er war sofort tot, im selben Moment, wissen Sie, er kann praktisch nichts gespürt haben.« Reichenbach holte tief Luft. »Man sieht dann vielleicht noch einen Schimmer«, sagte er, »wenn das Glas zerbricht. Aber ich weiß es nicht, ich stell es mir nur so vor.« Er stand auf und ging zu der Fenstertür. Jetzt konnte er den ganzen Garten überblicken. Ein paar Geräte lagen auf dem Rasen, und links, gegen einen hohen, hölzernen Zaun hin, saß ein kleiner Junge und spielte mit einem Lastauto.

Reichenbach drehte sich um. »Sie haben also doch Kinder!«, sagte er.

»Nein«, sagte die Frau, »das ist Lars von nebenan, ich passe auf ihn auf.« Sie setzte sich in den Sessel, in dem Reichenbach gesessen hatte. »Was ist passiert?«, sagte sie.

»Ein Autounfall«, sagte Reichenbach. »Ihr Mann kam aus Richtung Stadt, wahrscheinlich mit hoher Geschwindigkeit. Es gibt keine Bremsspur. Er ist gegen den Pfeiler der Überführung gefahren. Er war sofort tot.« Reichenbach sah auf seine Armbanduhr. »Es ist jetzt eine Stunde her. Oder etwas weniger.«

»Und das sagen Sie mir so einfach.«

Reichenbach ging und nahm seine Mütze von der Armlehne; er strich darüber. »Es tut mir leid«, sagte er.

Die Frau nickte.

»Wir sind im Moment etwas knapp an Leuten«, sagte Reichenbach. »Eine ganze Hundertschaft ist für das Pokalspiel eingeteilt. Fuchs, mein Streifenführer, ist an der Unfallstelle, vielleicht kommt noch die Spurensicherung. Das ist alles Routine, das macht man immer so, wenn nicht auf Anhieb alles klar ist.«

DIE NACHRICHT

Die Frau beugte sich vor, stützte die Ellenbogen auf die Knie und legte den Kopf in die Hände.

»Soll ich Ihnen ein Glas Wasser holen?«, sagte Reichenbach.

»In der Küche«, sagte die Frau durch die Finger.

Reichenbach sah sich um. Vom Wohnzimmer führte ein Durchgang ins Esszimmer. Auf dem Tisch stand eine Tonschale, aus der Efeu rankte, und in einer dunkelblauen Glaskugel spiegelte sich das Fenster zum Garten. Reichenbach legte seine Mütze auf den Tisch, öffnete eine Schiebetür und trat in die Küche. Er suchte kurz in den Wandschränken, füllte einen Becher mit Leitungswasser, dann ging er zurück ins Wohnzimmer und hielt ihn der Frau hin.

»Was soll ich damit?«, sagte sie.

»Wasser«, sagte Reichenbach.

»Das wollten Sie doch.«

»Nein«, sagte Reichenbach. »Ich fragte Sie, ob Sie wollten.«

»Unsinn.« Die Frau stand auf. »Trinken Sie nur.«

»Ja«, sagte Reichenbach. Er trank einen Schluck. Die Frau trat zu einem flachen, hellen Schrank, öffnete eine Schublade und zog ein Kuvert heraus. »Hier!«, rief sie und legte es vor Reichenbach auf die Armlehne des Sessels. »Sein Testament. Machen Sie es auf!«

»Das geht nicht, glaube ich«, sagte Reichenbach. Das müsse sicher ein Anwalt machen. Oder ein Notar.

»Ein Notar?«

»Ganz sicher.« Reichenbach suchte nach einem Platz für den Becher, schließlich ging er ins Nebenzimmer und stellte ihn auf den Tisch neben seine Mütze. Als er zurück ins Wohnzimmer kam, war die Frau in die Doppeltür getreten. »Also gut«, sagte sie. »Dann kommen Sie mit.« Sie ging. »Hier unten!«, rief sie. Reichenbach stieg die Treppe zum Keller hinunter, dort trat er zuerst in einen dunklen Flur und dann in einen erleuchteten Raum.

»Was sagen Sie dazu?«

Es war ein großer Raum. Die Wände waren mit hellem Holz verkleidet, neben der Tür stand ein Schrank, an der Stirnwand eine Glasvitrine, zwei Kabelpaare mit Halogenleuchten kreuzten sich an der Decke, und in der Mitte des Raumes war eine riesige Autorennbahn auf einem kniehohen Podest aufgebaut. Vierspurig zog sie durch überhöhte Kurven und lange Geraden, an Tribünen und Boxen neben Start und Ziel vorbei. Figuren von Rennfahrern, Mechanikern und Zuschauern standen neben der Strecke, und rund um das Podest lehnten vier Regiesessel mit aufgedruckten Namen zusammengeklappt gegen die Wand.

»Donnerwetter«, sagte Reichenbach.

»Sie treffen sich alle vierzehn Tage«, sagte die Frau, »in letzter Zeit auch einmal die Woche, wegen der Ferien.«

Reichenbach ging langsam um die Bahn herum. In der Vitrine standen die Modelle von Rennwagen auf flachen Sockeln, daneben kleine Schilder mit technischen Daten und winzige, silberne Pokale. Über einen der Wagen lehnte die Figur eines Mädchens im getigerten Badeanzug.

»Die fahren nicht«, sagte die Frau. Sie wies auf ein großes, flaches Gebäude im Inneren des Bahnrunds. »Aufenthalt im technischen Bereich verboten«, sagte sie und nahm das Dach herunter. Sie zog eine Schachtel hervor, öffnete sie und stellte einen Rennwagen auf die Bahn. Dann griff sie nach einer Fernbedienung, die auf dem Rand des Podestes lag.

»Nicht!«, rief Reichenbach. Er nahm der Frau die Fernbedienung aus der Hand und legte sie zurück. »Das war sein Hobby?« Die Frau nickte.

DIE NACHRICHT

»Das hat sicher eine Menge Geld gekostet.«

Die Frau stellte den Rennwagen neben die Bahn. »Nicht der Rede wert«, sagte sie und verließ den Raum, Reichenbach hörte ihre Schritte auf der Treppe. Ich müsste mit Fuchs telefonieren, dachte er. Natürlich müsste er sich dafür eine Ausrede einfallen lassen. Er sah noch einmal über die Autorennbahn. Völlig verrückt! Aber nur gut, dass die Frau nicht geschrien oder geweint hatte. Als Karin durch ihre Prüfung gefallen war, hatte sie tagelang bei den kleinsten Anlässen geweint; das war furchtbar gewesen.

»Kommen Sie?«, rief die Frau von oben. Reichenbach stieg die Kellertreppe hinauf. Die Frau machte ihm ein Zeichen, und er folgte ihr, bis sie ihn beim Arm nahm und in ein Schlafzimmer schob. Ein Fenster zum Garten stand offen, eines der Betten war unordentlich aufgeschlagen, das andere schien nicht benutzt worden zu sein. Über einer Kommode hing ein Hochzeitsfoto in einem silbernen Rahmen.

»Es muss schrecklich für Sie sein«, sagte Reichenbach.

»Schrecklich?«, sagte die Frau. Sie schlug das zweite Bett zurück und strich es glatt.

»Natürlich«, sagte Reichenbach. Außerdem seien ja, wie gesagt, die Umstände nicht ganz eindeutig. »Es gibt keine Bremsspur«, sagte er, »verstehen Sie?«

Die Frau schüttelte das Kopfkissen und stellte es auf eine Ecke. »Mein Mann steht jeden Morgen sehr früh auf«, sagte sie. »Er macht dann sein Bett und trinkt Kaffee. Ich komme nämlich schwer raus.«

»So?«, sagte Reichenbach; da trat der Junge aus dem Garten vor das Fenster. Er wies mit der Hand. »Tante Monika, ist das Polizei?«

»Ja«, sagte die Frau. Sie ging an Reichenbach vorbei und strich dem Jungen über den Kopf. »Du musst noch ein bisschen draußen bleiben«, sagte sie. »Ich habe was zu besprechen. Gleich gehn wir einkaufen. In Ordnung?«

»Darf ich die Schiebkarre holen?«, sagte der Junge.

»Ja. Aber sei vorsichtig.«

Der Junge lief davon, und die Frau wandte sich um. »Seine Mutter kommt erst in einer Stunde zurück«, sagte sie. »Mögen Sie übrigens Kaffee? Es ist noch welcher warm.«

»Gerne«, sagte Reichenbach. Zusammen gingen sie ins Esszimmer, die Frau holte eine Tasse Kaffee aus der Küche und stellte sie auf den Tisch neben Reichenbachs Mütze. Den Becher nahm sie weg. »Und Sie wissen nicht, wie es passiert ist«, sagte sie.

»Stimmt«, sagte Reichenbach. »Jedenfalls nicht genau.« Das komme natürlich öfter vor. Später stelle sich dann heraus, dass der Fahrer eingeschlafen war. Oder es ist etwas defekt gewesen. »Sie glauben ja gar nicht«, sagte er, »mit was für Autos die Leute rumfahren. Kein Profil auf den Reifen und die Bremsbeläge vollkommen runter. Dann braucht es nur ein bisschen nass zu sein – und ...« Er fuhr mit der Hand über den Tisch.

»Es war nicht nass«, sagte die Frau. »Und der Wagen ist so gut wie neu.«

»Ja«, sagte Reichenbach. »Entschuldigung.« Er setzte sich und trank von seinem Kaffee. »Es war nur ein Beispiel. Wir müssen ermitteln.«

»Ermitteln?«, sagte die Frau. »Ob Bernd Feinde hat?« Sie ging in die Küche, kam mit einer weiteren Kaffeetasse zurück und setzte sich Reichenbach gegenüber. »Sie haben ja jetzt alles gesehen«, sagte sie. »Weiter gibt es nichts.«

Reichenbach wünschte, er hätte etwas zum Schreiben herausnehmen können. Und mit Fuchs müsste er jetzt endlich sprechen. »Wenn Sie erlauben, rufe ich eben vom Wagen aus die Dienststelle an«, sagte er und stand auf.

DIE NACHRICHT

Die Frau winkte ihm, er solle sitzen bleiben. Aus dem Wohnzimmer holte sie ein schnurloses Telefon und legte es vor Reichenbach auf den Tisch. Er klappte es auf und wählte die Nummer der Zentrale. Die Frau hatte sich wieder hingesetzt. »Reichenbach von Wagen vierzehn«, sagte er. »Können Sie mir Fuchs geben?«

»Moment«, sagte die Zentrale.

»Ich bin nämlich mit unserem Wagen hier«, sagte er zu der Frau. »Die müssen erst nachfragen, wo Fuchs jetzt ist.« Die Frau nickte.

»Fuchs«, sagte es aus dem Hörer. »Was ist los?«

»Das ist dumm«, sagte Reichenbach. Er schaute auf. »Fuchs ist nicht zu erreichen.« Dann sprach er wieder in den Hörer. »Versuchen Sie es bitte weiter. Fuchs soll mich anrufen. In zehn Minuten.« Er las die Nummer vom Telefon ab, klappte es zusammen und gab es der Frau zurück. »Fuchs ist mein Streifenführer«, sagte er. »Wir sind jetzt drei Monate zusammen.«

»Schön«, sagte die Frau. »Und Sie verstehen sich gut?«

»Jaja«, sagte Reichenbach. Er strich sich mit der Hand durchs Gesicht. Eine Frage, dachte er. Vielleicht reichte das, und alles klärte sich von selbst. »Was meinten Sie eben mit Feinden?«, sagte er.

Die Frau zog die Schultern hoch. »Sie haben damit angefangen.«

Reichenbach nickte. »War Ihre Ehe gut?«, sagte er.

Die Frau stand auf und trat vor ihn. »Und Sie?«, sagte sie. »Sind Sie verheiratet?«

»Nein«, sagte Reichenbach. »Aber verlobt. Schon seit einem Jahr.«

»Zeigen Sie ein Foto. Und sagen Sie nicht, Sie haben keins!«

»Doch, doch.« Reichenbach zog die Brieftasche aus der Uniformjacke und nahm ein Foto heraus. »Das ist Karin«, sagte er. »Sie arbeitet in der Zentrale. Wir haben uns auf dem Flur kennengelernt.«

Die Frau nahm das Foto und ging damit zum Fenster. »Hübsch«, sagte sie. »Wollen Sie Kinder?«

»Natürlich. Aber später. Wissen Sie, das ist nicht leicht bei dem Schichtdienst.«

»Lars!«, rief die Frau und klopfte ans Fenster. »Vorsicht mit der Schubkarre! Bleib lieber in der Mitte vom Rasen!« Sie trat hinter Reichenbach, legte das Foto vor ihn auf den Tisch und beugte sich über seine Schulter. Er fühlte ihr Kleid an seinem Nacken.

»Wirklich sehr hübsch«, sagte die Frau. »Im Urlaub gemacht?«

»Nein«, sagte Reichenbach. »Nur so, im Garten, letzten Sommer.«

Die Frau richtete sich wieder auf. »Jetzt bin ich Witwe«, sagte sie. Reichenbach nahm das Foto und steckte es wieder ein. Die Frau ging um den Tisch herum und blieb vor ihrem Platz stehen. »Witwe, Witwe, Witwe«, sagte sie. »Wenn man das e am Ende betont, klingt es richtig traurig, finden Sie nicht? Weh, weh.«

»Ich gehe kurz zum Wagen«, sagte Reichenbach. »Vielleicht kann ich Fuchs jetzt erreichen.«

»Bleiben Sie hier«, sagte die Frau. »Bitte!«

»Natürlich«, sagte Reichenbach. »Wenn Sie wollen.«

»Und sitzen Sie nicht so da«, sagte die Frau. »Tun Sie was. Wie ist das mit Karin? Erzählen Sie mal!«

»Da gibt es nichts zu erzählen.«

»Unsinn!«, rief die Frau. »Also los. Sind Sie Karin treu?«

»Natürlich«, sagte Reichenbach. »Wo denken Sie hin.«

DIE NACHRICHT

»Das ist nicht natürlich«, sagte die Frau. »Ich war einmal untreu, letztes Jahr im März nach einem Klassentreffen. Wir sind in ein Hotel gegangen; ich habe mich um sechs wecken lassen und bin nach Hause gefahren. Mein Mann war schon aufgestanden. Er saß da, wo Sie jetzt sitzen. Hallo, hat er gesagt. Dann ist er aufgestanden und hat mir einen Kuss gegeben. Junge, riechst du nach Rauch, hat er gesagt.«

Reichenbach schob die Kaffeetasse von sich. »So?«, sagte er.

Die Frau trat wieder ans Fenster. »Ja«, sagte sie. »Wie spät ist es?«

»Da muss ich nachsehen.«

»Ich gehe jetzt eigentlich immer einkaufen. Es wird sonst auch für Lars zu langweilig. Kommen Sie mit.« Sie ging ins Wohnzimmer, Reichenbach folgte ihr, im Garten nahm sie den kleinen Jungen an die Hand und öffnete eine Metalltür zur Garage. Dort stand ein offener Sportwagen. Die Frau drückte einen Knopf, und das Garagentor schob sich hoch. Dann stieg sie in den Wagen, der Junge war schon auf den Notsitz geklettert, hatte eine Pudelmütze hervorgezogen und aufgesetzt. Als Reichenbach auf dem Beifahrersitz Platz nahm, startete die Frau den Motor.

»Ich müsste noch telefonieren«, sagte Reichenbach.

»Als wenn das nicht ein paar Minuten Zeit hätte«, sagte die Frau. Sie setzte aus der Garage, dann fuhr sie in Richtung Innenstadt. »Mein Mann ist nicht gern mit mir gefahren«, sagte sie. »Er konnte nicht beifahren, wissen Sie, er fürchtete sich zu Tode. Andere Männer schimpfen dann. Pass doch auf! Siehst du nicht die Ampel! Nicht Bernd. Er saß nur da, weiß wie die Wand, und hielt sich am Gurt fest.« Die Frau lachte. »Es war furchtbar.«

Reichenbach spürte den Fahrtwind in den Haaren. Seine

Mütze hatte er im Haus liegen lassen. Nach einer Weile fühlte er eine Hand auf seiner Schulter. Er drehte sich um; der kleine Junge hatte sich auf den Kardantunnel gestellt. »Du musst dich hinsetzen«, sagte Reichenbach. »Das ist zu gefährlich.«

Der Junge sah ihn erschrocken an. »Sie machen ihm Angst«, sagte die Frau. »Lars, setz dich bitte, der Polizist tut dir nichts.« Der Junge ließ sich wieder in den Notsitz fallen.

»Wohin fahren wir eigentlich?«, sagte Reichenbach.

»Wir sind fast da«, sagte die Frau. Sie fuhr durch den großen Verteiler und fädelte sich in die Spur zum Zubringer ein.

»Bitte!«, sagte Reichenbach. »Tun Sie das nicht. Denken Sie doch an das Kind. Es gibt da gar nichts zu sehen.« Die Frau schaltete das Autoradio ein. »Bitte!«, rief Reichenbach. »Sie sind so tapfer gewesen. Ehrlich, ich bewundere das. Glauben Sie mir, ich hatte eine Heidenangst, als ich zu Ihnen fuhr.« Er schlug mit der flachen Hand auf das Armaturenbrett. »Und jetzt verderben Sie alles. Da!« Er zeigte auf die Abfahrt zur Bundesstraße. »Fahren Sie da hinein!«

Die Frau fuhr an der Abfahrt vorbei. Ein blaues Schild wies zur Autobahn. Sie setzte den Blinker. »Sie wissen nicht, was Sie tun«, sagte Reichenbach. Langsam bogen sie in die Auffahrt ein. An der Unfallstelle stand nur noch ein Polizeiwagen, weiter zurück auf dem inneren Grün. Die Frau fuhr bis zum Pfeiler und hielt schräg daneben an. »Sie dürfen hier nicht parken«, sagte Reichenbach. Sie stieg aus, er schaltete das Radio ab, dann drehte er sich zu dem Jungen. »Du darfst auf keinen Fall raus«, sagte er. »Hast du gehört? Sonst wirst du sofort verhaftet.« Der Junge nickte. Reichenbach stieg an der Fahrerseite aus und lief zu dem Polizeiwagen. Auf der Rückbank saßen zwei Beamte, einer öffnete die Tür. »Was willst du denn?«, sagte er. »Und wer ist die Frau da?«

»Vom Unfall hier«, sagte Reichenbach. »Ich habe die Ehefrau benachrichtigt. Bitte lasst mich an den Sprechfunk. Ich muss dringend mit Fuchs reden.«

»Fuchs?«, sagte der andere Polizist. Den kenne er nicht.

»Und ihr?«, sagte Reichenbach. »Was tut ihr hier?«

»Geschwindigkeitskontrolle«, sagte der Polizist. »Was zum Teufel macht die Frau da?«

Reichenbach sah zum Pfeiler. Die Frau hatte sich gebückt und fuhr mit der Hand über den Boden. »Wisst ihr was?«, sagte er. »Ihr lasst mich alle hängen.« Er warf die Tür des Polizeiwagens ins Schloss und lief an dem Sportwagen vorbei zum Pfeiler. Der Junge saß noch auf dem Notsitz, er hatte sich die Pudelmütze über die Augen gezogen. Als die Frau Reichenbach kommen sah, richtete sie sich auf und hielt ihm die offene Hand entgegen. Ein paar Glassplitter lagen darin. »Wie war das?«, sagte sie. »Sie haben doch vorhin erzählt, wie das ist.«

»Nichts habe ich«, sagte Reichenbach.

»Doch, doch. Man sieht einen Schimmer. Das haben Sie gesagt.«

»Aber das heißt doch nichts!«, rief Reichenbach.

»Ich will jetzt nach Hause«, sagte die Frau. »Sie fahren.« Sie ging voraus zum Wagen und setzte sich auf den Beifahrersitz. »Zieh die Mütze hoch, Lars«, sagte sie. »Der Polizist tut keinem was.« Als Reichenbach das Zündschloss gefunden hatte, startete er, fuhr ein Stück zurück und bog vorsichtig in die Auffahrt. »Wir müssen jetzt die Autobahn nehmen«, sagte er.

»Egal. Beeilen Sie sich. Lars' Mutter kommt gleich zurück.«

Auf der Beschleunigungsspur gab Reichenbach Gas und setzte den Blinker. »Wollen Sie nicht hochschalten?«, sagte die Frau. Reichenbach schaltete in den vierten Gang. Im

Rückspiegel sah er nichts von der Fahrbahn, er wandte den Kopf, dann zog er mit einer abrupten Lenkbewegung auf die rechte Spur.

»Ein wunderbarer Fahrstil«, sagte die Frau. »Lernt man das bei der Polizei.«

»Blöde Kuh«, sagte Reichenbach ohne Stimme.

»Was haben Sie gesagt?« Die Frau beugte sich zu ihm und hielt eine Hand hinters Ohr. »Oder haben Sie nichts gesagt? – Da, schauen Sie.« Sie hielt einen Glassplitter zwischen Daumen und Zeigefinger gegen das Licht. »Ein Andenken, nicht wahr?«

»Lassen Sie das«, sagte Reichenbach. »Und halten Sie den Mund.«

»Warum denn? Wenn ich sage, es ist ein Andenken, dann ist es ein Andenken. Oder nicht?«

»Sie sollen den Mund halten!«, sagte Reichenbach. Er sah auf den Tacho. Hinter einer lang gestreckten Kurve kam die Ausfahrt in Sicht. Er gab mehr Gas.

»Der Wagen hat übrigens fünf Gänge«, sagte die Frau. »Soll ich Ihnen zeigen, wo der fünfte ist?«

Reichenbach nahm ein wenig den Fuß vom Pedal. »Okay«, sagte er. »Sie sind hiermit vorläufig festgenommen. Was Sie ab jetzt sagen, nehme ich zu Protokoll.«

»Festgenommen«, sagte die Frau und lachte. »Sagen Sie nicht, weswegen! Lassen Sie mich raten.«

Reichenbach bog jetzt in die Ausfahrt ein. Natürlich müsste er Fuchs zuerst eine mündliche Meldung machen, der würde ihm helfen bei seinem Bericht.

»Nicht, dass Sie sich verfahren«, sagte die Frau.

Reichenbach antwortete nicht. An der ersten roten Ampel schaltete er die Warnblinkanlage ein, drückte auf die Hupe und winkte mit dem Arm. Dann fuhr er langsam in die Kreuzung. »Idiot!«, schrie ein Lastwagenfahrer, dann sah er Reichenbachs Uniform und legte eine Hand an die Stirn.

»Toll machen Sie das«, sagte die Frau. »Ich wette, Sie sind eigentlich ein Draufgänger. Mein Mann war kein Draufgänger, und jetzt ist er draufgegangen. Komisch, nicht wahr?«

»Schnauze!«, sagte Reichenbach. »Miststück. Halt endlich den Rand!«

Die Frau sagte etwas, das Reichenbach nicht verstand. Der Junge hatte sich wieder auf den Kardantunnel gestellt. »Mutti«, sagte er weinerlich.

»Was habe ich dir gesagt?«, rief Reichenbach. »Du sollst dich hinsetzen.«

»Tu das«, sagte die Frau.

Als sie vor dem Bungalow ankamen, stand eine Frau im Mantel vor der Garageneinfahrt. »Lars!«, rief sie. Reichenbach öffnete die Fahrertür, der Junge drückte sich an ihm vorbei und lief der Frau in die Arme. »Mein Gott, Lars«, sagte die Frau, sie nahm den Jungen auf den Arm und trat neben den Wagen. »Monika«, sagte sie. »Ich weiß es schon. Wo wart Ihr denn?«

Reichenbach stieg aus, da sah er Fuchs neben dem Polizeiwagen stehen und ihn zu sich hinüberwinken. Er ging zu ihm. »Du hast mir einen Schreck eingejagt«, sagte Fuchs. »Und den Kollegen auch. Sag bloß mal, was du an der Auffahrt wolltest?«

»Ich hatte einen Verdacht«, sagte Reichenbach. Er wandte sich um. Die beiden Frauen lagen einander weinend in den Armen. Er machte eine Bewegung auf sie zu.

»Lass nur«, sagte Fuchs. »Die Nachbarin kümmert sich schon. Wir beide sind jetzt auch zum Pokalspiel eingeteilt. Es soll Ärger auf dem Bahnhof geben.«

»Und der Unfallwagen?«, sagte Reichenbach.

»Den hat die Spurensicherung. Komm, steig ein!« Fuchs setzte sich auf den Beifahrersitz.

»Und mein Bericht?«, sagte Reichenbach.

»Dein Bericht? Den schreibst du später.« Reichenbach startete den Wagen, da fasste Fuchs ihn bei der Schulter. »War schlimm, was?«, sagte er. »Wo ist eigentlich deine Mütze?«

Reichenbach fasste sich an den Kopf. »Hab ich verloren«, sagte er. »In dem Sportflitzer, auf der Autobahn, plötzlich wusch, war sie weg.«

»Mach eine Verlustmeldung«, sagte Fuchs.

Unter der Geburt

»Stell dir vor«, sagte Anne. »Katrin ist von einer entfernten Verwandten zur Geburt eingeladen worden.«

Brennagel nahm kurz die Zeitung herunter. »Ach«, sagte er.

»Ja«, sagte Anne. »Es kommen ziemlich viele. Als eine Art Ersatz. Der Vater ist nämlich nicht dabei.«

»Und warum nicht?«

»Seine neue Freundin war dagegen.«

Brennagel faltete die Zeitung zusammen. »Schön«, sagte er.

»Ich würde keine anderen dabei haben wollen«, sagte Anne. Sie war im achten Monat schwanger. »Außerdem ist der Kreißsaal dafür viel zu klein. Die stehen sich ja auf den Füßen. Und wenn dann was passiert. Aber Katrin fand es gut.«

Brennagel stand auf und holte seinen Mantel aus dem Flur. »Ich dreh noch eine Runde«, sagte er. »Darf ich?«

»Sicher«, sagte Anne. »Komm aber nicht zu spät.«

Unten auf der Straße knöpfte Brennagel den Mantel zu. Es war ein schöner Winterabend im Dezember, fast mild. Er ging los. Das Kind würde natürlich noch in die kalte Zeit geboren werden. Bei der Auswahl der Kleidung hatten sie das bedenken müssen. Andererseits kaufte man besser jetzt schon einen leichteren Kinderwagen, der ließe sich später umrüsten. Brennagel überquerte die Straße und ging in Richtung Innenstadt.

Katrin war Annes älteste Freundin. Sie hat keinen Mann und keine Kinder, sagte Brennagel immer im Spaß, also solle man nicht auf sie hören. Katrin hatte den Namen für das Kind ausgesucht. Birte für ein Mädchen, Börge, wenn es ein Junge würde. Anne war ganz begeistert gewesen.

Brennagel schaute ins *Kreuzeck*, dort standen nur zwei Männer an der Theke. Im *Pendel* spielte ein Pianist, und in der *Meisengeige* wurde renoviert. Geh ich eben spazieren, dachte Brennagel. In sechs Wochen würde er zum ersten Mal Vater werden. Die Bedingungen waren gut; seine Anstellung war gesichert, und Anne könnte, wenn sie wollte, später wieder für halbe Tage ins Geschäft. Sie besuchten zusammen einen Geburtsvorbereitungskurs. Das Gästezimmer war ausgeräumt und neu tapeziert worden, die Kindermöbel waren gestern angekommen; Brennagel hatte sie selbst zusammengeschraubt. Zur Geburt würden sie ins Klinikum der Nachbarstadt fahren, sie waren schon einmal dort gewesen und hatten den Kreißsaal besichtigt. Alles war vorbereitet. Ich habe mich nicht verrückt machen lassen, dachte Brennagel. Und wie schnell machten sie einen verrückt!

Brennagel bog in den Hauptmarkt, gerade schlossen die Geschäfte. Als Anne ihm eines Samstags morgens gesagt hatte, dass sie schwanger sei, hatte er sie gezwungen, sich wieder hinzulegen. Er war losgegangen, um frische Brötchen zu holen. Im Supermarkt hatte er eine Zeitschrift für Eltern gekauft und sie Anne zusammen mit dem Frühstück ans Bett gebracht. Anne hatte sehr gelacht.

»'n Abend!«, rief es von hinten. Brennagel blieb stehen und drehte sich um. Es war Hofner, ein Schulfreund, den er manchmal sah. »Wie geht's?«, sagte Hofner, als er herangekommen war. »Wann ist es so weit?« »Sechs Wochen«, sagte Brennagel. Hofner zeigte beide Daumen. »Toi, toi, toi«, sagte er, grüßte kurz und ging weiter. Und er solle sofort Bescheid sagen, rief er noch.

»Sicher«, sagte Brennagel. In der Geschäftsauslage gegenüber lagen Spielzeuge. Anne hatte nicht wissen wollen, ob es ein Junge oder ein Mädchen war. Es ist ein Kind, hatte sie gesagt, und man dürfe es nicht vorschnell auf eine Rolle festlegen. Und Katrin hatte gemeint, man nehme sonst dem Geburtsakt das Überraschende. Schließlich sei jede Geburt ein Wunder, nur die Ärzte machten daraus einen Routinefall.

Brennagel gefiel besonders eine große Modelleisenbahn aus buntem Plastik. Sie sah aus, als könne sie einen Stoß vertragen. In den offenen Personenwagen saßen Puppen und kleine Plüschtiere, in einem Güterwaggon waren Schokoladentafeln gestapelt. Im nächsten Fenster standen Kinderwagen. Brennagel suchte eine Telefonzelle und rief Anne an. Ob sie etwas dagegen habe, wenn er in der Stadt noch zu Abend esse.

»Nein«, sagte Anne.

»Alles in Ordnung?«

»Keine Sorge«, sagte Anne.

Brennagel ging in ein kleines Studentenlokal und bestellte einen Salat mit Schafskäse und ein Bier. Das Lokal begann sich gerade zu füllen; bald kamen zwei junge Frauen und setzten sich zu Brennagel an den Tisch. Sie wickelten ihre langen, haarigen Schals vom Hals und zogen hörbar die Nasen hoch. Dann breiteten sie beschriebene Blätter und ein paar Bücher vor sich aus. »Also komm«, sagte die eine, »hör erst mal zu!« Sie las etwas vor, zwischendurch schlug sie eines der Bücher auf und hielt es hoch. Die aufgeschlagenen Seiten zeigten Tabellen und Schaubilder. »Wie findst'es?«, sagte sie, als sie geendet hatte.

»Gut«, sagte die andere Frau. »Und ich mach dann die

Therapie.« Sie las ebenfalls ein paar Sätze vor. »Ist noch nicht ausformuliert«, sagte sie.

»Würd ich so lassen, ist doch gut. Und dann Diskussion?«

»Ich hab ziemlich Schiss.«

»Blödsinn! Wir trinken jetzt was.« Sie packten Bücher und Papiere wieder ein. »Hier kommt auch kein Kellner«, sagte die eine.

Brennagel hatte inzwischen seine Mahlzeit beendet. Als die beiden Frauen einen Kellner herbeigerufen hatten, zahlte er und ging, seinen Mantel zu holen. Auf dem Weg zur Garderobe sah er an einem kleinen Tisch in der Nähe der Fenster einen der angehenden Väter aus dem Vorbereitungskurs sitzen. Brennagel wollte schon grüßen, aber neben dem Mann saß eine junge Frau, die er nicht kannte. Er drehte sich um, zog rasch seinen Mantel an und verließ das Lokal. Durch das Fenster schaute er noch einmal zurück. Es gab keinen Zweifel.

Brennagel ging hinüber zur Petrikirche. Sie wurde mit starken Scheinwerfern angestrahlt, vor dem Haupteingang stand eine große Tanne mit einer Lichterkette. Brennagel betrat die Kirche und setzte sich in eine der hinteren Bänke. Um den Altar waren ein Priester und eine Reihe von Jungen versammelt. Sie sprachen, Brennagel konnte sie nicht verstehen; vielleicht waren es neue Messdiener. Er wünschte sich einen Sohn. Er würde ihn hier in der Petrikirche taufen lassen. Er hatte sich erkundigt, das war möglich, auch wenn man zu einer anderen Pfarre gehörte. Und als zweiten Vornamen würde der Junge seinen, Brennagels Vornamen bekommen. Er stand auf, ging zu einem der Altäre im Seitenschiff, zündete eine Kerze an und warf eine Münze in den Blechkasten. Es gab ein lautes Geräusch. Die Jungen am Altar drehten sich zu ihm um. Er verbeugte sich und verließ die Kirche.

Und dieser Mensch saß da mit einer anderen Frau! Brennagel ging wieder an den erleuchteten Auslagen vorbei. Natürlich könnte es ganz harmlos sein; er hatte nur eine Bekannte getroffen. Oder eine Arbeitskollegin. In einem der Geschäfte stand hinter der Eingangstür ein rot gekleideter Weihnachtsmann mit weißem Bart. Er sprach mit einer Frau; Brennagel war, als würden die beiden streiten. Da nahm der Weihnachtsmann den Bart ab und küsste die Frau auf die Wange.

Wenn man sich einmal hat verrückt machen lassen, ist alles verloren, dachte Brennagel. Es stimmte schon, die Geburt war ein Wunder. Aber danach ginge das Leben weiter. Und für Anne und ihn würde das kein Problem sein; sie blieben schon seit Langem am liebsten abends zu Hause. Außerdem könnte Katrin später auf das Kind achten, sie hatte sich schon angeboten. Und er würde ein guter Vater werden; er würde natürlich Fehler machen, aber Fehler zu machen ist keine Schande.

Brennagel ging so, dass er auf dem Heimweg noch einmal an dem kleinen Lokal vorbeikam. Durch das Fenster sah er, dass der Mann noch immer mit der jungen Frau zusammensaß. Er hatte jetzt einen Arm um ihre Schultern gelegt und schien auf sie einzureden. Plötzlich zog er sie an sich und küsste sie. Brennagel sah, wie sie ihre Arme um seinen Nacken legte. Während sie sich küssten, fuhr sie ihm mit den Fingern durchs Haar.

Brennagel ging nach Hause. Es sind Abgründe, dachte er unterwegs. Wenn man nur einmal genauer hinschaute. Er küsste Anne zur Begrüßung.

»Du hast was mit Knoblauch gegessen«, sagte sie. »Wie ist es in der Stadt?«

»Es weihnachtet sehr«, sagte Brennagel.

Der nächste Abend des Kurses begann wie immer mit den Entspannungsübungen. Brennagel saß dabei neben Anne auf dem Boden und massierte die Innenseiten ihrer Oberschenkel. Dann folgten die Atemübungen. Sie sollten herausfinden, ob sie mit dem Bauch oder mit der Brust atmeten. Die Uhr in der Hand, zählte Brennagel Annes Atemzüge. Später zeigte die Hebamme Dias von schematischen Zeichnungen und erklärte noch einmal alle Stadien der Schwangerschaft. Brennagel saß im Dunkeln neben Anne auf einem Kissen. Er hatte einen Arm um sie gelegt. Als Eltern seien sie natürlich nervös, sagte die Hebamme. Aber sie dürften nicht gleich zu viel erwarten. Erst bei regelmäßiger Wiederkehr der Wehen über einen Zeitraum von mindestens zwei Stunden herrsche wirklich Sicherheit. Ab da stehe die Frau unter der Geburt, und die Hebamme kontrolliere stündlich die Öffnung des Muttermundes. Aber die erste Regel bleibe: nichts überstürzen.

Als das Licht anging, sah Brennagel wieder nach dem Mann, den er mit einer anderen Frau gesehen hatte. Der saß jetzt mit dem Rücken an die Wand gelehnt, und er hatte seine Frau vor sich zwischen die gespreizten Beine genommen. Seine Hände waren auf ihrem Bauch gefaltet. Man solle sich zu je drei Paaren zusammensetzen und einmal diskutieren, wie die Geburt die Beziehung verändern könne, sagte die Hebamme.

»Unverschämtheit«, flüsterte Anne. »Mit wildfremden Leuten so was Intimes.«

»Jaja«, sagte Brennagel. »Aber was willst du machen?« Er trug ihre Kissen zu dem Paar an der Wand. Anne stand mühsam auf und folgte. Ein drittes Paar kam hinzu, der Mann und seine Frau blieben in derselben Haltung. Brennagel und Anne setzten sich. Alle sahen einander lächelnd an.

»Na, wie soll eures denn heißen?«, sagte endlich der Mann.

»Birte, wenn es ein Mädchen wird«, sagte Brennagel. »Und Börge, wenn es ein Junge wird.«

»Wir wissen schon Bescheid«, sagte der Mann und strich weiter über den Bauch seiner Frau. »Wir kriegen einen Felix, nicht wahr, Sabine?« Die Frau bog den Kopf in den Nacken und küsste ihn aufs Kinn. Dann begann der Mann von einem Windelsystem zu erzählen, bei dem nichts weggeworfen werden müsse. Allmählich kamen sie ins Reden. Am Ende des Abends verteilte die Hebamme im Umkleideraum Fotokopien der Teilnehmerliste; man könne ja vielleicht Kontakt aufnehmen, besonders nach der Geburt. Brennagel sah die Liste durch und steckte sie ein.

Den Heimweg über war Anne sehr wütend. »Dieses Gerede«, sagte sie. Sie mache das nur mit, weil Katrin ihr so zugeraten habe. Jedenfalls ruiniere das die ganze Stimmung.

Brennagel band ihr seinen Schal um den Hals. »Es ist kalt«, sagte er. »Verkühl dich nicht.«

»Schwangere sind außerordentlich widerstandsfähig«, sagte Anne. Diese Frau mache sie krank.

»Es geht doch nur um die Informationen«, sagte Brennagel, »und um die Atemtechnik. Hör über das andere weg.«

»Kann ich nicht. Ich finde das furchtbar.«

»Furchtbar?«, sagte Brennagel. »Ich weiß nicht.« Sie gingen eine Weile schweigend. Zu Hause schloss Brennagel auf. »Dieses Paar«, sagte er, »die den Felix kriegen, sollen wir die nicht mal einladen? Nach der Liste wohnen die gleich hier um die Ecke.« Er holte das Papier heraus und zeigte darauf.

»Tatsächlich«, sagte Anne.

Am nächsten Samstag kamen der Mann und seine Frau zum Kaffee. Brennagel zeigte gleich das Kinderzimmer, die Frauen schimpften auf die Hebamme. Dann sprachen sie darüber, wie sie nach der Geburt alles einrichten wollten. »Wir geben Felix nicht aus dem Haus«, sagte der Mann. Erstens seien gute Tagesmütter selten, und zweitens finde er es schrecklich, das Kind wie einen Koffer herumzutragen. Außerdem sei er Lehrer an der Berufsschule und nachmittags meistens zu Hause.

»Richtig«, sagte Brennagel, und vielleicht könne man sich später auch gegenseitig aushelfen. Er habe gehört, es gebe ein Funk-Babyfon, das reiche über zwei, drei Blocks hinweg.

Nach dem Kaffee verabschiedeten sich die beiden. Sein Schwager habe sich nämlich angesagt, sagte der Mann, er komme aus München, und es sei die letzte Chance für ihn, seine Schwester schwanger zu sehen.

»Ich verstehe«, sagte Brennagel. »Wie der Junggesellenabschied.«

Später half Brennagel Anne beim Abwaschen. »Komische Leute«, sagte Anne. »Findest du nicht?«

»Du hast etwas gegen den ganzen Kurs«, sagte Brennagel. Anne stieß einen kleinen Schrei aus.

»Was ist!«, rief Brennagel.

»Ich hab ganz vergessen, dir zu sagen, wie die Geschichte mit Katrins Verwandter ausgegangen ist.« Anne ließ das Spülwasser ablaufen. »Rate mal«, sagte sie.

»Ich weiß nicht.«

»Stell dir vor, alles ist abgeblasen worden. Im letzten Moment hat sich der Vater entschlossen, zu der Frau zurückzukommen.«

»So so«, sagte Brennagel. Am Abend sahen sie zusammen einen Film im Fernsehen. Anne stöhnte leise. »Was ist mit dir?«, sagte Brennagel.

»Ich kann nicht mehr sitzen«, sagte Anne.

»Soll ich den Fernseher ins Schlafzimmer schieben?«

»Lass nur.« Anne stand mühsam auf. »Ich bin sowieso zu müde.« Sie ging ins Badezimmer, Brennagel schaltete den Fernseher aus. »Dann dreh ich noch eine Runde«, sagte er.

Inzwischen war es viel kälter geworden. Brennagel zog seinen Schal höher, bis er fast über die Ohren reichte, und ging gleich zur Petrikirche. Unter der lichtergeschmückten Tanne standen drei Trompeter in historischen Kostümen und spielten Weihnachtslieder. Die Abendmesse war gerade beendet, und die Kirchgänger standen in Gruppen vor dem Hauptportal. Die Glocken begannen zu läuten. Da fiel der erste Schnee.

Brennagel ging weiter zu dem Studentenlokal, in dem der Lehrer mit der fremden Frau gesessen hatte. Es war fast leer. Er setzte sich an den kleinen Tisch am Fenster und bestellte einen Tee mit Rum. Jetzt waren es noch knapp fünf Wochen. Natürlich waren das nur die Richtwerte, besonders Erstgeburten verzögerten sich ja in der Regel. Mit einem Mal fühlte Brennagel seine Hände kalt und feucht werden. Alles könnte jetzt geschehen, und es wäre unwiderruflich. Seine Eltern fielen ihm ein und seine Kinderzeit. Das ist ein Maßstab, dachte er, und das beruhigte. Wenn es nicht schlechter käme, könnte er zufrieden sein. Er trank rasch seinen Tee und zahlte.

Nur nicht diese Namen!, dachte er, während er wieder an den Schaufenstern vorbeiging. Birte und Börge. Ganz am Anfang hatte er vorgeschlagen, das Kind solle Hermann heißen, nach einem Großvater, den er nicht gekannt hatte. Niemandem hatte der Name gefallen. Es begann noch stärker zu schneien. Das ist gut, dachte Brennagel. Je kälter die Winter sind, desto eher wird es Frühling. Als er nach Hause kam, lag Anne im Bett. »Mein Rücken tut weh«, sagte sie. Brennagel schlug vor, eine Entspannungsübung zu machen. Er setzte sich zwischen ihre gespreizten Beine und fuhr mit den Händen an ihren Schenkeln empor, dann über die Mitte des Bauches und an den Seiten wieder hinunter. »Gut«, sagte Anne. Brennagel half ihr, sich auf die Seite zu drehen. Dann zog er sich aus und ging zu Bett.

Am Mittwoch der kommenden Woche, kurz vor der Mittagspause, meldete sich Brennagel beim Betriebsleiter; seine Frau habe angerufen, er müsse vorsichtshalber rasch einmal nach Hause.

»Fahren Sie«, sagte der Betriebsleiter. »Und alles Gute!«

Brennagel ging zum Firmenparkplatz, stieg ins Auto und fuhr zur Berufsschule. Im Sekretariat ließ er sich die Nummer des Raumes geben, in dem der Mann gerade unterrichtete. Am Ende eines langen Flures klopfte er an eine Tür. Der Mann öffnete und sah ihn erstaunt an.

»Bitte seien Sie jetzt ganz ruhig«, sagte Brennagel. »Vorerst besteht kein Grund zur Sorge. Ihre Frau ...«

Der Mann trat in den Flur und schloss die Tür hinter sich. »Was ist mit ihr?«, sagte er.

Brennagel legte die Hände zusammen. »Es ist wohl so weit.«

»Einen Moment«, sagte der Mann. Er ging zurück in den Klassenraum, Brennagel hörte ein Grölen und Pfeifen. Dann trat der Mann wieder in den Flur und wandte sich zur Treppe. »Los!«, rief er.

Brennagel folgte ihm langsam. »Wir dürfen nichts überstürzen«, sagte er. »Es ist alles unter Kontrolle.«

»Mann Gottes!«, rief der Mann. An der Treppe hielt er an. »Sie haben Nerven. Was ist eigentlich passiert?«

»Die Fruchtblase«, sagte Brennagel. »Wie es im Kurs erklärt worden ist.«

»Und dann?« Sie gingen jetzt die Treppe hinunter, der Mann eine Stufe voraus.

»Es war vor unserer Tür«, sagte Brennagel, »jedenfalls beinahe. Ich glaube, in einem Geschäft. Ein Zufall, meine Frau hat den Krankenwagen angerufen und dann mich.« Sie waren auf dem Schulhof angelangt. Der Mann blieb stehen. »Den Krankenwagen? Warum denn?«

Mehr wisse er nicht, sagte Brennagel. Aber das sei ja normal: wenn es Komplikationen gebe, schicke man die Männer heraus. Jedenfalls seien sie ins Klinikum gefahren.

Der Mann schlug auf seine Hosentasche. »Mein Schlüssel, der ist im Lehrerzimmer.«

»Lassen Sie«, sagte Brennagel, »wir nehmen meinen Wagen.« Zusammen überquerten sie den Schulhof. Brennagel öffnete die Beifahrertür und ließ den Mann einsteigen. Er startete und reihte sich in den Verkehr.

»Ich verstehe das nicht«, sagte der Mann. »Warum denn gleich ins Klinikum?«

»Vielleicht aus Routine«, sagte Brennagel. »Ihre Frau ist jetzt in guten Händen. Beruhigen Sie sich. Wenn wir ankommen, müssen Sie die Ruhe selbst sein.« Sie fuhren durch den Geschäftsverkehr der Innenstadt. An beinahe jeder Ampel mussten sie anhalten.

»Scheiße«, sagte der Mann. »Fahrt doch zu!«

»Wir haben Zeit«, sagte Brennagel. »Nach dem Aufplatzen der Fruchtblase müssen nicht einmal sofort die Wehen einsetzen.«

»Sie haben gut reden«, sagte der Mann. »Es geht ja nicht um Ihr Kind.«

»Na, na!«, sagte Brennagel. »Mir kann das Gleiche passieren. Ich stehe seit Wochen unter größter Anspannung. Glauben Sie mir das. Man lässt sich ja so leicht verrückt machen.«

Er schaltete zurück und überholte einen Kleinlaster. »Und die Geburt ist erst der Anfang«, sagte er. Wer wisse denn, was danach alles komme!

Sie erreichten jetzt die Ausfallstraße. »Endlich«, sagte der Mann. »Geben Sie Gas.«

»Gut«, sagte Brennagel. Er drückte das Pedal durch, der Wagen zog schnell an. Als die Geschwindigkeit einhundertsiebzig überschritt, schaltete sich der Drehzahlbegrenzer ein. Brennagel nahm sofort den Fuß ganz vom Gas, ließ den Wagen am Straßenrand ausrollen und stellte den Motor ab.

»Was ist los?«, rief der Mann. Brennagel löste die Arretierung der Motorhaube und stieg aus, der Mann folgte ihm. Nebeneinander standen sie und sahen auf den Motor. »Also, was ist?«, sagte der Mann.

»Ich weiß nicht«, sagte Brennagel.

»Kein Sprit vielleicht?«

»Ausgeschlossen.«

»Scheiße!«, rief der Mann und schlug mit der flachen Hand auf den Kotflügel. Brennagel legte sein Jackett ab und krempelte die Hemdsärmel auf. »Setzen Sie sich hinters Steuer«, sagte er. Der Mann tat es. Brennagel löste das Zündkabel. »Starten!«, rief er. Der Anlasser drehte durch.

Der Mann sprang aus dem Wagen. »Kommen Sie«, sagte er und nahm Brennagel beim Arm. »Wir halten einen Wagen an.«

»Tun wir nicht«, sagte Brennagel. »Sie beginnen jetzt, sich falsch zu verhalten. Sie bringen sich nur von einer Schwierigkeit in die andere. Wir müssen uns konzentrieren.«

Der Mann ließ sich auf den Fahrersitz fallen. Brennagel klemmte das Kabel wieder fest. »Zünden«, sagte er. Der Motor sprang sofort an. »Gott sei Dank«, rief der Mann aus dem Wagen. Er rutschte auf den Beifahrersitz, Brennagel schloss die Motorhaube, stieg ein und lenkte zurück auf die Straße. Der Mann sah auf seine Armbanduhr.

»Nur ein paar Minuten«, sagte Brennagel. »Unter Gefahr neigt man dazu, alles falsch einzuschätzen.«

»Gerede«, sagte der Mann. »Mir helfen keine Sprichwörter.«

»Wer hat den Wagen repariert?«, sagte Brennagel.

»Okay«, sagte der Mann. »Sie haben recht.« Sie fuhren schweigend, bald kam die Abfahrt zum Klinikum, und kurz darauf hielten sie auf dem Parkplatz vor dem Hauptgebäude. Der Mann lief voran zum Eingang; erst an der Rezeption holte Brennagel ihn ein. Er orientierte sich kurz. »Hier die Treppen hinauf«, sagte er und stieg voran in den zweiten Stock. Vor der Stationstür nahm er den Mann beim Arm. »Sie sind noch nicht ganz ruhig«, sagte er. »Warten Sie noch ein paar Minuten. Sie dürfen keinen abgehetzten Eindruck machen. Atmen Sie tief durch. Konzentrieren Sie sich auf Ihren Körper.«

Der Mann machte sich mit einem Ruck los. »Hören Sie endlich auf!«, sagte er. »Ich will meine Frau sehen.«

»Gut«, sagte Brennagel. Er ging voran durch die Stationstür und sah sich kurz um. Dann trat er vor eines der Krankenzimmer, über dessen Tür eine grüne Lampe leuchtete. Er klopfte an. »Herein!«, rief es von innen. Brennagel öffnete die Tür einen Spalt. In dem Zimmer waren zwei Betten. Eines war leer, im zweiten saß aufrecht eine junge Frau, die einen Säugling im Arm hielt. Brennagel öffnete die Tür weiter und gab dem Mann ein Zeichen. Der schob sich an ihm vorbei und ging auf die Frau zu.

»Sabine«, sagte er.

Die Frau sah ihn erstaunt an.

Der Mann blieb stehen. Mit einer Hand hielt er sich am Fußgestell des leeren Bettes.

»Was ist?«, sagte die junge Frau. Der Säugling machte ein leises, piepsendes Geräusch.

Brennagel stand noch immer in der Tür. Der Mann drehte sich zu ihm um. »Was soll das?«, sagte er.

»Ihre Frau«, sagte Brennagel. Er wies mit dem Kopf. »Und Ihr Kind. Ein gesunder Junge. Felix. Ich gratuliere.«

»Das ist nicht meine Frau.« Der Mann fuhr sich mit der Hand übers Gesicht. Dann setzte er sich auf das freie Bett.

»Nicht?«, sagte Brennagel. »Vielleicht eine Verwechslung? Ich sah Sie auch neulich mit einer anderen Frau, in einem kleinen Lokal.« Der Mann schwieg. »Sie waren sehr innig«, sagte Brennagel. »Oder sollte ich mich getäuscht haben?«

Der Mann sah zu Boden. »Du Schwein«, sagte er. »Du Mistkerl.«

»Wer sind Sie eigentlich?«, rief jetzt die junge Frau. Sie hielt einen Knopf an der Wand gedrückt. Brennagel wies auf den Mann. »Mein Freund wird auch Vater«, sagte er. »Genau wie ich, zum ersten Mal. Da macht man leicht Fehler.« Er fasste den Mann am Arm, da traten ein Arzt und eine Krankenschwester ins Zimmer.

»Was geht hier vor?«, sagte der Arzt.

Brennagel zog den Mann am Arm vom Bett. »Mein Freund«, sagte er. »Es geht ihm nicht gut, vermutlich hat er sich in der Tür geirrt. Aber ich kümmere mich um ihn.« Er drängte den Mann aus dem Zimmer.

»Welche Station?«, rief der Arzt ihnen nach.

»Danke«, rief Brennagel zurück. Sie gingen die Treppen hinunter und aus dem Gebäude. Es hatte zu schneien begonnen. Auf der Windschutzscheibe des Wagens lag bereits eine Schneedecke. Brennagel stieg ein und stellte den Scheibenwischer an. Der Mann öffnete die Beifahrertür und beugte sich in den Wagen. »Sie können das nicht verstehen«, sagte er.

Brennagel nickte. »Natürlich«, sagte er. »Jedes Leben ist anders. Und wenn man von außen hineinsieht, ist es ein Abgrund.«

»Sie reden«, sagte der Mann. »Und was werden Sie jetzt meiner Frau sagen?«

»Nichts«, sagte Brennagel. »In fünf Wochen kommt unser Kleines, da ist noch viel zu tun.« Er wies hinaus durch die Windschutzscheibe. »Und Weihnachten soll ja deswegen nicht ausfallen.«

»Sie sind verrückt«, sagte der Mann.

Brennagel startete den Motor. »Steigen Sie ein«, sagte er. »Wir fahren.«

Kalte Ente

»Komischer Name«, sagte Thomas; er nahm noch einen Schluck und stellte das Bowlenglas auf den Gartentisch. »Was soll das mit Ente zu tun haben?« Gerade kamen Ellen und Susanne von der Terrasse herunter in den Garten, sie brachten Teller und Besteck. Linus war hinter ihnen, er trug eine Gabel.

»Schönes Geschirr«, sagte Lukas. Er hatte sich im Liegestuhl aufgerichtet. »Alt?«

»Von den Eltern damals zur Taufe«, sagte Susanne. »Ich hätte ja lieber was Modernes gehabt. Kennst du das, wo die Kanne aussieht wie eine Comic-Figur? Steht jetzt bei Schaffrath im Fenster.«

»Kenne ich«, sagte Lukas. »Aber daran sieht man sich leid. Mit diesem hier könnte man alt werden.«

»Wie du redest«, sagte Ellen. »Man soll meinen, du gehst demnächst in Pension.«

»Kein schlechter Ort«, sagte Lukas.

»Noch mal im Ernst«, sagte Thomas. »Kalte Ente. Dass es kalt ist, verstehe ich, aber Ente gibt doch keinen Sinn. Oder muss eine drin schwimmen? Und wenn ja, tot oder lebendig?«

»Ich kann es erklären«, sagte Lukas. »Soll ich? Auf eure Verantwortung?« Er schenkte sich ein Glas ein und hängte die Schöpfkelle an die Bowlenschüssel.

»Vielleicht später«, sagte Ellen. »Gleich kommen Hans und Beate, und Rolf kriegt den Grill nicht in Gang.« Lukas drehte sich in seinem Liegestuhl auf die Seite und sah in den hinteren Teil des Gartens, wo Rolf zwischen Obstbäumen vor dem Holzkohlengrill stand. Er blies gerade mit einem Blasebalg in den dunklen Rauch. »Können wir irgendwie helfen?«, rief Lukas.

Rolf winkte ab. Sie sollten nur zusehen, dass Linus ihm nicht zu nahe komme. Die Frauen gingen zurück ins Haus.

»Schöner Tag«, sagte Thomas. Aus dem Nachbargarten hatten sie eine Zeit lang Rasenmähergeräusche gehört, jetzt kam von dort die Stimme eines Fußballreporters.

»Gehst du eigentlich noch hin?«, sagte Lukas.

»Zu Borussia?« Thomas legte den Kopf in den Nacken. »Nur wenn schönes Wetter ist«, sagte er. »So wie heute vielleicht. – Hör dir das an!« Rolf hatte laut geflucht. Die beiden wandten sich zu ihm um.

»Ärger mit dem Ding?«, rief Thomas hinüber. »Sollen wir doch helfen?«

»Nein, nein!«, rief Rolf zurück. »Nur Finger verbrannt.«

»Dummes Fleisch muss runter.« Thomas faltete die Hände hinter dem Kopf. »Linus! Bleib schön hier bei Papa.«

»Übrigens, die Kalte Ente«, sagte Lukas. »Soll ich jetzt?«

»Was?«

»Erklären.«

»Ja, sicher. Mach nur.«

»Also«, sagte Lukas. »Ein gewisser General von Pape, zu Kaiser Wilhelms Zeiten, der trank nach dem Essen keinen Mokka, sondern bestand immer auf einem *kalten Ende* der Mahlzeit. Und das war dann dies«, Lukas tippte an die Bowlenschüssel, »Weißwein mit Sekt und ein paar Zitronenscheiben. Kalte Ente eben, verstehst du? Hat er quasi erfunden.«

»Wirklich?«, sagte Thomas. »Oder flunkerst du?«

»Nein, Ehrenwort!« Lukas legte eine Hand auf seine Brust.

»Keine Schwüre«, sagte Thomas. »Aber Kalte Ente? Ich weiß nicht.«

Jetzt kam Susanne zurück und setzte sich zu den beiden. »Was ist mit der Kalten Ente?«, sagte sie. »Stimmt was nicht damit?«

»Nein«, sagte Thomas. »Alles in Ordnung. Lukas hat nur gerade erklärt, warum sie so heißt.«

»Aber man glaubt mir nicht«, sagte Lukas.

»Und warum heißt Kalte Ente Kalte Ente?«, sagte Susanne.

»Wegen eines alten Generals«, sagte Thomas. »Der hat sie erfunden als kaltes Ende der Mahlzeit.«

»Verstehe ich nicht.«

Thomas tippte sich an die Stirn. »Na, ist doch klar: kaltes Ende – Kalte Ente!«

Susanne lachte. »So was kann auch nur Lukas sich ausdenken. Kaltes Ende, das ist doch lächerlich. Und du fällst natürlich darauf rein.«

»Ich falle auf gar nichts rein«, sagte Thomas. Er stand auf und nahm Linus, der neben einem Blumenbeet kniete, die Gabel aus der Hand. »Ich gebe nur auf deine Frage hin wahrheitsgemäß wieder, was Lukas über die Herkunft von Kalte Ente gesagt hat. Dabei enthalte ich mich jedes Kommentars. Heute ist Samstagnachmittag, das Wetter ist ausgezeichnet, und wir grillen. Wer also bin ich, ein drohendes Streitgespräch vom Zaun zu brechen?«

Susanne stand auf und ging zurück zum Haus. Gerade war Ellen mit einer Schüssel aus der Küchentür getreten. Susanne nahm sie am Arm und zog sie hinein.

Thomas deutete zu Rolf hin. »Vielleicht sollte man doch mal rübergehen.«

»Lass ihn«, sagte Lukas. »Erklär mir lieber, warum ein

Streitgespräch droht, bevor man es vom Zaun bricht? Kalte Ente stimmt jedenfalls, ich habs gestern im Radio gehört.«

»Im Radio!«, sagte Thomas und setzte sich. »Im Radio sagen sie vieles.«

»Warum sollten sie lügen?«

»Wenn wir wüssten, warum sie lügen, müssten sie damit aufhören«, sagte Thomas.

»Brillant!« Lukas klatschte in die Hände. »Ist das von dir?« Thomas gab keine Antwort, da stand Lukas auf und ging hinüber zu Rolf. »Kommst du klar?«, sagte er, als er neben dem rauchenden Grill stand.

»Sicher«, sagte Rolf. Seine Hände waren rußgeschwärzt. »Übrigens, worüber unterhaltet ihr euch? Ich empfange hier nämlich nur verstümmelte Sätze.«

»Ich habe erklärt, woher das Wort Kalte Ente kommt«, sagte Lukas.

»Interessant. Und woher kommt es?« Lukas wiederholte, was er gesagt hatte.

»Komisch«, sagte Rolf. »Jetzt Achtung!« Er nahm den Blasebalg, der Rauch verzog sich, und die Holzkohle wurde rotglühend. »Na also«, sagte er. »Komm, wir holen das Fleisch.« Zusammen gingen sie ins Haus. In der Küche ließ sich Rolf von Susanne ein nasses Handtuch geben, damit wischte er sich den Schweiß aus dem Gesicht. »Wo ist es?«, sagte er. »Im Kühlschrank?«

»Wir kommen mit«, sagte Susanne. Dann trugen sie zu viert die Salate und ein großes Holzbrett mit Koteletts und Würsten ins Freie.

»Wenn ich jetzt anfange, sind die ersten Teile in zehn Minuten fertig«, sagte Rolf. »Dann müssten Hans und Beate hier sein.« Er rollte den Grill zu den Liegestühlen. »Dass die überhaupt kommen«, sagte er. »Ich finde das riskant.«

»Ich bitte dich«, sagte Ellen. »Du hältst Schwangerschaft immer noch für eine Krankheit.« Außerdem sei Beate gerade erst in der siebenunddreißigsten Woche. Und nichts sei besser für sie als Bewegung und frische Luft.

»Trotzdem irgendwie erstaunlich«, sagte Thomas.

»Nicht erstaunlich, selbstverständlich«, sagte Susanne. Aber er wolle ja heute keinen Streit.

»Ich will nie Streit«, sagte Thomas. »Ich habe nur betonen wollen, dass ich ...« Er brach ab, im Haus klingelte das Telefon.

»Ich geh schon«, sagte Susanne und lief zur Terrasse. Ellen, Rolf und Lukas schauten ihr nach, dann legten sie Bestecke und Servietten zusammen.

»Übrigens apropos«, sagte Rolf, »das mit der Kalten Ente habe ich mal ganz anders gehört.«

»Und wie?«, sagte Lukas.

»Ich weiß nicht. Vergessen. Es war auf jeden Fall ganz anders. Ich glaube, es hatte überhaupt nichts mit Essen und Trinken zu tun.«

»Das klingt glaubhaft«, sagte Lukas. Er hob beide Hände. »Ich bin schon überzeugt.«

»Bitte!«, sagte Ellen. Dann zeigte sie auf Linus, der jetzt mit den Händen in dem Beet grub. Thomas zuckte die Achseln, da stürzte Susanne auf die Terrasse. »Das war Hans!«, rief sie. »Beate hat Wehen bekommen. Ich muss sofort hin.«

»Warte!«, rief Thomas. »Ich komme mit.« Er sprang aus dem Liegestuhl und klopfte auf seine Hosentaschen. »Der Autoschlüssel!«, rief er.

»Hab ich. Los, komm!«

Thomas lief ein paar Schritte, dann blieb er stehen und drehte sich um. »Mein Gott«, sagte er. »Linus. Ihr achtet doch bitte auf ihn?«

»Natürlich«, sagte Ellen. In der Garage wurde der Wagen gestartet.

»Also dann«, sagte Thomas. Kurz darauf knirschten die Autoreifen auf dem Kiesweg vor der Garage.

»Du meine Güte«, sagte Ellen.

»Und was tun wir jetzt?«, sagte Rolf. »Die können uns doch nicht so stehen lassen.«

»Hast du nicht verstanden?«, sagte Ellen. »Beate hat Wehen.«

»Ich bin nicht taub«, sagte Rolf. »Aber ist Susanne etwa Hebamme? Oder Thomas Arzt?«

»Du hast keine Ahnung«, sagte Ellen. »Vielleicht ist noch nichts fürs Krankenhaus gepackt. Oder Beate kann nicht mehr gehen. Da braucht man jede Hilfe.«

»Na dann«, sagte Rolf. Er wies auf den vollgestellten Gartentisch. »Ich bringe erst mal das Fleisch in den Kühlschrank.«

»Tu das«, sagte Ellen. Als er gegangen war, ließ sie sich in einen Liegestuhl fallen. »Wie soll man mit so einem Mann einmal Kinder kriegen?«, sagte sie.

»Du erwartest darauf hoffentlich keine Antwort«, sagte Lukas und setzte sich neben sie.

»Er kümmert sich um die drei, vier Sachen, die ihn interessieren. Alles andere ist ihm letztlich egal.«

»Er ist ein sehr lieber Mensch«, sagte Lukas.

»Natürlich«, sagte Ellen. »Aber stell ihn dir bitte einen Moment als Vater vor. Ich werde die ganze Arbeit haben, und er wird die Bremsen am Kinderwagen reparieren.« Sie stand wieder auf, ging zu Linus hinüber, der ein paar Schritte zur Garage hin gegangen war, und strich ihm über den Kopf. Dann sagte sie ihm etwas ins Ohr, nahm ihn auf den Arm und trug ihn zu den Liegestühlen. »Lieber Himmel!«, rief sie. »Dazu bist du bald schon zu schwer.«

KALTE ENTE

»Pass auf«, sagte Lukas. »Versuchsweise mal etwas ganz anderes. Du bist nämlich die Einzige, die sich noch nicht zu der Streitfrage Kalte Ente geäußert hat.« Er erklärte ihr kurz, woher der Name stammte.

»Ich weiß nicht, was das jetzt soll«, sagte Ellen. »Ich muss immer an Beate denken. Hoffentlich geht alles gut.« Sie setzte Linus ab und fuhr ihm einmal durchs Haar.

»Ja, hoffentlich«, sagte Lukas und schenkte sich ein Glas ein, da kam Rolf zurück in den Garten. »Wo warst du so lange?«, sagte Ellen.

»Ich hab noch mal angerufen«, sagte er. »Aber entweder sind sie schon weg, oder es geht keiner ran.«

»Was wolltest du denn? Die haben doch jetzt alles Mögliche zu tun.«

Rolf hob kurz beide Hände. »Ich weiß nicht«, sagte er. »Helfen eben.« Er ging zum Grill. »Die Holzkohle brennt total runter.«

»Lass sie runterbrennen«, sagte Ellen.

»Ganz meine Meinung«, sagte Lukas. »Und ich fahre dann mal nach Hause.«

»Bist du verrückt?«, rief Ellen.

»Nein. Aber was tue ich hier? Die Party ist vorbei. Beate hat Wehen, die Holzkohle verglüht, und ihr passt auf euer Patenkind auf. Wenn ich mich beeile, kann ich noch Sport sehen.«

»Das kannst du auch hier.«

»Ich bin hier nicht zu Hause«, sagte Lukas. »Und ich hätte auch Angst, den Augenblick zu entweihen.« Er stand auf und krempelte seine Hemdsärmel herunter. »Man stelle sich vor: Unter dramatischen Umständen tritt ein neuer Mensch ins Leben. An einem wunderschönen Samstagnachmittag, als wir eigentlich mit seinen Eltern grillen wollten. Ohne Zweifel ein

Ereignis, von dem wir später oft sprechen werden. Wisst ihr noch, wird es dann heißen, das war der Nachmittag, als Rolf sich am Grill beinahe die Finger verbrannt hätte. Und Thomas und Susanne hätten sich fast gestritten. Wir jedenfalls saßen da und warteten, und was soll man sagen: Plötzlich klingelte das Telefon.« Lukas nahm sein Jackett vom Liegestuhl und schüttelte den Kopf. »Und dann steht einer auf und verrät, dass ich dabei Fußball gesehen habe. Nein, vielen Dank.«

»Tut mir leid, aber ich kann hier auch nicht herumsitzen«, sagte Ellen. Sie fasste Rolf am Arm. »Lass uns zum Krankenhaus fahren, bitte!«

»Und Linus?«

»Fahrt nur«, sagte Lukas. Er warf sein Jackett wieder in den Liegestuhl. »Wenn ich es recht bedenke, ist so alles noch viel schöner.« Er zeigte auf Linus. »Schließlich sind wir zwei die einzigen Junggesellen hier.«

»Du bist ein Idiot«, sagte Rolf. »Aber vielen Dank.« Dann gingen er und Ellen ins Haus, und kurz darauf schlugen die Autotüren.

Als Lukas sich zurück in den Liegestuhl setzen wollte, hörte er wieder die Stimme des Fußballreporters. Der schrie auf, Torjubel übertönte ihn, da wurde das Radio abgestellt. Lukas stand einen Moment still. »Linus!«, rief er, »komm bitte mal mit.« Dann ging er langsam voran ins Haus, der Junge folgte ihm. In der Küche drückte Lukas ihm ein kleines Tablett in die Hand, darauf legte er ein paar Koteletts und Würste. »Wir zwei machen uns jetzt eine eigene Party«, sagte er. »Einverstanden? Mit allem Drum und Dran.«

Der Junge nickte. Lukas machte ihm ein Zeichen, er solle gehen, er nahm noch Gewürze von einem Regal und Soßen aus dem Kühlschrank, und als er auf die Terrasse trat, balancierte Linus gerade die Treppe hinunter. »Prima machst du das«, sagte Lukas und überholte den Jungen. Mit dem Blasebalg fachte er die Glut im Grill an, dann nahm er das Fleisch und die Würste von dem Tablett, das Linus ihm hoch über den Kopf entgegenhielt. Es gab ein zischendes Geräusch, als Wasser in die Holzkohle tropfte.

»Und jetzt kommt's ganz toll«, sagte Lukas. »Sag mal, deine Eltern haben doch einen tragbaren Fernseher. Weißt du, wo der steht?«

Der Junge lief voran ins Haus. Lukas trug den Fernseher aus dem Wohnzimmer auf die Terrasse. »Und wenn Papa Rasen mäht«, sagte er, »wo steckt er dann den Stecker ein?«

Der Junge zeigte auf eine Stelle unter der letzten Stufe zum Garten.

»Du bist ein Prachtkerl«, sagte Lukas. Er schloss den Fernseher an, zog zwei Liegestühle und den Tisch mit den Salaten und der Bowlenschüssel zur Gartentreppe und lief dann rasch zum Grill. Die Koteletts waren auf der Unterseite schon etwas dunkel geworden, Lukas wendete sie vorsichtig mit den Fingern. Dann füllte er sein Glas, indem er es in die Bowlenschüssel tunkte, häufte Kartoffelsalat auf zwei Teller und schaltete den Fernseher ein. Als er die Antenne ausgerichtet hatte, begann gerade die Nachrichtensendung in einem Privatkanal.

»Setz dich jetzt«, sagte Lukas. »Und nimm deinen Teller. Warst du eigentlich schon mal mit Papa bei Borussia?«

Der Junge schüttelte den Kopf.

»Da wird es aber Zeit«, sagte Lukas. Er legte dem Jungen eine Wurst auf den Teller. »Du kannst sie mit den Fingern nehmen«, sagte er. »Und entweder, du tust der Länge nach Ketchup drüber, oder du machst dir einen großen Klacks auf den Teller und stippst die Wurst jedes Mal rein.«

»Und der Kartoffelsalat?«, sagte der Junge.

»Okay«, sagte Lukas. »Dafür nimm ruhig eine Gabel.«

Lukas aß und trank. Vor den großen Ferien hatte das Parlament zum letzten Mal getagt und noch eine Reihe Gesetze verabschiedet. Die Lösung der größten Streitfragen sei aber in die nächste Legislaturperiode verschoben, hieß es. In einem afrikanischen Land drohte der eben erst beigelegte Bürgerkrieg wieder auszubrechen, und ein van Gogh war für eine Rekordsumme versteigert worden. Lukas schaltete um, da begann die Sportsendung. Er leerte sein Glas und überlegte kurz, was er mit seinem Kotelettknochen machen sollte. Er sah zu dem Jungen, aber der starrte auf den Bildschirm, und da warf Lukas den Knochen mit Schwung hinter sich in die Obstbäume. Er schenkte sich nach.

Der Sportmoderator erläuterte gerade noch einmal die Situation an der Tabellenspitze. »Kalte Ente«, sagte Lukas und prostete ihm zu. »Ein Getränk aus Weißwein und Sekt mit Zitronenscheiben. Und mit einem komischen Namen. Stimmt's, Linus?«

»Was ist?«, sagte der Junge.

»Schon gut.« Lukas nahm ein zweites Kotelett.

Im ersten Spiel trafen der Tabellenführer und ein Verfolger aufeinander. Der Junge saß ganz vorne auf dem Liegestuhl, seine Wurst hielt er in der Hand, ohne sie zu essen. Das Spiel endete 0:0, und der Kommentator sprach von Betrug am Publikum. Lukas schüttelte den Kopf, dann begann er, den Knochen seines zweiten Koteletts abzunagen. »Spitzenspiele sind immer verkrampft«, sagte er. »Hörst du, Linus?« Und alle wüssten es, aber trotzdem schürten sie die Erwartungen. Das sei eigentlich der Betrug. Das solle er sich merken.

Im letzten Spiel ging es um den Abstieg. Die Borussia spielte Unentschieden auf eigenem Platz, im Interview danach sprach der Trainer von einem gewonnenen Punkt, die vielen Verletzten seien eben nicht zu ersetzen gewesen. »Gerede«, sagte Lukas. Etwas mühsam richtete er sich in dem Liegestuhl auf. »Das ist ein Grundsatz«, sagte er. »Linus, hörst du? Verlieren ist keine Schande!« Nur Lächerlichkeit töte.

»Was ist lächerlich?«, sagte der Junge.

»Gute Frage. Moment eben.« Den zweiten Knochen in der Hand, stand Lukas auf und ging hinüber zum Grill. Es lag noch eine Wurst darauf, aber die war schwarz und dünn wie ein Finger geworden. Lukas trat zum Zaun und schaute hinüber, dann vergrub er den zweiten Knochen neben einem der Zaunpfähle. Er dachte an die Geburt. »Eine Sache auf Leben und Tod«, sagte er leise. Zurück an der Bowlenschüssel, füllte er wieder sein Glas. »Herzlich willkommen, kleiner Erdenmensch!« Er leerte das Glas in einem Zug.

Die Sportsendung ging gerade zu Ende. »Wo sind Mama und Papa hin?«, sagte der Junge.

»Weißt du doch!«, sagte Lukas. »Ins Krankenhaus. Mit Gebraus.« Sofort begann der Junge zu weinen.

»Es ist doch nichts Schlimmes!«, rief Lukas. »Onkel Hans und Tante Beate sollen bloß ein Baby kriegen.«

Der Junge schrie. Tränen liefen ihm über die Wangen. Lukas stellte den Fernseher ab und nahm den Kopf des Kleinen in beide Hände. »Es ist alles in Ordnung, hörst du! Mit Mama und Papa ist alles in Ordnung.« Der Kleine wand sich aus seinem Griff und lief heulend ins Haus.

»Scheiße!«, sagte Lukas laut, dann ging er hinterher. Er fand Linus im Kinderzimmer, wo der gerade in ein rot und gelb gestreiftes igluförmiges Zelt kroch. Lukas hockte sich vor den Eingang. »Ich erzähle dir etwas Lustiges«, sagte er. »Einverstanden?«

Der Junge weinte leise.

»Also, pass auf«, sagte Lukas. »Ich wette, du weißt nicht, was Kalte Ente ist, oder?«

Der Junge schwieg.

»Also, Kalte Ente ist das, was wir heute Abend zusammen trinken wollten, aus der großen Schüssel. Aber jetzt kommt's! Warum um alles in der Welt heißt das Kalte Ente? Das hat doch nichts mit Ente zu tun.«

»Aber es ist kalt«, sagte der Junge aus dem Zelt heraus. Er schluchzte einmal auf.

»Stimmt«, sagte Lukas. »Es gibt viele Worte wie Kalte Ente.« Und meistens klängen die Erklärungen wie dumme Witze. Nicht einmal richtig seien sie immer.

Der Junge weinte wieder.

Und überhaupt, dachte Lukas. Wusste man, woher das Radio seine Weisheiten nahm? Er ließ sich ganz auf den Boden gleiten und rollte sich zusammen. Bald darauf schlief er ein.

Als Lukas erwachte, war es dunkel im Zimmer. Ihm tat der Kopf weh, als er sich ein wenig hastig erhob, fuhr ihm ein Schmerz in die Schulter und es wurde ihm schwindlig. Er ging wieder vor dem Zelt in die Hocke. »Linus?«, sagte er. Es kam keine Antwort. Auf allen vieren kroch Lukas in das Zelt. Hier war es noch dunkler. Er tastete. »Linus?«, sagte er. Der Junge war nicht da. Mein Gott, dachte Lukas. Er kroch rückwärts aus dem Zelt und lief in den Flur, dabei wäre er fast mit der schmerzenden Schulter gegen die Türfüllung gestoßen.

»Linus!«, rief er. Dann fand er einen Lichtschalter. »Linus!« Lukas lief hinunter. Er sah in alle Zimmer, dann lief er wieder hinauf. Im Schlafzimmer von Thomas und Susanne sah er unters Bett und in die Schränke. Da, gerade wollte er prüfen, ob die Falltür zum Dachboden verschlossen war, hörte er das Geräusch vorfahrender Wagen.

»Kalte Ente«, sagte er leise, dann lief er rasch die Treppe hinunter, und als die Haustür aufgesperrt wurde, saß er wieder im Garten vor dem laufenden Fernseher im Liegestuhl. Er schloss die Augen und ließ einen Arm über die Lehne hängen.

Unter denen, die auf die Terrasse traten, war auch Hans. Rolf nahm ihn beim Arm. »Schau dir das an«, sagte er. »Es ist nicht zu fassen.« Sie gingen hintereinander die Treppe herab. Ellen wollte Lukas anfassen, aber Rolf hielt sie zurück. »Lass ihn doch«, sagte er und schaltete den Fernseher ab.

»Er hat die halbe Bowle getrunken«, sagte Susanne.

»Die wäre jetzt sowieso zu warm.«

Am Haus wurde Licht eingeschaltet. »Was ist das?«, rief Thomas und kam zu den anderen.

»Lukas«, sagte Rolf. »Hat die Stellung gehalten. Ich mache ihn jetzt wach.« Er nahm Lukas' Arm und legte ihn zurück. »Aufwachen, Besuch«, sagte er.

Lukas öffnete die Augen und schaute hoch. »Donnerwetter«, sagte er. »Ist ja schon dunkel.«

»Sieh mal, wer da ist«, sagte Susanne und zeigte auf Hans.

»Ah!«, sagte Lukas. »Darf man gratulieren?« Er versuchte aufzustehen.

»Noch nicht«, sagte Hans. »Es war falscher Alarm. Beate bleibt zur Sicherheit die Nacht über im Krankenhaus, und ich werde hier einquartiert.«

»Falscher Alarm?«, sagte Lukas. »Ich hatte schon ein Willkommen auf deinen Sohn getrunken.«

»Wir wissen doch gar nicht, was es wird«, sagte Hans. Er hatte sich eine Gabel genommen und probierte die Salate.

»Mein Gott, du hast sicher Hunger«, sagte Susanne, »Warte, ich mache dir was.« Sie wandte sich um, dann blieb sie stehen. »Wo ist eigentlich Linus?«, sagte sie.

»Ja, wo ist Linus?«

»Wir haben Sport gesehen«, sagte Lukas. Er rieb sich langsam die Stirn. »Dann sagte er, er wolle ins Bett. Ich habe gefragt, ob ich helfen soll. Nein, sagt er, das kann ich alleine.«

»Das klingt gar nicht nach meinem Sohn«, sagte Susanne. »Aber wer weiß.« Zusammen gingen sie ins Haus, Hans stieß Lukas in die Seite. »Übrigens«, sagte er. »Ich habe gehört, ihr habt hier ein bisschen Namensforschung getrieben, während ihr auf uns gewartet habt.«

»Wie?«, sagte Lukas. »Ja, natürlich. Kalte Ente, darum ging es.«

»Und man wollte dir nicht glauben?«

»Nicht der Rede wert«, sagte Lukas. Mittlerweile waren sie im Flur. »Ich muss eben mal zum Auto«, sagte er. Die anderen protestierten. Nein! Natürlich fahre er nicht! Er müsse nur etwas holen. Lukas trat auf die Straße hinaus. Er sah sich um. Wenn der Junge einigermaßen wusste, wo das Krankenhaus war, dann konnte er nur in die eine Richtung gegangen sein: raus aus der Siedlung und zur Durchgangsstraße.

Lukas begann zu laufen. Aber was weiß man, was so ein Kind denkt. »Ruhig bleiben«, sagte er leise. »Kalte Ente.« Er lief schneller, zweihundert Meter vor der Einmündung musste er stehen bleiben, so sehr schmerzte es in den Seiten. Er bekam kaum noch Luft, beim Atmen gab es ein rasselndes Geräusch. Er versuchte auszuhusten, dabei hätte er sich beinahe übergeben müssen.

Etwas langsamer lief er weiter. Wenn ich ihn nicht finde, dachte Lukas. Wenn ich ihn nicht finde. Dann erreichte er die Durchgangsstraße. Gerade fuhr ein Bus vorbei, und rechts, etwa hundert Meter weiter, trat ein kleiner Junge aus einem Wartehäuschen.

»Linus!«, schrie Lukas. Er lief, wieder gab es einen Stich in die Seite, und beim nächsten Schrei brachte er nur noch einen schrillen Ton heraus. Dann stolperte er, verlor das Gleichgewicht und schlug in den Grünstreifen neben der Fahrbahn. Sofort wollte er aufstehen, aber da musste er sich endlich mit aller Macht übergeben.

»Geht's wieder?«, sagte ein Mann in Uniform. Er hielt Lukas ein Papiertaschentuch entgegen. Neben dem Mann stand ein kleiner Junge.

»Linus«, sagte Lukas. Er musste noch einmal ausspucken. Dann stand er mühsam auf und sah an sich hinunter. »Danke«, sagte er.

»Und der Junge gehört zu Ihnen?«, sagte der Mann in Uniform.

Lukas nickte. »Familiensache«, sagte er heiser.

»Na ja«, sagte der Mann. »Ich muss dann wieder. Fahrplan ist Fahrplan.«

»Nochmals danke«, sagte Lukas, dann zog er sich vorsichtig das Hemd aus, wischte sich damit Hände und Gesicht ab und warf es in den Straßengraben. »Komm, Linus«, sagte er.

Sie gingen zurück in die Siedlung. »Wir machen jetzt Folgendes«, sagte Lukas. »Wir gehen hintenrum bei euch in den Garten, und wenn gerade keiner guckt, bringe ich dich nach oben. Du gehst sofort ins Bett, und ich verspreche, ich sage keinem, was du gemacht hast.«

Der Junge wollte etwas sagen.

»Alle sind wieder zu Hause«, sagte Lukas. »Falscher Alarm. Hörst du! Das Baby kommt frühestens morgen. Oder übermorgen.«

KALTE ENTE

Sie erreichten das Haus, vorn war alles dunkel, und durch die Garage gingen sie in den Garten. Bei den Liegestühlen drückte Lukas Linus auf den Boden. Aus dem Küchenfenster und aus der Terrassentür kam Licht. Lukas ging in die Hocke und zog sein Jackett an. »Aufsitzen«, sagte er leise, und mit dem Jungen auf dem Rücken ging er vorsichtig zur Terrassentür. Dann löschte er das Licht im Flur und rannte hinauf ins Kinderzimmer. Oben glaubte er wieder, sich übergeben zu müssen. Aber es ging noch gerade.

»Was ist denn los!«, rief es von unten.

»Ich bin es!«, rief Lukas zurück. Er ließ den Kleinen herunterrutschen, und der verschwand sofort in seinem Zimmer. »Kleine Orientierungsschwierigkeiten.«

Jemand schaltete das Licht wieder ein.

»Danke«, rief Lukas und stieg langsam die Treppen hinab.

»Wir hatten dich schon ziemlich vermisst.« Alle saßen jetzt um den Tisch in der Küche. Hans aß. »Erzähl mal«, sagte er. »Wie war es denn eigentlich so als Babysitter?« Die anderen lachten.

»Keine besonderen Vorkommnisse«, sagte Lukas. »Eintracht gegen Bayern ist unentschieden ausgegangen, und Borussia hat einen Punkt geholt. Falls es jemanden interessiert.«

»Jedenfalls hat er der Bowle übel mitgespielt.«

Lukas nahm eine halb volle Bierflasche vom Tisch und trank daraus. »Ja und nein«, sagte er. »Es heißt nämlich Kalte Ente. Und angesichts des glimpflichen Ausgangs aller heute drohenden Katastrophen sollten wir unsere Worte wieder mit Sorgfalt wählen. Also bitte: Kalte Ente.«

»Und was ist das jetzt?«, sagte Hans. Susanne wollte ihm gerade nachlegen, aber er wehrte mit einer Geste ab.

»Danke der Nachfrage«, sagte Lukas und machte eine kleine Verbeugung. »Kalte Ente ist eine Mischung aus Weißwein und Sekt mit einer nicht unbedeutenden Zugabe von Zitronenscheiben. Soweit herrschte heute Nachmittag Einigkeit. Bei der Erklärung des Namens gingen die Meinungen dann auseinander. Allerdings konnte die Sache nicht mehr entschieden werden, da die Disputanten zu dringenderen Geschäften gerufen wurden.« Er trank die Bierflasche aus. »Erfrischend«, sagte er.

Die anderen schwiegen. Lukas setzte sich auf die Arbeitsplatte der Küchenzeile, schob den Vorhang des Fensters beiseite und sah hinaus in den Garten. »In äußerster Verkürzung«, sagte er, »gründet sich das Zustandekommen des Namens Kalte Ente auf die Ähnlichkeit der ansonsten weltenfern voneinander getrennten Worte Ende und Ente. Für solche Wortspielereien hält die Geschichte viele Beispiele bereit.« Er drehte sich wieder zu den anderen. »Mir fällt nur gerade keins ein.«

»Palatschinken«, sagte Hans. »Hat mit Schinken nichts zu tun, kommt vom lateinischen placenta.«

»Placenta?«, sagte Susanne.

»Ja. Kuchen.« Hans schob seinen Teller von sich. »Aber ihr seid nicht böse, wenn ich gleich zu Bett gehe? Es war doch ziemlich nervig.« Er stand auf, und die anderen machten ihm Platz.

»Warte!«, sagte Susanne. »Ich komme mit und zeige dir alles.« Sie gingen zusammen hinaus.

»Das klang überzeugend«, sagte Rolf.

Lukas rutschte von der Arbeitsplatte. »Natürlich«, sagte er, »und wie gerne glaubt man werdenden Vätern.«

»Du bist unmöglich«, sagte Ellen.

Lukas winkte ab. »Einverstanden. Fährt mich jemand nach Hause?«

»Ich«, sagte Rolf. »Komm mit.«

»Ein denkwürdiger Abend, nicht wahr?« Lukas hatte das elektrische Schiebedach geöffnet und die Rückenlehne des Beifahrersitzes weit nach hinten geklappt. »Der gestirnte Himmel«, sagte er und wies nach oben. Sie bogen gerade in die Durchgangsstraße Richtung Innenstadt ein.

»Schnall dich an«, sagte Rolf.

»Klick«, sagte Lukas.

»Was machst du morgen?«

»Ich verbringe den Sonntag«, sagte Lukas. »Am Abend wird es vermutlich Palatschinken mit Kaltem Ende geben.«

»Manchmal verstehe ich dich nicht«, sagte Rolf.

»Was zu beweisen war.«

»Pass mal auf«, sagte Rolf. »Ich will dir mal was sagen, was noch keiner weiß. Nur, damit du siehst, wie ernst es mir ist. Also: Ellen und ich planen nämlich auch Nachwuchs.«

»Ach?«, sagte Lukas. Er richtete den Sitz wieder auf.

Rolf schlug einmal mit der flachen Hand auf das Lenkrad. »Wir haben schon einen Test gemacht. Deshalb wollte Ellen auch eben gleich los.«

»Halt bitte mal an.«

»Ist dir schlecht?«

»Nein«, sagte Lukas. Rolf fuhr an den Straßenrand, und Lukas nahm ihn bei der Schulter. »Ihr müsst mir alle verzeihen«, sagte er.

»Verzeihen? Was denn?«

»Die Kalte Ente. Es war gelogen. Ich wollte euch zum Narren halten. Nichts davon ist wahr. Ich habe nicht die geringste Ahnung, warum das Zeug so heißt.« Er zog Rolf zu sich herüber. »Aber du darfst es keinem sagen. Es bleibt ein Geheimnis zwischen uns. Versprochen?«

»Versprochen«, sagte Rolf und schüttelte den Kopf. Er fuhr zurück auf die Straße. Eine Viertelstunde später hielten sie vor dem Haus, in dem Lukas wohnte. Der fand nicht gleich den Verschluss der Beifahrertür und begann, gegen die Scheibe zu tasten, als sei er blind und eingeschlossen.

»Komm«, sagte Rolf. »Keine Fisimatenten.« Er griff an Lukas vorbei und löste die Verriegelung. Lukas stieg aus, schloss die Tür und beugte sich über das offene Schiebedach in den Wagen.

»*Visite ma tente!*«, sagte er und tat, als zwirble er einen Schnurrbart. »Besuch mich in mein Zelt, du schöne Kind.« Dann zog er den Schlüssel aus der Tasche und ließ ihn klirren.

Die Nötigung

Kehrstein schaltete das Autoradio aus. »Lass doch«, sagte seine Frau.

»Hast du nicht gehört, der Sender ging weg«, sagte Kehrstein.

»Es gibt Autoradios, die automatisch auf den nächsten Sender umschalten.«

»Auf den nächsten Sender mit Verkehrsfunk vielleicht.« Kehrstein öffnete das Seitenfenster einen Spalt. »Zieht es?«, sagte er. Die Frau rieb sich die linke Schulter. »Ich weiß nicht.« Kehrstein schloss das Fenster wieder. »Wie ist es? Rast in einer Stunde?«

Die Frau holte die Straßenkarte aus dem Handschuhfach und schaltete die Innenbeleuchtung ein. »Nein«, sagte sie nach einer Weile, »nicht so lange noch. Auf jeden Fall vor Metz.«

»In Ordnung«, sagte Kehrstein. »Aber es muss hell sein.« Rast im Dunkeln sei blöd.

Sie fuhren seit einiger Zeit auf der Autobahn durch die Ardennen. Mitten in der Nacht waren sie aufgebrochen, jetzt begann es zu dämmern; ihren Ferienort am Mittelmeer würden sie nicht vor Abend erreichen. Kehrstein schaltete das Radio wieder ein und drehte an der Senderwahl. Sie hörten die Nachrichten in französischer Sprache.

»Was sagen sie?«, fragte Kehrstein, als wieder Musik folgte.

»Ich habe nicht zugehört«, sagte die Frau.

»Schade«, sagte Kehrstein. »Wir müssen aber wieder Französisch sprechen. Auch miteinander.«

»Hast du das Lexikon eingepackt?«

»Sicher«, sagte Kehrstein. »Bei den Kassetten in der Reisetasche.« Er schaltete das Radio wieder aus. Sie überholten einen Laster, der Baumstämme transportierte. Vorne lagen die Stämme auf der Ladefläche der Zugmaschine, hinten auf einer Plattform mit Doppelachse, die keine Verbindung nach vorn hatte.

»Hast du so was schon mal gesehen?«, sagte Kehrstein.

»Was meinst du?«

»Der Holztransporter.« Kehrstein wies in den Rückspiegel. »Zwischen Zugmaschine und Hinterachse sind Last und Laster identisch.«

»Schön!«, sagte die Frau. Vielleicht sollte man es dem Fahrer mitteilen. Es könnte ihm den Weg verkürzen. Sie kniff Kehrstein ins Ohr. »Au!«, schrie er.

Ein paar Minuten später überholten sie einen weiteren Holzlaster, dann einen ganzen Konvoi. »Waldschäden«, sagte Kehrstein. »Die Frühjahrsstürme in den Ardennen.«

»Man sieht aber nichts«, sagte Kehrsteins Frau.

»Weil es noch zu dunkel ist.«

»Und woher weißt du es?«

Kehrstein zuckte die Schultern. In diesem Moment flammten hinter ihnen Scheinwerfer auf, es wurde hell im Wagen, eine Hupe dröhnte. Kehrstein riss den Wagen nach rechts zwischen die Holzlaster und trat auf die Bremse. Von der Rücksitzbank fiel die Tasche mit dem Reiseproviant. Ein Flaschenöffner schlug gegen die Mittelkonsole. Kehrsteins Frau schrie auf. Die roten Schlussleuchten eines Holzlasters waren sehr nah. Kehrstein riss den Wagen noch einmal nach rechts und brachte ihn auf dem Seitenstreifen zum Stehen. Die überholten Holzlaster fuhren vorbei, und der Wagen zitterte in ihrem Luftzug.

DIE NÖTIGUNG

Kehrstein schaltete die Zündung aus. Die Frau löste ihren Gurt und beugte sich zwischen den Sitzen nach hinten.

»Guck dir die Schweinerei an«, sagte sie und begann, die verstreuten Proviantsachen wieder einzusammeln. Eine Milchtüte war eingedrückt worden und leckte. Kehrsteins Frau packte sie in eine Plastiktüte. »Was sollte das?«, sagte sie dann.

Kehrstein legte die Hände auf das Lenkrad. »Ich habe mich furchtbar erschrocken«, sagte er. »Eine absolute Scheißreaktion war das. Aber ich dachte, der fährt mich über den Haufen.«

»Bist du müde? Soll ich weiterfahren?«

»Nein, nein. Schon gut. Der wenige Verkehr, weißt du, das lullt einen ein.« Kehrstein stellte den Innenspiegel auf die Abblendstufe, startete den Motor und fuhr zurück auf die rechte Spur. »Außerdem war das glatte Nötigung«, sagte er. »Einen so anzublinken und auf die Entfernung, das ist eine Schweinerei, und verboten ist das auch.«

»Hast du gesehen, was das für ein Wagen war?«

»BMW«, sagte Kehrstein. »Glaub ich jedenfalls. Siebener Reihe vielleicht, auf jeden Fall weiß oder ganz hell.« Er wies mit dem Kopf nach hinten. »Kann man das noch essen?« Kehrsteins Frau nickte, das meiste schon.

»Ich habe das neulich im Radio gehört«, sagte Kehrstein. »Es ist kein neuer Paragraf, nur eine strengere Auslegung der Gesetze. Juristisch gesehen, ich meine abstrakt, ist das nämlich völlig klar: Jemand zwingt mich, unter Androhung von Gewalt, und gegen meinen Willen, eine Handlung zu begehen. Das ist Nötigung.«

Kehrstein beschleunigte. Bald kamen die Holzlaster wieder in Sicht. Er wechselte auf die linke Spur und überholte sie zügig. »Wenn man das nur nach der Straßenverkehrsordnung beurteilt«, sagte er, »dann wäre es Fahren ohne Sicherheitsabstand. Zwei Punkte in Flensburg. Aber der Paragraf eins öffnet die Verkehrsordnung für das allgemeine Recht.«

»Wir sollten jetzt bald Rast machen«, sagte Kehrsteins Frau. »Die Sachen sind ziemlich durcheinander.«

»Von mir aus«, sagte Kehrstein. Der nächste Rastplatz lag unmittelbar neben einer Tankstelle. »Hier aber nicht«, sagte Kehrstein. Sie fuhren noch eine Viertelstunde, dann bogen sie in ein Areal mit überdachten Tischen und Bänken aus Holz. Auf der anderen Seite der Autobahn ging die Sonne auf, und ein rötliches Licht lag auf den Fenstern der parkenden Wagen. Kehrsteins Frau trug die Tasche mit dem Reiseproviant zu einem der Holztische, Kehrstein ging ein paar Schritte vom Wagen weg, streckte sich aus und schaute sich um. Von der Hauptspur des Rastplatzes bog eine schmalere Straße ab und führte in eine Senke hinunter. Dort waren weitere Stellplätze und ein kleiner Spielplatz mit hölzernen Geräten. Kehrstein machte noch ein paar Schritte dahin.

»Kommst du?«, rief die Frau.

»Moment noch!«, rief Kehrstein zurück. Unten stand ein großer, weißer BMW, Fahrer- und Beifahrertür waren offen, ebenso der Kofferraum. Daneben parkte ein Geländewagen, in dem zwei Männer saßen.

»Herbert!«

Kehrstein ging zurück und zu dem Tisch, auf dem seine Frau den Proviant ausgebreitet hatte. »Guck mal«, sagte sie. Die Äpfel hatten braune Stellen von dem Aufprall, und die hartgekochten Eier waren angeschlagen.

»Macht doch nichts«, sagte Kehrstein und suchte in den Frischhaltetüten nach einem Käsebrot. »Ich glaube, der Wagen, der von eben, der steht da unten am Spielplatz.«

»An welchem Spielplatz?«

»Da unten ist ein Kinderspielplatz«, sagte Kehrstein und wies in die Richtung. »Sehr schön, ein bisschen abseits, damit die Kinder nicht zwischen den Autos spielen. Da steht er. Alle Türen auf und der Kofferraum.«

»Bist du sicher?«

»Dass er das ist?« Kehrstein begann, eines der Eier zu pellen. »Was heißt sicher«, sagte er. »Großer BMW. Und hell. Hell war der auf jeden Fall. Außerdem ist nicht viel Verkehr.«

»Wie viele saßen eigentlich drin?«

»Hab ich nicht gesehen«, sagte Kehrstein. »Kann man auch gar nicht.« Er wies in seinen Nacken. »Wegen der Kopfstützen. Das sieht aus wie ein Kopf. Ich gehe gleich noch mal hin.«

»Wieso?«

Kehrstein zuckte die Schultern. »Nur so«, sagte er.

»Mach bitte keinen Blödsinn, ja? Versprichst du mir das?«

»Wieso Blödsinn?« Kehrstein hielt ein angeschlagenes Ei hoch. »Soll ich das noch essen?«

»Hartgekochte Eier machen Verstopfung. Jedenfalls drei Stück auf einmal.«

»Stimmt«, sagte Kehrstein und legte das Ei zurück. Er aß ein Schinkenbrot und goss sich Kaffee aus der Thermoskanne nach. »Wie schnell es jetzt hell wird«, sagte er.

Als die Frau begann, die Reste vom Proviant zum Wagen zu bringen, ging Kehrstein wieder ein Stück hinunter zum Spielplatz. Der Geländewagen war verschwunden, der BMW stand noch da, die Türen geschlossen, nur die Motorhaube war jetzt offen. Kehrstein blieb stehen und lauschte. Er meinte ein Geräusch zu hören, aber das konnte eine Täuschung sein. Schließlich ging er den Weg ganz hinab; da kam ein Mann hinter der Motorhaube hervor. Er war um die Vierzig, hatte dunkle Haare und einen schwarzen Schnurrbart. Er trug eine helle Hose und ein helles Hemd, die Ärmel waren aufgerollt.

»Sie haben ein Problem?«, sagte Kehrstein. »Kann ich vielleicht helfen?«

Der Mann rieb seine Hände an einem Tuch. »Ach, ein Landsmann«, sagte er. »Nein, nein. Der Wagen ist neu, wissen Sie. Da schaue ich ab und zu mal rein.«

Kehrstein trat näher heran. »Ein schönes Auto«, sagte er. »Und der Motor? Sicher richtig frisiert.«

»Das kann man so nicht sagen.« Der Mann hatte inzwischen einen kleinen Beutel hervorgeholt, dem er ein Erfrischungstuch entnahm. Damit reinigte er weiter seine Hände. »Ein paar Modifikationen«, sagte er. »Alles etwas sportlicher ausgelegt.«

»Fährt sicher seine zweihundert«, sagte Kehrstein und ging einmal um den Wagen herum.

Der Mann lachte. »Allemal.«

Kehrstein wies auf die Reifen. »Rennfelgen aus Alu«, sagte er. »Ich verstehe davon nichts«, er ballte eine Faust am angewinkelten Arm, »aber es sieht stark aus.« Dann strich er mit der flachen Hand über den Kotflügel. »Ich denke immer, schnelle Autos machen aggressiv«, sagte er. »Wenn da einer auf der linken Spur mit hundertzwanzig einen Laster überholt, und ich komme von hinten mit zweihundertzwanzig, Mann, der steht ja für mich auf der Stelle. Und eh der nach rechts verschwunden ist, da muss ich doch voll auf die Bremse.«

Der Mann zuckte die Schultern, er fahre viel im Ausland, und da sei meistens Limit hundertzwanzig. Daran habe er sich schon fast gewöhnt.

»Unsinn!« Kehrstein schob sich an dem Mann vorbei, öffnete die Fahrertür und beugte sich ins Wageninnere. »Schon

DIE NÖTIGUNG

die Instrumente«, sagte er. »Wie die Nadeln dann ausschlagen. Alles knapp vor dem roten Bereich. Und plötzlich so ein Kriecher auf der Überholspur. Ab! Weg mit dem Kerl!« Er deutete auf eines der Instrumente an der Mittelkonsole. »Was zeigt das an?«

Der Mann sah ihm über die Schulter. »Die Öltemperatur«, sagte er.

»Faszinierend!« Kehrstein setzte sich auf den Fahrersitz. »Da sitzen Sie also hier und wissen, wie heiß gerade das verdammte Öl im Motor ist. In meinem Motor ist auch Öl, und nie weiß ich, wie heiß es ist. Man muss sich das vorstellen, das könnte doch mal zu heiß werden, das Öl. Und was dann, frage ich Sie?«

»Dann geht Ihre Ölwarnanzeige an«, sagte der Mann und sah auf seine Armbanduhr. »Ich denke, ich muss mal weiter.«

»Tatsächlich?« Kehrstein legte seinen rechten Zeigefinger auf eine Reihe von Knöpfen neben dem Fahrersitz. »Und wofür sind die?«

»Sitzverstellung«, sagte der Mann.

»Donnerwetter.« Kehrstein drückte einen der Knöpfe, und die Rückenlehne des Fahrersitzes neigte sich mit einem Surren nach hinten.

»Herbert!«, rief es in diesem Moment. Kehrstein stieg aus dem Wagen. Seine Frau stand oben am Weg und winkte. »Kommst du?«

Kehrstein winkte zurück. »Ich komme!«, rief er. Dann reichte er dem Mann die Hand. »Vielen Dank für die Vorführung«, sagte er. »War bestimmt das letzte Mal, dass ich in so einem Wagen sitze. Weiterhin viel Spaß damit.«

»Danke«, sagte der Mann. Kehrstein lief zu seiner Frau hinauf. »Du warst auf einmal weg«, sagte sie. »Ich dachte schon sonst was.« Sie wies hinunter. »Und, was ist? War er das?«

»Natürlich«, sagte Kehrstein.
»Und du hast Streit mit ihm angefangen?«
»Wieso Streit?« Kehrstein ging voraus zum Wagen. »Ich habe ihm ruhig und sachlich vorgehalten, dass er durch sein Verhalten zwei Menschen in eine gefährliche Situation gebracht hat und dass es den Straftatbestand der Nötigung erfüllt.«
»Und was hat er gesagt?«
»Kannst du dir ja denken.« Sie hatten den Wagen erreicht und stiegen ein.
»Kann ich nicht«, sagte Kehrsteins Frau.
»Er hat natürlich geleugnet, anfangs jedenfalls. Dann habe ich ihn darauf hingewiesen, dass ich im Gegensatz zu ihm für den Vorfall einen Zeugen habe. Dich nämlich.«
»Ich habe doch gar nichts gesehen«, sagte die Frau. »Ich könnte nichts beschwören.«
Kehrstein startete den Wagen. »Du sollst nichts beschwören. Ich wollte ihm nur Angst einjagen.«
»Und?«
»Er hat sich natürlich entschuldigt.« Als sie die Auffahrspur erreichten, beschleunigte Kehrstein und reihte sich ein. Es war jetzt ganz hell geworden, und der Himmel war fast wolkenlos. Kurz nachdem sie die Grenze zu Luxemburg passiert hatten, überholte sie der BMW. Kehrstein winkte hinüber. Der Mann winkte zurück und hupte einmal kurz. Schnell war er wieder verschwunden.
»Find ich aber nett«, sagte Kehrsteins Frau.
»Ja«, sagte Kehrstein. Bald darauf kam die französische Grenze in Sicht, und wieder passierten sie ohne Kontrolle. An der Mautstation kurbelte Kehrstein das Seitenfenster herunter und zog den Papierstreifen aus dem Automaten. Eine Angestellte in Uniform reichte ihm ein Faltblatt und

einen Aufkleber. Kehrstein gab beides seiner Frau. »Was steht da?«, sagte er.

Die Frau las. »Allgemeine Sicherheitsregeln für Urlaubsfahrer«, sagte sie. »Rast machen, Freiübungen, Obst essen und so weiter.«

»Und der Aufkleber?«

Die Frau hielt ihn hoch. Er zeigte eine Torte in Form eines Lenkrades, aus der ein Stück geschnitten war. Darunter standen ein paar Worte.

»Was heißt das?«, sagte Kehrstein.

»Du sollst mich fahren lassen«, sagte die Frau. »Damit ich ein Stück von der Torte kriege.«

»Bitte«, sagte Kehrstein. »Wir haben es tausendmal besprochen. Ich entspanne mich nicht, wenn du fährst.«

»Jaja«, sagte Kehrsteins Frau.

Vor Metz wurde der Verkehr dichter. Bald war die rechte Spur voller Laster, auf der linken fuhren die Personenwagen langsam daran vorbei.

»Das kann ja heiter werden«, sagte Kehrsteins Frau.

Kehrstein schüttelte den Kopf. »Das wird gleich besser«, sagte er. Er schlug leicht auf das Lenkrad. »Das ist die *autoroute du soleil*, die wird fast nur von Touristen befahren. Die Laster nehmen die Landstraße, wegen der Gebühr. Und Verkehr ist nur zwischen den Mautstationen.«

»Meinst du?«, sagte Kehrsteins Frau.

Kurz darauf kamen zuerst die rechte, dann die linke Spur zum Stehen. Kehrstein kurbelte das Schiebedach zurück und richtete sich auf.

»Siehst du was?«, sagte die Frau.

Er ließ sich wieder in den Sitz fallen. »Nein«, sagte er. »Aber ich glaube, ich sehe den BMW. Rechts, sechs oder sieben Wagen voraus.«

»Ach«, sagte Kehrsteins Frau. »Das ist doch eine Stunde her, dass der uns überholt hat.«

»Wer so hemmungslos rast, muss eben öfter anhalten«, sagte Kehrstein. »Er sammelt dann Kraft für seine Nötigungen.«

»Du hast immer noch Wut auf ihn«, sagte die Frau. »Lass ihn jetzt. Ich mag das nicht, wenn du dich über andere Autofahrer aufregst. Das hat was Kleinmütiges.«

»Ich rege mich nicht auf«, sagte Kehrstein. »Mich interessiert höchstens der Charakter. Stell dir das mal vor. Er jagt den Leuten Angst ein, dabei hat er es nicht einmal eilig. Als ich einmal in meinem Leben bei Rot über die Ampeln gefahren bin, hatte ich es verdammt eilig.«

»Und du hast gehupt und die Scheinwerfer an- und ausgestellt.« Die Frau fasste ihn beim Arm. »Das war meine schönste Autofahrt, trotz der Wehen.«

»Ja«, sagte Kehrstein. »Übrigens, ich bin nach wie vor davon überzeugt, dass eine Dreizehnjährige noch mit ihren Eltern in Urlaub fahren kann.«

»Nicht diese Diskussion«, sagte die Frau. »Wir haben das lange besprochen.«

Die linke Spur zog vor, und sie kamen knapp hinter den BMW zu stehen. »Also«, sagte Kehrstein. »Soll ich jetzt hingehen und mich bei dem Kerl dafür entschuldigen, dass ich ihn zur Rede gestellt habe?«

»Nein«, sagte die Frau. »Aber bis zum Hotel sind es noch tausend Kilometer. Und du willst die ganze Strecke fahren. Also bitte! Dann tu aber auch alles, damit die Fahrt so angenehm wie möglich wird.«

»Soweit ist es gekommen«, sagte Kehrstein. »Ich werde von der Autobahn gestoßen und muss das Maul halten.« Er kurbelte das Seitenfenster herunter und lehnte sich hinaus.

»Ich glaube, es ist ein Unfall«, sagte er. Die Frau riss das Papier von einem Schokoladenriegel und hielt ihn zu ihm herüber. »Abbeißen«, sagte sie. »Gibt verbrauchte Energie sofort zurück.«

Kehrstein biss ab und machte schmatzende Geräusche. Dann plötzlich zogen beide Spuren an. Er hatte Mühe, den Wagen in Fahrt zu bringen und Anschluss zu halten. Hinter ihnen hupte es. »Endlich«, sagte er. Kurz darauf fuhren sie an einer Baustelle vorbei.

»Jetzt kommen gleich die Kirchen«, sagte Kehrsteins Frau. Die Autobahn führte an einem Wasser vorbei, dahinter war die Innenstadt zu sehen. »Wie oft wollten wir hier schon aussteigen«, sagte Kehrstein.

»Hast du den BMW noch mal gesehen?«

»Der nötigt weiter vorne.« Die Frau lachte.

Hinter Metz schaltete Kehrstein das Autoradio wieder ein. Eine Zeit lang war ein deutscher Sender klar zu empfangen. Vor Nancy wurde der Verkehr vorübergehend wieder dichter, gegen Mittag fuhren sie durch Burgund. Es war warm geworden, Tafeln mit Leuchtbuchstaben über der Autobahn zeigten die Temperaturen an.

»Halt am nächsten Rastplatz?«, sagte Kehrstein. »Wir müssen auch tanken.« Kurz darauf bog er in eine Tankstelle ein und hielt vor den Zapfsäulen. Seine Frau wollte gehen, die Toiletten zu suchen, und er zeigte ihr, wo er parken würde. Nachdem er die Tankrechnung bezahlt hatte, fuhr Kehrstein den Wagen auf den Parkplatz, stieg wieder aus, setzte sich auf die Motorhaube und sah sich um. Da, etwa dreißig Meter weiter in derselben Reihe, parkte der weiße BMW. Der Fahrer stand daneben und sprach mit einem dunkelhaarigen, bärtigen Mann. Er gestikulierte stark. Einmal wandte er sich ab, ging ein paar Schritte auf die Straße und kam dann wieder zurück.

Kehrstein schloss den Wagen ab und schob sich zwischen den Autos der gegenüberliegenden Parkreihe hindurch. Hinter ihren Hecks geduckt ging er bis dahin, wo der BMW stehen musste. Er hörte die beiden Männer sprechen, und weil er nicht verstehen konnte, was sie sagten, kroch er auf allen vieren zwischen zwei Wagen näher heran. Er hielt den Atem an.

»Impossible!«, hörte er den BMW-Fahrer rufen. Der andere antwortete; beide sprachen Französisch, es schien Kehrstein, mit einem Akzent. Angestrengt versuchte er, der Unterhaltung zu folgen; es gelang ihm nicht. Einmal, glaubte er, nannten sie Zahlen, welche, hätte er nicht sagen können. Dann hörte er Namen heraus, von Orten vielleicht oder von Personen.

Aber was solls!, dachte Kehrstein. Er drehte sich um, und als er zwischen den Wagen hervorkriechen wollte, stieß er gegen die Beine einer Frau. Sie schrie auf, die beiden Männer hielten in ihrem Gespräch inne. Mit ein paar Schritten waren sie neben Kehrstein. Der richtete sich auf und klopfte sich den Staub von der Hose.

»Sie?«, sagte der BMW-Fahrer. Der bärtige Mann stellte hastig ein paar Fragen, aber der andere machte nur eine Handbewegung.

»Ja«, sagte Kehrstein. »Zufall, nicht wahr? Wir machen hier Rast. Meine Frau sucht die Toiletten.« Er zeigte zu den Gebäuden hinüber.

»Das ist nicht ihr Wagen«, sagte der Mann. »Und der hier auch nicht.«

»Nein, nein«, sagte Kehrstein. »Meiner steht da hinten. Ich habe mir die Füße vertreten, wissen Sie. Wir sind ja seit drei in der Früh unterwegs. Eigentlich sollte ich längst meine Frau fahren lassen, aber wissen Sie, ich entspanne mich nicht dabei.«

»Und was tun Sie auf dem Boden?«

»Dummheit«, sagte Kehrstein. Er zog ein Zehn-Franc-Stück aus der Hosentasche und hielt es hoch. »Runtergefallen«, sagte er. »Dabei brauche ich es für die Autobahn-Gebühr. Man tauscht ja nur Scheine. Wir verwahren immer ...«

»Ist gut«, unterbrach ihn der Mann. »Noch weit heute?« Kehrstein nannte den Namen des Ortes am Mittelmeer.

»Dann gute Fahrt«, sagte der Mann. Er nahm den anderen am Arm und zog ihn zurück zu dem weißen BMW. Dabei sprach er leise auf ihn ein. Kehrstein lächelte die Frau an, die etwas sagte, das er nicht verstand. Rasch ging er zu seinem Wagen zurück. Seine Frau stand vor der verschlossenen Beifahrertür mit zwei Flaschen im Arm. »Wo warst du?«, sagte sie.

»Schnell«, sagte Kehrstein. Er öffnete die Tür, half der Frau in den Wagen, dann stieg er selbst ein und startete den Motor.

»Aber was ist denn?«, sagte die Frau. »Wir wollten doch Rast machen.« Sie hielt die Flaschen zwischen den Beinen und bemühte sich, den Gurt anzulegen. »Was hast du denn?«

»Er ist wieder da«, sagte Kehrstein und setzte aus der Parklücke. Dann fuhren sie an dem weißen BMW vorbei, Kehrstein wies hinüber. »Wir müssen vor ihm auf der Spur sein.«

»Bist du verrückt«, sagte die Frau. »Was in aller Welt soll das? Fahrt ihr ein Rennen?«

»Vielleicht«, sagte Kehrstein. Er zog auf die Autobahn. »Ich habe ihn belauscht. Er trifft hier überall Leute. Deshalb hat er es so eilig. Überall hat er Termine. Die Autobahn ist sein Büro, verstehst du, und er ist hier der Chef.«

»Unsinn«, sagte die Frau. »Und zum letzten Mal! Das ist unser Urlaub. Seit Wochen freuen wir uns darauf, und jetzt drehst du durch, weil dich jemand angehupt hat.«

»Es war Nötigung«, sagte Kehrstein. Er hielt den Wagen

auf der linken Spur und schaute in den Rückspiegel. Wenn schnellere Fahrzeuge kamen, fuhr er nach rechts und ließ sie vorbei. »Nun komm schon«, sagte er. Nach einigen Minuten erschien der weiße BMW im Rückspiegel. »Das ist er«, sagte Kehrstein und drosselte das Tempo. Rasch war der Wagen knapp hinter ihnen. »Er hat wieder einen Termin«, sagte Kehrstein. »Du wirst sehen.«

»Lass das! Ich bitte dich.«

Der BMW blendete ein paarmal auf und hupte dabei. Kehrstein blieb auf der linken Spur. Eine Zeit lang überholten sie eine Reihe langsam fahrender LKW. Als sie daran vorbeigezogen waren, scherte der BMW nach rechts aus, aber Kehrstein setzte sich vor ihn. Der BMW musste scharf abbremsen, seine Reifen quietschten.

»Überholen auf der rechten Spur«, sagte Kehrstein. »Auch kein Kavaliersdelikt. Bringt einen in Teufels Küche. Zum Beispiel, ich ziehe nach dem Überholen zurück, guten Glaubens, kommt da einer aus dem toten Winkel, bumms, und ich werde zur Rechenschaft gezogen.«

»Was redest du? Lass ihn doch vorbei.«

Der BMW kam auf und zog auf die Überholspur. Kehrstein war schneller. Sie fuhren dicht an dicht.

»Unterschreiten des Mindestabstandes«, sagte Kehrstein. »Das hatten wir schon. Stell dir vor, ich müsste jetzt wegen eines plötzlichen Hindernisses abrupt auf die Bremse.« Er schaltete das Licht ein und gleich wieder aus. Der BMW machte eine Vollbremsung, schleuderte ein wenig und blieb dann zurück.

»Halt an!«, schrie Kehrsteins Frau. »Halt sofort an und lass mich aussteigen!«

»Warum?«, sagte Kehrstein. »Keine Ursache.« Dann fuhren sie eine Weile schweigend. Kehrstein sah von Zeit zu Zeit in den Rückspiegel. Als der BMW wieder erschien, überholten sie gerade das Schlussfahrzeug eines Militärkonvois. Der BMW fuhr wieder dicht auf, zog plötzlich nach rechts und verschwand zwischen den LKW.

»Verdammt!«, rief Kehrstein. »Der Hund nimmt die Standspur.« Er drückte das Gaspedal durch, der Wagen beschleunigte. »Mach schon, mach schon«, sagte Kehrstein und schlug auf das Lenkrad. Bald zog er mit Höchstgeschwindigkeit an den Militärlastern vorbei. Voraus in einer lang gezogenen Steigung war die Spitze des Konvois zu erkennen. Dort fuhren zwei Motorräder in einigem Abstand vor einer Reihe von Jeeps. »Ich schaffe es nicht!«, schrie Kehrstein. »Ich schaffe es nicht!«

Der weiße BMW kam gerade hinter den Militärlastern hervor, da hob der Fahrer des ersten Motorrads eine Hand und zog auf den Standstreifen. Der BMW bog scharf nach links und brach zwischen den Jeeps hindurch auf die Überholspur. Kehrstein bremste ab. Der BMW fuhr auf den Mittelstreifen und schleuderte zurück nach rechts. Quer zur Fahrbahn stehend hob er vom Boden ab und überschlug sich in der Luft. Er fiel mit der Fahrerseite zurück auf die Straße und überschlug sich weiter, bis er auf das Dach zu liegen kam. Die ersten Fahrzeuge der Militärkolonne hielten an. Kehrstein bog zwischen sie ein, hielt auf der Standspur und schaltete den Motor ab.

»Um Gottes willen«, sagte die Frau.

Kehrstein stieg aus und ging am Rand der Standspur entlang bis dahin, wo der weiße BMW mitten auf der Fahrbahn lag. Benzin lief aus. Soldaten des Militärkonvois kamen mit Feuerlöschern und Erste-Hilfe-Koffern; einer rief Kommandos, ein Jeep wurde quer gestellt, um die linke Spur zu sperren. Aus dem Fahrerfenster des BMW hing ein Arm.

Kehrstein drehte sich um. Seine Frau stieg gerade aus dem Wagen. »Nicht!«, rief er. Sie hielt inne. Im Laufschritt kehrte er zum Wagen zurück. »Das ist kein Anblick«, sagte er. »Außerdem wird schon alles unternommen. Lass uns weiterfahren.« Er startete, und auf der Standspur fuhren sie langsam an den Unglücksort heran. Ein Soldat winkte sie weiter.

»Wir haben jetzt Glück«, sagte Kehrstein. »Hinter uns haben sie gesperrt. Wer weiß, für wie lange.« Sie verließen die Standspur. »Wie weit noch bis Lyon?«

»Ich weiß es nicht«, sagte die Frau.

»Dann sieh auf der Karte nach. Daumenbreite gleich fünfzig Kilometer. Als Faustregel.«

Der Reservetorwart

Der Reservetorwart

Thomas Grüter hatte immer Mittelstürmer sein wollen, aber schon zu Schülerzeiten geriet er durch einen Zufall ins Tor. Seine Laufbahn begann er mit neunzehn bei einer Oberligamannschaft in der Provinz. Dort fiel er bald durch Sprungkraft und Reaktionsschnelligkeit auf; schon nach einem Jahr holte ihn ein Verein aus der Zweiten Liga. Daraufhin brach Grüter seine Berufsausbildung ab, sein Traum hatte sich erfüllt, er wurde Profi. Zuerst fungierte er zwar, wie abgesprochen, als Reservemann. Doch nach einem Leistungstief des Stammtorwarts nominierte ihn der Trainer, und gleich im ersten Spiel rettete Grüter mit einer Serie von Glanzparaden ein torloses Unentschieden gegen den Tabellenführer über die Zeit.

Als sich diese Leistung in den folgenden Spielen bestätigte, wurde die Sportpresse aufmerksam. Im Anschluss an eine Partie, bei der er in der Schlussminute einen Elfmeter hielt, wurde Grüter von zwei Fernsehstationen interviewt. Am Ende der Saison gehörte er zu den wenigen Spielern der Zweiten Liga, von denen man sprach. Niemand war überrascht, als er im Jahr darauf das Angebot eines Spitzenclubs aus der Bundesliga erhielt.

Grüter war selig. Gerade einundzwanzig Jahre alt, saß er als offiziell dritter Torwart zunächst nur gelegentlich auf der Auswechselbank. Doch beim Training und bei Freundschaftsspielen im Ländlichen stand er zwischen den Pfosten. An allen Besprechungen vor und nach den Begegnungen nahm er wie die anderen teil, nur bei den Auftritten seines Vereins im Ausland blieb er zu Hause.

So verging die erste Saison. Dann schied der Stammtorhüter wegen einer schweren Verletzung aus, und Grüter wurde vorübergehend zweiter Mann auf der Bank. Doch unter dem Druck der Öffentlichkeit verpflichtete der Verein einen Torwart von europäischer Klasse. Grüter wurde zunächst wieder auf seinen alten Posten versetzt; als aber unmittelbar darauf der zweite Torwart, enttäuscht über diese Entwicklung, den Verein verließ, wurde Grüter endgültig offizieller Reservemann.

Und dabei blieb es. Als Grüter die Mitte der zwanzig erreichte, war sein Name längst aus der Presse verschwunden. Ein paarmal hatten ihn andere Vereine abwerben wollen. Doch die ihm versprachen, er werde sofort ihre Nummer eins, konnten nur einen Bruchteil von dem bezahlen, was er schon bekam. Während er andererseits dort, wo er besser bezahlt würde, keinerlei Garantien für einen Stammplatz erhielt. Also blieb Grüter, wo er war. Vor Spielbeginn lief er kurz nach den anderen auf, zusammen mit dem ersten Torwart machte er ein paar Lockerungsübungen, dann stand er, während der erste Mann das Tor bezog, in der Nähe der Eckfahne und parierte dort bis zum Anpfiff die Probeschüsse der Stürmer.

Von seinem Platz am linken Ende der Bank verfolgte er das Spiel. In der ersten Zeit hatte er dabei noch auf die Fehler der Nummer eins geachtet, um die Chance seiner Nominierung abzuschätzen. Das tat er jetzt nicht mehr. Denn einmal hatte es geheißen, man dürfe einem Mann in der Krise nicht das Selbstvertrauen nehmen, dann, hastige Wechsel im Tor ermutigten nur die gegnerischen Stürmer oder brächten die eigene Abwehr ins Wanken.

DER RESERVETORWART

Wenn Grüter nicht beim Training war oder auf der Bank, wohnte er in dem schönen, freistehenden Haus am Stadtrand, das er sich hatte kaufen können. Dort saß er gerne auf der Terrasse oder im Wintergarten, wenn seine Frau, eine Jugendliebe aus seiner Heimatstadt, durch den Garten ging, das kleine Mädchen an der Hand. Außerdem sah Grüter regelmäßig die Welt. Er fuhr mit dem Verein zu den Auswärtsspielen der europäischen Wettbewerbe, dabei hatte er in der Regel ein wenig mehr als die anderen freie Zeit für Spaziergänge und Besichtigungen. Seitdem er durch Zufall eine Vorliebe für Zinnfiguren entdeckt hatte, zog er überall wo er war durch die Fachgeschäfte und suchte nach ausgefallenen Stücken.

Grüter war siebenundzwanzig und gerade wieder Vater geworden, da wurde der Verein zum dritten Mal während seiner Zeit Deutscher Meister. Das war in dem Jahr, in dem beschlossen wurde, die Liga für zwei Ostvereine aufzustocken. Spät am Abend der Siegesfeier saß Grüter alleine für sich in einer Ecke des Festsaals, vor sich ein Glas Champagner, und dachte über sein Leben nach. Da kam der Vereinspräsident und setzte sich zu ihm. Sie stießen an. »Bist du noch aufnahmefähig?«, sagte der Präsident.

»Klar«, sagte Grüter.

»Dann hör mal zu. Ich will, dass du es als Erster weißt: Sörensen geht nach Italien. Es ist seit einer Stunde perfekt. Morgen steht's in der Presse.«

»Wahnsinn!«, sagte Grüter. »Und wer soll für ihn kommen?«

»Keiner«, sagte der Präsident.

»Wieso?«, sagte Grüter. »Einen Torwart brauchen wir doch.« Oder ob er sich da täusche?

»Mann!«, rief der Präsident. »Du bist wirklich eine Nummer!« Er schlug Grüter gegen die Schulter. »Aber im Ernst. Der Trainer sagt, er will unbedingt einen neuen Torjäger. Und wir müssen auch ein bisschen sparen.« Man wisse ja nicht, was auf einen zukomme. Mit den Ostvereinen und überhaupt.

»Was soll das heißen?«, sagte Grüter.

»Du hast doch schon abgeschaltet«, sagte der Präsident. Er schüttelte langsam den Kopf. »Du gehst in die Bude, verstanden? Du wirst die Nummer eins. Numero uno! Mensch, wie lange hast du darauf gewartet!«

Grüter griff nach seinem Glas. »Wie lange habe ich darauf gewartet«, sagte er.

Der Präsident stand auf. »War vielleicht nicht der richtige Moment«, sagte er. »Aber morgen ist auch noch ein Tag.«

»Klar«, sagte Grüter.

Drei Wochen später begann die Vorbereitung zur nächsten Saison mit dem Trainingslager auf einer Insel im Süden. Im Flugzeug saß Grüter neben dem Trainer. »Was dir jetzt zugute kommt«, sagte der Trainer, »das ist, dass du jeden kennst. Du weißt, wer gut ist im Strafraum und wer nicht. Das heißt nicht, du musst alles alleine machen. Bloß nicht! Terget hilft dir. Aber du trägst letzten Endes die Verantwortung. Sag ihnen, wo sie stehen sollen. Verstanden?«

Grüter wollte etwas sagen.

»Mach dir keine Sorgen«, sagte der Trainer. »Wir fangen mit den Standardsituationen an. Freistöße, Ecken und so weiter. Und dann sehen wir ja, wo es noch hapert.«

Ein paar Reihen hinter ihnen saß der Brasilianer, der gerade als Torjäger gekauft worden war. Es hatte viel Aufregung gegeben, die Ablösesumme wurde geheim gehalten. Auf dem Weg zur Toilette kam Grüter an ihm vorbei. Der Brasilianer hatte ein Lehrbuch für Deutsch auf den Knien. Er hielt Grüter am Arm, legte das Buch zur Seite, schloss die Augen und sagte langsam: »Vielen Dank. Sie waren eine angenehme Gesellschaft.«

»Großartig«, sagte Grüter. »Fantastico.« Der Brasilianer grinste ihn an.

Am nächsten Tag begann das Training. Ein paar Reporter waren dem Verein gefolgt, um den Brasilianer spielen zu sehen, doch der stand meist an der Seitenlinie, sah den anderen zu, nickte mit dem Kopf, schüttelte ihn oder lachte lautlos vor sich hin. Man solle ihn vorerst lassen, hatte der Trainer gesagt. Sonst lief alles reibungslos. Das Wetter war ausgezeichnet.

Beim ersten Training im eigenen Stadion saß ein Dutzend Fotografen hinter Grüters Tor. Jetzt spielte der Brasilianer. Bei den Standardsituationen lief er blitzschnell von der Strafraumkante in Richtung Torraum. Er war klein, kaum eins siebzig groß; halb über den Ball gebeugt, drehte er sich um die eigene Achse, urplötzlich zog er ab. Die Fotografen hinter dem Tor tanzten vor Begeisterung.

In der Nacht vor dem ersten Punktspiel konnte Grüter nicht schlafen. Nebenan versuchte die Frau, den Säugling ruhig zu halten. Grüter warf sich von einer Seite auf die andere. Später stand er auf, ging in den Keller, nahm eine Zinnfigur aus der Vitrine, hielt sie unters Licht und stellte sie zu den anderen in eine Landschaft aus Sand und Kieselsteinen.

Das erste Punktspiel war ein Heimspiel, gegen einen eher schwachen Gegner, aber natürlich ausverkauft. An den Zäunen hingen Spruchbänder mit dem Namen des Brasilianers. Grüter lief hinter Terget, dem Mannschaftskapitän, aufs Spielfeld, einen Ball unter dem Arm. Als der Stadionlautsprecher ihn als Ersten aufrief, gab es viel freundlichen Beifall.

Das Spiel wurde dann beinahe ein Desaster. Die Abwehr

machte Fehler über Fehler, und obwohl Grüter sich fast die Lunge aus dem Hals schrie, musste er, zwischen vielen glänzend gemeisterten Szenen, zwei unhaltbare Schüsse einstecken. Auf der anderen Seite aber stach der Brasilianer. In der ersten Halbzeit von zwei Abwehrspielern gedeckt, zog er sich überraschend gegen die Richtung des Balles zurück, und durch die Räume hindurch, die er damit aufriss, gelang wenigstens ein Tor.

In der zweiten Halbzeit gab der Gegner die Doppeldeckung auf. Doch nun wechselte der Brasilianer von Angriff zu Angriff die Seite, mal hatte er zwei vor sich, die einander im Weg standen, mal keinen; er erzielte selbst ein Tor und bereitete ein anderes vor. Nach dem Spiel hielten sich Lob und Tadel die Waage. Einmütig aber hieß es, der Brasilianer sei eine Bereicherung für die Liga.

Am folgenden Sonntagmorgen, er saß auf der Terrasse seines Hauses, spürte Grüter, wie zornig er wurde. Die aufgeblätterte Zeitung auf seinen Knien, schloss er die Augen. Er hatte eine Drei plus in der Spielerwertung erhalten, guter Durchschnitt und besser, der Brasilianer eine Vier, länderspielreif. Grüters Frau trug den Säugling auf der Schulter durch den Garten, dabei klopfte sie ihm sanft auf den Rücken.

Grüter erinnerte sich an seine ersten Spiele im Tor, noch in der Schülermannschaft. Es war ungerecht, wie man mit den Torhütern umging. Wer ein Tor schoss, war ein Held, wer zehn verhinderte, tat nur seine Pflicht. Grüter stand auf und ging ins Haus. »Ich lasse mir jetzt nichts mehr gefallen«, sagte er leise. Er packte seine Sachen und fuhr zum Sportplatz. Als der Trainer mit den Reportern sprach, zog er den Brasilianer neben den Torpfosten. »Alberto«, sagte er. »Es wäre gut, du stehst bei Ecke hier, am ersten Pfosten.« Dazu klopfte er gegen die Aluminiumstange.

Der Brasilianer sah ihn an und legte den Kopf schief. »Ich klein«, sagte er. Dazu schlug er sich mit der flachen Hand auf das schwarze krause Haar.

Grüter nickte. Ebendeshalb. Über ihn könne er besser hinwegsehen.

Der Brasilianer zog die Oberlippe hoch, dass man seine leuchtend weißen Zähne sah. »Und Trainer?«

»Alles abgesprochen«, sagte Grüter.

Am nächsten Samstag, beim ersten Auswärtsspiel, hatte die Abwehr sich gefunden. Und der Brasilianer narrte seine Gegner. Es stand schon zwei zu null, da erhielten die anderen ihren ersten Eckball. Der Brasilianer stand am kurzen Pfosten, der Ball kam flach in den Strafraum, es gab ein Durcheinander an der Fünf-Meter-Linie. Da lief Grüter hinter den kleinen Mann, und als der Ball in Richtung Tor kam, packte er ihn um den Leib, zog ihn kräftig mit sich und rückwärts gegen den Torpfosten. Grüters Kopf schlug hart gegen das Metall. Der Brasilianer brauchte ein paar Sekunden, bis er von dem schlaff daliegenden Körper herunterkam. Ein paar Fotografen waren aufgesprungen und noch näher herangeeilt. Endlich ging der Ball ins Aus. Der Schiedsrichter winkte den Betreuern, Grüter wurde vom Platz getragen und kurz in der Kabine untersucht. Dann brachte man ihn ins Krankenhaus, wo seine Wunde genäht wurde.

Nach dem Spiel kamen Trainer und Präsident an sein Krankenbett. Der Präsident war außer sich. »Was hatte der Alberto da zu suchen?«, schrie er. »Da steht er doch nur im Weg!«

Der Trainer beugte sich über Grüters Bett. »Er sagt so was wie, das hättest du ihm gesagt.«

»Das muss ein Missverständnis sein«, sagte Grüter.

»Scheiße«, sagte der Präsident. »Werd' du nur wieder gesund.« Grüter schloss die Augen.

Am nächsten Tag erschien das Bild in der Presse: wie er dalag, hart neben dem Pfosten, und der Brasilianer über ihm. Grüter sah in die Spielerwertung. Der Brasilianer hatte eine Fünf bekommen, Weltklasse. Die Kommentatoren überschlugen sich vor Begeisterung.

Eine Woche später wurde Grüter aus dem Krankenhaus entlassen. Aber er wurde nie wieder gesund. Ihm blieb, so beschrieb er es immer, ein dumpfer Kopfschmerz zurück, der unregelmäßig und ohne Vorwarnung auftrete, gleich sehr heftig sei und dann zu Schwindelgefühlen führe und zu grauen Schleiern vor den Augen. Man versuchte vieles, ihm zu helfen, und nichts hatte Erfolg. Kurz vor Ende der Saison wurde seinem Antrag auf Sportinvalidität stattgegeben; der Verein und die Versicherung erfüllten ihre Verpflichtungen.

»Es war keine schlechte Saison«, sagte der Präsident auf der kleinen Feier nach dem letzten Spieltag. Grüters Verein war mit drei Punkten Rückstand Zweiter geworden, der Brasilianer mit weitem Vorsprung Torschützenkönig. »Wer weiß«, sagte der Präsident und prostete Grüter zu, »mit dir hätten wir es vielleicht geschafft.«

Grüter zuckte die Achseln. Er stieß mit allen Spielern an, zuletzt mit dem Brasilianer. Sie tranken, dann legte der kleine Mann ihm eine Hand um den Nacken und zog ihn zu sich herunter. Er küsste ihn auf den Mund.

»Ora«, sagte er. »Tomasinho. Sie waren eine angenehme Gesellschaft!«

Glatze

Mit achtzehn verlor Fribeck die ersten Haare. An einem Sommerabend kam er vom Training nach Hause. Er hatte schon kurz in der Halle geduscht, aber weil er ausgehen wollte, wusch er noch einmal ausgiebig seine Haare, die ihm damals ungefähr eine Handbreit über die Schultern fielen. Beim Durchkämmen merkte er, dass viel mehr Haare als gewöhnlich in der Bürste hingen. Er wurde ein wenig nervös, beinahe hätte er aufs Föhnen verzichtet. Den ganzen Abend fuhr er sich dann immer wieder mit der gespreizten Hand durch die Haare, und jedes Mal blieben ihm ein paar zwischen den Fingern. »Du«, hatte er zu einem Freund in der Diskothek gesagt, »ich glaube, mir fallen die Haare aus.« Aber der Freund verstand ihn nicht, die Musik war zu laut. Fribeck strich sich darauf das Haar nach hinten und machte eine verzweifelte Geste. Der Freund tippte sich an die Stirn.

Ein halbes Jahr später hatte sich Fribeck in Behandlung begeben. Er hatte seine Haare sammeln und zählen müssen, sie waren eingeschickt und analysiert worden, mehrfach hatte man ihm Blut abgenommen. »Nein«, sagte der Hautarzt schließlich, eine Krankheit liege nach allen Ergebnissen sicher nicht vor; und irgendwelche Medikamente könne er guten Gewissens nicht empfehlen. Was da auf dem Markt sei, das seien Wundermittel. Er jedenfalls glaube nicht daran.

Damit war Fribeck nicht zufrieden. Er rieb sich mit Salben ein und er nahm Tabletten, die ihm seine Mutter gekauft hatte; jeden Abend massierte er seine Kopfhaut mit einem stark riechenden Öl. Als nichts half, ging er zu einem anderen Hautarzt.

»Wie sieht denn dein Vater aus?«, sagte der Hautarzt, nachdem er Fribeck kurz mit der Hand durchs Haar gefahren war.

»Auf dem Kopf.«

»Glatze«, sagte Fribeck.

»Und der Großvater? Der Vater deines Vaters.«

Fribeck erinnerte sich nicht allzu gut. Ein unscheinbarer Mann mit einem dünnen Kranz kurzer weißer Haare.

»Na dann«, sagte der Arzt. Er zog ein Buch hervor, schlug es auf und machte Fribeck ein Zeichen, er solle hineinsehen. »Jetzt mal kurz ein bisschen stark sein!«, sagte er.

Es waren Fotos, Nahaufnahmen. Der Arzt blätterte langsam. Die Fotos zeigten Köpfe mit kahlen Stellen, unregelmäßig und flammend rot, manche schuppig, manche mit dickem, weißlichem Schorf bedeckt. Andere Kahlstellen waren kreisrund, wie aus dem Schopf herausgestanzt. Und endlich Schädel, auf denen nur noch dünner, farbloser Flaum wuchs.

»Das alles hier«, sagte der Arzt, »das ist krankhafter Haarausfall. Und seien wir ehrlich, das ist scheußlich.« Er schlug das Buch zu, dass es knallte. »Aber du«, sagte er, »du kriegst bloß eine Glatze. Eine wunderbar gleichmäßige Glatze mit glatter, straffer, glänzender Haut. Damit kann man sich abfinden.«

Fribeck wollte etwas fragen.

»Nein«, sagte der Arzt. »Keine Mittelchen. Pass nur im Sommer auf. Damit du nicht verbrennst.«

Auf dem Heimweg betrachtete Fribeck, wie dauernd in den letzten Wochen, die anderen Männer. Viele von den alten hatten eine Glatze. Und manche von denen im mittleren Alter. Aber so wenige junge. Und eigentlich niemand in seinem Alter! Fribeck blieb vor einem Schaufenster stehen. Einen Moment lang glaubte er, es sei jetzt gut, wenn er weinte. »Heul doch«, sagte er halblaut, doch dann ging er weiter zur Bushaltestelle, und das Gefühl ließ nach.

Im Bus saß er einem Mann gegenüber, der vielleicht vierzig war. Der Mann hatte seine Haare auf einer Seite sehr lang wachsen lassen, um sie über die beinahe kahle Mitte zu legen. Als er aufstand, fiel ihm eine Strähne quer übers Gesicht. Rasch strich er sie wieder zurück, und im gleichen Moment schwor sich Fribeck zu tun, was der Arzt gesagt hatte: sich mit allem abfinden und niemals einen Versuch unternehmen, die Tatsachen zu beschönigen. Und obwohl von seinem Haarausfall noch kaum etwas zu sehen war, ging er schon am nächsten Tag zum Friseur und bat, seine Haare kurz zu schneiden. Viel kürzer, als irgendeine Mode es damals erlaubte.

Der Friseur ließ Fribecks Haare durch die Hand gleiten. Er schüttelte den Kopf. Ein Jammer. Warum denn das?

»Nur so«, sagte Fribeck.

»Wie bitte?«, sagte der Friseur.

Fribeck stöhnte. »Ich muss zur Armee.«

Bis dahin war es eigentlich noch ein Jahr. Aber es ging jetzt alles sehr schnell. Natürlich war es furchtbar. Gut war nur, dass die kurzen Haare nicht alle im Kamm hängen blieben. Außerdem schüttelte Fribeck morgens als Erstes und ohne Licht zu machen sein Kissen, das machte es auch etwas leichter. Auf sein rasch dünner werdendes Haar und die tiefen Geheimratsecken angesprochen, sagte er später, er vertrage wohl den Stahlhelm und die Gasmaske schlecht. Dann nickten die Leute; dabei verbrachte Fribeck beinahe seine ganze Dienstzeit in einem Büro.

Doch viele waren es nicht, die ihn ansprachen. Rasch hatten sich nach dem Abitur die Schulfreunde verlaufen; Fribecks erste Liebe ging klaglos in die Brüche. Als er mit gerade mal zwanzig in die Universitätsstadt zog, da wuchsen in der Mitte seiner Schädeldecke nur noch ganz wenige dünne Haare, und die ließ er noch kürzer schneiden als den verbliebenen Haarkranz, sodass man sie gar nicht bemerkte. Alle lernten ihn so kennen, auch seine zweite Liebe.

Fribeck absolvierte sein Studium in normaler Zeit und ergriff, wieder in einer anderen Stadt, einen Beruf. Er heiratete seine dritte Liebe, Kinder bekamen sie leider nicht. Und längst sah er bis auf seine alten Eltern und eine etwas verwirrte Tante niemanden mehr, der ihn mit vollem Haar gekannt hatte. Fotos aus dieser Zeit gab es zwar, aber es waren nicht viele, und niemand bat ihn, dass er sie zeige. Fribeck wurde vierzig, was er noch leicht nahm, dann wurde er fünfundvierzig, was ihm ziemlich zu schaffen machte. Am Abend seines Geburtstages Ende Januar hätte er beinahe geweint.

In der Nacht schlief er schlecht, obwohl er wenig getrunken hatte. Und am Morgen, es war ein Sonntag, wurde ihm bewusst, dass er seit einiger Zeit fast dauernd an irgendetwas auf seinem Kopf fasste, kratzte und zog. Er stand lange nicht auf, um seine Frau nicht zu wecken. Endlich schlief er wieder ein. Beim Frühstück stöhnte seine Frau. »Was hast du denn?«, sagte sie. »Lass das doch!«

Fribeck ging wortlos ins Bad. Und im Spiegel sah er, dass da ein etwa zwei Zentimeter langes und äußerst kräftiges, ja regelrecht borstiges Haar links oben auf seiner Stirn wuchs, genau auf der Linie, an der entlang einmal der Haaransatz verlaufen war. Fribeck wunderte sich kaum; doch da er das Haar mit einer Pinzette ausriss, schrie er laut auf, es stiegen ihm Tränen in die Augen. Als er wieder beim Frühstück saß, schüttelte seine Frau den Kopf. Da sei Blut auf seiner Stirn. »Mach das bitte weg!«, sagte sie.

»Ja«, sagte Fribeck. »Natürlich. Gleich.« Aber er musste sich hüten, die Stelle zu berühren, so schmerzte sie.

Nach einer Woche gab es dann keinen Zweifel mehr: Das Haar wuchs nach. Und rechts wie links von ihm, genau entlang des ehemaligen Haaransatzes, wuchsen andere, ebenso kräftige Haare. Anfangs riss Fribeck sie alle aus, sobald er sie packen konnte. Manchen musste er vorher mit einer kleinen Klinge heraushelfen, sie wuchsen unter der Haut daher, dick und schwarz. Nach ein paar Wochen aber ließ Fribeck die Haare, er konnte die Schmerzen nicht mehr ertragen. Es war ihm, als wurzelten diese Haare sehr tief; wenn er sie ausriss, stach es ihn regelrecht, irgendwo im Körper, jedes Mal anderswo und jedes Mal schlimmer.

Allerdings fürchtete Fribeck jetzt, man könne, ja man müsse glauben, er habe, und mit lächerlichem Erfolg, eine Transplantation vornehmen lassen. Die neuen Haare wuchsen nämlich in Büscheln mit auffallend regelmäßigen Abständen. Am Anfang hielt Fribeck sie kurz geschnitten, doch da standen sie wie ein schwarzer Palisadenwall um die weiterhin kahle Mitte. Also ließ Fribeck sie wachsen; und da er nicht wollte, dass sie ihm in die Stirn fielen, musste er sie sorgfältig zurückkämmen. Jedes Mal dachte er dabei an den Mann von damals im Bus, und manchmal schauderte ihm. Zum Friseur ging er nicht mehr; er hatte Angst vor dem, was dabei zur Sprache kommen musste. Stattdessen kaufte er eine elektrische Haarschneidemaschine. Dass tatsächlich weder an seinem Arbeitsplatz noch sonst wo jemand eine Bemerkung machte, hielt Fribeck für einen erstaunlichen Akt der Schonung. Dass seine Frau nichts sagte, wunderte ihn noch mehr. Sie hielt sonst sehr auf Äußerlichkeiten, und er hatte diesen Zug an ihr immer geschätzt.

Fribeck selbst stand freilich Stunden vor dem Spiegel im

Bad und betrachtete fassungslos, was da geschah. Nach etwa drei Monaten setzte sich der neue Haarwuchs nach hinten hin fort. Die frischen Haare standen jetzt einzeln, im Abstand von etwa einem Zentimeter, und da Fribeck in jeder Sekunde, die er sich unbeobachtet glaubte, darüber strich, schmerzten fast dauernd ihre Wurzeln, so wie am Morgen nach schwerem Trinken. Zu Beginn der Sommerferien wollte Fribeck aus Verzweiflung alle neuen Haare mit der Maschine ganz kurz schneiden, doch plötzlich bekam er Angst und ließ es sein. Aus dem Urlaub zurück, ging er zu seinem alten Friseur. Er wollte notfalls eine Andeutung machen; vielleicht wusste der Mann ja Rat. Aber es bediente ihn eine Aushilfskraft, und die verstand ihn nicht, so deutlich er auch wurde.

Am gleichen Abend, als Fribeck und seine Frau noch zusammensaßen, fragte er sie endlich, ob ihr denn wirklich nichts an ihm auffalle.

Sie sah ihn an. »Nein«, sagte sie. Was es denn sei?

»Mein Gott!«, rief Fribeck. »Meine Haare! Siehst du denn nicht! Schau doch bitte. Meine Haare wachsen wieder!« Er beugte den Kopf vor und schlug sich mit den Knöcheln auf den Schädel.

»Ja«, sagte die Frau. »Ein paar. Die sehe ich schon. Aber da hattest du doch immer noch welche. Du hast sie nur so kurz schneiden lassen.«

Fribeck fluchte laut und lief aus dem Haus. Es stand nicht gut um seine Ehe, seit Jahren nicht und aus vielerlei Gründen. Und während er an diesem Abend in einem Lokal saß, überlegte er zum wiederholten Male, ob eine Trennung, gegebenenfalls auf Zeit, nicht für beide das Beste sei. Dann ging er, schon angetrunken, ins Bahnhofsviertel. Er wollte in ein Bordell, brachte aber nicht den Mut auf und blieb die Nacht über in einer kleinen Pension.

Am nächsten Morgen kehrte Fribeck nach Hause zurück und versuchte alles zu erklären. Es liege an diesen Haaren, sagte er. Die brächten ihn vollkommen durcheinander. Seine Frau nannte ihn verrückt. Später wurde nicht mehr darüber gesprochen; doch im Laufe der Zeit erwies sich Fribecks Ehe als unrettbar, und kein halbes Jahr später verließ ihn seine Frau nach einem wütenden Streit.

Fribecks neue Haare wuchsen derweil weiter. Sie standen jetzt bereits im Abstand von weniger als einem halben Zentimeter, und sie blieben stark und borstig. Sie zu kämmen war auf Dauer unmöglich. Und obwohl Fribeck, der jetzt recht beengt zur Untermiete wohnte, alles Mögliche versuchte, standen sie ihm nur gerade und schmerzhaft vom Kopf. Als ein junger Mann aus seiner Abteilung, der sich für eine Aufbaumaßnahme im Osten gemeldet hatte, mit einer kleinen Feier verabschiedet wurde, hielt Fribeck es nicht mehr aus und nahm einen der alten Kollegen beiseite.

»Meine Haare«, sagte er. »Sie wachsen wieder. Ich weiß nicht, was ich tun soll.«

»Stimmt«, sagte der Kollege. »Jetzt, wo du es sagst!«

»Na endlich«, sagte Fribeck.

Der Kollege lachte. »Sehr merkwürdig«, sagte er, dann schlug er sich auf den Schenkel. »Setz dich in heißes Badewasser und füll es in Flaschen. Vielleicht wirkt es bei anderen auch. Wenn ja, verdienst du ein Vermögen.«

Sehr komisch sei das nicht, sagte Fribeck.

»Im Ernst!«, sagte der Kollege. »Oder lass wenigstens einen jungen Arzt darüber promovieren. Dann gehst du in die Geschichte ein.«

Ein paar Wochen später ging Fribeck tatsächlich zu einem Hautarzt. Von seiner Glatze redete er nicht, nur von den Schmerzen. Der Arzt untersuchte ihn, riss ihm eines der

Haare aus, Fribeck schrie, das Haar wurde eingeschickt, eine Blutuntersuchung veranlasst. »Ein normales Haar«, sagte der Arzt, als die Ergebnisse vorlagen. »Ziemlich kräftig, ja.« Aber das komme vor.

»Und was soll ich tun?«, sagte Fribeck.

»Wieso tun?«, sagte der Arzt. Er solle sich freuen. Viele Männer in seinem Alter hätten längst eine Glatze.

Fribeck suchte daraufhin einen Spezialisten auf und erzählte ihm die ganze Geschichte. Der Spezialist hörte ihn an, fasste ihm ins Haar und sah auf die Kopfhaut. »Sie belügen mich«, sagte er dann. »Ausgefallene Haare wachsen nicht wieder nach, das ist erwiesen. Ich sage Ihnen etwas: Sie wollen sich wichtig machen. Das ist Ihr gutes Recht. Aber machen Sie es auf eine andere Art. Und wenn Sie das nicht können, gehen Sie zum Psychiater.«

»Ich habe Fotos«, sagte Fribeck. »Fotos, auf denen ich kahl bin.«

»Natürlich haben Sie solche Fotos«, sagte der Spezialist. »Sonst würden Sie sich ja nicht hierher trauen.«

Fribeck wollte protestieren. Er werde schon Gehör finden. Plötzlich war er ganz kurz davor, sehr laut und ausfallend zu werden.

Doch dann ging er ohne ein Wort. Nein, hatte er sich gesagt. Nein! Solche Behandlungen musste er aus eigener Tasche bezahlen. Dabei ließen ihm die Unterhaltsleistungen momentan nur das Nötigste zum Leben. Und überhaupt! Die Zeit war einfach nicht gut gewählt. Er musste jetzt warten können. Am besten: er ließe das alles auf sich beruhen.

Langsam ging Fribeck nach Hause. Und wieder in seinem kleinen Zimmer, schor er sich alle Haare so kurz wie es nur eben ging. Es tat so gut wie gar nicht weh. Anschließend rasierte er seinen Schädel. Es hatte zu regnen begonnen. Fribeck öffnete das Fenster und hielt seinen Kopf hinaus, so weit wie möglich.

Ein paar Tage nach dem Scheidungsspruch besuchte Fribeck seine Eltern in einem Altersheim seiner Heimatstadt. Beim Abschied strich ihm die Mutter über den Kopf. »So kurz«, sagte sie. »Muss das denn sein?« Ob er noch wisse, was für schöne Haare er früher gehabt habe? »Ganz lang«, sagte die Mutter, »fast bis auf die Schulter.«

»Ja, Mama«, sagte Fribeck. »Ich erinnere mich.«

»Haben wir uns damals aufgeregt«, sagte der Vater. »Unser Sohn! Und jetzt!« Er lachte. Aber da könne man gar nichts machen. Er reichte Fribeck die Hand. So etwas liege nun einmal im Blut. »Denk einfach nicht dran«, sagte er. »Das ist jedenfalls nicht deine Schuld.«

Der Witwer

Niemals hatte sich Schürings vorstellen können, einmal Witwer zu sein. Natürlich wusste er längst, was ein Witwer war. An seinem Schulweg hatte ein Altersheim gelegen, mittags saßen dort alte Männer und riefen den Schulkindern hinterher. Das seien Witwer, hatte die Mutter gesagt, denen sei die Frau gestorben. Witwer, hieß es, sollte keiner sein. Schürings' beide Großväter waren vor seinen Großmüttern gestorben. Ihr Glück, sagte Schürings' Vater, und er wünsche sich bloß, es ginge ihm auch so.

Schürings war jetzt Witwer. Vor fünf Jahren, mit Anfang dreißig, hatten sie geheiratet. Zuvor hatten sie ein paar Jahre zusammengelebt, ganz selbstverständlich. Plötzlich drohte eine Versetzung, da waren sie zum Standesamt gegangen, um einen Termin zu beantragen. Und vor drei Monaten war Carola, Schürings' Frau, von einem Auto überfahren worden.

Er hatte die Nachricht im Büro erhalten. Es hatte geklopft, ein Polizist war eingetreten, hatte seinen Namen gesagt und gefragt, wer von ihnen Walter Schürings sei. Schürings war aufgestanden, der Kollege war sitzen geblieben. Ob er ihn allein sprechen könne?, hatte der Polizist gesagt, da war der Kollege hinausgegangen.

Zuerst hatte Schürings stumm dagesessen. Sein Kopf hatte wohl gebrannt, daran erinnerte er sich. Ob er geweint hatte, wusste er nicht. Sicher hatte er irgendetwas gebrüllt; er schämte sich jetzt dafür. Später hatte er Fragen gestellt. Ja, hieß es, vermutlich sei der Fahrer betrunken gewesen, natürlich, seine Personalien seien registriert. Der Prozess beginne aber frühestens in einem halben Jahr.

Schürings saß jetzt vor dem Fernseher und sah die Nachrichten. Die Arbeitslosenquote sei wieder gestiegen, sagte der Sprecher. Das nächste Bild zeigte eine Menschenmenge, davor Zahlen und eine Tabelle. Die aktuelle Statistik. Schürings wollte den Apparat ausschalten, aber er fand die Fernbedienung nicht. Ein Stapel Zeitschriften kam ins Rutschen. Schürings fluchte leise. Er müsste wohl oder übel eine Frau einstellen, die ihm ein bisschen Ordnung machte. Besonders in der Küche und im Bad. Als er die Fernbedienung gefunden hatte, wurde längst eine andere Meldung verlesen.

»Statistik«, sagte Schürings laut. Die Nachrichten waren ja derart verliebt in Stastik. Aber niemanden konnte eine Statistik trösten! Ein besoffener Mistkerl hatte seine Frau überfahren. So war das und nicht anders. Wäre er dabei gewesen, er hätte den Kerl aus dem Wagen gezerrt und umgebracht, auf der Stelle. Schürings stand auf. Wie der lallen würde! Nichts gesehen, keine Absicht. Stinkender Atem und Schweiß auf der Stirn. An den Haaren würde er ihn aus dem Wagen ziehen, das Gesicht nach unten gedrückt. Dann würde er ihn zu einer Wand schleifen, oder zum Bordstein, und er würde den Kopf dagegen schlagen. Bis es genug wäre, ohne ein Wort und ohne zu zögern. Später käme die Polizei, wahrscheinlich nähme man ihn gleich mit; sagen würde er jedenfalls nichts. Im Prozess bereute er dann alles zutiefst; er ist wohl nicht mehr bei sich gewesen. Schließlich sprechen sie ihn frei. Allerhöchstens bekommt er eine Strafe zur Bewährung.

Schürings schaltete den Fernseher aus, holte seine Jacke und verließ die Wohnung. Vor dem Lokal in der Parallelstraße hielt er kurz an; hierhin waren sie gegangen, wenn einer vergessen hatte einzukaufen. Häufig war das nicht passiert. Schürings lachte leise. Und natürlich immer nur ihm. Er ging weiter in Richtung Innenstadt. Es war ruhig in den Straßen, die Schulferien waren noch nicht zu Ende, und seit Tagen war es ziemlich heiß. Vor einem Kino las Schürings die Plakate. Ein, zwei Filme hätte er gerne gesehen, aber entweder hatten sie schon begonnen, oder sie fingen erst in einer Stunde an.

In der Hauptgeschäftsstraße hatte vor wenigen Tagen eine neue Passage eröffnet. Ein Projekt aus der Vorwendezeit, das sich jetzt, bei leeren Kassen, nur mit Ach und Krach noch hatte realisieren lassen. Am Eingang der Passage standen Wachleute in Uniform neben einem erleuchteten Wegweiser mit den Namen der Geschäfte. Schürings trat ein und fuhr die Rolltreppen hoch, mitten durch einen breiten Lichthof hinauf in den fünften Stock, von da führte ein leicht abschüssiger Weg an den Geschäften vorbei in einer lang gezogenen Spirale hinab. Alles war längst geschlossen, aber die Passage war voller Menschen.

Ab und an blieb Schürings stehen. Wenn er mit Carola an Geschäften vorbeigegangen war, hatte sie ihm Dinge gezeigt, die sie demnächst kaufen werde. Anfangs hatte er protestiert, dafür hätten sie kein Geld; später verstand er es: Carola sagte kaufen, wenn ihr etwas gefiel. Schürings lachte leise. In der Auslage eines Geschäftes für Küchengeräte stand ein Holzblock, in dem Messer mit gleichen Griffen steckten. Daneben waren blinkende Kupferkessel zu einer Pyramide gestapelt.

»Dreck«, sagte Schürings halblaut. Er ging weiter an den Geschäften entlang. Jetzt war niemand darin, aber über Tag saßen sie da und warteten. Zum Beispiel auf ihn!

Denn er sollte ja kaufen. Weiter kaufen, jetzt und immer: Lebensmittel, natürlich, und was man so dringend braucht.

Aber dann auch noch dies und jenes und das und das auch! Schürings überlegte: Ob er sich schwören könnte, es nicht mehr zu tun? Nie mehr zu kaufen? Nichts. Wenn er wirklich eine Frau einstellte, könnte die es erledigen. Er würde ihr Listen schreiben. Und er selbst beträte nie wieder ein Geschäft, nicht einmal im Notfall. Vielleicht würde er sogar aufhören, Geld bei sich zu tragen.

Er war über diesem Gedanken rascher gegangen. Bald war er am Ausgang der Passage angekommen, und wieder ging er an den Wachleuten vorbei. »Passt schön auf die Sachen auf«, sagte er leise und sah dabei zu Boden, da stieß er mit einer jungen Frau zusammen, die vor dem beleuchteten Wegweiser stand.

»Entschuldigung«, sagte er.

Die Frau hatte einen Notizblock fallen lassen. Schürings hob ihn auf und gab ihn ihr. Er legte die Hände zusammen. »Bitte«, sagte er. »Gehen Sie nicht hinein. Es ist alles geschlossen.«

Die junge Frau sah ihn an. »Ich weiß«, sagte sie. »Ich will auch nichts kaufen.« Sie hielt den Notizblock hoch. »Ich bin von der Zeitung. Ich schreibe nur darüber.« Sie wies ins Innere der Passage.

Schürings sah die Frau an. Sie war sicher viel jünger als er. »Ein Stimmungsbericht«, sagte er. »Für das Sommerloch?«

Die Frau zuckte die Schultern.

»Ich kann Ihnen eine Stimmung vermitteln«, sagte Schürings. »Ich bin gerade da durchgegangen. Von ganz oben alle fünf Stockwerke herunter. Und«, er hob einen Finger, »ich bin Witwer.«

»Wie meinen Sie das?«, sagte die Frau.

»Wie ich das meine!«, rief Schürings. »Sagen Sie bloß, Sie kennen das Wort nicht. Meine Frau ist tot.« Er wies nach draußen. »Ein Opfer des Straßenverkehrs. Und seitdem kaufe ich nicht mehr ein.«

»Das tut mir leid.« Die junge Frau steckte den Notizblock in eine Umhängetasche.

»Nein«, sagte Schürings. »Ich muss mich entschuldigen.«

»Kann ich etwas für Sie tun?«

Schürings schüttelte den Kopf. Sah die Frau eigentlich gut aus? Einen Moment glaubte er, das nicht mehr sagen zu können. Er war ja Witwer. »Oder doch!«, rief er. »Lassen Sie mich einfach neben Ihnen hergehen. Ich störe Sie auch ganz bestimmt nicht. Wir müssen nicht einmal sprechen.«

Die junge Frau sah zu den Wachleuten.

Schürings lachte sie an. »Sie sind hier vollkommen sicher.«

Die Frau lachte zurück, und er bot ihr seinen Arm. »Nur bis zur Rolltreppe?« Sie nahm ihre Tasche über die andere Schulter und hängte sich ein.

Schweigend fuhren sie hinauf. Oben angekommen, lehnte sich die Frau ein wenig über das Geländer und sah an den Rolltreppen vorbei hinunter. »Ziemlich tief«, sagte sie und zog den Notizblock wieder aus der Umhängetasche.

»Stimmt«, sagte Schürings. »Da springen später die enttäuschten Käufer in den sicheren Tod.« Die Frau wandte sich zu ihm.

»Vergessen Sie es. Ich wollte das nicht sagen.« Er wies in den Gang. »Wollen wir?«

Sie gingen jetzt langsam noch einmal den Weg, den Schürings gegangen war. Hin und wieder blieb die Frau stehen, sah in ein Geschäft oder machte sich Notizen. Er blieb nahe bei ihr. Einmal schien es ihm, als stellte sie sich mit Absicht eng neben ein Paar, das über eine schwarze Ledercouch sprach.

»Haben Sie gelauscht?«, sagte er, als das Paar weitergegangen war.

Die Frau zuckte die Schultern. Sie zeigte auf eine Lampe, die aussah wie ein Flugzeug und nur an einem dünnen Draht hing. »Wie wohl der Strom da reinkommt?«

»Keine Ahnung«, sagte Schürings.

Nach einer guten halben Stunde standen sie wieder am Ausgang der Passage. Schürings machte eine Handbewegung. Ob sie jetzt ihre Eindrücke zusammenhabe?

Die Frau wiegte den Kopf. »Kommt drauf an. Ich gehe jetzt nach Hause und schlafe eine Nacht drüber. Morgen stehe ich ganz früh auf, setze mich an den Schreibtisch, und dann muss es sich zeigen.«

»Darf ich Sie noch zu etwas einladen?«

»Ich weiß nicht«, sagte die Frau.

Sie waren schon auf den Bürgersteig getreten. Von hier aus sah man durch eine schmale Glasfront in die hellen Stockwerke der Passage.

»Ich bin Witwer. Tun Sie mir den Gefallen.«

Die Frau sah auf die Uhr. »Aber nur kurz.«

»Schön«, sagte Schürings. »Wie heißen Sie eigentlich?« Er bot ihr wieder den Arm.

»Julia.« Sie schüttelte den Kopf, und Schürings wies rasch auf die andere Straßenseite; dort sei ein Lokal, das er kenne. Sie gingen hinüber. Er hielt die Tür auf, die Frau trat ein, da blieb er stehen und sah zurück. »Ich weiß bis heute nicht, wie es passiert ist«, sagte er. »Sicher hat sie nicht aufgepasst. Sie hat irgendwas im Kopf gehabt und ist losgelaufen. All die Besorgungen, wissen Sie? So was geht hundertmal gut und einmal nicht.«

Die Frau war wieder zurückgekommen. »Wie lange ist es denn her?«

»Drei Monate«, sagte Schürings. »Seitdem bin ich Witwer.« Er ging jetzt voran in das Lokal, sie setzten sich an die hintere Schmalseite einer langen Theke. Schürings fragte, dann bestellte er für beide.

»Es muss ja nicht so bleiben«, sagte die Frau. »Sie sind doch noch jung.«

»Ja.« Schürings überlegte. Sie hatte recht. Ende dreißig, das ist doch kein Alter.

Die Getränke wurden gebracht, sie tranken einander zu. Dann sprachen sie über die Arbeit bei der Zeitung. Sie sei bislang nur Hospitantin, sagte die Frau, aber das Schreiben mache ihr wirklich Spaß. Und man habe ihr ein Volontariat in Aussicht gestellt. Schürings nickte; ja, er war sich jetzt sicher: Alles in allem sah sie sehr gut aus. Und Julia war doch ein schöner Name.

Die Frau erzählte, wie sie sich in der Redaktion selbst einen winzigen Schreibtisch frei geräumt hatte. Und den PC müsse sie mit sage und schreibe vier Kollegen teilen. Überhaupt gehe es da völlig chaotisch zu. Im Grunde so, wie man sich das immer vorstellt.

»Sie müssten erst meine Wohnung sehen«, sagte Schürings.

Die Frau zog die Augenbrauen hoch. Schürings fühlte sich rot werden. »Briefmarkensammlung«, sagte er leise. Dann lachte er. »Ich bin nur nicht sicher, ob ich sie finde. Bei mir liegt nämlich alles kreuz und quer.«

Die Frau sah wieder auf die Uhr, dann legte sie ein Geldstück auf die Theke.

»Entschuldigung«, sagte Schürings. »Das sollte ein Scherz sein. Sie müssen ja jetzt über alles schlafen.« Er trank sein Glas leer, winkte dem Kellner und zahlte. Die Frau war indessen aufgestanden; an der Tür holte er sie ein, draußen ging er noch ein Stück weit neben ihr her. Dann deutete sie auf das Schild einer Bushaltestelle.

»Richtig«, sagte Schürings. Sie waren stehen geblieben. »Übrigens. Haben Sie schon einen Aufhänger?«

»Einen was?«

»So sagt man doch. Der Aufhänger. Für Ihre Geschichte aus der Passage.«

»Nein«, sagte die Frau. »Einen Aufhänger habe ich nicht.«

»Dann beginnen Sie doch so«, Schürings trat einen Schritt zurück, räusperte sich und streckte einen Arm aus. »Gerade war es dunkel geworden, aber die Hitze lag noch über der Stadt. Da stieß ich am Eingang des glitzernden Konsumpalastes unversehens auf einen Witwer«, er legte die Hand auf die Brust, »der sich die Zeit totschlug. Sofort bot er an, mich zu begleiten. – Wie finden Sie das?«

»Nicht gut.«

Schürings nickte. »Dann will ich mich mal verabschieden.«

Die Frau reichte ihm die Hand. Er nahm sie kurz, dann wandte er sich ab und ging davon. Er bog in die nächste Querstraße und begann zu laufen; erst als er Schmerzen in der Seite bekam, wurde er langsamer. Vor dem Eingang einer U-Bahn-Station hielt er kurz inne. Dann stieg er hinunter. In der Mitte des Bahnsteigs stand ein Kiosk, dessen Fenster voller Zeitschriften hingen.

Schürings überlegte. Morgen würde sie sich also hinsetzen und schreiben, dann stünde es frühestens übermorgen in der Zeitung. Julia hieß sie! Er schlug sich an den Kopf. So eine Dummheit! Er hatte doch tatsächlich vergessen zu fragen, für welche Zeitung sie schrieb. Oder war es eine Zeitschrift gewesen?

»Das macht nichts«, sagte Schürings leise. Er setzte sich auf eine Bank. Ein paar Tränen liefen ihm übers Gesicht.

Zwei junge Mädchen, die vorbeigingen, hörten auf zu reden und sahen ihn an.

»Das macht nichts«, sagte er noch einmal. Dann fuhr er sich übers Gesicht. Er schaute hinüber zu dem Kiosk. So viel, das in Frage käme, gab es ja nicht! Und was er tun musste, war vollkommen klar. Er würde einfach alles kaufen.

Sturm im Wasserglas

Mit fünfunddreißig schrieb Bendewaldt einen Roman, und der wurde ein Bestseller. Mit neunundzwanzig hatte er einen Gedichtband veröffentlicht und dafür einen sehr renommierten Literaturpreis erhalten. Nicht viel später gab er sein Jurastudium auf. Er verfasste Kritiken und Essays, gelegentlich gestaltete er das literarische Nachtprogramm eines Senders. Mit einunddreißig schrieb er einen weiteren Gedichtband, der gut aufgenommen wurde, aber keinen bedeutenden Preis bekam. Die nächsten Jahre waren sehr hart, es fehlte an allem, und endlich stellte sich Bendewaldt die Existenzfrage; da setzte er sich hin und schrieb den Roman. Er hieß *Sturm im Wasserglas*.

Zur Buchmesse erschien eine Rezension in der führenden Zeitschrift; der Kritiker sprach vom traurigen Handbuch einer schicksalslosen Generation. Drei Tage später behauptete ein anderer Kritiker in der größten Tageszeitung das Gegenteil: Aus der Ereignislosigkeit leuchte die Humanität. Kurz darauf war die erste Auflage vergriffen, der Verlag ließ eiligst nachdrucken.

Bendewaldt stand jetzt im Mittelpunkt des Interesses. In der Messekoje des Verlags gab er Rundfunkinterviews, der Verleger improvisierte eine Präsentation. Es kamen zweihundert Leute in die Buchhandlung, die Veranstaltung begann mit einer halben Stunde Verspätung, weil noch Stühle besorgt werden mussten.

Als Einleitung sagte der Verleger, ja, alle seien überrascht, aber für ihn sei es wieder ein Beweis, dass Qualität sich durchsetze. Dann las Bendewaldt ein Kapitel aus seinem Roman; es handelte von der Reaktion eines Jungen auf die Geiselnahme bei den Olympischen Spielen in München. Anschließend meldeten sich Zuhörer und erzählten, wie sie es erlebt hatten. Zwei Fernsehredakteure kamen und wollten Features über ihn drehen. Einer entwickelte sogar schon kurz das Konzept. Später, auf dem Weg zu einem Weinlokal, zog der Verleger Bendewaldt zur Seite; er habe eben telefoniert, die dritte Auflage werde noch in der Nacht ausgeliefert. Außerdem erhöhe er das Honorar von zehn auf zwölf Prozent. Was er denn dazu sage?

»Danke«, sagte Bendewaldt. Wunderbar.

Zu der Runde im Weinlokal gehörte auch ein Kritiker. Er las aus seiner Besprechung von Bendewaldts Roman, die am nächsten Tag erscheinen würde. Die Besprechung sollte überschrieben werden mit »Ordnung und spätes Glück«. Bendewaldt bat um das Manuskript und steckte es ein, später nahm er es mit auf die Toilette und las es dort langsam durch. Er war ein wenig angetrunken. »Wunderbar«, sagte er beim Lesen.

Noch vor Mitternacht verabschiedete sich Bendewaldt. Gerade waren zwei Frauen gekommen, die Buchwerbung in Unternehmen machten. Sie würden sein Buch auf die Nummer eins setzen, sagten sie. So etwas spreche auch Menschen an, die sonst nicht viel auf Gefühle gäben. »Vielen Dank«, sagte Bendewaldt, schon im Stehen, und suchte sein Portemonnaie. »Nicht«, sagte der Verleger. Man beschrieb ihm noch einmal den Weg ins Hotel. »Auf Wiedersehen«, sagte Bendewaldt. »Und danke für alles.«

Draußen war es kühl. Bendewaldt fühlte sich nicht ganz wohl, er hatte den Tag über kaum etwas gegessen. Er atmete tief ein und aus, da wurde es noch schlimmer. Er sah sich um.

Die Straße war menschenleer, rechts und links Geschäfte; es sah eines aus wie das andere.

Plötzlich durchfuhr es ihn. Heute war alles noch gut gegangen. Aber das konnte nur ein Zufall sein. Er sah die Gesichter der Zuhörer vor sich. Die meisten waren in seinem Alter gewesen. Beim Signieren hatten ihm mehrere gesagt, es passe alles wie die Faust aufs Auge, und sie empfänden genauso. Ein Mann mit runder Brille hatte ihm lange die Hand gedrückt.

»Bah«, machte Bendewaldt. So war das kein Problem. Aber wenn nun jemand dabei gewesen wäre, der ihn nach Literatur gefragt hätte! Zum Beispiel nach seiner Theorie der Prosa. Dann wäre er schön dagestanden. Prosatheorie!

»Habe ich nämlich nicht!«, sagte Bendewaldt laut. Er spürte ein Gefühl im Magen. Bei den Gedichten war das natürlich anders gewesen. Und außerdem eine ganz organische Entwicklung: zuerst die Faszination der Vorbilder, Hölderlin besonders, dann die Auseinandersetzung mit der Moderne; später endlich die Versöhnung von Poesie und Alltagsrede. Er hatte selbst ein paar Essays darüber geschrieben.

Aber Prosa! Bendewaldt trat an eines der Schaufenster, in dem drei Puppen standen, denen nur weiße Tücher um die Schultern hingen. »Ich habe keine Ahnung von Prosa«, sagte er. Nicht die geringste.

Als er weiterging, wurde ihm noch schlechter. Er kam an einen kleinen Spielplatz inmitten der Fußgängerzone, und dort erbrach er sich in einen Abfalleimer. Dann setzte er sich auf eine Bank. Er schämte sich. »Immer noch besser als in den Sandkasten«, sagte er für sich. Dann dachte er nach. War sein Buch eigentlich sentimental? Er ging in Gedanken die Kapitel durch. Nein, nicht sentimental. Und auch nicht zynisch. Er hatte einfach alles so aufgeschrieben, wie es gewesen war.

»Jawohl!«, rief Bendewaldt laut. »Einfach alles aufgeschrieben.« Er hob einen Arm. »Mit links!« Prosa kann schließlich jeder. Da muss man nicht bei jedem Wort darauf achten, ob es auch richtige Literatur ist.

»Und dennoch sagt der viel, der Abend sagt«, sagte Bendewaldt leise. Er stand auf. Es schlug jetzt mehrfach zwölf. Er überlegte: Die dritte Auflage waren wieder mindestens fünftausend Stück. Mal zwölf Prozent? Er schloss die Augen und rechnete im Kopf, dabei wurde ihm schwindlig. Beinahe wäre er gefallen, da griff ihm von hinten jemand um die Arme und setzte ihn wieder auf die Bank.

»Danke«, sagte Bendewaldt.

Vor ihn trat ein Mann. »Betrunken?«, sagte er.

»Nein.« Bendewaldt schüttelte vorsichtig den Kopf. »Schlimmer. Ich bin verloren. Ich habe keine Theorie. Jedenfalls keine für Prosa.«

»Was Sie nicht sagen.«

»Nichts!«, rief Bendewaldt. »Nicht einen einzigen brauchbaren Satz.«

»Nicht so laut«, sagte der Mann. »Man könnte Sie hören. Und außerdem, wenn es Sie tröstet: Ich habe auch keine.«

»Wie bitte?«, sagte Bendewaldt.

Der Mann setzte sich neben ihn auf die Bank und gab ihm ein Papiertaschentuch. »Sie haben da etwas am Mund.«

Bendewaldt wischte es fort. »Das mit der Theorie«, sagte er dann. »Wie meinen Sie das: Sie haben auch keine?«

»Vielleicht darf ich mich vorstellen«, sagte der Mann. »Jakob Weber. Weber wie der Beruf. Sie haben vielleicht schon mal von mir gehört?«

»Sicher«, sagte Bendewaldt. »Tut mir leid. Ich habe alle Ihre Bücher gelesen. Zuletzt *Ding der Unmöglichkeit*.« Er reichte dem Mann die Hand. »Bendewaldt«, sagte er. »*Sturm im Wasserglas*.«

»Ich weiß«, sagte Weber. »Sie hatten heute eine Präsentation. Meinen herzlichen Glückwunsch.«

»Danke.« Bendewaldt schnippte mit den Fingern. »Aber Sie? Wie machen Sie es?«

»Ich? Was soll ich machen?«

»Sie sagten eben, sie hätten auch keine Theorie!«

Weber zündete sich eine Zigarette an. »Mimikry«, sagte er. »Und zwei goldene Regeln: Erstens unterdrücke ich jede Regung zum Abfassen theoretischer Essays.«

»Unterdrücken ist gut«, sagte Bendewaldt. »Aber bitte! Reden Sie weiter!«

»Zweitens antworte ich auf direktes Befragen ausweichend. Etwa in dem Sinne: Was das Buch nicht sagt, kann der Autor nicht wissen.«

»Fantastisch«, sagte Bendewaldt. »Was das Buch nicht sagt! Und die Kritik?«

»Erliegt einstweilen meinen Erfindungen. Klebt gewissermaßen am Stoff.« Weber kniff die Augen zusammen, als er den Rauch ausblies. »Und dabei muss es auch bleiben.«

»Es geht mir jetzt schon viel besser«, sagte Bendewaldt. »Vielleicht trinken wir noch einen zusammen. Ich würde Sie gerne einladen.« Er wollte aufstehen, da trat eine Frau hinter einem der Spielgeräte hervor.

»Guten Abend«, sagte die Frau, in der Hand hielt sie ein Mikrofon. Weber fluchte leise und warf seine Zigarette weg.

»Was ist?«, sagte Bendewaldt.

Weber wandte sich ab. »Wenn ich vorstellen darf: meine Exfrau, Literaturredakteurin bei der *Sonja*. Ich fürchte, Sie hat uns belauscht!«

Die Frau steckte das Mikro in eine Umhängetasche. »Richtig«, sagte sie.

Weber zündete sich eine neue Zigarette an. »Vier Jahre

habe ich mit dieser Furie gelebt. Ich arbeitete an *Ding der Unmöglichkeit*; sie kochte nachts Kaffee, und morgens tippte sie meine Manuskripte. Wie im Film. Aber es war alles Lüge. Heimlich besuchte sie Seminare bei Mergentheimer, der Schüler eines Adorno-Schülers. Dann wurde sie Kritikerin. Und jetzt leben wir im Krieg.«

»Glauben Sie ihm kein Wort«, sagte die Frau. »Dieser Schwächling hat vier Jahre lang vor mir das Genie gespielt. Jeden Tag eine Schaffenskrise und alle halbe Stunde ein ästhetisches Ressentiment. Dann habe ich rausgekriegt, dass sein theoretisches Niveau das eines mondsüchtigen Primaners ist.« Sie machte einen Schritt auf die beiden zu. »Ihr seid überhaupt ein schönes Paar«, sagte sie. »Hundsgemeine Aufschreiber, der eine wie der andere, und alles auf Kosten der Frauen.«

Weber blies den Rauch durch die Nase. Dann hustete er.

»Wieso?«, sagte Bendewaldt. »Wieso auf Kosten der Frauen?«

»Ihre Theorie«, sagte Weber. »Realismus ist Abgucken. Also praktisch Voyeurismus.«

»Stimmt«, sagte die Frau. »Euer sogenannter Realismus erschöpft sich in der Verdopplung der schlechten Realität und bestätigt damit die Unterdrückung von Minderheiten.«

»Frauen sind keine Minderheit«, sagte Bendewaldt. Das wisse er genau.

»Lassen Sie«, sagte Weber. »*Ding der Unmöglichkeit* ist in der *Emma* gelobt worden. Seitdem will sie meinen Kopf.«

»In *Sturm im Wasserglas* gibt es eine starke Frau«, sagte Bendewaldt. Er überlegte kurz. »Eigentlich gibt es bei mir nur starke Frauen.«

»Unsinn«, sagte die Frau. »Man sollte euch verbieten, Frauen überhaupt vorkommen zu lassen.« Sie stieß Weber mit dem Fuß gegen das Schienbein. »Lies die neue *Sonja*«, sagte sie. »Der Tag der Abrechnung ist gekommen.« Dann drehte sie sich um und ging davon. Ihre Schritte waren noch lange zu hören.

»Was tun wir jetzt?«, sagte Bendewaldt. »Bringen wir uns um?« Er versuchte, einen Arm um Weber zu legen, doch der schob ihn zur Seite. »Dazu besteht keine Veranlassung«, sagte er.

»Was soll das heißen?«

»Sie sind noch ziemlich grün hinter den Ohren.« Weber wies in die leere Straße. »Da geht sie hin. Heute ist der Fünfte, die neue *Sonja* erscheint in knapp zwei Wochen. Aber hier«, er tippte sich an den Kopf. »Alles drin, jedes Wort. Die letzte Szene eines neuen Romans.«

»Eines neuen Romans?«

Weber nickte. »*Kunstgewerbe*«, sagte er. »Und diesmal radikal autobiografisch. Kindheit in den Sechzigern, also die Macht der Konzepte, Ideologien und Alternativen; dann der lange Weg durch die Institutionen; schließlich das Ende der Kritik, die Versöhnung mit dem großen Ganzen.« Er hob einen Finger. »Von den historischen Ereignissen auf das Allerfeinste bestätigt! Und das Resultat? Na?«

»Ich weiß nicht«, sagte Bendewaldt.

»Natürlich die Renaissance des Tatsächlichen.«

»Ach«, sagte Bendewaldt. »Und sie? Ihre Frau.«

»Kommt natürlich vor«, sagte Weber. »Als das Gegenbild. Oder als das Zeitgenössische als das Ewiggestrige.« Er sah auf die Uhr. »Ich schreibe den Schluss noch heute Nacht; morgen geht er per Mail an den Verlag.« Er schlug sich auf die Schenkel. »Und zwei Tage nach der nächsten *Sonja* beginnt der Vorabdruck in der – na, Sie werden schon sehen. Es wird ein wunderbarer Skandal.« Er stand auf und reichte Bendewaldt die Hand. »Wenn Sie wieder mal in der Stadt sind, melden Sie sich ruhig. Ich würde mich freuen.« Dann ging er rasch davon.

Bendewaldt versuchte sich zu orientieren, aber als ein Taxi vorbeifuhr, winkte er und nannte den Namen des Hotels. Auf seinem Zimmer ging er gleich zu Bett. Ihn fröstelte. Beinahe hätte er das Buch übersehen, das auf dem Nachttisch lag. Es war *Sturm im Wasserglas*. Er schlug es auf. Ein frisches Exemplar der dritten Auflage mit einer Widmung des Verlegers.

»Danke«, sagte Bendewaldt. Er löschte das Licht. Dann merkte er noch, wie er einschlief.

Finale

Bei Kriegsende war Schilling knapp zweiundzwanzig. Die Nachricht von der bedingungslosen Kapitulation sprach sich schnell herum in dem Gefangenenlager auf dem Balkan. Jetzt kämen sie alle nach Hause!, rief ein Kamerad.

Schilling nickte kurz. Er hatte, als sie seine Stellung erreichten, die Marke weggeworfen und den Uniformrock eines gefallenen Schützen übergezogen. Dann war er aus dem Graben gestiegen, hatte ein weißes Tuch geschwenkt und die Augen fest geschlossen, damit er nicht sähe, wenn einer auf ihn anlegte.

Bei den Wachsoldaten im Lager war er beliebt. Manchmal strich ihm einer der dunklen Soldaten im Vorbeigehen über das blonde Haar oder über die Wange. Sie machten ihm Zeichen: Ob er sich überhaupt rasieren müsse? Schilling schaute dann nur zurück und lachte.

Anfangs geschah nichts. Viel später im Sommer kamen Lkws. Am anderen Morgen, Schilling stand alleine am Zaun neben dem Tor, hatte ein Wachsoldat ihn angesprochen und auf die Wagen gezeigt. »Weg!«, hatte der Soldat gesagt. »Du, weg!« Und so war Schilling durch das Tor gegangen, gleich vom Weg hinunter in ein Feld, auf dem sehr hoch der Mais stand, auf der anderen Seite in einen Wald, und dann immer weiter Richtung Nordwesten, bis er die ersten Schilder an den Kreuzungen entziffern konnte. Viel später nahm ihn ein Treck mit. Wo er wohne?, hatten sie gefragt, und er hatte eine Stadt ganz im Westen genannt, aus Angst.

In dieser Stadt holte Schilling nach, was ihm an seiner Ausbildung zum Ingenieur noch gefehlt hatte. Nach der Währungsreform trat er in eine Firma ein, die ihm solide schien. Die Geschäfte entwickelten sich gut, erstaunlicherweise auch im Export. Schilling heiratete, seine Frau brachte einigen Grundbesitz in die Ehe, und genau in den Wochen der Fußballweltmeisterschaft in der Schweiz zogen sie in ein neues Siedlungshaus mit großem Garten. Am Tag des Endspiels saß Schilling mit einem Bekannten aus Kriegszeiten auf der unfertigen Terrasse und hörte die Übertragung. Als das dritte Tor fiel, saßen sie stumm da und schauten sich nicht an. Als das Spiel aus war, weinten sie beide wie Kinder.

Später wurde Schilling leitender Ingenieur seiner Firma. Schon einige Male hatten ihn größere Unternehmen angesprochen, ob er nicht wechseln wolle. Er hatte immer abgelehnt. Im Sommer des Aufstands in Ungarn wurde seine Frau endlich schwanger. Daher ging Schilling, als er im Schaufenster eines Spielwarengeschäftes eine Modelleisenbahn aufgebaut sah, kurz entschlossen hinein und kaufte alles, was es gab. Im Kinderzimmer im ersten Stock baute er notdürftig die Schienen auf eine Platte, setzte den Tunnel darüber und die Häuser in die Mitte und ließ die Lokomotive ein paar Runden drehen. Aber die Frau verlor das Kind; aus dem Krankenhaus zurück, stand sie weinend vor der Platte.

Schilling hatte versucht, sie zu trösten. Vielleicht sei es ja besser so. Wenn es jetzt Krieg gebe und sie flüchten müssten, brauchten sie wenigstens nicht für ein Kind zu sorgen.

»Es gibt doch keinen Krieg«, sagte die Frau.

Schilling nahm Lok, Schienen, Tunnel und Häuser von der Platte und legte alles in eine Schachtel. »Natürlich«, sagte er.

Sieben Jahre später, als der amerikanische Präsident Kennedy in Dallas erschossen wurde, hatte Schilling tatsächlich das Unternehmen gewechselt. Er reiste jetzt häufig ins Ausland. Er verdiente ausgezeichnet; nur weil sie noch immer nicht wussten, wo sie am besten wohnen sollten, waren sie nicht in ein größeres Haus gezogen. Und weil sie den Platz im Grunde nicht brauchten. Seit einiger Zeit stand nämlich fest, dass sie keine Kinder bekamen.

In einer Nacht im nächsten Sommer, es wurden schon Bilder von der Olympiade in Tokio übertragen, stieg Schilling hinauf auf den Dachboden und holte die Schachtel mit der Modelleisenbahn. Er ging ins Kinderzimmer, in dem jetzt sein Schreibtisch stand, und baute die Schienen auf. Nichts war beschädigt, doch alles erschien ihm plump und unmaßstäblich. Der Tunnel, eine halbe Röhre aus Gips mit grünen Flocken darauf, war geradezu lächerlich. Unten im Wohnzimmer sah Schilling wieder den Prospekt an, der in der Fernsehzeitschrift gelegen hatte. Die Sachen dort sahen besser aus. Die Laternen an den Lokomotiven, hieß es, gäben richtiges Licht. In die Schornsteine konnte man Öl geben, sodass sie beim Fahren rauchten.

Zwei Jahre später, gerade stand die deutsche Nationalmannschaft im Endspiel in Wembley, füllte eine große Modelleisenbahn das Kinderzimmer bis auf einen halbrunden Platz vor der Tür. Dort saß Schilling, auf einem Drehstuhl hinter Trafos und Stellpulten, und ließ die Züge um eine Stadt mit Fachwerkhäusern und einer Kirche in der Mitte kreisen. Wenn sie vor dem Bahnhof mit den großen Glasfronten anhielten, war es still im Haus. Schilling stellte ein paar Weichen, und es gab ein feines Klicken. Seine Frau war vor einem Jahr ganz plötzlich gestorben. Tot umgefallen, nannte man das. Gelegentlich sahen Verwandte vorbei, meistens sein einziger Neffe, dem zeigte Schilling dann, wie alles funktionierte.

Er stand jetzt auf, trat ins Schlafzimmer und sah durchs

Fenster in den Garten. Aus den Nachbarhäusern kam die Stimme des Fußballreporters. Schilling rechnete nach, wie alt er jetzt war; beinahe könnte er noch für jung gelten. Er trat vor den Spiegel im Badezimmer. Sein Haar war immer noch voll; vielleicht ließ er es wachsen, wie es jetzt Mode wurde. Und bis heute musste er sich eigentlich nicht rasieren. Er tat es freilich jeden Tag.

»Immerhin«, sagte er laut in den Spiegel. Ein Wort von ihm, und er könnte zu einem der ganz Großen wechseln. Vielleicht sogar nach Amerika. Leute aus seinem Fachgebiet und mit seiner Erfahrung wurden händeringend gesucht.

Wieder bei der Modellbahn, setzte Schilling einen Zug in Bewegung. Der Zug kreiste. Wie es wohl wäre, dachte Schilling, wenn der Zug irgendwo verschwände und es Minuten dauerte, bis er von ganz anderswoher wiederkäme? Und völlig unerwartet! Fast bliebe einem das Herz stehen, wenn er so nahe vorbeizöge, voran das Stampfen der Lokomotive und dahinter das Rauschen der Personenwagen und das Klirren und Schlagen der Güterwaggons.

Schilling ging hinunter und hinaus in den Garten. Er sah sich um. Es war alles ein wenig verwildert. In einem kleinen Schuppen ganz hinten standen die Geräte. Er könnte jetzt gleich beginnen, wenigstens den Rasen wieder einmal zu mähen. Da traten die Nachbarn auf die Terrasse. Die deutsche Mannschaft habe verloren, riefen sie. Durch ein umstrittenes Tor! Von der Latte sei der Ball auf die Linie gesprungen, auf die Linie! Nicht dahinter.

»Schade!«, rief Schilling zurück. Dann grüßte er und ging zurück ins Haus. Er holte einen Hammer aus dem Keller und stieg hinauf ins Schlafzimmer. Dort versuchte er mit aller Kraft, den Kleiderschrank beiseitezurücken, doch der war zu schwer. Schilling räumte ihn aus und warf alles aufs Bett, jetzt ließ er sich ganz leicht schieben. Sorgfältig maß er Höhe und Breite aus, dann schlug er zwei faustgroße Löcher in die Wand. Er hatte richtig gemessen; im kleinen Zimmer lagen Mörtel und Steine genau auf den Schienen.

In dem Jahr, als ein palästinensisches Kommando bei den Olympischen Spielen in München die israelische Mannschaft als Geiseln nahm und alle dann, Geiselnehmer und Geiseln, auf einem Flughafen erschossen wurden, führte Schillings Modelleisenbahn durch die Mauer ins Schlafzimmer und dort an den Wänden vorbei, einmal rundum; das Kopfende der Betten überspannte eine gewaltige Brücke. Flüsse waren da, aufgeschnitten, dass man den Grund sah, die Kulissen von großen Fabriken, dahinter Berge mit steilen Hängen, perspektivisch verkürzt. Im nächsten Jahr würde Schilling fünfzig werden. Er hatte seiner Firma versichert, zu bleiben. Ein Assistent war ihm zugeteilt worden; der hatte ihn jetzt zum ersten Mal besucht. Zusammen saßen sie an der Anlage, Schilling bei den Trafos im Kinderzimmer und der Assistent mitten im Schlafzimmer. Gerade war aus einem Tunnel ein Zug gekommen. »Wie machen Sie das?«, rief der Assistent zum Flur hinaus. »Diesen Blindflug.«

»Ganz einfach«, sagte Schilling. Die Loks berührten Kontakte, und bei ihm glühten dann kleine Lampen auf. So wisse er genau, wo alles sich im Moment befinde.

»Schrecklich, das in München«, sagte der Assistent.

Schrecklich sei gar kein Ausdruck, sagte Schilling.

Ob er eigentlich im Krieg gewesen sei?

»Ja«, sagte Schilling. Der Zug war zu ihm zurückgekommen, er ließ ihn anhalten und rollte auf dem Drehstuhl in den Flur. »Bis fünfundvierzig.«

»Tatsächlich?«, sagte der Assistent. Er habe das gar nicht vermutet. Dann wies er auf die Anlage. »Wirklich fantastisch.« Er lachte und zeigte auf eine dritte Tür an der andern Seite des Flurs. »Wollen Sie dahin auch noch durchbrechen?«

Schilling schwenkte herum. »Schwierig«, sagte er. Dann müsse nämlich ein Schienenstrang quer über den Flur laufen. Es sei denn, er breche vom Kinderzimmer her durch. Aber dann könne er gleich mit allem von vorne beginnen.

»Ich verstehe«, sagte der Assistent. Das wäre ja furchtbar. Dann gingen sie hinunter; im Fernsehen lief die Übertragung der Trauerfeier. »Olympia ist gestorben«, sagte der Assistent. Schilling nickte. Er hoffe auf die Weltmeisterschaft in zwei Jahren. Vielleicht könne man da alles vergessen machen.

Ein paar Jahre später zog sich Schilling, am Herzen erkrankt, aus allen leitenden Funktionen zurück. Der Assistent übernahm endlich ganz seine Stellung, Schilling fungierte nur mehr als Berater. Als kurz darauf das Unternehmen an einen amerikanischen Konkurrenten verkauft wurde, trat Schilling mit einer großen Abfindung in den Ruhestand. Die wenigen Bekannten, die ihn von da ab noch regelmäßig sahen, behaupteten immer, er sei etwas merkwürdig geworden. Freilich zwang ihn auch sein Leiden, sich in allem zurückzunehmen. Im Großen und Ganzen, hieß es aber, lebe er gar nicht schlecht, zumal ihn sein Hobby, seine große Leidenschaft, nicht allzu viel Kraft koste. Im Mai des Jahres, an dessen Ende sie in Berlin zum Erstaunen der ganzen Welt die Mauer einrissen und alles vollkommen friedlich blieb, starb Schilling nach einem Herzanfall im Schlaf. Das Haus und alles, was darin war, erbte sein einziger Neffe.

Die Krankheit

Zu Beginn der Achtzigerjahre, als die Krankheit sich weltweit auszubreiten begann, fühlte A. sich relativ sicher. Er gehörte damals zu keiner der Risikogruppen, die Heirat mit einer Jugendfreundin stand unmittelbar bevor. Es kam dann freilich ganz anders, zur Überraschung aller trennten sie sich rasch und endgültig; und in den Wirren, die das zur Folge hatte, verlor A. auch das ein oder andere Mal seine natürliche Vorsicht. Mehr als zehn Jahre später, als es auch im Land wieder ruhiger zu werden begann und er selbst längst ein anderes, ausgeglichenes Leben führte, ließ er sich auf Bitten einer neuen Partnerin testen. Das Ergebnis war positiv.

A. wollte nicht verzweifeln. Er versuchte, klaren Kopf zu bewahren; und dazu begann er, seine unruhigen Jahre genauestens zu recherchieren. Er erstellte per Computer zunächst eine Tabelle mit einer Spalte für jeden Monat, später mit einer für jede Woche, und dahinein trug er alle Begegnungen, an die er sich erinnern oder die er aus Tagebüchern und Kalendern rekonstruieren konnte. Die verbleibenden Lücken zu füllen, fragte er unter verschiedenen Vorwänden in seinem Bekanntenkreise nach, er unternahm auch einige Reisen und versuchte dabei, wie zufällig Menschen zu treffen und ins Gespräch zu verwickeln. Endlich hatte er eine Liste beisammen, die ihm nach allem Ermessen vollständig schien, und nun traten seine Nachforschungen in eine zweite Phase. Er meldete sich, persönlich oder telefonisch, bei den betreffenden Frauen, entdeckte ihnen schonungslos seinen Zustand und forderte im Gegenzug Auskunft über den ihrigen. Alle waren sie erschüttert, doch zu seiner wachsenden Verwirrung konnten sie ihm, wenn auch einige erst nach entsprechenden Untersuchungen und natürlich überglücklich, nur von ihrer einwandfreien Gesundheit berichten.

Vor dem Letzten schreckte A. eine Weile zurück. Doch schließlich blieb auf der Liste allein der Name seiner Jugendfreundin offen. Er rief nach langem Zögern ihre Eltern an; und die teilten ihm tatsächlich mit, dass die junge Frau wenige Jahre nach jener Trennung gestorben sei. Ja, sagten sie auf seine Nachfrage, an dieser verfluchten Krankheit, die sie sich wahrscheinlich bei einer Blutübertragung geholt habe. Mehr wollten sie dazu nicht sagen.

Nun besaß A. Gewissheit. Er hatte inzwischen, obwohl sich noch keine Anzeichen für den endgültigen Ausbruch der Krankheit zeigten, seine Stelle gekündigt und alles was er besaß zu Geld gemacht. Er wollte nämlich, sobald er den genauen Ablauf seines Schicksals kennen würde, nicht herumsitzen und auf den Tod warten, sondern zu einer Weltreise aufbrechen, die er, wenn das Geld verbraucht wäre oder die Krankheit ihn zu sehr schwächen würde, mit einem raschen Freitod beenden wollte. Jetzt hielt er in alldem kurz inne.

Er saß in seiner schon fast ausgeräumten Wohnung neben dem Telefon auf dem Boden. Tatsächlich hatte er sich also vor mehr als zehn Jahren infiziert, praktisch als einer der Ersten, hatte bis heute ohne jede Behandlung gelebt und dabei nichts gespürt. Das war immerhin, da glaubte er sich nach vieler Lektüre sicher, ein Rekord. Und nur, um sich das noch bestätigen zu lassen, suchte er am folgenden Tag seinen Hausarzt auf.

»Zehn Jahre ohne Symptome?«, sagte der Hausarzt. Das halte er für absolut ausgeschlossen.

A. legte seine Unterlagen vor und erläuterte die Anmerkungen, die er zu der Liste gemacht hatte.

Beweiskraft habe das nicht, sagte der Hausarzt.

A. zuckte die Achseln. Er habe getan, was er könne, und er sei sich absolut sicher.

»Wenn das stimmt«, sagte der Hausarzt, »dann sind Sie nach Lage der Dinge ein Phänomen.« Er bat, die Unterlagen behalten zu dürfen. A. war einverstanden. Er brauche das alles nicht mehr; er sei drauf und dran, das Land zu verlassen, aller Voraussicht nach für immer.

Noch am Abend rief ihn der Hausarzt an. Er habe mit Kollegen und Wissenschaftlern vom Fach über seinen Fall gesprochen. Und die bäten ihn dringend, sich für ein paar Untersuchungen zur Verfügung zu stellen. A. erwiderte, alle seine Vorbereitungen seien abgeschlossen und seine Maschine gehe in wenigen Tagen. Er sei positiv, das ja. Aber er habe nach wie vor das Recht zu gehen, wohin es ihm gefalle.

»Sicher«, sagte der Arzt, aber man könne ihm eine Art Honorar anbieten; und Geld müsse doch jetzt, bei seinen Planungen, eine große Rolle spielen. Er nannte eine Summe, und gleich am nächsten Morgen wurde A., der unter Vorbehalt zugesagt hatte, abgeholt und in eine Klinik weit außerhalb der Stadt gefahren. Dort erhielt er ein Zimmer zugewiesen, die Untersuchungen begannen sofort.

In der Nacht schlief A. schlecht ein. Zuerst meinte er, die Ruhe sei ihm fremd, dann wieder hörte er Geräusche, die er nicht einzuordnen wusste. Sehr früh wachte er auf, als er glaubte, der Schlüssel in seiner Zimmertür werde bewegt. Er stand auf und ging zur Tür, aber es war nichts.

Gleich nach dem Frühstück wurden die Untersuchungen fortgesetzt. Beim Mittagessen, das er auf seinem Zimmer einnahm, setzten sich die Ärzte zu ihm an den Tisch. »Wir wollen jetzt nicht besonders spekulieren«, sagte einer. »Das wäre auch viel zu früh.« Er machte eine kleine Pause. »Das Beste wird aber sein, wir bringen Sie in eine Spezialklinik. Nach Amerika. Und noch heute.«

A. protestierte.

»Sie wollten sowieso dorthin«, sagte der Hausarzt. »So sparen Sie den Flug. Und das Honorar wird natürlich weiter gezahlt.«

Sie flogen in der Nacht, und am Mittag erreichten sie einen Komplex großer, flacher, weißer Gebäude in einer einsamen Berggegend. Die Natur schien hier, als wäre es viel weiter im Jahr. Am Abend ging A. in dem Park spazieren, der zwischen den Gebäuden lag. Es gab da eine große Rasenfläche, auf der in regelmäßigen Abständen sauber gestutzte Bäume in Rondellen standen, deren Rand mit Kieselsteinen gesäumt war. Zwei neue Ärzte folgten ihm in einigem Abstand.

Die Untersuchungen dauerten viele Tage. Sie begannen immer vor Sonnenaufgang und endeten jeden Tag, außer sonntags, erst tief in der Nacht. Bald glaubte A., dass sie sich wiederholten. Er sagte das bei einem Test auf dem Fahrradergometer. Doch der Arzt, der gerade an den Geräten saß, verstand ihn nicht, er machte ein Zeichen und ging hinaus. Da stieg A. von dem Fahrrad und ging, die Kabel noch an seinem Körper, zu dem Schreibtisch neben dem Kontrollschirm. Halb unter anderen Papieren lag eine Kopie seiner Liste. Es schienen Eintragungen darin gemacht zu sein, aber A. konnte nicht näher herankommen, weil die Kabel ihn festhielten. Dann hörte er ein Geräusch und stieg rasch wieder auf das Gerät.

An einem Sonntagmorgen, A. war gerade erwacht, kamen alle Ärzte in sein Zimmer. »Wir konnten es nicht mehr erwarten«, sagte der Hausarzt. Seitdem er hier war, hatte sich sein

Gesicht merklich gebräunt. »Und dann haben wir doch noch gestritten, wer es Ihnen sagen darf.« Er lachte die anderen an, und sie lachten zurück.

»Ich habe mich durchgesetzt«, sagte der Hausarzt. »Ich habe ja quasi die ältesten Rechte. Also!« Er hob beide Hände, als wollte er A. segnen. »Sie sind immun.«

»Wie bitte?«, sagte A.

»Sie sind immun. Sie haben den Erreger seit zehn Jahren. Aber Sie haben die Krankheit nicht bekommen. Und Sie werden sie nicht bekommen.«

»Stimmt das?«, sagte A.

»Nach menschlichem Ermessen«, sagte der Hausarzt. Und seine Kollegen hier seien, wenn er so sagen dürfe, allesamt erste Kapazitäten.

»Ich muss nicht sterben?«, sagte A.

Der Hausarzt lachte. »Sterben müssen wir alle. Aber Ihr Termin ist jetzt wieder vollkommen offen.«

A. trat ans Fenster und sah hinaus in den Park. Er klatschte in die Hände. »Abgehakt«, rief er. Dann schlug er mit den Handflächen gegen die Scheiben. »Abgehakt!«

»Verstehen Sie das nicht falsch«, sagte der Hausarzt. »Jetzt beginnt erst die Synthese des Gegenmittels. Das kann viele Jahre dauern. Sehr viele Jahre.«

A. drehte sich um. »Schön«, sagte er.

Der Hausarzt trat vor ihn hin. »Dazu müssen Sie hierbleiben.«

»Ich denke nicht daran«, sagte A. »Ich gehe nach Hause.« Er dachte an seine leer geräumte Wohnung, an seine gekündigte Stelle.

»Wir können Sie nicht gehen lassen«, sagte der Hausarzt.

»Das ist Nötigung«, sagte A. »Oder Freiheitsberaubung.«

Der Hausarzt nahm ihn beim Arm. »Vielleicht«, sagte er.

»Aber Sie sind ab jetzt nirgendwo sicher. Hinter der Forschung stehen Millionen. Vielleicht tötet Sie jemand, nur damit andere Sie nicht bekommen.«

»Nein!«, rief A. »Ihr seid Ärzte. Ihr dürft nicht reden. Keiner muss jemals davon erfahren! Es kann alles so sein wie vorher.«

Der Hausarzt schüttelte den Kopf, dann griff er in seine Innentasche, zog die Liste heraus und entfaltete sie. »Über zwanzig Namen«, sagte er. »Sie haben mit allen gesprochen. Alle wissen Bescheid, dass Sie krank sind.«

»Na und!«, schrie A.

»Denken Sie nach«, sagte der Hausarzt. »Irgendwann wird es auffallen, dass Sie noch leben.«

Waise

Bei einem Autounfall, den sie nicht verschuldet hatten, kamen seine beiden Eltern ums Leben. Drekopp bekam die Nachricht an einem Samstagmorgen; noch in der gleichen Stunde fuhr er, allein, ohne seine Frau und die Kinder, in seine Heimatstadt, um alles Nötige zu veranlassen. Er war das einzige Kind gewesen. Die Beerdigung, das ergab sich zwingend aus den Terminen, konnte erst am kommenden Mittwoch stattfinden. Drekopp übernachtete im Haus der Eltern, seinem Geburtshaus, und am nächsten Tag, dem Sonntag, fuhr er gegen Mittag zurück. Auf einer Landstraße überholte ihn eine Polizeistreife und winkte ihn an den Straßenrand. Man habe ihn beobachtet, sagte der Polizist, wie er ein Verbot missachtet habe.

»Das tut mir leid«, sagte Drekopp.

Der Polizist bat um die Papiere, sah sie durch und begann, ein Formular auszufüllen.

»Ich war in Gedanken«, sagte Drekopp. »Ich habe gerade die Nachricht vom Tod meiner Eltern bekommen.«

Der Polizist hielt inne und sah in den Wagen.

»Natürlich«, sagte Drekopp. Er griff in die Innentasche seines Jacketts und reichte dem Polizisten eines der Duplikate des Totenscheins. Der Polizist nahm es und sah kurz darauf. »Mein Beileid«, sagte er. »Ein Unfall?«

»Ja«, sagte Drekopp. »Beide auf der Stelle tot.«

Der Polizist reichte den Totenschein und die Papiere durchs Wagenfenster zurück. Er riss das Formular vom Block und steckte es in die Tasche. »Fahren Sie weiter«, sagte er. »Aber achten Sie bitte auf den Verkehr.«

Wieder zu Hause, in der Küche an die Spüle gelehnt, trank Drekopp ein Glas Bier und schilderte seiner Frau, wie er alles vorgefunden habe. Es komme jetzt eine Menge Behördengänge auf sie zu. Und erst der Verkauf des Hauses! Das alles könne Wochen dauern.

»Hast du sie noch gesehen?«, sagte die Frau.

Drekopp schüttelte den Kopf. Der Arzt habe ihm abgeraten, er solle doch seine Eltern so in Erinnerung behalten, wie er sie zuletzt gesehen habe.

»Das ist ja furchtbar«, sagte die Frau. Dann rief sie die beiden Kinder aus dem Garten. »Ihr wisst ja schon, was passiert ist«, sagte sie. »Papa erklärt es euch jetzt noch einmal.«

Die Kinder setzten sich auf die Eckbank. Das Mädchen hielt den kleinen Jungen bei der Hand. Drekopp stellte das Glas ab und schlug leise mit den Handflächen gegen die Spüle. »Ja«, sagte er. »Papa ist jetzt Waise.«

»Was ist das?«, sagte der Junge.

»Waise ist man, wenn man keine Eltern mehr hat«, sagte das Mädchen.

»Das stimmt«, sagte Drekopp. Seine Frau sah ihn an, als wollte sie etwas sagen. Er nickte. »Alle werden wir einmal Waisen. Das heißt, wenn die Eltern früher sterben als die Kinder.« Doch das sei ja meistens so; und eigentlich zum Glück.

»Ich weiß nicht«, sagte die Frau.

»Bist du anderer Ansicht?«, sagte Drekopp.

»In unserer Klasse ist ein Waisenkind«, sagte das Mädchen. »Das hat Pflegeeltern.« Seine richtigen Eltern habe es nie gekannt.

»Jaja«, sagte Drekopp. Dann strich er beiden Kindern

übers Haar. Für Mittwoch und Donnerstag werde er sie in der Schule entschuldigen. Da führen sie alle zur Beerdigung.

Am Montagmorgen, in seinem Büro in der Firma, erhielt Drekopp telefonisch die Nachricht, dass auf einer seiner Baustellen die Arbeit aussetzen müsse. Keine der angekündigten Lieferungen sei eingetroffen. Drekopp schrieb eine Notiz für einen Mitarbeiter, nahm seinen Schutzhelm aus dem Schreibtisch und fuhr hinaus zur Baustelle.

»Da!«, schrie der Polier, als sie über Leitern in den obersten Stock gestiegen waren. »Fehlt! Fehlt!« Nichts sei gekommen. Eine verfluchte Scheiße sei das. Aber ihn treffe keine Schuld, er habe sich darauf zu verlassen, was man ihm sage. Und entweder seien die Sachen bestellt und einer klemme sich dahinter, oder man lasse einfach alles so laufen. Sein Bier sei das nicht. Er fasste Drekopp beim Arm. »Morgen kommen die Installateure«, sagte er. »Und dann sind wir dran!«

»Meine Eltern sind vorgestern bei einem Unfall ums Leben gekommen«, sagte Drekopp. »Frontal in einen Überholer gefahren.« Man habe sie am Unfallort nicht einmal aus dem Auto schneiden können. Das wurde erst in einer Werkstatt gemacht. Von einem Feuerwehrmann, den man eigens rufen musste.

Der Polier nahm seinen Schutzhelm ab. Das tue ihm leid, sagte er. Das sei ja schrecklich. Wie alt die Eltern denn gewesen seien?

»Papa war fünfundsiebzig und Mama zweiundsiebzig«, sagte Drekopp.

»Mein Beileid«, sagte der Polier. Seine Eltern seien seit Jahren tot, der Vater kriegsversehrt und die Mutter immer herzleidend, praktisch habe ihn eine Schwester großgezogen.

»So?«, sagte Drekopp.

Der Polier wies in die leeren Räume. Bei den Installateuren

habe er noch etwas gut. Und vielleicht könne er seine Leute jetzt nach Hause schicken und morgen ganz früh anfangen lassen.

»Danke«, sagte Drekopp. Er fuhr zurück ins Büro. Dort erwartete ihn der Mitarbeiter, die Fuhren seien angemahnt und kämen im Laufe des Nachmittags. Seitdem man so viel Zeug aus dem Osten beziehe, gebe es immer häufiger dieses Durcheinander.

Drekopp nickte.

»Und dann noch anderer Ärger«, sagte der Mitarbeiter. Ein Unternehmer wolle die Firma verklagen. Eine seiner Hallen sei abgebrannt, und er behaupte jetzt, man habe die Feuerschutzbestimmungen missachtet und falsches Material verbaut. Der Chef habe getobt, wer denn da verantwortlich sei?

»Ich war das«, sagte Drekopp.

»Weiß ich«, sagte der Mitarbeiter. Aber er habe nichts sagen wollen. Erst einmal zusehen, dass sich das Donnerwetter verzieht.

Drekopp ordnete ein paar Papiere auf seinem Schreibtisch und verstaute den Schutzhelm, dann nahm er einen Ordner aus dem Regal und ließ sich beim Chef der Firma melden. Er musste ein paar Minuten warten, dann bat ihn die Sekretärin herein.

»Da sind Sie ja!«, rief der Chef. Er habe gerade mit den Anwälten telefoniert. »Dem Dreckskerl steht das Wasser bis hier«, sagte er. »Der klagt, weil er einen Schuldigen braucht. Da müssen wir uns auf alles gefasst machen.«

»Ich mache mir keine Sorgen«, sagte Drekopp. Er schlug leicht auf den Aktendeckel. Wenn in der Halle irgendetwas verbaut sei, das nicht den Regeln entspreche, könne man mit ihm machen, was man wolle.

»Schön«, sagte der Chef. »Vielleicht müssen Sie in den Zeugenstand.«

»Kein Problem«, sagte Drekopp.

»Das mit Ihren Eltern«, sagte der Chef. »Davon habe ich gehört. Furchtbar. Mein Beileid. Sie werden jetzt ein paar freie Tage brauchen, nicht wahr?« Ausgerechnet jetzt!

Drekopp schüttelte leicht den Kopf. Das meiste sei schon erledigt, sagte er. Einen Nachmittag für die Beerdigung und den nächsten Morgen für die Rückfahrt, mehr nicht.

Am Abend saß Drekopp mit seiner Frau in der Küche am Esstisch. Die Kinder waren schon im Bett. Er hatte einen Block vor sich liegen, auf den er mit Kugelschreiber ein paar Zahlenkolonnen geschrieben hatte. Jetzt legte er seiner Frau eine Hand auf den Arm. »Eine grobe Rechnung«, sagte er. »Hörst du mal bitte zu?«

»Ich höre«, sagte die Frau.

Drekopp nannte ein paar hohe Summen. »Das sind die Lebensversicherung, die Zahlungen des Unfallschuldigen und so ungefähr, was man für das Haus, das Grundstück und das Inventar bekommt.« Er nannte die Gesamtsumme.

»Immerhin«, sagte die Frau.

»Ja«, sagte Drekopp. »Und jetzt die Gegenrechnung.« Er zählte zusammen, was sie noch an Schulden hatten, und zog es von der Summe ab. Von dem Rest könne man, sagte er, wenn man ihn nur richtig anlege, ganz gut leben. Nicht eben üppig, aber gut. Gelegentlich könne er auch Aufträge übernehmen. Kurzzeitige Sachen. Auf den vielen neuen Baustellen brauche man jetzt Leute mit Erfahrung.

»Bist du verrückt?«, sagte die Frau. Ob er sich etwa zur Ruhe setzen wolle! Mit zweiundvierzig?

Drekopp stand auf. »Reingefallen«, sagte er. »Das war nur ein Scherz!« Natürlich laufe alles weiter wie immer. Er gehe morgens zur Arbeit und baue Werkshallen und Hochgaragen für den großen Aufschwung. Und sie bleibe zu Hause und kümmere sich um die Kinder. »Das geht schon«, sagte er. »Im Garten blüht es, und weil wir ein bisschen vermögend sind, kriegen wir neue Möbel und fahren zweimal im Jahr in Urlaub.« Er öffnete die Kühlschranktür und sah hinein. »Ich bin jetzt Waise«, sagte er.

»Vielleicht kannst du ja früher in Rente gehen«, sagte die Frau. So mit achtundfünfzig vielleicht oder mit sechzig.

»Es war ein Scherz.« Drekopp nahm eine Flasche Bier aus dem Kühlschrank. »Ich bin eine Waise«, sagte er noch einmal. Dann ging er hinaus in den Garten.

Am Dienstagmorgen früh fuhr er wieder zu der Baustelle. In den oberen Stockwerken wurde gearbeitet. »Alles in Ordnung«, sagte der Polier. Gerade eben noch mal gut gegangen. Drekopp sah an den Gerüsten vorbei hinunter, dahin, wo die Baumaschinen standen. Dann fuhr er zu der abgebrannten Halle; das Gelände war mit Streifen aus rot-weißem Kunststoff abgesperrt. Feuerwehrmänner gingen mit langen Stangen durch die Trümmer. Ihr Hauptmann stand am Rande.

»Ich war der Bauleiter«, sagte Drekopp zu dem Hauptmann. »Was sagen Sie: War es Brandstiftung?«

Darüber könne er keine Auskunft geben, sagte der Hauptmann. Da müsse er die offiziellen Untersuchungen abwarten.

»Man will mir nämlich an den Kragen«, sagte Drekopp. »Immer wenn etwas passiert, muss einer die Schuld tragen.« Das sei sehr wichtig, dass einer schuld sei, damit alles schnell wieder in Ordnung komme. Drekopp lachte. »Dabei ist das falsch«, sagte er. »Vollkommen falsch.«

»So?«, sagte der Hauptmann.

»In der Tat!« Drekopp steckte die Hände in die Taschen.

»Stellen Sie sich vor«, sagte er. »So ein Arschloch hat meine Eltern totgefahren. Jetzt liegt er im Krankenhaus. Wir wissen, wie er heißt, aber nichts kommt mehr in Ordnung.«

»Kürzlich erst?«

»Gestern«, sagte Drekopp. »Einer von Ihren Kollegen musste die Leichen herausschneiden.«

Der Hauptmann zog hörbar die Luft ein. »Das Feuer«, sagte er. »Sieht aus, als sei es an zwei Stellen gleichzeitig ausgebrochen. Man kann das vielleicht nicht endgültig beweisen. Aber ich habe dafür einen Riecher. Setzen Sie den Besitzer irgendwie unter Druck. Die meisten bekommen es dann mit der Angst zu tun.«

»Danke«, sagte Drekopp. Der Hauptmann tippte sich an den Helm und stieg über die Absperrung. Drekopp telefonierte mit der Firma: Heute komme er nicht mehr ins Büro; er fühle sich nicht gut und gehe etwas früher nach Hause. Und sie möchten bitte nicht vergessen, dass er morgen bei der Beerdigung sei.

Drekopp war schon fast bei seinem Wagen, da rief ein Mann ihn an. Es war der Besitzer der abgebrannten Halle. »Moment mal«, sagte der Mann. »Bleiben Sie da! Ich kenne Sie. Sie haben den Pfusch hier zu verantworten!«

Drekopp ließ den Autoschlüssel wieder sinken. Er lehnte sich rücklings gegen den Wagen. »Sie sollten«, sagte er langsam, »mir gegenüber einen anderen Ton anschlagen.«

»Von wegen«, sagte der Mann. »Ihr spart am Feuerschutz, und ich bin jetzt der Dumme. Aber nicht mit mir! Dafür steht ihr mir gerade. Ihr Verbrecher!«

»Einen anderen Ton«, sagte Drekopp laut. »Sie wissen ja gar nicht, wer hier vor Ihnen steht.«

Der Mann schlug den Mantel zurück und steckte die Hände in die Hosentaschen. »Wer hier vor mir steht?«, sagte er. »Wer soll denn hier vor mir stehen? Der Oberpfuscher natürlich.«

Drekopp fasste den Autoschlüssel so, dass die Spitze zwischen den Fingern seiner Faust hindurchsah. »Ich bin«, sagte er, »eine Waise.«

»Dass ich nicht lache«, sagte der Mann. »Wir sehen uns vor Gericht.«

Drekopp schlug zu. Der Mann griff sich ins Gesicht. Im Nu waren seine Hände rot von Blut, es lief seine Arme hinunter. Einen Moment stand er still, dann lief er schreiend davon.

Drekopp stieg in seinen Wagen. Er steckte den blutigen Schlüssel ins Zündschloss und drehte ihn. Der Motor startete. »Siehst du«, sagte Drekopp laut. »Es geht.«

Training

»Ich kann das nicht«, sagte Kortschläger.

»Sie können das«, sagte der Trainer. »Langsamer! Dann kriegen wir da vorne noch Rot.«

Kortschläger ging leicht vom Gas. Hinter ihm fuhr jemand ziemlich nah auf. Dann standen sie an der roten Ampel. »Ich werde im Boden versinken«, sagte er.

Der Trainer sah auf die Uhr. »Vielleicht. Kann sein. Aber der Boden wird Sie wieder ausspucken, und dann werden Sie ein anderer sein.«

Vor dem kleinen Theater waren alle Parkplätze besetzt. Sie mussten ein paarmal um den Block fahren, dann setzte Kortschläger den Wagen in eine winzige Lücke neben einem Baum. Der Trainer musste durch die Fahrertür aussteigen, er fluchte leise. Kortschläger ging bereits voran. »Langsam!«, rief der Trainer. »Langsam und in Würde.«

Im Foyer des kleinen Theaters saß eine Frau hinter dem Büchertisch. Sie hob eine Hand, als die beiden eintraten. »Es hat schon angefangen«, sagte sie.

»Na und?«, sagte der Trainer. Kortschläger stand ein wenig abseits und sah zur Seite.

»Herr Weber hat mich ausdrücklich gebeten, während seiner Lesung für Ruhe zu sorgen.«

»Keine Sorge«, sagte der Trainer. »Wir sind schon leise.«

Die Frau stand auf. »Herr Weber sagt, besonders zu Beginn seiner Lesung müsse er sich sehr konzentrieren. Sonst verliert er den emotionalen Zugang zu seinem Text.«

»Albernes Gerede«, sagte der Trainer. Er legte das Eintrittsgeld abgezählt neben einen Bücherstapel.

Kortschläger trat heran. »Bitte«, sagte er. »Bitte lassen Sie uns gehen.«

Der Trainer nahm ihn mit beiden Händen bei den Schultern. »Nein!«, sagte er laut. »Reißen Sie sich am Riemen. Sie kommen jetzt ein Mal mit Absicht zu spät, verstanden! Und Sie wissen genau, warum Sie es tun!«

Kortschläger nickte.

»Na also«, sagte der Trainer.

»Seien Sie doch bitte leise«, sagte die Frau vom Büchertisch.

»Wir sind leise.« Der Trainer drückte die Klinke der Tür zum Saal, es gab ein quietschendes Geräusch. »Los«, sagte er. »Ab jetzt alles wie besprochen.«

Kortschläger schob sich durch die Tür. Die hintersten Reihen im Saal waren nicht besetzt. Auf der Bühne saß Weber und las, neben sich ein Wasserglas und zwei Brillenetuis. Ein paar Scheinwerfer waren auf ihn gerichtet; da er sich über das Buch beugte, glänzte sein haarloser Schädel in ihrem Licht. Kortschläger ging langsam den Seitengang hinunter. In der dritten Reihe von vorne gab es mittig ein paar freie Plätze.

»Entschuldigung«, sagte Kortschläger. Der Mann ganz außen in der dritten Reihe sah ihn ungläubig an, dann zog er die Beine an den Bauch. Kortschläger drückte sich an ihm vorbei, dann an seinem Nebenmann, der eilig eine Jacke vom Boden nahm. Beim dritten kam Kortschläger ins Stolpern, er trat auf eine Handtasche und musste sich auf den Schultern einer älteren Frau abstützen. Die Frau machte ein lautes, erschrockenes Geräusch. Endlich erreichte er einen der freien Plätze. Er setzte sich und sah hoch zur Bühne.

Weber hatte aufgehört zu lesen. Über seine halbe Brille hinweg sah er Kortschläger an. Der fühlte, wie ihm heiße Wellen den Rücken hinauf, am Hals entlang und in die Arme fuhren. So, als sei er gerade bei hoher Geschwindigkeit einem schweren Unfall entgangen.

»Glückwunsch«, sagte Weber. Er nahm die halbe Brille ab und setzte eine ganze auf. »Meinen allerherzlichsten Glückwunsch. Sie rangieren jetzt auf meiner ewigen Störer-Bestenliste ziemlich hoch oben.«

Kortschläger hob eine Hand zur Abwehr.

»Lassen Sie doch den Mann«, sagte jemand von weiter hinten.

»Nein«, sagte Weber. »Ich lasse ihn nicht. Aber schon gar nicht!« Er stand auf und trat an den Rand der Bühne. »Seit zwölf Jahren lasse ich solche Leute. Und wissen Sie was? Ich verpasse dabei die Gelegenheit, Menschen mit geradezu atemberaubenden sozialen Defekten kennenzulernen.« Er zeigte auf Kortschläger. »So wie diesen da. Ich würde gerne mit ihm reden. Ich bin mir sicher, das würde meine Arbeit beflügeln.« Er flatterte ein wenig mit den Armen.

»Unverschämtheit«, rief wieder jemand von hinten.

»Da bin ich bei Ihnen«, sagte Weber. »Eine geradezu monströse Unverschämtheit. Und zwar mir gegenüber, damit wir klarsehen. Mich zu behandeln, als wäre ich der kleine Mann im Fernsehen. Vor dem man tun und lassen kann, was man will. Essen und trinken. Die Socken ausziehen und sich die Fußnägel schneiden. Unter den Armen kratzen. Und rausgehen zum Pinkeln, wenn es gerade spannend wird.« Er zeigte wieder auf Kortschläger und tat, als drücke er auf eine Fernbedienung. »Das macht dem ja nichts, dem kleinen Mann in der Kiste.«

»Unmöglich«, sagte eine Frau weiter vorne.

Weber winkte ab. »Los«, sagte er in Kortschlägers Richtung. »Äußern Sie sich! Was sollte diese abgeschmackte Nummer hier? Wenn Sie schon zu spät kommen, warum setzen Sie sich dann nicht still und leise in die letzte Reihe? Los, sagen Sie es mir!«

»Ich gehe jetzt«, sagte die Frau.

»Ist mir egal«, sagte Weber. »Machen Sie es bloß leise!« Und zu Kortschläger: »Reden Sie!«

»Ich«, sagte Kortschläger.

»Lauter!«, sagte Weber.

Kortschläger stand auf. »Es ist eine Art von Training.« Er drehte sich halb zum Publikum. »Ich habe seit meiner Kindheit eine zwanghafte Angst, zu spät zu kommen. Als Junge war ich schon der Erste auf dem Schulhof. Und seitdem hetze ich und bin überall weiß Gott wie pünktlich und finde trotzdem keine Ruhe. Jedes Mal beginnt es wieder von vorne.«

»Das kenne ich«, sagte jemand.

»Und deshalb mache ich dieses Training. Ich komme mit Absicht zu spät. Um zu erfahren, dass dabei nicht gleich die Welt untergeht.«

Das Publikum applaudierte kräftig und anhaltend. Kortschläger dankte mit ein paar angedeuteten Verbeugungen. Als es wieder still war im Saal, hob Weber eine Hand. Er stand noch immer an der Bühnenrampe. »Dann machen wir doch Nägel mit Köpfen«, sagte er. »Vielleicht darf ich Sie um Ihren Namen bitten.«

Kortschläger sagte seinen Namen.

»Sie haben eine angenehme Stimme«, sagte Weber. »Können Sie auch lesen?« Er tat, als schlüge er sich auf den Mund. »Das war ein dummer Scherz«, sagte er. »Kommen Sie bitte einmal herauf!«

Kortschläger wusste nicht, was tun. Aber neben ihm nickte

man ihm zu und machte ihm ermutigende Zeichen. Die Leute rückten einladend beiseite, und so drückte er sich wieder an ihnen vorbei. Weber reichte ihm eine Hand und half ihm auf die Bühne. Als er oben war, bekam Kortschläger wieder freundlichen Beifall.

»Und jetzt nehmen Sie bitte Platz«, sagte Weber.

Kortschläger tat es. Er merkte, dass er seit einiger Zeit lächelte und dass ihn das Lächeln zu schmerzen begann.

»Hier ist das Buch«, sagte Weber. »Ungefähr da haben Sie mich unterbrochen. Gleich kommt eine Markierung. Da überspringen Sie den folgenden Text und setzen erst wieder ein, wo der gelbe Zettel klebt. Während Sie blättern, können Sie einen Schluck Wasser trinken. Das sieht dann ganz natürlich aus.«

Es war sehr still geworden im Saal. »Ich weiß nicht«, sagte Kortschläger.

»Kommen Sie!«, sagte Weber. »Besorgen wir es doch Ihrer Angst mal so richtig.« Er sah auf die Uhr. »Sie müssen noch dreißig Minuten lesen. Sonst denken die Leute, sie bekommen nichts für ihr Geld. Und anschließend beantworten Sie die Fragen aus dem Publikum. Aber keine Angst, ich bleibe hier und helfe Ihnen.«

»Herr Kortschläger«, rief jemand aus dem Seitengang. Alle drehten sich zu ihm. »Sie müssen sich das nicht gefallen lassen.«

»Wer ist das?«, sagte Weber.

»Das ist mein Trainer«, sagte Kortschläger. Er stützte die Ellenbogen auf und legte das Gesicht in die Hände. »Mein Angst-Trainer.«

»Umso besser«, sagte Weber. »Dann kann der Ihnen ja helfen.« Er nahm eine Tasche vom Boden und hängte sie sich über die Schulter. »Ich gehe dann.« Er tippte Kortschläger an die Schulter. »Ich sage vorne Bescheid. Wenn Sie die Sache anständig durchziehen, bekommen Sie mein Honorar. Bei der Frau am Büchertisch.« Er lachte kurz. »Mit dem Geld können Sie Ihren Angst-Trainer bezahlen.« Dann grüßte er einmal knapp ins Publikum, stieg von der Bühne und ging mit schnellen Schritten an dem Trainer vorbei durch den Seitengang.

»Herr Kortschläger«, sagte der Trainer. »Bitte, Sie müssen sich das nicht gefallen lassen.«

»Müssen Sie wirklich nicht«, rief Weber vom Ende des Saales. »Aber ich bekomme fünfhundert plus Reisekosten.« Als er die Tür schloss, gab es wieder ein quietschendes Geräusch.

Kortschläger räusperte sich. Dann begann er vorzulesen, genau an der angegebenen Stelle. Er las langsam. Wenn man nicht allzu schnell las, konnte man auch einen unbekannten Text einigermaßen richtig betonen. Außerdem formulierte Weber sehr flüssig. Nach zwei, drei Seiten glaubte Kortschläger, den Ton ganz gut zu treffen. Jetzt konnte er bei dem einen oder anderen Satz sogar ein bisschen die Stimme heben. Als es zum ersten Mal eine wörtliche Rede gab, deutete er dazu ein paar vorsichtige Gesten an. Kurz vor der markierten Stelle gab es eine lustige Szene, und das Publikum lachte herzhaft. Während er blätterte, trank Kortschläger einen Schluck Wasser.

Der Trainer stand noch immer im Gang. »Herr Kortschläger«, sagte er. »Es gibt keinen Grund für Sie, diesen Zirkus hier mitzumachen.«

Kortschläger sah langsam auf. »Es ist nicht schlimm, dass Sie zu spät gekommen sind«, sagte er freundlich. »Aber suchen Sie sich doch jetzt rasch einen Platz. Da hinten ist noch alles frei.«

»Sehr richtig!«, rief jemand.
Und die Frau sagte: »Merken Sie denn gar nicht, dass Sie stören?«

Der Lebensretter

Seit einem halben Jahr war Paslack zweiter Mann im Vertrieb eines mittelständischen Unternehmens, da wurde er zum fünfzigsten Geburtstag des geschäftsführenden Direktors eingeladen. Der Empfang fand in dessen Penthouse statt, im elften Stock, an einem Sonntagmorgen im August. Eine junge Frau begrüßte Paslack an der Tür; sie hielt einen Jungen von etwa zwei Jahren auf dem Arm. »Kommen Sie einfach durch«, sagte sie. Das Kind drückte ihr ein Stofftier gegen die Wange. »Er ist gerade auf der Terrasse. Heiß heute, nicht wahr?«

Paslack nickte. Er ging durch einen langen weißen Flur in ein großes Wohnzimmer, dort war ein kaltes Buffet angerichtet. An drei Seiten des Raumes sah man durch große Fenster auf die Terrasse; weit unten lag die Stadt. Dem Buffet gegenüber führte eine Tür nach draußen, da stand der Direktor, von etlichen Gästen umringt. Gerade ging er in die Knie, um etwas aus einem Karton zu nehmen. Paslack trat näher heran, der Direktor schrie jetzt auf. Er hielt ein technisches Gerät in die Höhe; Paslack hätte nicht sagen können, wozu es diente.

»Woher wusstet ihr das?« Der Direktor griff nach dem Arm eines der Umstehenden. »Das ist ja fantastisch.« Genau das habe er sich gewünscht. Dann sah er Paslack. »Ah, unser neues Verkaufsgenie«, rief er. »Schön, dass Sie da sind.«

Paslack hielt dem Direktor die Hand hin und sagte einen Glückwunsch. Er selbst habe nur eine Kleinigkeit. »Ich hoffe,

Sie haben ein bisschen Spaß daran.« Dann reichte er dem Direktor eine dünne Broschüre.

Der Direktor nahm sie und schlug sie auf. »Das ist ja unser Prospekt«, sagte er. Die Gäste waren hinter ihn getreten. »Einfach unser Prospekt«, sagte einer, da trat ein anderer näher heran und zeigte auf eines der Fotos. »Da!« Er lachte.

»Ich werd' verrückt«, sagte der Direktor. »Der Arbeiter da, das bin ja ich!«

»Da auch«, sagte jemand. »Der Pförtner. Und da und da.«

Der Direktor blätterte weiter. »Auf jedem Foto!«, sagte er, dann sah er auf. »Wie haben Sie das gemacht?«

»Die Bilder vom letzten Betriebsfest«, sagte Paslack. »Ich habe nur ein bisschen die Köpfe getauscht, am Computer.« Das könne heute im Grunde jeder.

»Fantastisch«, sagte der Direktor. Dann wandte er sich zur Seite. »Rita«, sagte er, »kommst du mal!«

Die Frau, die Paslack geöffnet hatte, trat auf die Terrasse, den kleinen Jungen hatte sie nicht mehr dabei.

»Sieh dir das an!« Der Direktor hielt ihr den Prospekt hin. »Überall ich, als Monteur, als Fahrer, als Sachbearbeiter. Toll, nicht?«

»Ja, verrückt«, sagte die Frau. »Du könntest übrigens das kalte Buffet eröffnen.«

»Stimmt!« Der Direktor machte eine Handbewegung über seinem Kopf. »Bitte!«, rief er. »Nehmen Sie doch jetzt.«

Paslack machte einen Schritt in Richtung Wohnzimmer, doch als er sah, dass die anderen nicht folgten, wandte er sich rasch zur Seite. Dann ging er hinter den Gästen vorbei langsam bis zur Ecke der Terrasse. »Was ist los?«, rief der Direktor. »Seit heute alles auf Diät?« Darauf setzten die Gäste sich in Bewegung.

Als die Terrasse leer war, stützte Paslack die Arme auf das

Geländer. Von hier sah man weit nach Süden über den Fluss; unter der ersten Brücke erschien gerade ein weißes Ausflugsschiff. Da, wo es herkam, flussaufwärts in einer kleinen Stadt, war Paslack geboren, dort war er zur Schule gegangen. Studiert hatte er in Berlin, seit seiner Anstellung lebte er wieder hier. Er orientierte sich kurz. Das Haus, in dem er jetzt wohnte, lag am östlichen Rande der Innenstadt. Paslack ging um die Ecke zum anderen Ende der Terrasse. Kaum eine Wolke war am Himmel. Da, bei dem Gasometer musste es sein. Den sah er aus seinem Schlafzimmerfenster ganz nah über den Dächern.

Paslack drehte sich um. Im Wohnzimmer standen die Gäste in mehreren Reihen vor dem Buffet. Mehr als ein Raunen war hier draußen nicht zu hören. Der Direktor nahm gerade einen künstlichen Hummer aus der Dekoration und hielt ihn hoch. Er sagte etwas, alle anderen lachten.

Hier war keine Tür. Paslack sah wieder über die Stadt. Im Grunde hatte er es gut getroffen. Zweiter Mann im Vertrieb, das war nicht das, was er einmal erwartet hatte. Aber heutzutage durfte man sich ja nicht mehr beklagen. Und immerhin hatte er jetzt endlich die Chance, sich zu beweisen. Er ging zurück in Richtung Terrassentür.

An der Ecke blieb er stehen. Da war der kleine Junge! Er stand auf einem Korbstuhl, dessen Rückenlehne den Handlauf des Geländers berührte. »Der Hund«, sagte er, sehr laut und deutlich, aber niemand schien ihn zu hören. Er beugte sich vor und legte den Oberkörper auf den Handlauf. »Der Hund«, sagte er noch einmal und zeigte hinunter. Dann zog er das rechte Bein nach oben; sofort bekam er Übergewicht.

Mit zwei, drei Sätzen war Paslack bei dem Kind. Er griff nicht nach ihm. Er warf nur seine Arme über das Geländer, und das Kind fiel hinein. Es schrie nicht. Paslack drückte es von außen gegen die Stäbe, so fest er konnte; dann tastete er mit beiden Händen. Als er sicher war, einen Arm und ein Bein gepackt zu haben, hob er das Kind in einem Schwung zurück. Er nahm es an die Brust. »Alles gut«, sagte er und strich ihm über den Kopf. »Alles ist gut.« Er ging in die Hocke, stellte das Kind auf den Boden und hielt es bei den Schultern. Es lachte ihn an.

Paslack sah in die Wohnung. Die Gäste vor dem Buffet standen alle mit dem Rücken zum Fenster. »Wer möchte meinen Hummerschwanz?«, rief einer. »Ich verzichte freiwillig.«

»Der Hund«, sagte der kleine Junge.

Paslack nickte. Da machte sich der Junge los, lief in die Wohnung und verschwand hinter den Gästen. Paslack blieb noch eine Weile in der Hocke; als er sich aufrichtete, wurde ihm etwas schwindlig. Er setzte sich auf den Korbstuhl beim Geländer.

»Da verpassen Sie aber was«, sagte ein Mann in der Tür und winkte ihm zu. Das Buffet sei wirklich ausgezeichnet. Paslack winkte zurück, er komme sofort. Der Mann trat mit seinem voll beladenen Teller auf die Terrasse. »Köstlich«, sagte er. »Und dieser Ausblick.«

Paslack nickte. Es war absolut klar, dass niemand gesehen hatte, was vorgefallen war. Und er, Joachim Paslack, er dürfte es niemandem sagen. Das war vollkommen ausgeschlossen.

Nach ein paar Minuten, als kaum noch Gäste vor dem Buffet standen, ging Paslack hinein. Die junge Frau saß jetzt weiter hinten im Wohnzimmer auf einer weißen Ledercouch, der kleine Junge lag neben ihr, den Kopf in ihrem Schoß, mit einem Finger drehte sie sein Haar, während sie mit den Gästen sprach. Der Direktor war wieder mit seinem technischen Gerät beschäftigt. Paslack füllte seinen Teller mit Salaten.

Dann trat zu einem der Hocker vor einer kleinen Bar. Ob der noch frei sei?

Der Mann auf dem Nachbarhocker legte seine Gabel auf den Teller. »Sicher«, sagte er. Paslack nahm Platz, da tippte ihn der Mann an den Arm. »Köhler«, sagte er. »Controlling, wir kennen uns noch nicht.« Er deutete kurz hinüber zum Direktor. »Ich habe gesehen, was Sie ihm mitgebracht haben.« Zwei-, dreimal wedelte er mit der Hand. »Schon ein bisschen riskant, oder?«

»Riskant?«, sagte Paslack. »Wieso?«

»Na, ist doch allenthalben bekannt, wie gut er über sich denkt.« Der Mann grinste. »Und seit er wieder Vater ist, hält er sich endgültig für den Größten. Tun Sie nicht so, als würden Sie das nicht wissen.«

»Ich bin erst seit Kurzem dabei«, sagte Paslack. »Glauben Sie, das gibt Ärger?«

Der Mann zuckte mit den Schultern. »Einen Scherz muss jeder vertragen.«

In diesem Moment klingelte es. Die junge Frau sprang auf, zurück kam sie mit einem alten Mann an ihrer Seite, sie hatte ihn ein wenig gestützt. Der Mann trug einen dunklen Anzug mit hochgeknöpfter, seidener Weste. Der Direktor trat ihm entgegen, gab ihm die Hand und verbeugte sich tief. Es war sehr ruhig geworden, irgendwo wurde vorsichtig ein Teller abgestellt.

»Meinen Glückwunsch«, sagte der alte Mann. »Auch im Namen der Familie und der Anteilseigner.« Er öffnete das Jackett, quer über die Weste hing eine goldene Kette. »Sie mögen das vielleicht altmodisch finden«, sagte er. »Aber weil zu meiner Zeit die lang gedienten Mitarbeiter eine Uhr bekamen, da dachte ich, ich schenke Ihnen auch eine.« Er griff mit der Rechten in die Westentasche und zog eine große, goldene

Taschenuhr hervor. Er löste die Uhr von der Kette und reichte sie dem Direktor.

»Bitte«, sagte er. »Die habe ich von meinem Vater, und der hat sie von seinem. Hätte ich noch einen Sohn –«, er hob kurz die Schultern. »Alte Geschichten«, sagte er dann. »Bitte, nehmen Sie! Sie haben sie sich verdient.«

Ein paar Sekunden lang war kein Laut zu hören. »Ich kann das unmöglich annehmen«, sagte der Direktor. Die junge Frau war neben ihn getreten, das Kind auf dem Arm.

»Können Sie«, sagte der alte Mann. »Nehmen Sie nur. Meine Zeit fliegt schon davon, die hole ich mit einer Uhr nicht mehr ein.« Er wog die Uhr in der Hand und wies auf das Kind. »Und Ihre läuft auch schon schneller.«

Der Direktor nahm vorsichtig die Uhr und sah sie an. Ein Gast klatschte, alle anderen fielen ein.

»Also«, sagte der Direktor, er schüttelte den Kopf. »Eigentlich müsste ich jetzt wohl ein paar Worte sagen, aber ich bin einfach überwältigt.« Er reichte dem alten Mann noch einmal die Hand. »Vielen Dank«, sagte er. »Ich weiß das zu würdigen. Danke.«

Paslack war unterdessen von seinem Barhocker gerutscht. Jetzt trat er rasch in die Mitte. »Ja, danke«, sagte er in die Runde. »Dies ist in der Tat eine Stunde des Dankes. Aber natürlich gilt der Dank auch denen, die im Stillen wirken.« Alle sahen ihn an.

»Ich darf doch einmal«, sagte Paslack. Er nahm dem Direktor die Uhr aus der Hand und hielt sie ins Licht. »Schön«, sagte er. »Und ein durchaus angemessenes Symbol. Aber andererseits: wie wertlos! Das heißt, verglichen mit dem, was uns wirklich ausmacht. Unsere Familie, die Kinder. Und natürlich unsere Leistung für das große Ganze.«

»Was reden Sie da für einen Unsinn!«, sagte der Direktor.

»Achtung!«, sagte Paslack. »Bitte zurücktreten.« Er holte kräftig aus, dann warf er die Uhr durch die offene Terrassentür hinaus. Sie verschwand hinter dem Geländer. Eine Sekunde war alles ruhig. Dann schrie jemand leise auf.
»Sie haben den Verstand verloren«, sagte der Direktor.
»Das mag so scheinen«, sagte Paslack.
»Sie sind entlassen!«
Paslack hob eine Hand. »Sie verwechseln jetzt Privatleben und Geschäft«, sagte er. »Das ist unprofessionell, aber ich verstehe Sie, Sie handeln in begreiflicher Erregung.«
»Verlassen Sie meine Wohnung«, sagte der Direktor.
»Das tue ich«, sagte Paslack. »Und ich kündige selbst. Es wäre ja auch vollkommen unmöglich, zweiter Mann im Vertrieb zu sein, nachdem man dem Sohn seines Chefs das Leben gerettet hat.«
»Was reden Sie da?«, sagte der Direktor.
Paslack wies durch die geöffnete Tür auf den Stuhl am Geländer. »Ich«, sagte er, aber dann winkte er ab. »Nein.« Er schüttelte den Kopf. »Das würde alles viel zu weitschweifig werden. Und ich will Ihre Feier nicht weiter stören.« Er verbeugte sich kurz vor dem alten Mann und grüßte einmal in die Runde. Dann ging er durch den langen weißen Flur zur Wohnungstür. Hinter ihm wurde es laut.
Die elf Stockwerke hinunter nahm Paslack die Treppe. Seine Beine trugen ihn ausgezeichnet, sie fühlten sich nur etwas steif an. Als er die Haustür öffnete, schlug es ihm heiß entgegen. Er blieb stehen, die Tür fiel hinter ihm mit einem leisen Geräusch ins Schloss.
Was für ein sonniger Tag!, dachte Paslack. Er machte einen Schritt, dann blieb er wieder stehen. Nicht weit von der Haustür, auf den Platten des Zugangs, lag ein Stofftier. Paslack ging hin und hob es auf, es war ein schmutzig brauner

Hund. Er roch vorsichtig daran. »Alles«, sagte er laut, »nur nicht zweiter Mann im Vertrieb.« Dann legte er den Hund wieder hin, ein Stück weiter seitlich, auf den Rasen, da hob er sich besser ab. Wer immer das Haus verließ, musste ihn finden.

Ehebruch

Im Büro, beim Lesen der Tageszeitung, wurde Ortwein urplötzlich klar: Es war auf den Tag genau fünfzehn Jahre her, dass er zum letzten Mal mit einer anderen Frau als Ulrike geschlafen hatte. Er hielt einen Moment im Lesen inne; das kam sicher davon, dass jetzt dauernd von Jahrestagen geredet wurde. Ortwein dachte nach. Die Frau hatte Kerstin geheißen, und sie waren nicht lange zusammen gewesen. An diesem Abend, einen Tag vor Beginn der Semesterferien, waren sie ins Kino gegangen. Er erinnerte sich an den Film. Danach, in einem Lokal, waren sie allmählich in Streit geraten, vielleicht ein bisschen im Spaß. Als sie dann spät in der Nacht in sein Zimmer gingen, hatte Kerstin vorgeschlagen, sie sollten jetzt noch ein letztes Mal miteinander schlafen und sich dann für immer trennen. Er hatte mitgespielt, danach hatten sie sogar ein paar Sachen unter sich aufgeteilt. Tags darauf war Kerstin zu ihren Eltern gefahren, sie tauschten ein paar übertriebene Briefe und führten aufgeregte Telefongespräche. Als Kerstin nach zwei Wochen von ihren Eltern zurückkam, war tatsächlich alles zu Ende. Weiteren Streit gab es nicht. Kurz darauf hatte Ortwein bei einer Examensfeier Ulrike kennengelernt.

Ortwein legte die Zeitung beiseite. Auf seinem Schreibtisch lag eine neue Akte, eine einfache Strafsache. Es wäre wohl das Beste, sie einem der jüngeren Kollegen zu überlassen. Die Eigentumssachen waren jetzt viel komplizierter.

Fünfzehn Jahre, dachte Ortwein. Eine lange Zeit! Die

EHEBRUCH

Schulzeit dauerte dreizehn, das Studium sieben. Ortwein war jetzt zweiundvierzig. Er holte einen Taschenrechner aus der Schublade seines Schreibtischs. Fünfzehn Jahre waren mehr als ein Drittel seines Lebens. Und wenn er rechnete, dass er mit siebzehn zum ersten Mal mit einer Frau geschlafen hatte, dann machte, von da an gerechnet, die Zeit mit Ulrike exakt drei Fünftel aus.

»Donnerwetter«, sagte Ortwein leise.

Abends, im Bus hinaus an den Stadtrand, schaute er nach jungen Frauen. Er versuchte sich vorzustellen, wie es sein müsste, wenn er mit einer zum ersten Male intim würde. Es gelang nicht so recht. Also musste er sich an einen Fall erinnern. Am besten gleich an Ulrike. Sie lag damals auf der Ausziehcouch in seinem Zimmer; er kniete davor auf dem Boden. Unter Küssen und Streicheln hatte er ihr das T-Shirt über den Busen und die Jeans ein wenig hinuntergezogen; dabei hatte sie ihm geholfen. Er hatte sich damals gefragt, wie Ulrikes Busen wohl aussähe, wenn sie stände oder wenigstens aufrecht säße. Und kurz darauf hatte er zum ersten Mal den kleinen, an den Rändern gezackten Blutschwamm auf ihrer linken Bauchseite gesehen. An diesem Abend hatten sie noch nicht so recht miteinander geschlafen. Doch jetzt kam es Ortwein vor, als wäre schon damals alles so selbstverständlich gewesen, wie es heute immer noch war.

Zu Hause angekommen, war er allein. Seitdem sie in dem Haus am Stadtrand wohnten, fuhr Ulrike oft die Kinder zu Freunden. Ortwein zog eine alte Hose an und ging in den Keller, wo er seit Tagen arbeitete. Er hatte versucht, die dunkelgrüne Farbe von der alten Holzvertäfelung zu waschen, und als das nicht gelang, damit begonnen, alles herauszureißen. Mit einer großen, gebogenen Zange fasste er jetzt die Paneele knapp neben der Stelle, wo sie auf den Leisten saßen, sie zerbrachen mit einem hellen Splittern. Als die dritte Wand beinahe frei war, fiel hinter den Brettern etwas zu Boden. Ortwein hob es auf. Es waren eine vergilbte Tageszeitung, ein paar Münzen in einer kleinen Tüte und ein handgeschriebener Segensspruch.

Ortwein schüttelte den Kopf. Er kannte den Vorbesitzer des Hauses nicht. Wann, hatte der geglaubt, würde man seine Paneele abnehmen? Vielleicht wenn die Münzen schon selten und wertvoll sind? Ortwein sah auf das Datum der Zeitung, keine fünfundzwanzig Jahre war sie alt. Er faltete sie auf, dabei brach sie in den Falzen. Vorsichtig blätterte er durch den politischen Teil, er überflog die Schlagzeilen: Alle großen Politiker längst abgetreten, die meisten tot, ein paar internationale Konflikte, an die er sich gar nicht erinnerte.

Dann kamen die Sportnachrichten. Und plötzlich war sich Ortwein ganz sicher, das Spiel seiner Mannschaft, über das ausführlich berichtet wurde, mit Schulfreunden gesehen zu haben. Er schaute noch einmal auf das Datum, es musste hinkommen. Damals eine unerwartete Niederlage des Favoriten gegen einen Neuling. Ortwein sah es genau vor sich: wie sie nach dem Spiel in einem Zug schweigender Fans vom Stadion zur Bushaltestelle gegangen waren. Er rechnete nach; es musste ein paar Wochen vor der Versetzung in die Oberprima gewesen sein.

Ortwein blätterte zurück und las ein paar der Artikel. So saß er noch, als seine Frau mit den Kindern in den Keller kam. »Wie weit bist du?«, sagte sie.

Ortwein sah hoch. Ulrike musste damals vierzehn gewesen sein, sie kam aus einer anderen Stadt, Fußball interessierte sie wenig. »Fast fertig«, sagte er. Dann zeigte er, was er gefunden hatte. Die Frau las den Segensspruch.

»Klemmen wir auch was dahinter?«

Ortwein schüttelte den Kopf. Er wolle die Löcher sauber zuspachteln und alles weiß streichen, das lasse den Raum viel größer scheinen. Ulrike war einverstanden.

Am nächsten Morgen, einem Freitag, blieb Ortwein in der Mitte des Busses bei der Tür stehen und beobachtete genau, wer ein- und ausstieg. Als eine junge Frau darunter war, die in Frage kam, drückte er sich langsam durch die Passagiere, bis er schräg hinter ihr zu stehen kam. In einer Kurve tat er, als verliere er ein wenig die Balance, ließ sich leicht gegen die Frau fallen und berührte dabei, als er seine Hände nach oben brachte, wie um einen Halt zu suchen, ihren Busen. »Entschuldigung«, sagte er.

»Macht nichts«, sagte die junge Frau. Sie wies auf eine der Griffstangen. »Halten Sie sich doch daran fest.« Kurz darauf stoppte der Bus, und Ortwein stieg aus.

Bis zur Kanzlei musste er zwei Straßen weit gehen. Er versuchte genau zu rekapitulieren, was er gespürt hatte. Es war natürlich nur ein Test gewesen, eine Art Experiment. Er müsste sich unbedingt hinzudenken, wie sie irgendwo alleine säßen, er und die Frau, vielleicht im Hinterraum eines Lokals. Wie sie langsam zu reden aufhören und wie er den Moment abpasst, von dem an er sicher damit rechnen kann, dass sie sich berühren lässt.

»Nein«, sagte Ortwein. Nein, so konnte er es nicht erfahren, dafür war alles viel zu schnell gegangen.

Gegen vier telefonierte er mit Ulrike. Er bleibe heute länger im Büro und esse in der Stadt. Es könne nach zehn werden, vielleicht sogar elf.

»Schade«, sagte Ulrike.

Bis gegen neun arbeitete Ortwein ein paar langwierige Zivilsachen auf, dann aß er in einem Restaurant um die Ecke. Gegen zehn ging er durch das Kneipenviertel, und schließlich betrat er eine Diskothek, aus der gerade ein paar junge Frauen kamen. Doch drinnen waren nur sehr wenige Gäste. Ortwein trank ein Bier, dann ging er wieder. In einer anderen Diskothek war es ähnlich. Von der Toilette rief er Ulrike an; sie solle nicht auf ihn warten, es werde ganz spät, und er nehme wahrscheinlich ein Taxi. Danach schaltete er das Handy aus.

Erst gegen zwölf wurde es voll in der Diskothek. Ortwein hatte noch ein Bier getrunken; als er davon aufstoßen musste, bestellte er einen Longdrink. Er saß auf einem Barhocker hinter einem kleinen Stehtisch in der Nähe der Tanzfläche. Den schmalen Gang von hier zu den Toiletten hielt er gut im Auge. Und wenn eine, besser zwei junge Frauen sich dorthin den Weg durch die Gäste bahnten, stand er rasch auf und versuchte, hinter sie zu kommen. Meistens gelang es. Einmal kam er einer so nah, dass von den Knien an aufwärts keine Hand mehr zwischen sie gepasst hätte. Er roch ganz deutlich das Parfüm, und ein paar Haare, die der Frau aus einer Spange gerutscht waren, berührten ihn im Gesicht. Danach ging er zu seinem Tisch zurück, schloss die Augen, stützte den Kopf auf die Arme, hielt gegen die laute Musik zwei Finger fest in die Ohren gedrückt und versuchte wieder, sich alles vorzustellen.

Ortwein blieb, bis die Diskothek geschlossen wurde. Es war gegen drei. Auf der Straße roch er an seinem Jackett, es war voller Rauch. Nach Hause konnte er jetzt eigentlich nicht. Langsam ging er in Richtung Kanzlei. Da hörte er aus einem Hauseingang gegenüber einen leisen Schrei. Er blieb stehen; eine junge Frau kniete dort auf dem Boden und tastete mit den Händen.

»Kann ich Ihnen helfen?«, sagte Ortwein, als er herangetreten war.

EHEBRUCH

Die Frau sah an ihm hoch. »Mir ist der verdammte Scheißschlüssel runtergefallen«, sagte sie. Wahrscheinlich war sie betrunken.

»Lassen Sie mich mal.« Vor der Haustür war es dunkel. Ortwein hockte sich neben die Frau auf den Boden, doch er sah nichts. »Haben Sie ein Feuerzeug?«, sagte er.

Noch immer auf den Knien, griff die Frau in ihre Jackentasche. »Hier!« Sie hielt ihm eine Schachtel Streichhölzer hin. Ortwein nahm eines heraus und rieb es an. Auf dem Boden war nichts zu sehen. »Ein Schlüsselbund oder ein einzelner Schlüssel?«

Die Frau blies sich ein paar Haare aus dem Gesicht. »Ein einzelner Schlüssel.«

Ortwein roch ihren Atem. Er rieb noch ein Streichholz an und beugte sich weiter vor. »Der ist unter die Tür gerutscht.« Er sehe da etwas blinken.

»Wie bitte!«, rief die Frau. »Der Scheißschlüssel ist schon drin?« Sie fluchte.

»Ja«, sagte Ortwein, »aber nicht sehr weit. Haben Sie irgendetwas Langes und Dünnes?«

Die Frau fuhr mit beiden Händen in die Taschen ihrer Jacke und zog das Futter heraus. »Was langes Dünnes?« Sie lachte. »Nein, hab ich nicht, was langes Dünnes.«

Ortwein rieb ein drittes Streichholz an. Dann nahm er die Hand der Frau. Sie habe doch sehr schlanke Finger. Er werde ihr die Stelle zeigen, vielleicht reiche sie heran. Auf den Knien kam die Frau nach vorne zur Tür. Sie tastete, und Ortwein führte ihr die Hand. »Ja!«, sagte sie; sie stöhnte einmal. »Aua!«, rief sie, aber Ortwein ließ ihre Hand nicht los. Schließlich hielt sie den Schlüssel hoch.

»Lassen Sie«, sagte Ortwein. »Ich mache das schon.« Er stand auf, öffnete die Tür und schaltete das Licht im Flur an.

Die Frau kniete noch im Eingang am Boden. »Ich komme nicht hoch.« Sie winkte. »Los, helfen!«

Ortwein setzte einen Fuß in die Tür und half der Frau mit Mühe auf die Beine, zweimal rutschte sie ihm aus den Armen, und als er sie hineinführte, schlug ihm die schwere Haustür hart gegen die Schulter, bevor sie ins Schloss fiel. Sie waren gerade bei den Briefkästen, da ging das Licht aus, sofort war es stockdunkel. Ortwein brachte die Frau dazu, sich gegen die Flurwand zu lehnen. Schwer atmend stand er vor ihr.

»O Mann«, sagte die Frau aus dem Dunkel. »Spitzenszene. Werd' ich jetzt auch vergewaltigt?«

Bis zum Lichtschalter waren es ein paar Schritte. Ortwein wollte die Frau loslassen. Sie sagte etwas, das er nicht verstand. Er hörte ein Geräusch, sie schien zu fallen. Schnell drückte er sie mit dem ganzen Körper gegen die Wand.

»Was soll das? Ich steh' doch wie eine Eins.«

Ortwein hielt die Frau bei der Taille. Vorsichtig machte er einen halben Schritt zurück. Er sah jetzt wieder; etwas Licht fiel durch ein Fenster über der Haustür in den Flur. »Geht es?«, sagte er.

»Klar«, sagte die Frau.

»Dann hören Sie jetzt bitte gut zu. Gestern«, sagte Ortwein, »gestern vor exakt fünfzehn Jahren habe ich zum letzten Mal mit einer anderen Frau geschlafen. Danach nur noch mit meiner. Mit meiner Frau. Mit Ulrike.«

»Ach du liebe Güte«, sagte die Frau.

»Ja«, sagte Ortwein. »Ich habe es ausgerechnet. Das ist mehr als ein Drittel meines Lebens.«

»Und jetzt?«, sagte die Frau.

»Würden Sie bitte still halten«, sagte Ortwein. Langsam fuhr er der Frau mit der rechten Hand unter die Jacke. Sie griff danach, aber das brachte sie aus dem Gleichgewicht. Sie fing sich, indem sie sich mit beiden Händen gegen die Wand stützte.

»So ist es gut«, sagte Ortwein. Er war jetzt unter ihr T-Shirt gekommen.

»Was machst du da?«, sagte die Frau.

»Einen Test«, sagte Ortwein. »Ich bin mir sicher, ich brauche nur eine kleine Erfahrung.« Die Frau trug keinen BH. Ihre Brust fühlte sich rund und warm an.

»Ach«, sagte die Frau. »Eine kleine Erfahrung?«

»Ja«, sagte Ortwein. »Dann schaffe ich den ganzen Rest.«

»Ich verstehe«, sagte die Frau. »Soll ich dich vielleicht auch küssen? Wäre das gut für die kleine Erfahrung?«

»Ja bitte«, sagte Ortwein.

»Mit oder ohne Zunge?«

»Wie Sie wollen«, sagte Ortwein, und sie küssten sich. Der Kuss schmeckte nach Alkohol und Zigaretten. Dann standen sie eine Zeit lang schweigend und ohne Bewegung. Unter seiner Hand fühlte Ortwein das Herz der Frau gleichmäßig schlagen.

»Und?«, sagte sie. »War's das jetzt? Oder geht es noch irgendwie weiter?«

Ortwein zog langsam seine Hand hervor. »Nein«, sagte er. »Danke. Ich denke, das reicht.« Und er bitte sehr um Entschuldigung.

»Schon okay«, sagte die Frau. »Ein ganzes Drittel. Das ist schon was.« Dann bekam sie einen Schluckauf. »Ich glaub«, sagte sie, »ich komm jetzt zurecht.«

»Wirklich?«, sagte Ortwein.

»Tschüss«, sagte die Frau.

Mit ein paar schnellen Schritten war Ortwein durch die Tür und auf der Straße. Er begann zu laufen, da fiel ihm ein, dass er den Schlüssel noch bei sich hatte. Er ging zurück zum

Hauseingang, wischte den Schlüssel an der Hose ab und wollte ihn unter der Tür hindurchschieben. Doch er hielt inne. Er horchte. Hinter der Tür war alles ruhig. Ortwein drehte sich um und ging.

Fünf Minuten waren es bis zum nächsten Taxistand. Und als Ortwein in den Wagen stieg, hatte er beschlossen, den Keller doch wieder mit Holz zu täfeln. Er würde gelaugtes Holz nehmen, das sieht auch hell und freundlich aus. Hinter die letzte Leiste würde er wieder eine Tageszeitung klemmen. Vielleicht fand er noch eine mit den großen Meldungen vom letzten Herbst. Und natürlich den Schlüssel.

Der Fan

Mit etwa fünfzehn, noch knapp in den Sechzigerjahren, begeisterte sich Kastner für eine damals kaum populäre amerikanische Rockgruppe, besonders für deren Leadsänger, der außerordentlich lange, hellrote und lockige Haare trug. Kastner sammelte alles, was es über die Gruppe gab. Das waren anfangs nur ein paar Artikel und Bilder, er heftete sie an die Wände seines Zimmers. Die ersten Platten der Gruppe hörte er noch auf dem Koffergerät seiner Eltern. Er gründete einen offiziell anerkannten Fanclub; eine Zeit lang waren die einzigen Mitglieder er und sein bester Freund. In der Schule wurde Kastner wegen alldem verspottet; zu Hause gab es immer wieder Streit mit den Eltern, denen die ganze Richtung nicht behagte. Besonders schlimm wurde es, als Kastner sein Haar, das auch einen leichten Stich ins Rötliche hatte, sehr lang wachsen ließ.

Aber die Gruppe hatte Erfolg. Es häuften sich die Artikel in Zeitungen und Zeitschriften, es gab die ersten Auftritte im Fernsehen. Und ein paar Jahre lang war Kastner, als der Gründer des ersten hiesigen Fanclubs, sogar über die Grenzen seiner kleinen Heimatstadt hinaus, freilich nur im Kreis der Interessierten, eine bekannte Figur. Er plante und leitete die Treffen der Fans, er verteilte offizielles Werbematerial, besonders die begehrten Autogrammkarten; und als er anlässlich eines Konzertes der Gruppe im Fußballstadion einer nahen Großstadt eine Busfahrt dorthin organisierte, interviewte ihn die Lokalredaktion. Zwei Tage später erschien der Artikel, daneben ein Bild, das ihn mit den anderen Leitern der Fanclubs zeigte, wie sie sich um die Mitglieder der Gruppe postierten.

Ein paar Jahre vergingen. Die Rockgruppe stieg auf, beinahe zu den ganz Großen. Eine Tournee durch Asien war ein Welterfolg. Der Film darüber lief in dem kleineren der beiden Kinos, und Kastner beredete den Inhaber, eine Vorstellung spätabends für ihn alleine zu geben, damit er sich den Film kopieren konnte, mit einer aufs Stativ gebauten Kamera im Format Super 8.

Später begann die Zeit der Affären und Skandale. Mitglieder der Gruppe wurden festgenommen und wegen Rauschgiftbesitzes angeklagt, der Leadsänger heiratete eine junge englische Adlige und ließ sich kurz darauf von ihr scheiden, bei einem Konzert in Südafrika kam es zu blutigen Unruhen. Schließlich drohte sich die Gruppe im Streit zu trennen. Da war auch schon die Rede von schwerwiegenden Steuervergehen.

Kastner nahm dies alles sehr mit. Für einige Zeit verteidigte er in den Fanmagazinen die beschönigenden Pressemitteilungen der Plattenfirma, auch wenn ihm das scharfe Vorwürfe einbrachte. Endlich schlug er sich selbst zu denen, die ein Schuldbekenntnis und einen Neuanfang forderten: Das sei der einzige Weg zur Rettung. Aber es fruchtete nichts. Die Trennung wurde vollzogen, der Leadsänger nahm eine Soloplatte auf, die nicht mehr in die Hitparaden kam. Schließlich wurde es ruhig um ihn und um alle.

Kastner war damals knapp zwanzig. Seine Haare trug er nicht mehr so lang wie der Sänger, dafür hatte es mehrere Gründe gegeben. Was er gesammelt hatte, nahm er nach und nach von den Wänden seines Zimmers und räumte es in Mappen und Kartons. Nur zwei, drei besondere Teile hängte er in die erste eigene Wohnung, darunter das Zeitungsfoto und eine Urkunde für die Fanclub-Arbeit, auf der alle Gruppenmitglieder unterschrieben hatten. Gelegentlich tauchte der Name des Leadsängers noch in Zeitungen oder Zeitschriften auf, meist in Verbindung mit irgendwelchen Skandalen; doch wenn dann jemand Kastner darauf hinwies, lächelte der nur oder zuckte die Achseln.

So wurde Kastner fünfundvierzig. Er hatte mehrmals Ausbildung und Arbeitsplatz wechseln müssen, bis er vor einigen Jahren durch einen glücklichen Zufall in eine Branche geraten war, die von der Osterweiterung dauerhaft profitierte. Von einem Tag auf den anderen musste er alles stehen und liegen lassen, dafür hatte er jetzt einen vergleichsweise sicheren Posten. Eher spät und erst in seiner neuen Heimat hatte er auch geheiratet. Sie bekamen zwei Kinder, eines würde demnächst zur Schule gehen.

Da, eines Abends, als er noch spät und alleine im Kabelprogramm einen englischen Musiksender sah, kam es Kastner in den Sinn, sich zu erkundigen, was aus dem Leadsänger geworden war. Er rechnete nach, der Mann musste im nächsten Monat sechsundfünfzig werden. Vorausgesetzt, er lebte, denn vermutlich wäre die Meldung seines Todes, wenn sie überhaupt erschiene, heute so klein, dass man sie leicht übersehen könnte. Am nächsten Morgen hatte Kastner seinen Vorsatz wieder vergessen, aber im Laufe der folgenden Wochen erinnerte er sich ein-, zweimal daran. Schließlich war das Erste, was er tat, einen jüngeren Kollegen zu fragen, der sich für Rockmusik interessierte.

»Ja, der!«, sagte der Kollege. Das sei schon so einer gewesen! Wo der stecke? Er habe da keinerlei Ahnung, aber er wolle sich gerne dahinter klemmen. Einige Tage später sprach er Kastner an. »Der ist verschollen«, sagte er. So etwas sei ihm noch nie passiert. Im Internet komme schließlich niemand abhanden. Aber außer ein paar historischen Einträgen habe sich nichts gefunden. Jedenfalls sei damit sicher, dass er nichts mehr mit der Branche zu tun habe.

»Schau an«, sagte Kastner. Seitdem dachte er häufiger an die Sache. Einmal stellte er sich den Leadsänger als heruntergekommenen Trinker in einer amerikanischen Großstadt vor, wie er im Rausch seinen Kumpanen von früheren Erfolgen und großen Ausschweifungen erzählte, dann wieder als einen Familienvater in einer Vorstadt des Mittleren Westens, wie er am Samstagnachmittag mit seinen Kindern im Garten spielte, während drinnen im Haus seine alten Hits liefen.

Wieder ein paar Wochen später schrieb Kastner an die Plattenfirma, und als man ihm dort nicht helfen konnte, an eine deutsche Rock-Zeitschrift. Es blieb ohne Erfolg. Kastner sprach darüber mit seinem Kollegen. Der wunderte sich. Es könne doch so jemand nicht vollkommen verschwinden.

»Ich wundere mich nicht«, sagte Kastner. Er schlug mit einer zusammengerollten Nummer der Zeitschrift auf die Kante seines Schreibtischs. In der Musikbranche gebe es ja praktisch nur junge Leute; und die interessiere es nun mal einen Dreck, was vor fünfundzwanzig Jahren passiert sei.

»Ja, vielleicht«, sagte der Kollege.

Am selben Abend stieg Kastner auf den Speicher, nahm die Mappen und Kartons mit seiner Sammlung hervor und sah die Stücke einzeln durch: die Zeitungsartikel, die er auf DIN-A4-Blätter geklebt oder in Klarsichthüllen gesteckt hatte, dann abgeheftet in Ordnern mit Rückenschildern aus von Hand kopierten Plattencovern; seine Korrespondenz als Leiter des Fanclubs, ebenfalls säuberlich abgeheftet; die selbst gemalten Statistiken über die Notierung aller Titel in den Hitparaden; die Eintrittskarten zu den Konzerten, einige davon zerrissen und sorgfältig wieder zusammengesetzt; viele

Mappen mit Fotos, der Starschnitt aus der *Bravo* und die Rolle mit dem Schmalfilm; Aufnäher und T-Shirts. Schließlich die Lederjacke mit dem Namen der Gruppe in Nieten auf Schultern und Armen. Und natürlich die Platten, die Kassetten mit den Konzertmitschnitten und den Interviews im Radio. Bis in die Nacht saß Kastner über den Sachen, dabei lief leise die Musik. Und als er am Ende noch einmal alles durchging, fand er ein Foto der englischen Adligen, unter dem ihr voller Mädchenname stand. Er faltete es zusammen und steckte es in sein Portemonnaie.

Ein paar Tage später suchte Kastner ein britisches Konsulat auf, erklärte dem Beamten sein Anliegen und reichte ihm das Foto.

Der Beamte, ein Mann in mittleren Jahren, sah das Foto an und schüttelte den Kopf. Auskünfte privater Natur dürfe er grundsätzlich nicht geben.

»Und wenn ich Sie herzlich bitte?«, sagte Kastner. Er sei einmal Fan einer Gruppe gewesen, deren Leadsänger diese Frau geheiratet habe. Er nannte den Namen der Gruppe.

»So?«, sagte der Beamte. Er lächelte und reichte das Foto zurück. »Meine Landsleute sind bodenständig«, sagte er. »Lesen Sie englische Telefonbücher.« Das sei immer eine anregende Lektüre. Er grinste. Er persönlich empfehle das Telefonbuch der Gegend um Reading.

Kastner bedankte sich, fuhr zur Hauptpost und ließ sich die Telefonbücher geben. Noch am selben Tag schrieb er mehrere Briefe an verschiedene Adressen, die ihm vielversprechend schienen, und schickte sie ab; doch sie blieben unbeantwortet. Als er daraufhin neue Briefe schrieb und versicherte, keine Ansprüche gegen irgendjemand zu hegen, erhielt er nur die Bitte eines englischen Rechtsanwalts, von weiteren Anfragen abzusehen.

»Es ist verrückt«, sagte Kastner zu seiner Frau, als sie abends durch den Garten gingen. Wie man so verschwinden kann! Er sammelte das Spielzeug vom Rasen und warf es in den Sandkasten.

»Es verschwinden so viele«, sagte die Frau.

»Wieso?«, sagte Kastner. Im Krieg, ja, vielleicht! Aber doch nicht heute. Und unter solchen Umständen! Nach einer solchen Karriere. Er nahm ein paar Papierchen aus dem Sandkasten und steckte sie in die Tasche. »Ein Fußballstadion voller Fans«, sagte er. »Bis auf den letzten Platz besetzt.« Am Ende hätten alle seinen Namen geschrien. Und er, Kastner, habe da schon neben ihm auf der Bühne gestanden.

Tags darauf setzte Kastner eine mehrsprachige Anzeige in alle Musikzeitschriften, die sein Kollege ihm hatte nennen können. Darin versprach er demjenigen einen nennenswerten Betrag, der ihm Konkretes über den Leadsänger oder seinen Aufenthalt würde mitteilen können.

Und diesmal hatte Kastner Erfolg. Er erhielt etwa drei Dutzende Briefe und Anrufe. Musiker aus der Szene erzählten wilde Geschichten; Frauen berichteten umständlich von Vaterschaften und Vaterschaftsklagen; Manager redeten von Prozessen, und ein paar alte Fans behaupteten, mit ihm, Kastner, früher korrespondiert zu haben. Doch nichts von all dem, was man ihm sagte oder schrieb, reimte sich zusammen. Und wenn es um die Gegenwart ging, wusste niemand etwas Bestimmtes. Anfangs legte Kastner sich ein Verzeichnis der Hinweise an, aber bald sah er ein, dass keine echte Spur darunter war. Schweren Herzens gab er es auf. Und beinahe hätte er alles wieder vergessen, als er schließlich, fast ein Jahr war vergangen, noch einen Brief bekam.

Es war ein Samstagmorgen im April. Kastner war früh mit den Kindern in den Garten gegangen, um dort für den kommenden Sommer Ordnung zu schaffen. Gegen halb zehn rief ihn der Briefträger von der Straße her an und reichte ihm den Brief über den Zaun. Kastner las den handgeschriebenen Absender und stand ein paar Sekunden lang vollkommen still. Eine Stadt, von der er noch nie gehört hatte. In Amerika. Die Kinder stießen ihn leicht in die Seite; er machte eine unwillige Geste, sagte etwas, und sie liefen ins Haus. Der Name in Blockbuchstaben, nicht wie auf den Autogrammkarten. Kastner riss eine Ecke des Umschlages auf. Die Gartenerde an seinen Fingern schwärzte das Papier. Er schob den Zeigefinger in das Kuvert, dann hielt er inne.

Er sah sich um. In den angrenzenden Gärten war es noch ruhig. Unter dem Vogelhaus des Nachbarn saß eine dicke schwarze Katze, und in dem künstlichen Fischteich spiegelte sich die Sonne. Auf der Straße hielt gerade der Auslieferungswagen einer Tiefkühlfirma.

In Amerika ist es jetzt noch Nacht, dachte Kastner. Vielleicht sogar erst später Abend. Er nahm den Finger aus dem Kuvert und drückte die schwarze, eingerissene Ecke glatt, dann trug er den Brief ins Haus. Er stellte einen Scheck über die versprochene Summe aus, legte ihn in einen Umschlag, den beschriftete er und ließ ihn die Kinder zur Post tragen. Bis zum Nachmittag arbeitete er weiter im Garten; spätabends steckte er den Brief in eine Klarsichthülle und heftete ihn, so wie er war, ganz hinten in den Ordner mit der Korrespondenz des Fanclubs.

Darüber kam seine Frau ins Zimmer. »Ich kann nicht schlafen«, sagte sie. »Was machst du?«

»Nichts mehr«, sagte Kastner. »Ich komme gleich.«

Vater

Nach vielen regnerischen Tagen hatte ein Vater endlich einen sonnigen, ja warmen Oktobernachmittag lang im Garten arbeiten können. Er hatte alles für den Winter vorbereitet, hatte die trockenen Zweige zu einem Herbstfeuer geschichtet, da bemerkte er mit einem Mal, dass er seinen vierjährigen Sohn, der mit ihm in den Garten gegangen war, seit vielleicht einer Stunde nicht mehr gesehen oder gehört hatte. Sogleich ließ er die Arbeit fallen. Er suchte das Kind im Haus und auf der Anliegerstraße, vergeblich; schließlich lief er, ohne der abwesenden Mutter eine Nachricht zu hinterlassen, in das Waldstück, das die Siedlung von den zum Fluss hin abfallenden Wiesen und Feldern trennte und durch dessen Mitte die Trasse der Umgehungsbahn führte. Laut rief er dabei den Namen des Jungen.

Dieser Junge, das einzige Kind, hatte kurzes und bräunliches Haar, er trug jetzt die Montur, die er für gewöhnlich trug, wenn er mit dem Vater im Garten war. Der Junge war ein angenehmes Kind, ein liebevoller, wenngleich etwas naiver Charakter. Nie war er bislang von zu Hause weggelaufen; und für einen wie ihn, fürchtete der Vater, müsste das Weglaufen besonders gefährlich sein.

Etwa eine halbe Stunde lief der Vater durch das Waldstück, stieg dabei immer wieder die Trasse zur Umgehungsbahn hinauf, weil er in den Gleisen die mit Abstand größte Gefahr sah; doch dann wusste er nicht mehr, wohin er sich wenden sollte. Wieder stieg er die Trasse hinab durch das fast vollkommen verwilderte Gesträuch. Und endlich, an einer fast unzugänglichen Stelle, in einem zugewachsenen Graben, sah er seinen Sohn: Der stand, fast nackt, bäuchlings an einen Baum gebunden. Ein Tuch steckte in seinem Mund, und ein Mann im mittleren Alter machte sich an ihm zu schaffen.

Mit einem Aufschrei stürzte sich der Vater in den Graben. Derart gewarnt, ließ der Mann das Kind und lief davon. Ohne sich groß zu bedenken, lief ihm der Vater hinterher; und so rannten die beiden, laut atmend, ja keuchend, in kurzem Abstand über die gleichen Hindernisse aus umgestürzten Bäumen, unter den niedrigen Ästen hinweg über den feuchten, tiefen Waldboden, bis sie das freie Feld erreichten. Hier schien der Mann der Schnellere zu sein. Vielleicht war er unter diesen Bedingungen der bessere Läufer, vielleicht spornte ihn die Hoffnung an. Denn da, wo das Waldstück mit einer Ausbuchtung beinahe an den Fluss grenzte, stand, am Ende eines unbefestigten Holzwegs, ein alter Opel Kadett. Jetzt wusste der Vater, was es galt. Doch wie er sich auch anstrengte, der Mann erreichte den Wagen mit gutem Vorsprung. Den verlor er aber, als der Motor nicht beim ersten Mal startete; sodass der Vater zur Stelle war, als sich der in Fluchtrichtung gewendete Wagen in Bewegung setzte. Mit einem Rest an Kraft sprang der Vater auf die Motorhaube und hielt sich an den Scheibenwischern. Vielleicht verzog der Mann darauf im Schreck das Lenkrad, vielleicht war er schon zuvor beim Rangieren von dem schmalen Holzweg abgekommen. Jedenfalls glitt der Kadett seitlich in den Morast, und die Räder drehten durch.

Schreiend vor Schmerz rutschte der Vater von der Motorhaube ins Unterholz. Er rappelte sich auf. Doch bevor er die Beifahrertür erreichen konnte, hatte der Mann sie verriegelt, ebenso die Fahrertür. Gegen die schlug und trat der Vater.

Der Motor heulte, als der Mann zu entkommen versuchte. Immer tiefer wühlten sich die Räder in den Morast, nach hinten spritzte es nass und schwarz. Schließlich versoff der Motor, und es wurde überraschend still.

Da kam dem Vater die ganze Lage zu Bewusstsein. Ein Werkzeug, um den Mann aus dem Wagen zu holen, besaß er nicht. Außerdem musste er endlich tun, was er eben versäumt hatte: seinen Sohn aus der furchtbaren Lage befreien. Doch wenn er jetzt ginge, so würde der Mann mit Sicherheit entkommen. Bliebe er hingegen, was geschähe dann mit seinem Sohn! Es wurde sehr rasch kälter, und vielleicht war das arme Kind verletzt. Ja, wer weiß, wie sehr sich der Zustand des Jungen schon verschlimmert hatte, da sein eigener Vater, statt sich um ihn zu kümmern, diesen Mann hier verfolgte.

Der Vater schrie vor Wut. Er trat wieder mit seinen Gummistiefeln gegen den Wagen, stieg aufs Dach und sprang von da, ohne jeden Erfolg, ein paarmal auf die Frontscheibe, er rief die abscheulichsten Flüche gegen den Mann im Kadett. Einmal war er sogar schon fast hundert Meter laut weinend in Richtung der Trasse gegangen, doch da er sich umwandte und sah, wie der Mann, jetzt schon fast im Schutze der Dunkelheit, die Fahrertür einen Spaltbreit öffnete, da lief er brüllend zurück und setzte seine machtlosen Versuche fort. Dabei sah er beständig seinen Sohn vor sich, in dieser entsetzlichen Lage, vielleicht furchtbar verletzt, frierend oder erstickend oder sterbend vor Angst.

Endlich kam dem Vater eine Idee. Tatsächlich war der Tankdeckel an dem alten Auto unverschlossen, er öffnete ihn, riss sich einen Ärmel vom Hemd und stopfte ihn halb in die Öffnung. Mit dem Feuerzeug, mit dem er das Herbstfeuer hatte anzünden wollen, versuchte er, den Stoff in Brand zu setzen. Das gelang ein ums andere Mal nicht, die Flamme erlosch. Da packte der Vater den Kadett an der hinteren Stoßstange und schüttelte ihn so lange, bis das Benzin den Stoff vollkommen durchtränkt hatte. Als er jetzt die nur mehr winzige Flamme des Feuerzeugs nah an den Stoff brachte, fing der augenblicklich Feuer; mehr noch: In der gleichen Sekunde zerriss eine gewaltige Explosion das Fahrzeug.

Polizei und Feuerwehr waren in sehr kurzer Zeit zur Stelle, eigentlich alarmiert von der heimkommenden Mutter. Und obwohl beide Männer tot und bis zur Unkenntlichkeit verbrannt waren, ahnte man den Zusammenhang. Die darauf veranlassten Maßnahmen hatten zur Folge, dass kaum eine halbe Stunde später der Junge gefunden wurde, leicht verletzt, nicht unbedenklich verkühlt und vollkommen verstört, aber fürs Erste außer Gefahr.

Bankrott

Wollgast wollte ein Ende machen. Es war fast leer auf der Autobahn. Als er nach der lang gezogenen Kurve das Gaspedal bis zum Anschlag trat, stieg die Geschwindigkeit des Wagens rasch auf über einhundertachtzig. Bis zur Eisenbahnbrücke waren es noch etwa tausend Meter.

Wollgast hatte es immer wieder erwogen. Doch es gab da nicht den geringsten Zweifel, es war ihm alles gescheitert. Vor drei Monaten war er zu Hause ausgezogen. Sie stritten sich schon um Geld. Wenn es stimmte, was Marion sagte, dann weigerten sich die Kinder, ihn zu besuchen. Und seine Agentur stand eindeutig vor dem Bankrott. Doch das Schlimmste, hatte er sich gesagt, war, dass er merkte, wie er an allem die Lust verlor.

Jetzt kam die Eisenbahnbrücke in Sicht. Wollgast drückte den Oberkörper in die Lehne. Er würde zuvor auf die Standspur fahren, um das Mauerwerk an der Hangseite möglichst frontal zu treffen. Bei einem schrägen Aufprall könnte sich der Wagen überschlagen und auf die Gegenfahrbahn geraten. Das musste vermieden werden. Wollgast fuhr die Strecke seit Jahren, er hatte alles zigmal durchgespielt, schon als er noch gar nicht so weit war.

Dreihundert Meter vor der Brücke zog er hinüber auf die Standspur. Was er wohl noch spüren wird? Zuerst schiebt sich der Motorblock in den Fahrgastraum und schlägt ihm die Beine weg, dann schleudert es ihn durch die Scheibe gegen die Mauer, und schließlich zerdrückt ihn der Wagen.

Natürlich im Bruchteil einer Sekunde; die Überlebenschance war praktisch gleich null.

Noch hundert Meter. »Ich tue es«, sagte Wollgast laut. Er fühlte sich ruhig und sicher. Seine Hände lagen unten auf dem Lenkrad, die Ellenbogen auf den Schenkeln. Der Tacho zeigte knapp zweihundert. Die Mauer kam näher. Jetzt nur ein wenig nach rechts lenken! – Doch Wollgast hielt ganz still. Der Wagen zitterte im Luftsog, als er so nah an der Mauer vorbeifuhr. Wollgast hielt das Pedal durchgetreten, er blieb auf der Standspur, überholte rechts einen Laster, dann zog er nach links und ließ den Wagen langsamer werden. Am nächsten Autobahnkreuz wendete er und fuhr zurück zu seiner Wohnung.

Es war ein warmer Sonntagabend spät im September. Wollgast schaltete den Fernseher ein und öffnete eine Flasche Rotwein. Also das war Todesnähe!, sagte er sich. Man hätte es in Zentimetern messen können. Dann sah er auf die Uhr. Es war noch hell draußen. Morgen wird das Gespräch mit seinem wichtigsten Kunden sein. Durch eine Indiskretion hatte Wollgast erfahren, dass er seinen größten Etat verlieren sollte. Also würde er von jetzt an nicht einmal mehr Geld haben, seine Angestellten in der Agentur zu bezahlen. Mit ein paar laufenden Zahlungen war er schon bedenklich im Rückstand, spätestens zu Weihnachten würde man dem Büro das Licht sperren und das Telefon abstellen.

»Egal!«, sagte Wollgast laut. Er stellte sich vor, wie es sein würde, morgen. Er wird dasitzen und das umständliche Gerede seines Kunden anhören. Der wird ihm zunächst Vorwürfe machen. Und er wird jammern: Man sei mit der Wirkung der letzten Kampagne alles andere als zufrieden, die Absicht sei nicht getroffen und so weiter. Dann aber wird er kalt werden. Es tue ihm leid, natürlich. Doch in diesen Zeiten müsse eben jeder sehen, wofür er sein Geld ausgebe.

»Geh doch zum Teufel!«, sagte Wollgast laut. Und steck dir deine Absichten wohin du willst! Er wird den Kunden freundlich verabschieden. Seine Zeit, wird er sagen, sei ein bisschen knapp bemessen. Der soll sich vorkommen, als habe man ihn hinausgeworfen.

Und dann wird Wollgast aufstehen und durch die Zimmer der Agentur gehen. »Alle entlassen!«, wird er rufen. »Alle arbeitslos! Ab, nach Hause!«

Die Angestellten werden ihn ansehen. Sie werden alle zu reden beginnen, alle gleichzeitig und durcheinander. Sie haben es natürlich geahnt, aber keiner wird es wahrhaben wollen.

Im Grunde ein blöder Haufen, dachte Wollgast. Es wird ihm Freude machen zu sehen, wie sie sich bemühen: Ob man nicht dies und das noch unternehmen könnte? Woher man vielleicht kurzfristig Kredite bekäme? Was noch nicht ganz verloren sei und so weiter. Doch er wird abwinken und gehen. Schon in der Tür, dreht er sich noch einmal um. »Ein Missverständnis«, sagt er. Der Agentur gehe es blendend. Nur sie seien alle entlassen.

Der Rotwein war nichts für die Jahreszeit. Wollgast trug die Flasche in die Küche und schüttete den Inhalt ins Spülbecken. Dann nahm er seine Jacke von der Garderobe und verließ die Wohnung. Er schloss nicht ab, den Fernseher ließ er laufen. Vom Bürgersteig aus sah er hoch, sein Schlafzimmerfenster stand ein wenig offen. Wollgast nahm einen kleinen Stein vom Boden, einen Moment lang wollte er ihn gegen das Fenster werfen, dann steckte er ihn in die Tasche.

Mit der U-Bahn fuhr Wollgast in die Innenstadt. Am Bahnhof stieg er aus. Er wollte eine Zeitschrift kaufen, doch als er vor dem großen Regal in der Buchhandlung stand, konnte er sich nicht entscheiden. Er durchquerte den Fußgängertunnel, fuhr die Rolltreppe hinauf und ging langsam an den Nachtlokalen vorbei. Es war dunkel geworden. Ein paar Türsteher sprachen ihn an: Was er hier geboten bekomme, sehe er nirgendwo sonst. Wollgast sagte jedes Mal »Danke, nein« und ging langsam weiter.

An der ersten Kreuzung blieb er stehen. Auf der anderen Straßenseite schoben zwei Polizisten einen gefesselten Mann in einen Einsatzwagen. Dann fuhren sie mit Blaulicht davon. Wollgast schaute dem Wagen nach, da fasste ihn eine junge Frau beim Arm. »Hallo!«, sagte sie. »Willst du dich nicht ein bisschen verwöhnen lassen?«

Wollgast sah die Frau an. Sie trug hohe Stiefel, schwarze Handschuhe, einen kurzen, engen Rock und eine Nietenjacke mit Reißverschluss, alles aus schwarzem Leder. »Tut mir leid«, sagte er. »Ich bin pleite.« Er lachte kurz. »Ehrlich. Ich stehe vor dem Bankrott.«

Die Frau schüttelte den Kopf, dann nahm sie Wollgasts linke Hand und hob sie zu sich hoch. Das habe sie gern, sagte sie, Typen mit einer Rolex am Arm, die ihr erzählen, sie seien pleite. Sie zog den Reißverschluss an ihrer Jacke herunter und drückte die Schultern zurück. »Wenn du mich nicht geil findest, kannst du das ruhig sagen.«

Wollgast sah auf die Uhr. »Du hast recht«, sagte er. »So muss man es machen.« Dann streifte er die Uhr über die Hand und hielt sie der Frau hin. »Da!«, sagte er. »Nimm!« Was er denn dafür bekomme?

Die Frau nahm die Uhr und strich mit dem Finger über das metallene Armband. »Ich weiß nicht«, sagte sie. »Die machen heute doch alles nach.«

»Stimmt.« Wollgast nickte. Aber wenn sie echt sei, bringe sie an jeder Ecke locker dreitausend.

»Ich weiß selbst, was Rolex kosten«, sagte die Frau. Sie biss sich auf die Unterlippe. »Pass auf. Wir gehen zu jemand, der sich damit auskennt.«

»Nichts da!« Mit einer schnellen Bewegung nahm Wollgast die Uhr zurück. »Du musst dich jetzt entscheiden. Dein Risiko! Entweder du machst was für die Uhr, und zwar sofort. Oder es wird nichts mit uns beiden.«

Die Frau fuhr sich mit der Hand durchs Haar.

»Außerdem hast du mich angequatscht. Und nicht andersrum.«

Die Frau zog den Reißverschluss wieder nach oben. »Okay«, sagte sie. »Aber vorher die Uhr.«

»Kein Problem«, sagte Wollgast.

Die Frau zeigte auf die Lichtreklame eines Hotels schräg gegenüber. Sie machte einen Schritt, aber Wollgast blieb stehen.

»Was ist?«

»Ich hab nicht gesagt, dass ich ficken will. Ich hab nur gesagt, du sollst was machen. Und zwar hier.«

»Bist du bescheuert?«, sagte die Frau.

Wollgast verzog das Gesicht. »Hör's dir an«, sagte er. »Ich will, dass du dir den Rock über den Hintern ziehst und ein Weihnachtslied singst.«

»Du spinnst wohl«, sagte die Frau.

»Ich habe noch was vergessen. Du musst ein bisschen die Beine spreizen. Du weißt schon wie.«

Die Frau tippte sich an die Stirn. »Ein Weihnachtslied«, sagte sie. »Jetzt im Sommer!« Er solle sich lieber zum Teufel scheren.

»Stell dich nicht an«, sagte Wollgast. »Eine Rolex für ein Lied. So gut wirst du nie wieder bezahlt werden.« Er hielt die Uhr hoch. »Außerdem«, sagte er, »ist seit fünf Tagen Herbst.«

Die Frau trat vor ihn hin und nahm ihm die Uhr aus der

Hand. »Damit wir uns richtig verstehen«, sagte sie, »Rock hoch, Beine breit, Weihnachtslied singen. Ist es das?«

»Das ist es.«

»Noch irgendwelche Sonderwünsche?«

Wollgast schüttelte den Kopf.

»Wäre *Stille Nacht* angenehm?«

»Bestens.« Wollgast machte ein paar Schritte zurück und lehnte sich gegen eine Plakatsäule. »Bleib da stehen«, sagte er. »Und dreh dich um. Schau in die andere Richtung!«

Die Frau streifte die Uhr über ihr Handgelenk, zog den kurzen Rock bis zur Taille hoch und drehte Wollgast den Rücken zu. Dann spreizte sie die Beine. Schon waren ein paar Passanten stehen geblieben.

»Los jetzt!«, sagte Wollgast. »Und laut. Ich will was hören.«

Die Frau begann zu singen. Sie trug halterlose schwarze Strümpfe und einen schwarzen Tangaslip. Die Arme hatte sie abgewinkelt, ihre Hände mit den schwarzen Handschuhen hielten den Rock, an ihrem linken Handgelenk leuchtete die Uhr. In wenigen Augenblicken stand es im Halbkreis um sie herum. Männer riefen, eine Frau lachte laut und kreischend. Als sie mit der ersten Strophe fertig war, hörte die Frau auf zu singen.

»Zugabe!«, rief ein Mann aus der Menge. »Zugabe!« Die Frau schaute Wollgast über die Schulter an.

»Zweite Strophe«, sagte er.

»Ich kann nur die eine.«

Wollgast schlug mit der flachen Hand gegen die Säule. »Dann eben die erste nochmal!«

Die Frau begann wieder zu singen, und sofort fielen alle Umstehenden ein. Von der Straße her kam Autohupen. Die Stimme der Frau war nicht mehr zu hören.

»Genug jetzt!«, sagte Wollgast.

Aber die Frau schüttelte den Kopf. Sie wiegte sich einmal in den Hüften, mit der linken Hand schlug sie sich auf den nackten Hintern, die rechte hob sie hoch und tat, als dirigierte sie die Menge. Alle sangen, es klang jetzt beinahe wie ein Chor.

»Aufhören!«, schrie Wollgast. »Sofort aufhören!«

Aber das Singen wurde noch lauter. Aus der Menge trat einer vor, sein Bass übertönte die anderen, er sang in einer Sprache, die Wollgast nicht verstand. Ein Zweiter stellte sich neben ihn und legte ihm einen Arm um die Schultern. Da stieß sich Wollgast von der Säule ab. Er begann sofort zu laufen, er bog in die erste Seitenstraße, und er lief, so schnell er konnte. Ihm wurde bald schlecht vor Anstrengung, doch er lief weiter, quer über eine Kreuzung zu einer haltenden Straßenbahn. Völlig atemlos stieg er ein und löste eine Karte, die Bahn fuhr los, drei Haltestellen weiter wechselte Wollgast in eine U-Bahn.

Auf der Bank ihm gegenüber saßen zwei Ausländer. Sie sprachen leise miteinander, der eine zählte dabei etwas an den Fingern ab. Langsam kam Wollgast wieder zu Atem. Er schabte sich ein paarmal mit der Fahrkarte über die Stirn, an der Kante des Papiers blieb eine milchige Masse. Es stach in seiner Brust, nur mit Mühe schaffte er es, sich nicht zu übergeben.

»Nein«, sagte er leise. Es ist längst nicht alles zu spät. Außerdem lag es immer noch ganz an ihm. Das Treffen mit dem Kunden könnte auch anders verlaufen. Er hatte ja immerhin nichts zu verlieren. Und wenn er dem Mann das Gefühl geben könnte, ihm sei an dem Etat wenig gelegen, dann würde der vielleicht unsicher werden. Der älteste Trick der Welt, dachte Wollgast. Tu so, als seien dir die anderen egal, und schon wollen sie dich nicht verlieren. Da wurde seine Station angesagt.

Wollgast stand auf. Und er kann Marion anrufen. Er kann ihr seine Lage schildern. Geld ist jetzt ein heikles Thema. Aber sie muss mit den Kindern reden. Er ist schließlich der Vater. Jeder hat ein Recht, seinen Standpunkt zu vertreten.

Als er die U-Bahn-Station verließ, merkte Wollgast, dass er den falschen Ausgang genommen hatte. Das war ihm noch nie passiert. Er lachte und schlug sich mit der flachen Hand gegen die Stirn. Jetzt musste er zurück über die Straße. Es herrschte immer noch dichter Verkehr. Mitten auf dem Gehweg blieb Wollgast stehen. Er schloss ganz fest die Augen. So wartete er eine kurze Weile, bis er glaubte, es sei etwas stiller geworden. Dann ging er los. Den Bordstein schaffte er noch. Zwei Schritte später stolperte er. Sofort öffnete er die Augen; er konnte nichts dagegen tun.

Der Voyeur

Bergbrede warf das Protokoll vor sich auf den Schreibtisch. Dann stieß er sich mit den Händen ab und rollte auf dem Drehstuhl gegen die Wand. »Völliger Blödsinn«, sagte er. »Und? Warst du hart?«»Ich war hart«, sagte Flamm. »Ich habe ihm nicht erlaubt zu rauchen, und ich habe ihm keinen Kaffee angeboten.«

»Gut.« Bergbrede nickte. »Dann muss ich also weich sein?«

»Stimmt«, sagte Flamm. »Die von der Sitte hatten ihn vorher. Und denen hat er dieselbe Geschichte erzählt.«

»Wir sind hier nicht bei der Sitte«, sagte Bergbrede. »Überhaupt die Sitte! Den ganzen Tag diese Perversen. Am Anfang ist es interessant, dann kotzt es einen an, später kriegt man vielleicht Mitleid. Und am Ende hat man Verständnis.«

»In einer halben Stunde ist Gegenüberstellung«, sagte Flamm.

»Ich übernehme das«, sagte Bergbrede. »Und es stimmt wirklich, ich muss weich sein?«

»Ja«, sagte Flamm. »Ich war hart, du musst weich sein.«

Im Nebenzimmer saß Scherger, der Mann, der am Morgen im Stadtpark, unweit des Kinderspielplatzes, von verdeckt operierenden Fahndern verhaftet worden war. Er saß auf einem Holzstuhl, quer vor einem Schreibtisch, seinen linken Arm hatte er aufgestützt, den Kopf in die Hand gelegt. Er trug einen hellen Mantel. Als Bergbrede eintrat, stand er auf.

»Sitzen bleiben, sitzen bleiben«, sagte Bergbrede. Er zündete sich eine Zigarette an und hielt Scherger die Packung hin. »Rauchen Sie?«, sagte er. »Nehmen Sie nur. Und Kaffee vielleicht?« Er telefonierte. »Kommt gleich. Der Automat auf diesem Flur ist im Arsch.«

»Danke«, sagte Scherger.

Bergbrede zog einen Stuhl heran und setzte sich Scherger gegenüber. »Hier ist ein Protokoll«, sagte er und hielt dabei die Blätter hoch. »Schlecht! Furchtbar schlecht. Völlig unglaubwürdig. Und eine Beleidigung! Ja«, er schlug auf die Blätter, »eine Beleidigung für jeden denkenden Menschen. Und Sie wollen uns doch nicht beleidigen, oder?«

Scherger hielt die Zigarette zwischen den Fingern. »Kann ich Feuer haben?«, sagte er.

Bergbrede legte sein Feuerzeug auf den Schreibtisch. »Vorschlag zur Güte«, sagte er. »Wir vergessen diesen Quatsch und fangen noch einmal von vorne an. Wir zwei. Wie ist das? Anfangen, als wäre nichts gewesen.«

Scherger nahm das Feuerzeug und entzündete die Zigarette.

»Also los«, sagte Bergbrede. »Ich mach's Ihnen leicht. Waren Sie heute Morgen im Stadtpark?«

Scherger rauchte zwei Züge, dann drückte er die Zigarette aus. »Ja«, sagte er.

»Sehen Sie«, sagte Bergbrede. »Es geht ja! Es ist ganz leicht. Nächste Frage. Warum waren Sie im Park?«

»Ich war im Park«, sagte Scherger. »Ich bin oft im Park. Einfach so. Ich beobachte, was es zu sehen gibt. Diesmal gab es einen Voyeur zu sehen.«

»Einen Exhibitionisten.«

»Falsch«, sagte Scherger. »Ich habe das Ihren Kollegen schon gesagt, Ihnen sage ich es gerne noch einmal. Der Mann, den ich beobachtete, war ein Voyeur. Ein sehr stiller Mann, sehr unaufdringlich. Er trug nicht einmal ein Fernglas bei sich.«

»Es gibt aber ernst zu nehmende Hinweise auf einen Exhibitionisten.«

»Entschuldigen Sie, wenn ich insistiere«, sagte Scherger. »Ich denke, ich kann diesen Irrtum aufklären. An derselben Stelle beobachtete ich früher einmal einen Exhibitionisten, ein leidenschaftlicher und offenbar unvorsichtiger Mensch. Ich beschloss damals, mich von ihm fern zu halten. Man könnte es eine Trennung nennen. Heute Morgen war nun ein Voyeur zur Stelle. Doch dann kam es zu dieser tragischen Verwechslung.« Er dachte einen Moment nach. »Genau genommen zu zweien. Oder zu einer doppelten. Wie Sie wollen.«

Bergbrede stöhnte. »Also wieder diese Geschichte?«, sagte er. »Ich bin enttäuscht.« Es klopfte an der Tür, ein Polizist brachte zwei Plastikbecher mit Kaffee auf einem kleinen Tablett.

»Und der Rest der Geschichte?«, sagte Bergbrede. »Dabei bleiben Sie auch?«

»Ja«, sagte Scherger.

»Keine Chance für uns zwei?«

»Es ist die Wahrheit, und ich kann nicht lügen.«

Bergbrede schob das Tablett beiseite. »Sie beobachten also Voyeure?«

»Ja«, sagte Scherger, »wenn welche zu beobachten sind. In der U-Bahn kann man gelegentlich Männer sehen, die sich an Frauen drängen. Und auf der Straße die Besucher von Sexshops, Pornokinos und Peepshows, manchmal die Kunden von Prostituierten. Eine breite Palette, aber Sie haben recht, die Voyeure überwiegen.«

»Überwiegen?«, sagte Bergbrede. »Haben Sie sie einmal gezählt?«

»Ach«, sagte Scherger. Er lachte leise. »Führen wir nicht alle innerlich ein wenig Buch? Oder setzen uns gelegentlich irgendwohin, nur mit unseren Erinnerungen. Und wie viele Menschen schreiben ein Tagebuch. Ich übrigens auch, früher mit der Hand, jetzt im Computer.«

»Genug!« Bergbrede schlug mit der Faust auf den Tisch. Kaffee schwappte über das Tablett. »Wer in drei Teufels Namen soll Ihnen das abkaufen?«

»Mit dieser Überlegung habe ich mich nie befasst«, sagte Scherger. »Wie sicher allen Unterlagen zu entnehmen ist, lebe ich allein. Ich bin selbstständig. Ich unterhalte wenig Kontakte.«

Bergbrede wischte etwas Kaffee von seinem Schuh. »Jetzt einmal Tacheles«, sagte er. »Wir sind hier nicht bei der Sitte. Warum, glauben Sie, dass wir im Stadtpark unterwegs sind? Wegen Männern mit Feldstechern? Von wegen! Es sind schlimme Dinge passiert, da im Stadtpark. Nicht bloß diese Spannereien.«

»Ich lese Zeitung«, sagte Scherger. »Es ist abscheulich! Aber wenn Sie annehmen sollten, dass ich einen gewalttätigen Sittlichkeitsverbrecher beobachtet haben könnte, dann täuschen Sie sich in mir. Was ich beobachte, ist vollkommen harmlos. Dafür kann ich garantieren.«

»Ach wirklich!«, sagte Bergbrede. »Mann! So ein richtiger Vergewaltiger. Mit allem Drum und Dran. Und den haben Sie sich entgehen lassen? So ein schönes Exemplar muss man doch in seiner Sammlung haben.«

»Sie verstehen mich nicht«, sagte Scherger. Er trank jetzt von dem Kaffee. »Ich bin weit davon entfernt, mich rechtfertigen zu wollen. Ich verstoße nicht gegen Gesetze. Aber bedenken Sie bitte, dass mein Interesse sich nur auf Menschen richtet, deren Tun, selbst wenn es anstößig sein mag, letztlich nichts anderes ist als eine Unterdrückung ihrer Leidenschaften.«

»Wie meinen Sie das?«, sagte Bergbrede. »Das verstehe ich nicht.«

Scherger stand auf. »Die Voyeure«, sagte er und machte ein paar Schritte in den Raum, »nehmen Sie zum Beispiel die Voyeure. Wie sehr müssen die sich wünschen zu berühren, was sie beobachten. Oder wenigstens ein paar Worte zu wechseln. Nicht wahr?« Er schlug sich mit den Händen auf die Seite. »Aber sie tun es nicht. Sie unterdrücken ihre Leidenschaft. Sie schauen bloß. Ebenso die Kinogänger. Oder die Männer im Sexshop.«

»Glauben Sie wirklich?«, sagte Bergbrede. »Ich denke eher –«

Scherger hatte nicht zugehört. »Ganz anders der Lustmörder!«, sagte er. »Allen Gefahren zum Trotz tut er, was er will. Er gibt sich mit nichts weniger zufrieden.« Er hob die Hände. »Ich will nicht missverstanden werden, es ist natürlich schrecklich. Ganz entsetzlich sogar.« Er setzte sich wieder und sah zur Seite. »Aber wissen Sie, mich interessiert das nicht im Geringsten.«

»Nein, nein«, sagte Bergbrede. »Sie interessieren nur harmlose Spanner.« Er stand auf. »Und natürlich Ihr Tagebuch. Ihre Buchführung. Legen Sie eigentlich Listen an? Oder Statistiken?«

Scherger drehte sich ganz zur Seite und schwieg.

Bergbrede stülpte die Unterlippe vor. »Jetzt weiß ich es«, sagte er. »Sie erpressen die Leute.«

»Nein«, sagte Scherger. »Ich überfalle niemanden und ich erpresse niemanden. Durchsuchen Sie ruhig meine Wohnung. Ich habe nichts zu verbergen.«

»Wichser!«, sagte Bergbrede leise.

Scherger lachte kurz. »Sie verbinden jetzt Dinge, die nicht notwendig zusammengehören.« Da wurde die Tür geöffnet, und ein Polizist gab ein Zeichen.

»Gegenüberstellung«, sagte Bergbrede. Er sah zur Decke. »Mein Gott, was kotzt du mich an.«

In dem Raum mit der dunklen Scheibe, in den der Polizist Scherger führte, standen einige Männer in seinem Alter. Sie trugen wie er helle Mäntel und hatten seine Größe. Scherger wurde belehrt, wie er sich zu verhalten hatte. Dann stand er zwischen den anderen und hielt ein Schild mit einer Zahl in der Hand. Aus dem Nachbarraum war nichts zu hören. Schließlich brachte der Polizist Scherger zurück ins Büro.

Bergbrede saß noch hinter dem Schreibtisch. Vor ihm lagen das Protokoll und Schergers Ausweis. »Du kannst jetzt gehen«, sagte er. »Ich glaube dir von deiner Geschichte kein Wort. Aber irgendeinen Dreck hast du am Stecken, da bin ich mir sicher.« Er schob den Ausweis herüber. »Sie hören noch von uns!«

Als Scherger das Polizeipräsidium verließ, wurde es dunkel. Er aß zu Abend, dann las er vor einem Kinocenter die Plakate der Spätvorstellungen. Langsam machte er sich auf den Heimweg, dabei kam er durch den Park. Er setzte sich auf eine Bank unter einer Laterne, zog ein kleines Notizbuch hervor und blätterte darin. Den Exhibitionisten hatte er über drei Monate lang nicht mehr gesehen. Vieles sprach dafür, dass der Mann endgültig seinen Bezirk gewechselt hatte, vielleicht war er gewarnt worden. Aber wie kam es dann, dass die Fahnder ausgerechnet hier operiert hatten? Der Überfall war doch ganz woanders geschehen.

Scherger verglich seine Eintragungen. Er verwünschte sich, den Exhibitionisten aufgegeben zu haben. Hätte ich ihn unter Kontrolle behalten, dachte er, dann wäre gar nichts passiert. Es war seine Schuld. Er durfte seine Objekte nie wieder so alleine lassen. Die Dinge eskalierten, wenn man sich von ihnen abwandte. Es sollte ihm eine Warnung sein.

Scherger wollte gerade aufstehen, als er hinter sich ein Geräusch hörte. Noch bevor er eine Bewegung machen konnte, hatte ihm jemand mit aller Kraft den Arm um den Hals gelegt und zugedrückt.

»Na, du Plaudertasche«, sagte ein Mann nahe an seinem Ohr. »Jetzt plauder' mal. Warst ja den ganzen Tag bei der Polizei, oder? Ich hab' dich rauskommen sehen. Komm, plauder' jetzt mal mit mir.« Der Mann drückte noch fester zu.

Scherger versuchte zu schreien. Er zog mit beiden Händen an dem Arm. Sein Kopf wurde heiß, und seine Schläfen schwollen an. Da ließ der Mann ein wenig los. »Ich sage: rede«, sagte er. »Rede, du versauter Hund!«

Scherger atmete keuchend. »Wer sind Sie?«, sagte er. »Ich kenne Sie nicht. Was wollen Sie von mir?«

Der Mann drückte wieder fester zu. »Scheiße«, sagte er. »Ich hätt's mir denken können. Du bist einfach nicht ehrlich.« Mit der freien Hand griff er nach Schergers Ohr und drehte es. »Zweite Chance«, sagte der Mann und ließ wieder locker.

»Sie sind der Exhibitionist«, sagte Scherger schnell. »Sie heißen Wenrich. Frank Wenrich. Sie sind Versicherungskaufmann. Sie leben getrennt, Ihre Frau hat Sie nach der ersten Verurteilung verlassen. Vor ein paar Monaten sind Sie umgezogen, in ein Hochhaus, es hatte sich alles herumgesprochen.«

»Gut«, sagte der Mann. »Sehr gut. Weiter!«

»Sie zeigen sich meistens älteren Damen. Am besten zweien oder dreien gleichzeitig.« Scherger stöhnte. »Es ist weniger die Empörung, die Sie suchen. Oder das Verstörende. Ich glaube, Sie wollen eher zeigen, wie lebendig Sie sind. Ihre

Eltern wurden geschieden, manchmal tragen Sie ein schwarzes Kondom und wahrscheinlich sind Sie –«

»Ja, genau«, sagte der Mann und drückte wieder fester zu.

»Und dabei bin ich ganz harmlos, nicht wahr? Ich tue keiner Fliege was zuleide.«

Scherger versuchte zu nicken.

»Richtig«, sagte der Mann. »Ich bin harmlos. Und was hast du den Bullen gesagt?« Er ließ wieder locker.

»Nichts«, sagte Scherger, »nichts, ich schwöre es. Die haben außerdem mich im Verdacht.«

»Dich?«, sagte der Mann. »Das ist ja reizend! Damit kann ich leben.« Er drehte noch einmal Schergers Ohr, aber es war jetzt beinahe zärtlich. »Ich mach mich davon«, sagte der Mann. »Bleib ein paar Minuten sitzen. Und denk dran, ich behalte dich ab jetzt im Auge. Wenn bei mir die Bullen vor der Tür stehen, dann weiß ich, wem ich das zu verdanken habe, klar?« Er gab Scherger einen kleinen Schlag mit den Knöcheln auf den Hinterkopf. »Dann bist du dran, verstanden?« Endlich löste er seinen Griff, Blätter raschelten, dann war er verschwunden.

Scherger rieb sich den Hals. Sein Herz klopfte, und es sang in seinen Ohren. Sein Kopf schmerzte. Er wollte aufstehen, aber er fiel zurück auf die Bank. Er schloss die Augen. Was für ein Fehler! Ich habe den Mann falsch eingeschätzt, dachte er. Er neigt ja doch zu Gewalttätigkeiten. Scherger griff nach seinem Notizbuch. Anhand der Eintragungen musste er jetzt ermitteln, ob sich irgendwelche Anzeichen für Aggression schon früher einmal gezeigt hatten. Nicht auszudenken, wenn der Mann sich derart entwickelt hätte!

Als Scherger aufsah, stand Bergbrede vor ihm. »Hallo«, sagte der. »Nachts im Park und ganz allein? Sehr unvorsichtig.«

Scherger schwieg. Bergbrede setzte sich neben ihn. »Aber eigentlich ganz schön, dass wir uns noch einmal treffen«, sagte er. »Ich habe nämlich nachgedacht, verstehen Sie. Also passen Sie auf, ich sehe es so: Sie sind nicht unser Vergewaltiger, gut. Sie sind bloß ein mieser kleiner Perverser.« Er legte Scherger eine Hand auf die Schulter. »Ich glaube dir jetzt. Du spannst den Spannern hinterher. Das ist eklig, und dafür kriegt dich die Sitte am Kragen. Irgendwie. Die werden schon wissen, wie man das macht.«

»Das ist unerhört«, sagte Scherger.

»Halt's Maul«, sagte Bergbrede. »Du hast ja noch eine Chance. Pass auf: Du lieferst uns ein paar von deinen Sammlerstücken. Ein paar dickere Fische, verstanden. Und als Gegengabe lassen wir dich in Frieden. Die Kollegen von der Sitte habe ich schon gefragt. Die sind einverstanden. Dann kannst du weiter in deine Buchführung wichsen.« Er hob die Hand und schlug Scherger auf die Schulter. »Was sagst du?«

Scherger fühlte, gleich würde er nicht mehr atmen können. Da war ein Schmerz in seiner Brust. »Ich melde mich bei Ihnen«, sagte er mit der letzten Luft.

Erpresser

Als er spätabends an einem Samstag noch einmal in die Firma gegangen war, fand Lammers im Vorzimmer, das er sich mit seinem Kompagnon Geseke teilte, eine Aktentasche, die er nie zuvor gesehen hatte. Er nahm sie, trug sie in sein Büro und öffnete sie. Die Aktentasche enthielt einen losen Haufen von Dokumenten. In der Hauptsache waren es Briefe und Fotos, die seinen Kompagnon Geseke zwar nicht schwerer Verbrechen überführten, aber doch so hässliche Details seines Lebenswandels preisgaben, dass ihre Veröffentlichung, selbst im Bekanntenkreis, ihn unweigerlich die Existenz kosten müsste.

In einem ersten Impuls hatte Lammers die Dokumente gar nicht weiter studieren und die Aktentasche zurückstellen wollen. Doch er musste sich sagen, dass dann einerseits er selbst in einer quälenden Ungewissheit über das Ausmaß ihres Inhaltes bleiben würde. Während andererseits die Tasche in dem stark frequentierten Vorzimmer wer weiß wem in die Hände fallen konnte. Und selbst wenn sie das nicht tat, konnte sich Geseke niemals ganz sicher sein, dass nicht jemand in der Zwischenzeit ihren Inhalt zur Kenntnis genommen oder gar kopiert haben könnte. So las Lammers jeden Brief und studierte er die Fotos genau. Denn wenn er jetzt, so sagte er sich dabei, seinem Kompagnon Geseke nicht vorsätzlich schaden wollte, dann war er im Gegenteil dazu verpflichtet, möglichst allen Schaden von ihm abzuwenden.

Lange überlegte Lammers, was zu tun sei. Zunächst musste

Geseke in völlige Sicherheit versetzt werden, dass niemand den Inhalt der Aktentasche mehr gegen ihn verwenden könnte. Außerdem aber musste er veranlasst werden, all die unappetitlichen Umstände, von denen die Dokumente zeugten, schleunigst und endgültig abzustellen, damit nicht in Zukunft wieder jemand die Handhabe bekäme, ihn damit zu erpressen und also auch mittelbar der Firma zu schaden. Nicht auszudenken, was das gerade jetzt, da die Ostgeschäfte sich so schlecht entwickelten, für Folgen hätte.

Aber wie bloß konnte Lammers vorgehen, ohne selbst in Erscheinung zu treten? In seiner Ratlosigkeit ließ er viel Zeit verstreichen. Er verwahrte die Aktentasche in einem häuslichen Safe, dessen Kombination er allein nur kannte. In der Firma beobachtete er Geseke und suchte bei ihm nach Anzeichen für eine Verstörung. Doch er fand sie so wenig, dass er schließlich zu glauben begann, Geseke wisse noch gar nichts von dem Verlust seiner schrecklichen Dokumente. Daher sandte er ihm, nach weiteren Tagen des Überlegens, ohne jeden Kommentar eines der Fotos, ein besonders inkriminierendes, um sicherzustellen, dass sich Geseke seiner Situation endlich bewusst wurde. Und der zeigte auch, wie Lammers befriedigt zur Kenntnis nahm, deutliche Wirkung. Er erschien sogar einige Tage nicht in der Firma und war später fahrig und abwesend.

Jetzt hätte Lammers, das war ihm klar, rasch weiterhandeln müssen. Doch er verfiel auf keine probate Lösung. Wie er es auch drehte und wendete, immer sah er sich auf unangenehme Weise in Gesekes ekelhafte Lebensumstände verstrickt. Als sich endlich dessen Zustand, wenn auch vielleicht nur für Lammers erkennbar, so weit verschlechtert hatte, dass man um ihn bangen musste, schickte ihm Lammers unter vielerlei Sicherheitsvorkehrungen einen sorgfältig fingierten Erpresserbrief. Das war nicht schön, aber es war, das musste er sich eingestehen, im Grunde das Einzige, was er tun konnte, um die Dinge ins Rollen zu bringen.

Nachdem er den Erpresserbrief erhalten hatte, glich Geseke einem Toten. Er saß den ganzen Tag regungslos auf dem Stuhl hinter seinem Schreibtisch. Und endlich konnte Lammers, der sich beim Anblick seines Kompagnons schon die heftigsten Vorwürfe machte, zur Tat schreiten. Unverbindlich erkundigte er sich nach Gesekes Befinden, er äußerte seine Sorge und bat, ihn ins Vertrauen zu ziehen. Tatsächlich schien Geseke auf ein solches Angebot nur gewartet zu haben. Fast weinend schilderte er Lammers die Situation, in der er sich glaubte. Und sofort bot der ihm an, alle weiteren Kontakte zu den Erpressern zu übernehmen, was Geseke mit Dank akzeptierte. Nur verlangte Lammers im Gegenzug, dass Geseke, sobald die Dokumente wieder in seiner Hand seien, besser noch sofort, seine Verhältnisse derart ordnen müsse, dass jeder weiteren Erpressung der Gegenstand genommen sei.

Geseke sagte alles zu. Lammers schrieb darauf weitere Erpresserbriefe, um die Modalitäten des Austauschs von Geld und Dokumenten festzulegen. Er wählte eine Summe, von der er wusste, dass Geseke sie mit Mühe, doch einigermaßen rasch und ohne fremde Hilfe würde zusammenbringen können. Schließlich legte er die Übergabe in ein Waldstück außerhalb der Stadt, gegen elf Uhr an einem Samstagabend.

Eine Stunde vor dem Termin hatte Geseke Lammers an den Rand des Waldstücks gefahren. »Ich weiß nicht, wie ich dir jemals danken soll«, sagte er, als Lammers, den Geldkoffer in der Hand, den Wagen verlassen wollte.

»Was ich tue, ist eine Selbstverständlichkeit«, sagte Lammers und ging in das Waldstück. Als er sicher war, allein zu sein, verließ er es auf der anderen Seite und fuhr mit dem Bus nach Hause. Er hatte arrangiert, dass er dort alleine war. Im Badezimmer brachte er sich eine leichte Verletzung am Arm bei und legte sich zu Bett, ohne sich wie vereinbart um Mitternacht zu melden. Erst gegen halb zwei rief er Geseke an und sagte, er könne jetzt nicht sprechen, aber vorläufig sei nichts zu unternehmen. Als Geseke fragen wollte, legte er auf.

Am nächsten Morgen in aller Frühe fuhr Lammers zu Geseke, der ihn übernächtigt empfing. Sie gingen in ein Gartenhaus, wo sie ungestört waren, dort legte Lammers den Geldkoffer auf einen Tisch und öffnete ihn; alles Geld und alle Dokumente waren darin.

»Was ist passiert?«, rief Geseke.

»Was ich vermutet hatte«, sagte Lammers. »Der Mann sprach von weiteren Zahlungen. Er zeigte mir diese Sachen da. Er wolle sie Stück für Stück verkaufen.«

Inzwischen hatte Geseke die Briefe und Fotos durchgesehen. »Es ist alles da!«, rief er. »Alles!«

»Ich wollte verhandeln«, sagte Lammers. »Da wurde der Kerl aggressiv.« Er zog seinen Jackenärmel hoch und zeigte die Verletzung. Geseke schlug die Hände zusammen. Er fragte, was er fragen musste.

»Ich hatte keine andere Wahl«, sagte Lammers. »Was passiert ist, ist passiert.«

»Um Gottes willen!«, rief Geseke. »Aber was soll ich jetzt tun?«

»Nichts«, sagte Lammers. »Du tust überhaupt nichts. Ab jetzt ist das meine Geschichte.«

Nobelpreisträger

Mit Mitte vierzig erhielt Walterscheidt den Nobelpreis für Biochemie. Er galt da schon seit Langem unter Fachleuten als ganz außergewöhnlich fähiger Mann; und nur der Umstand, dass er von Anbeginn seiner Forschung im Dienste eines Chemiegiganten stand, hatte diese letzte und größte Ehrung seiner Arbeit ein wenig hinausgezögert. Überhaupt war vieles an ihm anders. Im Gegensatz zu den Fachkollegen an den Universitäten, die zwar gut bezahlt wurden, aber doch eher wie bessere Angestellte lebten, war Walterscheidt durch einige Verfahren, die er nebenher entwickelt und patentiert hatte, ein schwerreicher Mann geworden. Im Winter zog er sich regelmäßig für vier Wochen in ein Haus in den Bergen zurück, das ihm zusammen mit dem ganzen Wald dahinter gehörte. Im Sommer verlegte er mit seinen engsten Mitarbeitern die Arbeit in ein Institut an der französischen Riviera, das er mit eigenen Mitteln eingerichtet hatte. Wer ihn kannte, wusste von seinen kostspieligen Hobbys, auf die er zu aller Erstaunen etliche Zeit wandte. So besaß er unter anderem eine Sammlung von Modellautos, deren kostbarste Stücke speziell für ihn in einer Schweizer Manufaktur nach alten Fotos und Plänen gefertigt wurden, sowie einen Keller mit wertvollen Weinen.

Allerdings lag, wie er es nannte, ein Schatten auf seinem Leben. Walterscheidt stammte aus kleinen, ja geradezu ärmlichen Verhältnissen. Schlimmer aber wog, dass er niemanden aus seiner Familie kannte, dem er mehr als eine halbwegs durchschnittliche Intelligenz hätte attestieren können. Nein, eine Überzahl von ihnen, und darunter sogar seine engsten Verwandten, hielt er für schlichtweg dumm, einige sogar für schwachsinnig.

Walterscheidt ertrug das nur schwer. Vor Jahren schon hatte er ein Institut mit der Erforschung seiner Familiengeschichte beauftragt. Man hatte ihm auch einen respektablen Stammbaum erstellt, doch ließ sich ein irgendwie und in welchem Fache auch immer bedeutender Mann unter seinen Vorfahren partout nicht finden. Spätestens seit diesem niederschmetternden Ergebnis war Walterscheidt, dessen Forschungen tief in das Gebiet der menschlichen Vererbungslehre vordrangen, vollkommen überzeugt, dass er selbst eine spektakuläre Ausnahme in der Erbfolge sei und seine Nachkommenschaft mit an Sicherheit grenzender Wahrscheinlichkeit in die familientypische Stupidität zurücksinken müsse. Einen dummen Sohn oder eine dumme Tochter aber ertrug Walterscheidt nicht einmal in Gedanken. Er war daher, um allem auszuweichen, unverheiratet geblieben.

Als Walterscheidt jetzt im Flugzeug nach Stockholm saß, dachte er wieder über Kinder nach. Die Preisverleihung würde ein Einschnitt in seinem Leben sein. Zu dem Gewohnten käme nun, wenigstens für einige Zeit, eine große Popularität. Man würde sich um ihn reißen, jahrelang könnte er hoch dotierte Vorträge an allen Enden der Welt halten. Wenn er es wollte, könnte er seine Angelegenheiten noch einmal ganz neu ordnen. Die materielle Absicherung besaß er längst, jetzt winkte die Möglichkeit eines neuen Lebens.

Die Stewardess kam und fragte ihn nach seinen Wünschen. Walterscheidt winkte ab, um sich ganz auf den Gedanken an seine Zukunft zu konzentrieren. Und als die Maschine über Stockholm kreiste, war er sich sicher, dass jeder Plan dieses neuen Lebens ohne die Figur eines Stammhalters oder Erben unvollständig, ja geradezu lächerlich bleiben müsste. Warum ein ganzes Imperium von Wissen, Einfluss, Ansehen und Sympathie aufbauen, wenn es, zumindest in seinen wesentlichen Teilen, mit ihm untergehen würde? Wenn niemand davon berichten könnte! Missgelaunt verließ Walterscheidt das Flugzeug. Und nur mit großer Willensanstrengung absolvierte er die kommenden Tage auf eine Weise, dass keiner in ihm etwas anderes sah als einen der erfolgreichsten Männer unserer Zeit.

Wieder zu Hause, schloss sich Walterscheidt ein Wochenende mit seinem jüngsten Assistenten, den er manchmal ins Vertrauen zog, in dem Berghaus ein. Vor ihm entwickelte er alle Maßnahmen zur Erzeugung eines angemessenen Nachwuchses, die ihm in den Sinn gekommen waren; angefangen von der Heirat mit einer hochintelligenten Frau aus guter Familie bis zur Erziehung der Kinder in den allerbesten Schulen. Freilich konnte ihm auch der Assistent nur sagen, was er selbst wusste und was ihn bis aufs Blut quälte: dass nämlich, wenn Walterscheidt seine eigene Erbmasse für so minderwertig halte, in allen Fällen direkter Vaterschaft ein erhebliches Risiko bleibe. Walterscheidt war verzweifelt.

»Verlieben Sie sich!«, rief der junge Assistent spät in der Nacht, nachdem sie einige Flaschen Wein getrunken hatten. »Und nehmen Sie einfach alles in Kauf.« Aber Walterscheidt winkte nur ab.

Da stand der Assistent auf und trat an das Balkonfenster, von dem aus man ins Tal hinuntersah. »Dann zeugen Sie«, sagte er. Er hob sein Glas. »Und zwar auf Teufel komm raus!«

»Wie bitte?«, sagte Walterscheidt.

Der Assistent trat vor ihn und goss sich den Rest aus einer Flasche ins Glas. »Sie kommen jetzt viel herum«, sagte er. »Lassen Sie sich auf oberflächliche Liebschaften ein. An

Gelegenheiten wird es nicht fehlen. Und seien Sie nicht wählerisch. Augen zu! Besuchen Sie Partys und Empfänge. Man wird auf Sie lauern. Und dann zeugen Sie! Versprechen Sie notfalls die Ehe, wenn Sie anders nicht zum Zuge kommen.«

»Und wozu das?«

»Die Magie der großen Zahl«, sagte der Assistent. »Darauf bauen wir doch alle, und wir Forscher ganz besonders. Unter ein, zwei Dutzend kann leicht eine glückliche Konstellation sein.« Er machte eine Geste mit beiden Armen. »Und wenn erst Ihre Nachkommenschaft massenhaft herandrängt, um sich Ihrer Vaterschaft zu bemächtigen, können Sie nach gründlicher Prüfung wählen.« Er nahm eine neue Flasche und suchte nach dem Öffner.

»Das spottet aller Moral«, sagte Walterscheidt.

»Nein«, sagte der Assistent. »Ein paar Alimente schaden nicht einmal Ihrem Vermögen.«

»Aber sie verhüten doch alle«, sagte Walterscheidt.

Der Assistent hatte die Flasche entkorkt. »Möglich«, sagte er. »Wahrscheinlich sogar. Allerdings ebenso wahrscheinlich, dass etliche es mit Absicht nicht tun.«

Walterscheidt atmete tief. »Ich kann das nicht alleine«, sagte er. »Und niemand darf je davon erfahren. Werden Sie mir helfen?«

»Sicher«, sagte der Assistent. »Ich bin Ihr Mann.«

Die nächsten Jahre waren, wie Walterscheidt es vorhergesehen hatte, eine bewegte Zeit. Der Chemiegigant, für den er arbeitete, tat angesichts des Nobelpreises das Äußerste, seinen besten Mann zu halten. Walterscheidt diktierte im Gegenzug Modalitäten, die es ihm erlaubten, wo und wann immer er wollte auf eigene Rechnung Geschäfte zu machen. Auf Einladungen hin reiste er um die ganze Welt, oftmals stand er wochenlang nur per Telefon und E-Mail mit seinen Mitarbeitern in Verbindung.

Überallhin begleitete ihn dabei der junge Assistent; und der war unermüdlich, Walterscheidts berufliche wie gesellschaftliche Kontakte anzubahnen und zu steuern. Sehr erleichtert wurde beiden die Arbeit, als Walterscheidt drei Monate nach der Preisverleihung in einer Liste der begehrtesten Junggesellen erschien, die von Zeitschriften und Zeitungen rund um die ganze Welt nachgedruckt wurde.

Endlich kehrte wieder etwas Ruhe in Walterscheidts Leben ein, und alles schien ungefähr so, wie es vorher gewesen war, abgesehen freilich von der gewaltigen Steigerung an Vermögen und Einfluss. Im Kreise weniger Freunde feierte Walterscheidt seinen fünfzigsten Geburtstag. Nach Mitternacht bekam er ein Modell des Silver Ghost, das selbst einen Kenner wie ihn zu Begeisterungsrufen veranlasste.

Inzwischen hatten ihn schon etliche Klagen auf Vaterschaft erreicht. Sein Assistent, der eine mit mehrfachem Kennwort gesicherte Computerdatei aller relevanter Namen und Daten führte, koordinierte ganz alleine die Abwicklung und Überprüfung der Fälle. Einige Rechtsanwälte, die nichts voneinander wussten, betrieben nach seinen genauen Anweisungen eine Hinhaltetaktik innerhalb der Grenzen des Legalen. Da große Geldmittel zur Verfügung standen, verlief bis auf sehr wenige Ausnahmen alles in ruhigen Bahnen, und selbst in den Ausnahmefällen wurde kein großer Schaden angerichtet. In der Öffentlichkeit galt Walterscheidt weiterhin als ein Mann ohne Affären und ohne Allüren.

Wieder ein paar Jahre später, zum lange vorher vereinbarten Zeitpunkt, legte der Assistent im Berghaus die Bilanz vor, zu der er Schaubilder und Tabellen zeigte. Tatsächlich herrschte unter den Jungen und Mädchen, das bewiesen die

Kurven deutlich, weniger als das Mittelmaß; aber in zwei Fällen immerhin standen die Chancen, dass bei entsprechender Erziehung durchaus brauchbare Menschen aus ihnen würden, erkennbar besser als gut.

Walterscheidt verglich sorgfältig das Material. Er betrachtete auch die Fotos, die man heimlich geschossen hatte. Nach allem, was er sah, konnte er der Einschätzung des Assistenten nur zustimmen. Schließlich holte er selbst eine Flasche Champagner aus dem Keller, öffnete sie und stieß mit dem Assistenten an.

»Heirat?«, sagte der, als sie getrunken hatten.

»Das hieße Verzicht auf eines von beiden.« Walterscheidt schüttelte den Kopf. »Nein. Adoption. Alle beide.«

Schon tags darauf veranlasste der Assistent das Nötige. Die beiden Mütter waren mit der Aussicht, dass ihre Ansprüche nicht nur erfüllt, sondern weit darüber hinaus befriedigt würden, schnell dazu überredet, sich von ihren Kindern zu trennen. Und schon zwei Wochen später, die schönste Zeit des Sommers hatte gerade begonnen, sollte das zweimotorige Flugzeug einer Chartergesellschaft den kleinen Jungen und das kleine Mädchen zu dem Institut an die Riviera bringen, wo Walterscheidt unruhig wartete. Bloß, über dem Gebirge geriet die Maschine in unerwartet schlechtes Wetter und prallte gegen eine entlegene Felswand, sodass die Leichen aller Insassen, darunter auch die des Assistenten, nur mit Mühe zu bergen waren.

Als er die Nachricht erhielt, brach Walterscheidt zusammen. Für ein paar Wochen befand er sich dann in einem Zustand, dass man um sein Leben fürchten musste. Kaum halbwegs genesen, beendete er alle seine Forschungen, entließ seine Mitarbeiter und kündigte dem Chemiegiganten, der daraufhin ein Verfahren gegen ihn anstrengte, indem er ihm unterstellte, er habe Forschungsergebnisse unrechtmäßig zum eigenen Nutzen verwendet.

Aber es kam zu keinem Prozess. Eines Nachts, allein in seinem Haus in den Bergen, als Walterscheidt zum wer weiß wievielten Male und natürlich wieder vergeblich versuchte, die Namen seiner lebenden Kinder aus der verschlüsselten Datei des Assistenten zu ermitteln, traf ihn ein Schlaganfall. Man fand ihn erst viel zu spät. Er lebte dann aber noch einige Jahre, halbseitig gelähmt und vollkommen sprachlos.

Notlügen

Ohne wirklich Probleme zu haben, nur um zu erfahren, wie das eigentlich war, besuchte Creferth einen Psychiater. Es war Freitag, ein warmer Tag im späten Sommer. Creferth beschrieb dem Psychiater eine Reihe von Problemen, die teils die seiner Freunde und Bekannten waren, teils solche, von denen er glaubte, er selbst könnte sie haben, wäre er nur weniger robust und willensstark. Der Psychiater hörte aufmerksam zu und schrieb auf ein einzelnes Blatt, dann bat er, über den Fall nachdenken zu dürfen. Sie vereinbarten weitere Termine.

Creferth war enttäuscht. Er hatte sich Antworten auf eventuelle Fragen des Psychiaters ausgedacht und sogar einen Teil seiner Lebensgeschichte neu erfunden. Auf dem Heimweg begann er, sich Vorwürfe zu machen. Das Honorar würde ihn nicht ärgern, aber schon sah er deutlich vor sich, wie er, wenn es sich derart hinzöge, das Interesse verlieren würde.

Zu Hause rief Creferth eine Bekannte an und schlug vor, gemeinsam einen Film anzusehen. Die Bekannte war leider verabredet. Darauf sprach Creferth einem Freund auf den Anrufbeantworter, dass er gleich ins Kino gehe und danach bestimmt noch in ein Lokal in der Nähe. Anschließend sah er die Post durch. Eine Zahnarztrechnung war von der Kasse nur teilweise bezahlt worden; er musste den Arzt um eine Bescheinigung bitten und die Materialrechnungen einsenden.

Vor dem Spielfilm aß Creferth in einem Restaurant. Auf

die Frage nach seinem Elternhaus hätte er zum Beispiel geantwortet, er sei das jüngste von drei Kindern gewesen, der Vater bei seiner Geburt schon beinahe ein alter Mann, die Mutter eine patente Frau, aber durch die Situation vollkommen überfordert. Ein Greis und drei halbwüchsige Kinder. Trotzdem habe er keine unglückliche Jugend gehabt. Dass er jetzt geschieden war, hätte er ziemlich genau so erzählt, wie es war. Auch dass es schon fünf Jahre zurücklag und dass sie keine Kinder gehabt hatten. In solchen Dingen konnte man unmöglich lügen. Creferth zahlte und ging zum Kino. Er ging langsam, trotzdem war er viel zu früh.

In amerikanischen Filmen kam es immer wieder vor, dass Frauen ein Verhältnis mit ihrem Psychiater hatten. Creferth flog geschäftlich fast jedes Jahr nach Amerika. Er konnte das bestätigen; manchmal sprachen seine Geschäftspartner darüber. Aber in Amerika war alles anders. Ein Psychiater zählte da nicht mehr als hier vielleicht ein Zahnarzt. Creferth wartete vor dem Kinoeingang; als der Freund nicht kam, kaufte er eine Karte und eine Dose Bier. Er betrat den Kinosaal und setzte sich ganz außen an den Gang.

Vielleicht ist es ein Fehler gewesen, dachte Creferth. Gerade begann die Werbung. Jedenfalls war es nicht anständig. Man ging ja auch nicht zum Arzt und klagte über Schmerzen im Leib, wenn man gar keine hatte. Genau betrachtet, nahm man anderen damit etwas weg; auch wenn man selbst bezahlte. Creferth trank einen letzten Schluck und stellte die Dose unter den Sitz. Und worauf läuft es hinaus? Am Ende untersucht einen der Arzt und findet tatsächlich einen bösartigen Tumor. Still, aber bösartig.

Kleine Sünden!, dachte Creferth. Er erinnerte sich an ein Buch, das sie im Religionsunterricht hatten lesen müssen: wie die kleinen Verfehlungen des Alltags sofort bestraft wurden.

Creferth hatte damals nicht Partei für die Sünder ergriffen. Aber dass die Strafe immer auf dem Fuße folge, war ihm unglaubwürdig erschienen. Und das hatte er auch gesagt.

Der Film handelte von einem Paar, das sich trennen wollte. Sie teilten es einem befreundeten Paar mit, das darauf ganz entsetzt reagierte. Nach einer halben Stunde wusste Creferth, dass das erste Paar zusammenbleiben und das zweite sich trennen würde. Was soll ich noch hier?, dachte er. Er stand auf und ging hinaus. Natürlich war es jetzt zu früh, um in das Lokal zu gehen; der Freund käme frühestens in einer Stunde, wenn überhaupt. Creferth rief ihn mit seinem Handy an. Jetzt war der Anrufbeantworter ausgeschaltet, aber niemand meldete sich.

In dem Lokal war es ungewöhnlich leer für einen Freitag. Drei oder vier Paare saßen vereinzelt. Sonst lief hier immer leise Musik. Jetzt war es fast vollkommen still. Creferth bestellte ein Bier, trank es gleich und zahlte. Er überlegte, ob er eine Nachricht für seinen Freund hinterlassen sollte. Aber es war unwahrscheinlich, dass ihn hier jemand kannte. Es war jetzt nicht einmal halb zehn; Creferth ging langsam in Richtung Stadtpark.

Ich hätte es anders anfangen müssen, dachte er. Er hätte dem Psychiater nur ein einziges Problem schildern sollen, und außerdem eines, das wirklich zu ihm passte. Er ging an einem beleuchteten Schaufenster vorbei. Ein paar Kleiderpuppen standen nackt, die Rücken zu den Scheiben gewandt. Zum Beispiel hätte er sagen können, er leide darunter, dass ihm jetzt, mit vierzig, die Haare auszufallen begannen. Oder darunter, dass er alleine lebte.

In einer Fußgängerzone wurde Creferth von ein paar Jugendlichen auf Mountainbikes überholt. Er wusste, das war erlaubt, abends ab sieben oder acht. Außerdem waren die meisten Einbahnstraßen in der Stadt falsche Einbahnstraßen; das hieß, Radfahrer durften in beide Richtungen fahren.

Natürlich litt Creferth darunter, dass er alleine lebte. Aber wer würde nicht darunter leiden? Außerdem war seine Ehe ein Fehler gewesen, einwandfrei, und dass sie nur kurz gedauert hatte, geradezu ein Glück. Creferth war Einzelkind, und er hatte erst spät geheiratet. Er war an das Alleinsein gewöhnt. Creferth rechnete. Nach seinem Auszug aus dem Elternhaus hatte er dreizehn Jahre allein gelebt, dazu die letzten fünf, machte achtzehn. Dagegen standen vier Jahre mit Margot. Also nichts mit Leiden am Alleinsein! Genauso gut könnte er sich darüber beschweren, nur zwei Arme zu haben.

Da gab es ein zischendes Geräusch. Über die Bäume des Stadtparks hinweg sah Creferth eine Rakete aufsteigen und hoch am Himmel in einem grünen und weißen Ball zerplatzen. Richtig, heute begann der große Jahrmarkt. Creferth schlug die Richtung zu dem Platz am Rande des Stadtparks ein.

Wieder eine andere Möglichkeit: Er hätte die Wahrheit sagen können. Er hätte zum Beispiel zugeben können, dass er eine gewisse Neigung zum Lügen hatte. Natürlich nie, um anderen zu schaden! Als Junge hatte er, wenn eine Klassenarbeit zurückgegeben worden war, zu Hause in schlechtester Stimmung am Tisch gesessen und sich beinahe endlos bitten lassen zu sagen, was denn los sei. Dann hatte er seine Mutter umständlich auf eine schlechte Nachricht vorbereitet. Und schließlich, wenn schon alles vorab entschuldigt war, zeigte er das Heft mit der guten Note. Also vollkommen harmlos, nicht einmal eine richtige Notlüge.

Auf den Wegen im Stadtpark standen vereinzelt Leute und schauten hoch zu dem Feuerwerk. Creferth ging ein wenig schneller. Zwischen den Bäumen sah er die Lichter der Buden und Fahrgeschäfte. Schade, dass er schon gegessen hatte. Er hätte sich sonst ohne schlechtes Gewissen einen gebratenen Fisch oder einen Teller Gyros mit Zwiebeln kaufen können. Und danach eine Waffel mit heißen Kirschen.

Es war Hochbetrieb auf dem Jahrmarkt. Vor der Achterbahn stand eine lange Schlange, aus dem Bayerischen Biergarten kamen Stimmen und laute Musik, an der ersten Schießbude waren alle Plätze besetzt. Creferth nahm den mittleren Gang, vorbei an Autoscooter und Kettenkarussell. Gleich morgen früh würde er die Termine beim Psychiater absagen. Zum Glück war er Privatpatient; niemand würde ihn zur Rechenschaft ziehen. Und der Psychiater würde bestimmt nicht nachfragen. Wahrscheinlich brachen viele Patienten die Behandlung ohne jede Begründung ab.

Am Ende des Mittelganges stand wie immer das große Riesenrad. Creferth war noch nie damit gefahren; jetzt kaufte er eine Karte und stieg in einen der runden Körbe, an dessen Dach bunte Glühbirnen blinkten. Er kam zwischen einem Paar und zwei jungen Frauen zu sitzen, jemand zeigte ihm, wie er sich anschnallen sollte. Dann setzte sich das Riesenrad abrupt in Bewegung. Von oben sah Creferth weit über die Stadt, die Kirchtürme waren gegen den Himmel im Westen gerade noch zu erkennen. Von unten kam die Musik herauf; in der Abwärtsbewegung wurde sie rasch lauter, dann ließ sie wieder nach, ganz oben war es beinahe still.

Creferth zählte leise die Runden. Bei der zwölften sagte der Mann aus dem Paar, tagsüber seien nur acht oder höchstens zehn Runden üblich. Creferth nickte ihm zu. Als sie wieder ganz oben waren, blieb das Riesenrad stehen, der Korb pendelte merklich. Das sei ganz normal, sagte der Mann, es müssten ja alle der Reihe nach aussteigen; beim ersten Mal sei er auch erschrocken.

Aber Creferth vermochte sich nicht zu rühren. Der Schweiß war ihm ausgebrochen, mit der rechten Hand drückte er die Finger der linken. Etwas Heißes lief ihm wie elektrischer Strom langsam den Nacken herauf und seitlich am Kopf hoch. Die Gondel ruckte an und kam sofort wieder zum Stillstand. Dadurch wurde das Pendeln stärker. Das Paar küsste sich, die beiden jungen Frauen schauten weg und lachten. Wieder ein Rucken, wieder Halt.

Crefert sah durch das Gestänge des Riesenrads zu den Gondeln auf der anderen Seite. Es waren zwölf. Vielleicht auch fünfzehn. Also würde sich alles noch mindestens zehnmal wiederholen, bevor er unten war. Allerdings wären die letzten Stationen sicher leichter zu ertragen, so kurz über dem Boden. Oder nicht?

Die beiden jungen Frauen beugten sich über den Rand der Gondel und riefen hinab. Von unten antwortete ihnen jemand, aber der verstand sie nicht, und sie verstanden ihn nicht. Sie riefen noch lauter; als das Pendeln beim nächsten Anhalten noch einmal stärker wurde, klammerten sie sich im Spaß aneinander.

Das ist jetzt die Strafe!, dachte Creferth. Als er ausatmete, zitterte er merklich. Wenn er es genauso denken würde, dann könnte er es vielleicht ertragen. Die Strafe für seinen überflüssigen Besuch beim Psychiater. Ihm auf dem Fuße gefolgt. Natürlich ist das absurd. Und vollkommen lächerlich. Also musste er es nur laut und deutlich denken, dann ginge dieser schreckliche und grundlose Anfall gleich wieder vorbei.

Doch es gelang nicht. Dabei wusste Creferth, dass er nichts, aber auch gar nichts tun konnte. Die anderen anzusprechen würde eine Katastrophe bedeuten. Auf keinen Fall durfte er weiter zählen, wie oft die Gondel anfuhr und anhielt. Ich muss nur vollkommen still halten, dachte er. So still, dass er sich glauben musste, es sei alles in Ordnung. Oder wenigstens gut zu ertragen.

Dann irgendwann war er unten. Ein junger Mann war in die Gondel getreten, um seinen Sicherheitsgurt zu lösen und ihm beim Aufstehen zu helfen. Creferth bemerkte es und tat, als sei er ein wenig abwesend. Er dankte dem jungen Mann. Um aus der Gondel zu kommen, musste er einen großen Schritt tun. Es gelang ihm das ohne Probleme. Langsam ging er durch den Mittelgang des Jahrmarktes davon. Erst im Park versagten ihm die Beine.

Creferth setzte sich auf eine Bank. Es sind nur die Beine, dachte er. Das war deutlich zu spüren. Gleich geht es wieder. Er zog sein Handy hervor und schaltete den Kalender ein. Bis zum nächsten Termin, den er mit dem Psychiater vereinbart hatte, blieben fünf Tage. Ich bin nicht ganz bei der Wahrheit geblieben, würde er sagen. Tatsächlich sei es ja diese dumme Höhenangst, derentwegen er gekommen sei. Aber man schäme sich halt leicht, solch einfache Dinge zuzugeben. Man mache sich lieber kompliziert. Statt zuzugeben, wie schlicht man sei. Und wie banal die großen Sorgen.

Oder so ähnlich. Vielleicht mit etwas weniger Pathos. Oder mit einem leichten Schuss Ironie. Creferth steckte das Handy wieder ein. Fünf Tage, da hatte er noch Zeit genug für die richtigen Worte.

Damenwahl

Im Mai wählte Hastenrath eine Frau. Sie stand vor ihm in der Schlange an den Kassen. Draußen schien die Sonne, und die Frau trommelte nervös auf dem Handgriff des Einkaufswagens.

Hastenrath sah ihr von hinten über die Schulter. Die Frau ist Anfang dreißig, mittelgroß und blond und unverheiratet. Sie hat einen Sohn von acht Jahren. Der Sohn wird tagsüber, während sie als Anwaltsgehilfin arbeitet, gelegentlich von einer Freundin betreut. Die Frau ist schlank, sie legt Wert auf Wohnung und Kleidung. Außerdem interessiert sie sich für Asien; einmal war sie in Thailand, einmal in Burma, nächstes Jahr will sie nach Japan fliegen.

Hastenrath hatte nur ein paar Kleinigkeiten gekauft, unauffällige Sachen, kaum bedeckten sie den Gitterboden des Einkaufswagens. Tarnung, dachte er heiter. Nichts als ein Vorwand. Dennoch war Hastenrath gewarnt. Unlängst hatte er bei einer solcher Gelegenheit Milch gekauft und dann, man könnte sagen aus Versehen, mit dem Milchtrinken angefangen. Nach all den Jahren, da er sich rein gar nichts aus Milch gemacht hatte! Aber, sagte er sich, kein Wort mehr darüber. Milch ist Milch.

Die Frau hatte dem Augenschein nach mit System eingekauft. Haltbare Dinge, kaum Schnickschnack; kein Wunder im Grunde, doch allemal ein gutes Zeichen. Als sie zahlte, gab sie einen Schein und suchte rasch das Kleingeld zusammen. Eine Tragetasche aus grauem Stoff hatte sie mitgebracht.

Als sie einpackte, spürte Hastenrath wieder, wie sehr sie in Eile war. Verständlich bei der Doppelbelastung durch Kind und Beruf. In Richtung Ausgang lief sie beinahe.

Jetzt war es an Hastenrath. Nach kurzem Nachdenken entschied er, die Frau in zwei Tagen wieder zu treffen. Und zwar morgens, auf dem Weg zur Arbeit, im Bus. Gesagt, getan. Da saß sie auch wirklich in einer Viererecke. Hastenrath setzte sich ihr gegenüber, und während sie aus dem Fenster sah, beobachtete er sie genau. Sie ist doch eher Mitte als Anfang dreißig, sie hat halblange Haare mit rötlichen Strähnen und grünliche Augen. Auf der linken Wange hat sie eine Narbe, besser: eine Art Geflecht von dünnen, hellen Narben. Nach ihrer Geburt hat man vergessen, ihr Fäustlinge überzuziehen, da hat sie sich mit den Fingernägeln die Haut zerkratzt.

Einen Moment lang wusste Hastenrath nicht, was er davon zu halten hatte. Dann entschied er, darüber hinwegzusehen. Wir sind, dachte er, alle nicht mehr die Jüngsten. Haben den Karren schon oft gegen die Wand gefahren. Zu oft jedenfalls, um auf empfindlich zu machen.

Die Frau stand auf und drückte den Halteknopf. Für heute sowieso genug, dachte Hastenrath. Man soll am Anfang nicht übertreiben. Allem Anfang wohnt ein Zauber inne! Und wenn zu schnell die Spannung nachlässt, ist womöglich alles ruiniert. Das sagt einem jede Erfahrung.

Am Abend ging Hastenrath in ein Lokal an der Ecke. Die Frau bleibt natürlich zu Hause. Wenn der Sohn schon tagsüber in fremde Hände muss, dann sollten sie wenigstens abends zusammen sein. Sie spielen *Verrücktes Labyrinth*, dann liest sie ihm vor, obwohl er selbst schon lesen kann. Von einem Mädchen aus dem Wald, wo seltsame Geschöpfe ihr Unwesen treiben. Das Mädchen hat auch einen Freund. Nie schläft der Sohn beim Vorlesen ein.

Hastenrath blieb genau zwei Stunden in dem Lokal, er trank drei große Bier und aß ein Baguette mit Schinken und Käse. Zu Hause sah er die Spätnachrichten, dann ging er zu Bett. Er dachte an die Frau. Als Anwaltsgehilfin sind die Aufstiegschancen gering. Nicht unwahrscheinlich, dass sie zeit ihres Lebens auf der gleichen Stelle bleibt. Doch es hat wenig Zweck zu klagen; immerhin ist im Umfeld vieles geregelt, vieles läuft ganz reibungslos ab. Andere, sagt sie sich oft, haben es schwerer.

Aber am Dienstag wird die Frau mit ihrer Freundin ins Kino gehen. Das muss jetzt einmal sein! Der Sohn übernachtet bei einem Schulfreund. Hastenrath ließ den Abend herankommen. Bevor er aufbrach, duschte er und rasierte sich ein zweites Mal. Es war voll im Kino, der Film hatte Überlänge, nach anderthalb Stunden war eine Pause. Im Foyer fand Hastenrath die beiden Frauen auf Anhieb, langsam ging er auf sie zu, es ist eng hier, jeder will rasch ein Getränk, sie kamen recht zwanglos ins Gespräch.

Natürlich sprachen sie über den Film. Die Frau war ein wenig befangen, Hastenrath spürte es, er konnte es förmlich mit Händen greifen; immerhin, es wird jetzt bald ernst. Außerdem trug sie eine neue Frisur, und wer wüsste nicht, was das bedeutet! Bevor der Film wieder begann, fragte Hastenrath rasch, ob sie nachher noch ausgehen wollten. Die Frau sagte ja, und jetzt war er sich sicher, ein wenig Freude in ihrer Stimme zu hören. Doch leider endete dann der Film sehr traurig. Beinahe schweigend gingen sie zu dritt durch die leere Einkaufsstraße in Richtung Markt; und kaum im Lokal, sie hatten gerade Platz genommen, schaute die Frau auf die Uhr und sagte zu ihrer Freundin: Allzu lange kann ich nicht bleiben.

Hastenrath war verzweifelt. Etwas Ungeheures müsste

jetzt passieren, ein Trupp Schläger hereinstürmen, ein Feuer ausbrechen, die Decke nachgeben, egal, bloß dass etwas Leben in die Sache käme, gewissermaßen. Sie bestellten Getränke, die Frau einen Tee. Da hatte Hastenrath einen Einfall. Er sprach die Frau auf Asien an. Auf Japan. Ist denn nicht Japan ihr ganzer Traum?

»Japan?«, sagte die Frau, als wisse sie nicht, worum es sich handelt.

»Ja doch, Japan!«, sagte Hastenrath. Es war laut im Lokal, beinahe hätte er es geschrien.

»Ach, Japan«, sagte die Frau. Nach Japan müsste man tatsächlich einmal reisen. Am besten gleich für ein paar Wochen.

Immerhin! Hastenrath hielt das Gespräch in Gang. Als er dabei ein wenig abschweifte, machte das gar nichts. Zuerst brachte er die Freundin zum Lachen, dann die Frau. Sie schaute ihn an; wäre da nicht die Freundin, er könnte vielleicht ihre Hand nehmen. So ging es leider nicht. Wer weiß, dachte Hastenrath, wofür das gut ist.

Als die Frauen gingen, blieb er noch in dem Lokal. Es war wie das an der Ecke, er bestellte noch ein großes Bier und ein Baguette. Kurz nach Mitternacht ging er nach Hause. Dass es Mai war, spürte man in dieser Nacht; es könnte, dachte Hastenrath, in einer Sommernacht nicht sommerlicher sein. »Dieser Duft«, sagte er laut vor sich hin. Der kommt wahrscheinlich von den Feldern und Wiesen vor der Stadt. Und aus den Wäldern natürlich. Er schloss die Haustür auf, im Treppenhaus knipste er das Licht an, in der Wohnung erwog er kurz, ein Fenster zu öffnen. Aber Vorsicht!, sagte er sich, gegen Morgen wird es gerade im Frühling empfindlich kalt.

Dann dachte er wieder an die Frau. Morgen wird sie einen harten Tag haben. Da muss sie wegen eines dringenden Falles länger in der Kanzlei bleiben. Daher wird der Sohn bei der

Freundin schlafen. Doch zum Ausgleich dafür wird sie selbst ihn übermorgen dort abholen und zur Schule bringen. Obwohl das ein furchtbarer Umweg ist. Und am Nachmittag nimmt sie sich frei, nur für ihn, für etwas Besonderes. Was sein muss, muss sein. Und für Hastenrath nur ein weiterer Beweis, dass es immer heißt: sich auf die Verhältnisse einstellen. Er wird also fragen, ob er sich anschließen darf. Er wird sogar den Transport übernehmen. Mit diesem Gedanken schlief er ein.

Zwei Tage später, um Mittag, stand er vor der Schule. Es klingelte, die Kinder kamen heraus. Es waren sehr viele, hundert oder noch mehr, aber Hastenrath erkannte den Jungen sofort. Er ist der Mutter wie aus dem Gesicht geschnitten. Am Bordstein blieb er stehen, Hastenrath trat heran. Deine Mutter, so will er beginnen, hat mich gebeten, dich abzuholen. Wir wollen heute zu dritt etwas unternehmen. Und du, wird er dann sagen, darfst entscheiden, was.

Der Junge wird in den Zoo wollen, wahrscheinlich. Gut, sagt Hastenrath dann. Fein. Das machen wir. Der Junge ist ganz aufgeregt und fragt überhaupt nicht nach seiner Mutter. Wir treffen sie am Eingang, muss Hastenrath sagen. Und wenn der Junge nicht antwortet, noch einmal: Keine Sorge, wir treffen deine Mutter am Eingang.

Doch plötzlich kamen Hastenrath Bedenken. Hoffentlich werden sie auch ein wenig Zeit für sich alleine haben, er und die Frau. Zum Reden. Vielleicht auch, um sich kurz in den Arm zu nehmen. Der Moment dafür war jetzt gekommen. Da summte tatsächlich sein Handy! Es ist natürlich die Frau. Der Fall von gestern ist noch immer nicht fertig, sagt sie. Nicht abzusehen, wie lange das dauert. Und dass es ihr furchtbar leid tut.

»Das ist dumm«, sagte Hastenrath. Er schwieg kurz. Vielleicht am Wochenende?

Ja, wenn nichts dazwischenkommt.

Hastenrath fuhr wieder nach Hause. Ein verpatzter Auftakt, dachte er. Er hatte sich alles so schön gedacht. Und dass es ohne den Jungen nicht ginge, das verstand sich ja mehr oder minder von selbst. Was da ist, ist da. Und ist nicht zu ändern. Trotzdem lag es an ihm, er hatte alles verdorben. An diesem Abend blieb Hastenrath zu Hause. Er ging in den Keller und räumte dort gründlich auf. Die Flaschen legte er in eine große Kiste, die alten Kleider in einen Sack. Sein Handy hatte er dabei, für alle Fälle.

In den Tagen danach war Hastenrath unzufrieden mit sich und der Welt. Ein paarmal war er drauf und dran, etwas Unbedachtes zu tun. Von der Arbeit ging er direkt nach Hause, um nicht auf dumme Gedanken zu kommen. Schließlich hatte er sich wieder in der Gewalt. Und endlich, ganz früh am Mittwochmorgen, schrieb er der Frau einen Brief.

Es fällt mir schwer, das zu jetzt sagen, schrieb er, aber so geht das mit uns beiden nicht weiter. Dieses Tastende, dieses Unsichere, dieses Sich-auf-nichts-Einlassen. Er schlage einen gemeinsamen Urlaub vor, wenigstens ein verlängertes Wochenende. Drei konkrete Vorschläge mache er: die See, die Berge und eine europäische Hauptstadt. Dann warf er selbst den Brief in den Briefkasten der Frau und ging zur Arbeit. Sein Handy ließ er den Tag über ausgeschaltet, abends hörte er die Mailbox ab. Er war sehr gespannt.

Und richtig! Die Frau hatte sich für eine europäische Hauptstadt entschieden, die Auswahl überlasse sie ihm. Jetzt!, dachte Hastenrath. Er leitete alles in die Wege, der Rest der Woche verging mit Warten, und am Samstagmorgen stand er, wo der Hochgeschwindigkeitszug nach Paris einlaufen sollte. Zwischen seinen Beinen der kleine Koffer, den er für kurze Reisen gekauft hat.

Die Ankunftszeit des Zuges rückte heran, drei Minuten nach seiner Ankunft wird er abfahren. Zweimal schon hatte Hastenrath geglaubt, die Frau in der Menge auf dem Bahnsteig zu erkennen, doch sie war es nicht. Er machte keinerlei Hehl daraus, dass er nervös war.

Dabei wäre es, das wusste er, außerordentlich wichtig, jetzt vollkommen ruhig zu sein. Denn ob die Reise ein Erfolg wird, kann sich schon in den ersten Minuten entscheiden. Während sie die reservierten Plätze belegten, während sie ihr Gepäck verstauten und sich dabei orientierten: Wo ist der Speisewagen? Und: Trinken wir jetzt bereits einen Kaffee, oder warten wir, bis sich das erste Reisefieber gelegt hat?

Dann lief der Zug ein, und die Frau war nicht gekommen. Hastenrath stieg in den Wagen Nummer acht, er war zu verzweifelt, um denken zu können. Mit dem Koffer stieß er gegen die Türen, dann gegen die Lehnen der Sitze. Sein Platz war frei – und ihm gegenüber saß die Frau! War sie es wirklich? Hastenrath wusste einen Moment lang nicht, was tun und was sagen. Sie hatte wieder ihre Frisur geändert, die Haare schienen dunkler, eine Tönung vielleicht, und unter dem Make-up war die Narbe nicht mehr zu sehen. Sie lächelte ihn an. Er lächelte zurück, dann hob er den kleinen Koffer in die Gepäckablage, und der Zug rollte an.

Sie fuhren schweigend. Die meiste Zeit sahen sie zum Fenster hinaus. Bald war die Grenze passiert, der Zug erreichte seine Höchstgeschwindigkeit, das stand auf der Leuchtanzeige über der Tür. Tatsächlich flog die Landschaft nur so vorbei. Kleine Städte begannen und endeten Sekunden später; es war kaum auszumachen, dass man sich schon in Frankreich befand. Hastenrath machte eine Bemerkung in diese Richtung, die Frau sah ihn kurz an und nickte, dann wandte sie sich wieder ab. Es fiel ihm leicht, ihr Schweigen als Zeichen des Einvernehmens zu deuten.

Kurz vor Paris kamen sie dann ins Gespräch, jetzt schon völlig entspannt. »Mai in der Seine-Metropole«, sagte Hastenrath, wenn das nicht wie ein Versprechen klinge. Die Frau nickte ihm zu. Das kleine Hotel am Montmartre, der Frühling im Bois de Boulogne, im Jardin du Luxembourg. Hastenrath nannte die Namen bedeutender Männer, Maler, Sänger, Komponisten. Die Frau lachte, jetzt komme er aber mächtig ins Schwärmen!

Und dann war da, mit einem Mal, der Blick, auf den er gewartet hatte, der Ausdruck in ihrem Gesicht, der Klang ihrer Stimme. Diese bestimmte Bewegung. Jetzt, dessen war sich Hastenrath sicher, ist alles zu seinen Gunsten entschieden. Von jetzt an würde gar nichts mehr schwierig sein; ein Wort wird das andere geben. Paris, dachte Hastenrath, war die einzig richtige Lösung. Paris! – da fuhren sie auch schon in den Bahnhof.

»Paris«, sagte Hastenrath. Auch die Stadt der Liebenden. Er stand auf und griff nach seinem Koffer.

»Ach«, sagte die Frau, wie er das sage. Er half ihr mit ihrem Gepäck, sie verließen den Zug. Der Himmel über dem Bahnhofsvorplatz war wolkenlos. Sie gingen vorbei an den Arkaden, die Frau vorneweg, und Hastenrath folgte ihr im kürzestmöglichen Abstand. An der ersten Kreuzung drehte sie sich um, sie lächelte ihn an. Da war er vollends begeistert.

Ente Orange

Am Morgen wurde Kortschläger entlassen. »New economy«, sagte Dörfler. »Von wegen! Heute noch auf hohen Rossen, morgen durch die Brust geschossen.« Was solle er sonst sagen? Machen könne man da gar nichts. Der Markt habe sie einfach im Stich gelassen. Das sei jetzt die Krise. Und wie die aussehe, wisse man erst, wenn sie da sei. Kortschläger blieb vollkommen ruhig. Wenn er Dörfler wäre, würde er das Gleiche tun. So muss man denken. Dann ging er in sein Büro, seine privaten Sachen packte er in eine Plastiktüte.

Für den Abend war das große Abschlussessen im Kochseminar angesetzt. Es sollte Ente geben. Ente ist die Krönung, hatte Sven, ihr Lehrer, gesagt. An Ente könne man einfach am meisten verderben. Aber andererseits: Wenn man die Ente hinkriege – dann sei man praktisch auf alles vorbereitet.

Kortschläger überlegte kurz, ob er nicht zu Hause bleiben und sich betrinken sollte. Aber Dörfler wird sich auch nicht betrinken. Dörfler wird im Büro bleiben und sich weitere Einsparungen überlegen. Außerdem gab es nach dem Abschlussessen ein Diplom, das Kortschläger einrahmen und im Flur aufhängen wollte. Als Jux natürlich. Nein, dachte er. Nicht jetzt darauf verzichten. Er schaute noch einmal, ob er alles beisammenhatte. Dann ging er langsam zur Bushaltestelle. Heute ausnahmsweise nicht mit dem Wagen. Zur Ente gehörte schließlich ein guter Tropfen. Außerdem, wer weiß, wovon er sich jetzt noch trennen muss.

Die Teilnehmer des Kochseminars trugen alle festliche

Kleidung, darüber weiße Kittelschürzen. Es herrschte die allerbeste Stimmung. Auf den Arbeitsplatten lagen acht Enten, je eine für zwei Personen. Viel zu viel natürlich, sie hatten ja auch gelernt, richtig zu portionieren; aber heute sollte es einmal nicht darauf ankommen. Sven begrüßte alle, keiner fehlte. Dann gab er den Plan aus: Zweimal Ente mit Orangensauce, zweimal mit Pfirsich, zweimal mit Ananas, zweimal mit Granatapfel.

»Und los!«, sagte Sven. »Paare bilden und anfangen mit dem Ausnehmen.«

Kortschläger stand schon neben Miriam, sie hatten das beim letzten Mal vereinbart. Miriam ist zehn Jahre jünger als er und Unternehmensberaterin. Sie hatte ihre Ente schon in der Hand, gleich neben ihr lag eine große Geflügelschere.

»Ziemlich eklig«, sagte Kortschläger, aber Miriam schüttelte den Kopf. Man müsse immer wissen, was man esse. Nur dann könne man es auch genießen. Sie nahm die Schere; gleich müsste man das Brechen der dünnen Knochen hören. Aber Miriam hielt inne. Sie sah an sich herunter. Die weißen Manschetten ihrer Bluse reichten bis fast auf die Hände.

»Machen Innereien Flecken?«, sagte sie.

Kortschläger lachte.

»Ich denke, das tun sie«, sagte Miriam. »Da ist sicher Blut dran.« Sie trat einen Schritt zurück und sah sich um. Alle anderen waren über ihre Arbeitsplatten gebeugt und schwatzten laut.

»Und sonst«, sagt Kortschläger. »Wie sieht's denn allgemein aus?«

»Normal«, sagte Miriam. »Überall Flaute, nur nicht bei uns.« Sie lachte, immer noch schaute sie auf ihre Hände. Dann band sie ihre Kittelschürze los und legte sie ab. »Eigentlich«, sagte sie, »müsste ich es hassen. Wir profitieren wie verrückt von dieser Krise. Aber ich kann doch nicht in Sack und Asche gehen, bloß weil die Börse ein paar Start-ups an die Wand drückt.« Mit schnellen Fingern öffnete sie die Knöpfe ihrer Bluse. Einen Moment lang stand sie im BH neben Kortschläger. Der BH war rot, seine Träger hatten feine Borten an der Seite.

Wie zwei Filmstreifen, dachte Kortschläger. Es war längst zu spät, um wegzusehen.

Miriam zog die Kittelschürze wieder an. »Blut an den Händen«, sagte sie, »ist kein Problem. Aber nicht an meiner besten Bluse!«

Kortschläger hielt noch immer den Atem an. Sven hatte etwas gesagt, und alle lachten. Niemand schaute her. »Klar«, sagte Kortschläger. »Mich haben sie übrigens heute Morgen gefeuert.«

Miriam hatte die Schere in der Hand, doch sie legte sie gleich wieder weg. Sie griff in die Ente, dann schrie sie leise. In einem durchsichtigen Plastikbeutel lagen die Innereien sauber übereinander. Miriam schüttelte den Kopf. »Traumhaft«, sagte sie, dann sah sie Kortschläger an. »Schlimm!« Sie reichte ihm ein Messer und wies auf die Orangen. »Die Schale in sehr schmale Streifen schneiden. – Schaffst du das?«

Kortschläger nahm das Messer. »Sicher«, sagte er. Auf Miriams Schulter leuchtete neben dem weißen Träger der Kittelschürze der rote vom bh.

Kortschläger suchte die größte Orange heraus. Behutsam setzte er das Messer an.

Totschläger

Im Alter von elf hatten M. und ein Freund einen dreijährigen Jungen entführt, mitten in einer Ladenpassage und praktisch von der Hand seiner Mutter. Sie hatten ein paar Stunden lang das weinende Kind hierhin und dorthin durch die Stadt gezogen, es manchmal schon, mehr aus Langeweile, geohrfeigt, bis sie endlich gar nicht mehr wussten, was sie mit ihm anfangen sollten. Schließlich, als es immer lauter schrie, hatten sie es hinaus auf einen abgelegenen Bahndamm geschleppt, halbherzig mit Steinen geschlagen und, da sie es leblos glaubten, den Körper auf die Schienen geworfen, wo ihn in der Nacht darauf eine Rangierlok in Stücke fuhr.

Diese Tat, einmal bekannt geworden, verbreitete unerhörtes Entsetzen; und als beinahe umgehend M. und sein Freund durch Videoaufzeichnungen identifiziert, gefasst, festgesetzt und vernommen wurden, kam es zu furchtbaren Szenen; aufgebrachte Menschen drohten ernsthaft mit dem Lynchen. M. und sein Freund blieben daher, ungeachtet ihres geringen Alters, in haftähnlicher Verwahrung. Ihre beiden Elternpaare, Leute aus einfachen Verhältnissen und weitgehend unbescholten, flohen, als trotz einer Nachrichtensperre ihre Namen bekannt wurden, Hals über Kopf und für immer aus der Stadt.

Zu einem regelrechten Prozess kam es, als endlich feststand, dass nur M. und sein Freund, beide strafunmündig, für die Tat verantwortlich waren, entsprechend der herrschenden Gesetze nicht. Vielmehr wurden die beiden getrennt in geschlossene Heime gebracht, weitab von der Stadt, in der sie gelebt hatten. Es sollte, was sie getan hatten, nach Möglichkeit unter den Insassen nicht bekannt werden. Das gelang freilich nicht, sofort sickerte alles durch, das Gleiche geschah nach einer Verlegung; und schließlich ließ man M. in einem Heim an der Küste, wo schon bei seiner Ankunft jeder alles von ihm wusste.

Das Leben dort war furchtbar für M. Die Erzieher gaben sich kaum Mühe, ihren Abscheu zu verbergen, die meisten schnitten ihn öffentlich; und wenn, ab und an, einer von ihnen begann, sich näher mit ihm zu befassen, so war es entweder ein begeisterter Anfänger oder einer, der bloß hoffte, irgendwelche Erkenntnisse zu gewinnen.

Für die Zöglinge war M. Abschaum, ein Nichts, weniger als nichts; sie nahmen sich jede Freiheit, ihn nach Gutdünken zu quälen. Ob unter Aufsicht oder wenn sie sich unbeobachtet glaubten, traktierten sie ihn in jeder Hinsicht; und wenn abends das Licht gelöscht wurde, folgte jeden Tag eine Stunde, die ihm ganz alleine galt. Dabei wurde zu Anfang, und in einem Grade, dass M. um sein Leben fürchtete, umgehend und ausschließlich Gewalt angewendet. Doch als die Zöglinge begriffen, dass sie dabei waren, einen vollkommen Vogelfreien viel zu rasch zu zerstören, verfielen sie auf andere Maßnahmen, und verglichen mit denen erschien M. seitdem sprachlose Gewalt immer als ein Segen. Im Kreis um ihn versammelt, beratschlagten die Zöglinge jetzt in der Stunde nach dem Lichtlöschen ganz lebhaft, welcher Benachteiligung und Herabwürdigung sie ihn am kommenden Tag aussetzen wollten, und das, obwohl ihm lange schon kaum etwas mehr vorzuenthalten oder gar wegzunehmen war. Überdies, und zu seiner besonderen Qual, taten die Zöglinge immer wieder fälschlich so, als verfinge endlich einer von M.s dauernden

Versuchen, durch die schweigende Hinnahme von allem und jedem seine Lage, mag sein auch nur um eine Winzigkeit, zu verbessern.

Mit sechzehn schloss sich M. einigen an, die einen Ausbruch planten; sie nahmen ihn mit, da sie ihn, wenn sie scheitern würden, als den Anstifter ausgeben wollten. Doch gleich nach dem Entkommen löste er sich in einem Moment der Verwirrung von der Gruppe, schlug einen nieder, der ihn zurückhalten wollte; und während alle anderen noch in derselben Nacht auf dem Weg in die Stadt gefasst wurden, verbrachte er mehr als eine Woche in einem alten Öltank nahe bei dem Heim, den er nicht einmal verließ, um seine Notdurft zu verrichten. Erst als sein Proviant längst aufgebraucht war und er fürchtete, er könnte in kurzer Zeit zu schwach sein, um sein Versteck verlassen zu können, kroch er aus dem Tank. Da hatte man die Suche nach ihm bereits den Fahndungsbehörden übergeben, und unbehelligt erreichte er bei Dunkelheit die Stadt. Dort trieb er sich herum, den Rest der Nacht und den folgenden Tag. Von seinem wenigen Geld kaufte er ein paar billige Sachen, und am folgenden Abend bot er sich im Hafenviertel zur Prostitution an.

M.s erster Kunde war ein Mann, der ihm ansah, wie es um ihn stand, und ihn zu sich nach Hause einlud. Der Mann gab ihm zu essen, dann zu trinken, natürlich Alkohol; und darüber kaum mehr Herr seiner Sinne, erzählte M. in kurzen Zügen seine Geschichte. Der Mann fiel darauf, mit ungezügelter Gewalt, über ihn her, schlug ihn auch, und drohte ihm dabei, ihn sofort zu verraten, wenn er nur ein Wort davon sage. Schließlich, nach einer kurzen Überlegung, sperrte er M. in ein leer stehendes Zimmer der Wohnung. In diesem Zimmer lebte M. mehrere Monate. Der Mann machte beinahe täglich von ihm Gebrauch, gab ihm das Nötigste zum

Leben, und als er sah, dass M. keine Anstalten machte zu fliehen, schloss er, wenn er ging, nur noch die Wohnungstür ab.

Eines Abends blieb der Mann ganz gegen alle Regel aus. Den Kopf an den Briefschlitz der Wohnungstür gelegt, hörte M. am nächsten Tag die Nachbarn sagen, er sei nach Aufdeckung einer seit langem betriebenen Unterschlagung verhaftet worden. M. blieb darauf regungslos in seinem Zimmer, bis ein paar Stunden später Beamte die Wohnungstür aufbrachen. Nach einer kurzen Rangelei floh er an ihnen vorbei in Richtung Hafen, wo er versuchte, sich an Bord eines Schiffes zu stehlen. Aber die Gangways wurden gut bewacht, und noch am selben Tag wurde er in der Nähe des Bahnhofs verhaftet, als er einer Streife auffiel und sich nicht ausweisen konnte. Kurzzeitig bestand der Verdacht, er sei ein Komplize des Betrügers, doch das erwies sich rasch als haltlos. Was er sonst getan hatte, reichte im Grunde nicht zu einer Anklage. Man war bereits drauf und dran, ihn wieder dem Heim zu überstellen.

Allerdings war unmittelbar nach M.s Verhaftung öffentlich an ihn und seine frühere Tat erinnert worden. Die Zeitungen waren voller Spekulationen über sein Leben mit dem Betrüger, wieder kam es zu scheußlichen Szenen; und schließlich erhob die Staatsanwaltschaft doch Anklage wegen Widerstandes gegen die Staatsgewalt. Im eilends begonnenen Prozess sagte der Betrüger als Zeuge aus, er beschimpfte M. dabei unflätig und verstieg sich zu allerlei Vorwürfen. Denen schenkte das Gericht zwar keinen Glauben, aber unter dem Druck der Öffentlichkeit verurteilte es M., mit Hinblick auf sein Vorleben, zu einer leichten Jugendstrafe.

In der Anstalt, in die er gleich nach Urteilsverkündung aus Sicherheitsgründen gebracht wurde, und noch in der ersten Nacht, die er in einer Einzelzelle verbringen sollte, versuchte

M., sich das Leben zu nehmen. Ein Wärter fand ihn rechtzeitig, er wurde auf die Krankenstation gebracht, wo er den Versuch umgehend wiederholte. Man stellte ihn mit Medikamenten ruhig. Doch als man deren Dosis reduzierte, griff M., kaum ein wenig zu sich gekommen, nach allem, um es sich in die Brust zu stoßen, oder er versuchte, den Kopf gegen Wand und Bettpfosten zu schlagen, sodass Ärzte und Psychologen trotz aller Bemühungen keine andere Lösung mehr wussten, als entweder M. in einen Dauerschlaf zu versetzen oder ihn so kurz anzubinden, dass er kein Glied mehr rühren konnte. Beides geschah denn auch im Wechsel, und während der Schlafphasen injizierte man M. eine Nährlösung sowie kräftigende Mittel.

Von alldem erfuhr aus der Presse ein Mann in dem Amt, das pro forma M.s Vormundschaft verwaltete. Nachdem er lange mit seinen Vorgesetzten verhandelt hatte, suchte er M. in der Anstalt auf. Er hatte gebeten, ihn vorzubereiten, und so fand er ihn in einer Zwangsjacke aufrecht im Bett sitzend, zu beiden Seiten je einen Wärter. Kurz sagte der Mann, wer er sei und dass er eine Vollmacht erwirkt habe, ihn, M., den er persönlich, wie er zugebe, nach allem, was er gehört habe, nur gründlich verabscheuen dürfe, zu fragen, ob es irgendetwas gebe, das seitens seiner Behörde getan werden könne, damit dieser unsägliche Zustand ein Ende nehme.

»Schiff«, sagte M. »Amerika.«

Der Mann aus dem Amt nickte. Ja. Es sei möglich, ihm Papiere auf einen anderen Namen und eine Passage nach Übersee zu besorgen. Er selbst werde sein Äußerstes tun, dass die Öffentlichkeit davon nichts erfahre. Bedingung sei natürlich, dass er, M., niemals in seinem Leben den Versuch unternehme zurückzukehren.

M. nickte nur. Dann gab er ein Zeichen, man könne ihn

losbinden. Dabei war er so entkräftet, dass er ohne den Halt seiner Zwangsjacke in sich zusammenfiel. Nachdem er ein paar Wochen seiner Strafe ohne Kontakt zu den anderen Häftlingen abgebüßt hatte, brachte man ihn eines Nachts auf ein Schiff nach Südamerika. Dort angekommen, erwartete ihn ein Angestellter der Botschaft, der ihm wortlos einen Geldbetrag übergab und eine Liste mit Schlafplätzen und Arbeitsstellen, die infrage kämen. M. arbeitete dann als Ungelernter, zuerst im Tagebau, später in der Landwirtschaft, schließlich bei der Anlage großer Trassen. Bald erwies sich, dass er Geschick im Umgang mit schweren Baumaschinen hatte; Jahre später zog er auf ein Angebot hin hoch in den Norden, wo er beim Verlegen von Pipelines und bei der Arbeit auf Bohrinseln im Eismeer sehr viel Geld verdiente. Nach sieben Jahren ging er wieder in den Süden, gründete dort eine Baufirma in der Provinz und betrieb sie mit respektablem Erfolg. Er galt als umsichtiger Unternehmer und als fair gegenüber den eingeborenen Arbeitern.

Allerdings hatten ihm wohl die Strapazen mehr zugesetzt, als es den Anschein haben mochte. Und so starb M., gerade zweiunddreißig Jahre alt, während der Begehung eines Urwaldterrains, das zu roden war, viele Kilometer weit vom nächsten Arzt entfernt, an einem plötzlichen Anfall von Atemnot. Drei seiner Arbeiter, einfache Indios, hatten noch versucht, ihn in einem offenen Lastwagen zur nächsten Stadt zu fahren. Als sie endlich dort ankamen, war er aber schon lange tot. Der Notfallarzt des Krankenhauses berichtete später, die Indios hätten bitterlich geweint.

Schmerzpatient

An einem Donnerstag nach Kanzleischluss, Georg hatte gerade das Postamt am Hauptplatz verlassen, setzte der Schmerz schlagartig aus. Georg hatte einen Moment lang das Gefühl, nicht mehr aufrecht stehen zu können. Er stützte sich mit der rechten Hand auf ein Geländer. Alle Geräusche schienen ihm gedämpft. Es war ihm, als wäre er in Bernstein eingeschlossen, wie ein fossiles Insekt. Dann war ein Klang in der Luft wie vom Anschlagen eines riesigen Gongs, sehr weit entfernt.

Als er sicher wusste, dass er würde stehen und gehen können, trat Georg auf den Platz hinaus. Nach einigen Metern hielt er an, atmete tief durch und stampfte dann fest mit dem rechten Fuß auf den Boden. Das Stechen blieb aus; das Stechen, wie wenn ihm ein Messer in den Rücken getrieben würde. Georg lachte einmal kurz. Dann spreizte er ein wenig die Beine und ließ den Oberkörper mit vorgestreckten Armen zum Boden durchhängen. Einige Passanten blieben stehen und schauten. Natürlich würde er nicht mit den Händen den Boden erreichen, er hatte nie den Boden erreicht, nicht einmal als Junge. Aber der Schmerz war nicht mehr da: dieses dauernde Empfinden, nicht aus Fleisch und Sehnen und Knochen zu bestehen, sondern aus dünner Leinwand, Glas und trockenem Holz. Georg ließ sich noch tiefer durchhängen. Es tat nur weh, sehr angenehm weh. Der Schmerz war fort.

Georg war mit diesem Schmerz groß geworden. Er kenne

ihn, sagte er immer, wie einen Freund. Sie hätten sich irgendwann einmal kennengelernt, zuerst nur gelegentlich getroffen, später immer häufiger. Und seit langer Zeit waren sie unzertrennlich. Jetzt hatte der Schmerz ihn verlassen.

Georg wollte noch eine andere Turnübung machen, aber er war kein Turner, es fiel ihm keine ein. Und für seine krankengymnastischen Übungen hätte er sich auf den Boden legen müssen. Außerdem, wozu jetzt das? Georg holte tief Luft, dann lief er diagonal über den Platz, mit hoch aufgeworfenen Knien bei jedem Schritt. Dabei atmete er laut, ein durch die Nase und aus durch den Mund. Auf der anderen Seite angekommen, sah er sich um. Ein weiter Weg, den er da gelaufen war. Er hielt den Zeigefinger an die Schläfe. Sein Puls flog. Er horchte in sich hinein. Nein, der Schmerz war nicht mehr da. Einfach nicht mehr da.

Was jetzt tun? Es war Freitagnachmittag und nichts mehr zu erledigen. Georg beschloss, das Auto stehen zu lassen und zu Fuß nach Hause zu gehen. Es war kein allzu weiter Weg. Das Viertel, in dem er wohnte, schloss gleich an die Innenstadt. Aus den ersten Gärten, an denen er vorbeiging, hörte Georg die Geräusche von Rasenmähern und Heckenscheren. Es versprach das erste schöne Wochenende im Frühling zu werden.

Fürs Erste, dachte Georg, würde er es keinem sagen. »Gut«, würde er antworten, wenn sie fragen würden, wie er sich heute fühlte; und alle würden wissen, dass er sich nicht gut fühle, denn er fühlte sich niemals gut. Weiterhin würde niemand ihn bitten, etwas Schweres in den Keller zu tragen. Oder die Kippfenster im Schlafzimmer zu putzen. Am Abend, vor dem Zubettgehen, würde er wieder die beiden Spezialkissen richten, auf denen er seit Jahren schlief. Und morgen früh würde er sich wie immer zuerst sehr langsam auf die

Seite und an die Bettkante drehen, dann mit den Armen seinen Oberkörper vorsichtig aufrichten und dabei die Beine angewinkelt unter der Decke hervorziehen.

Ja, das war es. Er würde warten. Auf einen Moment, an dem er, ohne ein Wort sagen zu müssen, vollkommen eindeutig beweisen könnte, dass der Schmerz ihn tatsächlich verlassen hatte. Vielleicht wäre es, wenn er mit seiner Frau zusammen an einem Mietmöbelwagen vorbeikäme. Zwei junge Leute mühten sich mit einem schweren und wertvollen Teil, schon drohte es ihnen aus der Hand zu fallen – da greift er zu und trägt es ganz allein. Oder sie säßen in einem Biergarten, eine Kapelle spielte auf, und zu ihrem Erstaunen würde er seiner Frau vorschlagen zu tanzen. Darauf zu warten musste sich lohnen.

Georg stand jetzt vor der Tür zu seinem Haus. Er trat ein, dann bückte er sich, noch nicht ganz zur Seite gewandt, zur Post auf dem Boden. Bei dieser Bewegung, oft genug unbedacht, hatte es immer die schlimmsten Attacken gegeben. Jetzt war nichts passiert. Georg sah die Post durch, Werbesendungen und eine Rechnung, dann trat er durch den Flur ins Wohnzimmer. Seine Frau schien nicht zu Hause zu sein.

Auch gut, dachte Georg. Vielleicht hätte er sich am Anfang gleich verplappert. Er ließ sich rücklings in den Sessel fallen, in dem er immer saß, dann hängte er ein Bein über die Armlehne, das andere legte er auf den Couchtisch. So könnte er jetzt den ganzen Abend sitzen bleiben, er könnte fernsehen, bis spät in die Nacht, und ohne sich zu rühren immer tiefer in den Sessel sinken. Egal! Er war sich vollkommen sicher: Mit Leichtigkeit käme er auf die Beine.

Für gewöhnlich bezeichnete sich Georg als Schmerzpatient. Das ist ein offizieller Begriff; man benutzt ihn, wenn, wie in seinem Fall, die Befunde in einem Missverhältnis zum subjektiven Empfinden stehen. Für einen Eingriff gab es keine Veranlassung. Und lindernde Medikamente hatte er, auch da man ihm immer wieder dazu riet, nie zu nehmen begonnen; er fürchtete sehr, alles nur zu verschlimmern. Auf seinen Beruf schlug Georgs Leiden wenig durch, mehr Schonung als an seinem Arbeitsplatz hätte ihm nirgendwo zukommen können. Er besaß einen Spezialstuhl mit geneigter Sitzfläche; die Abstände zu den Platten der Tische vor ihm waren von einem Fachmann vermessen worden. Außerdem erlaubten es die Verhältnisse, dass er, wann immer es nötig wurde, aufstehen und umhergehen und sich ein wenig dehnen konnte. Wozu war er schließlich der Chef!

Jetzt wurde es ihm doch langweilig, so allein. Er suchte in der Küche nach einer Nachricht; es war keine da. Dann rief er vom Flur aus hinauf ins Treppenhaus. Keine Antwort, die Kinder waren immer seltener zu Hause. Georg ging hinaus auf die Terrasse. Als Erstes würde er vielleicht das Holzhaus kaufen, das er im Prospekt eines Baumarkts gesehen hatte, und es aufstellen, dort hinten, wo jetzt die Fichten standen. Nadelbäume gehörten sowieso nicht in einen Garten. Da musste es im Frühling überall blühen. Er sah sich mit nacktem Oberkörper die Bretter zusammentragen; am Ende säße er auf dem Dach des Holzhauses und legte die Pappen aus. Es würde darüber vielleicht zu regnen beginnen. Seine Frau würde ihn hereinrufen, um Gottes willen, würde sie sagen, der Rücken! Aber er würde lachen und ablehnen: Erst bringe ich alles zu Ende.

Georg schloss jetzt die Tür zur Terrasse. Er ging in den Keller und holte das Fahrrad hervor. Vor der Haustür stieg er auf und fuhr damit zurück in die Innenstadt. Das Fahrrad hatte er lange nicht mehr benutzt, es quietschte in den Lagern, und die Bremsen griffen kaum. Er müsste es unbedingt in die Reparatur geben; vielleicht sollte er sich überhaupt ein neues kaufen, eines mit vielen Gängen und breiten Reifen. Er würde eine Menge Geld sparen, wenn er nicht mehr mit dem Wagen in die Kanzlei fuhr.

Am Bahnhofsvorplatz musste Georg plötzlich vom Rad. Beinahe wäre er gefallen. Die Pedale zwischen den Beinen, machte er ein paar unsichere Schritte, dann stand er. Schon wurde ihm Angst. Er hielt den Atem an. Aber der Schmerz kam nicht zurück, nicht einmal eine Andeutung davon. Georg pfiff leise. Nein, der Schmerz war fort, endgültig fort. Der hatte ihn verlassen. Und wer verlassen worden ist, der weiß genau, ob der andere zurückkommt. Georg stellte das Fahrrad in einen Ständer und betrat die Bahnhofsbuchhandlung.

Ein ganzes Regal dort lag voller Herrenmagazine. Georg nahm eines heraus. Auf dem Umschlag beugte sich eine nackte Frau über einen Tisch. Die Arme hatte sie aufgestützt, mit den nach innen gekehrten Ellenbogen drückte sie ihre unglaublich großen Brüste in der Mitte zusammen; die Brustwarzen zeigten beinahe nach unten. Georg legte das Magazin zurück und nahm ein anderes. Es war in Folie eingeschweißt, auf dem Umschlag stand ein Mann über eine Frau gebeugt, ein schwarzer Balken lief quer über ihr Gesicht.

Georg verließ die Buchhandlung und betrat die Bahnhofshalle, dann stieg er hoch auf einen Bahnsteig. Gerade fuhr, ohne zu halten, ein Zug durch. Georg erinnerte sich an einen Film, in dem der Held und sein Gegenspieler auf den Wagendächern eines fahrenden Zuges gekämpft hatten. Der Gegenspieler schien schon zu triumphieren, da raste der Zug an einem Gerüst vorbei, und ein überstehender Träger schlug ihm von hinten in den Rücken, dass er entzweigerissen wurde.

Vom Ende des Bahnsteigs herab führte ein Holzbohlenweg zwischen den Gleisen entlang. Georg schlug ihn ein, und unbemerkt geriet er in einen Bereich, in dem alte Waggons abgestellt waren. Es begann ein wenig zu regnen, hörte aber gleich wieder auf. Ein Güterzug fuhr langsam heran, Georg setzte sich auf das Querholz eines Prellbocks und wartete, bis er vorbei war. Dann ging er weiter.

Zu Hause war längst alles auf sein Leiden eingestellt. Anfangs hatten die Kinder protestiert, weil Georg nicht dorthin in Urlaub fahren konnte, wohin sie wollten. Natürlich nicht in die Berge, aber eigentlich auch nicht an die See. An Schwimmen war nicht zu denken. Jetzt fuhren die Kinder immer mit Gruppen ins Ausland. Das war besser so. Warum sich auch noch den Urlaub verderben; es ließ sich ja doch nichts mehr ändern.

Als es dunkel wurde, lief Georg schon seit einiger Zeit die beiden Schienenstränge der Hauptstrecke nach Norden entlang. Er ging in sicherem Abstand zu den Gleisen, manchmal durch hohes Unkraut, manchmal über platt getretene Erde. Auf der Eisenbahnbrücke über den Kanal benutzte er den schmalen Dienstweg, zu dem der Zugang verboten war. Kurz darauf verließ er an einem Bahnübergang die Trasse. Er ging eine Landstraße entlang, immer am linken Rand. Den Gasthof sah er von Weitem; er hatte viel Zeit zu überlegen, ob er dort einkehren sollte. Genau wusste er nicht mehr, wo er war.

In dem Gasthof bestellte Georg ein Bier und etwas zu essen. Er breitete eine Zeitung vor sich aus. Wieder war in einem afrikanischen Staat geputscht worden. Die alte Regierungspartei hatte man umgehend verboten und freie Wahlen angekündigt. Unter Aufsicht der UNO, hieß es jetzt, und noch in diesem Herbst; ein Bild zeigte eine Menschenmenge.

Georg aß und trank. Er war sich jetzt sicher, was er zu tun hatte. Er würde überhaupt keinen Versuch unternehmen, seiner Frau zu beweisen, dass der Schmerz ihn verlassen hatte. Keine große Tat, keine besondere Leistung. Aber irgendwann, wenn er wieder mit ihr schlief, würde er sie ohne jede Ankündigung zu einer Stellung auffordern, die völlig ausgeschlossen war. Und entweder sie begriff es; oder nicht. Wenn nicht, würde er für immer stumm bleiben. Er winkte der Kellnerin. Sie antwortete mit einem Zeichen. Gleich sei sie bei ihm.

Georg zog sein Portemonnaie. Himmel! Am Morgen hatte ein Klient einen hohen Betrag in bar hinterlegt. Das Geld hätte Georg zu Hause im Safe deponieren müssen. Er hatte es vergessen – kein Wunder! Es war sehr viel Geld, ein ganzes Bündel der größten Note, glatt und kantig in einer Banderole.

Und das Fahrrad, dachte er, das würde so schnell auch keiner vermissen! Das hatte Gott weiß wie versteckt in einer Ecke im Keller gestanden. Er lachte leise. Nein, es müsste allen ein Rätsel bleiben. Zumal er jetzt seine Kreditkarte nicht zu benutzen brauchte.

Georg lehnte sich zurück. Die geschnitzte Lehne schnitt ihm an zwei Stellen in den Rücken. Unangenehm, aber möglicherweise stundenlang auszuhalten. Der Schmerz war einfach weg. Georg versuchte noch einmal zu spüren, wie er gewesen war, wie genau; aber das gelang ihm schon nicht mehr. Die Kellnerin kam und brachte die Rechnung. Georg gab ihr ein hohes Trinkgeld. Sie soll sich an mich erinnern, dachte er, wenn man nach mir sucht. Danach, würde es dann heißen, habe sich die Spur verloren. Er lachte laut.

»Was ist?«, sagte die Kellnerin.

»Nichts«, sagte Georg. »Gar nichts.«

Flying Dutchman

Recknagel machte ein Kreuz auf der Liste. Das war das siebte Reisebüro, also das vorletzte. Das letzte lag außerhalb, in einem kleinen Ort, den man kürzlich eingemeindet hatte. Recknagel faltete die Liste zusammen und steckte sie in die Seitentasche seines Jacketts. Aus der Innentasche zog er eine Kopie des Artikels; es war die, auf der er die Fotos abgedeckt hatte, damit er überall darin lesen könnte.

Lehrjahre sind keine Herrenjahre. Aber die Ausbildung macht Simone großen Spaß. »Es ist toll, sich jeden Tag mit fernen Ländern zu befassen«, sagt die angehende Reisekauffrau. »Da kommt man manchmal richtig ins Träumen.«

Recknagel saß auf einer Bank am runden Platz in der Fußgängerzone. Früher hatte hier eine Ausfallstraße begonnen, jetzt war die Mitte des Platzes abgesenkt und gepflastert, am tiefsten Punkt quoll Wasser durch braun verfärbte Eisengitter. Seit einer Viertelstunde hatte niemand das Reisebüro betreten, und niemand war herausgekommen. Recknagel überlegte kurz: Ende Mai, da waren die Sommerurlaube längst gebucht, und für Last Minute war es entschieden zu früh. Außerdem herrschten flaue Zeiten. Das bekam die Branche sicher als Erste zu spüren. Es war jetzt kurz vor halb sechs. Recknagel sah noch einmal in den Text.

Das hübsche Mädchen von nebenan. Jede Woche eine Seite. Familie, Beruf, Hobbys, welche Art von Männern sie mag und so weiter. Dazu sechs Fotos in verschiedenen Formaten. Recknagel schloss die Augen: Zwei drinnen, vermutlich in ihrem Zimmer. Eines im Wald. Zwei vor neutralem blauem Grund, wahrscheinlich in einem Studio. Und das eine am See. Im Hintergrund links ein paar Bäume, das grünliche Wasser, vorne das Ufer. So konnte das überall sein. Doch sie saß auf einem Boot, das halb an Land gezogen war. Sie saß vorn auf dem Bug, auf dem gelben, ausgeblichenen Holz, mit übereinander geschlagenen Beinen. Und neben ihrem rechten Fuß in goldenen Buchstaben der Name: Inge.

Recknagel sah auf. Im linken Schaufenster des Reisebüros stand ein kleiner, roter Liegestuhl auf weißem Sand, daneben lagen bunte Förmchen, eine kleine Schippe und ein paar aufgeschlagene Kataloge. Darüber ein Flugzeugmodell, mit Nylonfäden an die Decke geheftet. Ein junges Paar blieb kurz stehen und ging dann weiter.

Es war letzte Woche gewesen, in der Bahnhofsbuchhandlung. Recknagel hatte in der Illustrierten geblättert, und da war sie, seine Inge. Kein Zweifel möglich. Er selbst hatte den Namen mit Polsternägeln in die Bordwand geschlagen. Goldene Polsternägel mit halbrunden Köpfen. Elf Nägel in der Höhe, fünf in der Breite, das G ein Dreiviertelkreis mit einem Balken zur Mitte.

Ob er das Schiff nicht gleich versenken wolle?, hatten sie im Club gefragt. Statt es erst dermaßen zu löchern. Und im Grunde hatten sie recht. Doch als er dann die Inge zu Wasser ließ, da funkelten die runden Köpfe in der Sonne! Zugegeben, hieß es, das sei immerhin mal was Neues.

Jetzt ging die Tür zum Reisebüro. Ein Mann trat heraus in die Fußgängerzone und zündete sich eine Zigarette an. Den Kopf in den Nacken gelegt, zog er den Rauch ein. Recknagel lachte leise. Das griff jetzt um sich! Bald würden sie vielleicht auch das Rauchen auf offener Straße verbieten. Oder innerhalb geschlossener Ortschaften. Und alles den Menschen zuliebe, den Mitmenschen. Und natürlich der Umwelt.

Unten rechts schloss die Seite mit einem gelb unterlegten Kasten. Man müsse nicht in die Ferne schweifen, viele Schönheiten wohnten auch gleich um die Ecke. Wer sich bewerben wolle, solle eine möglichst aussagekräftiges Foto schicken.

Vor fünf Jahren hatte Recknagel das Boot verkauft. Der Name könne bleiben, hatte der neue Besitzer gesagt. Schon damit es keine Löcher gebe. Außerdem solle man Schiffe nicht umtaufen. Seitdem war Recknagel nicht mehr am See gewesen. Bis er dann das Foto mit der Inge sah. Da war er sofort gefahren. Das Boot lag noch immer am alten Steg; aber im Club hieß es, der neue Besitzer habe mittlerweile die Lust verloren. Gelegentlich kämen seine Kinder mit ihren Freunden. Allerdings zur reinen Gaudi, mit Sport habe das nichts mehr zu tun.

Recknagel hatte die Illustrierte gekauft, zusammen mit einer Tageszeitung und dem Fachblatt fürs Segeln, auf das er früher einmal abonniert war. Später hatte er alle Passagen, in denen etwas Konkretes stand, mit einem gelben Marker angestrichen. Auf der Kopie schienen sie jetzt etwas dunkler. Es waren nur drei Stellen. Vorname und Alter: Simone, 21. Beruf: angehende Reisekauffrau. Und dann noch, dass sie vor ein paar Jahren einen Unfall hatte und wie schwer sie habe arbeiten müssen, um ihren Körper wieder fit zu machen. Der Rest war Gerede. Trotzdem war sich Recknagel sofort ganz sicher gewesen. Das reicht!, hatte er sich gesagt. Das reicht allemal.

Der Mann drückte jetzt seine Zigarette an der Mauer aus und ging zurück ins Reisebüro. Recknagel wartete eine Minute, dann stand er auf und ging hinterher. An der Tür schlug eine Glocke. Er sah sich um. Es waren vier Angestellte:

zwei Männer und zwei Frauen. Recknagel sagte einen Gruß. Wer denn für Bahnreisen zuständig sei?

»Ich«, sagte eine der Frauen.

Keine Zweifel, das war sie. Vor ihr, direkt neben dem Monitor, stand ein Namensschild: Simone Hinches. Recknagel nickte ihr zu. Wie ähnlich sie den Fotos sah! »Wohin soll es denn gehen?«, sagte sie.

Recknagel rückte einen Stuhl, dabei sah er sich um. Hier also! Und alle wussten es, das war vollkommen sicher. Vor genau zehn Tagen war die Illustrierte erschienen. Und es brauchte nur einer, der sie kannte, davon erfahren zu haben, schon war es in Windeseile herum. »Nach Berlin«, sagte er.

»Und wann?« Der zweite Mann telefonierte gerade, die andere Frau schrieb etwas in ein Formular, und der, der draußen geraucht hatte, war in ein Hinterzimmer gegangen. Recknagel beugte sich ein wenig vor. »Am nächsten Dienstag«, sagte er. Wann er da los müsse, um noch vor Mittag anzukommen?

»Berlin, 30. 5., vormittags«, sagte Simone.

»Ja, genau.«

Was musste das für ein Tag gewesen sein! Recknagel hatte es sich immer wieder vorgestellt: Sie kommt ins Büro – und alle wissen Bescheid. Die Männer haben die Illustrierte gekauft, am Vortag und sicher da, wo keiner sie kennt. Unaufgeschlagen haben sie das Heft nach Hause getragen, unter dem Jackett. Kein Wort haben sie gesagt und es sich aufgespart, für den Abend. Obwohl die Spannung kaum zu ertragen war!

»Mit dem ICE?«, sagte Simone.

Recknagel nickte.

Ihrer Vorliebe für zarte und verspielte Dessous opfert Simone gerne einen Teil ihres Verdienstes. »Natürlich soll es sexy aussehen«, sagt unser schönes Mädchen. »Aber das Wichtigste ist, dass ich mich gut angezogen fühle.«

Auf dem Foto oben links, gleich neben dem Titel, saß sie auf einem Hocker, den Oberkörper zur Seite gedreht, die Beine leicht gespreizt. In der erhobenen rechten Hand hielt sie einen Spiegel, den Kopf hatte sie zurückgelegt, mit der linken stützte sie den Nacken. Ein Bett mit roter Tagesdecke ragte ins Bild, ein heller Schrank mit glatten Türen. Weiße Spitze auf brauner Haut. Wer bekommt da nicht Appetit?

Die zweite Frau stand jetzt auf und trug das Formular zu einem Faxgerät. Simone gab die Daten in den PC. »Einen Moment noch«, sagte sie.

Auf dem Tisch lag ein Stapel mit Katalogen. Recknagel nahm einen und schlug ihn auf. »Wie ist das eigentlich«, sagte er, »wenn man sich den ganzen Tag mit fernen Ländern befasst, kriegt man da nicht ziemliche Sehnsucht?«

»Klar«, sagte Simone. »Fünf Uhr siebenundvierzig.« Sie las vom Monitor ab, dabei kniff sie die Augen zusammen. »Einmal umsteigen.«

»Das ist aber früh.«

»Sie können im Zug frühstücken. Ab Duisburg. Und wo genau steigen Sie aus? Wannsee, Zoo oder Ostbahnhof?«

»Wenn ich es mir aussuchen dürfte«, sagte Recknagel. »Dann aber am See.« Er legte den Katalog wieder zurück. »Sonne, Strand, das Wasser. Vielleicht muss man dafür gar nicht weit fahren.«

»Berlin Wannsee, zehn Uhr achtundfünfzig. Soll ich es ausdrucken?«

»Bitte«, sagte Recknagel. Es dauerte ein paar Sekunden, dann griff Simone unter den Verkaufstisch und reichte ihm ein im oberen Viertel eng bedrucktes Blatt. Recknagel faltete es zusammen.

»Wollen Sie buchen?«

»Danke«, sagte Recknagel. Er müsse es sich noch überlegen. Ob denn die Auskunft umsonst sei?

»Natürlich. Und einen schönen Tag noch!«

Recknagel stand auf, grüßte und ging. Draußen auf der Straße wusste er nicht wohin. Er setzte sich wieder auf die Bank am runden Platz.

Auf dem Foto in der Mitte war Simone nackt. Sie saß auf dem Bett, die Beine angewinkelt und gespreizt, die rote Tagesdecke über der Scham zusammengezogen. Die Arme hielt sie über dem Bauch verschränkt, sodass es ihre Brüste nach oben drückte. Die rechte Brustwarze war deutlich größer als die linke. Simones Apartment ist ein gemütliches Nest. »Es ist klein«, sagt sie, »aber alles darin ist genau so, wie ich es möchte.«

Recknagel sah auf die Uhr. Es war jetzt kurz vor sechs. Wer weiß, dachte er, vielleicht hatten die Kollegen im Büro sogar gemeinsam beraten, wie man am besten mit der Sache umgeht. Lösung eins: Einer der Männer lässt sich ein Autogramm auf die Seite geben, alle lachen einmal herzlich, und dann wird nicht mehr darüber geredet. Oder noch besser, alles ganz offen, keine Verstellung; es ist ja die natürlichste Sache der Welt: Und? Was ist? Gehst du jetzt zum Film? Im Moment hat Simone keinen Freund. »Aber was nicht ist, kann ja noch werden«, sagt unser schönes Mädchen von nebenan.

Die beiden Männer traten jetzt aus dem Reisebüro. Recknagel hörte sie miteinander reden. Auf die wartete zu Hause noch immer ein besonderer Schatz. Sechsmal die Auszubildende Simone Hinches. Zweimal in und neben ihrem Bett, zweimal im Studio, zweimal in der Natur. Viermal sieht man dabei ihre Brüste, zweimal den Po, einmal mit String, einmal ohne. Und einmal die obere Hälfte ihres Schamhaares; das ist auf dem Boot, da hat sie ein Bein über das andere geschlagen. Natürlich träumt Simone von einer Karriere als Model. Aber die begeisterte Wassersportlerin bleibt realistisch. »Hauptsache, man hält sich in Form.«

Recknagel hatte das Bild am Boot eingescannt und in ein neues Foto-Programm geladen, auf dem großen Monitor sah das gar nicht so schlecht aus. Mit der Maus hatte er ihr dann einen Bikini gemalt und dafür Farben durchprobiert, am Ende hatte er ihn wieder weggenommen. Wenn Männer sie mit Respekt behandeln, ist Simone einem kleinen Flirt nicht abgeneigt. Aber mit dummer Anmache kann man bei ihr nicht landen. »Dann bin ich eine richtige Kratzbürste«, sagt die zierliche Blondine.

Jetzt kam die andere Frau aus dem Reisebüro. Sie rief noch etwas hinein, dann ging sie. Mit ein paar Schritten war Recknagel in der Tür. Die Glocke schlug wieder an. »Noch offen?«, sagte er. Simone stand vor den Tischen, in der Hand einen kleinen Rucksack. »Oder wollten Sie gerade schließen?«

Sie schüttelte den Kopf. Ob er es sich überlegt habe?

»Was?«

»Berlin!« Sie hob die Schultern. »Am nächsten Dienstag.«

»Das haben Sie sich gemerkt?«, sagte Recknagel.

Simone ging um die Tische herum und setzte sich vor ihren Monitor. »Das dauert jetzt ein bisschen«, sagte sie. »Der muss erst wieder hochfahren.«

Recknagel setzte sich ihr gegenüber. »Was für ein Unfall war das eigentlich?«, sagte er.

Simone zog die Stirn in Falten. Der PC machte ein paar piepsende Geräusche.

»Der Unfall vor ein paar Jahren, nach dem Sie so viel Mühe hatten, wieder fit zu werden. Ein Sportunfall? Wasserski vielleicht?«

Der PC spielte eine kleine Melodie. »Ach so«, sagte Simone. »Ich verstehe.« Sie schüttelte einmal kurz den Kopf. »Ich mache kein Wasserski. Der Unfall war mit dem Motorrad.«

»Und da sind gar keine Narben geblieben?«

»Nicht der Rede wert.«

Recknagel nahm etwas aus der Innentasche seines Jacketts und legte es auf den Tisch, Simone zog es zu sich und drehte es um. Es war ein Ausdruck von dem Foto am See, sie trug jetzt einen blauen Einteiler, hochgeschlossen und mit kleinen weißen Punkten.

»Sehr schön«, sagte sie.

»Ja«, sagte Recknagel. »Das ist nämlich mein Boot. Die Inge. Eine Flying Dutchman, sechs Meter lang, Tiefgang mit Schwert ein Meter zehn.« Er schüttelte den Kopf. »Im Grunde viel zu groß für den kleinen See.«

»Okay«, sagte Simone. »Sie wollen nicht nach Berlin. Was wollen Sie?«

Recknagel lehnte sich zurück. »Was ich will? Vielleicht, Sie nach Hause bringen.«

»Mich nach Hause bringen!« Sie nickte. »Sehe ich aus, als wäre ich verrückt?«

»Ich bin harmlos«, sagte Recknagel.

»Ja.« Sie schob das Foto zurück. »Klar. Ein ganz harmloser Wichser.«

Recknagel lachte. »Und die Herren Kollegen hier?«

Sie machte eine kleine Handbewegung. »Sollen sie doch.« Dann griff sie wieder nach dem Foto. »Ihr Boot also. Und was ist jetzt damit? Haben wir was kaputtgemacht?«

»Nein«, sagte Recknagel. »Das Boot ist verkauft.«

Simone lachte laut. »Soll ich raten. Wegen Inge?«

Recknagel schwieg.

»Sie hieß doch Inge, oder?«

»Natürlich«, sagte Recknagel. »Wie denn sonst?«

»Und?«

»Sie konnte nicht segeln. Sie hat es nie gelernt. Aber sie mochte es, flach auf dem Bug zu liegen. Am liebsten hatte sie es, wenn bei der Wende die Fock über ihr auf die andere Seite schlug.«

Der PC spielte wieder eine kleine Melodie.

»Wissen Sie was«, sagte Simone. »Ich habe seit zehn Minuten Feierabend, und gleich fährt mein Bus. Wenn Sie mir hoch und heilig versprechen, keinen Unsinn zu machen, dürfen Sie mich zur Haltestelle bringen. Und dann vergessen wir die Sache. Einverstanden?«

Recknagel nickte. Simone schaltete den PC aus und stand auf. Dabei griff sie an ihre Hüfte. Sie stöhnte.

»Was ist?«, sagte Recknagel.

»So ein Stich. Immer wenn ich lange gesessen habe. Oder wenn ich plötzlich aufstehe.«

Recknagel machte eine Geste, als wollte er sie stützen.

»Nicht«, sagte sie. »Das geht sofort wieder weg.« Sie nahm ihren Rucksack, steckte das Foto hinein, und zusammen traten sie auf die Straße. Simone schloss das Reisebüro ab, dann zeigte sie auf den runden Platz. Da müsse sie lang. Sie gingen los; doch nach ein paar Schritten blieb Simone stehen und fasste Recknagel beim Arm.

»Wie heißt du?«, sagte sie.

Recknagel lachte. »Jürgen.«

»Und wie alt bist du?«

»Achtunddreißig.«

»Okay. Und jetzt ganz im Ernst. Wie fandest du die Fotos? Gut?«

»Nein«, sagte Recknagel. »Nicht gut.«

Sie biss sich auf die Unterlippe. »Aber geil?«

Recknagel sah zu Boden. »Ich weiß nicht«, sagte er.

Simone hob eine Faust und boxte ihn vor die Brust. »Tu doch nicht so!«, sagte sie laut. »Hier!« Sie schlug auf ihren Rucksack. »Du hast es dir damit gemacht. Du hast Anziehpüppchen mit mir gespielt. Und dabei hast du es dir gemacht. Also sag schon: Sind sie geil, die Fotos?«

Recknagel sah sich um. Ein paar Leute waren stehen geblieben und schauten zu ihnen her. Sie boxte ihn noch einmal, da griff er ihren Arm. »Ich hab es nicht gemacht«, sagte er leise.

»Im Ernst? Lüg mich jetzt bloß nicht an!«

»Im Ernst.« Recknagel hob kurz die andere Hand. »Ich schwöre es.«

»Wegen dieser Inge?«

Recknagel schwieg, er hielt noch ihren Arm, und das Wasser plätscherte auf den rostigen Gittern.

»Gut«, sagte Simone. »Dann aber heute Abend.«

Er ließ ihren Arm los. »Was, heute Abend?«

Sie sah auf ihre Armbanduhr. »Ich habe jetzt Viertel nach sechs. Und du?«

»Viertel nach.«

»Dann tu es um zehn. Hörst du! Genau um zehn.«

»Nein«, sagte Recknagel. »Das kann ich nicht.«

»Wegen Inge?« Simone fasste wieder seinen Arm und schüttelte ihn. »Alles wegen Inge?«

Recknagel schwieg.

»Vergiss sie!« Simone trat mit dem Fuß auf. »Vergiss Sie. Und genau um zehn. Verstanden?«

»Gut«, sagte Recknagel. »Um zehn.«

»Und danach rufst du mich an.« Sie tippte ihm mit dem Finger auf die Brust. »Ich stehe im Telefonbuch, mein Name kommt nur einmal vor.« Sie buchstabierte ihn. »Verstanden?«, sagte sie. »Du lässt es dreimal klingeln, dann weiß ich Bescheid.«

»Und du nimmst nicht ab?«, sagte Recknagel.

»Ich bin doch nicht verrückt!« Sie verdrehte die Augen. »Komm jetzt! Sonst ist mein Bus weg.«

Recknagel griff nach ihrer Hand.

»Lass das«, sagte sie. Doch als er es noch einmal versuchte, ließ sie ihm ihre Hand; so gingen sie zur Haltestelle. Sie waren kaum dort, da kam schon der Bus.

Arbeitslos

Als das größte Unternehmen am Ort durch den Konkurs zweier seiner wichtigsten Kunden unversehens in äußerste Schwierigkeiten geriet, wurde im Zuge eines verzweifelten Sparbeschlusses der Unternehmensleitung auch der stellvertretende Finanzvorstand Schomaker entlassen. Die Nachricht traf ihn einerseits wie ein Schlag; andererseits konnte er wie kaum ein Zweiter die Unumgänglichkeit solcher Maßnahmen begreifen, und nicht nur das: In Kenntnis der geradezu verheerenden Sachlage musste er sie schlechthin gutheißen.

Wer immer also gedacht hatte, Schomaker, ein Mann von einundvierzig Jahren, unverheiratet und allein lebend, handwerklich begabt und sportlich interessiert, werde sich seine Entlassung nach immerhin fünfzehn Jahren im Unternehmen sehr zu Herzen nehmen, der sah sich getäuscht. Vielmehr nahm er offenbar das Unabänderliche und Notgedrungene als solches klaglos hin. Von der Abfindung wandte er einen kleineren Teil an eine längere Reise ins Ausland. Und als er davon, tief gebräunt und beinahe wie verjüngt, zurückkehrte, begann er umgehend mit dem Ausbau und der Renovierung des kleinen Siedlungshauses, das er kürzlich von seinen Eltern geerbt hatte.

Mehr aber sah man ihn nicht unternehmen. Jedenfalls nichts, das über die normalen Maßnahmen hinausgegangen wäre. Pünktlich zu den vorgeschriebenen Terminen suchte Schomaker den zuständigen Sachbearbeiter im Arbeitsamt auf, dort nahm er die Nachricht in Empfang, dass kein passendes Stellenangebot für ihn vorliege. Oder, aber das war erst zweimal vorgekommen, er erhielt die Aufforderung, sich um eine bestimmte Position zu bewerben; in beiden Fällen kam es allerdings nicht einmal zu einem Vorstellungsgespräch. Es hieß dann, Schomaker sei erheblich überqualifiziert. Für irgendwelche Weiterbildungsmaßnahmen kam er gar nicht in Betracht.

Das ging lange so, bis unabhängig voneinander mehrere Bekannte, Freunde im eigentlichen Sinne hatte Schomaker nicht, ihn auf seinen ihrer Meinung nach unhaltbaren Zustand anzusprechen versuchten.

»Mach was!«, sagte zum Beispiel Herbein eines Abends, als sie zusammen in der kleinen Pizzeria saßen, in der sich, da das Clubrestaurant gerade renoviert wurde, der Vorstand des Tennisvereins zu seinen Sitzungen traf.

»Was soll ich machen?«, sagte Schomaker.

Herbein schlug sich mit der flachen Hand auf den Schenkel. »Was weiß denn ich!«, rief er. »Aber so geht das nicht weiter. Du musst die Initiative ergreifen.«

»Das ist mir zu allgemein«, sagte Schomaker. Die anderen aus dem Vorstand hatten ihre Gespräche aufgegeben und sahen jetzt herüber. »Mach es konkreter«, sagte Schomaker.

»Der Uwe hat recht«, sagte Albländer. Er betrieb zusammen mit Herbein ein Abbruchunternehmen, und seit Jahren wechselten sich die beiden als Präsidenten des Tennisvereins ab. »Du musst aktiver werden.« Herbein klatschte in die Hände. »Du musst dein Schicksal in die Hand nehmen.«

»Ihr redet«, sagte Schomaker. Der Wirt kam gerade und brachte das Essen.

»Nein«, sagte Herbein. Er schüttelte langsam den Kopf.

»Wir reden nicht. Wir machen. Du«, er tippte Schomaker mit einem Finger gegen die Brust, »du redest. Statt was zu tun.« Er wickelte sein Besteck aus der Serviette. »Und jetzt wird gegessen«, sagte er.

Auf dem Heimweg nahm Albländer Schomaker beiseite. »Du kennst den Uwe«, sagte er. »Der ist manchmal etwas laut. Aber im Grunde liegt er nicht ganz falsch. Weißt du, was? Ich mache dir einen Vorschlag. Du kommst für ein oder zwei halbe Tage zu uns und guckst unserer Buchhalterin ein bisschen über die Schulter. Nach dem Motto: Vier Augen sehen mehr als zwei. Überhaupt, du kommst ja aus einem viel größeren Laden. Die kennen doch ganz andere Tricks. Es gibt auch was dafür, und das Arbeitsamt braucht nichts davon zu wissen. Na!«, er fasste Schomaker am Arm und schüttelte ihn leicht. »Was sagst du dazu?«

»Wenn du meinst«, sagte Schomaker.

»Gott«, sagte Albländer. »Das nenne ich Enthusiasmus.«

Seit diesem Tag ging Schomaker jeden Freitagnachmittag kurz nach Dienstschluss ins Büro der Buchhalterin von *Albländer & Herbein* und holte sich die Vorgänge der vergangenen Woche auf den Bildschirm. Er besaß alle dafür nötigen Passwörter. Daneben stellte er sein Notebook und übertrug von Hand die wichtigsten Daten in ein Programm zur Optimierung der Bilanzrechnung. In der Regel blieb Schomaker bis etwa sieben Uhr abends im Büro. Am Montagmorgen erstattete er dann Albländer telefonisch einen kurzen Bericht. »Die Maschinenstundenzahl ist zu niedrig angesetzt«, sagte er etwa. Oder: »Die langfristigen Abschreibungen stehen in einem schlechten Verhältnis zu den unvorhersehbaren Kosten. Ihr habt da einen viel größeren Spielraum.« Albländer notierte jedes Mal, was Schomaker vorschlug, und gab es an die Buchhalterin weiter.

»Und?«, sagte er immer zum Abschluss. »Schon was Neues in Aussicht?«

»Nein«, sagte Schomaker dann. »Nichts für mich dabei.«

Eines Freitagabends, Schomaker saß ein wenig länger als sonst in der Buchhaltung, weil er glaubte, einen gravierenden Fehler in der Umsatzsteuervoranmeldung gefunden zu haben, ging plötzlich die Tür; und herein kam Ute, Herbeins Frau.

»Hoppla!«, sagte Schomaker. »Hab ich mich aber jetzt erschreckt.«

»Entschuldigung«, sagte Ute. »Ich hab noch Licht gesehen. Bleibst du immer so lange?«

»Nein«, sagte Schomaker. »Ausnahmsweise. Und Uwe? Nicht da?«

»Tagung«, sagte Ute. »Die Abbruchbranche trifft sich zum Stöhnen und Wehklagen. Der kommt erst am Sonntag zurück.« Sie schloss die Tür hinter sich, setzte sich halb auf den Schreibtisch der Buchhalterin und schlug die Beine übereinander. »Und?«, sagte sie. »Schon was Neues in Aussicht?«

Schomaker speicherte noch ein paar Daten ab und schob das Notebook zur Seite. »Nein«, sagte er. »Wie die Dinge momentan stehen – aussichtslos.«

Ute zog an ihrem Rock. »Vielleicht hat Uwe recht«, sagte sie. »Vielleicht solltest du wirklich aktiver werden.«

»Ich tue, was ich kann«, sagte Schomaker.

»Okay«, sagte Ute. »Glaub' ich dir ja. Aber Uwe sagt, man braucht heute ziemlich viel Fantasie, wenn man weiterkommen will. Das ist nicht mehr so wie früher, Schritt für Schritt nach oben. Heute kann dir dauernd was passieren. Darauf muss man gefasst sein.«

»Geh mal bitte da runter«, sagte Schomaker.

Ute rutschte vom Schreibtisch. Schomaker stand auf und

trat hinter sie. Sie wollte sich zu ihm umdrehen, aber er packte sie fest bei den Armen. »Nach vorne beugen und aufstützen«, sagte er. Sie tat es; er zeigte ihr, wohin sie die Hände legen sollte. Dann zog er ihren Rock hoch.

»Nicht«, sagte Ute.

Schomaker schlug ihr leicht gegen die Innenseiten der Schenkel. »Beine spreizen«, sagte er. Sie tat es. Er öffnete seine Hose; und nachdem er sich an dem schmalen Band ihres Strings vorbei in sie hinein geschoben hatte, griff er mit beiden Händen nach ihren Brüsten. Es dauerte nicht sehr lange, dann war es, kurz nacheinander, für sie beide vorbei. Schomaker brachte ihre Kleider wieder in Ordnung und setzte sich an den Schreibtisch.

»Huh«, sagte Ute. Sie strich sich eine Strähne aus der Stirn. »Davon sagen wir aber lieber nichts, oder?«

»Ich kann schweigen«, sagte Schomaker. Er zog das Notebook wieder zu sich und tippte mit dem Finger auf das Display. »Komm mal her«, sagte er, »und sieh dir das an.«

Ute trat neben ihn. »Das ist Steinzeit«, sagte Schomaker. »Anfangs ist es mir gar nicht aufgefallen. Solche Fehler macht heute niemand mehr. Wenn man hier eine andere Linie fährt, habt ihr am Jahresende mindestens fünfzigtausend mehr auf dem Konto.«

Ute beugte sich vor. »Wow«, sagte sie. »Ich habe davon gar keine Ahnung.« Sie legte Schomaker eine Hand auf die Schulter. »Aber mach' noch was aus dir«, sagte sie. »Hörst du, in deinem Alter kann das doch kein Problem sein.«

Schomaker fuhr ihr mit der linken Hand unter den Rock und legte sie dahin, wo es feucht war. »Ich geb' mir ja Mühe«, sagte er. »Ich gebe mir alle erdenkliche Mühe.«

Attentäter

Kaum sechzehn Jahre alt, hatte Albrecht beschlossen, sein Leben ausschließlich der einen Aufgabe zu widmen, den Staat von einem kommenden Tyrannen zu befreien. Sein Grund dafür war: Ihm schienen die Ereignisse der jüngeren Vergangenheit, von denen er in der Schule und durch Filme und Bücher erfahren hatte, einerseits vollkommen unfasslich in ihrer Grausamkeit; andererseits war er sich sicher, dass das allgemeine Versagen keineswegs beendet und zumindest auf mittlere Sicht ein erneuter Ausbruch des Furchtbaren mehr als wahrscheinlich sei.

Darauf nun bereitete er sich vor. Dagegen wollte er einschreiten. Und das hielt er gar nicht für schwierig, denn er hatte für sich festgestellt, dass es in der Vergangenheit all dem Widerstand gegen die Tyrannei ganz wesentlich an Entschlossenheit und besonders an Opferbereitschaft gemangelt hatte. Daran war er letztlich gescheitert. Besonders aber die Opferbereitschaft einzuüben, dachte Albrecht, sei nicht schwer, zumal man auf diesem Felde alles mit sich alleine ausmachen könne. Wenn nur, so sagte er sich, absolut klar ist, dass es keine Alternative gibt zur vollständigen Beseitigung des Tyrannen, und wenn dabei Gedanken ans eigene Weiterleben keine Rolle mehr spielen, dann ist alles andere nur eine Frage der Durchführung und also verhältnismäßig leicht.

Seit diesem Beschluss beobachtete Albrecht aufmerksam die Entwicklungen in Politik und Gesellschaft und bereitete sich auf sein Eingreifen vor. Dabei konnte er zu seinem Glück bald das Wichtigste lernen. Er war noch Schüler, da beging eine Gruppe aus dem Untergrund heraus politische Morde; nach und nach wurden die Täter identifiziert und gefasst. Albrecht verstand da, wie wenig dienlich es seiner Sache sein würde, ein Leben in der Illegalität oder gar auf der Flucht zu führen. Es wäre stattdessen, begriff er, mehr als hilfreich, begründete er eine vollkommen unbescholtene, nach jeder Seite hin offene und von allen respektierte Existenz, aus der heraus er jederzeit mit dem höchsten denkbaren Vorschuss an Vertrauen zur Tat schreiten könnte.

Also begann er nach dem Abitur eine Banklehre, die er mit Erfolg beendete; danach wechselte er zu einem Jurastudium auf die Universität, um schließlich als schon renommierter Fachmann für internationales Finanzrecht an die Bank zurückzukehren, wo er innerhalb weniger Jahre eine einflussreiche Position in der Zentrale erreichte. Mit seinen Kollegen dort pflegte Albrecht einen guten Umgang, auch und besonders mit denen, die er am meisten im Verdacht hatte, dass sie der kommenden Tyrannei wissentlich zuarbeiteten. Er achtete auf ihre Sprache und Gebärden, einiges davon eignete er sich sogar an, um sich im gegebenen Fall noch besser tarnen zu können.

Gut hatte es sich dabei ergeben, dass bereits unter seinen Kommilitonen Jäger und Söhne von Jägern gewesen waren; und nachdem er einige Male zur Jagd eingeladen worden war, zeigte Albrecht, wenn auch verhalten, ein solches Interesse daran, dass man ihn von vielerlei Seite drängte, die entsprechenden Prüfungen abzulegen. Er gab nach, und so lernte er, ohne Aufsehen zu erregen, den Umgang mit leichten und schwereren Waffen.

Bei der Feier zu seiner Aufnahme als vollwertiges Mitglied im Jagdverein machte er die Bekanntschaft der Schwester

ATTENTÄTER

eines Kameraden. Daraus entspann sich eine Beziehung. Anfangs war Albrecht unsicher gewesen, ob eine solche Nähe zu einem anderen Menschen sein Vorhaben nicht gefährden könnte – denn niemandem dürfte er sich ja entdecken! –, doch nach vielen Erwägungen hielt er auch eine Heirat und die Gründung einer Familie für ausgesprochen zweckdienlich und die damit verbundene Gefährdung für vernachlässigenswert.

Mit nicht einmal vierzig war Albrecht am Ziel. Seine Stellung war allseits gefestigt, erste Kontakte zum politischen Leben waren geknüpft, und die geeigneten Waffen standen bereit. Nun musste er nur noch warten. Und tatsächlich begann, wie er es vorausgesehen hatte, nach langer relativer Ruhe endlich die große Krise. Fernab zunächst, dann immer näher stürzten die politischen Systeme, gerieten Völkermassen in Bewegung, brachen Kriege aus. Sicher und längst überwunden geglaubte Fragen erschienen wieder als ungelöst, die Wirtschaft lag in der Flaute; die Ratlosigkeit war allgemein.

Von nun an achtete Albrecht auf jede Nuance. Zwar ging es ihm allein um die Spitze, um den Tyrannen, das lag in der Natur seiner Aufgabe, doch schon der Sinneswandel eines kleineren Amtsträgers war von Bedeutung, die beinahe unmerkliche Verschiebung einer Parteilinie, die Besetzung untergeordneter Posten, die diskreten Tendenzen der Rechtsprechung. Und bei solcher Betrachtung kamen ihm Stellung und Routine endlich ganz zugute. Denn längst sah Albrecht ja vieles von innen; und es gehörte zu seiner täglichen Arbeit, aus vielerlei widersprüchlichen Daten die richtigen Schlüsse zu ziehen.

Und genau daher, aus dieser Sorgfalt, rührte vielleicht sein Zögern: Denn mochten sich die Anzeichen einer baldigen Tyrannei auch mehren – nie hatte es Albrecht bislang geschienen, die Zeit für ihn sei gekommen! Und selbst als die Verhältnisse in seiner unmittelbaren Umgebung schlechter und schlechter wurden, als es Fälle von Korruption und Gewalt bereits in den obersten Etagen gab und die politische Spitze so verhasst war wie noch nie – hegte Albrecht weiter Bedenken.

Ich bin, sagte er sich jeden Morgen auf dem Weg ins Büro, eine Trumpfkarte. Und wer wusste denn schon, wie viele davon im Spiel waren? Sicher konnte einer wie Albrecht nur seiner selbst sein. Und wenn er sich zur Unzeit ausspielte, zu früh, dann könnte alles umsonst gewesen sein, alle Sorgfalt, alles Warten. Dann müsste er sogar fürchten, dass alles noch schlimmer käme, womöglich erst angestachelt und ausgelöst durch seine vergebliche Tat.

Also blieb Albrecht vorläufig still. Er wartete. Und er fand sich, dies wurde ihm Tag für Tag klarer, durch die weiterhin unablässige Verschlechterung der Verhältnisse in seiner Entscheidung, nichts zu unternehmen, vollkommen bestätigt.

Wiener Naht

Die Flucht

Jetzt ist der Moment. Alle Voraussetzungen sind so günstig wie nie zuvor. Ich habe mehr Zeit, als ich jemals erhoffen durfte, und viel mehr Vorsprung. Keiner wird mich fürs Erste suchen, keiner wird mir folgen. Die Chance, wirklich zu entkommen, könnte nicht größer sein.

Ich fliehe jetzt. Seit über drei Jahren denke ich beinahe jeden wachen Moment an nichts anderes. Und wenn ich auch viel geschlafen habe, fast immer außerordentlich tief und seltsam traumlos, so ist doch Zeit genug geblieben, alle Aspekte meiner Flucht zu erwägen und mir buchstäblich alles Mögliche vorzustellen. Manchmal packte mich wegen der dauernden Wechsel meiner Lage die Verzweiflung; aber es blieb mir immer als Trost, und als Ansporn, die Einmaligkeit meiner Unternehmung. Denn meine Gefangenschaft steht, da muss mir jeder zustimmen, einzig in der Geschichte der Gefangenschaften.

Sie begann vor drei Jahren, an einem regnerischen Novembertag in der S-Bahn-Halle des Bahnhofs Zoologischer Garten, also in Berlin, wohin ich aus dienstlichen Gründen gereist war. Ich war damals sechsunddreißig Jahre alt, seit knapp fünf Jahren verheiratet und hatte einen Sohn von anderthalb, dem meine ganze Liebe und Zuneigung galt. Meinen Beruf will ich nicht umständlich erklären. Nur so viel dazu: Trotz der Dauer und der Beanspruchungen meiner Gefangenschaft habe ich absolut nichts verlernt. Ich könnte umgehend auf meine alte Stelle zurückkehren.

Ich stand also, es war später Nachmittag und draußen schon dunkel, in der Schlange vor einem Informationsschalter, um mich nach dem Ersatz für einen ausgefallenen Zug zu erkundigen. Da sah ich ein junges Paar mit einem winzigen Säugling; oder besser, mir fiel auf, dass ich die drei schon seit einigen Minuten beobachtete. Eine Zeit lang hatte ich wohl ganz gedankenlos dorthin geschaut, vielleicht weil das Kind so schrie. Dann aber wurde ich mir der Szene plötzlich derart inne, dass es mich regelrecht schüttelte.

Denn was für ein Anblick!

Die Mutter, eine Weiße, mochte etwa zwanzig sein, vielleicht sogar noch jünger. Die kürzlich beendete Schwangerschaft hatte sie gezeichnet. Sie trug einen rosafarbenen wattierten Anorak offen über einem hellblauen Sweatshirt, unter dem sich ihre große, flache Brust abzeichnete. Mit einer tiefen Falte hing ihr Bauch über den Bund einer grauen Leggins. Ihre Oberschenkel waren dick, doch ihre Beine liefen in schlanke, fast dünne Knöchel aus. An den Füssen trug sie, völlig unangemessen für die Jahreszeit und das Wetter, hochhackige, abgetretene Schuhe. Ihr Haar, das halblang und blond gefärbt war, hatte die Frau mit einem rosafarbenen Gummi hochgebunden; um den dünnen Scheitel herum war die alte Farbe auf mehrere Zentimeter herausgewachsen. Sie trug viel Rouge auf den Wangen, schlecht verteilt, ihre Lippen waren dunkelrot, ihre Lider stahlblau geschminkt. Sie saß auf einer Bank und rauchte. Führte sie die Zigarette zum Mund, war selbst auf die Entfernung deutlich zu erkennen, dass ihre Fingernägel sorgfältig grau und schwarz lackiert waren, mit kleinen Steinen, Strass oder Flimmer an den Spitzen.

Der Mann war dunkel, Südländer, wahrscheinlich Orientale, sicher nicht viel größer als die Frau, aber kräftig gebaut.

Er mochte um die dreißig sein. Er ging vor der Bank auf und ab. Seine Lederjacke hielt er mit einer Hand am Kragen verschlossen; er schien zu frieren.

Das Kind lag praktisch auf dem Boden, im Oberteil eines Kinderwagens, dessen Fahrgestell zusammengeklappt neben ein paar Tüten stand, in denen die Frau von Zeit zu Zeit kramte. Nur sein Gesicht war zu sehen, bräunlich, überdies erkennbar gerötet. Selbst wenn es nicht schrie, schien es angestrengt zu sein. Ich dachte damals: Vielleicht hat es Schmerzen, Blähungen, das kannte ich ja.

Und da, plötzlich, überfiel mich ein solches Mitleid mit diesem winzigen Kind, gemischt mit Abscheu, wie ich es kaum beschreiben kann. Ganz plastisch stand mir sein Schicksal vor Augen, das heißt die ganze unabwendbare Geschichte seines kümmerlichen Heranwachsens, seiner Benachteiligungen und Einschränkungen und seiner aussichtslosen Kämpfe um ein besseres Leben. Denn wie sollte, käme nicht ein gewaltiger Zufall ins Spiel, bei solchen Eltern etwas anderes aus dem winzigen Häuflein Mensch werden als bestenfalls einer, der früh resigniert und ein Leben ohne Glanz und Höhepunkte führt, und schlimmstenfalls einer, der sich und anderen bloß zur Last fällt.

So dachte ich damals. Und wie ich, erschrocken über meine Gedanken, doch nicht aufhören konnte, die drei und besonders das Kind anzusehen, da packte es mich, ich kann es nicht anders sagen, und zog mich, zerrte mich aus mir heraus, so sehr ich mich zu wehren versuchte, und stieß oder sog mich in das Kind, durch die zarte Haut und die dünnen Knochen, bis ich endlich durch die Augen des Säuglings empor zum Dach der Bahnsteighalle sah und mit seinen Beinen strampelte und aus seinem Mund heraus schrie und mir die Tränen hervor schossen und über seine schmalen Schläfen liefen.

Mich selbst, also meinen eigentlichen Körper, habe ich bis heute nicht wiedergesehen. Mag sein, dass ich damals gleich versuchte, den Kopf zu heben, zu mir hin, dorthin, wo ich gestanden hatte in der Schlange vor dem Informationsschalter; aber was vermag so ein Säugling? Und was anderes hätte ich, selbst wenn ich mich gesehen hätte, tun können als schreien, da doch in einer solchen Situation kein Mensch, gleich welchen Alters, etwas anderes herausbringen würde als bloß Geschrei.

Vermutlich habe ich damals nach kurzer Zeit das Bewusstsein verloren. Oder ich bin, wie Säuglinge das oft tun, mitten im schlimmsten Geschrei eingeschlafen. Jedenfalls war das Nächste, an das ich mich erinnere, was von nun an das Schlimmste war. Ich lag nämlich an der Brust meiner Mutter. Und kaum erwacht, empfand ich gleichzeitig zweierlei: einen gewaltigen Abscheu vor dieser Frau und daneben die Wollust, aus ihr zu trinken. Ich hatte schon während der Stillzeit meiner eigenen Frau einmal vorsichtig gekostet und die Milch, ohne das laut zu sagen, widerlich gefunden. Und jetzt diese Frau! Doch etwas in mir verlangte unbändig danach, an ihrem unförmigen Busen zu liegen und an der Warze mit dem übergroßen, dunkelbraunen Hof zu saugen. Was ich dann auch ausgiebig tat, worauf die Frau mich über ihre Schulter legte und mir etwas aus dem Mund floss. Dann wiederholte sich alles an der anderen Brust, bis mir die süßliche Milch im Hals stand.

Wir fuhren. Womit und wohin war mir unmöglich zu sagen. Weder sah ich, was es zu sehen gab, noch verstand ich, was ich hörte. Und wenn ich mir auch im inneren Bereich meines Verstandes aller Ereignisse bewusst war, so stand doch eine Wand oder ein Nebel zwischen mir und allem, was mir nicht wie die Hände, das Haar oder die Brust der Frau ganz nahe kam. Ich lag dann wieder im Oberteil des Kinderwagens. Angenehm war das gleichmäßige Stoßen und Schaukeln, manchmal fuhr ein Lichtstrahl über mich hinweg, und schon schlief ich ein, wie es mir bis heute noch so oft geschieht, ohne dass ich mich dagegen wehren könnte.

Das alles wiederholte sich in Folge; ich weiß nicht, ob regelmäßig oder unregelmäßig. Ich war damals ein Zwitter. Wenn ich trinkend an der Brust meiner Mutter lag oder sie mich ein paar Schritte auf der Schulter trug, dann arbeitete ich rasend, aber ganz vernünftig an der Frage, wie um alles in der Welt ich diese furchtbare Verwechslung rückgängig machen könnte. Doch bald darauf, meistens schon, wenn meine Windel gewechselt wurde, versank ich in einen Schlaf, über den hinweg ich so gut wie nichts vom zuvor Gedachten mitnehmen konnte.

Und vielleicht war das ein Glück. Denn die schrecklichste Erfahrung jener Zeit war, immer wieder erleben zu müssen, wie all meine Versuche, mich zu artikulieren, zu reden, vollkommen scheiterten. Denn selbstverständlich war nach jedem Erwachen mein erster Gedanke, dieser Frau, meiner Mutter, mitzuteilen, wer ich wirklich und was mit mir geschehen war. Doch auf dem Weg zum Mund wurden all meine Erläuterungen zu einem mal kläglichen, mal zornigen Geschrei oder zu einem, dem jeder Ausdruck fehlte. Und damit genug von dieser ersten Zeit.

Erst ganz allmählich gelang es mir, meine Wahrnehmungen in einen Zusammenhang zu bringen. Deutlicher erkannte ich in den jetzt längeren Phasen des Wachens Vater und Mutter; ich konnte ihnen mit den Augen folgen, und ich schaffte es, die Dinge in meiner Umgebung länger zu betrachten. Doch das führte zu einer Steigerung meiner Qual.

Denn natürlich war alles um mich herum, wie ich es immer

schon vermutet hatte, nämlich scheußlich und abstoßend. Wir lebten in einer kleinen Wohnung mit hohen Decken und grässlichen Tapeten. Es gab wohl genügend Möbel, doch sie waren, egal ob alt oder neu, billig und geschmacklos. Im Wohnzimmer saß meine Mutter beim Stillen auf einer abgewetzten roten Kunstledercouch, ihr gegenüber lief immer ein großformatiger Fernseher. Mein Vater saß, wenn er da war, in einem Ohrensessel, den er mit einem lächerlich großen Hebel verstellen konnte, bis seine Füße höher zu liegen kamen als sein Kopf. Mein Bettchen stand im Schlafzimmer, in einer Ecke zwischen Schrank und Heizung, gewickelt wurde ich in dem winzigen Badezimmer, auf der Waschmaschine.

Das Schlimmste aber waren meine Eltern selbst. Seit ich ihnen wenigstens ein paar Sätze lang folgen konnte, bestätigte sich meine Vermutung. Meine Mutter war dumm, dabei anspruchsvoll und manchmal regelrecht verschlagen, mein Vater vielleicht gutmütig, aber hoffnungslos überfordert und bisweilen jähzornig und herrisch. Ich war mir sicher, dass meine Zeugung ein Unfall gewesen war und der einzige Grund für die Heirat der beiden. Mein Vater arbeitete in irgendeiner Fabrik; meine Mutter war früher in einem Laden beschäftigt gewesen, doch gab es wohl keine Aussicht, die Stelle zurückzubekommen. Es fehlte daher an Geld, doch schien es von irgendwoher Unterstützung zu geben. Mir selbst, bei meinen allerdings bescheidenen Bedürfnissen, fehlte nichts. Soweit ich das beurteilen konnte, wurde ich gut versorgt. Mit einer allerdings gravierenden Einschränkung!

Ich muss etwa drei Monate alt gewesen sein, da machte ich während der Wachphasen eine Beobachtung, die mich in Panik versetzte. Meine Mutter rauchte. Und so wenig ich mich damals mit meinem Kindeskörper verbunden fühlte, ja, so sehr ich hoffte, ihn bald wieder verlassen zu können, so unmittelbar empfand ich dieses Rauchen als eine Gefährdung meines Lebens. Doch wie sollte ich meine Mutter davon abbringen? Ich, ein hilfloser Säugling.

Es war damals das erste Mal, dass ich, und ich sage das mit Stolz, an den Rand meiner Möglichkeiten ging und weit darüber hinaus. Ich verweigerte nämlich, weil ich mir keine andere Rettung wusste, die Nahrung, was mich eine sagenhafte Überwindung kostete und mich innerlich beinahe zerriss. Denn immer wenn mir meine Mutter ihre Brustwarze in den Mund schob, überfiel mich eine große Gier. Was schließlich half, war zu schreien, so laut es meine Lungen hergaben, wobei ich mehrfach für kurze Zeit das Bewusstsein verlor.

Doch zunächst geschah nichts. Kein Arztbesuch, keine Veränderung im Verhalten meiner Mutter; selbst nach zwei Tagen nicht, in denen ich nur einmal etwas Tee aus einer Saugflasche getrunken hatte. Ich war schon so weit zu glauben, diese dumme und innerlich leere Person würde mich einfach austrocknen und sterben lassen. Sodass ich ihr schließlich – und da triumphierte wieder mein Wille! – bei ihrem nächsten sturen Versuch mich anzulegen, so fest in die Brustwarze biss, dass sie mich von sich riss und beinahe zu Boden warf.

Nun endlich reagierte sie. Ab sofort wurde ich mit Kunstmilch aus der Flasche gefüttert, was mich von der Angst um meine Gesundheit ebenso erlöste wie von dem Zwiespalt meiner Gefühle an der Brust. Dieser erste Sieg über die Umstände meiner Lage hat mir viel Kraft gegeben; und weiß Gott, diese Kraft brauchte ich, um alles Folgende zu ertragen.

Vorerst aber gingen die Tage und Wochen gleichmäßig dahin. Es wurde Frühling, und nach der langen Zeit in der Wohnung genoss ich die Ausfahrten im Kinderwagen, obwohl ich dabei selten mehr sah als den Himmel, die steil aufragenden

Häuserwände und ein paar grüne Zweige. Gerne hätte ich mich öfter hochnehmen lassen, schon um zu sehen, wo ich eigentlich war. Doch nach meiner ersten Attacke gegen meine Mutter wollte ich mich nicht mehr beschweren, teils wegen eines gewissen Schuldgefühls, teils aber auch aus Angst, denn ich glaubte, ihre Abkühlung mir gegenüber zu spüren. Und da ich kein anderes Mittel besaß, sie zu versöhnen, verhielt ich mich so still und unauffällig wie eben möglich. Selbst wenn ich mitten in der Nacht erwachte, hungrig oder mit einem kaum zu bekämpfenden Angstgefühl, versuchte ich ruhig zu bleiben und wieder einzuschlafen.

Eines half mir dabei: Ich hatte meine Lesefähigkeit wiedererlangt. Und so riss ich jeden Abend ein möglichst großes Stück aus der Programmzeitschrift, mit der man mich spielen ließ, und behielt es in der Faust. Die Dummheit meiner Mutter half mir; sie war nicht imstande sich auszumalen, welche Gefahren ein Stück Papier im Bett eines Kleinstkindes birgt. Vermutlich hielt sie meine Marotte für einen Garanten meines Stillseins. Und das war sie ja auch. Denn beim Licht, das von der Straße ins Zimmer fiel, las ich, wenn ich nachts aufwachte, Wort für Wort die in der Regel mittendurch gerissenen Sätze. Was da stand, spielte keine Rolle. Es ging mir nicht um richtigen Lesestoff; den gab es auch nicht in der Wohnung meiner Eltern. Allein die wunderbar klaren Gestalten der Buchstaben, und dazu der innere Klang, den die Worte erzeugten, besonders jene, die in meiner Umgebung niemals gesprochen wurden, sie halfen, mich, nein, das aufgewachte und angstvolle Kind zu beruhigen.

Bisher habe ich etwas besonders Unangenehmes nicht erwähnt, vielleicht sogar verschwiegen. Anfangs hatte es mich nicht gestört, dass ich unfähig war, sauber zu bleiben. Seit der Nahrungsumstellung aber war mein Stuhlgang fester und fühlbarer geworden; und besonders bei längeren Ausfahrten wurde mir alles verdorben, wenn ich bemerkte, dass ich auf der vollen Windel lag. Ich versuchte mich dann zur Seite zu drehen, was mein Gesichtsfeld weiter einschränkte. Endlich gelang es mir, mich auf den Bauch zu rollen; in dieser Stellung hielt ich, vor Anstrengung zitternd, den Kopf erhoben. Allerdings lösten sich dann meine Ausscheidungen von der Windel und bröckelten zurück, sodass ich schließlich dazu überging, mich so fest wie möglich in meinen Kot zu drücken.

Der Sommer war sehr ruhig. Fast regelmäßig waren wir, meine Mutter und ich, draußen, meistens in einem großen Park in der Nähe unserer Wohnung, von der ich allerdings noch immer nicht wusste, in welchem Stadtteil sie lag. Ich trug bereits nicht mehr die Strampler, sondern übereinander gezogenes buntes Zeug, Hemdchen, Hosen mit Lätzchen und Trägern und geringelte Söckchen. Saßen wir im Schatten unter den Bäumen, übte ich auf den Schenkeln meiner Mutter zuerst das Sitzen, dann mich aufzurichten und, ihre Hände unter meinen Achseln, mein ganzes Gewicht für ein paar Sekunden auf meine Zehenspitzen zu stellen. Gelang es mir und fühlte ich ein wenig Kraft in den Beinen, dann hüpfte ich unwillkürlich ein paarmal auf und ab. Mir war sehr dichtes, dunkles Haar gewachsen, meine Haut hatte die Farbe von Milchkaffee. Ich sah Passanten mich anlächeln und hörte sie Bemerkungen machen, die ich richtig zu deuten wusste.

Ich lernte jetzt auch meine Verwandtschaft kennen, ziemlich verspätet, die Heirat meiner Eltern und meine Geburt hatten wohl zu Zerwürfnissen geführt. Zuerst kam bisweilen meine Großmutter mütterlicherseits, eine schlichte, noch fast junge Frau. Zum Glück nahm meine Mutter einige von ihren Ratschlägen an, wenn auch widerwillig; und obwohl ich es jede Minute befürchtete, kam es nie zum Streit. Mein Großvater, ein stiller, gequält wirkender Mann, um einiges älter als seine Frau, begleitete sie nur selten. Vielleicht wartete er unten auf der Straße. Waren wir, was selten vorkam, bei den Großeltern zu Besuch, saß er schweigend vor dem Fernseher.

Wer genau die Verwandten meines Vaters waren, konnte ich nicht sagen. Allmählich kam es dazu, dass wir jedes Wochenende unter seinen Landsleuten waren; ich wurde dann viel herumgereicht und in einer fremden Sprache angeredet. Man schien, wenn ich das richtig verstand, im Großen und Ganzen mit mir zufrieden zu sein. Aber es war laut, und niemand blieb lange auf seinem Platz. Meistens schlief ich schon bald ganz erschöpft auf dem Schoß meiner Mutter ein oder wurde in einem Nebenraum auf zwei zusammengeschobene Sessel gelegt. Schon beim nächsten Mal war ich außerstande, mich an ein Gesicht zu erinnern. Bei gutem Wetter fanden die Treffen im Park statt, die Frauen deckten einen langen Tisch, die Männer standen um einen offenen Grill. Ich saß dann auf einer gemusterten Decke, mitten im Geschehen, und konnte beobachten, wie sie redeten und sangen.

Meinen Vater sah ich unter der Woche kaum, ohne mir anfangs viele Gedanken darüber zu machen. Vielleicht war er ja morgens, wenn ich erwachte, schon aus dem Haus und noch in der Fabrik, wenn ich wieder schlief. Doch als der Sommer zu Ende ging, kamen mir Zweifel. Und als ich ihn schließlich nicht einmal an den Wochenenden mehr sah, fürchtete ich, er könnte meine Mutter verlassen haben. Was wusste ich denn, wie es zwischen den beiden stand, da ich doch die meiste Zeit schlief? Andererseits hatte es keine Anzeichen für einen Streit gegeben.

Nun kann ich nicht sagen, dass mein Vater mir fehlte. Doch im Hinblick auf meine Pläne für die Zukunft musste ich wissen, was vorging. Tatsächlich gelang es mir zum zweiten Mal nach der Nahrungsverweigerung, ein festgestecktes Ziel zu erreichen, doch diesmal nur, um eine böse Nachricht zu erfahren. Ich war damals endlich in der Lage, an Möbeln und Wänden entlangzugehen, ungelenk, aber aufrecht. So erreichte ich in einem unbewachten Moment eine Schublade, in der das Wenige lag, das in unserem kleinen Haushalt an Schriftverkehr anfiel. Ich öffnete sie und fand darin Unterlagen, die keinen Zweifel ließen: Unsere Übersiedlung ins Heimatland meines Vaters stand unmittelbar bevor.

Eine Katastrophe! Ich hatte den ersten möglichen Termin für meine Flucht auf den nächsten Sommer gelegt. Im anstehenden Winter müsste ich das Gehen so weit lernen, dass ich das Haus selbstständig verlassen oder bei einem Parkbesuch ausreißen und mich anschließend verstecken könnte. Außerdem, da war ich mir sicher, müsste bis dahin meine Sprechfähigkeit wieder durchgebrochen und ich in der Lage sein, mich anderen Leuten verständlich zu machen. Mit ihrer Hilfe, dessen war ich mir sicher, würde ich dann wieder zu meinem Körper finden.

Und nun dies! Mein Vater war offenkundig bereits vorausgefahren; unsere endgültige Abreise konnte täglich erfolgen. Dem gegenüber war ich völlig machtlos. Tagelang habe ich mir damals zwischen den Schlafphasen auszumalen versucht, was mich erwarten würde: Hitze und Lärm, Nahrung, die ich nicht vertrüge, eine fremde Sprache, womöglich noch größeres materielles Elend. Und vor allem auf lange, sehr lange Sicht hin keine Chance zur Flucht.

Es kam auch so, und zugleich ganz anders. Mit Herbstbeginn traf meine Mutter deutlich sichtbar allerlei Vorbereitungen. Es kamen zum Beispiel fremde Menschen in die Wohnung, denen sie ziemlich aufdringlich verkaufte, was von unseren Sachen noch zu Geld zu machen war. Offenbar sollten wir nur mit ein paar Koffern umziehen. Ich beobachtete sie dabei so gut ich konnte, doch ich hätte nicht zu sagen gewusst, ob sie gerne ging. Ich war nicht einmal sicher, ob sie es freiwillig tat.

Etwa um die Zeit meines ersten Geburtstags brachen wir auf, ohne von irgendjemandem Abschied zu nehmen. Zuerst flogen wir, dann fuhren wir mit dem Zug. Die Landschaft draußen wurde, wie ich es erwartete hatte, immer eintöniger, die Temperaturen stiegen. Die Hitze machte mir allerdings weniger aus, als ich befürchtet hatte, vermutlich lag das in meinen Genen. Mein Vater empfing uns auf einem überlaufenen Bahnhof. Ich hatte Schwierigkeiten, ihn in der Menge dunkelhaariger, braunhäutiger Menschen wiederzuerkennen. Er schien mir auch irgendwie größer, bedeutender zu sein. Er redete viel, zuerst nur in seiner Sprache, bis meine Mutter ihm ins Wort fuhr, da lachte er und lud die Koffer auf eine Karre. Schließlich nahm er mich auf den Arm, schwenkte mich durch die Luft und gab mir Namen, die ich noch nie gehört hatte. Dabei sah ich auf einer Tafel in lateinischer Schrift, wohin ich geraten war. Und da nun meine Verzweiflung vollends ausbrach und ich haltlos zu weinen begann, setzte mein Vater mich oben auf die Koffer, ich hielt mich an einem Riemen, und er zog die Karre hinaus in die sengende Sonne und durch die staubigen Straßen.

Wir lebten zuerst bei Leuten, vielleicht waren es Verwandte, später in einer eigenen Wohnung. Mehrfach zogen wir in den nächsten Monaten um, immer nur mit wenig Hab und Gut. Es kam mir schließlich vor, als sei dieser dauernde Wechsel nicht die Folge irgendeiner Unrast oder Not, sondern ein Brauch in dieser Gegend, den ich mir bloß nicht erklären konnte. Doch einerlei! Denn überall war es gleich laut und staubig und roch es nach allem Möglichen. Mein Vater war meistens zu Hause, mit irgendetwas beschäftigt, das ihm nicht zu gelingen schien; er fluchte laut und lange in seiner Sprache. Neben seinem Arbeitstisch stapelten sich kleine Kartons. Wenn es wieder ans Packen ging, verschwand er für mehrere Tage.

Meine Mutter, die ich als unzufrieden und nörglerisch kannte, ertrug erstaunlicherweise die dauernden Umzüge und überhaupt fast alles klaglos; sie richtete sich sogar ganz gut mit mir ein. Und mehr als das. Mir entging nicht, dass sie von allen bestaunt wurde, manchmal berührten Passanten sogar ohne Weiteres ihre helle Haut. Vielleicht war das der Grund, dass sie jetzt mehr Wert auf ihre Erscheinung legte. In den Gewändern, die man hier trug, mit prunkvollem, wenngleich sicher vollkommen wertlosem Schmuck und stark geschminkt sah sie beinahe schön aus. Am Tag überließ sie mich meistens mir selbst. Abends aber, besonders wenn mein Vater nicht zu Hause war, saß sie oft auf dem flachen Dach einer unserer Bleiben, ich auf ihren Knien. Dann schauten wir über die Dächer der weißen, würfelförmigen Häuser hinweg in die Richtung der untergehenden Sonne. Von den Straßen herauf kam Musik aus Radios, Autos hupten. Doch sobald es stiller wurde, sang mir meine Mutter, was sie zu Hause nie getan hatte, leise ein paar Kinderlieder vor, worauf ich ihr, ob ich wollte oder nicht, die Arme um den Hals legte und mich an sie drückte.

Vielleicht war es um die Weihnachtszeit herum, dass mir die ersten Schritte ohne fremden Halt gelangen. Ich kann nicht beschreiben, welche Genugtuung mir diese Fähigkeit bereitete; dennoch hielt ich damit zurück. Stattdessen spielte ich, natürlich aus Kalkül, so lange wie möglich die Rolle eines unsicheren, zaghaften Kindes, das lieber auf einen Gegenstand verzichtet, statt ihn auf riskantem Weg zu erreichen.

Man spottete über mich, vor allem mein Vater; doch das verkraftete ich gut, solange ich an die Vorteile solcher Fehleinschätzungen dachte.

Mit dem Sprechen verhielt es sich leider nicht so, wie ich erwartet hatte. Unter großer Anstrengung gelangen mir anfangs nur wenige einfache Worte in meiner Sprache. Ich konnte meine Zunge nicht recht kontrollieren, zudem irritierte mich das dauernde Gerede in der fremden Sprache um mich her. Selbst wenn ich abgewandt irgendwo saß und still für mich übte, fand ich mich bald auf das Stimmengewirr von der Straße oder aus den Nebenräumen fixiert. Würde ich also sagen, dass ich in dem fremden Land zweisprachig aufgewachsen bin, so wäre das eine Verkürzung.

Sicher, ich habe die Sprache meines Vaters gelernt. Ich habe dabei erfahren, was man vermutet: dass nämlich die Worte und Wendungen ohne jede Hemmung in mich eindrangen. Bald wusste ich, welcher Gegenstand an welchem Klang hing, und plötzlich konnte ich korrekt aussprechen, was ich vorher nicht einmal geprobt hatte. Doch neben dieser Fähigkeit stand meine Verbitterung darüber, dass ich meine Zunge, je besser ich sie beherrschte, desto mehr dazu nutzte, eine ungewollte Sprache zu sprechen. Bald träumte ich darin. Und als ich einmal auf einem der engen Einkaufsmärkte über was auch immer in furchtbaren Schrecken geriet und meiner Mutter in die Arme fiel, hörte ich mich sogar in dieser Sprache jammern.

Das also war mein zweites Jahr: ein Gemisch aus Wut über mein ganz unabsehbares Eingesperrtsein und Hunderten kleiner und großer Genugtuungen, die mein Heranwachsen mit sich brachte. Erfolge gab es jetzt fast jeden Tag. Und obwohl ich mich zur Tarnung weiterhin zurückhielt, konnte ich nicht verhindern, als ein Kind mit schneller Auffassungsgabe und großem Geschick zu gelten. Meine Mutter, die sich immer aufwändiger anzog und schminkte, zeigte mich gerne vor. Gelegentlich hatten wir Gäste oder waren eingeladen; und obwohl sie kaum etwas von der fremden Sprache verstand, genoss sie es sehr, wenn man mich für mein Verhalten oder für meine kleinen Kunststücke lobte.

Allerdings fürchtete ich diese Besuche. Denn die größte Gefahr für mich waren die kleinen Verwandten und Nachbarskinder, denen ganz ohne Zweifel meine etwas hellere Hautfarbe ein Ärgernis war. Wenn meine gedankenlose Mutter mich ihnen überließ, hatte ich Schlimmes auszustehen. Gegen die Kleinsten konnte ich mich noch durchsetzen, gegen die Älteren nicht. Es begann immer mit Neckereien, doch selten ging es ohne Schläge ab. Und da ich mich nie beschwerte, weil ich jede Einschränkung meiner Bewegungsfreiheit vermeiden wollte, steigerte sich alles von Mal zu Mal. Nicht selten lag ich abends im Bett und weinte, so schmerzten mich die versteckten Blessuren.

Schließlich nahm ich zu einer dieser Gelegenheiten ein scharfes Messer mit, eher aus Ratlosigkeit und sicher nicht mit der Absicht, es zu gebrauchen. Doch als ich wieder gequält wurde und man schon begann mich auszuziehen, um mich mit dünnen Zweigen zu schlagen, fiel das Messer aus meinen Kleidern; ich griff es und ging damit auf eins der Kinder los. Alle wichen zurück. Und da sie für einen Moment verblüfft um mich standen, brach in mir die zuerst so lange unsprechbare und dann unterdrückte Muttersprache hervor, und ich schimpfte und fluchte darin so furchtbar und obszön, wie ich es noch nie getan hatte.

Die Kinder sahen mich an wie einen Dämon. Und ich wusste: Das war meine Chance. Sobald ich mir die Wut vom Leib geredet hatte, sprach ich weiter. Ich sagte, was immer mir gerade in den Sinn kam, Gedichte, die ich auswendig wusste, Passagen aus der Bibel, Auszüge aus theoretischen Schriften, über die ich einmal gearbeitet hatte, und schließlich in komplettem Durcheinander geografische Daten und politische Nachrichten aus der letzten Zeit.

Die Wirkung war außerordentlich. Für dieses Mal ließen mich die Kinder ganz in Ruhe. Und in Folge endeten ihre Quälereien zwar nicht, aber es etablierte sich eine Art Ritual, mit dem ich leben konnte. Immer begann es wie gehabt mit kleinen Gewalttätigkeiten, die ich stumm über mich ergehen ließ, bis die Ankündigung einer schlimmen Gemeinheit folgte. Dann formierten sich die Fronten, und schließlich musste ich, so zornig wie möglich, etwas in meiner Sprache sagen, wobei die Kinder durchaus zu beurteilen wussten, ob es etwas Neues war. Danach nahm alles einen ruhigen Fortgang. Bisweilen gelang es mir sogar, über solchen Kinderspielen zu vergessen, wie lang sich die Zeit zog.

Im Herbst meines zweiten Jahres, genauer kann ich es nicht sagen, weil das Wetter immer gleich war, änderten sich schlagartig die Zustände in unserem Haushalt. Plötzlich herrschte zwischen meinen Eltern ein solcher Hass, dass ich mit dem Schlimmsten rechnete. Vielleicht hatte mein Vater das Auftreten und die Art meiner Mutter bislang nur widerwillig ertragen und war jetzt unter den Einfluss von Familie oder Freunden geraten. Jedenfalls beschimpfte er sie, wenn er im Zorn in seine Sprache wechselte, mit den übelsten Ausdrücken, die ich von der Straße kannte.

Meine Mutter hielt dagegen. Und sie war natürlich im Recht. Doch ihre maßlose Selbstüberschätzung, ihr Hang, sich bloß als Opfer zu sehen, und ihre Unfähigkeit, irgendetwas anderes zu denken als was immer schon in ihrem Kopf gewesen war, das alles machte sie mir, ohne dass ich für meinen Vater Partei ergriffen hätte, geradezu verhasst. Meistens schrie und keifte sie noch, wenn ich schon im Bett lag; und dann spürte ich wieder diesen Abscheu, den ich damals in meinem eigentlichen Körper als Letztes empfunden hatte.

Nach ein paar Wochen geschah, was ich befürchtet hatte. Unter den Augen meiner schreienden und um sich schlagenden Mutter wurde ich von irgendwelchen Verwandten nachts aus dem Bett geholt, quer durch die Stadt in ein Haus gebracht, das ich nie vorher gesehen hatte, und zu Leuten mit vielen Kindern gegeben. Zu viert schliefen wir dort in einem winzigen Raum. Die Leute waren nicht schlecht zu mir, sie schienen ausreichend Geld für meine Versorgung zu bekommen, aber sie kümmerten sich nur um das Nötigste. Es wäre vollkommen sinnlos gewesen, sie auf meine Zukunft anzusprechen. Meinen Vater sah ich regelmäßig, doch er schwieg, wenn ich ihn vorsichtig fragte, was das alles bedeute und wie es mit mir weitergehe. Vielleicht verstand er mich gar nicht.

Schlimmer hätte es nun wirklich nicht kommen können. Denn ohne meine Mutter reduzierten sich meine Chancen zur Flucht auf null. Tagein, tagaus stand ich unter der Fuchtel von ein paar gutmütigen, aber stumpfen und beständig lärmenden Frauen; ich lebte zwischen einfältigen Kindern, in einem Stadtteil, der mir besonders schäbig zu sein schien. Wahrscheinlich müsste ich für viele Jahre alle Hoffnungen aufgeben, zurückkehren zu können. Aber das Schrecklichste war: Von Tag zu Tag spürte ich deutlicher, wie alles um mich herum mich mehr und mehr einnahm. Manchmal war ich schon so ausgelassen und zügellos wie die anderen Kinder, dann wieder so lethargisch wie sie. Stundenlang konnte ich einem Handwerker zuschauen oder auf der Schwelle zum Hinterhof sitzen und eine Echse an der Mauer betrachten. Manchmal scheuchte ich dann eine Fliege, die sich mir in den

Augenwinkel oder vors Nasenloch gesetzt hatte, gar nicht mehr weg.

Ich hätte daher, als mir ein unglaublicher Zufall zur Hilfe kam, ihn beinahe gar nicht genutzt. Meine Beaufsichtiger hatten mich in ein Postamt mitgenommen; und dort beobachtete ich, wie jemand, der in einer der Kabinen mit den internationalen Leitungen offenbar keinen Anschluss bekommen hatte, das Amt verließ, ohne sich am Schalter abzumelden. Beinahe wäre mir gar nicht klar geworden, was das für mich hieß. Doch dann ging ich in die offene Kabine, stieg auf einen Stuhl und tat, als spielte ich mit dem Telefon. Man sah mich und ließ mich gewähren. Tatsächlich war die Leitung noch frei. Ich wählte die Nummer meiner Berliner Großeltern, die ich auswendig wusste. Es dauerte furchtbar lange; ich tat dabei, als plapperte ich in den Hörer. Endlich meldete sich mein Großvater, und dem sagte ich meinen Namen, den meiner Eltern, den Namen der Stadt, in der ich jetzt lebte, sowie den Namen und die Adresse der Leute, bei denen ich von meinem Vater versteckt wurde. Ich wiederholte alles so lange, bis ich mir sicher war, dass er mitschrieb. Natürlich wusste ich nicht, was er damit anfangen würde. Doch als ich einhängte, hatte ich immerhin das Gefühl, das einer hat, wenn er eine Flaschenpost ins Meer wirft und noch sehen kann, wie sie gut verschlossen von ihm wegtreibt.

Lange geschah nichts. Ich fiel in meinen alten Zustand zurück und dachte nicht ständig an das Telefonat. Große Hoffnungen machte ich mir nicht, und ich war regelrecht überrascht, als einige Wochen später meine Mutter, ganz europäisch gekleidet, zusammen mit uniformierten Männern in unseren Hof trat. Nach einem kurzen Handgemenge, an dem auch mein Vater beteiligt war, wurde ich mit einer Art Krankenwagen in ein Haus gefahren, wo ich die Nacht in einem Gitterbett verbrachte, das rundum wie ein Käfig verschlossen war.

Ich spare hier aus, was ich in dieser Nacht empfand und dachte. Am nächsten Morgen holte mich meine Mutter ab, zusammen mit den Uniformierten. Sie begrüßte mich stürmisch und überschwänglich, wirkte aber fahrig und abwesend. Wir fuhren, ich wie ich war, in meinen einfachen Kleidern, eine lange Strecke im Auto zu einem Flughafen. Bis die Maschine abflog, saßen wir in einem Raum mit verhängten Fenstern, vor dem ein uniformierter Posten stand. Ein anderer begleitete uns übers Rollfeld zur Gangway. Kurz nach dem Start schlief ich ein, vollkommen übermüdet; und selbst bei unserer Ankunft wachte ich nicht richtig auf, denn meine nächste Erinnerung stammt bereits aus der Wohnung, die ich als die meiner Großeltern erkannte.

Es war sehr kalt in Berlin. Draußen wie drinnen. Das war mein erster Eindruck. Tatsächlich hatte sich mein kleiner, im Verhältnis zu Gleichaltrigen eher zierlicher Körper so sehr an die Temperaturen in dem fernen Land gewöhnt, dass es Wochen dauerte, bis ich das heimische Klima wieder ertrug. Zudem erschien mir alles so dunkel und trübe, dass ich, statt mich zu freuen, in meinem alten Zustand der Trägheit blieb. Ich saß fast den ganzen Tag mit einigen neu gekauften Spielsachen auf dem Boden des Wohnzimmers, meist zu Füßen meines Großvaters, der fernsah. Wir sprachen nicht, geschweige dass er mit mir spielte. Gelegentlich nahm ich eine der Programmzeitschriften vom Tisch, doch die Texte fesselten mich nicht mehr. Meistens gingen die Tage zu Ende, indem ich auf einem kleinen Hocker vor dem Fenster stand und hinaus in die dunkle Straße sah, viele Gedanken über meine baldige Flucht im Kopf, doch keinen darunter, den ich konzentriert zu Ende denken konnte. Schließlich, für meinen

Geschmack immer viel zu spät, wurde ich in das kleinste Zimmer der Wohnung gebracht, in dem meine Mutter und ich jetzt schliefen, sie auf einer alten Umbauliege und ich daneben auf einer Matratze.

Man gab auch hier nur wenig auf mich acht. Ich selbst war schweigsam, schon um nicht zu verraten, wie gut ich meine Muttersprache beherrschte. In der ersten Zeit nach unserer Ankunft stritten meine Mutter und meine Großmutter häufig, eigentlich den ganzen Tag über. Mein Großvater schaltete sich manchmal ein, doch ohne sich auf eine Seite zu schlagen. Eigentlich besserte sich nur dann die Stimmung, wenn die drei zusammen über dem Album mit den Zeitungsausschnitten saßen, in denen von meiner Entführung und meiner unerklärlichen, ja wunderbaren Rettung die Rede war, oder wenn sie Briefe lasen, in denen andere Frauen von ähnlichen Erlebnissen berichteten und um Ratschläge baten.

Später nahm meine Mutter eine Tätigkeit auf, sie hatte unter mehreren Angeboten wählen können. Jetzt wurde nur noch abends gestritten. Allerdings wurde mein Großvater immer öfter aufbrausend, wahrscheinlich unter dem Einfluss von Alkohol. Nur der Umstand, dass ich nie auch nur den kleinsten Anlass zum Tadel gab, dass ich keine Tasse zerbrach, mich beim Essen nicht bekleckerte und aufs Wort gehorchte, verschonte mich davor, zum Ziel der allgemeinen Wut zu werden. Denn tatsächlich verging kein Tag, an dem nicht eine derart hässliche Bemerkung über meine Geburt, meinen Vater oder meine Hautfarbe fiel, dass ich das Schlimmste befürchten musste.

Unterdessen setzte ich alles daran, mich aus der letzten Abhängigkeit von meinem Kindeskörper zu befreien. Das war nicht leicht. Meine letzten Beaufsichtiger hatten keinen Wert auf meine Sauberkeit gelegt; und auch ich hatte mich, zumal da ich nur dürftig bekleidet war, wenig darum gekümmert. Hier war einiges nachzuholen. Ich spürte zwar den Drang, doch es fiel mir schwer, mich aufzuraffen und zu reagieren. Allerdings wuchs die Scham, wenn ich von meiner Mutter oder von meiner Großmutter gewickelt wurde; und das war schließlich Anreiz genug. Als das Frühjahr kam, war ich, wie man sagt, trocken.

Und endlich konnte ich auch meine Fluchtpläne wieder konzentrierter durchdenken. Ob es an der Wärme lag, ich weiß es nicht. Natürlich kam nur die Bahn infrage. Zum Glück verbindet Berlin und meine Heimatstadt eine Hauptstrecke, sodass ich nicht umsteigen müsste. Ich hatte mittlerweile bei Spaziergängen und Besorgungen, die meine Großmutter mit mir unternahm, sehr genau erfahren, wo wir wohnten und wie ich zum Bahnhof Zoo kommen würde. Und ganz unauffällig hatte ich durch Griffe in Portemonnaies und Ladenkassen allerhand Geld zusammengebracht, von dem ich zwar nicht wusste, ob und wie ich es verwenden könnte, dessen Besitz mich aber sehr beruhigte. Aus Sorge um seine Entdeckung versteckte ich es täglich an einem anderen Platz in der Wohnung.

Als endlich der Sommer kam, brach ich auf; mit vielen Hoffnungen und Plänen im Kopf, doch leider viel zu früh und zu unüberlegt, einzig getragen durch den Glauben, alles würde gut, wenn ich mich, also meinen eigentlichen Körper, wiederfände.

Anfangs war es so einfach, wie ich es mir erträumt hatte. Als ich an einem Vormittag mit meinem Großvater allein in der Wohnung war, verließ ich unbemerkt das Haus, mein Geld in einer kleinen Umhängetasche, meinen Anorak für alle Fälle zusammengerollt unter dem Arm. Nach einem allerdings furchtbar anstrengenden Fußweg erreichte ich den

Bahnhof Zoo; unter den wenigen Bahnsteigen fand ich rasch den richtigen. Bis zur Ankunft des Zuges verhielt ich mich so, als gehörte ich zu einem der Wartenden. Ich schlenderte auf und ab, blieb mal hier und mal dort stehen, tat sogar, als spräche ich mit den Leuten, oder nahm kurz ihre Hand. Als endlich der Zug einlief, war es leicht, im allgemeinen Durcheinander hineinzukommen.

Und vielleicht wäre tatsächlich alles gelungen, hätte mich nicht wieder diese kindliche Müdigkeit überfallen. Denn obwohl ich mir fest vorgenommen hatte, auch im Zug nirgendwo lange zu bleiben, um Fragen zu entgehen, setzte ich mich nach etwa einer halben Stunde auf einen Einzelplatz am Fenster und schlief ein. Nicht für lange. Aber offenbar lange genug, um Aufmerksamkeit zu erregen, denn als ich erwachte, stand eine Schaffnerin vor mir und fragte mich, wohin ich denn gehöre. Ich brabbelte etwas von meinen Eltern in einem anderen Abteil. Die Schaffnerin ging zwar, ich machte mich in die entgegengesetzte Richtung davon, blieb jetzt auch in Bewegung, doch ich konnte nicht verhindern, ihr wieder in die Arme zu laufen. Jetzt bestand sie darauf, ich solle sie zu meinen Eltern führen. Ich tat so, als fände ich sie nicht wieder, und hoffte darauf, wir würden bald anhalten und ich könnte ausreißen.

Doch das war nicht der Fall. Schließlich wurde ich in ein Dienstabteil gebracht. Man fragte mich nach meinem Namen, nach meinem Wohnort. Ich gab sehr glaubhaft den Verstörten, um Zeit zu gewinnen. Eine Flucht, wie ich sie mir vorgestellt hatte, war jetzt unmöglich geworden. Ich musste umdenken. Vielleicht konnte ich ja hier und jetzt meine ganze Geschichte erzählen und darauf vertrauen, dass man mir glaubte und mich zu meinem richtigen Körper brachte. Tatsächlich versuchte ich es; doch zu meiner Erschütterung brachte ich nur ein weinerliches Gestammel heraus, so sehr ich mich auch um Klarheit und Deutlichkeit bemühte. Am Schluss konnte ich froh sein, wenigstens Namen und Adresse der Großeltern verständlich sagen zu können. Sofort wurden sie informiert. Mich setzte man in einen Gegenzug, eine Frau aus einer Rot-Kreuz-Station begleitete mich, am Bahnhof Zoo nahmen mich die Großeltern in Empfang.

Sie haben mich nicht geschlagen. Nicht einmal mit mir geschimpft. Heute erkläre ich mir ihre Gelassenheit mit dem geringen Interesse, das sie an mir hatten, vielleicht sogar mit ihrem Wunsch, mich loszuwerden, wie auch immer. Am Abend gab es allerdings einen entsetzlichen Streit, als meine Mutter nach Hause kam. Zum ersten Mal kam es zu Handgreiflichkeiten, meine Mutter schlug meiner Großmutter ins Gesicht.

Ich fürchtete damals, mir alles verscherzt zu haben. Denn tagsüber schloss man mich jetzt sehr sorgfältig in der Wohnung ein, draußen ließ man mich keine Sekunde mehr von der Hand. Meine Stimmung sank, und in den nächsten Wochen fiel es mir schwer, unauffällig und fügsam zu sein, komme was wolle. Es unterliefen mir ein paar Aufsässigkeiten; nur mit Mühe konnte ich verhindern, dass sich die Verhältnisse dadurch weiter verschlimmerten. Einmal zerfetzte ich die Fernsehzeitschrift meines Großvaters in einem Anfall von Wut. Doch ich tat gleich so, als versuchte ich, die Seiten mit Klebeband zu reparieren, daher blieb eine Bestrafung aus. Am Abend behauptete mein Großvater sogar, er habe die Zeitschrift irrtümlich zerrissen.

Die nächste Wendung traf mich wieder vollkommen unvorbereitet. Eines Nachmittags saß nämlich, als ich mit der Großmutter von Einkäufen zurückkam, mein Vater am Wohnzimmertisch. Die Großmutter schrie und sperrte mich in ihr Schlafzimmer. Ich hörte, wie sie versuchte, die Polizei zu rufen, doch der Großvater brachte sie wohl davon ab. Mehr von den Vorgängen bekam ich nicht mit. Selbst als meine Mutter abends nach Hause kam, ließ man mich eingesperrt. Der Lärm im Wohnzimmer wurde größer; doch immer wenn die Stimmen so laut waren, dass ich sie verstand, brachte einer die anderen zur Ruhe. Erst spät in der Nacht, ich war schließlich ungewollt eingeschlafen, muss mich meine Mutter in unser Zimmer getragen haben, ohne dass ich dabei erwachte.

Am nächsten Tag war zunächst alles wie zuvor. Mein Vater war wieder verschwunden. Abends ließ man mich im Wohnzimmer; und jetzt hörte ich, wie meine Großeltern meine Mutter zu bereden versuchten, wieder mit meinem Vater zusammenzuleben. Er hatte wohl ein Schuldbekenntnis und ein Versprechen abgelegt und beides auch öffentlich gemacht. Doch meine Mutter weigerte sich. Ein paar Wochen lang ging es hin und her; jeden Tag wurden neue Beschlüsse gefasst und gleich wieder verworfen. Mal lobten die Großeltern die Reue meines Vaters, es war auch von Geld für Exklusivrechte die Rede, dann nahm meine Mutter ihn vor ihren Vorwürfen in Schutz, oder sie klagte darüber, was er ihr angetan hatte. Mein Vater selbst ließ sich einer Absprache gemäß nicht mehr sehen, bis eine Entscheidung gefallen war. Und schließlich zogen wir drei an einem heißen Tag im August in eine Wohnung im zehnten Stock eines Hochhauses.

Man könnte sagen: Es fehlte hier an nichts. Die Wohnung war frisch renoviert, die Möbel waren geschmacklos, aber neu, ebenso die Kücheneinrichtung. Es gab einen Balkon, Vorhänge vor den Fenstern und sogar ein paar Bilder an den Wänden, der Fernseher war doppelt so groß wie der alte. Ich bekam ein eigenes Zimmer, in dem große, grellbunte Plüschtiere aufgereiht an den Wänden lehnten. Doch während ich früher über den Hinterhof hinweg zwischen den Anbauten eine Bahnstrecke hatte sehen können, was mich immer sehr beruhigt hatte, schaute ich jetzt, auf einem Stuhl vor dem Fenster stehend, nur von ganz hoch oben über die Stadt. Das heißt, ich sah alles und zugleich nichts.

Meine Mutter behielt ihre Tätigkeit, mein Vater hatte wohl eine Anstellung bei einem Landsmann. Ich selbst wurde tagsüber mit der strikten Auflage, mich auf keinen Fall ausreißen zu lassen, zu einer jungen Frau im selben Haus gegeben. Sie hatte einen kleinen Jungen und einen Säugling, nach dessen Geburt ihr Mann sie verlassen hatte. Das Kleine litt an Blähungen, schrie fast pausenlos und wurde von der Mutter herumgetragen, während ich mit dem Jungen im verschlossenen Kinderzimmer auf dem Boden saß. Ich hielt den Jungen für gestört oder zurückgeblieben. Er war etwas älter als ich, sprach aber kaum ein paar Worte, und all meine Versuche, ihn in irgendein Spiel zu verwickeln, um die Zeit zu verkürzen, waren vergebens. Eigentlich tat er nur eins: Er nahm mir alles, was ich in der Hand hatte, mit einem albernen Lachen weg und sah mich dann herausfordernd an. Oft war ich kurz davor, ihn hinterrücks anzugreifen und ernstlich zu verletzen. Doch ich wusste natürlich, wie sehr das meinen Plänen schaden würde, und so hielt ich mich zurück.

Derselbe Gedanke hinderte mich auch daran, seiner Mutter etwas anzutun. Sie war eine dumme, ungepflegte und weinerliche Person. Die Schuld für das Elend, in das sie geraten war, suchte sie bei allen außer sich selbst. Viel Zeit verbrachte ich damit, mir Streiche für sie auszudenken. Ich hätte zum Beispiel technische Geräte unbrauchbar machen können, ohne dass der Verdacht auf mich gefallen wäre, um dann beobachten zu können, wie sie gegen alle Vernunft die Schuld bei anderen suchen und damit sogar recht haben würde. Doch obwohl ich solche Aktionen bis zur Perfektion plante, unternahm ich letztlich nichts.

Zu Hause erging es mir ähnlich. Meine Eltern schlossen mich sorgfältig ein, ansonsten kümmerten sie sich wenig um mich. An den Abenden gingen sie häufig aus, freitags und samstags immer. Dabei nahmen diese Menschen, die für alles andere als ihre eigenen Dinge blind und taub waren, es für selbstverständlich, dass ich, ein Kind von zweieinhalb Jahren, ohne Protest allein in der Wohnung blieb, mich in ihrer Abwesenheit nicht fürchtete und nichts anstellte. Später hielten sie es sogar für natürlich und normal, dass ich samstags und sonntags morgens alleine aufstand, mich wusch und anzog und mir in der Küche mein Frühstück machte, während sie noch schliefen. Bald gelang es mir sogar, Weißbrotscheiben mit Käse zu überbacken, mein altes Lieblingsgericht. Ich hielt es nicht einmal vor ihnen geheim.

Wahrscheinlich war ihr Umgang mit anderen Eltern, wenn es den überhaupt gab, ganz oberflächlich, sodass sie keine Möglichkeit zum Vergleich hatten. Sei's drum. Ich war jedenfalls immer ganz zornig, wenn sie erst am Nachmittag aus dem Schlafzimmer kamen, da mir schon wieder der Magen knurrte. Mein Vater, meistens noch betrunken, sprach dann zu mir in seiner Sprache, die ich glücklicherweise zusehends verlernte. Wenn ich nicht antwortete, war er ungehalten und ließ mich stehen. Meine Mutter, die an solchen Tagen schrecklich verwüstet aussah, sagte, während sie Kaffee machte, Dinge wie, ich sei ihr Augenstern und sie habe nicht verdient, jemanden wie mich zum Sohn zu haben. Mehr wurde kaum mit mir geredet.

Das ging nun einige Zeit so. Wären nicht die ständig verschlossenen Türen gewesen, ich hätte längst wieder einen

Fluchtversuch unternommen. Dazu besaß ich jetzt auch einen wesentlich besser durchdachten Plan. Mein Geld hatte ich retten können und sogar vermehrt. Überdies hatte ich, mit sehr viel Mühe, ein Schreiben aufgesetzt, das besagte, ich sei mit Wissen der Eltern allein unterwegs, und an einem bestimmten Ort erwarte mich ein Verwandter. Dieses Schreiben wollte ich am Bahnhof Zoo einer Schaffnerin geben, und zwar mit der Erläuterung, meine Mutter habe mir, da meine kleine Schwester eben schwer gestürzt sei, nicht selbst eine Karte kaufen und mich nicht in den Zug setzen können. Sie bitte daher, das für sie zu tun. Ich zweifle heute sehr, dass der Plan funktioniert hätte, damals aber übte ich die Szene täglich, manchmal vor dem verblüfften Sohn meiner Tagesmutter, und fand mich darin ganz überzeugend. Für eventuelle Nachfragen hatte ich mir viele einfache und sinnvolle Antworten zurechtgelegt. So war ich mir sicher, jederzeit aufbrechen zu können.

Doch was ich auch versuchte, ich kam nicht an den Schlüssel heran; ich fand nicht einmal heraus, wo meine Eltern ihn verwahrten, wenn sie in der Wohnung waren. Es war das Einzige, mich betreffend, womit sie sich Mühe gaben; und das mussten sie auch, weil meine erste Flucht bekannt geworden war und es entsprechende Drohungen für den Wiederholungsfall gab. Außerdem standen wir nach allem, was geschehen war, unter öffentlicher Beobachtung.

Schließlich vermutete ich, sie könnten den Schlüssel dauernd am Körper tragen. So ging ich eines Nachts in ihr Zimmer und tat, als könnte ich nicht schlafen, damit sie mich zwischen sich ließen. Wortlos machten sie mir Platz. Ich wartete, bis sie wieder eingeschlafen waren, und suchte dann an ihren Körpern. Mein Vater bemerkte mich nicht, kein Schlüssel. Doch als ich darauf mit angehaltenem Atem meine Mutter abzutasten begann, kamen zu der Sorge, ertappt zu werden, plötzlich wieder die ungeheure Wut auf meinen Zustand und, zu meinem Entsetzen, ein gewisses körperliches Verlangen. Für einen Moment war ich starr; dann schob ich mich enger an meine Mutter heran. Ihr Nachthemd war bis fast zur Brust gerutscht. Schnell wuchs meine Erregung. Vorsichtig zog ich meine Schlafanzughose bis zu den Knien herunter, dann legte ich mich halb auf meine Mutter, Bauch an Bauch, meinen Kopf zwischen ihren Brüsten, mein linkes Bein auf ihrem Schenkel. Und während mir dabei die Erinnerungen an die Begegnungen meines richtigen Körpers mit anderen Frauen und die Erinnerung an meine Säuglingszeit stückweise durcheinanderfielen, begann ich mich sanft zu bewegen.

Ich vermute, dass meine Mutter darüber erwachte, auch wenn sie sich nichts anmerken ließ. Wahrscheinlich nahm sie meine Annäherung mit derselben plumpen Selbstgefälligkeit hin wie die meines Vaters und zuvor die anderer Männer. Keinen Gedanken wird sie daran gewendet haben, was hier geschah und was sie vielleicht hätte tun müssen. Andererseits war, was sie tat, nämlich nichts, womöglich das Beste oder wenigstens nicht schlimmer als der Versuch, die Aufregung eines kleinen Jungen anderswie zu beruhigen.

Dann kamen der Winter und mit ihm das Trübe und das Farblose seiner kurzen Tage. Bei uns blieb es ruhig. Mein Vater ging abends wieder häufiger alleine aus, doch das schien nicht auf ein neues Zerwürfnis zu deuten. Mein eigenes Leben war kaum mehr als die Suche nach dem Schlüssel. Jedes Mal folgte ich demjenigen, der mit mir zusammen die Wohnung betreten hatte, und ließ dabei den Schlüssel nicht aus den Augen; doch regelmäßig wurde ich weggeschickt oder eingeschlossen, und wenn ich später nachforschte, war der Schlüssel verschwunden.

Wie ich damals meinen Körper gehasst habe! Meine Winzigkeit, meine Schwäche, die keine Geschicklichkeit wettmachen konnte. Oft habe ich mir, wenn ich vor den verschlossenen Türen stand, geschworen, sobald ich meinen eigentlichen Körper zurückbekäme, woran ich nie zweifelte, all die Gewaltakte zu begehen, vor denen ich früher immer zurückgeschreckt war. Ich würde Türen eintreten und Scheiben einwerfen, vielleicht einmal irgendeinen größeren Apparat mit nichts als einem Hammer zu Schrott verarbeiten oder in einem Kaufhaus einen ganzen Stand mit Zerbrechlichem umstoßen; nur um endlich dieses Gefühl einmal ganz zu erleben.

Was mir schließlich half, war etwas Naheliegendes. Ich denke, ich sagte es schon, so oder anders: Meine Mutter ist eine ordinäre, schlampige Person. Meistens ließ sie sich gehen. Doch seit Beginn der Vorweihnachtszeit stand sie morgens früher auf, um sich ein wenig zurechtzumachen. Es kam mir sogar vor, als würde sie etwas unternehmen, um ihr Gewicht zu reduzieren. Ich brachte es zunächst mit den Feiertagen in Verbindung. Doch das war ein kindischer Gedanke. Am Heiligabend herrschte bei uns nichts als Langeweile und Lieblosigkeit, verstärkt durch das verständliche Desinteresse meines Vaters. Nein, meine Mutter hatte andere Gründe.

Am ersten Weihnachtstag brach mein Vater zu einem Verwandtschaftsbesuch in seine Heimat auf. Wir begleiteten ihn in aller Frühe zum Flughafen, es gab beinahe so etwas wie eine Abschiedsszene. Doch noch am gleichen Abend zog ein Mann bei uns ein, den ich nie zuvor gesehen hatte. Meine Mutter sagte dazu, das sei Onkel Wolfgang und der bringe mir morgen ein Geschenk.

Bis weit nach Mitternacht hörte ich die beiden dann aus dem Schlafzimmer. Ich schlich mich heran, die Tür war von innen verschlossen. Zuerst war es ein doppeltes, beinahe ununterscheidbares Stöhnen, dann, nach einer kurzen Pause, schrie nur noch meine Mutter, und zwar so, als schlage oder quäle sie der Mann. Ich wusste nicht, was ich denken sollte. Sie erschienen erst wieder am nächsten Mittag. Meine Mutter trug keine sichtbaren Verletzungen, und am Frühstückstisch sprachen sie weder mit mir noch miteinander, nur gelegentlich kicherten sie oder alberten sich an. Gegen Nachmittag ging dieser Wolfgang, abends war er wieder da, als Geschenk hatte er mir einen Arztkoffer mit Instrumenten gebracht. Die folgende Nacht im Schlafzimmer glich der vorangegangenen, nur war alles noch heftiger, dafür kürzer.

In den kommenden Tagen war mein einziger Gedanke, ob und wie diese Ereignisse meine Flucht begünstigen könnten. Dabei änderte sich wenig. Ich wurde zwar für die Weihnachtsferien nicht mehr zur Tagesmutter gegeben, doch an den Schlüssel kam ich nach wie vor nicht heran. Tag und Nacht war ich auf der Hut, auch auf die Gefahr, etwas von meinen Fähigkeiten preiszugeben. Doch meine offenbar blödsinnig verliebte Mutter blieb aufmerksam, was mich anging; keine ihrer Ekstasen ließ sie die Routinen vergessen. Trotzdem war ich mir sicher, ihre Ausschweifungen würden mir einen entscheidenden Vorteil verschaffen.

Und ich behielt recht. Am Morgen nach der fünften Nacht, die dieser Wolfgang bei uns verbrachte, kamen die beiden überhaupt nicht aus dem Schlafzimmer. Vielleicht hatten sie über das normale Maß hinaus getrunken. Erst am Nachmittag ging meine Mutter ins Bad, und sie ließ die Schlafzimmertür offen. Ohne irgendeinen Plan schlich ich hinein. Es war ein scheußliches Bild. Dieser Wolfgang lag nackt und schnarchend schräg übers Bett, daneben Flaschen, umgestürzte Schachteln und leere Tüten. Und zwischen all dem verstreut bestimmt ein Dutzend Polaroidfotos.

Ich brauchte sie nicht anzusehen um zu wissen, was darauf war, und erst recht nicht, um zu entscheiden, was sie für mich bedeuteten. Wenn es denn keine andere Möglichkeit gab, bitte! Ich nahm zwei der Fotos an mich, und rechtzeitig bevor meine Mutter zurück aus dem Bad war, saß ich wieder, wie üblich, in der Küche neben dem Toaster und aß die kleine Mahlzeit, die ich mir bereitet hatte.

Anderntags verschwand dieser Wolfgang, meine Mutter räumte die Wohnung auf, sie schimpfte, besonders im Schlafzimmer schien sie etwas zu suchen. Am Abend, es war der Silvesterabend, holten wir meinen Vater vom Flughafen ab. Ich habe damals, offen gestanden, absichtlich nicht mehr zugehört, was die beiden miteinander redeten. Auch in der Wohnung, bei der gemeinsamen Mahlzeit, gingen all ihre Worte, einschließlich der wenigen, die an mich gerichtet waren, an mir vorbei. Denn ich tat nichts anderes mehr als in mich hineinzuhorchen, ob ich wirklich bereit war zu tun, was ich geplant hatte. Daher sprach ich auch nicht mehr. Und wenn ich darüber nachdenke, dann glaube ich, bis jetzt nicht mehr laut gesprochen zu haben.

Der Abend ging früh zu Ende. Meine Eltern feierten die Silvesternacht im Schlafzimmer, die Tür blieb unverschlossen. Früh am Neujahrsmorgen, als beide noch schliefen, legte ich eines der Fotos so vor das Bett, dass mein Vater es beim Aufstehen finden musste. Das andere schob ich ins Seitenfach der Handtasche meiner Mutter. Dann zog ich mich an, setzte mich in die Küche und lauschte auf jedes Geräusch. Endlich, schon fast gegen Mittag, ging meine Mutter ins Bad; und gerade hatte sie ihm von dort zugerufen, er solle aufstehen, schrie mein Vater plötzlich laut und wild. Dann hörte ich ihn in seiner Sprache fluchen. Türen knallten, er folgte meiner Mutter ins Bad, und dort hat er wohl, ohne sich mit

Vorwürfen oder Fragen aufzuhalten, gleich auf sie eingeschlagen. Sie schrie nur einmal. Glas splitterte, Dinge fielen zu Boden, doch am lautesten waren seine Flüche und die Geräusche seiner Anstrengung. Endlich verließ mein Vater das Bad, er schloss es ab, steckte den Schlüssel ein, zog sich an, ging ohne ein Wort aus der Wohnung und schloss uns beide darin ein. Da ich es vor Hunger nicht mehr aushielt, bereitete ich mir meine überbackenen Toastscheiben.

Viel später bat mich meine Mutter leise, sie aus dem Bad zu lassen. Nun ging das ja nicht, überdies war ich unfähig, ihr zu antworten. Ich brachte das Schlafzimmer ein wenig in Ordnung und ging den ganzen Morgen in der Wohnung umher, bis ich schließlich, als ich gar nicht mehr wusste, was ich tun sollte, ein paar Sachen in die Küche trug und in die Spülmaschine räumte. Gelegentlich rief mich meine Mutter, aber so schwach, dass es mir leichtfiel, darüber hinwegzuhören.

Mein Vater kam erst am Abend zurück, da ich schon in meinem Bett lag. Er schloss das Badezimmer auf, meine Mutter schrie einmal unterdrückt, dann war wieder Ruhe. Ich horchte. Er schien sie nicht zu schlagen, doch es kamen ein angestrengtes Keuchen und ein Wimmern aus dem Bad, sodass ich vermutete, er tue ihr Gewalt an. Endlich verließ er das Bad wieder und schloss es ab. Ich blieb, wo ich war. Zum Glück war meine Müdigkeit noch immer stärker als alles andere; bald schlief ich ein.

Am nächsten Morgen ließ mein Vater meine Mutter frei. Zu meinem Erstaunen war ihr wenig anzusehen, wahrscheinlich hatte sie sich schon im Bad wieder hergerichtet, nur eine Stelle unter dem Auge war deutlich angeschwollen, und mitten über ihre Unterlippe ging ein blutiger Riss. Kein Wort fiel. Doch mir war längst klar, dass mein Vater die Absicht hatte, nun uns beide in der Wohnung gefangen zu halten. Das

DIE FLUCHT

Telefon hatte er zertreten; und als er ging, zeigte er grinsend beide Schlüssel zur Wohnungstür. Mit einer Drohung und einigen Flüchen in seiner Sprache verschwand er.

Den Tag über ging ich meiner Mutter aus dem Weg, besonders wenn sie mich mit Sätzen wie, ich sei alles, was ihr bleibe, in den Arm nehmen oder auf ihren Schoß ziehen wollte. Ansonsten saß sie herum und heulte und tat rein gar nichts, obwohl es für sie doch hätte möglich sein müssen, aus der Wohnung herauszukommen. Sehr spät abends kam mein Vater; und als sei das jetzt nur eine weitere Gewohnheit, schlug er meiner Mutter mehrfach ins Gesicht und trat nach ihr, als sie vor ihm auf den Boden fiel.

Ich stand direkt daneben. Und ich spürte ganz deutlich, dass ich jetzt alles wieder besaß, was ich verloren hatte. Nichts verband mich noch mit meinem kleinen, schwachen Körper. Ich saß bloß, ein Mann Mitte dreißig in guter Stellung mit Frau und Kind, im Kopf eines Dreijährigen und sah durch seine Augen wie durch große Scheiben auf diese abscheuliche Szene.

Mein Vater öffnete seine Hose. Ich dachte schon, er würde wieder über meine Mutter herfallen; doch nachdem er sich bis auf die Unterwäsche ausgezogen hatte, ging er ins Bad und ließ Wasser in die Wanne laufen. Schon ganz nackt, holte er eine Flasche Bier aus dem Kühlschrank und trank sie halb leer. Dazu aß er etwas aus einer Dose. Endlich stieg er in die Wanne und stellte die Flasche auf den Rand. Die Badezimmertür ließ er offen. Da holte ich den Toaster aus der Küche und trug ihn ins Bad. Mein Vater sah mich an und sagte nichts. Ich ging, nahm aus dem Schrank im Flur das Verlängerungskabel, steckte es dort in den Anschluss und rollte es ab Richtung Bad. Ich schloss den Toaster an, schaltete ihn auf die höchste Stufe und trat damit vor die Wanne. Im Blick meines

Vaters war keine Spur von Angst. Das Wasser stand bis fast an den Rand, er drehte den Hahn zu. Ich wandte mich ein wenig ab und warf den Toaster. Mein Vater schrie, nicht laut, die Bierflasche fiel zu Boden. Gleichzeitig ging das Licht aus.

Dann war es ganz still. Ich ging durch die Dunkelheit in den Flur. Meine Mutter rief nach mir. Ich antwortete nicht, tastete nach dem Kabel und zog es aus der Steckdose. Dann schob ich einen Stuhl vor den Sicherungskasten neben der Wohnungstür. Ich fand den Hauptschalter und legte ihn um. Das Licht ging wieder an. Am Verlängerungskabel zog ich den Toaster aus dem Bad. Aus der Küche holte ich ein Tuch.

Meine Mutter war aufgestanden. Sie blutete aus der Nase. »Was ist denn?«, sagte sie. »Was machst du da?« Dann sah sie ins Bad. Der rechte Arm meines Vaters hing aus der Wanne. Meine Mutter sagte nichts, sie schaute mich nur an. Ich wickelte gerade das Kabel auf und wischte es dabei ab. Sie war ganz ruhig; es war kein Grauen in ihrem Gesicht, sie schien nur angestrengt zu überlegen. Vielleicht eine Minute standen wir so. Ich schüttelte das Wasser aus dem stinkenden Toaster und wischte ihn ebenfalls trocken. Da rannte meine Mutter ins Wohnzimmer, ich sah sie in den Kleidern meines Vaters suchen, sie fand wohl auch alle Schlüssel, sie kam wieder, schloss zuerst die Wohnungstür auf, zog Schuhe und Mantel an und nahm ihre Handtasche. Ohne ein weiteres Wort lief sie aus der Wohnung. Die Tür ließ sie offen.

Ich habe jetzt einen gewaltigen Vorsprung. Einen größeren hätte ich niemals bekommen können. Es wird womöglich Tage dauern, bis man meinen Vater vermisst, und wahrscheinlich noch länger, bis meine Mutter auftaucht und klar ist, dass ich nicht bei ihr bin. Doch ich brauche diesen Vorsprung nicht mehr. Ich lasse die Wohnungstür offen, und dann werde ich warten, hier, in aller Ruhe, bis Leute kommen und sehen, was passiert ist. Und diese Leute werden mir zuhören. Jedem Wort, das ich sage. Und sie werden mir glauben, es bleibt ihnen ja nichts anderes übrig. Sie werden mich in meine Heimatstadt bringen, so wie ich es von ihnen verlange. Ich werde meinem eigentlichen Körper gegenübertreten. Und ich bin sicher: So fremd, wie ich dem, in dem ich noch lebe, geworden bin, so stark wird es mich wieder hinüberziehen, dorthin, wohin ich gehöre.

Ich habe ein paar Sachen in dem Arztkoffer zusammengepackt, dazu mein Geld und das kleinste der bunten Plüschtiere. Jetzt werde ich mich hinlegen. Sollte ich einschlafen, macht das nichts. Ich habe alle Zeit der Welt.

An die Front

Eigentlich sah die Frau meiner Mutter nicht einmal ähnlich. Mutter ist zum Beispiel größer, auch heute noch, und Mutter hätte niemals so einen Mantel getragen. Braun mit Pelzkragen! Von der Frisur ganz zu schweigen. Außerdem hätte Mutter niemals so vor dem Schaufenster des Schuhgeschäftes gestanden: eine große, faltige Tasche neben sich auf dem Boden, etwas vorgebeugt, die Augen zusammengekniffen, die Oberlippe hochgezogen und den Mund halb offen. Vielleicht hatte die Frau ihre Brille vergessen. Mutter vergaß ihre Brille nie.

Ich stellte mich trotzdem neben sie und zog sie am Ärmel.

»Wo warst du denn?«, sagte sie.

Ich zeigte mit dem Kopf. Gleich gegenüber war der Puppenkönig. Jedes Mal, wenn wir damals in die Stadt fuhren, hoffte ich, Mutter würde genau hier Schuhe kaufen. In aller Ruhe. Und vorher zu mir sagen: »Mach, was du willst! Hörst du? Geh bloß nicht fort da, ich hole dich in einer Stunde wieder ab.« Doch dazu war es nie gekommen.

»Dann los jetzt!«, sagte die Frau.

Sie nahm ihre unförmige Tasche auf, stöhnte und griff nach meiner Hand. Wir gingen. Die Hindenburgstraße hinunter, über die Bismarckstraße. Mir war, als würde sie dauernd vor sich hin murmeln. Vielleicht, welche Einkäufe sie schon erledigt hatte und welche noch ausstanden? Mutter machte sich übrigens Zettel, in Druckschrift. Immerhin war ihre Hand ganz trocken. Gott sei Dank.

Wir gingen ins Bilka. Gut, Mutter war auch ins Bilka gegangen; nicht regelmäßig, aber wenn man quer durchs Bilka ging, kürzte man auf dem Weg von der Hindenburgstraße zur Schillerstraße ein kleines Stück ab. Außerdem, hatte Mutter immer gesagt, sei die Abteilung für Nähzeug hier auch nicht schlechter als anderswo. Reißverschluss sei immer Reißverschluss. Ansonsten gingen wir zu Stoffe Heinemann am Markt. Da gab es kleine Autos oder Eselskarren aus Blech, und an die waren, quasi als Ladung und selbst wo das gar keinen Sinn machte, aufgerollte Kindertaschentücher gebunden.

Die Frau kaufte Wolle. Ziemlich billige Wolle. Zugegeben, ich bin kein Fachmann für Wolle. Obwohl Mutter strickte. Aber man sieht doch mit einem Blick, ob Wolle etwas taugt. Schon diese Farbe! So ein undefinierbares Grün, fast schon peinlich; ich wusste nicht, wo ich meine Augen lassen sollte. Also stand ich wohl ein bisschen quer im Gang. Mit irgendwas in der Hand. Oder hatte mich hingekniet und tat so, als schnürte ich mir die Schuhbänder.

»Nicht träumen!«, sagte die Frau. Wenn wir den Fünf-nach-Bus noch kriegen wollten, dann aber Hopp! Sie hatte schon gezahlt und gab mir einen kleinen Schubs. Wohlverstanden: im Scherz.

Neben der Haltestelle war tatsächlich wieder der Kiosk. In den kleinen Fenstern rechts und links von der Durchreiche hingen die Illustrierten so übereinander, dass immer die untere das Titelblatt der oberen halb verdeckte. Vor die unterste war ein Stück Packpapier geklemmt, aber es war bis unter den Ausschnitt eines blonden Mädchens gerutscht.

»Steig schon mal hinten ein«, sagte die Frau, als der Bus kam. »Und halt was frei!«

Natürlich war nur eine Bank in der Viererecke unbesetzt.

Typisch. Und gegenüber saßen zwei alte Männer, die sich laut unterhielten. Na, junger Freund!, hieß es. Auch die müden Knochen mal hinhauen?

Die Frau ließ sich neben mich auf den Sitz fallen und gab mir eine Tüte zu halten. Gott, sagte sie leise, ich wisse wohl gar nicht mehr, wohin mit meinen Beinen. Ganz wie Vater, damals. Auch so ein langes Elend.

Als ob ich etwas dafür könnte.

»Nun komm.« Sie strich mir über die Haare, und ich hielt still. Danach hätte ich gegen die Scheibe hauchen und etwas aufs beschlagene Glas malen mögen. Aber ich ließ es. Eine Zeit lang stiegen mehr Leute zu als aus. Zum Glück niemand, für den ich hätte aufstehen müssen. Dann wurde es wieder leerer.

Aus der Stadt heraus ging es an Feldern vorbei. Ob ich noch was Besonders zum Abendessen wolle? Vielleicht Spiegelei?

Müsste ich noch überlegen.

Sollte ich auch. Es sei denn, ich hätte endgültig beschlossen zu verhungern. Sie beugte sich vor und sah an mir vorbei aus dem Fenster. Dass das schon dunkel wird! Letzte Woche, mit demselben Bus gefahren, da war's noch taghell. Und jetzt, ich solle mal sehen: in fünf Minuten zappenduster.

An der Endstelle stiegen wir aus und gingen durch die Siedlung. »Die könnten endlich mal die Straße machen«, sagte die Frau. Man komme ja kaum mit heilen Knochen nach Hause. »Füße hoch!« Ich tat es.

Wer uns begegnete, grüßte freundlich. Ein Mann mit Gärtnerschürze sagte: »N'Abend, Frau Oberst.« Die Frau nickte ihm zu.

Vor dem Haus angekommen, war der Schlüssel ganz unten in der großen Tasche und wollte nicht herauf. Wie immer, hätte ich fast gesagt; ich klingelte, während sie noch suchte. Die älteste Schwester öffnete. »Ah, hoher Besuch!«, rief sie. Und die Mutter solle gleich mitkommen. Sie habe da was in der Maschine, völlig versaut, da sei sie sich so gut wie sicher. Mein lieber Herr Gesangsverein! Aber sie habe nun mal zwei linke Hände.

Ich hängte meinen Mantel an die Garderobe. Vorausgesetzt, man wollte das eine Garderobe nennen. Eine geflochtene Hutablage, ein paar Haken, an jedem mindestens zwei schwere Mäntel. Darunter eine kleine Kommode, eine Glasplatte darauf, die silbernen Befestigungen schwarz angelaufen, und unter der Glasplatte ein gehäkeltes Deckchen. Vermutlich alles aus dem Nachlass irgendeines Onkels. Was soll man machen, ein geschenkter Gaul. Und: Woher nehmen und nicht stehlen?

Das Wort Garderobe hatte ich mir übrigens einmal so lange vorgesagt, bis es gar nichts mehr bedeutete. Das fiel mir immer wieder ein. Ich zog mir die Schuhe aus. Passende Hausschuhe hatte ich jetzt natürlich keine. Beinahe hätte ich angefangen zu suchen. Ich nahm einen kurzen Anlauf und schlidderte neben dem Läufer her auf Strümpfen übers Linoleum.

Die jüngere Schwester stand in der Küche, das dichte blonde Haar hatte sie mit einem Tuch im Nacken zusammengebunden. Als ich am Türrahmen abbremste, drehte sie sich um und wischte sich den Schweiß von der Stirn.

»Na, da bist du ja. War's schön im Städtchen?«

Ich nickte.

»Dann aber los! Schieß in den Wind!« Sie habe sich nämlich zu dem heroischen Entschluss durchgerungen, das ganze Obst von Onkel Hans und Tante Hete ruck-zuck in die Gläser zu verfrachten. Cox Orange und Reineclaude. Sie sprach es übertrieben französisch aus. Ab jetzt Höchststrafe bei Störung.

Ich blieb in der Tür. Die jüngere Schwester hielt einen brennenden Wattebausch über ein geöffnetes Einmachglas. Im Grunde alles eine einzige Infamie! Die wüssten nicht, wohin mit dem Zeug, und wir mit dem bisschen Platz dürften die Arbeit machen. Sie hob den Einkochkessel vom Tisch und trug ihn zum Herd. Und später bediene man sich dann herzlich gern. Hier ein Gläschen, da ein Gläschen.

Ob ich nicht doch helfen dürfe?

»Du halbes Hemd! Mach lieber deine Schularbeiten.«

Im Wohnzimmer lag die jüngste Schwester auf dem Sofa. »Hast du mir was mitgebracht?«, sagte sie.

Ich zuckte die Schultern. Sie mochte zwölf oder dreizehn sein. Woher um alles in der Welt hätte ich wissen sollen, was ihr gefiel? Ich habe keine Geschwister. Auf meiner Schule gab es nur Jungen, und am Tanzkurs habe ich nicht teilgenommen. Aus Protest. Wenn ich recht überlege, habe ich keine einzige Frau unter achtzehn jemals näher gekannt. Ich weiß allenfalls, wie leicht man sich da in die Nesseln setzt.

»Dann spielen wir Karten.«

Es lief mir heiß über den Rücken. Ich war längst zu weit gegangen. »Mau-Mau?«, sagte ich. »Oder Schwarzer Peter?« Andere Kartenspiele kannte ich nicht.

»Also Mau-Mau.« Sie sprang auf und zog eine Schublade aus dem dunklen Wohnzimmerschrank. Die klemmte ein bisschen. »Friedensqualität«, sagte sie und zog stärker. Mit Kartenspiel und Stift kam sie zurück und mit einem Block, auf dessen schmalen Blättern oben eine Bierwerbung stand. »Du gibst.«

Wir spielten vielleicht eine halbe Stunde. Anfangs gewann sie, wie sie wollte; als ich merkte, dass es ihr nicht recht war, gab ich mir größere Mühe. Ein- oder zweimal sah die Mutter herein. Wenn man uns so sitzen sähe. Und nicht wüsste, wie sehr das täuscht. Man könnte sonst was glauben. Als sie sich abwandte, streckte ihr die jüngste Schwester die Zunge heraus. Es war nicht böse gemeint.

Um halb sieben wurde zum Abendessen gerufen. Ich zögerte einen Moment, dann setzte ich mich an den Platz, an dem ein Teller mit Spiegelei auf Brot stand. »Ist das Gelbe auch ganz durch?«, rief die jüngere Schwester mit hoher, quengeliger Stimme; wahrscheinlich machte sie mich nach. Ich lächelte sie an. Mit großen Augen sah sie zurück. Dann schüttelte sie den Kopf und stieß die Mutter an. »Wie ist es? Hast du Marlenes Fummel wieder hingekriegt?«

Die älteste Schwester holte im Spaß nach ihr aus. »Pass bloß auf!«, rief sie. »Und iss was. Sonst kannst du demnächst meine Sachen nicht mehr auftragen.«

Das wäre ernsthaft zu erwägen, sagte die jüngere Schwester. Das befreite sie vielleicht von einer gewissen Sorge.

Und welche das sei?

Eine alte Jungfer zu werden. In der Kledage.

»Schon jetzt beste Chancen«, sagte die ältere Schwester mit vollem Mund. »Bohnenstange.«

»Matrone.«

»Kinder«, sagte die Mutter. Sie legte das Messer neben den Teller und sagte etwas, das ich nicht verstand; vielleicht galt es dem Vater. »Ach, Mutsch!«, riefen die drei, das sei doch alles nicht so gemeint. Die Mutter winkte ab.

Ich hatte inzwischen mein Brot mit Spiegelei gegessen. Ob ich noch eins bekommen könnte?

Alle schwiegen einen Moment. »Ach du grüne Neune«, sagte die älteste Schwester. »Jetzt ist er krank. Hat sich in der Stadt was geholt.«

»Genau. Vielleicht was in der Art von Tollwut.«

»Unsinn«, rief die Mutter. »Wer isst, der ist gesund.« Sie rückte ihren Stuhl.

»Lass nur!« Die jüngere Schwester sprang auf, sie stellte das Gas wieder an und klickte ein paarmal mit dem Patentzünder. »Ein Ei oder zwei? Nein, nein!« Sie ließ mich nicht antworten. Wenn schon, denn schon. Die jüngste Schwester blies die Backen auf.

Nachdem abgeräumt war, schnitten wir Schildchen für die Einmachgläser aus altem Papier. »Wisst ihr, warum es Reineclaude heißt?«, sagte ich. Die Mutter zuckte die Schultern. »Achtung«, sagte die jüngere Schwester, »fertig machen zum Kulturunterricht!«

Ich war jetzt wütend. »Ihr seid blöde Gänse!« Da sahen sie mich alle traurig an.

»Entschuldigung«, sagte ich. Das sei mir nur so herausgerutscht. Gegen meinen Willen. Ich erzählte ihnen schnell die Geschichte der Königin Claudia von Frankreich.

»Wie traurig«, sagte die jüngste Schwester. Die Mutter schüttelte den Kopf. Da könne man mal sehen, was man alles nicht wisse.

Nicht viel später hieß es, jetzt sei eigentlich höchste Zeit für mich, ins Bett zu gehen.

»Okay«, sagte ich und rutschte vom Stuhl.

Die älteste Schwester nahm mich am Ohrläppchen. Wenn ich schon kulturhistorische Vorträge halte, dann aber bitte Deutsch als Amtssprache. Verstanden?

Ich kniff die Augen zu und wand mich aus ihrem Griff. Dabei ging mir durch den Kopf, was ich jetzt alles falsch machen konnte; ich hatte ja nicht mal ein Bett. Schließlich ging ich zu dem grünen Sofa neben dem Herd, setzte mich darauf und begann ganz langsam, mir die Hose auszuziehen. Da standen sie alle auf und brachten mir ohne viel Worte Kissen, Decken und einen Schlafanzug. Die älteste Schwester wollte mir sogar helfen, aus dem Rollkragenpullover zu kommen; aber die Mutter verbot es ihr. Ich sei nun wirklich erwachsen genug. Sie schlug die Ärmel der Schlafanzugjacke einmal um und schloss den obersten Knopf. »Siehst du«, sagte sie. »Was du ererbt von deinen Vätern.«

Beinahe wäre ich dann schon über dem Geschirrklappern eingeschlafen und darüber, wie die Stifte auf dem Papier kratzten, als sie alle vier zusammen die Schildchen für die Einmachgläser beschrifteten; oder darüber, wie sie lachten, wenn sie einander vorlasen, was sie geschrieben hatten. Doch so richtig schlief ich erst ein, nachdem sie das Licht in der Küche gelöscht hatten und ins Wohnzimmer gegangen waren und als ihre Stimmen, mal durcheinander, dann wieder der Reihe nach, und immer mit beinahe derselben Lautstärke durch die Wand kamen. Auf dem Herd machte der Einkocher ein feines, helles, singendes Geräusch.

Gegen Mitternacht wachte ich auf. Kein Grund zur Sorge; das war damals immer so gewesen. Ich setzte mich auf. Sie hatten die Küchentür offen gelassen, und als ich lange genug in den Flur gestarrt hatte, schwebten aus dem tiefschwarzen Viereck die bunten Perlen in den Raum und flossen mir entgegen. Davor hatte ich jedes Mal wieder Angst gehabt. Es gibt, heißt es, bei so viel Schwärze Reflexe innen im Auge.

Ich lauschte. Kein Ton. Leise stand ich auf, ging barfuß durch den dunklen Flur und fand das Klo; die Kette an dem altmodischen Spülungskasten zog ich nicht, um niemanden zu wecken.

Wieder vor der Küche, machte ich einen Moment halt. Es roch feucht, wahrscheinlich vom Einkocher. Dann tastete ich mich weiter zur Treppe, ich stieg hinauf, vorsichtig, woher sollte ich wissen, welche der Stufen knarrte. Der Kokosläufer stach, das lackierte Holz daneben war kühl, das Linoleum oben fast warm dagegen. Ich hielt einen Moment lang den Atem an. Alle Türen waren angelehnt. Ich öffnete die erste, Zentimeter für Zentimeter.

Ins Elternschlafzimmer schien ein wenig die Straßenlaterne. Im großen Bett lagen links die Mutter, rechts die jüngste Schwester, sie drehten einander den Rücken zu. Einen Moment lang dachte ich erschrocken, das da, auf der Frisierkommode, sei eine Perücke, aber es war zum Glück nur ein Hut.

Ins Zimmer der Mädchen fiel vom Garten her Mondlicht. Die Betten standen einander gegenüber, zu beiden Seiten des Fensters. An den Kopfenden jeweils Regale, Gitter aus Metall mit drei Holzböden darin, je einer voller Bücher, auf den anderen verschiedene Sachen. Beide Plumeaus waren hoch aufgetürmt, von den Schwestern war nichts zu sehen.

Ich machte einen halben Schritt ins Zimmer. Es roch ein wenig nach Seife. Mir wurde kalt auf dem Rücken, und ich reckte den Hals. Da, im Regal über dem linken Bett, gleich auf dem untersten Boden, brannte ein kleines rotes Licht, an den Rändern ausgefasert; und als ich auf Zehenspitzen näher heranging, sah ich, das musste ein Radio sein, über das ein Tuch gebreitet war.

Ich kniete nieder vor dem Bett. Nirgendwo wäre es besser gewesen. Langsam schob ich erst die rechte, dann die linke Hand unter das hohe Plumeau. Ein paar Sekunden vergingen. Vielleicht auch eine Minute. Dann griff es mich von beiden Seiten, kniff mich in die Spitze eines Fingers, in den Ballen, und zog an mir. Ich gab nach, ohne zu fragen. Es war eine kurze, schnelle Fahrt. Licht war unter dem Plumeau, gelbliches und rotes, und warm war es. Sie lagen eng beieinander.

AN DIE FRONT

Die jüngere Schwester hatte einen Kopfhörer unter ihr blondes Haar geschoben, die älteste hielt ein Buch in der einen, eine Taschenlampe in der anderen Hand.

»Du hast nicht abgezogen«, sagte die älteste, ohne von ihrem Buch aufzusehen. »Wie soll das morgen sein? Wie denkst du dir das?«

Ich schwieg.

»Komm her! Aber sei bloß ruhig!«

Sie nahmen mich zwischen sich. Die jüngere Schwester ließ mich den Kopf an ihre Schulter legen, da hörte ich leise die Musik unter ihrem Haar. Eine Frau sang italienisch. Die älteste fuhr mir mit der Hand unters Hemd und begann, mir sachte den Rücken zu kratzen, dass ich Mühe hatte, still zu bleiben, wenn es mich angenehm schüttelte. Dabei las sie flüsternd aus ihrem Buch. »Ein Liebesroman«, sagte sie, und: »Davon hast du keine Ahnung.« Gleich entscheide sich alles, hoffentlich müsse sie nicht wieder flennen.

Wie lange ich blieb, das weiß ich nicht. Wenn ich geschlafen habe, dann nur kurz. Irgendwann schalteten sie Licht und Radio aus und schickten mich zurück in die Küche. Dort blieb ich auf dem Sofa sitzen. Irgendwo, vielleicht in einem Schrank, knisterte es, oder es arbeitete das Dielenholz. Als es dämmerte, war mit einem Mal die Stickerei auf dem Handtuchschoner zu lesen. Einer dieser Sprüche, die man liest und wieder vergisst.

Schließlich wurde ganz in der Nähe ein Moped angeworfen. Da zog ich mich an und ging in den Flur. Neben der Tür zum Wohnzimmer hing das Bild eines Mannes in Uniform. Der schwarze Flor daran hielt schlecht. Manchmal fiel er zu Boden. Dann machte man einen neuen und sagte, der würde jetzt halten. Für ewig und drei Tage.

Ich nahm meinen Mantel von der Garderobe. Die Haustür

war verschlossen, doch der Schlüssel steckte im Schloss. Ich drehte ihn leise und trat auf die Straße. Es war ein frischer Morgen, kein Mensch zu sehen in der Siedlung. Ich ging. An der Endstelle wartete der Wagen, der Fahrer lehnte gegen den Kühler und rauchte. Als ich näher kam, trat er seine Zigarette aus, machte sich lang und legte die Hand an die Mütze. Ich grüßte knapp zurück und stieg ein.

Wiener Naht

Es klopfte. »Ja, bitte«, sagte Endepohl. Die Tür zum Assistentenzimmer ging einen Spaltbreit auf. »Herr Doktor Endepohl?«

»Ja?«

»Kann ich noch? Ich meine: das Seminar heute Abend.«

»Ja, sicher.«

Sie trug einen blauen Mantel. Mit ganz kleinen Schritten kam sie heran, sie sah an den Metallregalen empor, dann deutete sie auf den Stuhl neben Endepohls Schreibtisch.

»Bitte.«

Sie strich ihren Mantel unter die Schenkel und setzte sich. Dann stand sie wieder auf. Ob sie vielleicht eine Sekunde lang ablegen dürfe? Sie hängte den Mantel ordentlich über die Lehne.

Endepohl schob einen Seminarreader und ein Informationsblatt zum Rand des Schreibtischs. »Ich bräuchte Namen und Anschrift, Semesterzahl und Nebenfächer.«

»Ellborn.« Sie nahm ihre Brille ab. »Wie Ellbogen, nur Born statt Bogen. Petra. Der Fels, also die Felsin. Das ist mir furchtbar peinlich.«

»Was?«

»Mich so spät anzumelden, gewissermaßen in letzter Sekunde. Oder«, sie sah auf eine winzig kleine Armbanduhr, »zwei Stunden und achtzehn Minuten vor Beginn des Seminars.« Nun ja. Persönliche Gründe, und sie wolle lieber nicht darüber sprechen.

»Ach so«, sagte Endepohl. Er hatte nicht zugehört. Er hatte sie nur angesehen. Die Studentin trug ein Kostüm! Tatsächlich ein Kostüm, aus einem weichen, senffarbenen Stoff, mit dem auch die Jackenknöpfe bezogen waren; der Rock knielang, und die Jacke tatsächlich mit einer Naht von der Schulter herab über die Brust bis zum Saum. Eine Wiener Naht.

»Kein Problem«, sagte er.

Damals, als die Eltern auf das Haus sparten, hatte Endepohls Mutter für Nachbarinnen und Bekannte genäht. Die meisten so um die vierzig. Völlig aus dem Leim, sagte der Vater. Aber verständlich; als Kinder gehungert und dann das Wirtschaftswunder. Doch in Mutters Kostümjacken bekamen sie wieder Figur. Endepohl hatte bei den Anproben in der Wohnküche auf dem roten Sofa hinter dem Schneidertisch gekniet. Und während seine Mutter die Materialkosten und den Arbeitslohn zusammenrechnete, sah er, wie die Frauen sich glücklich vor dem schmalen Spiegel drehten. Sie sähen aus wie Hollywoodstars, sagten sie. Genau mit diesen Worten.

Endepohl schrieb jetzt rasch Namen und Anschrift der Studentin in die Seminarliste. »Für ein Referat müssen Sie noch zum Professor in die Sprechstunde.« Gleich, kurz vor dem Seminar. Allerdings sei es ausgeschlossen, noch eins der späteren Themen zu bekommen. Alles schon mehrfach besetzt.

Sie schlug ein Bein über das andere und strich den Rock gleich wieder glatt. »Hamann«, sagte sie.

»Was?«

Sie fasste ihre Brille an einem Bügel und ließ sie in der Luft kreisen. »Ich habe mich schon für Hamanns Sprachphilosophie entschieden. Rede, dass ich dich sehe!«

»Das ist die zweite Sitzung«, sagte Endepohl. »Schon gleich nächsten Mittwoch. Und Referatabgabe ist Montag bis zwölf.« Er könne da keine Verlängerung gewähren.

»Tja.« Die Studentin schloss die Augen und legte den Kopf in den Nacken. Dass sie sich mit ihrer Anmeldung verspätet habe, heiße ja noch nicht, dass sie gänzlich unvorbereitet sei. Oder denke er vielleicht, ein Laster komme selten allein? Sie setzte die Brille auf und strich ihren Rock noch einmal glatt. Am Revers der Jacke trug sie eine Brosche, ein rötlicher Stein in einer goldenen Fassung.

»Frank!« Endepohl erschrak. Carola, die zweite Assistentin, stand in der Tür. Der Chef lasse fragen, ob er noch einen Reader haben könne.

»Hat er seinen verschusselt?«

Carola zuckte die Schultern. Endepohl deutete auf den Stapel vor sich. Carola nahm eins der Papiere und sah dabei die Studentin an. »Hallo«, sagte sie langsam, mit der Betonung auf der zweiten Silbe. Wieder in der Tür, machte sie Endepohl ein Zeichen: Wer ist das denn? Er tat, als hätte er nichts bemerkt.

»Dann wär's das«, sagte er, als Carola die Tür geschlossen hatte.

Die Studentin legte eine Hand auf ihre Brust, knapp unter die Brosche, genau auf die Wiener Naht. Da falle ihr jetzt wirklich ein Stein vom Herzen, ein Stein so groß wie drei Fäuste. Sie griff hinter sich nach ihrem Mantel.

Endepohl sprang auf, beinahe wäre sein Stuhl umgefallen. Er nahm ihr den Mantel aus der Hand. »Bitte nur über die Schultern«, sagte sie. Eigentlich sei der Mantel schon ein kleines bisschen übertrieben. Aber im Frühjahr wehten die kühlsten Lüfte, da erkälte man sich im Nu!

Endepohl hielt ihr die Tür auf. »Bis gleich«, sagte er. »Achtzehn Uhr, Raum einhundertzehn.« Sie winkte wie ein Schulmädchen, und er sah ihr den Gang entlang hinterher.

Nebenan ging die Tür zum Zimmer des Professors. »Ich glaub's nicht«, sagte Carola. »Wer war denn die Zicke? Kam die vom Karneval?«

Endepohl antwortete nicht, er schob Carola ein wenig zur Seite. »Herr Wimmer?«

Der Professor sah von dem Reader auf.

»Ich habe noch jemanden für das Hamann-Thema. Damit sind wir komplett.«

»Ach, Endepohl«, sagte der Professor. »Sie sind ein Genie.«

Die Einführung in das Hauptseminar über Sprachphilosophie hielt der Professor selbst. Dann trug Endepohl eine Zusammenfassung über Kant vor. Er las ab, gelegentlich unterbrach ihn der Professor für ein paar erläuternde Bemerkungen. Am Ende der Sitzung gab es noch Fragen zum Seminarverlauf. Erfreulicherweise, sagte der Professor, habe sich eine Referentin für das erste Thema gefunden. Hamann. Er nickte Petra zu; die trug noch immer das senffarbene Kostüm. Punkt Viertel vor acht war Schluss.

»Kommst du noch mit irgendwohin?«, sagte Carola.

Endepohl schüttelte den Kopf. Keine Zeit, leider. Im Vorbeigehen nickte er dem Professor zu. Auf dem Flur hielt er sich abseits. Als Petra den Seminarraum verließ, folgte er ihr. Sie ging ins große Foyer, dort öffnete sie ein Schließfach und räumte Papiere aus einer kleinen in eine große Tasche. Endepohl tat ein paar Sekunden lang, als läse er die Anschläge. Dann ging er langsam auf sie zu. »Hallo«, sagte er.

Sie sah sich um und lächelte. »Une surprise«, sagte sie.

»Soll ich mal wetten?«

»Wetten? Was?«

»Dass das selbst genäht ist.« Er griff das Revers ihrer Jacke und rieb es leicht zwischen den Fingern. Dann fuhr er, ohne sie zu berühren, mit ausgestrecktem Zeigefinger an der Naht entlang, von der Schulter herab über die Brust bis zum Saum. »Wiener Naht«, sagte er. »Sehr schwierig. Da braucht es nur irgendwo nicht hundertprozentig zu stimmen, und schon hat man eine Beule, die sich nicht mehr wegbügeln lässt.«

Petra nickte.

»Selbst beigebracht?«

Sie wiegte den Kopf und spitzte die Lippen. »Teils, teils. Viel abgeguckt.« Sie riss die Augen auf und hob einen Finger. »Und zwei Kurse belegt.«

»Nur zwei?«, sagte Endepohl. »Im Ernst?«

Sie schwöre es!

Endepohl sah auf die Uhr. Gerade mal acht. Ein vollkommen unangebrochener Abend. Sie könnten sogar noch ins Kino.

Petra zog die Stirn kraus. Das sei ja ein regelrechter Überfall. Was müsse sie da denken!

«In der Kurbelkiste läuft *African Queen*«, sagte Endepohl. »Ich wette, den kennen Sie nicht.« Er schüttelte den Kopf. »Pardon. Kennst du nicht.«

Der sei ihr leider vollkommen unbekannt. Am Ende eine Bildungslücke? Wie furchtbar!

»Dann los!«, sagte Endepohl. Er nahm ihren Arm.

»Und jetzt?« Sie hatten gerade das Kino verlassen.

»Ich wohne ein bisschen außerhalb«, sagte Endepohl. »Na ja, halbwegs auf dem Land. Und du in der Brückenstraße. Das Wohnheim, oder?«

Woher er das denn wisse? Sie schlug sich leicht an den

Kopf. »Die Seminarliste.« Da habe sie ja praktisch keine Geheimnisse mehr.

»Stimmt. Also?«

»Ich weiß nicht. Aber ich könnte uns ja«, sie machte eine Pause, dann drehte sie sich einmal um sich selbst, dass ihre Tasche flog, »einen schönen starken Kaffee aufbrühen?«

»Einverstanden«, sagte Endepohl. Wann zum Teufel hatte er das Wort aufbrühen zuletzt gehört?

Sie gingen nebeneinander durch die Stadt. Wie lange er schon der Adlatus von Professsor Wimmer sei, wollte sie wissen. Der Adlatus!

»Zwei Jahre.«

»Und du willst dich habilitieren?«

»Das gehört dazu.« Sie kamen auf den Domplatz.

»Darf man das Thema erfahren? Oder ist das streng geheim?« Sie legte den Kopf schief und sah seitlich an ihm hoch, dabei drückte sie einen Finger auf den Mund. Sie könne natürlich schweigen wie ein Grab, wenn das gewünscht sei. Plötzlich griff sie nach seiner Hand, etwas ungeschickt, sie kratzte ihn mit dem Fingernagel und zog die Hand gleich wieder zurück.

»Nichts passiert«, sagte Endepohl. Sie schwiegen eine Weile.

»Ich für mein Teil bin noch ganz unentschieden«, sagte sie. In puncto Examen. »Nächstes Jahr will ich auf jeden Fall ins Ausland.«

»Ach ja?«, sagte Endepohl.

»Ja, Frankreich.« Jetzt ging es über die kleine Brücke. »Mein zweites Fach. Ich finde, dass man vieles auf Französisch besser ausdrücken kann als auf Deutsch.«

Endepohl blieb stehen. »Zum Beispiel?«

»Oh«, sie schwenkte ihre Tasche. So dies und das.

»Ein Beispiel«, sagte er. »Bitte. Oder war das nur eine starke Behauptung?« Nicht, dass er etwas gegen starke Behauptungen hätte. Aber zusammen mit einem Beispiel machten sie sich doch entschieden besser, nicht wahr?

Sie legte einen Finger an die Nasenspitze. »Vielleicht Seele.« Ein deutsches Technokratenwort. So heiße hierzulande auch das Innere eines Kabels. Dagegen *ame*! Wie das schon klinge! Wie ein Hauch.

»Geschmacksfrage«, sagte Endepohl. Und definitiv kein Beispiel für ihre Behauptung.

»Haua.« Jetzt habe er es ihr aber gegeben. Sie zog eine Handtasche aus ihrer Tasche, darin war ein Etui mit einem losen Schlüssel. Sie schloss die Tür zum Wohnheim auf. »Dritter Stock«, sagte sie. »Leider ohne Aufzug.«

Er folgte ihr. Das Zimmer war winzig. Sie zog den Mantel aus und warf ihn auf ein Klappbett. Eine Nackenrolle fiel herunter, Endepohl wollte sie aufheben.

»Liegen lassen!«, rief sie. »Tritt sich fest.« Sie trat vor einen Kühlschrank, auf dem eine Kaffeemaschine, eine Blechdose und zwei Tassen standen, beide mit ihrem Namen. Sie füllte Pulver in den Filter. »Jetzt kriegst du einen Kaffee«, sagte sie. Der wecke im Notfall Tote auf.

Endepohl hatte sich auf einen Klappstuhl aus Plexiglas gesetzt. Gegenüber, am Fußende des Bettes, hing ein großes Foto in einem Wechselrahmen. Eine junge Frau stand am Meeresufer vor einem dunkelroten Sonnenuntergang, den Rücken zur Kamera. Sie war nackt, die Beine hatte sie ein wenig gespreizt, mit einer Hand fuhr sie sich durch die Haare, die andere hatte sie auf die Hüfte gelegt.

Petra drehte sich zu ihm um. Er sei ja so still! Dann schlug sie eine Hand vor den Mund und kniff die Augen zu. »Um Himmels willen!«, rief sie. Was er jetzt wohl denke!

Sie machte einen Schritt, dann blieb sie stehen und winkte ab. Zu spät! Dabei nehme sie es immer weg, wenn Besuch komme. Immer! Und ausgerechnet jetzt.»Tja«, sagte sie und nickte ein paarmal, während sie sich wieder zum Kühlschrank drehte. So gehe es einem, wenn man sich zu sicher fühle. Andererseits sei sie überzeugt, dass eine ästhetische Darstellung niemals anstößig sei.»Milch?«

»Bitte«, sagte Endepohl.

»Übrigens war das auf Juist.« Sie stellte die Tassen auf einen niedrigen Glastisch mit verchromtem Gestell.»Juist ist wunderbar in der Nachsaison, da bricht das Herbe wieder durch.« Zucker sei übrigens keiner im Haus. Eine schlimme Wirtschaft. Sie drehte sich wieder zum Kühlschrank.

Endepohl stand auf. Er trat hinter sie, umfasste sie und drückte sein Gesicht in ihr Haar. Dann fuhr er mit der linken Hand unter ihren linken Arm und zwischen zwei Knöpfen in die Kostümjacke.

»Du«, sagte Petra.

Unter der Jacke war eine Bluse. Die Knöpfe saßen eng nebeneinander, Endepohl musste zwei davon öffnen, um hineinzukommen. Der Spitzenbesatz auf dem BH fühlte sich rau an. Er nahm die Hand zurück, doch nur, um jetzt mit beiden Händen die Bluse aus dem Rock zu ziehen. Mit der Rechten tastete er dann nach dem Verschluss des BH, vergeblich, er fasste das Teil an beiden Seiten und schob es hoch über ihre Brüste.

»He!«, sagte Petra.»Was machst du da?«

Endepohl hatte seinen Kopf nicht aus ihren Haaren genommen. Er biss sie ins Ohr und fuhr ihr mit der Zunge über den Hals, dabei rieb er mit Daumen und Zeigefinger ihre Brustwarzen.»Aua«, sagte sie leise.

Er ließ sie los, ging in die Hocke, griff den Kostümrock

und krempelte ihn hoch. Es krachte in einer Naht, als sei ein starker Faden gerissen.

Endepohl hielt inne, den Stoff noch in den Händen. »Was kaputt?«

Sie antwortete nicht und bewegte ihre Hüften. Er zog wieder, und der Rock rutschte hinauf. Sie trug eine dünne Strumpfhose. Die Farbe passte perfekt zum Kostüm.

Als Endepohl aufwachte, schlief Petra noch. Er blieb ruhig liegen, um sie nicht zu wecken. Ein Fehler, dachte er. Und was für einer! Seit er Assistent bei Wimmer war, hatte es so etwas nicht gegeben.

Immerhin war schon Morgen. Eben hell genug, dass er das Foto mit der Nackten erkennen konnte. Auf Juist, dachte Endepohl. Als das Herbe durchbrach. Wie sie sich geziert haben musste. Grauenhaft! Er tastete vorsichtig, bis er ihr Nachthemd fühlte.

Sie bewegte sich. Gestern Abend hatte er sie alles anbehalten lassen, sogar ihre Brille. Eigentlich hatte sie nicht protestiert. Danach war sie reglos auf dem Klappbett liegen geblieben, die Nackenrolle noch unter dem Bauch, das Gesicht in den Armen verborgen, den Rock zusammengeknäult um die Taille, Strumpfhose und Slip um den linken Fuß gewickelt, ein Stück vom BH über dem Jackenkragen.

Endepohl war lange in dem winzigen Bad geblieben. Als er zurückkam, saß sie nackt auf dem Bett, den Rücken gegen die Wand gelehnt und die Arme vor der Brust verschränkt. Er hatte sie zu sich gewinkt.

»Warum?«

»Setz dich hierhin.« Endepohl hatte Bücher und Papiere auf einem kleinen Schreibtisch zusammengeschoben.

»Das ist kalt!«

»Halt still!« Mit der Schreibtischlampe hatte er den Schattenriss ihrer Brüste an die Wand geworfen, auf einem Papier die Linie nachgezogen und ihr das Blatt gezeigt.

»Vollkommen rund! Wie ich mir dachte.«

Sie friere so, hatte Petra gesagt. Dann war ein Nachthemd mit Spitzenkragen zum Vorschein gekommen.

Ob das auch selbstgemacht sei? Natürlich, was sonst.

Endepohl gähnte laut. Heute war Donnerstag. Den Rest der Woche hatte er keinen Dienst mehr. Also Zeit genug, erst einmal Abstand zu gewinnen. Er hustete, Petra drehte sich zu ihm und sah ihn an.

Er setzte sich auf. »Hallo!« Er habe einen Vorschlag zu machen. Er hole Brötchen, und sie koche Kaffee.

»D'accord«, sagte sie leise.

Er zog sich an und gab ihr einen Kuss. »Aber so stark wie gestern, hörst du!« Sie nickte. Draußen war es frisch. Endepohl ging zum Institut, schloss sein Rad auf und fuhr nach Hause. Gegen Mittag klingelte ein paarmal das Telefon. Er hatte ihr seine Nummer nicht gegeben, trotzdem hob er nicht ab. Später stellte er das Telefon aus; am Wochenende fuhr er zu seinen Eltern.

Am Montag hatte Endepohl Dienst. Er schloss sich im Assistentenzimmer ein; musste er in die Bibliothek, sah er vorher lange in den Gang. Gegen elf rief Wimmer ihn zu sich. »Sollten wir nicht bis Mittag das Referat von Ihrer Frau Ellborn kriegen?«

»Ich lege es gleich rein.«

»Nein«, sagte Wimmer. »Ich bin auf dem Sprung. Bei mir zu Hause ist Trouble. Seien Sie so gut: Sehen Sie es durch, und legen Sie es in mein Fach. Ich komme Mittwoch zur Sprechstunde.«

»Kein Problem«, sagte Endepohl. Dann schrieb er einen Zettel: Referate bitte ins Postfach, und als Wimmer gegangen war, hängte er ihn an die Tür des Assistentenzimmers.

Kurz vor zwölf klopfte es. Endepohl antwortete nicht.

»Ich weiß, dass du da drin bist«, sagte Petra. »Bitte, mach auf.«

Endepohl öffnete. »Tut mir leid«, sagte er. Aber Wimmer sei indisponiert, möglicherweise müsse er die Hamann-Sitzung leiten, und da gebe es noch eine Menge Arbeit.

»Du lügst«, sagte Petra. An ihm vorbei trat sie ein, und er schloss rasch die Tür. In der Mitte des Zimmers drehte sie sich um und stampfte mit dem Fuß. »Du hast mich benutzt«, sagte sie. »Du hast mich gebraucht und weggeworfen.«

»Das sind Phrasen«, sagte Endepohl. »Wir haben miteinander geschlafen.«

»Du hast deine Machtstellung schamlos ausgenutzt.«

»Dass ich nicht lache!« Er wies auf ihre Tasche. »Apropos. Hast du dein Referat fertig?«

Sie zog einen Schnellhefter hervor und warf ihn vor seine Füße. Er hob ihn auf. »Fünfzehn Seiten plus Thesenpapier. Ausgezeichnet. So soll es sein.« Er legte den Hefter ins Regal, dann ging er zu ihr. »Zeig mal!« Er schlug ihren Mantel ein wenig zur Seite.

Petra trug einen dunkelblauen Hosenanzug, eindeutig maritim geschnitten. Die Jacke erreichte nur knapp den Hosenbund, vermutlich war sie ärmellos. Die Bluse darunter hatte einen Hemdkragen.

»Lass mich raten«, sagte Endepohl. »Der Reißverschluss sitzt an der Seite?« Er tastete mit der Rechten. »Richtig. Und am Bund zwei Haken und Ösen.« Er drückte die Haken heraus und zog den Reißverschluss herunter, dabei drängte er Petra zum Schreibtisch, bis sie mit den Schenkeln gegen die

Platte stieß. Er schob die rechte Hand von hinten in ihre Hose, mit der linken griff er durch das Ärmelloch der Jacke nach ihrer Brust.

»Nein«, sagte sie.

Er küsste sie aufs Ohr. »Weißt du«, sagte er, »das Tollste waren die Brautkleider. Vor allem wegen der Unterröcke.«

»Was?«

Seine linke Hand war jetzt in ihrer Bluse. »Die ganze Küche«, sagte er ihr ins Ohr. »Stell dir vor, die ganze Küche lag voller Stoff. Alles schneeweiß und Spitze und Tüll. Es gab nichts Warmes zu essen, damit der Geruch nicht in den Stoff zog. Mein Vater hat geflucht.«

»Lass mich los.«

Endepohl hatte mit der Rechten den Spalt zwischen ihren Beinen erreicht. Die Linke nahm er aus der Bluse und führte ihr damit die Hand. »Ganz am Schluss«, sagte er. »Bei der letzten Anprobe, da entschied es sich dann.«

»Was?«

»Alles.« Er fuhr ihr mit der Zunge ins Ohr. »Einmal mussten wir einen Draht in den Saum stecken, damit es richtig fiel. Ganz langsam. Die Braut stand auf dem Tisch«, er holte zitternd Luft, »meine Mutter hielt den Saum und ich –«

»Vorsicht!«, sagte Petra.

»Respektabel, Ihre Frau Ellborn.« Der Professor klopfte auf den Schnellhefter. »Wir sollten sie einfach alles vortragen lassen. Was meinen Sie?«

Endepohl machte eine Handbewegung.

»Ich habe Ihren Kommentar gelesen. Ziemlich streng. Sonst sind Sie doch eher gnädig?«

Carola grinste.

»Außerdem haben wir ja keine Wahl. Also los!« Zusammen gingen sie in Richtung Seminarraum. »Übrigens«, der Professor tippte Endepohl an den Arm, »ohne in Einzelheiten zu gehen, ich muss heute nach dem Seminar sofort wieder weg. Wenn also noch Unklarheiten sind –«

»Kein Problem«, sagte Endepohl. Im Seminarraum wartete er, bis der Professor vorn an den beiden quer stehenden Tischen Platz genommen hatte, dann setzte er sich rechts neben ihn und rückte seinen Stuhl noch ein wenig zur Seite. Carola saß links. Es wurden ein paar Taschen geschlossen, dann war es still.

Endepohl sah langsam von Platz zu Platz. Die Tische standen in einem vorne offenen Rund. Petra hatte letzte Woche schräg links gesessen. Jetzt war sie nicht da. Er beugte sich vor. Hier und da waren Stühle frei geblieben.

»Guten Abend, meine Damen und Herren«, sagte der Professor. »Erwartungsgemäß sehe ich wieder einige, die nicht da sind. Und zu meiner besonderen Bestürzung ist darunter auch unsere heutige Referentin.« Was wohl bedeute, dass man über Hamanns Sprachphilosophie im Ungewissen bleibe.

Endepohl schloss einen Moment die Augen und atmete durch. Dann öffnete er eine schwarzrote Kladde, an den Kopf der ersten freien Seite schrieb er Datum und Titel des Seminars, an den Rand ein großes P mit einem Ausrufezeichen und einem Minus.

»Warten wir noch fünf Minuten«, sagte der Professor. Vielleicht wieder ein Desaster im öffentlichen Nahverkehr. »Ich lasse einstweilen Frau Ellborns Thesenpapier rundgehen.« Vielleicht könne das die Autorin herbeibeschwören.

»Oder«, der Professor wandte sich zur Seite, »unser Herr Endepohl könnte vertretungsweise einen Abriss des Hamannschen Werkes aus dem Ärmel schütteln?«

Endepohl tat bestürzt.

»Keine Sorge«, sagte der Professor, »natürlich außer Konkurrenz.« Alle lachten. Da ging, ganz langsam, die Tür einen Spaltbreit auf; jemand sah herein und verschwand gleich wieder. Nach ein paar Sekunden drückte sich Petra auf Zehenspitzen hinein und zog die Tür sehr vorsichtig ins Schloss. Niemand konnte ihren Auftritt verpassen.

»Na also!« Der Professor schlug Endepohl leicht auf die Schulter. »Vom Gong gerettet.«

Endepohl versuchte eine komische Bewegung. Dabei sah er Petra aus den Augenwinkeln. Sie trug etwas Helles, wahrscheinlich ein Kleid; doch während sie jetzt hinter der Stuhlreihe zu einem der freien Plätze ging, war nur hier und da ein Stück Blumenmuster zu erkennen.

Und was trug sie darüber? Einen Bolero. Tatsache, dachte Endepohl. Cremeweiß, runder Halsausschnitt und vorn auf der Brust nur ein Knopf und eine genähte Schlaufe.

»Können wir?«, sagte der Professor.

Petra strich sich das Kleid unter die Schenkel, setzte sich und stellte ihre große Tasche auf den Tisch. Dann legte sie eine Hand an den Hals, atmete einmal tief ein und tat, als fächele sie sich mit der anderen Hand Luft zu. Sie schüttelte kurz den Kopf.

Endepohl biss die Zähne aufeinander, dass es in den Kieferknochen schmerzte. »Gut«, sagte der Professor. »Dann eben noch eine kleine Rekapitulation.« In der letzten Stunde habe man gesehen, wie kurz Kant davorgestanden habe, die Sprache zur Grundlage menschlichen Denkens zu erklären. »Aber natürlich«, der Professor machte eine entschuldigende Geste, »konnte er als Berufsaufklärer eine so unordentliche Geschichte wie das Sprechen nicht dermaßen hochschätzen.«

Ein paar der Studenten lachten. Petra hatte jetzt Papiere und Bücher vor sich ausgebreitet.

»Doch lassen wir Kant Kant sein«, sagte der Professor. Frau Ellborn scheine ihm wiederhergestellt, und er wolle die Spannung nicht ins Unerträgliche steigern.

Petra setzte ihre Brille auf und räusperte sich. Mit Daumen und Zeigefinger der linken Hand griff sie nach dem Knopf an ihrem Bolero. »Na!«, sagte sie, als es nicht beim ersten Mal gelang. Dann ging der Knopf durch die Schlaufe, und sie legte den Bolero über die Lehne des Stuhls.

Endepohl zog fest an seinen kurzen Koteletten. »O Gott«, sagte er leise. Petra trug wirklich ein helles Kleid mit einem Muster aus roten, zu Sträußen gebundenen Blumen. Ein klassisches Cocktailkleid, auf Taille gearbeitet, vermutlich mit einer eingenähten Korsage. Und schulterfrei. Falsch! Mit Spaghettiträgern, doppelten Spaghettiträgern, wahrscheinlich oben auf der Schulter mit zwei, drei Stichen zusammengenäht.

Es war sehr ruhig geworden. Endepohl schloss seine Kladde. Die Spaghettiträger waren zu lang. Viel zu lang! Oder die Korsage saß falsch. Oder irgendetwas stimmte nicht in der Taille. Es war nicht zu fassen! Er hätte schreien mögen. Was war da passiert? Den Schnittmusterbogen falsch durchgepaust? Oder beim Abmessen verlesen? Wie auch immer. Jedenfalls saß diese Frau jetzt hier, ihm schräg gegenüber, sicher mit Absicht, bestimmt sehr gut vorbereitet, vor sich fünfzehn eng beschriebene Seiten über Hamann, und ihr furchtbares Cocktailkleid endete höchstens einen halben Fingerbreit über den Brustwarzen ihrer vollkommen runden Brüste.

Ich könnte einfach rausgehen, dachte Endepohl. Zu Wimmer würde er sagen, eine plötzliche Übelkeit.

»Nun also«, sagte Petra. Wenn es erlaubt sei, wolle sie ihren kleinen Vortrag unter ein Motto stellen. Sie schlug weit ausholend ein Reclamheft auf und zitierte: »Rede, dass ich dich sehe.« Sie sah in die Runde. Der damit angedeutete Vorrang der sprachlichen Wahrnehmung im menschlichen Leben sei nämlich maßgebend für Hamanns Denken, zugleich werde damit die sinnliche Qualität der Sprache betont. Sprechen ist gleich Erscheinen.

»Sehr schön«, sagte der Professor.

Endepohl saß starr. Am weitesten vorne auf Petras Tisch lag der Seminarreader. Beim ersten Griff danach müssten ihre Brüste aus der Korsage fallen. Wie, Endepohl suchte nach einem Vergleich. Wie Apfelsinen vielleicht? Er biss sich auf die Zunge. Schließlich waren sie absolut rund gewesen. Den Schattenriss hatte er mitgenommen, er steckte in einem Buch.

Endepohl hob eine Hand und schnippte mit den Fingern.

Der Professor sah ihn an. Ob es da wirklich schon etwas anzumerken gebe?

»Ja«, sagte Endepohl ohne Stimme. Er räusperte sich. »Ja«, sagte er noch einmal laut.

»Zum Beispiel *African Queen*.« Er rieb kurz einen Nasenflügel. »Der Film. Afrika, der Dschungel, die Sümpfe. Opulente Bilder, große Gefahren und mittendrin die unwahrscheinliche Liebe. Aber praktisch alles der schiere Dialog.«

»Ja«, sagte der Professor. »Und?«

Endepohl schlug mit der flachen Hand auf seine Kladde. »Nur ein Beispiel.« Das verstehe man, oder man verstehe es nicht. Je nachdem. Hamann jedenfalls werde so lange missverstanden, wie man weiter um den heißen Brei herumrede.

»Lassen wir Frau Ellborn doch erst einmal fortfahren«, sagte der Professor. Er schnitt Endepohl eine erstaunte Grimasse. Der verzog keine Miene.

Petra hatte inzwischen getan, als ordne sie ihre Papiere.

Jetzt wollte sie wieder zu sprechen beginnen, da stand Endepohl auf. Er ging um den Tisch herum, trat in die Mitte des Raums und hob eine Hand. »Rede, damit ich dich sehe«, sagte er. »Vollkommen richtig. Aber was bedeutet es? Ich nenne ein weiteres Beispiel, das erste, das mir einfällt. Einen Moment!« Er legte wieder einen Finger an seine Nase.

»Herr Doktor Endepohl!«

»Sekunde. Ich habe gleich eins.« Endepohl machte ein paar Schritte zu Petras Tisch und stützte sich mit den Händen darauf. Er hatte sich nicht verschätzt: Wenn er so stand, konnte er beinahe den äußersten oberen Rand einer Brustwarze sehen. »Petra«, sagte er leise. Sie saß ganz ruhig und sah zu ihm hoch. Dann griff sie mit der rechten Hand zu der Stelle, wo die Spaghettiträger auf ihrer Schulter vernäht waren.

»Frank?«

Endepohl schob den Seminar-Reader zurück in die Mitte des Tisches und deutete auf den Bolero. Sie machte ein Zeichen, dass sie nicht verstehe.

»Herr Endepohl, ich hätte gern eine Erklärung für Ihr Verhalten!«

»Richtig!« Endepohl schwang herum. »Bleiben wir doch der Einfachheit halber bei der großen Liebe. Oder etwas genauer: beim Geschlechtsverkehr.«

Es waren Stimmen zu hören. »Herr Endepohl«, sagte der Professor, »Sie fallen gerade ein kleines bisschen aus der Rolle. Setzen Sie sich doch bitte wieder auf Ihren Platz! Wir haben dann vielleicht später Zeit für Sie.«

»Einen Moment noch.« Endepohl trat zurück in die Mitte. »Die Liebe ist geschwätzig«, sagte er. »Einverstanden? Rede, damit ich dich liebe. Gut. Aber der Vollzug der Liebe ist sprachlos.« Er lachte. Von gewissen Lauten abgesehen, die man wohl besser nicht zur Sprache rechne.

Er hob eine Hand. »Was also heißt, im Sinne Hamanns, dass die Sprache sich wie die Liebe im Verstummen erfüllt.« Man schweige und werde unsichtbar. Um der Liebe den Platz zu bereiten. Er sah um sich. Oder sei da vielleicht jemand anderer Meinung?

Carola schnippte mit den Fingern. Der Professor nickte ihr zu. »Im Prinzip vollkommen d'accord«, sagte sie, »bis auf die Schlussfolgerung natürlich.« Der Kollege übersehe nämlich, dass in der Liebe auch jedes Verstummen beredt sei. Vermutlich sogar beredter als so manches Gerede.

»Gut gegeben«, sagte der Professor. Es gab Gelächter.

Überhaupt, sagte Carola, sei es wahrscheinlich eine typisch männliche Beziehungstaktik, Sprachlosigkeit als Innigkeit zu tarnen. Jetzt lachten alle.

Endepohl klatschte lautlos in die Hände. »Gut«, sagte er, als es wieder ruhig geworden war. »Ich sehe alles ein. Und ich nehme alles zurück. Auch die *African Queen*. Aber wir müssen ehrlich sein.« Er wies mit ausgestrecktem Arm, ohne sich umzudrehen, auf Petra. »Diese Frau ist eine Zumutung.« Zuerst war alles still, dann gab es ein paar Rufe.

Der Professor stand auf. »Herr Endepohl, bei aller Liebe, aber ich kann Ihren Auftritt keinen Moment länger dulden.«

»Es tut mir leid«, sagte Endepohl. »Aber was soll ich sagen?« Er schnippte mit den Fingern. »Sie ist affektiert. Jawohl. Vollkommen überdreht. Sie sagt absolut unmögliche Sachen, und sie zieht sich an wie eine Schneiderpuppe.« Er machte eine Pause. »Sie hat keine Ahnung, wie sehr sie sich lächerlich macht.«

Endepohl sah zu Boden. »Dabei sind ihre Brüste vollkommen rund. Wie die einer griechischen Göttin. Aber zu ertragen ist sie nur, solange man sie vögelt.« Es wurde laut im Seminar.

Der Professor nahm seine Papiere. »Ich gehe jetzt«, sagte er in den Lärm hinein. »Ich glaube, ich sollte hier nicht länger Zeuge sein. Herr Endepohl, ich erwarte Sie in meinem Dienstzimmer. Umgehend! Frau Doktor Regner wird das Seminar weiterführen.« Er ging hinaus, im Raum wurde es wieder still.

»Frau Ellborn«, sagte Carola, »vielleicht fahren Sie einfach fort mit Ihrem Referat? Wenn das möglich ist.«

Petra stand auf. Endepohl dreht sich zu ihr. Sie zog ihren Bolero an, der Knopf passte glatt durch die Schlinge. Dann wischte sie Bücher und Papiere mit einer einzigen Handbewegung nach vorne vom Tisch.

Sie sah auf. »Arschloch«, sagte sie. Dann drückte sie sich hastig hinter der Stuhlreihe vorbei Richtung Ausgang; sie stolperte über eine Tasche und wäre beinahe gefallen. Die Tür ließ sie offen. Endepohl ging langsam zurück zu seinem Stuhl.

»Puh«, sagte Carola. »Starker Abgang. Und jetzt mein nächster Vorschlag: Wir haben immerhin noch Frau Ellborns Thesenpapier. Und da Sie natürlich alle den Hamann-Text kennen, könnten wir vielleicht auf dieser Grundlage fortfahren. Oder hat jemand einen anderen Vorschlag?« Niemand meldete sich.

Endepohl saß jetzt wieder an seinem Platz. Er schlug die Kladde auf. Das P mit dem Ausrufezeichen und dem Minus unterstrich er zweimal. Alle Blicke der Studenten waren auf ihn gerichtet. Carola machte ihm ein Zeichen, er solle gehen.

Nein, er würde bleiben. Das halte ich aus, dachte Endepohl. Locker. Man muss nur das Richtige tun und die Wahrheit sagen, dann erträgt man alles.

Tischfußball

»Na los«, sagte die Fee. »Dein Wunsch.« Sie verdrehte die Augen. »Entschuldigung. Ihr Wunsch.«

Kerkhove schaute immer noch aus dem Fenster. Böschungen, darauf dichtes Grün. Pflanzen, die nur auf Böschungen neben Gleisen wachsen. Und der Himmel blau. Blau und weit und offen, dachte Kerkhove, und dass er sich lieber schlagen ließe, bevor er das auch nur ein einziges Mal schreiben würde: der Himmel weit und offen.

Die Fee streckte ihre Beine in den Gang. Sie war groß. Im Sitzen war das natürlich schwer zu schätzen, aber möglicherweise über eins achtzig. »Ich höre«, sagte sie.

»Tischfußball«, sagte Kerkhove. »Schaffen Sie das?«

Sie zog die Augen zu Schlitzen. Dann senkte sie den Kopf, und das lange blonde Haar fiel ihr ins Gesicht. Eine attraktive Frau, dachte Kerkhove. Keine besondere Erscheinung, nichts Charakteristisches, vielleicht sogar ein bisschen gewöhnlich. Aber ausgesprochen attraktiv.

»Kicker?«, sagte sie.

Kerkhove nickte.

»Du wünschst dir einen Kicker?«

Kerkhove wollte die Fee nicht noch einmal bitten, ihn zu siezen. »Nein«, sagte er, »ich habe schon einen. Im Keller.«

»Und was dann?« Sie zog die Beine wieder vor den Sitz, weil jemand mit einem Koffer durch den Gang kam. Dann griff sie mit der rechten Hand in den Ausschnitt ihres T-Shirts und zog an einem ihrer BH-Träger.

»Sitzt er nicht?«
»Der ist neu«, sagte die Fee. »Mal einen Blick riskieren?«
»Klar!« Mittlerweile hatte Kerkhove begriffen, dass niemand außer ihm die Fee sehen konnte. Sie packte den Ausschnitt des T-Shirts mit beiden Händen und zog den Stoff so weit nach unten wie es ging. Der BH war schwarz, sehr schlicht, kein Schnickschnack. Nur zwei knappe dreieckige Schalen, am unteren Ende durch einen schmalen Steg verbunden. Dazwischen das schönste Dekolleté, das Kerkhove jemals gesehen hatte.

»Müssen Sie so gut aussehen?«

Die Fee ließ das T-Shirt los. Es war jetzt so ausgeleiert, dass es ihr fast von der Schulter rutschte. »Ist besser so«, sagte sie. »Die Leute geben sich dann mehr Mühe mit dem Wünschen.«

»Tatsächlich? Und warum?«

Die Fee riss die Augen auf, um sie dann ein paarmal rasch zu schließen. Sie legte einen Finger auf ihre Unterlippe und zog sie ein wenig herab. »Sex«, sagte sie. »Das hilft immer.« Sie streckte die Beine wieder aus. »Was ist jetzt mit dem Kicker?«

»Ich möchte Weltmeister werden«, sagte Kerkhove.

»Puh«, sagte die Fee. »Gibt's denn fürs Kickern eine WM?«

»Keine Ahnung.« Kerkhove schaute wieder aus dem Fenster. Böschungen, Pflanzen, Himmel. Schönes Wetter bei einer Fahrt in die bayrische Provinz. »Jedenfalls bin ich nicht gut im Kickern. Ich traue mich nicht einmal in die Kneipe, wenn sie Turniere machen.«

Als er den Kopf wieder wandte, hielt die Fee ein sehr kleines Notebook auf dem Schoß. Sie bediente es mit der Spitze ihres linken Zeigefingernagels.

»Bingo«, sagte sie. »Eine Kicker-WM. Die gibt's tatsächlich.

Soll ich dir die Regeln vorlesen?« Sie klappte das Notebook zu, ohne auf seine Antwort zu warten.

»Danke«, sagte Kerkhove.

»Aber das kann doch nicht dein Ernst sein!« Die Fee hatte jetzt einen ganz anderen Ton, der schlecht zu ihrem ausgeleierten T-Shirt passte. »Mann, du hast einen Wunsch frei! Das ist jetzt bitte sehr der Moment, an dem sich dein Leben ändern kann.« Sie beugte sich zu Kerkhove herüber. »Und zwar zum Besseren«, sagte sie. »Verstanden?« Sie tippte sich an die Stirn. »Zum Besseren, Honey!«

»Richtig«, sagte Kerkhove. »Mein Leben soll besser werden. Ich spiele gerne Tischfußball, aber schlecht. Niemand will mit mir spielen. Wenn ich Weltmeister wäre, würden sich alle um mich reißen.«

»Klar! Um dich zu schlagen.«

»Na und? Es würde mein Leben verändern. Außerdem möchte ich mindestens zehn Jahre lang Weltmeister bleiben.«

Die Fee lehnte sich zurück. »Es gab mal einen, der wollte mit mir schlafen. Und zwar auf der Stelle. Sofort.«

»Wo war das?«

Die Fee machte eine Handbewegung. »Egal. Es wär' schon irgendwie gegangen.«

»Aber?«

»Ich konnt's ihm noch mal ausreden.«

»Mir redet man schwer etwas aus«, sagte Kerkhove.

Sie schwiegen eine Zeit lang. Dann tippte die Fee mit ihrem langen Fingernagel an seinen Arm. »Ich weiß, was du willst. Es soll aussehen, als wär' dir die Sache«, sie pfiff kurz durch die Zähne, »schnuppe, piepegal. Cool, wirklich. Oder existenzialistisch. Ich bin echt begeistert.«

Kerkhove lachte. »Sie kennen aber Worte!«

»Vergiss nicht, ich komme viel herum.«

Der nächste Bahnhof wurde angekündigt. »Du musst raus«, sagte die Fee. Sie kam sehr elegant auf die Füße. Als sie im Gang stand, war sich Kerkhove sicher, dass sie über eins achtzig war. Ihre Jeans saß eng auf den Hüften. Mit einer solchen Figur konnte einem die Mode egal sein.

Die Fee zog an der Jeans, ohne dass die sich auch nur einen Zentimeter bewegte. Dann beugte sie sich über Kerkhove und sah aus dem Fenster. »Ein ziemliches Nest, oder?«

»Ich kann es mir nicht aussuchen.« Kerkhove drückte sich unter der Fee hindurch und holte seinen Rucksack aus dem Gepäckfach.

»Übrigens. Ich habe Zeit. Kann ich heut' Abend dabei sein?«

»Interessieren Sie sich etwa für Literatur?«

Sie lachte. »Was denkst du? Ich bin eine richtige Leseratte.«

Sie trat ganz nah an ihn heran. Einen Moment lang dachte Kerkhove, sie würde ihn gleich anfassen. So wie ihn damals die anderen Jungs auf dem Schulhof immer angefasst hatten. Nach außen hin alles ein Spaß, natürlich, aber immer mit Hintergedanken. Und am Ende tat es richtig weh.

»Keine Angst«, sagte die Fee. »Ich bin auch ganz still.«

»Von mir aus.«

Dann hielt der Zug. Kerkhove ließ sich schon lange nicht mehr am Bahnhof abholen. Das führte nur zu Peinlichkeiten. Beim letzten Mal hatte er einer Buchhändlerin helfen müssen, den Beifahrersitz ihres winzigen Autos leer zu räumen. Dabei hatte er unmögliche Dinge anfassen müssen. Er verabredete jetzt immer, dass man sich im Veranstaltungsraum traf, eine halbe Stunde vor Beginn der Lesung.

Vor dem kleinen Bahnhofsgebäude standen zwei Taxis. »Mach's nicht«, sagte die Fee. Sie hatte sich eine ärmellose Jeansjacke mit weißem Fellbesatz um die Schultern gelegt. In der linken Hand trug sie eine Tasche mit Fransen. »Das sind nur ein paar Hundert Meter bis zum Hotel. Und später ist es dir peinlich, denen die Quittung zu schicken.«

»Ach ja? Und in welche Richtung bitte?«

Ohne ein Wort ging die Fee voran. Kerkhove hatte Mühe, an ihre Seite zu kommen. Die Straße führte leicht bergauf in die kleine Stadt.

»Übrigens«, sagte die Fee. »Bei den Weltmeisterschaften spielen sie immer in Mannschaften. Also zwei gegen zwei.«

»Sie meinen, ich bräuchte einen Partner.«

Die Fee schüttelte den Kopf. »Das machen die schon. Die losen.« Sie blieb kurz stehen. »Aber du bist nicht der Typ für Spiele mit Partner.« Sie lachte.

»Beim Tischfußball berührt man sich nicht.«

»Mach dir nichts vor.« Die Fee zog einen ihrer hochhackigen Schuhe aus und drehte ihn um. Ein kleiner Stein fiel heraus. »Was liest du eigentlich heute Abend?«

»Dies und das.« Kerkhove war langsam ein Stück vorausgegangen.

»Dein letztes Buch«, sagte die Fee, »war das vor drei oder vor vier Jahren?«

»Fünf. Und frag nicht, wenn du schon alles weißt!«

»So kommt man sich näher.« Sie winkte. »Hilf mir mal, bitte!« Kerkhove stützte sie, während sie wieder in ihren Schuh schlüpfte. »Weißt du, was?«, sagte sie. »Ich würde jetzt gerne duschen. Im Ernst.«

Das Hotel hieß *Hof zur Linde*. In kleinen Hotels gab es nie Probleme. Hier wussten alle gleich, wer dem Schriftsteller das Zimmer bezahlte. In großen Hotels gab es manchmal Missverständnisse. Da stand Kerkhove dann an der Rezeption und ging mit den Angestellten die möglichen Sponsoren durch.

Das hier war ein kleines Hotel. Die Wirtin erzählte Kerkhove sofort, dass die Gäste des Gedenkhauses immer ihr bestes Zimmer bekämen. Natürlich zu einem Sonderpreis. Das Gedenkhaus sei ja eher knapp bei Kasse. Und zu den Veranstaltungen kämen nicht viele Leute. Hier im Ort interessiere sich leider kaum jemand für Literatur. Und sie selbst könne auch nie hin; einer müsse sich ja um die Gäste kümmern.

»Oh-oh«, sagte die Fee. Sie spitzte die Lippen und verdrehte die Augen.

»Danke«, sagte Kerkhove, als er den Schlüssel nahm. Der Schlüsselanhänger war ein geschnitztes Tier, größer als eine Faust. Und er finde schon alleine hinauf.

»Immer so wenig Gepäck, die Schriftsteller«, sagte die Wirtin.

Alles meinige trage ich bei mir, wollte Kerkhove sagen, aber er ließ es. Auf dem Zimmer ging die Fee gleich ins Bad. Dort blieb sie etwa eine halbe Stunde, dann legte sie sich in Slip und BH aufs Bett.

»Ich habe eine Feile dabei«, sagte Kerkhove. »Du könntest dir die Nägel feilen. Das sähe dann noch eine Spur lasziver aus.«

Die Fee besah ihre Nägel, indem sie die Finger spreizte. »Kein Bedarf.« Sie ließ die Finger spielen. »Die gehen nie kaputt.«

»Ich verstehe. Daran hätte ich denken müssen. Das war dumm von mir.«

»Kein Problem.« Die Fee drehte sich auf den Bauch und drückte den Rücken durch. »Bei der Gelegenheit: Sind wir vielleicht irgendwie weitergekommen? Ich meine, in Sachen Wunsch. Oder sind wir immer noch beim Kicker?«

»Wir kommen nicht weiter«, sagte Kerkhove. »Es fällt mir nichts anderes ein.«

»Aus deinem Mund ein seltsames Wort.« Die Fee hatte jetzt wieder diesen anderen Ton. Und wieder glaubte Kerkhove, so etwas wie Angst zu spüren. »Und auch ein beunruhigendes Wort«, sagte sie. »Nicht wahr? Aus dem Mund eines Schriftstellers.«

»Okay«, sagte Kerkhove. »Ich kapituliere. Gesundheit und ein langes Leben.«

»Geht nicht.« Die Fee setzte sich in den Schneidersitz. Nein!, dachte Kerkhove. Es war der Lotossitz. Ihre Füße lagen perfekt auf den Unterschenkeln. Sie faltete die Hände und schloss die Augen. »Mach lieber mal so was«, sagte sie, wieder mit der hohen Stimme. »Das soll den Leuten ziemlich helfen.«

»Mir nicht«, sagte Kerkhove, dann ging er ins Bad. Als er zurückkam, hatte die Fee sich angezogen. Statt des schlabbrigen T-Shirts trug sie jetzt eine weiße, tief ausgeschnittene Bluse mit Rüschen und Bändern. Die Haare hatte sie hochgesteckt, ein paar blonde Strähnen ringelten sich über ihren Ohren oder fielen ihr ins Gesicht.

»Geht das so?«

Kerkhove nickte stumm.

»Müssen wir los?«

»Eigentlich nicht. Aber vielleicht ist es besser, wir gehen schon mal.«

Das Gedenkhaus lag nur zwei Straßen weiter. Sie überquerten einen kleinen Platz mit einem Brunnen in der Mitte. Die Fee ging über das holprige Kopfsteinpflaster, als sei es glatt wie ein Spiegel. Eine Bronzetafel neben der Tür des Gedenkhauses erklärte, wer hier gewohnt und es der Stiftung geschenkt hatte. Sie gingen hinein. Im Vorraum kündigte ein kleines Plakat Kerkhoves Lesung an. Sein Foto war aus einem Buchumschlag kopiert und vergrößert worden, es sah aus wie ein Holzschnitt. Die Fee zeigte darauf und kicherte.

Es war ganz still im Haus. Im Erdgeschoss waren zwei Räume dem Andenken des früheren Bewohners gewidmet. Fotos zeigten, wie es zu seiner Zeit hier ausgesehen hatte. In einem Regal standen seine Bücher, daneben eine Büste, die ein bekannter Bildhauer noch kurz vor seinem Tod gefertigt hatte. Unter Glas lagen ein paar Briefe von seiner Hand, eine Pfeife und eine Brille mit dicken Gläsern.

Die Fee strich mit einem Finger an den Buchrücken vorbei. »Was von ihm gelesen?«

»Ein Buch, neulich.«

»Für den Fall, dass Fragen kommen. Nicht wahr?«

Ein kleines Schild neben der Brille erklärte, dass der Autor in seinen letzten Lebensjahren beinahe blind gewesen war. Er hatte einer Sekretärin mehrere Stunden am Tag diktiert.

»Okay«, sagte Kerkhove. »Ich hab's mir überlegt. Lass uns die Sache abkürzen. Ich wünsche mir einen Porsche Targa. Nein! Kommando zurück. Ich wünsche mir einen Van. Einen Luxus-Van, so ein richtig abgefahrenes Wohnmobil. Ich kann damit zu solchen Lesungen fahren. Dann bin ich nicht mehr auf die Bahn angewiesen. Und nicht mehr auf diese beschissenen Hotels. Wenn ich will, kann ich im Wagen schlafen. Oder ich fahre schon in der Nacht zurück.«

»Ja«, sagte die Fee. »Das ist praktisch.«

Kerkhove streckte ihr die Hand hin. »Abgemacht. Kannst du den Wagen gleich so beschaffen? Oder müssen wir zu einem Händler?«

Die Fee schüttelte den Kopf und zeigte zur Decke. Eine Sekunde später schlug oben eine Tür, Schritte kamen über die Treppe, dann betrat eine Frau im mittleren Alter den Raum. Sie trug einen karierten Faltenrock und eine dunkle Kostümjacke. »Mir war doch so!«, rief sie. Einen Moment schien es Kerkhove, als wollte sie ihn in den Arm nehmen. Doch dann holte die Frau nur umständlich ein Mobiltelefon aus einer Tasche in ihrem Rock. »Ich rufe schnell meine Assistentin«, sagte sie. »Wir wussten ja nicht, dass Sie schon so früh kommen.«

»O bitte!«, sagte Kerkhove. »Machen Sie meinetwegen keinen Aufwand. Ich wollte mich nur kurz umsehen.« Aus dem Augenwinkel sah er, wie die Fee seine Worte tonlos und mit übertriebenen Gesten nachsprach.

»Fräulein Ötzekin?«, sagte die Frau ins Telefon. »Unser Herr Kerkhove ist schon da. Kommen Sie bitte gleich mal runter?«

Kerkhove wollte noch einmal protestieren, ließ es aber, als er sah, dass die Fee hinter die Frau getreten war und eine obszöne Geste machte. Er musste lachen. »Schön haben Sie es hier«, sagte er schnell, um den Anfall zu überspielen.

»Nicht wahr?« Die Frau nahm ihn nun wirklich beim Arm. »Das Haus ist ja ein solcher Segen für diese Stadt. Nur leider«, sie schüttelte leicht Kerkhoves Arm, »weiß hier kaum jemand unsere Arbeit zu schätzen.« Mit ernster Literatur tue sich die Provinz einfach schwer.

Letzten Monat! Sie lachte. Als diese Moderatorin vom Fernsehen da gewesen sei, da sei man dem Andrang natürlich kaum Herr geworden. Die Moderatorin habe eigentlich gar nicht aus ihrem Buch gelesen, sondern mehr so geplaudert. Über dies und das. »Das mögen die Leute«, sagte die Frau. »Und da ist auch schon unser Fräulein Öztekin. Die wird Ihnen jetzt alles zeigen.« Sie müsse sich leider entschuldigen. Der ewige Papierkram. Als sie den Raum verließ, folgte ihr die Fee mit übertriebenem Hüftschwung.

»Sie können mich Dina nennen«, sagte die junge Türkin. Sie hatte pechschwarzes Haar, vielleicht einen Zentimeter lang, höchstens zwei. Sie trug ein bauchfreies Shirt und eine ausgebeulte Jeans mit tiefem Bund. »Ich zeige Ihnen dann mal den Raum.«

Kerkhove nickte. Sie stiegen in eine Art Kellergewölbe, in dem es mindestens zehn Grad kälter war als in den oberen Räumen. »Kleine Lesungen machen wir im Verließ«, sagte die Türkin. »Das ist intimer.« Noch auf der Treppe wandte sie sich um. »Außerdem ist die Akustik besser. Oder ist Ihnen vielleicht zu kalt?«

Ich friere nie, hätte Kerkhove gerne gesagt. Oder: Ich lese grundsätzlich mit freiem Oberkörper. Aber er hielt den Mund.

Das Verließ war ein niedriger, gar nicht mal unfreundlicher Raum, in den vielleicht zwanzig Klappstühle passten. Die Wände waren unverputzt, an der Stirnseite stand ein schwarzes Pult.

»Nett, oder?«, sagte die Türkin.

Die Fee saß in der ersten Reihe. Als Kerkhove ans Pult ging, klatschte sie wild in die Hände. Sie schüttelte den Kopf, dass ihre Haare flogen, und stampfte mit den Füßen. Kein Laut war zu hören.

»Oder sitzen Sie lieber? Dann müsste ich unseren Sessel von oben holen.«

»Ist nicht nötig«, sagte Kerkhove. »Wirklich nicht nötig.«

Dann, sagte die Türkin, sei im Prinzip schon alles geklärt. Auch ein Vorteil von so einem kleinen Raum. Oben dauere das immer ewig, bis Licht und Ton stimmten. Hier unten aber: reingehen und loslegen.

»Prima«, sagte Kerkhove. Die Fee nickte lebhaft.

»Bis gleich.« Als die Türkin sich zum Gehen wandte, sah Kerkhove die verschlungene Tätowierung, die ihr aus dem Hosenbund über den Rücken stieg.

»Übrigens, Herr Schriftsteller«, sagte die Fee. »Ich habe auch eine Überraschung für Sie. Sie können sich heute Abend etwas wünschen. Was darf ich notieren?« Sie saß ganz vorne auf ihrem Klappstuhl, hatte ein Bein über das andere geschlagen und tat, als hielte sie Block und Stift.

Kerkhove war hinter das Pult getreten. »Ich kann nur einen einzigen Trick«, sagte er. »Ich stoppe den Ball mit dem Außenmann der ersten Sturmreihe. Dann flanke ich mir selbst in die Mitte zu und kicke ihn rein. Aber das klappt nun wirklich nicht immer.«

Die Fee tat, als leckte sie an der Spitze des Stiftes.

»Um ehrlich zu sein, meistens kriege ich den Ball gar nicht unter Kontrolle.«

Die Fee schrieb auf ihrem Oberschenkel.

Kerkhove berührte das Stehpult. Es wackelte. »Wenn Gesundheit nicht geht, geht dann Geld? Ich meine, so richtig viel Geld.«

»Du bist Schriftsteller«, sagte die Fee, ohne aufzusehen. »Du kennst dich mit unsereins aus. Also weißt du, dass viel Geld nicht geht. Viel Geld ist zu unpersönlich.«

Kerkhove nickte. »Aber Tischfußball, das würde gehen?«

»Ja.« Die Fee sah auf. »Ich fürchte, ja.«

»Friert dich nicht hier unten?«

»Nein«, sagte die Fee. »Ich möchte bitte ein Eis. Haben wir dafür noch Zeit? Kaufst du mir eins? Draußen ist ein Eiscafé.«

»Natürlich«, sagte Kerkhove.

Das Eiscafé lag so, dass man den Eingang des Gedenkhauses im Auge behalten konnte. »Was meinst du«, sagte die Fee, »ob du auch mal ein Gedenkhaus kriegst?« Sie aß die Kirsche von der Sahnekrone des Fruchtbechers.

»Ich wohne zur Miete«, sagte Kerkhove. Der Eisbecher

stand vor ihm, wenn die Fee daraus aß, musste sie sich zu ihm herüberbeugen. Dabei kam sie ihm so nahe, dass ihn ihre Haarsträhnen im Gesicht kitzelten. Er lehnte sich zurück. »Außerdem musst du doch wissen, ob sie mir mal Denkmale setzen. Oder?«

»Nein«, sagte die Fee. »Ich weiß gar nichts. Ich weiß nicht einmal, was du dir wünschst.«

Es war jetzt kurz nach halb sieben, um sieben sollte die Lesung beginnen. Seitdem sie im Eiscafé saßen, war niemand ins Gedenkhaus gegangen. In den Großstädten kamen die Leute sehr knapp vor Lesungsbeginn, aber in der Provinz waren die meisten schon ziemlich früh da. Wenn sie denn kamen.

»Wie oft ist dir das schon passiert?«

»Dass niemand kommt?« Eigentlich war es nicht unangenehm zu spüren, wie jemand seine Gedanken las. Kerkhove war ein bisschen erstaunt. Er hätte sich das anders vorgestellt. So, dass man fürchtete, man würde sich verlieren. »Zweimal«, sagte er. »Einmal hatte der Buchhändler es einfach vergessen.«

«Ja«, sagte die Fee. »Und einmal war der falsche Raum angegeben. Aber das war nicht schlimm.«

»Nein«, sagte Kerkhove. »Das war nicht schlimm. Das waren bloß Fehler.« Er wies hinüber zum Gedenkhaus. »Schlimm ist es, irgendwo zu sitzen und zu hoffen, dass wenigstens genug kommen, damit es nicht peinlich ist.«

Die Fee stieß mit einem langstieligen Löffel auf den Grund des Eisbechers, wo sich die rote Soße gesammelt hatte. »Heute kommen fünf«, sagte sie.

»Das weißt du?«

»Nein. Das sage ich, um dir Feuer unterm Arsch zu machen. Denn falls du es vergessen hast, mein Lieber, du hast einen Wunsch frei. Und wenn du den Rest Fantasie, der dir noch geblieben ist, zusammenkratzt, dann fällt dir vielleicht ein, was du dir wünschen musst, damit du aus dieser Scheiße hier rauskommst. Und zwar so!« Sie schnippte dermaßen laut mit den Fingern, dass Kerkhove erschrak.

»Ich habe den schönsten Beruf der Welt«, sagte er. »Mit sechzehn habe ich mir gewünscht, Schriftsteller zu werden. Wenn mir damals eine Fee begegnet wäre, hätte ich keine Sekunde gezögert.«

»Aber jetzt zögerst du seit geschlagenen drei Stunden.«

»Eben«, sagte Kerkhove. »Ich bin einfach wunschlos glücklich. Ich habe den schönsten Beruf der Welt. Und diese ganze Scheiße drumherum«, er wies mit einer kleinen Bewegung des Kopfes zum Gedenkhaus, »die stecke ich weg. Locker!« Er holte tief Luft. »Und ich werde mir«, sagte er langsam, jedes Wort betonend, »ich werde mir auch nicht wünschen, dass mir wieder etwas einfällt. Das werde ich nicht, verstanden! Damit hast du nichts zu schaffen. Basta.«

Die Fee sah ihn an. Sie lachte ein kleines Lachen, beinahe nur mit den Augen. »Also bleibt es bei Tischfußball?«

Kerkhove nickte. Und plötzlich wusste er, dass er der Fee unrecht getan hatte. Sie sah ihn weiter an, mit unverändertem Ausdruck, und er spürte, dass er rot wurde. Lieber Himmel! Er musste das unbedingt zurücknehmen. Sie war nicht bloß attraktiv. Und erst recht nicht gewöhnlich! Das war ein Irrtum gewesen. Ein Countrygirl mit Traumfigur und Schlafzimmerblick? Vollkommen falsch! Sie war ganz einfach eine schöne Frau.

Die Fee strich sich eine Strähne hinters Ohr.

Eine wirklich schöne Frau. Kerkhove versuchte, so deutlich zu denken, wie man spricht, damit sie es verstand. Nichts konnte ihr etwas anhaben. Nichts kann der Schönheit etwas anhaben. Und wenn er sie bei sich hätte, immer bei sich, dann könnte auch ihm nichts mehr geschehen. Dann wäre er sicher. Dann wäre er endlich vollkommen sicher. Kerkhove sah über den kleinen Platz. Er erinnerte ihn an seinen Schulhof, dabei war der doch asphaltiert gewesen. So ein Unsinn, dachte er.

»Da sind Sie ja!«, sagte die Frau aus dem Gedenkhaus. Die junge Türkin stand hinter ihr. »Wir haben uns schon solche Sorgen gemacht.«

Kerkhove sah sich um. Die Fee war verschwunden. Dann schaute er auf die Uhr. Es war knapp Viertel nach sieben. »Entschuldigung«, sagte er. »Ich muss ganz und gar die Zeit vergessen haben.« Er stand auf. »Das tut mir furchtbar leid. Ich komme sofort.«

»Nein, bitte«, sagte die Frau. »Wir müssen uns entschuldigen.« Sie faltete die Hände vor der Brust. »Ich hab's Ihnen ja schon angekündigt. Es ist halt nicht leicht hier in der Provinz. Und wo letzten Monat die Moderatorin da war, da haben wir gleich geahnt, dass es danach wieder besonders schwierig wird.«

»Es ist keiner gekommen«, sagte Kerkhove.

Die Frau nickte, dann sah sie zu Boden.

»Ich verstehe.«

»Es ist mir so unangenehm.« Die Frau zog einen Umschlag aus ihrem Faltenrock. »Ihr Honorar. Können wir denn vielleicht noch irgendwas für Sie tun?«

Kerkhove nahm den Umschlag. Er sah an der Frau vorbei. »Du«, sagte er zu der Türkin, »weißt du, ob sie hier irgendwo Tischfußball spielen?«

»Kickern?«, sagte die Türkin. »Klar.« Sie wies über den Platz. »Die Alten gleich da im *Roten Ochsen*.« Die Frau aus dem Gedenkhaus sah sie verständnislos an. »Und die anderen in der Spielhölle. Auch gleich um die Ecke.«

»Welche anderen?«, sagte Kerkhove. »Die Jungen?«
»Ja.« Sie grinste. »Die Türken.«
»Geh voran«, sagte Kerkhove.
In der Spielhölle waren beide Tischfußballspiele frei. Drumherum stand vielleicht ein Dutzend junger Männer. Sie trugen nadelspitze Koteletten und fein ausrasierte Kinnbärte.
»Alles mal herhören«, sagte Kerkhove. »Ich spiele immer allein. Gegen einen oder gegen zwei, egal. Jedes Spiel nur bis fünf.« Er zog die sechs Scheine aus dem Umschlag und legte sie auf den Rand des Spielfelds. »Einsatz pro Spiel hundert Euro auf meiner Seite, zwanzig auf der anderen.«
Die Türken waren herangetreten. »Sind die Bedingungen akzeptabel?«, sagte Kerkhove.
»Klar«, sagte einer. Er stieß einen anderen an den Tisch und nahm schon die beiden Sturmreihen. »Keine Probleme, Mann.«
Kerkhove legte die linke Hand auf den Griff für den Torwart, die rechte auf den für die Mittelreihe. Die jungen Männer standen hinter den beiden Toren gedrängt, mitten unter ihnen die Türkin aus dem Gedenkhaus. Der kleine, harte, weiße Ball rollte ins Spielfeld, langsam lief er über die Mittellinie, dann in Kerkhoves Feld. Der stoppte und täuschte an, dann schoss er.

Trainee Max

»Mensch, fahr doch weiter!« Max will schon hupen, lässt es aber.

Warum jetzt überhaupt noch Leute unterwegs sind! Und so viele. Wann wollen die eigentlich feiern? Es ist doch gleich zehn. Max zieht an dem Wagen vorbei, dann beschleunigt er. Auf die Vorstadt folgen Felder und Wiesen. Das Navigationsgerät schaltet in den Nachtmodus und gleich wieder zurück. Seit ein paar Tagen geht das so. Man könnte damit leben, aber wahrscheinlich wird es demnächst kaputtgehen. Und wenn es kaputt ist, kann man es nicht reparieren. Fährt er also in Zukunft wieder ohne Navi.

»Abbiegung rechts vor Ihnen.«

Das Navi lässt Max einen anderen als den gewohnten Weg durch den Vorort nehmen. Schwer zu sagen, warum. Die Dinger arbeiten mit ziemlich komplizierten Algorithmen. Man fällt ihnen besser nicht gleich ins Wort, auch wenn man den Weg zu den eigenen Eltern immer anders gefahren ist.

»Nach hundert Metern: Biegen Sie links ab!«

Natürlich wird Max es den Eltern sagen. Heute Abend noch, ohne Umschweife, obwohl Silvester nun wirklich nicht der geeignete Zeitpunkt ist. Gibt aber keinen Grund, es zu verheimlichen. Im Gegenteil: Wenn er es nicht gleich sagt, praktisch noch in der Tür, erweckt er nur den Eindruck, es sei eine Katastrophe. Was es nun wirklich nicht ist.

»Biegen Sie rechts ab. Nach hundert Metern: Sie haben Ihr Ziel erreicht.«

Jeder weiß, dass Karrieren heute nicht mehr so wie früher verlaufen. Es passiert einfach mehr, besonders wenn man dermaßen eng an den großen Entwicklungen hängt. Wichtig ist bloß, dass man sich schnell wieder fängt. Sie sind keine Angestellten, hat Fehring gesagt, Sie sind selbstständige Einheiten, die Partnerschaften auf Zeit eingehen. Ziemlich geschwollen geredet, aber in der Sache vollkommen richtig. Max fährt Schritttempo. Vor dem Haus seiner Eltern findet er keinen Parkplatz.

Und Fehring ist kein Arschloch. Außerdem soll man den Überbringer einer schlechten Botschaft nicht verantwortlich machen. Fehring kann nichts dafür, dass die Amerikaner Mist gebaut haben. Hierzulande kann überhaupt niemand etwas dafür. Max würde nicht einmal Hessler zur Rede stellen. Die Bank hat nur mitgezogen. Sie hat getan, was die anderen taten, jahrelang, um so zu verdienen, wie die anderen verdienten. Nämlich gut. An Hesslers Stelle hätte Max genauso entschieden, wie der es getan hat. Und im Fernsehen würde er sagen, was Hessler heute Abend gesagt hat: Dass man ein Opfer von Vorgängen ist, die man nicht kontrollieren konnte. Und dass es ihm leid tut für die, die jetzt ihre Jobs verlieren.

Max muss zwei Straßen weiter fahren, bis er einen Parkplatz findet. Sind etwa alle Kinder wieder zu Hause bei Mama und Papa? Er steigt aus. Als er die Tür ins Schloss wirft, pfeift ein kleiner Feuerwerkskörper an seinem Kopf vorbei. Max dreht sich um, aber da ist niemand zu sehen. Es lacht auch niemand aus einem Versteck.

Natürlich wird es den Eltern die Feier verderben. Max geht langsam durch die ruhigen Straßen. Und es wird schwer sein, sie zu beruhigen. Die Eltern leben hinter dem Mond. Im öffentlichen Dienst wird nicht gekündigt, es sei denn, man klaut. Sie werden nie verstehen, dass es in seinem Metier kein risikofreies Leben gibt. Und überhaupt nirgendwo sonst. Max wird sagen, dass auf eine Krise wieder bessere Zeiten folgen. Das ist ein Naturgesetz.

Jetzt tastet er in der Manteltasche nach dem richtigen Schlüssel. Den erkennt er blind, er hat seitlich am Bart einen Wulst. Eigentlich ist es peinlich, dass er diesen Schlüssel noch hat. Er klingelt auch, wenn er seine Eltern besucht. Aber abgeben will er den Schlüssel nicht, und seine Eltern haben nie danach gefragt.

Fünf Schritte vor der Tür schaltet ein Bewegungsmelder das Außenlicht ein. Das Namensschild der Eltern passt als einziges noch zu der Klingelleiste. Anfangs waren sie alle gleich, schwarze Schrift auf silbernem Grund. Max kann die Namen noch aufsagen, in der richtigen Reihenfolge: Striegler, Laumen, Winterscheidt, Hoffmann, Kühn. Keiner von den anderen Eigentümern ist länger als zehn Jahre geblieben, dann sind sie ausgezogen, haben verkauft oder vermietet.

Max hat den Finger auf dem Klingelknopf. Wenn wenigstens seine Schwester gekommen wäre. Das würde helfen. Seine Schwester schleppt immer eine Unmenge Geschichten mit sich herum, eine so aufregend wie die andere. Wenn sie da ist, kann man sich auf nichts konzentrieren, weil immer gleich etwas Neues auf den Tisch kommt. Davon hat Max als Junge profitiert. Aber seine Schwester hat einen Schweden geheiratet, einen Jobnomaden, und dem folgt sie seit Jahren um die Welt. Momentan sind sie in Mexiko, und das ist nun wirklich zu weit, um Silvester nach Hause zu kommen.

Max drückt den Knopf, den Schlüssel in der anderen Hand. Er weiß, wie das jetzt oben in der Wohnung klingt, der alberne Gong, den der Vater beim Einzug montiert hat. Max zählt die Schritte vom Wohnzimmer zum Türdrücker neben der Garderobe. Als der Öffner zuerst klackt und dann summt, wendet er sich ab und geht.

Als Junge hat Max sich für Wirtschaft nicht interessiert. Und erst recht nicht für Geld. Als Junge hat Max sich für Sachen interessiert, für die Jungen sich eben interessieren. Sport, Musik, Technik, Entdeckungen, das Übliche. Bis sie in der Oberstufe Philosophieunterricht bekamen. Da hat ihn das gepackt. Diese Vorstellung, dass man sich hinsetzen und die Welt erklären kann, die ganze Welt, mit einem einzigen, wunderbar sauberen Entwurf, mit einem Plan für das große Ganze. Das hat ihn begeistert. Max gefiel an der Philosophie, dass sie sich nicht um den Einzelfall kümmerte und dass sie keine Ausnahmen machte. Nicht dieses übliche Klein-Klein, dieses Rumbasteln an tausend Alltagsproblemen, dieses Einerseits-Andererseits, sondern gleich der große Wurf und damit basta.

Jetzt hat er fast wieder die Ausfallstraße erreicht. Noch ein paar Schritte, dann käme seine alte Bushaltestelle in Sicht. Max bleibt stehen, dann geht er zurück und steigt in seinen Wagen. Er programmiert das Navi auf die Innenstadt. Ich lasse mich fahren, denkt er, wie damals zur Schule. Es ist zwanzig Minuten nach zehn.

Dumm war nur, dass die Philosophen einander widersprachen. Und sie taten das noch heftiger als die Leute auf der Straße. Es stellte sich im Laufe der Oberstufe heraus. Jede Philosophie war ein wunderbares Gebäude ohne Fehler und leere Räume, aber jedes war durch Mauern und Gräben von seinen Nachbarn getrennt. Kaum, dass die Philosophen miteinander redeten. Max schien es, als hätten sie gar kein Interesse daran. Allenfalls warteten sie, bis ihre Nachbarn gestorben waren, dann rissen sie deren Häuser ein und bauten aus den Trümmern die ihren.

Max hatte im Unterricht nicht viel gesagt. Eigentlich hatte er nur zugehört und mitgeschrieben und für die Klausuren gelernt. Es war fast eine Sensation, als er sich einmal meldete und einen kleinen Vortrag hielt. Man müsse die Philosophie dazu zwingen, sich zu einigen, hatte er gesagt. Ein Expertenrat müsse das Untaugliche verwerfen und die tauglichen Teile zusammenstellen. Damit man zu einem Ergebnis komme, an das sich alle halten könnten.

Max weiß heute, dass seine Mitschüler recht hatten, als sie ihn auslachten, laut und lange. Unser kleines Mäxchen! Will einen endgültigen Plan für die Welt. Nur der Lehrer hatte nicht gelacht. Er hatte, während Max sprach, ernst geschaut und gelegentlich genickt. Dann antwortete er, noch in das Lachen hinein. Er sprach vom subjektiven Faktor. Von der Energie des Individuellen; von der stetigen Veränderung, die der Motor der Menschheitsgeschichte sei. Das war natürlich gut gemeint. Und womöglich auch vollkommen richtig. Aber von diesem Moment an hatte Max das Interesse an der Philosophie verloren. Am liebsten hätte er die Reclam-Hefte verbrannt.

Rechts und links beginnt wieder die Vorstadt. Früher waren hier die Fabriken. Die meisten sind abgerissen, der Rest steht leer. Die Textilindustrie ist abgewandert, und zwar komplett. Seit Jahren klagen die Eltern darüber, obwohl sie selbst nicht betroffen sind. Lasst das sein!, hat Max gesagt. Das sei doch Folklore. Wenn anderswo auf der Welt besser und billiger produziert werde, könne man doch nicht sentimental werden. So sei nun einmal der Markt. Er fährt an einer stillgelegten Tankstelle vorbei. Im Jahr vor seinem Abitur tankte er hier montags morgens für den Fünfziger, den er am

Wochenende verdient hatte. Damit war er den Rest der Woche mobil, und das war die Hauptsache, damals.

»Halten Sie sich rechts«, sagt das Navi. Max tut es.

Dann war die Schule zu Ende, und plötzlich sollte er sich für einen Beruf entscheiden. Für etwas, das er den Rest seines Lebens tun wollte. Was für eine Zumutung! Max vertrieb jeden Gedanken daran, so sehr graute ihm vor der Entscheidung. Zur Armee ließ er sich einziehen, bloß um Zeit zu gewinnen. Wenn man ihn nach seinen Plänen fragte, machte er ein Geheimnis daraus. Tatsächlich wusste er nicht, wie er sich retten sollte. Nur eines wusste er: dass jeder Beruf bedeutete, sich abzufinden mit einem kleinen, beschränkten Leben. Man hebt irgendwo den Finger, und wenn sie einen mittun lassen, dann macht man vierzig Jahre sein Ding, auf sehr begrenztem Raum, und den Rest der Welt kann man getrost vergessen. Zahnarzt, Lehrer, Ingenieur, egal: Man ist für ein winziges Stückchen vom Universum zuständig, man richtet sich mit seinem Stückchen ein, und wenn man Glück hat, bekommt man als Bonus ein befriedigendes Privatleben nach Dienstschluss. Dass er das nicht wollte, wusste Max. Was er stattdessen wollte, wusste er nicht.

An einem Freitagnachmittag saßen sie in der Bankfiliale des Vororts einem Angestellten gegenüber, seine Eltern, die sich extra freigenommen hatten, und er in der Mitte, noch in Uniform. Sie besprachen einen Ausbildungskredit. Ein Kollege des Vaters hatte das ins Spiel gebracht. Für's Bafög verdienten die Eltern zu viel, aber sie hätten sich ziemlich einschränken müssen; die Wohnung war nicht abbezahlt und die Schwester noch in der Ausbildung. Also saßen sie hier und redeten über Zinssätze und Laufzeiten und Tilgung und dergleichen. Max hatte sich beherrschen müssen, um nicht aufzustehen und davonzulaufen.

Schließlich rechnete ihnen der Bankangestellte vor, wie eine Verkürzung des Studiums um, zum Beispiel, zwei Semester und ein entsprechend früherer Eintritt ins Berufsleben die Kosten für den Ausbildungskredit wieder hereinbringen würde. Er tat es in aller Ruhe und mit einfachen Worten.

Da plötzlich sah sich Max wie von außen. Er sah sich in seinem zukünftigen Leben. Was für ein Leben das war, sah er nicht; aber er sah, wie um ihn herum Zahlen schwebten, Unmengen von Zahlen und mathematischen Zeichen, und alle waren sie Teil einer gewaltigen Berechnung, die neben seinem Leben herlief und permanent Resultate auswarf.

Was genau bringt es, wenn er jetzt lernt? Was kostet es, wenn er kellnert, statt zu lernen? Wenn er schläft oder eine Stunde lang nichts tut? Durch welchen Schritt kommt man ins Plus, welcher führt ins Minus? Und während die Eltern weiter mit dem Bankangestellten redeten, sah Max rund um die Menschen in der Bank und die Menschen, die draußen vorbeigingen, und um schlechthin alle Menschen solche Berechnungen schweben, die sagten, was jede Entscheidung, und noch die kleinste, auf Heller und Pfennig bedeutete. Und da wusste Max mit einem Mal, dass es doch eine Philosophie gab, die vollkommen war und in sich ruhte und gleichzeitig alles bestimmte und alles regierte und der überhaupt nicht zu widersprechen war.

Ein paar Tage später sagte er den Eltern, dass er sich entschieden habe, Betriebswirtschaft zu studieren, um später in einer Bank zu arbeiten. Seine Eltern hatte das gefreut, sie hielten es für eine sichere Sache. Doch darum ging es ihm nicht; und hätten sie seine Gründe gekannt, dann hätten sie ihm abgeraten. Denn Max wollte keinen Beruf, er wollte es noch einmal mit der Philosophie versuchen. Er wollte dorthin, wo es das Ganze noch gab und den Zusammenhang zwischen allem und jedem. Wo man Mittel und Maße hatte zu bestimmen, wie die Dinge sind und was sie bewirken.

»Sie haben Ihr Ziel erreicht.«

Max ist nicht überrascht von dem Ort, den das Navigationsgerät für das Zentrum der Stadt hält. Hier ist nun wirklich kein Raum für Interpretationen. Er fährt auf den großen Parkplatz am Markt. Über der Hauptkirche steigt gerade eine Rakete in die Luft.

Ob die üben?, denkt Max. Oder ob das Leute sind, die einfach nicht bis zwölf Uhr warten können? Eigentlich nicht zu fassen. Max lässt die Zentralverriegelung zur Sicherheit mehrmals einschnappen, jedes Mal reagiert die Warnblinkanlage.

Auf der anderen Seite des Marktplatzes beginnt die Kneipenstraße. Max zögert einen Moment. Es ist so gut wie ausgeschlossen, hier und jetzt jemanden zu treffen, den er kennt. So sie konnten, sind seine Mitschüler in alle Welt verschwunden; und die das nicht konnten, die werden jetzt mit ihren Frauen und ihren Babys vor dem Fernseher sitzen und die üblichen Sendungen sehen. Von ein paar Mails abgesehen, in deren Verteiler er geraten ist, hat Max von seinen Mitschülern nichts mehr gehört. Er knöpft seinen Mantel zu, da geht sein Handy.

Es müssen die Eltern sein. Angemeldet hatte er sich für neun, spätestens zehn; man weiß ja nie, was auf der Autobahn los ist. Max schaut auf das Display. Nein, es ist Charlotte. Sie hat ihm heute schon zweimal gesimst, dass sie sich zu Mitternacht nicht melden könne. Im Hotel sei das Netz zu schwach. Man müsse hinunter an den Strand, da sei es besser. Max lässt das Handy noch einmal die Melodie spielen, dann schaltet er es aus.

Die Kneipenstraße führt ziemlich steil bergab. Es herrscht Betrieb, von hier oben gut zu übersehen. Zu Oberstufenzeiten hatten sie hier alle paar Monate das Stammlokal gewechselt. Wenn ein Laden renoviert wurde, zogen sie weiter. Es war damals Pflicht, alles Neue scheußlich zu finden. Max hatte dabei mitgemacht, meistens aus Überzeugung.

Aber damals hatte er auch die Zahlen noch nicht gesehen. Wie die Entscheidung für neue Toiletten das Konsumverhalten der Gäste beeinflusst; was es zur Folge hat, wenn man die Helligkeit ein wenig reduziert oder die Musik ein bisschen lauter dreht. Damals war er noch vollauf damit beschäftigt, alles auf sich zu beziehen. Um dann sagen zu können, ob er etwas gut fand oder nicht so gut oder ganz schlecht. Später musste er sich damit nicht mehr quälen. Seit er die Zahlen sah, konnte er sich selbst aus dem Spiel lassen.

Von den Kneipen heißt kaum eine noch so wie früher. Max hat nicht vor hineinzugehen, aber es ist bitterkalt. Und da er jetzt seine Hände aneinanderreibt, sieht er sich einen Moment lang wie von der Seite: einen aus der Riege der Nachwuchsführungskräfte, nach knapp zwei Jahren in der Frankfurter Zentrale wieder entlassen, ohne Abfindung, das hatte so im Vertrag gestanden. Und bei der jetzigen Lage mit einer verdammt kleinen Chance, schnell wieder angestellt zu werden. Das heißt, in einer halbwegs vergleichbaren Position, wenn überhaupt. So einen sieht er die Straße hinabgehen, an den Kneipen vorbei. Rasch betritt er das nächste Lokal.

Hier drinnen ist es wirklich bedeutend wärmer. Und es wird nicht gefeiert, das sieht Max auf den ersten Blick. Die Leute stehen und sitzen in Gruppen, wahrscheinlich ist das nur eine Zwischenstation auf ihrem Weg durch die Nacht. Womöglich ist hier für Mitternacht gar nichts geplant. Max setzt sich auf einen Hocker an den Tresen und bestellt einen

Cappuccino. Kein Alkohol jetzt, mobil bleiben muss er auf jeden Fall.

»Ein Cappuccino«, sagt die Bedienung. Max rührt in der Tasse, bis die Oberfläche der Flüssigkeit keine Schlieren mehr zieht. Und dann nimmt er sich vor, ab jetzt genau zehn Minuten lang ganz intensiv darüber nachzudenken, was er tun könnte. Das heißt, statt zu versuchen, wieder in eine Bank zu kommen.

Also, etwas vollkommen anderes. Er legt seine Armbanduhr auf den Tresen und trinkt einen Schluck. Um es sich leichter zu machen, könnte er vielleicht so tun, als hätte er plötzlich einen Wunsch frei. Oder nein, anders: als bekäme er die Erlaubnis zu tun, was er sich immer verboten hat. Oder dessen er sich geschämt hätte. Oder wie auch immer. Max legt den Löffel zur Seite. Und dann wischt er mit einer schnellen Bewegung, ansatzlos, die Tasse vom Tresen. Sie zerschellt an der Wand. Eine Frau schreit auf.

»Tut mir leid«, sagt Max. Er streift seine Uhr wieder über. »Das war ungeschickt von mir.« Er steht auf, zieht seine Brieftasche und legt eine seiner Karten zwischen die Gläser. Er komme natürlich für alle Schäden auf. »Bitte die Privatadresse benutzen«, sagt er.

»So geht das aber nicht!«, sagt die Bedienung. Doch da ist Max schon in der Tür. Draußen scheinen jetzt noch mehr Leute unterwegs zu sein. Max macht ein paar schnelle Schritte hinein in die Menge. Keiner, der ihm folgen wollte, würde ihn finden.

Anfangs stieß vieles in der Bank ihn ab. All diese Titel und Dienstbezeichnungen, dieses irgendwie genormte Verhalten, als wäre er wieder beim Militär. Alle gingen ähnlich, saßen mittags ähnlich in der Kantine und schnitten mit den gleichen

Bewegungen ihr Fleisch. Nicht zu vergessen die Kleiderordnung. Nach der Lockerheit im Studium empfand Max das als albern. Bis er begriff, dass es zu den Zahlen passte. Es war gut, dass sie eine Art Uniform trugen. Die Krawatten waren kein Geprotze, im Gegenteil, so nahm man sich zurück. Aufs Individuelle kam es jetzt nicht mehr an, allenfalls auf die Leistung, aber natürlich auf die Leistung fürs Ganze.

Und wer sonst sollte etwas fürs Ganze leisten, wenn nicht die, die mit Zahlen umgehen konnten? Die Politik war schwach. Alle in der Bank gaben sich Mühe, die Politik nicht zu verachten. Aber wie soll man über Leute denken, die nicht einmal ansatzweise wissen, welches Handeln welche Konsequenzen hat? Wohlgemerkt: weltweit. Reden kann man mit denen nicht. Besser, so hieß es immer, man lässt sie in dem Glauben, sie hätten die Fäden noch in der Hand. Solange ihnen niemand diesen Glauben nimmt, geraten sie nicht in Panik. Und lassen diejenigen machen, die Ahnung von der Sache haben.

Max biegt in eine kleine Gasse, die zum Park unterhalb der Hauptkirche führt. Und wenn Hessler jetzt bei den Politikern um Bürgschaften betteln muss, dann heißt das noch lange nicht, dass sie im Unrecht gewesen sind. Die Zahlen können nicht im Unrecht sein. Max steckt die Hände in die Manteltaschen. Das gibt es gar nicht, das ist von der Sache her vollkommen ausgeschlossen. Es haben nur ein paar Idioten Mist gebaut. Ein paar unglaublich bescheuerte Arschlöcher haben eine Party auf Kosten anderer Leute gefeiert. Max würde nicht zögern, einem von denen ein paar in die Fresse zu hauen. Und wenn die jetzt auf der Straße stehen, bitte sehr, dafür hat er nicht einen Hauch von Mitleid. Mit denen hat er nichts zu tun.

Über den Bäumen im Park steigen schon wieder Raketen

auf. Es ist kurz nach elf. Zwei zerplatzen gerade dicht nebeneinander in je einen Ball von weißen Kometen, da explodiert in ihrer Mitte etwas Rotes, das Hunderte kleiner Feuer um sich wirft.

Was tun diese Leute bloß? Max hält in der Manteltasche seinen Schlüssel umfasst. Warum in aller Welt können die nicht warten? Verrückt, so was!

Er geht in die Richtung, in der er den Startplatz der Raketen vermutet. Es muss tief im Park sein. Bald steht ihm das alte Stück Stadtmauer im Weg. Erstaunlich, wie dunkel es hier ist. Einen Moment lang weiß er nicht genau, wo er sich befindet, da zerplatzt eine neue Rakete, und in ihrem Licht findet er einen Weg an der Mauer vorbei. Gleich darauf ist es wieder dunkel.

Max spürt Rasen unter seinen Füßen. In der Nähe muss der große Weiher sein, zu dem hinab es steil abfällt. Max wartet auf die nächste Rakete, kurz sieht er zwischen Bäumen jemanden unter den Funken stehen, die aus dem Treibsatz sprühen. Er läuft los, an einer Wand von Rhododendren vorbei, auf deren Blätter die Explosion bunte Flecken malt. Als er ankommt, ist Max außer Atem.

»N'Abend«, sagt ein Mann. Er steht neben einem Handkarren, der voller Raketen ist, an seinem Gürtel hängt eine abgeblendete Lampe. Vor ihm auf dem Boden ein Kasten mit leeren Flaschen. Der Mann hält einen Lötkolben oder einen Herdanzünder in der Hand, er reißt die Folie von der nächsten Rakete und stellt sie in eine Flasche.

Max muss ein wenig warten, bis er reden kann. »Hören Sie mal«, sagt er. »Es ist noch fast eine Stunde. Noch fast eine Stunde bis zwölf.«

»Weiß ich«, sagt der Mann. »Treten Sie bitte zurück. Wir wollen doch keinen verletzen.«

»Es gibt Regeln«, sagt Max.

»Natürlich gibt's die.« Der Mann reißt weiter Folien von den Raketen. »Regel Nummer eins: Böllern ist verboten. Das ganze Jahr über. Regel Nummer zwei: außer an Silvester. Noch Fragen?«

Max will etwas sagen, da tritt hinter einem Gebüsch eine Frau hervor und durchquert den Lichtkreis der Lampe. »Gibt's Probleme?«, sagt sie.

»Allerdings. Sie ruinieren hier alles.« Max berührt den Flaschenkasten mit dem Fuß. »Warum zum Teufel warten Sie nicht bis zwölf?«

»Silvester interessiert mich nicht«, sagt die Frau. »Ich mag bloß Feuerwerk.« Sie kniet neben dem Flaschenkasten und beginnt, die Raketen zu arrangieren.

»Frag ihn doch, ob er uns hilft.« Der Mann zieht eine kleine Flasche aus der Jackentasche und trinkt einen Schluck.

Die Frau schaut hoch, aber Max kann ihr Gesicht nicht erkennen. »Kannst mitmachen«, sagt sie. »Wär' gut. Wir können immer nur vier gleichzeitig starten. Wenn du uns hilfst, wären es sechs.«

»Wie komme ich dazu?«, sagt Max.

Die Frau steht auf. »Wir könnten vier weiße Kugeln in die Ecken setzen und zwei bunte in die Mitte, eine rote und eine gelbe. Wenn wir gleichzeitig zünden, sieht das geil aus.«

Max hebt beide Hände. »Sorry. Aber ich mache doch nicht bei so was mit.«

»Bei was machst du nicht mit? He?«

Max zuckt die Schultern. Die Frau ist älter als er, bestimmt zehn Jahre, jedenfalls nach der Stimme zu urteilen. Aber vielleicht liegt er damit auch vollkommen falsch. »Bei so einem Quatsch«, sagt er.

»Ach, Quatsch«, sagt die Frau. Es klingt beiläufig.

Der Mann lacht. »Wir könnten ihn bezahlen. Einen Euro pro Zündung. Wär's dir das wert?«

»Hast du gehört?« Die Frau flüstert gespielt. »Er ist heute zur Abwechslung mal spendabel. Nutz' das aus! So'n Job gibt's nicht immer.«

Max tut einen Schritt, als wollte er gehen. »Sie machen alles kaputt. Das Feuerwerk muss mit einem Schlag kommen, genau um zwölf, wenn das alte Jahr zu Ende ist und das neue anfängt. Man feiert den Moment, verstehen Sie? Sonst nichts.« Er macht eine kleine Pause. »Und vielleicht die Hoffnung.«

»Die Hoffnung?«, sagt die Frau. »Da lern' ich ja was.« Sie geht zu dem Karren. »Hilfst du jetzt, oder nicht? Wenn nicht, dann hau ab!«

»Das ist ein öffentlicher Ort!« Max tastet nach seinem Handy. Er könnte die Polizei rufen. Mit Sicherheit machen diese Leute hier irgendetwas falsch. Man könnte das bestimmt verbieten lassen.

»Also, was ist?«

Max nimmt die Hand wieder aus der Tasche. »Ich habe kein Feuerzeug«, sagt er.

Der Mann reicht ihm eines. Max nimmt es.

»Moment«, sagt der Mann. Er sucht in seiner Tasche und gibt ihm ein zweites.

Max hat jetzt in jeder Hand ein Feuerzeug. Ein Euro, denkt er, ein Euro pro Zündung. Ein Euro, der sonst einen anderen Weg gehen und etwas anders bewirken würde. Er lässt beide Feuerzeuge aufflammen.

»Die sind spitze«, sagt der Mann. »Die tun's immer.«

Zu dritt hocken sie sich um den Kasten. Die Frau zeigt Max, für welche Raketen er zuständig ist, dann gibt sie das Kommando. Gleichzeitig entzünden sie die sechs Lunten, und fast gleichzeitig steigen die Raketen auf. Max tut einen Sprung nach hinten und schaut in den Himmel. Etwas Unförmiges, Weißes explodiert, und in seiner Mitte tobt es ein paar Sekunden lang rot und gelb.

»Ja!« Die Frau fällt dem Mann um den Hals. Kurz trifft sie wieder der Schein der Lampe, und Max denkt, vielleicht sind die beiden Vater und Tochter.

»Als Nächstes«, sagt die Frau, »machen wir es genau anders herum.« Der Mann reißt wieder Folien von den Raketen.

»Nein«, sagt Max.

»Wie, nein?«

»So wirkt das nicht. Das ist alles zu diffus. Das hat keine Struktur. Wir müssen die Abstände vergrößern.« Max nimmt drei Flaschen aus dem Kasten. »Auf mindestens zehn Meter, besser mehr.« Er stellt die Flaschen in einem Dreieck um den Kasten auf.

Der Mann leuchtet ihm hinterher. »Und dann?«

»Wir zünden zuerst außen, dann innen.« Max verteilt die Raketen.

»Ja, gut«, sagt die Frau. Sie klingt wie ein aufgeregtes Kind. Alle nehmen ihre Positionen ein.

»Auf drei«, sagt Max. Als die Lunten brennen, rennen sie zum Kasten und zünden drei weitere Raketen. Max will nach hinten springen, dabei tritt er auf seinen Mantel. Er stolpert und fällt auf den Rücken. Ein paar Funken treffen ihn im Gesicht, und es saust in seinen Ohren. Der Boden ist trocken, aber kalt. Max spürt das Gras im Nacken. Hoch über den Bäumen explodieren die Raketen. Ein Dreieck aus weißen Kugeln erscheint, dann zerplatzt es in seiner Mitte, rot, blau und grün.

»Das ist so geil!«, sagt die Frau aus dem Dunkel. »Das ist so scheißgeil.«

Max bleibt liegen. Die letzten Funken verlöschen. Das da oben, das war seine persönliche Rechnung. Heute war sie gut zu erkennen, mit Feuer auf den schwarzen Himmel geschrieben. Darin sind all seine Faktoren untergebracht, seine korrekten Werte, da steht alles in der richtigen Beziehung zueinander, da wird addiert und multipliziert und Wurzel gezogen. Wer es vermag, der könnte das Endergebnis berechnen, auf viele Stellen hinter dem Komma genau. Und das Endergebnis wäre dann er, der Trainee Max, ganz präzise und ohne allen störenden Ballast, aufgegangen in einer Zahl und wunderbar ähnlich allem anderen, das existiert.

»Was machen wir jetzt?«, sagt die Frau. Sie beugt sich über ihn, der Mann hat seine Lampe auf sie gerichtet, und plötzlich sieht Max ihr Gesicht vollkommen deutlich. Ihre Augen sind weit aufgerissen. Noch immer könnte Max ihr Alter nicht schätzen. Aber er weiß jetzt, dass sie verrückt ist. Sie schaut ihn an, doch ihre Blicke treffen sich nicht, und durch ihre Augen hindurch sieht Max in nichts als Schwärze. »Los, steh auf«, sagt sie und reicht ihm eine Hand. »Du bist klasse.«

Max nimmt die Hand, sie ist eiskalt. Er kommt auf die Füße, ohne sich von der Frau ziehen zu lassen. »Ich glaube, ich muss jetzt weiter«, sagt er.

»Wohin denn?« Der Lichtstrahl fällt der Frau vom Gesicht auf den Körper. Sie trägt ein paar Pullover übereinander und eine wattierte Hose, die an den Knien zerrissen ist. »Wohin musst du denn? Sag schon!« Sie klingt eher böse als enttäuscht.

»Na, wohin wohl? Feiern.« Max klopft seinen Mantel ab, jetzt fährt der Strahl über ihn. »Ist doch bald zwölf.«

»Du lügst«, sagt die Frau. Ihre Stimme zittert. »Du feierst gar nicht. Du doch nicht. Mit dir feiert niemand. Dich kennt ja keiner. Bleib hier und hilf mir! Wir haben genug für die ganze Nacht.«

Max will etwas antworten. Dass seine Eltern auf ihn warten. Dass Charlotte zum Strand gehen wird, um ihn zu erreichen. Aber er schweigt.

Der Mann hat die Lampe wieder an seinen Gürtel gehängt, er trinkt einen Schluck aus der Flasche. Dann sagt er: »Sie tun besser, was sie will.«

Und plötzlich hat Max Angst. Nicht um seine Karriere. Nicht vor dem, was Charlotte oder die Eltern sagen. Nein, Max hat einfach nur Angst, so wie man plötzlich Angst hat, das Herz könnte aufhören zu schlagen. Max weiß, es gibt keinen Grund, Angst zu haben. Doch das macht ihm nur noch größere Angst.

»Als Erstes noch mal das von eben«, sagt die Frau. »Und ich leg' mich dann auch auf die Erde. So sieht man es besser, oder? Deshalb hast du's doch gemacht?«

»Ja«, sagt Max. »Das stimmt. So sieht man es ganz anders.«

Sie machen alles wie zuvor. Als die mittleren Raketen gezündet sind, zieht die Frau Max zu Boden. Sie legt sich neben ihn. Während das Dreieck mit dem tobenden Auge in der Mitte verglüht, hält sie seine Hand. Die ihre ist immer noch kalt, aber in seiner wird sie wärmer.

Pornografische Novelle

Ein Chemiker von dreiundfünfzig Jahren, unverheiratet, der nach vielen Jahren im Universitätsdienst erst kürzlich in die Pharmaindustrie gewechselt ist, unternimmt im Auftrag seines Unternehmens eine Vortragsreise durch die USA. Die Reise wird ein Erfolg; dank seiner langjährigen Lehrtätigkeit gelingt es dem Mann, seine Zuhörer, durchweg Fachleute wie er, mit einer Vorstellung der jüngsten Entwicklungen seines Unternehmens zu beeindrucken. Und obwohl er nicht in Sachen Verkauf unterwegs ist, kann man praktisch mit Händen greifen, wie sich durch sein Auftreten geschäftliche Kontakte entwickeln.

Auf der letzten Station seiner Reise, am Abend vor seinem Vortrag, gerät der Chemiker in einen freundlich-jovialen Kreis seiner Gastgeber. Es sind ausschließlich Männer, überwiegend Einheimische, doch auch einige Deutsche sind darunter, die bereits länger in den Staaten leben. Den meisten von ihnen war der Chemiker bereits vor seiner Reise als eine Autorität bekannt, andere haben zumindest Nachrichten von der Wirkung seiner bisherigen Auftritte erhalten.

In dieser Gesellschaft und zu vorgerückter Stunde bekennt sich der Chemiker, halb im Ernst, halb so, dass man es als Scherz auffassen muss, zu seiner Vorliebe für einen heute wohl eher antiquierten Frauentypus, mit dem ihn seinerzeit die amerikanischen Magazine bekannt gemacht hatten. Es geht dabei um jene sehr blonden, sehr üppigen, dabei in der Taille schmalen und im Ganzen eigentlich sogar kindlichen

Frauen im Cowboydress, wie sie damals Mode waren. Überdies lässt er, plötzlich animiert, vielleicht sogar ein wenig beschwipst, durchblicken, wie sehr er bedaure, nie in Kontakt mit einer Frau dieser Art gekommen zu sein.

Amerika, sagt der Chemiker schließlich, sein Glas hebend, du hast es besser!, und lässt so alles wieder als Scherz erscheinen. Man lacht und prostet einander zu. Dann widmet man sich wieder fachlichen Themen, und erst spät in der Nacht geht die Runde auseinander.

Am nächsten Abend findet der Abschlussvortrag statt, an den sich ein kleines Buffet anschließt. In einigen kurzen, von Respekt getragenen Reden würdigt man den Sachverstand und das einnehmende Auftreten des Gastes. Der muss sich allerdings bald entschuldigen, sein Flugzeug Richtung Heimat startet sehr früh am nächsten Morgen, und die Anfahrt zum Flughafen ist weit. Die Abschiede sind herzlich, niemand nötigt ihn zum Bleiben.

Kaum ist der Chemiker in seinem Hotelzimmer, klopft es an seine Tür. Er öffnet, und auf dem Gang steht eine sehr blonde, sehr üppige, dabei aber fast kindliche oder eher: puppenhafte junge Frau. Sie trägt eine an mehreren Stellen kunstvoll zerrissene hautenge Jeans und eine weiße Bluse mit tiefem Ausschnitt, darüber eine Lederweste mit langen Fransen an den Ärmeln. Ohne viel Umschweife erklärt sie dem Chemiker, sie sei eine Prostituierte, ein Abschiedsgeschenk von Freunden, die ungenannt blieben.

Nun ist nachzutragen, dass der Chemiker bislang keine glückliche Hand mit Frauen hatte. Ein paar von Anfang an instabile Beziehungen sind ihm in die Brüche gegangen, und schon seit etlichen Jahren hadert er mehr mit der generellen Enttäuschung als mit den einzelnen Fällen. Andererseits geht er, trotz manchmal drängenden Verlangens, nicht zu Prostituierten. Ihm graut vor dem Milieu und mehr noch vor den möglichen Konsequenzen. Außerdem, und da hat er sich erkundigt, müsste er für das, was ihm wirklich zusagte, mehr bezahlen als es ihm letztlich wert wäre.

Wenn nun also der Chemiker an seinem letzten Abend in den USA bedenkenlos einwilligt, das Geschenk anzunehmen, wenn er also die Frau mit einer hastigen Bewegung in sein Zimmer bittet und rasch die Tür hinter ihr schließt, so liegt das einerseits an ihrer ganz und gar überwältigenden, seinen Vorlieben vollkommen entsprechenden Erscheinung, andererseits an seiner Überzeugung, dass nach Lage der Dinge all dies hier gewissermaßen fern seiner eigentlichen Existenz geschieht, in größtmöglicher Sicherheit zudem, dass es ihn keinen Cent kostet und ohne alle Folgen bleibt.

Nach einem kurzen Gespräch und einem Getränk aus der Minibar schläft dann der Chemiker mit der Prostituierten. Das Erlebnis ist überwältigend. Unter der Jeans und der Bluse trägt die junge Frau raffinierte Wäsche, die sie nur so weit ablegt, wie es die jeweilige Stellung erfordert. Außerdem achtet sie genau darauf, in jeder Position und bei jedem Handgriff einen möglichst aufreizenden Anblick zu bieten. Dennoch schließt sie bisweilen die Augen und stöhnt dabei wie selbstvergessen.

Natürlich begreift der Chemiker, dass die Frau alle Lust nur darstellt, also heuchelt. Womöglich hat sie die Routine, mit der sie das tut, in einschlägigen Produktionen erworben; tatsächlich erkennt er das gängige Repertoire von Gesten, Minen und Posen. Doch all dies stößt ihn keineswegs ab. Im Gegenteil, bedenkenlos sinkt er tiefer und tiefer in eine ganz und gar künstliche, vollkommen triviale, dabei nichtsdestoweniger rauschhafte Lust. Und da sie keine Anstalten macht, ihn zum Benutzen eines Kondoms zu bewegen, verkehrt er ungeschützt mit der Frau. Die kleidet sich nachher ohne Hast wieder an, verabschiedet sich freundlich und geht. Am nächsten Morgen tritt der Chemiker die weiterhin problemlose Heimreise an.

Es vergehen etwa anderthalb Jahre, in denen der Chemiker oft und gerne an das Erlebnis zurückdenkt. Für sich selbst nennt er, was ihm widerfahren ist, tatsächlich ein Geschenk; und ein im Grunde verdientes, denn es wäre ihm nicht zugefallen, hätte er nicht zuvor in fachlicher Hinsicht einen so guten Eindruck gemacht und, wie sich später herausstellen sollte, lukrative Kontakte geknüpft. Dann klingelt es an einem Samstagmorgen an seiner Haustür. Der Chemiker öffnet, und vor ihm steht die junge Frau.

Auf Anhieb erkennt er sie nicht wieder, sie hat sich verändert. Doch darauf scheint sie vorbereitet, denn sofort beginnt sie, die Umstände und Details ihrer ersten Begegnung aufzuzählen. Der Chemiker hat keinen Zweifel mehr. Er lässt sie ein, zumal sie ein kleines Kind auf dem Arm trägt und einen offenbar schweren Koffer hinter sich herzieht. Allerdings kann er kaum ein Wort erwidern. Er ist, wie man so sagt, sprachlos.

Die Frau lässt sich in einen Sessel fallen. Er bietet ihr etwas zu trinken an, sie trinkt, das Kind auf ihrem Schoß ist ruhig, es sieht sich nur aufmerksam um. Ohne eine Aufforderung abzuwarten, berichtet die Frau: In Verbindung mit einem anderen Medikament habe damals ihr Verhütungsmittel versagt, und sie sei schwanger von ihm geworden. Das Kind habe sie natürlich, nun, er wisse schon; allein von Berufs wegen sei eine Schwangerschaft ja nicht in Frage gekommen. Dann aber seien ihr, vielleicht auch, weil sie aus einer sehr religiösen Familie stamme, Bedenken gekommen, und sie habe gezögert. Endlich doch entschlossen, unter dem Druck der Verhältnisse, habe sie, schon auf dem Weg ins Krankenhaus, einen Unfall erlitten. Dazu zeigt sie eine Narbe an der Stirn, über die sie ihre Haare, die sie jetzt etwas kürzer trägt, frisiert hat. Als die Ärzte ihr nach einigen Tagen mitteilten, es sei ihnen gelungen, das ungeborene Kind zu retten, war die Entscheidung natürlich gefallen. Alles andere wäre ihr wie eine Gotteslästerung erschienen. Der Chemiker hört das alles mit versteinerter Miene.

Sie habe, sagt die Frau, während der Schwangerschaft noch an speziellen und ausgesprochen einträglichen Produktionen teilnehmen können. Das habe ihr zwar nicht sehr behagt, doch schließlich brauchte sie das Geld. Dann sei das Kind zur Welt gekommen, übrigens ohne jegliche Probleme, ein gesunder, ausgesprochen kräftiger Junge. Dazu nimmt sie das Kind in beide Hände und hebt es hoch über ihren Kopf. Der Kleine quietscht vor Vergnügen.

Nach der Geburt habe man sie freilich in der Branche spüren lassen, dass sie ihren Körper umgehend in den früheren Zustand zurückversetzen müsse, um weiterhin in jenen erstklassigen Produktionen arbeiten zu können, an deren Vorzüge sie sich sehr gewöhnt hatte. Solch strenge Standards seien verständlich, sagt die Frau. Doch sie habe sich dermaßen zurückgesetzt, ja geradezu misshandelt gefühlt, dass sie von einem Tag auf den anderen beschlossen habe, ihrem bisherigen Leben den Rücken zu kehren. Namen und Anschrift des Chemikers ausfindig zu machen, sei nicht schwierig gewesen. Nun sei sie hier, um seinen Rat für alles Weitere einzuholen. Und das meine sie so! Sie wolle kein Geld. Sie wolle seinen Rat. Er sei ein kluger Mann. Was er sage, das werde sie tun. Jetzt und für immer. Das schwört sie.

Der Chemiker ist konsterniert. Aber er weiß, jetzt heißt es: klar denken und entsprechend handeln. Die Frau und das

Kind müssen untergebracht werden. Vorläufig ist für ihren Unterhalt zu sorgen. Sofort steht ein Vaterschaftstest an. Und tatsächlich dauert es nur Stunden, und alles ist in die Wege geleitet, wenn nicht gar vollzogen. Frau und Kind wohnen jetzt in dem kleinen Wochenendhaus am Stadtrand, das der Chemiker, der weite Urlaubsreisen nicht liebt, vor ein paar Jahren hat anmieten können. Drei Speichelproben sind unterwegs ins Labor eines befreundeten Mediziners. Ab sofort besucht der Chemiker Frau und Kind täglich, er erledigt alle Besorgungen; und wenn er noch Zeit hat, bleibt er und hört sich an, was die Frau aus ihrem Leben und besonders aus ihrem früheren Beruf erzählt.

Das Ergebnis des Gentests liegt bereits nach einer Woche vor. Eindeutig, ohne den Hauch eines Zweifels, ist die Frau die Mutter des Jungen und er der Vater. Eine kinderärztliche Untersuchung ergibt zudem, dass der Junge, genau wie die Frau gesagt hat, kerngesund ist und quicklebendig.

Nun muss sich der Chemiker, das heißt, der Autor muss sich entscheiden. Am besten, man stellt sich das vor wie ein Flussdiagramm. Jede Entscheidung markiert eine Gabelung. Ganz oben die erste. Nach links: Der Chemiker schickt die Frau und das Kind mit einem Geldbetrag zurück in die Staaten, die gesetzliche Verpflichtung zur Zahlung von Alimenten lässt er feststellen, und dementsprechend handelt er auch. Das heißt, er zahlt. Weiter nichts.

Nach rechts: Die Frau bleibt hier. Das führt zur zweiten Gabelung. Links: Er verschafft der Frau ein bescheidenes Auskommen und behandelt sie ansonsten wie eine, sagen wir, Bekannte. Das entspräche den Umständen ihrer Beziehung. Selbstverständlich inbegriffen sind Schule und Ausbildung des Jungen. Rechts: Heirat und Adoption. Der Junge ist klein genug, um bruchlos zweisprachig (oder sogar einsprachig) aufwachsen zu können. Vom bisherigen Leben seiner Mutter ist er noch nicht geprägt.

Bleiben wir noch bei rechts, Heirat. Die Frau müsste eine Legende bekommen, eine zweite Biografie. Etwa: Sie ist eine Studentin aus den Staaten, die der Chemiker dort kennengelernt hat. Dann hat sich alles etwas überstürzt ergeben. Man kennt das. Jetzt lernt sie hier erst einmal Deutsch, um ihr Studium eventuell fortsetzen zu können. Schließlich wird er ihr eine Stelle in seinem Unternehmen verschaffen, vielleicht als Übersetzerin. Das wird sich zeigen. Geld wird einiges richten können, und Geld ist vorhanden. Vor ein paar Monaten hat der Chemiker nach dem Tod seiner Mutter ein größeres Mietshaus geerbt.

Bleibt die eine, die entscheidende Frage: Wird jemand sie wiedererkennen? Hält die Legende oder fliegt sie auf? Und alles stürzt kopfüber ins Peinliche, ins Lächerliche, ins Elende.

Setzen wir den Mann also vor den PC und lassen ihn durch die einschlägigen Seiten surfen. Die Adressen hat er von ihr, bei den meisten hat er sich anmelden müssen, weil sie Spezielles bieten. Nächtelang sieht er jetzt die Frau, wie sie mit Dutzenden, vielleicht sogar Hunderten von Männern und Frauen verkehrt, zu zweit, in Gruppen, zuletzt schon als Schwangere. Und was immer er dabei an Abscheu, Ekel, Eifersucht oder Erregung spüren mag, es zählt nicht, ja, es existiert kaum neben der quälenden Frage, ob in dem lasziven Cowgirl auf dem Monitor jemand die zierliche blonde Frau aus dem Häuschen am Stadtrand wird wiedererkennen können.

Dabei wird die Antwort auf diese Frage entscheidend sein. Denn alles andere ist doch ganz wunderbar gelaufen! Er hat, da er gerade noch nicht zu alt dafür war, aber schon jenseits der Hoffnung, einen gesunden Sohn bekommen. Dazu eine attraktive junge Frau. Der Altersunterschied tut nicht viel, da gibt es in seiner Bekanntschaft ganz ähnliche Konstellationen. Bald wird es in seinem Berufsleben ruhiger zugehen, da kann er sich, anders als die jungen Väter, ausführlich um sein Kind kümmern. Und in zwanzig Jahren, wenn das Alter beginnt, hat er jemanden um sich, der ihm eine echte Stütze sein kann.

Die nächste Seite, der nächste Clip, der nächste Film. Niemand wird die Frau erkennen. Sie ist Busen, Beine, Po, dazu ein hübsches, überschminktes Dutzendgesicht. Schon jetzt, mit der neuen Frisur, sieht sie sich kaum noch ähnlich. Niemals erscheint sie in einem Nachspann oder Untertitel mit ihrem richtigen Namen, stattdessen unter verschiedenen Pseudonymen. Und jetzt würde sie seinen Namen tragen, der Vorname ließe sich eindeutschen. Sie lebt Tausende von Kilometern von ihrer Heimat entfernt. Sie unterhält seit Monaten keinen Kontakt mit ihrem alten Milieu. Es müsste schon mit dem Teufel zugehen.

Aber so wird das nichts! Ich meine, so wird das kein Text, keine Geschichte. Nichts, was sich zu erzählen lohnt. Nichts, was, einfach weil es gedruckt ist und vorliegt, Anspruch erheben könnte auf die Lebenszeit eines Lesers oder, besser, aller möglichen Leser. Einen Faden abzuspulen ergibt keinen Text.

Also anders. Zum Beispiel so: Der Mann schreibt einem derer, die ihm damals in den Staaten die Prostituierte zum Abschiedsgeschenk gemacht hatten, eine Mail. Stellen Sie sich vor, schreibt er, Ihr niedliches Geschenk ist nicht ohne Folgen geblieben! Gerade sitzt die junge Lady mir gegenüber, meinen Sohn und Stammhalter auf den Knien.

Nichts mehr. So, als würde man einem guten Bekannten

von irgendeiner mittleren Pleite erzählen, in die man geraten ist. Ohne um Rat zu fragen, ohne Vorwürfe, ohne Verpflichtung. Ein paar Sätze. Mit freundlichen Grüßen.

Was passiert? Der Mann in Amerika kann natürlich nicht schweigen. Es hat ja auch niemand von ihm verlangt. Im Gegenteil, war die Mail nicht geradezu eine Aufforderung, davon zu erzählen? Er tut es nach Kräften. Nicht lange braucht die Geschichte über den Teich, in das Unternehmen des Mannes, zu seinen Bekannten vor Ort. Wo sie ankommt, schlägt sie ein; es gibt Zeichen, und die kann der Mann lesen, obwohl niemand mit ihm spricht. Nur ein paar Wochen, dann ist die Sache in aller Munde, falsch, in allen Köpfen, denn niemand sagt ein Wort. Daraufhin heiratet der Mann die junge Frau, er stellt sie allenthalben vor, aber ohne jede Geschichte, ohne Legende. Einfach nur: Das ist Jannette, meine Frau aus Amerika.

Sehen Sie! So kann das gehen. Jetzt kommt Schwung in die Sache. Und Leben.

Ach, ich fürchte, Sie haben das noch gar nicht verstanden. – Nein, um Himmels Willen, das ist nicht das Ende! Wo dachten Sie hin? Das ist nur der Anfang. Aber immerhin ist es das, ein Anfang.

Editorische Notiz

Die Texte im ersten bis dritten Teil dieses Bandes folgen den Fassungen in den Bänden:

Dicker Mann im Meer. Frankfurt am Main 1991.
Kalte Ente. Frankfurt am Main 1994.
Der Reservetorwart. Frankfurt am Main 2004.

Die Texte aus *Dicker Mann im Meer* und *Kalte Ente* wurden der neuen Rechtschreibung behutsam angepasst, gewisse Eigenheiten bei der Gestaltung wörtlicher Rede zurückgenommen. Offenkundige Druckfehler oder Irrtümer wurden überall korrigiert. Weitere Texteingriffe gab es nicht.

Die Texte im vierten Teil *Wiener Naht* waren bislang nur in Anthologien oder Zeitschriften erschienen bzw. unveröffentlicht. Für den Abdruck in diesem Band wurden sie gründlich überarbeitet, was in einigen Fällen zu einer Neufassung führte.
 Im Folgenden sind die Erstdrucke angegeben:

Die Flucht. In: *Die Kunst des Erzählens*. Hrsg. von Uwe Wittstock. Frankfurt am Main 1996. S. 7–45.

An die Front. Unter dem Titel *Bei uns zu Hause* in: *Ich hab' geträumt von dir. Männer über Frauen*. Hrsg. von Petra Neumann. München 1997. S. 285–294.

EDITORISCHE NOTIZ

Wiener Naht. Unter dem Titel *Spaghetti-Träger* in: *Das erotische Kabinett.* Hrsg. von Heinz Ludwig Arnold und Christiane Freudenreich. Leipzig 1997. S. 98–110.

Tischfußball. In: Festgabe für Klaus Schöffling zum 50. Geburtstag am 14.5.2004. Privatdruck.

Trainee Max. In: *Sprache im technischen Zeitalter.* Nr. 200. Dezember 2011. S. 409–419.

Pornografische Novelle. Erstveröffentlichung

Inhalt

Dicker Mann im Meer

Dicker Mann im Meer 7
Die Zeitmaschine 21
Der Tiger 35
Hinter der Front 51
Der Zwillingsbruder 71
Ballon über der Landschaft 89
Die Modellbahn 104
Die Schändung 128
Wahlnacht 142
Bluthund 156
Die Schiffstaufe 173
Entlasstag 190

Kalte Ente

Samstagnachmittag zu Hause 207
Der Infant 222
Der Deichgraf 241
Der Pfeiler 259
Montage 279
Das Ultimatum 295

Der Hauptgewinn   309
Der Sprayer   325
Sechs Richtige   343
Brautschau   363
Die Nachricht   382
Unter der Geburt   399
Kalte Ente   414
Die Nötigung   433

Der Reservetorwart

Der Reservetorwart   451
Glatze   459
Der Witwer   468
Sturm im Wasserglas   477
Finale   485
Die Krankheit   491
Waise   497
Training   505
Der Lebensretter   512
Ehebruch   520
Der Fan   529
Vater   536
Bankrott   540
Der Voyeur   548
Erpresser   557
Nobelpreisträger   561
Notlügen   568
Damenwahl   575
Ente Orange   583
Totschläger   586

Schmerzpatient 592
Flying Dutchman 599
Arbeitslos 610
Attentäter 615

Wiener Naht

Die Flucht 621
An die Front 656
Wiener Naht 667
Tischfußball 686
Trainee Max 701
Pornografische Novelle 718

Editorische Notiz 727

Burkhard Spinnen bei Schöffling & Co.

Dicker Mann im Meer
Geschichten
244 Seiten. Gebunden.
ISBN 978-3-89561-033-2

Kalte Ente
Geschichten
302 Seiten. Gebunden.
ISBN 978-3-89561-030-1

Langer Samstag
Roman
304 Seiten. Broschur.
ISBN 978-3-89561-510-8

Trost und Reserve
168 Seiten. Gebunden.
ISBN 978-3-89561-032-5

Belgische Riesen
Roman
292 Seiten. Halbleinen.
ISBN 978-3-89561-034-9

Schöffling & Co.

Bewegliche Feiertage
Essays
392 Seiten. Gebunden.
ISBN 978-3-89561-035-6

Der schwarze Grat
*Die Geschichte des Unternehmers
Walter Lindenmaier aus Laupheim*
312 Seiten. Gebunden.
ISBN 978-3-89561-037-0

Lego-Steine
Kindheit um 1968
Mit Zeichnungen von Kay Voigtmann
80 Seiten. Leinen.
ISBN 978-3-89561-039-4

Der Reservetorwart
Geschichten
216 Seiten. Gebunden.
ISBN 978-3-89561-040-0

Schriftbilder
Studien zu einer Geschichte emblematischer Kurzprosa
Mit einem Erratazettel
338 Seiten. Kartoniert.
ISBN 978-3-89561-038-7

Schöffling & Co.

Kram und Würde
288 Seiten. Gebunden.
ISBN 978-3-89561-041-7

Mehrkampf
Roman
392 Seiten. Gebunden.
ISBN 978-3-89561-042-4

Müller hoch Drei
Roman
296 Seiten. Gebunden.
ISBN 978-3-89561-043-1

Nevena
Roman
384 Seiten. Gebunden.
ISBN 978-3-89561-044-8

Zacharias Katz
Roman
344 Seiten. Gebunden.
ISBN 978-3-89561-045-5

Das Buch
Eine Hommage
144 Seiten. Gebunden.
ISBN 978-3-89561-046-2

Schöffling & Co.